BASTEI LÜBBE

Über die Autorin:

Liz Carlyle lebt mit ihrem Ehemann und mehreren Katzen in North Carolina, USA. In den USA hat die Autorin schon einige Romane veröffentlicht; in Deutschland ist dies ihr erster Roman. Auf Liz Carlyles Homepage, unter www.lizcarlyle.com, können Sie weitere Informationen über die Autorin erhalten.

LIZ CARLYLE

Verbotenes Begehren

Ins Deutsche übertragen von
Nicole Friedrich

Roman

BASTEI
LÜBBE

BASTEI LÜBBE TASCHENBUCH
Band 18 685

1. Auflage: November 2004

Vollständige Taschenbuchausgabe

Bastei Lübbe Taschenbücher ist ein Imprint der Verlagsgruppe Lübbe

Deutsche Erstveröffentlichung
Titel der amerikanischen Originalausgabe: *No True Gentleman*

This edition published by arrangement with the original publisher, Pocket Books, a division of Simon & Schuster, Incorporated, New York.

Titelillustration: Franco Accormero
Einbandgestaltung: Nele Schütz Design
Satz: SatzKonzept, Düsseldorf
Druck und Verarbeitung: AIT Nørhaven AS, Norwegen
Printed in Norway
ISBN: 3-404-18685-0

Sie finden uns im Internet unter
www.luebbe.de

Der Preis dieses Bandes versteht sich einschließlich
der gesetzlichen Mehrwertsteuer.

Prolog

»Gebt mir tugendhafte Handlungen, und ich werde nicht mit den Motiven hadern.«
Lord Chesterfield, 1776,
The Fine Gentleman's Etiquette

April 1826

Sie war nun eine alte Frau. Viele glaubten gar, sie sei bereits betagt zur Welt gekommen und schon in Bombasin und altertümliche schwarze Spitze gehüllt dem Schoße der Toskana entsprungen, und waren davon überzeugt, dass ihr Starrsinn, ihr Rosenkranz und ihr Temperament – Letzteres konnte ausgesprochen hitzig sein – sie seit jeher knechteten. Sofia Josephina DiBiase Castelli hatte bereits drei Ehemänner, ihre heiß geliebte Tochter und – so hatte es zuweilen den Anschein – ihren Enkelsohn zu Grabe getragen.

Sie hatte viel von der Welt gesehen, hatte sich in Paris verliebt, war in Florenz vor den Altar getreten und lebte nun in London, wo sie alt, weise und müde geworden war. Einst jedoch, vor unzähligen Lenzen, war auch sie einmal jung und gänzlich von romantischen Gefühlen erfüllt gewesen, genau wie jene verzückt dreinschauenden Verliebten, die am Sonntagnachmittag über den Platz vor ihrem Hause schlenderten. Doch sie war längst noch nicht so betagt, als dass sie nicht mehr in der Lage gewesen wäre, nagende Einsamkeit zu erkennen, wenn diese andere quälte.

Die schweren Samtvorhänge vor den Fenstern des geräumigen Speisezimmers der Signora Castelli sorgten dafür, dass kein Strahl der Nachmittagssonne in den Raum drang, und obwohl außerhalb der dicken Mauern ihres Stadthauses der Frühling sein blaues Band flattern ließ, prasselte im Kamin ein stattliches Feuer. Die alte Dame saß majestätisch steif in ihrem schwarzen hochlehnigen Stuhl an der Speisetafel. Mit der Tatsache, dass ihre Hände immerzu eisig waren, hatte sie sich längst abgefunden. Mit dem Sturm in ihrem Herzen hingegen, der vom Scheitern ihrer Pläne herrührte, wollte und konnte sie sich nicht würdevoll arrangieren. Deshalb hoben ihre von Gicht gezeichneten Finger nun nacheinander die Deckel der vier kleinen, kunstvoll gearbeiteten Tiegel, die vor ihr standen.

»Erde, Wasser, Wind und Feuer«, murmelte die alte Frau, als sie jedem der Behältnisse eine Prise entnahm und in eine prunkvoll verzierte Messingschale warf, die sich ebenfalls auf dem Tisch befand.

Im Schatten des Raumes weilte noch eine zweite Frau, die einen recht verzagten Eindruck machte.

»Maria!«, rief Signora Castelli mit einem herrischen Fingerschnippen. »*I Tarocchi*! Bring sie her!«

Die Frau im Dunkeln machte einen Knicks. »*Subito*, Signora Castelli.« Als sie aber die kleine Doppeltür der Anrichte öffnete, tat sie dies mit sichtlichem Widerwillen, und ihre Hände zitterten, als sie eine kleine aus Ebenholz geschnitzte Truhe mit angelaufenen Kupferbeschlägen zum Vorschein brachte.

Mit einem dumpfen Geräusch stellte Maria das Kästchen auf dem Tisch ab, ohne es jedoch loszulassen. »Signora Castelli«, flüsterte sie zögerlich. »Halten Sie das wirklich für eine gute Idee?«

Die Augen der betagten Dame wurden hart und schmal. »Ich bin alt, Maria«, rief sie bedeutungsvoll aus. »Mein Enkelsohn lässt mir keine andere Wahl. Er *wird* heiraten, und seine Ehefrau wird mir unter diesem meinem Dach Urenkel gebären, und zwar noch bevor ich das Zeitliche segne!« Bei jeder Silbe zeigte sie mit ihrem verknöcherten Zeigefinger auf das Porträt, das über dem Kamin hing.

Marias skeptischer Blick sprach Bände. »Sie müssen verzeihen, Signora, doch Maximilian ist längst kein junger, unschuldiger Bursche mehr.«

»*Scusa*, Maria, aber du hast selbst miterlebt, wie die Frauen ihn anschauen.«

Maria senkte den Blick auf das schwarze Kästchen, das vor ihr stand. »*Si*, doch Vater O'Flynn ...«

»... hat sich eine neue Barutsche zugelegt«, zischte die Signora, »die mit meinem Geld bezahlt wurde. Er wird mir also keine Probleme bereiten. Und außerdem, Maria, spricht die Heilige Mutter auf vielen Wegen zu uns, aber auf dem Ohr bist du ja taub.«

Mit geschürzten Lippen stieß Maria das Holzkästchen von sich, als wäre es in Flammen aufgegangen.

Liebevoll nahm Signora Castelli es entgegen und entnahm ihm ein in schwarze Seide gehülltes Bündel. Mit flinken Bewegungen riss sie den Stoff herunter und legte einen dicken Stapel Karten frei, der – im Gegensatz zu seiner Besitzerin – mit dem Alter weiche Züge angenommen hatte. Die Karten in der rechten Hand haltend, griff die Signora mit der anderen nach einer der Kerzen und tauchte sie in die Messingschüssel, sodass die getrockneten Kräuter darin Feuer fingen und weiße Rauchspiralen schlängelnd emporstiegen. Als Nächstes wedelte sie die Karten theatralisch durch den aufsteigenden Rauch.

»Erde, Wasser, Wind, Feuer«, wiederholte sie feierlich. »Alles muss bereinigt werden.«

Allmählich löste sich der Rauch auf, und sie schwenkte die Karten noch drei Mal zu ihrer Rechten, bevor sie sie behände in Form eines Kreuzes vor sich austeilte. Ihre Hand eilte zur mittleren Karte, blieb jedoch einige Sekunden drüber schwebend stehen, bevor sie sie umdrehte. »*Dio mio*«, flüsterte die Alte.

Begierig beugte Maria sich nach vorn. »*Il Re di Spade*«, raunte sie ehrerbietig. »Der König der Schwerter. Das ist Maximilian, nicht wahr?«

Die alte Dame schaute ihre Gefährtin gereizt an. »*Si*, Cousine. Jetzt möchtest du wohl doch zuschauen, oder wie?«

Verlegen rückte Maria sich einen Stuhl zurecht und nahm Platz. Signora Castelli widmete sich sogleich wieder den Karten und drehte mit schnellen Bewegungen die nächsten drei um. Maria stieß einen kurzen Schrei aus und wich zurück. »*Nerone*!«, zischte sie. »Ach, du Gütiger! Wer ist dem Tode geweiht?«

»Niemand, du dummes Ding«, schalt die alte Dame sie, bevor sie drei weitere Karten umdrehte. Beim Anblick der zuletzt aufgedeckten Karte schnellten ihre Augenbrauen in die Höhe. »Nun … *vorerst* niemand.« Ihre Finger strichen kurz über jede der Karten. »Aber etwas Teuflisches liegt in der Luft. Ein blonder Mann mit verdorbenem Herzen. Betrug. Verrat. Doch nicht hier, nicht in diesem Hause.« Die letzten Worte hatten recht hochnäsig geklungen.

Als sie eine weitere Karte umdrehte, bekreuzigte sie sich mit einem Raunen. »Maria, hier haben wir schon die Antwort: Eine Frau schwebt in höchster Gefahr – die Königin der Kelche.« Mit ihrer schrumpeligen Fingerspitze tippte sie auf die angesprochene Karte. »Eine Vase voller Schlangen, ein Herz voller Habgier. Ich kenne sie nicht, dem Herrn sei Dank.« Sie stieß ein leises *»tss-tss«* aus und studierte anschließend die angrenzenden Karten. »Eine Schande, wahrhaftig, eine Schande!«

»Was denn?«

Die alte Dame schüttelte traurig den Kopf. »Sie ist verdammt, Maria, denn ihre Habgier wird sie teuer zu stehen kommen«, erläuterte sie und drehte feierlich die Karte der Fünf Stäbe um. »Hier. Siehst du?«

»Aber was ist denn nun mit Maximilian?«, fragte Maria flehentlich und beugte sich erneut vor. »Was hat das alles mit ihm zu tun?«

Die alte Dame zuckte mit den Schultern, die in steife schwarze Seide gehüllt waren. »Das Böse nähert sich meinem Enkel. Diese Frau hier stellt … eine gewisse Gefahr dar.« Bedächtig verfolgte sie mit der Fingerspitze die einzelnen Karten zurück. »Mehr kann ich momentan nicht erkennen.« Maria stieß einen Seufzer aus, und Signora Castelli drehte die nächste Karte um. »Aha!«, rief sie aus. Ihre Laune hatte sich schlagartig gebessert. »Schau mal, Maria. Siehst du hier? *La Regina di Dischi*. Nun kommt sie doch noch! Alles, was wir uns immer gewünscht haben, ist in greifbare Nähe gerückt. *Si*, ich habe es gewusst, habe gespürt, dass die Zeit reif ist!«

»Die Königin der Pentakel?«, sinnierte Maria. »Diese Karte haben Sie doch noch nie umgedreht ...«

Signora Castelli unterbrach sie mit einem ungeduldigen Zischen. »Weil sie sich bis jetzt noch nie gezeigt hat.«

Maria blickte zur Signora auf. »Wer ist sie?«

Die alte Dame lächelte kaum merklich in sich hinein. »Sie ist die *Eine welche*, Maria. Die Mutter der Erde. Sie ist alles in einer Person – Warmherzigkeit und Sinnlichkeit, Wahrhaftigkeit und Güte. Schau selbst ...« Signora Castelli unterbrach sich, um auf die Karte mit der Königin zu tippen. »Sie hält die Mysterien der Natur in ihrer Hand. Aber dabei das Gleichgewicht nicht zu verlieren, stellt sich als eine schwierige Angelegenheit für sie dar, denn in ihrem Herzen wohnen zugleich gewaltige kosmische Disharmonien – das spüre ich deutlich.«

Sie hielt inne und zog ihre dichten schwarzen Augenbrauen nachdenklich in die Höhe, bevor sie die verbliebenen Karten umdrehte. Es waren ausschließlich Pentakel. Plötzlich ruckte ihr Kopf in die Höhe, und mit kecken und agilen Augen fing sie Marias Blick ein. »*Che la fortuna ci assista*! Schnell, schnell, wo ist mein Rosenkranz?«

Maria lehnte sich vor und zog ihn aus der Tasche des Kleides der alten Damen hervor. »Was haben Sie noch gesehen, Signora? Was gedenken Sie, nun zu unternehmen?«

»Jetzt kann ich nur noch beten.« Die alte Frau hielt die Perlen zwischen ihren Händen und hob sie Maria zitternd vors Gesicht. »Sie ist uns nah, sehr nah sogar. Aber das Böse ist noch viel näher. Wir müssen dafür beten, dass Maximilian nicht mit ihm in Berührung kommt und dafür, dass diese Frau, *la Regina di Dischi*, uns unversehrt in die Arme läuft. Denn nur dann können wir in Angriff nehmen, was getan werden muss.«

Kapitel 1

»Ein wahrer Gentleman sollte stets darauf bedacht sein, niemals düster und geheimnisvoll zu wirken.«
Lord Chesterfield, 1776,
The Fine Gentleman's Etiquette

Tragische Unfälle können all jenen zustoßen, die sich auf unbekanntes Terrain hinauswagen, das wusste Catherine nur zu gut. Dennoch gab ihr der gräuliche und dichte Nebel, der sich vor ihr ausbreitete, nicht zu denken. Sie preschte achtlos weiter und ließ zu, dass die Feuchtigkeit sich wie nasskalte Wolle um sie legte. Orions schnelle Hufschläge wurden durch die weiche Erde gedämpft, als sie ihn blindlings auf eine Rhododendronböschung zusteuerte.

Ihr Verhalten in jüngster Zeit fußte nicht mehr auf Logik, sondern auf dem unerklärlichen Bedürfnis, vor etwas Vergangenem zu fliehen, ohne dabei auch nur eine Sekunde an die Gefahren zu denken, die möglicherweise vor ihr lauerten. Sie hatte es zugelassen, dass Kummer und Verwirrung sie aus Gloucestershire hatten fliehen lassen und sie nach London geführt hatten. Aber vielleicht hätte sie es unterbinden sollen, dass ihre Sorgen sie nun auch noch mutterseelenallein in den dichten Nebel trieben. Vielleicht hätte sie besser daran getan, erst am helllichten Tage und nicht schon vor Sonnenaufgang in die entfernten Ausläufer des Hyde Parks zu galoppieren. Doch wie die vielen Male zuvor hatte sie die erdrückende Stille im Haus – und in ihrem Herzen – nicht mehr ausgehalten.

Ungeduldig spornte sie Orion an und dachte nur flüchtig daran, dass ihr Bruder Cam – würde er je von ihrer Leichtsinnigkeit erfahren – übelst mit ihr schimpfen würde.

Plötzlich ertönte im Nebel vor ihr ein Geräusch. Es klang

schrill und gedämpft zugleich, so als berste ein Zweig unter einer Schicht nasser Blätter.

Und dann sah sie ihn – im selben Moment, in dem auch Orion ihn erspähte. Wie ein heidnischer Zauberer, der das Feuer eines Drachens heraufbeschwor, ragte er hünenhaft vor ihr auf. Sein langer schwarzer Mantel flatterte im Nebel, seine riesige Gestalt versperrte ihr die Sicht auf den Weg hinter ihm.

Mit einem schrillen Wiehern bäumte Orion sich auf und drehte, wild mit den Hufen in den Nebel schlagend, nach rechts ab. Fast schwebend kam der Hüne näher, packte den Wallach beim Geschirr und zog seinen Kopf in die Tiefe, ganz so, als hätte er es lediglich mit einem störrischen Pony zu tun. Orion verdrehte die Augen, bis nur noch das Weiße zu sehen war, und seine Hinterläufe schlugen derart unruhig aus, dass er Rasenstücke aufwarf. Mit stoischer Ruhe hielt der Fremde den Kopf des Pferdes fest. Schließlich schnaubte Orion ein letztes Mal verächtlich und fügte sich.

Einen unbehaglichen Moment lang herrschte absolute Stille.

»Entschuldigen Sie vielmals, Madam«, setzte der Fremde mit rauer Stimme an. »Ich fürchte, der Nebel hat die Geräusche Ihres Herannahens gedämpft.«

Catherine schaute auf ihn hinab und ließ ihren Blick zu seinen Händen wandern, die das Zaumzeug eisern festhielten. »Ich habe mein Pferd bestens unter Kontrolle, Sir«, fuhr sie ihn an, wobei sie sich nicht erklären konnte, warum ihr urplötzlich das Blut in den Ohren rauschte.

Blitzschnell drückte sie ihr Rückgrat durch und beobachtete bewundernd, wie seine langen und eleganten Finger vom Zaumzeug glitten. »Ich dachte, dem sei vielleicht nicht so«, entgegnete er mit unterkühlter Stimme und brennendem Blick. »Aber augenscheinlich habe ich mich getäuscht.«

»Das haben Sie in der Tat«, brachte sie mühsam hervor.

Blankes Misstrauen stand dem Fremden ins Gesicht geschrieben, als er seinen Blick den Teil des Weges, der trotz des Nebels erkennbar war, hinauf- und hinunterwandern ließ. Catherine beschlich das sonderbare Gefühl, er könnte Dinge sehen, die ihr verborgen blieben. »Madam, reiten Sie etwa ohne Begleitung?«, erkundigte er sich betont lässig.

Schlagartig wurde Catherine das Ausmaß ihrer Torheit bewusst. Sie befand sich mutterseelenallein mit einem kräftigen und Angst einflößenden Fremdling inmitten dieses undurchdringlichen Nebels. Schnell richtete sie sich noch ein wenig weiter auf und blickte auf den Fremden herab, wobei sie den wütenden Blick ihres älteren Bruders nachahmte. »Meine Angelegenheiten gehen nur mich etwas an, Sir«, erwiderte sie spitz. »Aber wenn wir schon einmal dabei sind, das Kind beim Namen zu nennen, so möchte ich gern darauf zu sprechen kommen, dass Sie hier unvorsichtigerweise mitten auf dem Reitweg herumlungern.«

Für einen flüchtigen Moment schien Zustimmung in seinen Augen aufzuflackern, bevor er sie mit einem befremdlichen Seitenblick bedachte. »Wie dem auch sei, dies ist kein Ort, an dem eine Lady sich ohne Begleiter aufhalten sollte.«

Zu ihrem Verdruss musste Catherine sich eingestehen, dass er Recht hatte. Geschwind musterte sie ihn: Der Mann war hager und dunkel, musste aber jünger sein, als er auf den ersten Blick wirkte, wenngleich die Zeit bereits deutliche Spuren in seinem Gesicht hinterlassen hatte. Seine Augen zeichneten sich eher durch Scharfsinnigkeit als durch Freundlichkeit aus, und aufgrund seiner hohen Wangenknochen, die sein Gesicht kantig wirken ließen, war er nicht unbedingt das, was man landläufig als attraktiv bezeichnete. Dennoch verströmte er etwas … *Fesselndes*. O ja! Und seltsam, sprach er nicht mit einem leichten Akzent? Deutsch? Italienisch? Aber das war eigentlich nicht weiter wichtig. Obgleich er einen schweren, am Knauf versilberten Spazierstock bei sich führte und seine dunkle Kleidung mit sichtlicher Anmut trug, war auf den ersten Blick zu erkennen, dass er kein leibhaftiger englischer Gentleman sein konnte. Dafür wirkte er viel zu gefährlich.

Der Fremde schien gehört zu haben, wie sie sanft und tief eingeatmet hatte, und fing mit seinen kalten und harten Augen ihren Blick ein. »Treten Sie unverzüglich den Heimweg an, Madam«, befahl er streng. »Der Hyde Park ist um diese Zeit kein sicherer Ort.«

Catherine wusste nicht, warum sie noch zögerte. »Ich muss schon sagen, Sie haben mich ziemlich erschreckt«, überging sie seine Aufforderung und hob dabei absichtlich die Augenbrauen. »Lungern Sie immer im Nebel herum?«

Unruhig warf Orion den Kopf hin und her. Mit einem fremdländischen Fluch packte der Fremde ihn erneut am Zaumzeug. »Verzeihen Sie mir, Madam, aber mein *Herumlungern* hat Sie nicht im Geringsten zu interessieren«, gab er barsch zurück. »Dagegen dürfte es für Sie jedoch sehr wohl von Bedeutung sein, dass der schlimmste Abschaum Londons zu dieser frühen Stunde noch nicht in den Federn liegt.«

Catherine erkannte, dass er es ernst meinte, und ließ ihren Wallach einen Schritt zurückweichen, bevor sie zustimmend das Haupt senkte. »Vielleicht haben Sie sogar Recht, Mr. ...«

Mit einem unergründlichen Gesichtsausdruck zog sich der Unbekannte den Zylinder vom Kopf und machte eine anmutige, wenn auch taktlose Verbeugung, die gänzlich ... *unenglisch* war. Und dann, so schnell wie er aufgetaucht war, schritt er an ihr vorbei und verschwand mit wehenden Frackschößen im Nebel.

Erst jetzt entdeckte Catherine das riesige schwarze Tier, das ihm dicht auf den Fersen folgte. Obwohl sie auf dem Rücken eines Pferdes saß, musste sie den Blick nicht weit nach unten lenken, um auf das Tier zu schauen, so groß war es. *Ein Hund ...?* Gütiger Gott! Sie betete, dass es wirklich ein Hund gewesen war.

Ein wenig aufgewühlt von der eigenartigen Begegnung mit dem seltsamen Mann, musste Catherine sich eingestehen, dass sich ihr Wunsch, der städtischen Enge zu entfliehen, plötzlich in Luft aufgelöst hatte. Deshalb beschloss sie, der Anweisung des Fremden – und es war unmissverständlich eine solche gewesen – Folge zu leisten. Aus seiner barschen Art und Weise, mit der er sie angewiesen hatte, den Park zu verlassen, schloss Catherine, dass er mit einer autoritären Rolle bestens vertraut war.

Nachdem sie einige Minuten lang auf dem sich windenden Pfad zurückgetrottet war, lenkte sie Orion scharf nach links auf eine Anhöhe. Sie ließ die Bäume hinter sich und befand sich auf einem weitläufigen grünen Areal. Hier oben hatte sich das trübe Morgenlicht des Spätapriltages bereits seinen Weg durch die Wolkendecke gebahnt, und Catherine bot sich ein guter Blick auf den weiteren Verlauf des Weges. Da – jetzt kam der Fremde wieder in Sichtweite. Er weilte auf einer Erhebung im Nordwesten und hatte sich elegant auf seinen Gehstock gestützt. Seine ernsten Augen folgten ihr, als sie sich wieder in Bewegung setzte und in Richtung Oxford Street ritt.

Sein wachsamer Blick hätte ihr eigentlich ein unangenehmes Gefühl bescheren müssen, aber das Gegenteil war der Fall. Es war seltsam beruhigend zu wissen, dass er sie im Auge behielt. Fast schien es, als hätte er noch gewartet, um sicherzugehen, dass ihr ja nichts zustieß. Vielleicht hatte er sogar gehofft, noch einmal mit ihr ins Gespräch zu kommen.

In diesem Punkt jedoch irrte Catherine gewaltig. In dem Moment, in dem sie in Sichtweite gekommen war, hatte er sich auf den Fußpfad zurückbegeben und war entschlossenen Schrittes in die entgegengesetzte Richtung davongeeilt. Erst im allerletzten Augenblick war er noch einmal stehen geblieben und hatte zu ihr zurückgeschaut. Catherine senkte zum Dank den Kopf und hob ihre behandschuhte Hand.

Der Fremdling jedoch erwiderte ihre Geste nicht.

Kaum eine Meile entfernt hatte sich das Tageslicht noch nicht seinen Weg über die hohen Dächer der Princes Street gebahnt. Im Kamin von Lord Sands' Salon kämpfte ein unlängst entfachtes Feuer tapfer gegen die Feuchtigkeit an. Die Stille des Raumes wurde nur durch das Zischen der Kohlen und das dumpfe Ticken der Standuhr unterbrochen, die zwischen zwei mit schweren Vorhängen beladenen Fenstern stand. In einem Sessel dicht beim Kamin lümmelte sich Harry Markham-Sands – oder besser gesagt, der Earl of Sands, wie es richtig lauten musste –, der aufgrund seines rötlichen Teints, seiner hohen Stirn und seines kleinen Bäuchleins die vollendete Verkörperung des Landadels darstellte.

Die Stimmung im Salon war alles andere als gut. Schon eine halbe Ewigkeit lang gebärdete Lord Sands sich ausgesprochen griesgrämig. Vor allem seine Schwester Cecilia hatte aufgegeben, darüber zu sinnieren, wann er so unausstehlich geworden war. Eine weniger erbarmungsvolle Frau hätte einen Miesepeter wie Harry mit einem Schulterzucken und der Erklärung abgetan, er hätte sein Unglück selbst zu verantworten. Für gewöhnlich erbarmte Cecilia sich seiner, doch heute schmerzten sowohl ihre Füße als auch ihr Rücken, und aus ihren Brüsten ergoss sich ein beständiger Strom Muttermilch, weshalb acht lange Jahre der Geduld endlich ihren Tribut forderten.

»Harry!«, verkündete sie, während sie unruhig im Salon auf und ab lief. »Du hast dein Unglück selbst zu verantworten!«

Harrys einzige Reaktion bestand darin, einen silbernen Flachmann aus der Tasche seines Morgenmantels hervorzuholen. »Das habe ich mir redlich verdient«, ließ er gleichmütig verlauten und dirigierte seine zitternde Hand in Richtung Kaffeetasse.

Wie ein Falke, der eine Feldmaus im Visier hatte, beugte Cecilia sich blitzschnell von hinten über ihn und entriss ihm den Flachmann. »Mensch, Harry, das hilft uns kein bisschen weiter! Den jüngsten aller Skandale wirst du *nicht* im Alkohol ertränken.«

Die Röte in Harrys Gesicht wurde eine Spur dunkler. »Das is' kein Skandal, Cely.« Die Worte *noch nicht* hingen unausgesprochen in der Luft.

»Deine Gattin ist die reinste Verkörperung eines Skandals, Harry!«, machte Cecilia ihm unmissverständlich klar. »Aber als du auch noch gedroht hast, sie über die Balustrade deiner Theaterloge zu befördern, hast du zusätzliches Öl ins Feuer gegossen.«

Bedächtig fuhr Harry sich mit den Fingerknöcheln über sein raues, zerkratztes Gesicht. »Das hatte ich doch nich' wirklich vor!«

Cecilia jedoch kannte kein Erbarmen. »Wie viel hattest du eigentlich getrunken, Harry?«, wollte sie wissen und wedelte dabei mit dem Flachmann, den sie zwischen zwei Fingern hielt. »Hat Julia versucht, dir an Ort und Stelle das Fell über die Ohren zu ziehen, oder hat sie damit gewartet, bis ihr alles im Foyer ausdiskutieren konntet?«

Harry verschränkte die Arme vor der Brust und sank tiefer in den Sessel. »Niemand hat uns gehört, Cely«, murmelte er. »Na ja, abgesehen von den Herrschaften in den Nachbarlogen.«

Gedemütigt sank Cecilia in einen mit Gold beschlagenen Sessel, der dem ihres älteren Bruders gegenüberstand. »O Harry«, flüsterte sie und verbarg ihren Kopf in den Händen. »Wir sprechen hier über die Crème de la crème der Gesellschaft, mein Lieber. Ein einziger Zeuge eures Debakels reicht da völlig aus. Mir ist bereits heute früh zugetragen worden, dass ... Und das schon kurz nach Sonnenaufgang!«

»Ich bin eine Schande für dich«, stammelte Harry kleinlaut. »Für dich *und* für Delacourt.«

Bei diesen Worten hob Cecilia den Kopf und blickte zu ihm. »O Harry! Meine Besorgnis gilt doch nicht David und mir«, bekundete sie schwermütig, »sondern einzig *dir*!«

Verdrossen schüttelte Harry den Kopf. »Zu spät, Cely, schließlich habe ich diese Frau ja auch noch geehelicht. Schon seit Jahren setzt das Biest mir Hörner auf, und halb London ahnt es. Das Einzige, was ich jetzt noch machen kann, da sie so unverfroren offen damit umgeht, ist, die Scheidung einzureichen. Damit drohe ich ihr übrigens schon seit Monaten.«

Gedankenverloren kaute Cecilia am Fingernagel ihres Daumens. »Das könnte funktionieren, Harry«, meldete sie sich zu Wort. »Aber es wird alles andere als einfach werden. Dein Einfluss im Parlament ist eher gering, und es gibt dort zu viele so genannte Gentlemen, die nicht wollen, dass Namen ins Spiel gebracht werden – wenn du verstehst, was ich meine.«

»Oh«, entfuhr es Harry leise. »Daran habe ich noch gar nich' gedacht.« Er fuhr sich durch seine ohnehin schon vollkommen zerzausten Locken. Armer Harry! Er war nicht gerade das hellste Juwel in der Familienkrone.

Voller Tatendrang rutschte Cecilia auf die Sesselkante und stellte den Flachmann neben sich ab. »Hör mal, Harry, warum löst du nicht einfach den Mietvertrag für dieses Haus und schleifst sie zurück nach Holly Hill oder ... streichst ihr das Haushaltsgeld? Sapperlot, sie hat dir noch nicht einmal einen Erben geschenkt.«

Bei den letzten Worten hatte Harry höhnisch gegrinst. »Nein, und dazu wird sie auch keine Gelegenheit mehr bekommen«, gelobte er feierlich. »Ich kann ihr nämlich keinen Zoll über den Weg trauen, und ehe ich mit ansehen muss, dass mein Titel an den Bastard eines fremden Mannes geht, werde ich verdammt noch mal dafür sorgen, dass er Onkel Reggie zufällt. Julia *gefügig* zu machen, ist ebenso sinnlos wie der Versuch, mit einem Sieb Wasser zu schöpfen. Und was Julias Finanzen betrifft: Ihr Taschengeld ist fast höher als meine gesamten Einkünfte, dafür hat sie mit einer Klausel im Ehevertrag gesorgt.«

Cecilia fluchte etwas ausgesprochen Undamenhaftes und händigte ihrem Bruder den Flachmann wieder aus.

Mit einem gequälten Lächeln nahm er ihn entgegen, goss sich einen großzügigen Schluck in den Kaffee und hob einladend die Augenbrauen. Für einen flüchtigen Moment geriet Cecilia in Versuchung, schüttelte dann aber den Kopf und führte sich den unverdünnten Kaffee an die Lippen. Sie nahm jedoch nur einen winzigen Schluck, bevor sie die Tasse wieder bedächtig abstellte. »Harry, mit wem ist sie denn dieses Mal im Bunde? Lord Bodley? Mr. Vost? Oder einem der anderen?«

Missmutig schüttelte Harry den Kopf. »Konnte ich nicht genau erkennen. Die Kutsche trug keine Insignien.«

»Mist! Was für ein Pech!«

Schweigend tranken die Geschwister ihren Kaffee, bevor Cecilia sich erhob und sich anschickte zu gehen. Mit ernstem Blick schaute sie ihrem Bruder in die Augen. »Nun Harry, David und ich werden dir immer beistehen, egal, was auch passieren mag. Das weißt du doch hoffentlich, oder?«

Harry nickte stumm.

Cecilia legte eine Hand auf seine stoppelige Wange. »Mein Mann wird schon bald aus Derbyshire zurückkehren,« sagte sie und streichelte Harry. »Ich werde ihn direkt fragen, was wir gegen Julia unternehmen können. David wird bestimmt etwas einfallen, wie wir sie am besten in die Schranken weisen können, davon bin ich mehr als überzeugt.«

Beim Gedanken an seinen unbarmherzigen Schwager besserte sich Harrys Laune schlagartig. Einem spontanen Impuls folgend, stellte Cecilia sich auf die Zehenspitzen und drückte ihrem Bruder einen Kuss auf die Wange. Sehr zu ihrer Überraschung packte dieser sie daraufhin fest bei den Schultern und grub seine Finger mit einer Verzweiflung in ihre Haut, die seine Stimme zuvor nicht hatte erahnen lassen.

»Alles wird gut, Harry«, flüsterte sie dicht an seinem Ohr. »Bestimmt sogar. Das verspreche ich dir.« Aber gerade, als sie ihre Lippen von den warmen Wangen ihres Bruders löste, zerriss ein gellender Schrei die Stille des Hauses, und Cecilia wurde schlagartig klar, dass sie sich geirrt hatte – gewaltig geirrt hatte. Nichts würde je wieder gut werden.

Nur einen Steinwurf südlich der Princes Street, in einem der hohen Backsteinhäuser am Berkley Square, entfaltete sich ein weitaus angenehmeres Morgenszenario. Um halb zehn hatte die eifrige Isabel, Lady Kirton, bereits ihren Liebhaber mit einem Kuss verabschiedet, ihre Kamine fegen, sämtliche Vorhänge aufziehen und das Frühstück im kleinen Speisezimmer servieren lassen. Ferner hatte sie längst die Order gegeben, zu diesem Morgenmahl ihre Nichte aus der Mortimer Street abzuholen.

Erfüllt von einem behaglichen Gefühl und gestärkt durch ihre mütterlichen Absichten, schaute die überaus achtbare Isabel nun über die morgendliche Tafel hinweg auf Lady Catherine Wodeway, die etwas zu heftig mit Messer und Gabel ihren Frühstücksspeck bearbeitete. Unauffällig gab Lady Kirton ihren Bediensteten das Zeichen zum Rückzug.

»Ich bin ja froh«, setzte sie behutsam an, »dass du doch endlich der Bitte einer armen und nicht mehr ganz jungen Frau nachgekommen bist und hierher in die Stadt gekommen bist, Catherine.«

Verzweifelt gab Catherine sich im Kampf gegen den knusprigen Speck geschlagen. »Ist das der Grund, warum ich hier bin?«, hakte sie nach und ließ sowohl die Gabel als auch die Augenbrauen in die Höhe wandern. »Um für die Belustigung meines schrulligen Tantchens zu sorgen?«

Lady Kirton lachte leise auf. Es war ein helles, mädchenhaftes Lachen, das im Kontrast zu ihrer matronenhaften Figur und ihrem silbrigen Haar stand. »Ich möchte, dass du für die Dauer der gesamten Saison bleibst, meine Liebe«, bat sie Catherine nachdrücklich. »Seitdem meine Tochter nach Indien abgereist ist, bin ich so schrecklich einsam.«

Catherine warf ihrer Tante einen fragenden Blick zu. »Aber du hast doch Colonel Lauderwood.«

Lady Kirton schaute auf die Teetasse vor sich. »Ach, weißt du, Jack interessiert sich eigentlich nur für seine Vereine und den Militärclub. Für vornehme Gesellschaft hat er nichts übrig.«

»Ganz im Gegensatz zu dir, oder wie?«

»Fürwahr, und wie!« Lady Kirton lächelte verschmitzt. »Schon seit Ewigkeiten freue ich mich auf die vielen Bälle, Soireen und Ausflüge dieser Saison. Die darf man einfach nicht verpassen!«

Jetzt lachte Catherine auf. »Was für ein Humbug!«, erklärte sie, legte die Gabel beiseite und blickte in die großen blauen

Augen ihrer Tante. »Du hast dich doch in deinem ganzen Leben noch nie auch nur ein Fünkchen für den gesellschaftlichen Trubel interessiert.«

Nach einem langen Moment der Stille lehnte Lady Kirton sich nach vorne. »Meine liebe Catherine«, setzte sie mit gedämpfter Stimme an. »Will war der Sohn meiner Schwester, und auch ich habe ihn fest in mein Herz geschlossen. Aber du kannst doch nicht für den Rest deines Lebens verwitwet bleiben. Ich kann mir beim besten Willen nicht vorstellen, dass dir das zusagt.«

Catherine spürte, wie zarte Röte ihre Wangen erwärmte. »Nein, das tut es in der Tat nicht, aber der Gedanke daran, auf den Heiratsmarkt geschubst zu werden oder mich ständig in piekfeiner Gesellschaft tummeln zu müssen, schreckt mich regelrecht ab.«

Lady Kirton ließ ihre Handflächen in einer verzweifelten Geste gen Himmel wandern. »Meine Liebste, nenn mir auch nur eine Alternative.«

»Aber Isabel, ich kenne doch keine Menschenseele hier in der Stadt«, protestierte Catherine schwach.

Lady Kirton lächelte gütig. »Eben drum. Du hast gerade Wasser auf meine, statt auf deine Mühlen gegossen, Cat.«

»Um Gottes willen, Isabel! Ich bin ein Mädchen vom Lande und war nie in meinem Leben Debütantin. Will und ich haben geheiratet, als ich gerade mal siebzehn war. Mein Leben ist bisher immer in ruhigen Bahnen verlaufen, und so soll es auch bleiben. Es ist nur, dass ich … dass ich …«

»Dass du dir nichts sehnlicher als einen Ehemann und eine Familie wünschst«, beendete Isabel einfühlsam den Satz.

»Nun, ich möchte nicht mehr allein sein«, gab Catherine zögerlich zu. »Aber ich bin mir auch nicht sicher, ob ich je wieder heiraten möchte.«

Etwas länger als nötig spielte Isabel mit der Kruste einer angetrockneten Scheibe Weißbrot. »Dann tu es mir gleich und leg dir einen Liebhaber zu«, brachte sie schließlich hervor, wobei ihr anzumerken war, dass ihr die Worte nur schwer über die Lippen kamen.

»Ja«, pflichtete Catherine ihr bei. »Daran habe ich auch schon gedacht.«

Isabel nahm die Schultern ein wenig zurück und hob das Kinn. »Diskretion ist hier der Schlüssel«, erklärte sie abschätzig, bevor sie im nächsten Moment heftig den Kopf schüttelte. »Ach, meine Liebste! Du bist doch noch so jung! Warum solltest du dich mit einem Liebhaber zufrieden geben?«

Catherine hüllte sich in langes Schweigen. »Will und ich waren acht Jahre verheiratet, Isabel«, setzte sie mit dünner Stimme an. »Mittlerweile glaube ich ... nun, ich vermute stark, dass ich unfruchtbar bin.«

Isabel schaute Catherine prüfend an, ganz so, als wollte sie ergründen, wie stark die Nerven ihrer Nichte waren. »Ja, das könnte in der Tat sein, meine Liebe«, gab sie sanft zu bedenken. »Vielleicht wäre in diesem Fall ein Witwer genau das Richtige für dich. Einer, der bereits eigene Kinder hat. Davon wimmelt es dieses Jahr nur so in der Stadt und einige von ihnen sind sogar recht annehmbare Zeitgenossen. Sie alle hegen die Hoffnung, nicht mit einem allzu affektierten Frauenzimmer vor den Altar treten zu müssen. Du wärst das Beste, was ihnen passieren könnte, Cat. Schließlich bist du eine intelligente und hübsche Frau mit einem wunderbaren Sinn für Humor.«

»Humor! O ja, Humor steht bestimmt ganz oben auf der Wunschliste eines Gentlemans, wenn es um die Tugenden geht, die eine Frau mit in die Ehe bringen sollte.«

»Wenn er wirklich gedenkt, mit ihr gemeinsam alt und vor allem glücklich zu werden, dann schon«, kam Isabels weise Antwort. »So, jetzt aber zu etwas ganz anderem: Dein älterer Bruder hat sich doch noch per Brief gemeldet. Ich hatte zwar bis zuletzt gehofft, er ließe sich dazu überreden, noch dieses Jahr nach London zu kommen und seinen Sitz im Parlament anzutreten, aber ich fürchte, Treyhern ist nicht so flexibel wie du, meine Liebste.«

»Ich habe dir doch gleich gesagt, dass er nicht kommen würde«, warf Catherine ein. »Außerdem ist Helene wieder schwanger, und unter diesen Umständen würde Cam nie und nimmer Gloucestershire verlassen.«

Mit einem tiefen Seufzer, begleitet von einem Schulterzucken, gab Isabel sich geschlagen und stellte ihre Teetasse laut klirrend vor sich ab. »Warum brichst du nicht die Zelte in der Mortimer Street ab und quartierst dich bei mir ein, meine Liebe?«, flehte sie Catherine förmlich an. »Bei deinem jüngeren Bruder Bentley weiß man doch nie, wann er sich das nächste Mal blicken lässt. Auf ihn zu warten macht keinen Sinn. Komm und wohn bei mir. Du würdest mir damit eine Riesenfreude bereiten.«

Catherine winkte mit einer bedächtigen Handbewegung ab. »Ich stünde dir und deiner Romanze mit Jack nur im Wege«, protestierte sie lachend. »Und außerdem wollte ich mir doch selbst einen Liebhaber zulegen, schon vergessen? In dem Fall bräuchte ich ein wenig Privatsphäre.«

»Ach du liebe Zeit.« Für einen kurzen Moment sah Isabel ein wenig mitgenommen aus. »Treyhern wird mir den Kopf abreißen.«

Catherine lachte erneut und griff sich beherzt das Marmeladentöpfchen. »Mein geliebtes Brüderlein wird erst gar nichts von meinem heimlichen Liebhaber erfahren, Isabel. Ich kann ein Geheimnis sehr wohl hüten, verlass dich drauf.«

Verständnislos schüttelte Isabel den Kopf. »Manchmal weiß ich nicht, welchem deiner Brüder du ähnlicher bist, Cat, aber so langsam komme ich zu der Überzeugung, dass du doch eher Bentley nachschlägst.«

»Genug der Rede von meinen Brüdern, Isabel«, erhob Cat Einspruch. »Erzähl mir lieber, wie es Jack geht. Werde ich ihn diesen Sommer überhaupt zu Gesicht bekommen?«

Isabel schaute ein wenig schwermütig drein. »Seiner Meinung nach ist er zu alt für das gesellschaftliche Treiben«, antwortete sie. »Aber ich zähle auf dich, Cat, du wirst mich schon auf Trab halten. Und jetzt reich mir doch bitte die Einladungen, die du erhalten hast und die ich dich bat mitzubringen. Zum Glück hast du sie nicht vergessen. Ich wusste doch, dass du eine ganze Menge Briefe erhalten würdest – dafür habe ich nämlich im Vorfeld gesorgt.«

Brav tat Catherine, wie ihr geheißen, und schon bald hatte Isabel die Briefe in drei kleine Stapel sortiert. »Gut, sehr gut«, sinnierte sie laut, nahm eine elfenbeinfarbene Karte und studierte sie ein wenig genauer. »Lady Mertons musikalische Soiree findet heute Abend statt, und am Donnerstag gibt Lord Walrafen einen Wohltätigkeitsball.«

»Ein Ball?«, hakte Catherine schelmisch nach. »Doch nicht etwa mit Musik und Tanz?«

»Doch, mein Kind, zu einem Ball gehört auch der Tanz«, erwiderte Isabel belehrend und fächelte sich hektisch mit der Einladung Luft zu. »Und dieser Ball ist ein absolutes Muss! Wir dürfen keine Zeit verlieren und lassen dir umgehend ein Ballkleid aus dunkelblauem Taft schneidern. Walrafen ist nämlich ein ganz besonderer Freund von mir … und außerdem ein unglaublich begehrter Junggeselle!«

Kapitel 2

»Sorgen Sie dafür, dass Ihr Wesen, Ihr Auftreten, Ihre Wortwahl und Ihr Tonfall immerzu sanfter und zuvorkommender Natur sind.«
Lord Chesterfield, 1776,
The Fine Gentleman's Etiquette

Um halb elf beförderte Maximilian de Rohan seinen Federkiel mit einem verbitterten Fluch derart schwunghaft ins Tintenfass, dass dieses gefährlich ins Wanken geriet. Sein Büro erdrückte ihn, und in den letzten Tagen war es ihm kaum möglich gewesen, auch nur einen leserlichen oder plausiblen Satz zu Papier zu bringen. Nichts ergab einen Sinn. Oben war unten, Westen fühlte sich an wie Osten, und die Mosaikstücke seines aktuellen Falles ergaben kein schlüssiges Gesamtbild, wie es eigentlich hätte sein sollen.

Und jetzt, *dio mio*, war diese Frau erneut im Hyde Park aufgetaucht – wie auch schon an den sechs Morgen zuvor. Er wünschte, sie würde verdammt noch mal fern bleiben. Schließlich hatte er einen Auftrag, einen ziemlich gefährlichen sogar, den es zu erfüllen galt. Dennoch hatte er es nicht lassen können, hatte sie heimlich aus der Ferne beobachtet, auch wenn ihm der Grund für seine Faszination schleierhaft blieb. Zuerst hatte er sich eingeredet, die Ursache dafür läge in der Eintönigkeit seiner Überwachungstätigkeit begründet, die er im Park ausübte. Peels neuester Kreuzzug hatte de Rohan dazu verdonnert, zwei Wochen lang in den frühen Morgenstunden im Park auf der Lauer zu liegen, und wenn er schon einer solch frustrierenden und eintönigen Aufgabe nachging, warum sollte es seinen Augen vergönnt sein, sich an schönen Objekten zu weiden?

Sie zu beobachten, hatte sich jedoch als außerordentlich verführerisch herausgestellt: Sie war hoch gewachsen und gelenkig, mochte vielleicht fünfundzwanzig Lenze zählen und bestach durch ihre erfrischende und unverdorbene Schönheit. Sie und ihr kräftiger, haselnussbrauner Wallach verschmolzen förmlich miteinander, wenn sie anmutig und temperamentvoll auf den ansonsten menschenleeren Pfaden des Parks galoppierte. Manchmal stieg sie für einen kleinen Spaziergang ab, und das Ross folgte ihr dann wie ein treu ergebener Spaniel. In ihren Bewegungen lag Poesie, sie schien förmlich über das Gras zu schweben. Immer wenn er sie anschaute, ertappte er sich dabei, wie er sich vorstellte, wonach sie wohl riechen mochte.

Mit dem Finger leicht gegen die Kante seines Schreibpultes trommelnd, gab de Rohan sich noch ein wenig den für ihn eher untypischen Tagträumen hin. Sie roch wahrscheinlich wie Mutter Natur. Wie damals sein Zuhause. Dieser reine und liebliche Geruch nach frisch gemähten Feldern und sonnengewärmter Erde. Düfte, die sich in einer Stadt wie London kaum entfalten konnten, da sie – sollte es sie überhaupt geben – sofort vom städtischen Rauch und Ruß überlagert wurden.

Wie dem auch sei, sie war durch und durch eine englische Lady, was sich nur unschwer an ihrer aufrechten Haltung und dem Urvertrauen ablesen ließ, mit dem sie sich bewegte. Nein, sie und er würden niemals Bekanntschaft schließen, auch nicht nach ihrem eher plumpen Bestreben, sich einander vorzustellen. Er hatte sie mit voller Absicht vor den Kopf gestoßen. Und das, obwohl er seit sechs Tagen außer Stande war, seine Augen von ihr zu lassen. Jedes Mal, wenn sie aus seiner Sichtweite geritten war, hatte er sie mit der Kraft seiner Gedanken zur Wiederkehr zwingen wollen und eine ausdauernde Geduld an den Tag gelegt, bis sie ihm am nächsten Morgen seinen Wunsch erfüllte.

Einmal waren seine Blicke ihr gefolgt, als sie entgegen den Regeln der Etikette den Reiterpfad verlassen und ihr mächtiges Ross über eine Reihe von Buchsbaumhecken hatte segeln lassen, ganz so, als könnte nichts und niemand sie aufhalten. Und das ausgerechnet im Hyde Park! Als sie die letzte Hürde hinter sich gelassen hatte und weitergeritten war, hatte ihn das seltsame Gefühl beschlichen, dass der Park und sein urbanes Ambiente für ihren Geschmack zu einengend waren. Es hatte fast den Anschein, als versuchte sie, einer weltlichen Last zu entfliehen.

Was mochte das sein? Eine repressive Familie? Nein, dazu war sie bereits zu erwachsen. Ein dominierender Ehemann vielleicht? Das glaubte er schon gar nicht, denn sie erweckte nicht den Eindruck, als gehörte sie zu der Sorte Frau, die sich leicht von einem Mann beherrschen ließ. Und außerdem würde es kein gescheiter Mann zulassen, dass seine Gattin zu solch früher Stunde durch London ritt, egal, durch welchen Stadtteil.

Heute war sie noch früher als gewöhnlich aufgetaucht, lange bevor die Morgensonne den vom Fluss herübergezogenen Nebel hatte vertreiben können. Deshalb hatte er sie auch nicht wie gewöhnlich aus der Ferne beobachten können. Nein, heute hatte sie ihn mit ihrer Anwesenheit überrascht, als er im Rhododendrongebüsch seinen Wachtposten bezogen hatte. Zu allem Übel hatte sie ihn auch noch wütend und verletzt zurückgelassen. *Maledizione!* Ein Mann in seiner Position konnte sich Derartiges einfach nicht bieten lassen. Und schon gar nicht von einer wunderhübschen Engländerin aus gutem Hause.

Wie von Geisterhand bewegten sich seine Finger zur Schublade des Schreibtisches und brachten ein Buch zum Vorschein, das er vor etlichen Monaten dorthin verbannt hatte. Es war eine edle und altertümliche Ausgabe, von der es wahrscheinlich nicht mehr viele Exemplare gab, was sie besonders wertvoll machte. Er balancierte das Buch in der Hand und schaute auf den Buchrücken, auf dem in goldenen Lettern der Titel prangte: *The Fine Gentleman's Etiquette*. Es wieder einmal in Händen zu halten, setzte in de Rohan ein befremdliches Gefühl frei – eine Mischung aus Verdruss und Scham. Verdruss, weil er es behalten hatte, und Scham, weil sein eigenes Leben in so gänzlich anderen Bahnen verlief. Unbändige Wut packte ihn, aber zum Teufel noch mal, schließlich hatte er sich doch jetzt die Zeit genommen, um sich dem albernen Inhalt zu widmen. Zählte das denn gar nicht?

Das in rotes Leder gebundene und an den Rändern vergoldete Werk war de Rohan von einem Mann mit Sinn für die feineren Dinge im Leben anlässlich seiner überraschenden Berufung ins Innenministerium überreicht worden. Er hatte es aus Höflichkeit und mit einem dankbaren Gesichtsausdruck entgegengenommen, wenngleich er keinerlei Verwendung für einen solchen Wälzer hatte, der zudem auch noch von dem alten, blasierten und wichtigtuerischen Lord Chesterfield verfasst worden war, der schon vor einer halben Ewigkeit das Zeitliche gesegnet hatte. De Rohan war sich sicher, dass die Ursache für sein Ableben *Ersticken durch Arschkriecherei* gewesen sein musste. Das Buch bestand nämlich ausnahmslos aus ungeheuerlich hochnäsigen Ratschlägen, die im besten Falle kriecherisch und im schlimmsten Fall machiavellistisch anmuteten. De Rohan las zum wiederholten Male die Widmung:

Mein lieber Junge,
auch ein Rohdiamant benötigt eines Tages einen Schliff.
Dein dir treu ergebener Diener,
George Jacob Kemble

Wie verdammt lächerlich es doch war, dass er ein solches Buch überhaupt besaß! De Rohan schnaubte und beförderte den Wälzer just in dem Moment unsanft in die Schublade zurück, als ein kurzes und ungeduldiges Klopfen an seiner Bürotür ertönte. Zuerst war er erleichtert, so unsanft in die Realität zurückgeholt zu werden, aber dieses angenehme Gefühl versiegte jäh, als Mr. Hobhouse' nervtötender und überpenibler Assistent in das Büro platzte. Wie gewöhnlich trug Feathershaw einen Stapel Akten bei sich und hatte sich einen Bleistift hinters Ohr geklemmt. Er erinnerte de Rohan immer an ein ungestümes und fleißiges Eichhörnchen.

De Rohan gab sich geschlagen und winkte den Assistenten näher, damit er sich setzte, was er auch ohne Umschweife tat. Einen Moment später hatte Feathershaw seinen Bleistift gezückt, schob seinen Kneifer ein Stück höher und trommelte ungeduldig mit dem Bleistift auf der Armlehne, wie es seine Angewohnheit war. »Haben Sie die Akten über die Gesetzesinitiativen zur Reform des Strafrechtes studiert, die ich Ihnen gab?«, setzte er mit einer Stimme an, die de Rohan förmlich dazu herausforderte, ihm zu widersprechen.

Aber er verkniff sich eine solche Reaktion und starrte ihn stattdessen mit herablassender Miene und weit nach oben gezogenen Augenbrauen über den Tisch hinweg an. »Bitte fahren Sie doch fort, Mr. Feathershaw.«

Einen Moment lang schien es, als könnte sich der Beamte behaupten, doch dann hielt er dem prüfenden Blick seines Gegenübers letztlich nicht stand. »Sie haben sie nicht gelesen, richtig?«, fragte er gereizt und löste sich aus de Rohans Blick. »Das Komitee tritt in einer Viertelstunde zusammen, und wie immer haben Sie nicht einmal einen Blick in die ...«

»Ich bin Polizist, Mr. Feathershaw«, unterbrach de Rohan ihn. »Und kein verdammter Politiker. Ich habe diesen Posten nur angenommen, um dabei behilflich zu sein ...«

»Falsch, de Rohan«, korrigierte der Beamte ihn. »Sie *waren* Polizist ...« Ein lautes Klopfen schnitt ihm jedoch das Wort ab. Feathershaw wirbelte herum und starrte zur Tür. Als ein Angestellter vom Empfang de Rohans schlicht eingerichtetes Büro betrat, nahm Feathershaw sein impertinentes Bleistifttrommeln sogleich wieder auf.

»Ich bitte vielmals um Entschuldigung, Mr. de Rohan«, setzte der junge Mann mit sorgenvoll gerunzelter Stirn an, »aber ein Bote überbrachte dies soeben aus Mayfair. Er sagt, es sei äußerst dringend.« Behutsam schob er einen Brief über die polierte Oberfläche des Schreibpultes. De Rohan studierte die winzige, hastig und schwungvoll auf das Pergament gekritzelte Adresse. Seine vom Polizeidienst geschulten Augen registrierten jedes Detail: das teure Papier und die gute Tinte. Ein Siegel hingegen fehlte – der Absender musste in Eile gewesen sein. Als er die Nachricht öffnete, fiel sein Blick auf ein Wappen, das er nicht kannte.

Lieber Max,
ich muss Sie dringend sprechen. Bitte machen Sie sich umgehend auf den Weg zu mir in die Princes Street, zum Haus meines Bruders, Lord Sands. Glauben Sie mir, ich würde niemals einen liebenswerten Freund belästigen, wäre die Situation nicht derart desolat.
Ihre Ihnen treu ergebene
Cecilia, Lady Delacourt

Dringend! *Desolat*! Um Gottes willen, Cecilia klang, als wäre jemand ermordet worden. Mit einem verzweifelten Schnauben warf de Rohan den Brief auf sein Pult. Seit Monaten, seit ihrer Abreise nach Derbyshire, hatte er nichts mehr von Lord und Lady Delacourt gehört – ach, wie friedlich diese Monate doch gewesen waren! Aber nun war Cecilia wieder da, woraus er schloss, dass ihre Niederkunft problemlos verlaufen war. Das freute ihn natürlich in gewisser Weise. Und wenn er ehrlich war, musste er sich eingestehen, dass ein winziger Teil in ihm erleichtert war, ihre unordentliche Schrift auf dem fremden Briefbogen zu sehen. Aber war er wirklich *ein liebenswerter Freund*? Fest stand, dass de Rohan sie mehr mochte, als ihm selbst recht war, oder anders ausgedrückt: Er hegte mehr Sympathie für Cecilia, als es für einen Mann in seiner Position schicklich war. Er ahnte insgeheim, dass auch sie sich ihrer Wirkung bewusst war. Oder irrte er? Vielleicht war Cecilia sich gar nicht bewusst, wie charmant sie wirkte.

Charme hin, Charme her – de Rohan hatte weder die Zeit, noch verspürte er das Bedürfnis, sich im Londoner East End auf die Suche nach einem gefallenen Mädchen zu machen, das vermisst wurde, oder nach einem verrückten Zuhälter, der ständig seine Fäuste sprechen ließ. Um einen derartigen Gefallen würde Cecilia ihn wahrscheinlich wieder einmal bitten. Ihr Gatte, Delacourt, schaffte es einfach nicht, sie zu bändigen, und Cecilias fehlgesteuerte und fast aussichtslose Bemühungen, sich sozial zu engagieren – sei es um Prostituierte zu retten oder

Diebe zu bekehren –, zogen fast unweigerlich immer Probleme nach sich. Sie würde ihn wieder und wieder um Hilfe bitten, und er würde wieder einmal nicht Nein sagen können und alles tun, was in seiner Macht stand. So wie er es auch die letzten Dutzend Male im vergangenen Jahr getan hatte. Es war ihm schleierhaft, warum er es einfach nicht schaffte, ihr eine Bitte abzuschlagen.

Ha! Noch eine Lüge! Er kannte den Grund sehr wohl, denn schuld war nur ihr besagtes liebreizendes Wesen. O Gott, wie er das hasste – nicht ihren Charme, sondern seine Empfänglichkeit für die Ausstrahlung des weiblichen Geschlechts. Cecilia war zum Glück nicht wie die meisten adligen Frauen, denn sie hatte ein Herz für andere und schreckte nicht vor harter Arbeit zurück, egal, wie aussichtslos die Lage auch sein mochte. Vielleicht lag genau darin begründet, warum er ihr jedes Mal aufs Neue seine Hilfe zukommen ließ.

»Mr. de Rohan?« Die Stimme des Empfangsjungen riss ihn aus seinen Gedanken. De Rohan schaute zu ihm auf und sah, dass der Jüngling mit dem ernsten Gesicht ihn noch immer ansah. »Ja, Mr. Howard?«

»Der Bote wartet unten«, kam Howards unsichere Antwort. »Er gab an, den Befehl zu haben, auf Ihre Antwort zu warten. Ich glaube, das bedeutet so viel wie … nun … dass die Kutsche nicht ohne Sie abfahren soll, Sir.«

Bei diesen Worten brach Mr. Feathershaws Trommeln abrupt ab. »Hobhouse wartet ebenfalls, de Rohan!«, feuerte er einen verbalen Warnschuss ab. »Die Gesetzesvorlage zur Reform des Strafrechts! Er erwartet Ihre Mitarbeit. Diesmal werden Sie nicht einfach das Weite suchen.«

Gütiger Himmel, schon wieder eine verdammte Sitzung! Cecilias Brief, dachte de Rohan, war seine Rettung, und bevor er seine Entscheidung überdenken konnte, war er aufgesprungen und hatte sich seine Aktenmappe geangelt. »Die Sitzung muss ohne mich stattfinden, Mr. Feathershaw. Lord Delacourt hat mich aufgrund einer dringenden Angelegenheit zu sich gerufen.

Sie kennen ja sein Gemüt – ganz zu schweigen von seinem Einfluss. Wir sollten ihn besser nicht warten lassen.«

De Rohan war überzeugt davon, sich einer nicht allzu schlimmen Lüge bedient zu haben. Er riss seinen Mantel vom Kleiderhaken, schnappte sich seinen Gehstock aus Elfenbein und eilte zur Tür hinaus. Howard und Feathershaw starrten ihm ungläubig hinterher, als er wie der Blitz im Schatten des Korridors verschwand.

»Was für ein arroganter und aufgeblasener Fremdling!«, zischte Feathershaw. »Er ist alles andere als ein Gentleman!«

»Ich wette, Sie trauen sich nicht, ihm das ins Gesicht zu sagen«, höhnte Howard und beugte sich mit einem breiten Grinsen zum Ohr seines Kollegen hinunter. »Ach, übrigens, in seiner Personalakte steht, dass er in Middlesex geboren und in Allhallows, also unweit des Towers, getauft worden ist.«

Feathershaw schürzte die Lippen. »Ach, wirklich?«, fragte er mit sarkastischer Stimme. »Welch ein vornehmes Stadtviertel, jetzt bin ich aber mächtig beeindruckt!«

Das große Rundbogenfenster von Madame Germaines Geschäft für den gehobenen Geschmack konnte das Getrappel des mittäglichen Verkehrs auf der Bond Street nicht dämpfen. Catherine bekam von dem zauberhaften Frühlingstag so gut wie nichts mit, denn sie steckte – wahrscheinlich bis zur Teatime – im Umkleideraum fest, wo sie gezwickt und gezwackt und in edle Garne gezwängt wurde, deren Namen sie nicht einmal fehlerfrei aussprechen konnte und deren Verwendung ihr zudem vollends schleierhaft blieb.

Und warum das alles? Weil sie töricht genug gewesen war, der bäuerlichen Schönheit Aldhamptons zu entfliehen. An einem solch zauberhaften Tag würden die Lämmer umhertollen, in ihrem Obstgarten würde ein rosa-weißer und süßlich duftender Blütenregen niedergehen, die Felder wollten gepflügt werden, und es gäbe unendlich vieles, was sie mit ihrem Verwalter zu besprechen hätte. Aber trotz oder gerade wegen dieser lieblichen Erinnerungen, dachte Catherine, würde sie einen weiteren Frühling dort nicht überstehen. Alles war so leer.

Sicherlich, ihr Besuch in der Stadt hatte Tante Isabel in Verzückung versetzt, und was konnte jemand, der keine persönliche Freude mehr am Leben hatte, Besseres tun, als anderen eine Freude zu bereiten? Was machte es da schon, wenn sie Isabel einige Wochen ihres Lebens schenkte? Und vielleicht, aber auch nur *vielleicht*, würde sie ja einem interessanten Mann begegnen. Nun, möglich, dass das bereits geschehen war. Mit einem Mal kehrten Catherines Gedanken zu ihrem seltsamen Ausritt im Hyde Park an jenem Morgen zurück.

Ein Nadelstich katapultierte sie jedoch wieder jäh in die Gegenwart zurück. »Autsch!«

Madame Germaines Näherin machte einen Satz nach hinten, weg von dem Podium, auf dem Catherine stand. »*Mille pardons, madame!*«

Mit geschürzten Lippen kam Lady Kirton durch die schweren Vorhänge in den Ankleideraum geeilt. In einer Hand trug sie einen Ballen elfenbeinfarbener Seide. »Sie können nichts dafür, Michelle.« Isabel warf Catherine einen finsteren Blick zu. »Ihre Kundin zappelt ja auch ständig hin und her.«

»Ich gebe mir wirklich allergrößte Mühe stillzuhalten«, verteidigte sich Catherine.

Mit kritischem Blick taxierte Lady Isabel ihre Nichte vom Scheitel bis zur Sohle, bevor sie zustimmend nickte. »Wie der Stoff deine schlanken Beine zur Geltung bringt, meine Liebe!«

Catherine, die noch immer auf dem Podest weilte, musste lachen. »Auf dass ich eher einem Fohlen als einem ausgewachsenen Pferd gleichen möge, oder wie?«, kam ihre kecke Antwort, als die Näherin wieder ans Werk ging.

Isabel lächelte besonnen und ließ sich in einem unweit stehenden Sessel nieder. »Du bist wunderhübsch, Cat.«

Catherine senkte den Blick auf die flinken Finger der Näherin. »Aber ich bin weder blond noch zierlich – geschweige denn zerbrechlich.«

»Nein, das bist du alles nicht«, pflichtete Isabel ihr bei, »doch du bist durch und durch eine Frau und strahlst Vernunft und Eleganz aus.« Mit ihrer behandschuhten Rechten gab sie der Angestellten einen Wink. »Lassen Sie die großen Rüschen am Kragen weg, Michelle. Sie ist alt genug, um ihre Vorzüge zur Schau zu stellen.«

»Ha!« Catherine rutschte tiefer in das Mieder hinein. »Du meinst wohl, ich sollte das Wenige, das ich habe, auch entsprechend präsentieren? Jetzt aber etwas anderes, Isabel: Lass uns die Zeit, in der der Saum gesteckt wird, sinnvoll nutzen und erzähl mir ein wenig über diesen Lord Walrafen. Hat er noch alle Zähne? Wie ist es um sein Haar bestellt?«

Wenngleich sein Abgang aus Whitehall, dem Regierungsviertel Londons, eher impulsiver statt besorgter Natur gewesen war, so änderte sich de Rohans Gemütsverfassung schnell, als er in der Princes Street eintraf. Eine Traube Bediensteter mit aschfahlen Gesichtern stand tuschelnd auf Lord Sands Treppe. Auf der gegenüberliegenden Straßenseite entdeckte de Rohan eine ihm bestens bekannte Kutsche. Es war eine Leichenkutsche, dessen spindeldürres, schwarzes Pferd den Kopf hängen ließ, als wäre ihm bewusst, welcher Art Arbeit es nachging.

De Rohan wurde klar, dass er Cecilias Hilferuf auf die leichte Schulter genommen hatte. Er bahnte sich einen Weg durch die kleine Menge, schritt durch das Portal und fand sie im puren Chaos wieder. Im Innern des Hauses wimmelte es von Bediensteten, die teils hin und her eilten, während andere, aufgeregt flüsternd, im hinteren Teil der Empfangshalle standen. An der Wandtäfelung neben der Tür zum Salon kauerte eine dralle, goldblonde Bedienstete, die schluchzend in den zusammengeknüllten Saum ihrer gestärkten Schürze weinte.

Eine stattliche Frau, die die für eine Haushälterin üblichen

Kleider trug, schritt auf sie zu. »Genevieve!«, sprach sie mit strafendem Blick auf sie ein. »Du gehst jetzt auf der Stelle nach oben und sammelst dich.«

»*Oui, madame*«, murmelte das Mädchen und ging in Begleitung einiger Kolleginnen die Treppe hinauf.

Ein Mann, der allem Anschein nach der Butler sein musste, unterhielt sich in gedämpftem Ton mit zwei Wachtmeistern, die de Rohan vom Polizeirevier in Westminster, vom Queen Square, her kannte. Als der Butler de Rohan bemerkte, eilte er auf ihn zu. »Sie müssen der Herr vom Innenministerium sein.«

Um seinen Worten Nachdruck zu verleihen, rang er die Hände. »Ich nehme an, Sie möchten sich sofort den Leichna ... äh ... direkt nach oben gehen.«

»Wohin nach oben?«, wollte de Rohan wissen. »Was ist denn überhaupt passiert?« Aber in Gedanken spielte er bereits mehrere Möglichkeiten durch, eine furchtbarer als die andere.

Der Butler öffnete und schloss den Mund, als fehlten ihm die Worte für eine Erklärung. Der Mann, den de Rohan als Polizeiwachtmeister Sisk erkannt hatte, kam nun auf sie zu, dicht gefolgt von seinem Kollegen. »Ordern Sie den Leichenwagen zum Hintereingang, Eversole«, befahl Sisk seinem Mitarbeiter mit ruhiger Stimme, während er de Rohan zur Seite zog.

De Rohan packte den Wachtmeister mit unbarmherziger Härte am Arm. »Wo ist Lady Delacourt?«, zischte er. »Herrgott noch mal, was ist ihr zugestoßen?«

Mit einem zynischen Lächeln ließ Sisk seinen Blick an de Rohans dunkler Kleidung herabwandern. »Oho, Sie verkehren heutzutage wohl in feinerer Gesellschaft als in den guten alten Zeiten, Kumpel, oder wie?«, stieß er hervor.

»Klappe, Sisk«, knurrte de Rohan. »Wo ist sie?«

»Sie wittern wohl schon ein Schäferstündchen, oder was?«, fauchte der Wachtmeister. »Hat sich mit ihrem Bruder im Salon verschanzt, der wie ein Schlosshund heult. Scheint, als hätte seine Frau letzte Nacht ein Rendezvous mit Gevatter Tod gehabt.«

De Rohan blickte Sisk verwundert an. »Lady Sands? *Tot*?«

»Aye. War wohl 'ne recht grausame Nummer. Und da sie die Olle eines Lords ist, wird das bestimmt 'ne gehörige Portion Trubel geben. Mann, bin ich froh, dass Sie die Chose hier übernehmen.«

Übernehmen? Zu spät bemerkte de Rohan, dass er noch immer seinen Zylinder trug, dessen er sich nun schnell entledigte. Mit der linken Hand fuhr er sich durch die Haare. Cecilias Schwägerin war tot?

Wenn das stimmte, fiel dies in die Zuständigkeit des Gerichts am Queen Square. Seit der Tragödie im Nazareth-Zirkel, einem der wohltätigen Projekte Cecilias, war er nicht mehr mit einem Mordfall betraut gewesen. Bei besagtem Fall hatte er auch Cecilia sowie Lord Delacourt und Lady Kirton kennen gelernt. Seitdem jedoch hatte sich sein Aufgabengebiet mächtig gewandelt. Heutzutage gehörte es eher zu seinen Aufgaben, in Whitehall Papier von einem auf den nächsten Stapel zu schieben, statt Schmugglern in Wapping aufzulauern. Leichte Verwunderung machte sich in ihm breit, denn er war doch als Cecilias Freund gekommen, und außerdem hatte er Lady Sands so gut wie nicht gekannt. Wohl aber ihren Namen und was für einen Ruf sie genoss. Julia Markham-Sands war eine Schönheit, eine atemberaubende Schönheit sogar, aber wenn er den Gerüchten Glauben schenkte, so war sie ihrem Gatten ein ziemlicher Dorn im Auge.

»Wie hat Lord Sands es aufgenommen?«

Der Wachtmeister setzte ein unangenehmes Lächeln auf. »Wie ein Schuldiger es eben aufnimmt, de Rohan«, antwortete er beschwingt und klopfte ihm mit gespieltem Mitleid auf die Schulter. »Und da Sie der Mann vom Innenministerium sind, sollten Sie mit nach oben kommen und sich den Tatort näher anschauen, bevor der gute Lord auf die Idee kommt, Sie rauszuschmeißen.«

Der Sarkasmus in Sisks Stimme traf de Rohan. »Ich erhielt eine Nachricht«, gab er bissig zurück. »Von der Schwester des Lords.«

Sisk jedoch polterte mit seinen schweren Stiefeln bereits die Stufen hinauf. Die Aktenmappe und seinen Zylinder noch immer in der Hand, folgte de Rohan dem Wachtmeister bis in die zweite Etage. Sie erreichten just in dem Moment die Tür des Schlafgemachs von Lady Sands, als der zugedeckte Leichnam von Cecilias Schwägerin auf einer Bahre herausgetragen wurde. Eversole und der Krankenwärter blieben stehen und schauten de Rohan mit respektvollen, aber auch fragenden Blicken an.

Nun, ob es ihm recht war oder nicht, die Anwesenden hatten ihn als eine wie auch immer geartete Autorität akzeptiert. Er blickte kurz zu Sisk, bevor er eine Ecke des Lakens zurückschlug, unter dem die Tote lag. Julia Markham-Sands war nicht mehr die atemberaubende Schönheit von früher.

»Tod durch Erdrosseln?«, erkundigte de Rohan sich sachlich.

Mit einem finsteren Gesichtsausdruck schob Wachtmeister Eversole behutsam das Laken noch ein Stück weiter zurück. De Rohan traute seinen Augen nicht, Lady Sands schien die Angewohnheit gehabt zu haben, sich nackt zu betten. Dunkle Blutergüsse überzogen ihren Hals und streuten fast bis zu ihren Brüsten aus.

Sisk sah sich die Verletzungen ein wenig näher an. »Erst geknebelt, dann erwürgt, würde ich sagen«, lautete seine Diagnose. »Schnelle saubere Arbeit. Die arme Lady hat nich' mal geschrien.«

»Oh!« De Rohan zog eine Augenbraue hoch. »Wer sagt das?«

»Ihre Kammerdienerin. Und natürlich Lord Sands.« Der Wachtmeister stieß ein makaberes Lachen aus und bedeutete den Helfern, die Leiche abzutransportieren. »Alle anderen schliefen eine Etage höher oder tiefer. Niemand hat was gehört.«

De Rohan grunzte und schritt über den wertvollen Perserteppich, um sich ein Paar silberne Augengläser, die neben einer leeren Flasche auf dem Nachttisch lagen, näher anzuschauen, aber sie entpuppten sich nur als Lesehilfe für vornehme Damen. De Rohan blickte hindurch. Lady Sands war offensichtlich ein klein wenig kurzsichtig gewesen. Als Nächstes untersuchte er die Flasche. Champagner, ein teurer, aber schlechter Jahrgang. Er zuckte mit den Schultern. Die Engländer waren echte Banausen. »Wo ist das Glas dazu?«, blaffte er Sisk an. »Wie viele Gläser gab es insgesamt?«

Sisk hatte die Antwort sofort parat. »Nur eins. Ihre Kammerdienerin hat es vor Schreck fallen lassen. Sie haben ja den Hals der Toten selbst gesehen. Da war kein Gift im Spiel.« Sisk hatte Recht. Gütiger Gott, hoffentlich lag er mit seinen Vermutungen über Sands' Schuld falsch! »Vielleicht war es jemand, der nicht im Haus wohnt«, dachte de Rohan laut nach, »der die Lady aber kannte.«

Der Wachtmeister hob die Schultern. »Dann wär's Raubmord«, schlussfolgerte er. »Und zu Lord Sands' Verteidigung: Das Fenster dort sieht aus, als wär es mit einem Meißel oder Brecheisen aufgehebelt worden.«

Ein wenig irritiert legte de Rohan die Sehhilfe zurück. »Ich nehme an, auch das will niemand gehört haben.«

Sisk kratzte sich am Kinn und machte eine ruckartige Kopfbewegung in Richtung Fenster. »Verstehe. So wie der Fensterriegel bearbeitet worden ist, hätte es einen Höllenlärm geben müssen, selbst wenn's nur eine falsche Fährte für uns sein soll.«

»Ist dieser Raum gründlich untersucht worden?«, wollte de Rohan wissen.

»Ich hab ihn mir kurz angeschaut.«

»Sind die Aussagen der Dienstboten erfasst worden?«

»Sobald die Leiche auf dem Weg ins Leichenschauhaus ist, wird Eversole sich um die wenigen kümmern, die noch nicht vernommen worden sind.« Sisk verlagerte unruhig das Gewicht von einem Fuß auf den anderen. »Übernehmen Sie den Fall jetzt oder nicht?«

Ohne Sisk zu antworten, schritt de Rohan zum Fenster, öffnete es behutsam und beugte sich vornüber. Das Gemach ging zur Rückseite des Hauses hinaus, was bedeutete, dass im Schutze der Dunkelheit ein gewiefter Dieb problemlos an den Abflussrohren und unter Zuhilfenahme der Fensterbänke die Wand hätte erklimmen können. Aber erfahrene Einbrecher waren selten dämlich genug, in Räume einzusteigen, in denen sich jemand aufhielt. Und selbst wenn sie auf frischer Tat erwischt wurden, so war es wahrscheinlicher, dass sie mit ihrer Beute schnellstmöglich türmten, statt jemanden umzubringen. Zumindest nicht, wenn es sich vermeiden ließ.

Und in diesem Fall war es mitnichten nötig gewesen, denn Lady Sands hatte ihren Mörder nicht auf frischer Tat ertappt. Im Gegenteil, sie war in ihrem eigenen Bett ermordet worden, und so, wie es aussah, war sie erst wach geworden, als es ohnehin längst zu spät gewesen war, als der Mörder ihr bereits einen Knebel in den Rachen geschoben hatte. Aus einem unerklärlichen Gefühl heraus bezweifelte Max jedoch, dass sie allein in diesem Bett gelegen hatte.

De Rohan ließ seinen Blick durch das überladene, aber ansonsten eher gewöhnliche Schlafgemach wandern. Mit Ausnahme des Fensters schien alles in Ordnung zu sein. Das Ganze erschien ihm so ungerecht! Eine Frau wurde in ihrem eigenen Bett erdrosselt, und die Laken waren so gut wie nicht zerwühlt. Er hielt inne und schloss die Augen, um sich vom Anblick des Tatorts frei zu machen. Aber das Bild von Lady Sands' geschwollenem Gesicht hatte sich in sein Gedächtnis gebrannt. War Cecilias Bruder wirklich in der Lage, ein derart heimtückisches Verbrechen zu begehen? Wenn ja, dann musste Sands zur Rechenschaft gezogen werden, egal, wie weit sein Stammbaum auch zurückreichen mochte. Selbst jetzt, nach einem ganzen Jahr, das er schon den seltsamen Posten im Innenministerium bekleidete – er hatte die Stelle durch den Einfluss von Cecilias ehemaligem Stiefsohn erhalten –, betrachtete er sich in erster Linie noch immer als Polizist. Ein Job, den er zugleich hasste und liebte.

Wie dem auch sei, der Jagdinstinkt war ihm in die Wiege gelegt worden, und egal, wie hoffnungslos oder hart die Arbeit auch sein mochte, er konnte der Herausforderung der Jagd einfach nicht widerstehen. Vor seiner Stelle im Innenministerium hatte er den Posten des Hauptkommissars bei der Flusspolizei bekleidet, und davor hatte er zwei Jahre für die Dienststelle am Queen Square gearbeitet. Wiederum zwei Jahre zuvor hatte er es zum allerjüngsten Hauptmann der Bow Street Runners geschafft, einer Polizei-Einheit, die Verbrechern jeglicher Couleur nachstieg und sie stellte. In den Sphären, in denen er sich damals getummelt hatte, passierten Morde schnell und anonym. Einer gegen alle, alle gegen einen. Er war oft Zeuge von Tötungsdelikten gewesen, wodurch er fast immun gegen Blutbäder geworden war. Aber dieser heimtückische Mord an einer betuchten Lady, die im sicheren Hafen des eigenen Hauses geschlafen hatte – das sich zudem auch noch im Nobelviertel Mayfair befand –, war etwas völlig anderes. Trotz Sisks signalisierter Bereitwilligkeit, den Fall an ihn abzutreten, fiel das Verbrechen nicht in de Rohans Zuständigkeit. Er war schließlich nur als *liebenswerter Freund* gekommen. Schlimmer noch, er arbeitete für das Innenministerium, wo man ihn mit Fragen löchern und von ihm verlangen würde, den Fall mit dem nötigen Fingerspitzengefühl zu behandeln, was nicht gerade zu seinen Stärken zählte, wie er sich eingestehen musste.

Verdammter Mist!

De Rohan schaute sich ziellos im Raum um und dachte gerade über einen Ausweg aus diesem Dilemma nach, als der erste richtig kräftige Strahl der Morgensonne durch das Fenster schien und geradewegs auf etwas Glitzerndes fiel, das auf dem gemusterten Teppich lag. Blitzschnell durchquerte de Rohan das Zimmer und kniete neben dem Nachttischchen nieder. Über seine Schulter hinweg winkte er Sisk heran. »Das sollten Sie sich einmal näher anschauen«, sagte er mit gedämpfter Stimme.

»Hoppla!« Sisk ging neben de Rohan in die Hocke. »Sieht aus, als wärs verdammt wertvoll.«

Er hatte Recht. Außer dem riesigen Topas-Anhänger, der de Rohans Aufmerksamkeit erregt hatte, säumten noch so manche

Brosche und etliche Ohrringe den Teppich um den Nachttisch. In dem zuvor trüben Licht und durch die starke Musterung des Teppichs waren die Schmuckstücke kaum zu sehen gewesen. Mit der Fingerspitze hob de Rohan die Tischdecke aus Brokat hoch, die zu allen Seiten über das Möbelstück hing, und entdeckte darunter eine elegant verzierte Schmuckschatulle, die umgeworfen worden war und deren Inhalt sich in allen Farben des Regenbogens ergoss.

»Himmel!«, raunte Sisk. »Was für ein Vollidiot von Dieb würde denn solch einen Klunkerhaufen liegen lassen?«

Das war eine ausgezeichnete Frage. Widerwillig erhob de Rohan sich. »Nun«, setzte er leise an. »Jetzt ist die Sache wohl entschieden, und es wäre das Beste, Sie würden mich mit den Fakten vertraut machen, die Sie bereits zusammengetragen haben.«

Kapitel 3

»Geben Sie sich unkompliziert, gar ein wenig forsch, wenn es darum geht, neue Bekanntschaften zu schließen.«
Lord Chesterfield, 1776,
The Fine Gentleman's Etiquette

In jener Nacht träumte de Rohan von daheim, davon, wie es einst gewesen war – ohne Rauch, ohne verkohlte Trümmer und vor allem ohne diese voll gefressenen und rußverschmierten Soldaten, die träge zwischen den Ruinen herumgelungert, sich ungefragt den guten Gewürztraminer seines Vaters einverleibt, laut gelacht und gerülpst hatten – die nur darauf gewartet hatten, die Küchenmägde seiner Mutter zu vergewaltigen. Nein, er träumte von besseren Zeiten, von den wärmenden Sonnenstrahlen auf seinen Schultern, der zart duftenden Erde unter seinen nackten Füßen und den sonnenüberfluteten Hügeln mit unzähligen Reihen saftiger und reifer Reben, die seine kleine heile Welt eingegrenzt hatten. Davon, wie er dicke reife Trauben in den Händen hielt, deren Duft und Farbe explodierten, wenn er sie zerdrückte, und wie sich ihr süßlicher Saft über seine Arme verteilte und ihm Hemd und Gesicht befleckte.

»Maximilian! Che cosa fai …?«

Er lugte über den Rand des flachen Holzzubers, in dem er saß, und sah, wie seine Mutter – das Gesicht von unbändigen schwarzen Locken eingerahmt – in einem gestärkten Leinenkleid aus dem Haus gestürzt kam, durch das Gartengatter flog und dabei laut etwas auf Italienisch rief.

»Max! O Max, du kleiner Racker!« Mit diesen Worten fiel sie neben ihm im warmen Gras auf die Knie, zog ihn zu sich heran und tauchte einen Zipfel ihrer Schürze in den kleinen Eimer mit Wasser, der neben dem Bottich stand. »Was hast du nur angerichtet?«, schalt sie ihn und wusch ihm die Obstspritzer von Armen und Händen. »Diese Weintrauben waren zum Essen gedacht, du kleiner ungezogener Junge! Und nicht für Papas Weinkeller.«

Max wusste aber genau, dass sie ihm nicht wirklich grollte, weshalb er glucksend sein Gesicht in ihrem Busen vergrub. Er versank ebenso in dem Kuss, den sie ihm aufs Haupt gab, wie auch in ihrem lieblichen Duft nach Seife, Lilien und frisch gebackenem Brot. Aber warum hörte das Schrubben an seinen Fingern nicht auf? Das Geräusch wurde lauter und lauter, und das raue, nasse Leinen scheuerte unablässig über seinen Handteller und seine Finger. *Dio mio*, wollte sie ihm dieses Mal die Haut wegreiben?

De Rohan schreckte aus dem Schlaf hoch.

Lucifer. Nur Lucifer. Nicht seine Mutter.

Er atmete tief ein, tastete mit geschlossenen Augen nach der Dogge und streichelte ihr den Kopf. Noch war der Morgen fern, noch fiel kein Sonnenstrahl durch das Fenster des kleinen Schlafgemachs, aber seine große, schwarze Dogge und ihr Harndrang waren die ersten Vorboten der Dämmerung. De Rohan drehte sich um und musste feststellen, dass Lucifer bereits das halbe Bett erklommen hatte. Das Bett quietschte bedenklich unter dem zusätzlichen Gewicht von knapp siebzig Kilogramm.

De Rohan schob die Erinnerungen an jenen lieblichen Traum beiseite, derer er wahrhaftig nie viele hatte, und rieb sich die Hände an der Tagesdecke ab, bevor er den Hund zwischen den Ohren kraulte. »Runter vom Bett, du Bestie.«

Mit gesenktem Blick kroch der Hund noch ein wenig näher zu seinem Herrchen, bis seine Zunge fast auf de Rohans Gesicht hing. Der feuchtwarme Hundeatem vertrieb zwar die kühle Nachtluft, sagte de Rohan aber gar nicht zu. »Igitt«, grunzte er und schlüpfte nackt zwischen den Decken hervor. »Ist es schon wieder so weit, alter Junge?«

Lucifer antwortete mit einem dankbaren *Wuff!*, sprang mit

einem Satz vom Bett und landete mit einem Ehrfurcht gebietenden Geräusch auf dem nackten Boden. De Rohan schlurfte in den Salon hinein, um die Tür zur Veranda zu öffnen und den Hund in den von Mauern gesäumten Garten seiner Hauswirtin zu entlassen. Mit klirrendem Halsband sprang Lucifer über die Mauer, um seine morgendliche Patrouille zu beginnen.

De Rohan begann mit der Morgenrasur und schlüpfte in seine übliche, wenn auch etwas eigentümliche Garderobe: einen Anzug aus schwarzem Kammgarn, den grau-weiße Nahtleisten zierten und der weniger durch Eleganz als durch Funktionalität bestach. Nachdem er ein Feuer im Kamin entfacht und den Wasserkessel aufgesetzt hatte, zündete er die Lampe auf seinem Schreibpult an, das unter dem Fenster stand. Sofort fiel sein Blick auf das in rotes Leder gebundene Buch.

Er hatte es nur deshalb mit nach Hause genommen, um sich die Peinlichkeit zu ersparen, sollte es jemandem im Innenministerium in die Hände fallen – so zumindest rechtfertigte er es vor sich selbst und schickte ein Stoßgebet zum Himmel, dass dies der wahre Grund sein möge. Wieder griffen seine Hände eigenmächtig nach dem Wälzer, der sich wie von selbst an einer bestimmten Stelle öffnete. De Rohan rümpfte die Nase. Dies war bestimmt Kembles absolute Lieblingspassage.

Kleidung gehört zu jenen Gegenständen, die nicht mit Nachlässigkeit behandelt werden dürfen. Der Unterschied zwischen einem Mann mit Verstand und einem ohne besteht darin, dass der Stutzer seinen Wert nach seiner Kleidung bemisst. Darüber lacht der Mann mit Köpfchen, obgleich er um die Wichtigkeit der äußeren Hülle eines Menschen weiß.

Mit einem deftigen Fluch auf Italienisch warf de Rohan das Buch zum wiederholten Mal hin und widmete sich lieber einer konzentrierten Durchsicht der Aussagen, die Sisk ihm überreicht hatte. Gedankenverloren trank er zwei Tassen Kaffee, während er ein Dutzend Seiten Pergament mit Notizen voll kritzelte. Im Anschluss fertigte er aus dem Gedächtnis einen groben Grundriss von Lord Sands' Stadthaus an, über dem er während der dritten Tasse Kaffee brütete.

Er war derart vertieft in die Materie, dass er nicht bemerkte, wie die Zeit verstrich. Plötzlich begann Lucifer, der ins Zimmer zurückgekehrt war, fürchterlich zu bellen, weil etwas – vielleicht ein Rotkehlchen – am Fenster vorbeigeflattert war. De Rohan schaute auf und erkannte, dass die Dämmerung bereits eingesetzt hatte. Ein klarer Frühlingstag kündigte sich an, und er beobachtete, wie die Stadt langsam erwachte: Knirschend und klappernd rumpelten Pferdekutschen die Seitengasse hinauf, und er sah Kohlenwagen und Straßenhändler, die ihren Tagesmarsch in Richtung Chelsea Road angetreten hatten. Im Buchsbaum direkt vor seinem Fenster hatte eine Spinne ihr feines weißes Netz gesponnen, in dem unzählige Tautropfen glitzerten. Es wirkte wie ein achtlos weggeworfenes Taschentuch, war aber in Wirklichkeit aus purer Berechnung an eben dieser Stelle entstanden. Genau wie das Netz, das er im Park ausgelegt hatte und um das er sich schleunigst kümmern sollte, bevor die Sonnenstrahlen die Dächer erklommen.

Sogleich legte er die Schreibfeder beiseite, verstaute seine Notizen in der Aktenmappe und blickte sich suchend nach Lucifers Leine um. Nachdem er den Hund zu sich gerufen hatte, nahm er seinen Spazierstock und zog aus, um seinen üblichen Umweg nach Whitehall zu nehmen. Auf den Stufen vor dem Haus wäre er jedoch fast über Nate Corcoran gestolpert, einen ehemaligen Straßenjungen, mit dem er sich angefreundet hatte und den er hie und da als Laufbursche für die Familie engagierte.

Der Junge sprang auf, fuhr sich in Windeseile mit der Hand über die Nase und rückte seine Mütze zurecht. »*Bon tschorno*, Meister«, zwitscherte er. »Punkt acht, wie Sie's befohlen ha'm.«

De Rohan lächelte den Jungen an. »*Buongiornio*, Nate«, korrigierte er ihn und klopfte ihm etwas Staub vom Ärmel. Ihm war völlig entfallen, dass er den Jungen bestellt hatte. »*Come stai*?«

Nates Gesicht hellte sich kurz auf, als Lucifer an ihm schnupperte und mit dem Schwanz wedelte. »Das hat Nonna Sofia mir noch nich' beigebracht«, verkündete er mit einem resignierten Seufzer. »Ich glaub nich', dass ich je schlau genug sein werd, um als Flusspolizist arbeiten zu könn'n.«

»*Wie geht es dir*?«, übersetzte de Rohan und suchte in seiner Manteltasche nach Münzen. »Eines Tages wirst du ein richtig guter Gesetzeshüter werden, aber nur wenn du nicht vorher von einem geschnappt und eingebuchtet wirst. Sei so gut und geh mit Lucifer zum Wellclose Square und richte meiner Großmutter aus, sie möge ihm diese Woche im Garten Auslauf gewähren, da ich viel zu tun habe.«

»Jawoll, Sir!«

Spontan kniete de Rohan nieder und strich dem Hund über das Fell. »Aber wehe du gräbst wieder Löcher in den Rasen«, warnte er Lucifer, der ihm wie üblich nur ein schiefes Lächeln schenkte.

De Rohan erhob sich und legte dem Jungen behutsam eine Hand auf die schmale Schulter. »Gib Acht auf den Verkehr, Nate. Und lass niemanden an ihn ran, sonst könnte es sein, dass er jemandem den Finger abbeißt. Und richte Sofia bitte aus: *niente ricotta*!« Er drückte dem Jungen eine Fünfschillingmünze in die kleine schmutzige Hand. »Und hüte dich, ihr etwas von dieser kleinen Extrabezahlung zu erzählen.«

»Ah!« Nate grinste bis über beide Ohren. »*Una bustarella*?«

Wo zum Teufel hatte der Junge dieses Wort gelernt? De Rohan machte ein mürrisches Gesicht. »Nein, das ist keine Bestechung; du sollst lediglich ein Auge darauf haben, was sie ihm zu fressen gibt, und mir Bescheid geben, falls Ärger im Verzug ist.« Er deutete mit dem Kopf auf den Hund. »Schau dir nur mal an, wie dick er geworden ist.«

Der Junge lächelte ihn von der Seite an. »Kein Ricotta!«, übersetzte er fröhlich. »Aber wetten, dass sie ihm sowieso gibt, wonach ihr grad is'?«

»Das tut sie doch immer«, brummte de Rohan und übergab

dem Jungen die Leine, während seine andere Hand noch immer auf Nates Schulter ruhte. »Ich werde ihn am Samstag abholen. *Sabato*. Sag das bitte auch Nonna Sofia. Und dass ich mich bis dahin nicht bei ihr blicken lassen werde, es sei denn, sie braucht mich dringend.«

»Jawoll, Meister, verstanden!«, antwortete der Junge und machte sich fröhlich winkend auf den Weg. »*Sabato! Niente ricott*a! Und *arriverdertschi*!«

»*Arriverderci*«, verbesserte de Rohan ihn leise. »Du bist ein wahrhaft guter Junge, Nate. Grazie.«

Nate jedoch schritt bereits mit flinken Schritten gen Osten und hatte de Rohans letzte Worte nicht mehr gehört. Maximilian schaute den beiden noch ein wenig nach. Einen flüchtigen Augenblick lang fühlte er sich unsäglich einsam. Der Gedanke daran, dass er heute Abend in eine leere Wohnung zurückkehren würde, betrübte ihn. Aber ihm war wohler bei dem Gedanken, dass der Hund verwöhnt wurde, statt so viele Stunden allein zu sein, nur weil sein Herrchen wieder einmal bis spät in die Nacht arbeitete.

De Rohan erreichte den Hyde Park über den Constitution Hill und entschied sich für einen westlich des Sees verlaufenden Fußpfad. Um diese Zeit war der Park so gut wie leer, und nach einem kurzen, aber zügigen Fußmarsch hatte er die Grünflächen für Spaziergänger hinter sich gelassen und befand sich in dem Teil des Parks, der von jenen frequentiert wurde, die entweder ihr Pferd auf Herz und Nieren prüfen wollten oder aber aus anderen Gründen ein wenig Abgeschiedenheit suchten. De Rohan war wegen Letzterer gekommen, und das Glück schien ihm nach vierzehn Tagen endlich hold zu sein. Als er sich fast lautlos der Stelle näherte, an der der Pfad durch ein Rhododendrongebüsche führte – jener Stelle, wo er der schönen Frau begegnet war –, vernahm er gedämpftes Flüstern. Es waren zwei Männer; einer sprach mit einem leichten Cockney-Akzent, und die Stimme des anderen war zuerst tief, schroff und knarzte, bevor der Mann in zynisches Lachen ausbrach.

Endlich! Schon seit Monaten arbeitete er daran, die Bestechung in den Reihen der Regierung aufzudecken. Mit gelassener Sicherheit schlich de Rohan um das Gebüsch herum, auf der Suche nach einer geeigneten Stelle für einen möglichen Überraschungsangriff. Bei Gott, er würde glatt seine Seele verkaufen, wenn er nur einen Blick auf die beiden Halunken erhaschen könnte. Noch besser wäre es, wenn er sie bei der Geldübergabe beobachten könnte, dann nämlich hätte er einen eindeutigen Beweis für seine Vermutungen, und schließlich gab es keinen glaubwürdigeren Zeugen als ihn.

Die Vorfreude auf den Erfolg brachte sein Blut in Wallung, doch nachdem er sich ein Stück vorgearbeitet hatte, bemerkte er, dass er nicht allein war. Ein Stück den Pfad hinunter stand in einer Nische eine Bank, auf der eine Frau saß. Verdammt, es war wieder *diese* Frau. Und sie las ein gottverdammtes Buch! De Rohan spürte Beunruhigung in sich aufsteigen, die noch dadurch gesteigert wurde, dass die Stimmen lauter zu werden schienen. Durch den dünnen grünen Vorhang aus Blättern, der ihn noch von ihr trennte, sah er, dass sie aufgesprungen war. Hatte sie ihn etwa gehört? Oder etwas von der Bestechung mitbekommen, die nur einen Steinwurf hinter ihr abgewickelt wurde?

Seine schlimmste Befürchtung wurde bestätigt, denn sie blickte nicht in seine, sondern in die entgegengesetzte Richtung, aus der die Stimmen zu hören waren. Die nun näher und näher kamen …

Aus lauter Sorge machte de Rohan einen falschen Schritt nach vorn, wodurch der Kies unter seinen Schuhen laut knirschte.

Die Frau schrie leise auf, ließ ihr Buch fallen und fuhr zu ihm herum, wobei der Saum ihres dunkelroten Kleides wallend um ihre Knöchel tanzte. Der breite und ebenfalls dunkelrote Hut, den eine einzige lange rote Feder zierte, verdeckte zwar einen Teil ihres Gesichts, aber de Rohan hatte sie sofort erkannt.

»Was zum Teufel … «, meldete sich plötzlich die Cockney-Stimme von der anderen Seite des Gebüschs.

Die Frau legte sich die Hände an den Mund, und für einen

kurzen Augenblick sah es so aus, als wollte sie etwas rufen. Schwere Schritte näherten sich.

De Rohan tat das Dümmste, was er überhaupt hätte tun können. Er tat, wonach ihm schon seit einer Woche der Sinn stand: Mit schnellen Bewegungen sprang er auf sie zu, zog sie an seine Brust, vollführte mit ihr eine Halbdrehung in den Schatten und presste seine Lippen auf ihren Mund.

Catherine hatte eigentlich schreien wollen, ja, das hatte sie wirklich vorgehabt – bis sie an diese breite und gestählte Männerbrust gedrückt worden war, ihr Hut nach hinten gerutscht war und ihre Knie sich in Pudding verwandelt hatten. Sie hatte gezögert, obwohl der dunkle Fremdling sie in seine Arme gerissen und tief in das Gebüsch gezwungen hatte. In diesem winzigen Moment, den sie gezögert hatte, hatte er seinen heißen und vor Leidenschaft brennenden Mund über den ihren gelegt und sie dazu gedrängt, ihm ihre Lippen zu öffnen. Einen Arm hatte er um ihre Taille gelegt und war ihr mit den Fingern der anderen Hand ins Haar geglitten. In seiner Umarmung verschmolz sie zu einer Landschaft aus roter Merinowolle, der ein Wasserfall aus kastanienfarbenem Haar entsprang.

»Herrgott, so erwidern Sie doch endlich meinen Kuss«, zischte er, wobei er seinen Mund weitgehend auf dem ihren ließ.

Catherine atmete empört aus, aber ihre guten Absichten lösten sich in Luft auf, als de Rohan die Gunst der Sekunde nutzte und seine hartnäckige Zunge fast schon verlangend in ihren Mund gleiten ließ. Es war ihr unbegreiflich, warum, aber sie erwiderte tatsächlich seinen Kuss, der nun ein wenig intensiver wurde, wie nur Männer es taten, die um die Sehnsüchte der Frauen wussten. Seine enge Umarmung war dennoch leidenschaftlich, fast so, als hätte er Angst, sie wieder loszulassen. Sein einzigartiger männlicher Duft stieg ihr in die Nase, sie spürte seine Erregung, ihr Herz pochte laut, und ihr rauschte das Blut in den Ohren.

Die Männer im Gebüsch waren fast vergessen, bis Catherine, der leicht schwindelig war und die sich ein wenig verwirrt fühlte, bemerkte, dass die Schritte der Männer nun auf dem Kiesweg direkt hinter ihnen waren.

»Herrgott!«, murmelte einer der beiden angewidert. »Nur ein verdammtes Liebespaar in einem noch verdammteren Liebesnest.«

Catherine hätte um Hilfe schreien, sich gegen ihn auflehnen und vor Wut explodieren sollen, o ja, genau das hätte sie tun *sollen*. Mit einem Mal riss der Fremde den Kopf wie ein aufgescheuchtes Tier in die Höhe. Mit einem finsteren Blick gebot er ihr zu schweigen, bevor er mit harter Stimme sprach.

»Hauen Sie ab. Sofort.«

Catherine erkannte sofort, dass seine Warnung den Männern gegolten hatte. Anscheinend hatte er wohl noch nicht begriffen, dass sie ohnehin längst auf dem Rückzug waren. Noch ein paar Sekunden verstrichen, in denen sein Mund über ihren Lippen schwebte. Seine Augen waren noch immer sehr dunkel, schauten sie aber längst nicht mehr so eisig an. Er ließ den Kopf mit einer eigenartig und unsicher anmutenden Geste nach vorne sinken. Catherine blieb mucksmäuschenstill. Langsam und, wie es schien, zögerlich, wich er einen Schritt zurück und senkte den Blick auf den Boden zu ihren Schuhen.

Nun, da seine starken Arme sie nicht mehr hielten, geriet sie ins Schwanken, und Catherine tastete nach der Bank. Sein Blick flackerte alarmiert auf, und sogleich schob sich eine kräftige Hand unter ihren Ellbogen.

»Ich nehme an, Sie würden mich jetzt gern ohrfeigen«, sprach er mit leiser und belegter Stimme, wodurch sein aparter Akzent noch deutlicher in den Vordergrund trat.

»Soll . . . sollte ich das?«, stammelte sie, als er sie näher zu sich zog.

»Mich schlagen?« Seine Lippen verzogen sich zu einem kleinen Lächeln. »Ja, und zwar kräftigst.« Er war genauso aufgewühlt wie sie, was Catherine an seiner tiefen und rauen Stimme erkannte, wenngleich seine Augen ebenso hart wie sein Griff waren.

Seltsam, aber sie verspürte nicht den geringsten Wunsch, ihn zu ohrfeigen. Stattdessen zwang sie sich zu einem Lächeln. »Haben Sie es wenigstens genossen, damit eine Ohrfeige auch gerechtfertigt wäre?«, erkundigte sie sich und legte den Kopf leicht zur Seite, um ihn besser betrachten zu können. »Sie müssen nämlich wissen, dass ich über eine ziemlich starke Rechte verfüge.«

Der Fremde schaute schnell weg. »O ja, und wie ich es genossen habe.« In seiner Stimme schwang Reue mit. »So sehr, dass ich gestreckt und gevierteilt werden sollte, statt einfach nur bewusstlos zu Boden gestreckt zu werden.«

Catherine hätte gern losgelacht, aber ihr hatte es schlichtweg den Atem verschlagen. Um Himmels willen. Was sich hier abspielte, war alles andere als lustig. Es war ... Ihr fiel kein passendes Wort ein. Das Einzige, was sie mit Sicherheit wusste, war, dass sich seine Hand, die sie stützte, warm und kräftig anfühlte.

»Verraten Sie mir Ihren Namen«, forderte sie ihn mit sanfter Stimme auf und wich einen winzigen Schritt zurück. »Und wehe, Sie tippen sich einfach wieder an den Hut und ziehen wortlos von dannen.«

Als er sachte seine Finger von ihr löste, verhärtete sich seine Miene, doch er antwortete ihr nicht.

»Sie haben sich mir gegenüber einige Freiheiten herausgenommen«, erinnerte sie ihn und streckte ihm ihre rechte Hand entgegen. »Es wäre an der Zeit, sich miteinander bekannt zu machen, finden Sie nicht auch? Ich bin Lady Catherine Wodeway.«

Zögerlich nahm er ihre Hand, aber statt sie zu schütteln, beugte er sich in eleganter Manier darüber. »De Rohan«, antwortete er förmlich. »Maximilian de Rohan.«

Catherine entzog sich ihm nicht direkt. »Sie haben versucht, mich vor diesen Männern zu beschützen, nicht wahr?«

Überraschung flackerte in seinen Augen auf, erlosch aber derart schnell, dass Catherine sich bezüglich ihres Eindruckes nicht mehr sicher war. Ihrer Einschätzung nach war er der Typ Mann, der sich nur selten von etwas überraschen ließ. »Meinen Sie nicht auch, dass die beiden einen höchst zwielichtigen Eindruck machten?«, gab er ihr indirekt Recht, bevor er sich bückte, um ihr heruntergefallenes Buch und seinen Spazierstock aufzuheben.

Catherine lachte kurz auf. »Nun kommen Sie schon, Mr. de Rohan«, entfuhr es ihr, während sie das Buch ergriff und an sich drückte. »Mache ich auf Sie den Eindruck, als wäre ich ein Dummkopf? Warum erzählen Sie mir nicht einfach, worum es hier eigentlich geht?«

Empörung keimte in de Rohan auf. Dieses Frauenzimmer war ausgesprochen hartnäckig. Sie – *Lady Catherine Wodeway* – hatte genauso wenig das Recht, sich in seine Angelegenheiten einzumischen, wie er das Recht besaß, ihren Namen zu wissen. Aber den kannte er ja nun und wusste außerdem noch so manches über sie. Im Grunde genommen hatte sie Recht, denn er hatte sich ihr gegenüber Freiheiten herausgenommen, die ihm nicht zustanden. Die Tatsache, dass sie ihn hatte gewähren lassen, räumte ihr das Recht auf eine Erklärung ein.

»Ich arbeite für die Polizei«, ließ er sie schließlich wissen. »Und die Sorte Männer, die sich vorhin hier herumgedrückt haben, tauschen sich gern an Orten aus, wo sie nicht belauscht werden. Von niemandem.«

»Oh!« Lady Catherine wurde blass um die Nase. »Ich verstehe.«

Einen Augenblick lang schaute sie auf das Buch in ihren Händen, und de Rohan bemerkte, dass es sich dabei um eine zerfledderte Ausgabe von *The Female Speaker* handelte. Da er ohnehin das Thema wechseln wollte, streckte er eine Hand aus und berührte das Buch leicht. »Sie sind also eine Anhängerin Barbaulds?«, erkundigte er sich neugierig.

Sie schaute leicht verunsichert zu ihm empor. »Ja. Nein. Ich ... ach, ich weiß nicht. Ich habe mir das Buch aus der Bibliothek meines Bruders geliehen, weil ich dachte, es könnte – wie soll ich es sagen? – meinen Horizont erweitern.«

»Warum?« De Rohan zog eine Augenbraue in die Höhe und fasste Catherine wieder am Ellbogen, als wollte er sie aus dem Gebüsch herausgeleiten.

»Hat Ihr Horizont es denn nötig, erweitert zu werden?«

Lady Catherine schüttelte seine Hand ab und kniff leicht verdrossen die Lippen zusammen. »Wechseln Sie nicht das Thema, Sir. Sie sollten mir lieber noch ein wenig über die beiden Männer erzählen. Wissen Sie, wie sie heißen? Ich vermute, dass Sie auch gestern auf die beiden gewartet haben, und mich deswegen aufforderten, schleunigst das Feld zu räumen. Die beiden sind auch der Grund, warum Sie … mich heute in den Schatten gezerrt und in einen Kuss verwickelt haben, nicht wahr?«

De Rohan zögerte, was für ihn eher untypisch war. Diese Frau war aus der Nähe betrachtet noch viel hübscher. Ihr Teint war wärmer als der der meisten Engländerinnen, ihr schweres Haar und ihre intelligenten Augen ergänzten einander perfekt. Beide bestachen durch einen satten, kräftigen Mahagoni-Ton. Ihre hohen Wangenknochen gingen über in ein festes und elegantes Kinn. Eine dickköpfige Frau, dachte er bei sich. Ihr Mund war groß, fröhlich und fast einen Hauch zu voluminös, um als schön beschrieben zu werden. De Rohan jedoch hatte noch nie etwas für schmallippige Frauenzimmer übrig gehabt, die stets mit der Mode gingen.

»Ja«, antwortete er schließlich. »Das war der Grund.«

»Der einzige Grund …?«

De Rohan verspürte einen Anflug von Verärgerung in sich aufsteigen. »Der einzige Grund wofür?«

»Weshalb Sie mich geküsst haben«, hakte sie beharrlich nach und schaute ihm geradewegs in die dunklen Augen.

»Ich wollte verhindern, dass die beiden Ihr Gesicht zu sehen bekommen«, verteidigte er sich barsch. »Und auch ich wollte nicht erkannt werden, wenn Sie es genau wissen wollen.«

Lady Catherine bedachte ihn mit einem skeptischen Blick. »Wieso kann ich mich nicht des Eindrucks erwehren, dass Sie auch andere Wege und Mittel hätten ausschöpfen können?«

Bei diesen Worten packte er sie am Ellbogen und zerrte sie von der Bank weg. Er mochte es nicht, durchschaut zu werden. »Ich habe mich bereits für mein unbeholfenes und unzumutbares Verhalten bei Ihnen entschuldigt, Madam, würden Sie also bitte …«

»Im Grunde haben Sie sich nicht …«, unterbrach sie ihn und blieb unvermittelt stehen.

Sofort ließ er ihren Arm los und stellte sich vis-à-vis, um ihr in die Augen zu schauen.

»… entschuldigt«, stellte sie klar und blickte ihn wütend an. »Mit keiner Silbe.«

»Dann *entschuldige* ich mich eben jetzt!«, brummte de Rohan. »So, Madam, und wo ist nun Ihr Pferd?«

»Vielleicht bin ich ja zu Fuß gekommen«, gab sie schnippisch zurück.

»Sie reiten doch sonst immer!« Seine Zunge war schneller als sein Verstand gewesen.

»So, tue ich das?« Lady Catherine musterte ihn vom Scheitel bis zur Sohle mit einem unerwartet festen Blick. De Rohan war entsetzt, als ihm klar wurde, wie sehr er sie mochte, obgleich sie ihn zur Weißglut brachte. Sie war eine starke und ausgesprochen selbstbewusste Frau. Und dazu auch noch vernünftig. Er hatte sie geküsst, und sie hatte dennoch instinktiv gewusst, dass er ihr nichts antun würde. Eine weitaus flatterhaftere Frau wäre allein schon der Aufmerksamkeit wegen, die sie in solch einer Situation zu erregen vermochte, auf die Barrikaden gegangen.

Nun hatte er also einen Teil seines Wissens über sie preisgegeben. Was würde sie wohl sagen, wenn sie wüsste, wie oft er schon auf sie gewartet hatte, wenn sie auch nur annähernd vermutete, welche Hirngespinste ihm jeden Morgen im Kopf umherschwirrten, wenn er sie durch den Park reiten sah? Stille machte sich im Schatten der Rhododendronbüsche breit.

Plötzlich ergriff sie das Wort, und ein wahrhaftiger Wortschwall ergoss sich über ihn. »Mr. de Rohan, würden Sie … Oder vielleicht sollte ich sagen, dass ich ... Ja, so eigenartig es sich auch anhören mag, ich denke, ich möchte Sie ein wenig besser kennen lernen. Haben Sie eventuell auch ... den Wunsch, meine nähere Bekanntschaft zu machen? Würden Sie ... gern einmal mit mir zu Abend essen?«

Mit ihr zu Abend essen?

De Rohan traute seinen Ohren nicht. Noch weniger aber konnte er glauben, wie ungeheuer töricht er auf ihre Einladung reagierte, was daran lag, dass er kein zweites Mal in ein und dieselbe Falle tappen wollte, wie es ihm vor Jahren schon einmal passiert war. Er wollte sich nicht dazu hinreißen lassen, jemanden zu begehren, der über ihm stand und sich für etwas Besseres hielt und dessen Werte und Bestrebungen unweigerlich von den seinen abwichen. »Sie haben mich eben wohl nicht richtig verstanden«, entgegnete er streng. »Ich arbeite für die Polizei.« Offensichtlich wollte Lady Catherine ihn nicht verstehen.

»Aber das hält Sie doch sicherlich nicht davon ab, Einladungen zum Dinner zu akzeptieren, wenn sie von einer Frau kommen, die dankbar ist, vor so ... nun ... *zwielichtigen* Gestalten gerettet worden zu sein.«

De Rohan schaute in ihr unvoreingenommenes Gesicht, verlor sich in ihren unendlich tiefen braunen Augen. Er verabscheute die aufkeimende Hoffnung, die ihn durchströmte, und hasste sie dafür, dass sie ihn dazu brachte, eine vor langer Zeit getroffene Entscheidung zu bereuen, sie nach so langer Zeit infrage zu stellen. Sie erschien ihm mit einem Mal ein wenig zu stark und zu selbstsicher. Wahrscheinlich gehörte auch sie zu jenen gelangweilten Ehefrauen der oberen Zehntausend, die auf der Suche nach einem kleinen Abenteuer waren, weil in ihrem Schlafzimmer die Langeweile regierte. Es gab einen schnellen Weg, das herauszufinden. »Haben Sie wirklich nur ein Abendessen im Sinn, Lady Catherine?«, fragte er mit verführerisch sanfter Stimme. »Oder kann es gar sein, dass Sie die etwas intimere Gesellschaft suchen?«

»Wie meinen der Herr?« Röte schoss ihr ins Gesicht.

Erbarmungslos setzte er noch einen obendrauf. »Meine Erfahrung hat mich gelehrt, dass Damen edlerer Herkunft, die einen Mann wie mich zum Essen einladen, meist an etwas Deftigeres denken als nur an ein gutes Mahl und eine erlesene Flasche Wein.«

Die Frau hatte nicht übertrieben, als sie davon gesprochen hatte, dass sie einen starken rechten Arm hatte. Er hatte ihre Warnung nicht ernst genommen, weshalb ihre kräftige Backpfeife ihn wie aus heiterem Himmel traf. Er taumelte rückwärts, eine Hand fest vor den Mund gepresst. Schwerfällig stolperte er nach hinten, fuchtelte mit seinem Spazierstock in der Luft und schaffte es gerade noch rechtzeitig, sich an der Lehne der Sitzbank festzuhalten. Gütiger Gott, diese Frau schlug zu wie ein Kerl! Sie hatte die Kraft aus der Schulter statt aus der Faust geholt, und in ihrer Bewegung hatte tiefer Zorn und nicht nur simple Entrüstung gesteckt. De Rohan schaute auf seine Hand und entdeckte Blut. Als er wieder aufsah, blickte er in das vor Erbostheit lodernde Gesicht Lady Catherine Wodeways, das ihn vom anderen Ende der engen Lichtung her anfunkelte.

»Hier haben Sie die intimere Gesellschaft, von der Sie eben sprachen, Mr. de Rohan«, fauchte sie ihn an und rauschte mit raschelnden Röcken und vor Wut kochend an ihm vorbei. »Nehmen Sie Ihren teuren Gehstock und stecken Sie ihn sich in den Allerwertesten.«

Irgendwie schaffte Catherine es, zum Haus ihres Bruders in der Mortimer Street zurückzufinden. Sie war viel zu aufgelöst und beschämt, als dass sie Orion unter ihrer schlechten Laune leiden lassen wollte, weshalb sie ihn bei den Zügeln genommen und ihn zu Fuß aus dem Park und durch Mayfair geführt hatte. Sie schleuderte einem der Bediensteten, der wie durch ein Wunder auf einmal vor ihr stand, die Zügel entgegen, hastete ins Haus und suchte im Morgensalon Zuflucht, der zum Garten hinausging. Catherine starrte durch das breite, mit transparenten Vorhängen versehene Fenster in das gedämpfte Sonnenlicht und presste ihre Fingerspitzen gegen die Lippen, als könnte diese Geste die schlimme Beleidigung zurücknehmen.

Stecken Sie ihn sich in den Allerwertesten? Was in Gottes Namen hatte sie veranlasst, etwas derart Vulgäres zu einem Fremden zu sagen? Keine vorangegangene Beleidigung rechtfertigte solche Worte. Catherine spürte, wie ihr Gesicht erneut vor Scham zu glühen begann. Wenngleich sie einen ungezwungenen und legeren Umgang mit Bediensteten pflegte, so hätte sie demjenigen, der sich einer derartigen Ausdrucksweise bediente, auf der Stelle befohlen, sich gründlich den Mund mit Seife auszuwaschen. Von wem hatte sie einen solchen Ausdruck überhaupt?

O ja, sie kannte die Antwort! Von Bentley. Das einzige Mal, dass sie diesen Ausdruck benutzt hatte, war gegen ihn gewesen, als sie sich vor langer Zeit ein hitziges Wortgefecht geliefert hatten. Ihr jüngerer Bruder hatte sich ihr Jagdpferd ausgeliehen, war mit ihm ausgeritten und hatte ihn anschließend ungestriegelt in die Pferdebox zurückgebracht. Beim Dinner war es dann zum Eklat gekommen, und obwohl Catherine damals kaum sechzehn Jahre alt gewesen war, war sie fast ebenso eigensinnig wie Bentley. Sie und ihr Bruder hatten ohne Mutter und mit nur wenig Zuwendung aufwachsen müssen, weshalb sie sich oft wie Satansbraten aufführten. An besagtem Tag hatten sie einander wie rivalisierende Kater angefaucht und gegenseitig übelste Beleidigungen an den Kopf geworfen. Cams gut gemeinte Warnungen hatten sie dabei geflissentlich überhört, und der Streit war eskaliert. Und dann hatte sie … *es* gesagt.

Noch heute beschämte sie der Gedanke daran, sich mit dieser Verbalattacke ihre allererste körperliche Züchtigung eingebrockt zu haben. Ihr Vater, der ihr damals ohnehin kaum Beachtung geschenkt hatte und der sich erst recht nicht mit der Bestrafung seiner Tochter hatte abmühen wollen, hatte der

Haushälterin genaue Anweisungen gegeben und es ihr überlassen, Catherine mit seiner besten Reitpeitsche zu bestrafen. »Ein unverbesserlicher Wildfang«, brummte er, während Catherine laut heulend und wehklagend ihre Strafe bezog. Es war lediglich Mrs. Naffles Unerfahrenheit zu verdanken, dass Catherine anschließend noch sitzen konnte. Wie dem auch sei, eins wurde durch diese Strafe klar: Randolph Rutledge verlor auch noch den letzten Funken Kraft, seine einzige Tochter zu bändigen. So kam es auch, dass sie es binnen eines Jahres schaffte, seine halbherzigen Einwände gegen eine Vermählung mit Will Wodeway abzuschwächen und schließlich seine Zustimmung einzuholen. Im Nachhinein war ihr Vater wahrscheinlich froh, sie endlich loszuwerden.

Und jetzt? Allmächtiger im Himmel, was sollte sie nur tun? Auf keinen Fall würde sie sich entschuldigen, so viel stand fest! Mr. de Rohan hatte sie schließlich zuerst beleidigt. Sollte er doch in der Hölle schmoren!

Plötzlich erstrahlte die Sonne, die noch vor wenigen Momenten kraftlos gewesen war, in unerträglich gleißendem Licht und blendete sie. Ihr Kopf begann zu dröhnen.

Wie lächerlich das alles doch war! Noch nie in ihrem Leben war sie krank gewesen, selbst nicht, nachdem Will ... gestorben war. Catherine überkam mit einem Mal das Gefühl, als trüge er die Schuld an ihrer Misere. Verdammt, wieso war er so mir nichts, dir nichts ... *von ihr gegangen*? Sie hatten sich doch gegenseitig versprochen, immer füreinander zu sorgen. Wie hatte er es wagen können, sie einfach allein zu lassen? Wut und Angst stiegen in ihr hoch.

O Gott! Sie war verloren. Catherine ließ die Fäuste auf die Anrichte unterhalb des Fensters sausen. Diese Kopfschmerzen machten sie krank. Mit langsamen Bewegungen drehte sie sich um, ging durchs Haus, die Treppe hinauf und verkroch sich in der Dunkelheit ihres Schlafgemachs.

Trotz seines frühmorgendlichen Umwegs über den Hyde Park traf de Rohan lange vor den anderen im Büro ein – von den untersten Angestellten einmal abgesehen. Nachdem er sich an seinem Schreibtisch niedergelassen hatte, musste er gegen eine Rastlosigkeit ankämpfen, die es ihm schier unmöglich machte, sich zu konzentrieren. Verächtlich schob er einen Stapel Akten beiseite, den Feathershaw ihm dort hingelegt hatte. Die Wände seines Büros engten ihn mehr denn je ein. Eine Viertelstunde lang kämpfte er vergeblich gegen den Wunsch an, sich in das Getümmel der Stadt zu stürzen, wo echte Arbeit darauf wartete, erledigt zu werden – Arbeit, die nichts mit diesem verdammten Papierkram zu tun hatte. Er schleuderte die Entwürfe für die Gesetzesvorlage zur Reformierung des Strafrechts in die oberste Schublade des Pultes, schob diese energisch zu und hastete anschließend polternd die Treppen hinunter, um im frühlingshaften Treiben der Großstadt unterzutauchen.

Im Grunde seines Herzen jedoch wusste de Rohan, was ihn in die bevölkerten Straßen Westminsters trieb. Sein wahres Motiv bereitete ihm mehr Unwohlsein als Langeweile oder lästige Arbeit. Er wurde von Schuldgefühlen geplagt, denn er hatte jemanden verletzt – und zwar mit voller Absicht. Er wusste, dass viele ihn als gefühlskalt und unbarmherzig verurteilten, und ihm war auch klar, dass sie nicht ganz Unrecht hatten. Immer wieder redete er sich ein, sein Job erfordere ein gewisses Maß an Gefühlskälte, aber heute Morgen war er mehr als herzlos gewesen. Er hatte sich feindselig verhalten, was eigentlich nicht seinem Wesen entsprach.

Fast blind bahnte er sich seinen Weg durch den dichten Verkehr. Auf dem Haymarket wimmelte es bereits von Tafelwagen und Droschken, die sich ihrer Fracht entledigten. Der Duft nach Fleischpasteten vermischte sich mit dem Gestank von Pferdeäpfeln, während Angestellte und Kaufleute den Bürgersteig entlanghasteten und aneinander vorbeidrängten. Überall entdeckte er vertraute Gesichter – Straßenfeger, Geschäftsbesitzer und dergleichen –, die ihm allesamt einen guten Morgen wünschten. De Rohan tippte sich höflich an die Hutkrempe, setzte jedoch unbeirrt seinen Weg fort. Unweit des Regent Circus näherte er sich seinem Lieblingskaffeehaus, widerstand aber dem verführerischen Duft und ging weiter. An der nächsten Ecke zögerte er jedoch. Zwei attraktive Damen standen heftig gestikulierend vor einem Schaufenster und gaben einer schmächtigen Aushilfe im Innern des Ladens – die gerade damit beschäftigt war, die Hüte zu arrangieren – laut Anweisungen.

»Nein, nein, der Opernhut gehört nicht nach ganz oben«, jammerte eine der Damen. »Und pass auf die Federn auf, Marie! Die Federn!«

Die andere Frau, ihre Schwester, ließ den Blick vom Schaufenster gleiten. »Guten Morgen, Mr. de Rohan«, grüßte sie und stemmte sich in kecker Manier eine Hand in die Hüfte. »Wo haben Sie sich denn in letzter Zeit so herumgetrieben?«

Die ältere der beiden drehte sich nun ebenfalls von den Auslagen weg.

»Komm mit, Lucy Leonard«, entfuhr es ihr. »Wenn Mr. de Rohan uns einen Besuch abstatten will, so wird er sich in den Laden hineinbemühen müssen, statt wie ein Gänserich auf der Straße zu schnattern.«

De Rohan nahm seinen Zylinder ab und rang sich ein Lächeln ab. »Guten Morgen, Mrs. Elden, Mrs. Leonard. Laufen die Geschäfte?«

»Oh!« Irene Elden hob die Hände gen Himmel und setzte eine bekümmerte Miene auf. »Die Saison steht uns kurz bevor, Mr. de Rohan!« Nach einer letzten Geste, die der Aushilfe galt, rauschte sie mit raschelnden Röcken in ihr Hutgeschäft zurück.

Die Schwester zögerte noch ein wenig, war nicht darauf erpicht, ihr stehenden Fußes zu folgen.

De Rohan wusste, dass Lucy ihn für einen Helden hielt. Vier Monate zuvor hatte er die attraktive Witwe davor bewahrt, ausgeraubt zu werden, als sie die Wocheneinnahmen bei sich getragen hatte, und seitdem hatte sie ein Auge auf ihn geworfen. Hin und wieder hatte er sie ausgeführt und sie auch schon zwei Mal geküsst. Mit Leib und Seele war sie auf seine Küsse eingegangen und hatte seinen Händen freien Lauf gelassen. Ihre Botschaft war eindeutig und ging weit über das hinaus, was Dankbarkeit ausmachte.

»Irene und ich gehen morgen ins Theater, Max!«, schnurrte sie. »Bitte komm doch dieses eine Mal mit. Wir schauen uns *Wie es Euch gefällt* an …« Den Titel des Stückes hatte sie eindeutig zweideutig ausgesprochen.

De Rohan starrte auf ihre Zunge, die zwischen ihren üppigen und halb geöffneten Lippen herausschoss. O ja, er konnte sich genau vorstellen, wie Lucy es am liebsten mochte, und er war versucht, diese Vorstellung bestätigt zu sehen. »Tut mir Leid, Lucy«, hörte er sich aber sagen. »Ich habe bereits anderweitige Pläne.«

Sie verzog ihre üppigen Lippen zu einem Schmollmund. »Max, du bist ein Prachtexemplar von Mann«, merkte sie an. »Aber du sollst auch wissen, dass ich nicht so geduldig wie Joseph bin. Er hat mich bereits zwei Mal – sehr, sehr charmant übrigens – zum Abendessen eingeladen, und wenn er mich das nächste Mal fragt, werde ich annehmen. Max, das werde ich *wirklich*.«

Es war keine Drohung, sondern vielmehr eine Feststellung. Max rang sich ein Lächeln ab. »Da kann er sich überaus glücklich schätzen«, gab er zurück, setzte sich mit einer schwungvollen Geste den Hut wieder auf und zupfte Lucy am Kinn, bevor er sich schnell wieder auf den Weg machte, damit ihm keine Zeit blieb, darüber nachzudenken, was ihm möglicherweise entging.

Er war überzeugt davon, einen riesigen Fehler zu begehen. Er hätte Lucys Einladung annehmen und sie nach der Vorstellung mit zu sich nach Hause nehmen sollen, wo er eine Flasche Champagner geöffnet und Lucy dann in sein Schlafgemach gelockt hätte. Das hätte ihm sicherlich gut getan, und schließlich hatte sie unmissverständlich signalisiert, dass auch sie sich auf ihn einlassen wollte. Wie die meisten Frauen ihres Standes war Lucy von derber und unkomplizierter Natur. Sie trieb kein falsches Spiel und täuschte keine Gefühle oder Krokodilstränen vor, um die Männerwelt hinters Licht zu führen. Er spürte, wie sich seine Hand zur Faust ballte. Gütiger Gott, seit wann war er so zynisch? Als ihm die Antwort darauf einfiel, schob er den Gedanken schnellstens beiseite.

De Rohan hatte die Erfahrung gemacht, dass die erste *affaire d'amour* eines Jünglings eine äußerst schmerzvolle und niederschmetternde Angelegenheit war. Für ihn war sie zudem aufschlussreich gewesen, wofür er im Nachhinein sogar dankbar sein sollte. Im Gegensatz zu Lucy war seine erste große Liebe durch Kurzlebigkeit und Unaufrichtigkeit geprägt gewesen, ganz zu schweigen von der unsäglichen Anmut seiner Angebeteten. Penelopes Schönheit war nur oberflächlicher Natur gewesen, aber de Rohan würde niemals den Moment vergessen, in dem er sie zum ersten Mal erblickt hatte. Dienstliche Gründe hatten ihn zu ihr geführt, und seine Arbeit hatte schon immer oberste Priorität gehabt.

De Rohan schnaubte angewidert und überquerte zügigen Schrittes die Straße, gerade als das ohrenbetäubende Glockengeläut der St.-Georges-Kirche einsetzte, das selbst die Gebäude an der Regent Street noch vibrieren ließ. Der Macht der Gewohnheit folgend, zerrte er seine Taschenuhr hervor. Um diese Zeit konnte es sich nur um eine Hochzeit handeln. Er lächelte bitter, und seine Gedanken kehrten zu Penelope zurück, die vor vielen Jahren – ihm war, als wäre es eine halbe Ewigkeit her – in ebendieser Kirche geheiratet hatte. Es war eine Hochzeit gewesen, die für reichlich Gesprächsstoff in den gehobenen Kreisen der Gesellschaft gesorgt hatte.

Kaum ein Jahr später hatte der oberste Richter am Gericht in der Bow Street de Rohan zu Penelopes imposantem Stadthaus aus Backstein geschickt, das sich in der Grosvenor Street befand. Ihr ältlicher Gatte, ein einflussreicher Minister, hatte vor Wut geschäumt, denn die unbezahlbaren Juwelen seiner Gattin waren gestohlen worden, und nur die besten Bow Street Runner kamen für ihn zur Aufklärung des Falles infrage. Als jüngster Captain der Einheit hatte Max den Ruf genossen, unbarmherzig, hartnäckig und äußerst wahrheitsliebend zu sein. Man sagte ihm nach, dass er zäh sei und nicht davor zurückschrecke, auf der gesamten Klaviatur der Gesellschaft zu spielen, bis er dem wahren Täter oder Drahtzieher auf die Schliche gekommen war. Er hatte nicht nur Taschendieben, Prostituierten und Wettbetrügern nachgestellt. Nein, er hatte auch nicht vor skrupellosen Bordellbesitzerinnen vom East End Halt gemacht, die nicht vor Sklaverei zurückschreckten, sowie vor den feinen Gentlemen vom West End, die aus dieser Perfidie auch noch Kapital schlugen.

Er hatte immer geglaubt, sein Vater wäre stolz auf ihn gewesen. Die Obersten der Bow Street hatten ihn für den geeigneten Ermittler in diesem Fall gehalten, da er gebildeter als die meisten seiner Kollegen gewesen war – was ihn allerdings auch oft zur Zielscheibe von Spötteleien gemacht hatte. Den Fall übertragen zu bekommen, hatte ihn mit Stolz erfüllt, und so hatte er sich, pflichtbewusst wie er war – und vielleicht auch ein wenig naiv –, auf den Weg in die Grosvenor Street gemacht, um sein Herz dieser kalten und manipulierenden Hexe vor die Füße zu legen. Der Sachverhalt des Verbrechens war eindeutig gewesen, die Lösung desselben hätte ihm ins Gesicht springen müssen, aber er hatte sich von Penelopes Schönheit blenden lassen, war nicht Herr seiner Gefühle gewesen. *Wenn er bloß nicht mit ihr geschlafen hätte!* Sie war nicht die Erste der Schönen und Reichen gewesen, die ihn um einen Dienst der besonderen Art gebeten hatte, aber im Gegensatz zu den anderen Damen war sie weder anstrengend noch fordernd gewesen. O nein! Penelopes Verführungskünste waren weitaus subtiler gewesen. Sie war auf der Suche nach mehr als nur purem Vergnügen gewesen.

Wochenlang hatte er für jeden ihrer Schluchzer ein Ohr gehabt und hatte sich schon nach kurzer Zeit eingeredet, in sie verliebt zu sein. In die arme Penelope, die in einer lieblosen Ehe gefangen gehalten wurde, die von der eigenen Familie des Geldes wegen verheiratet worden war und deren Ehemann ein alter, herrschsüchtiger und grausamer Mann war. Max sei ihr einziger Trost, hatte sie ihm gesagt. Er hätte alles für sie getan, und sein Unterbewusstsein hatte wissentlich alle Zeichen ignoriert, die auf die schmutzige Wahrheit gewiesen hatten. So war Tag um Tag verstrichen, und der Fall hatte sich langsam zu einer Peinlichkeit für die Bow Street entpuppt. Penelopes Ehemann hatte immer mehr Druck gemacht, vielleicht weil er Penelope längst selbst im Verdacht gehabt hatte. Schließlich wurde Max dezent aus der Verantwortlichkeit gehoben und der Fall einem Vorgesetzten übertragen.

Es sollte sich herausstellen, dass Penelope perfider war, als sich so manch einer hätte träumen lassen, und dass ihre Verbrechen weitaus schlimmer waren, als nur die eigenen Juwelen zu versetzen. Max war fassungslos gewesen, als er die Wahrheit erfahren hatte, und hatte sie noch ein letztes Mal aufgesucht. Sie aber hatte ihm nur ins Gesicht gelacht und ihn einen blutigen Anfänger geschimpft. Zu guter Letzt hatte ihr Gatte einer schwierigen Entscheidung ins Auge sehen müssen: Entweder ging seine schöne Penelope nach Bridewell, einem Londoner Zuchthaus, oder auf die Äußeren Hybriden, wo sie den Rest ihres Lebens auf einem seiner unbedeutenderen Landgüter fristen würde. Es war nur seiner gesellschaftlichen Stellung und seinem politischen Einfluss zu verdanken, dass ihm diese Wahlmöglichkeit eingeräumt worden war. Max aber hatte keine Wahl, sein Herz lag in Trümmern. Glücklicherweise war die unglaubliche Schwere seines Versagens nie vollends ans Licht gekommen, auch wenn es Monate gedauert hatte, bis sich die Gerüchte langsam gelegt hatten.

Als ihm schließlich eine Stelle bei der Flusspolizei in Wapping angeboten wurde, nahm er dankend an, weil er so den ständigen Frotzeleien, auch wenn er sie verdient hatte, entkommen konnte. *Narr. Ehebrecher. Versager.* Wieder einmal ergriff er die Flucht. Warum aber tauchten gerade jetzt diese Erinnerungen aus der Versenkung auf? Das Ganze lag über zwölf Jahre zurück, und er hatte für diese Sünde ebenso wie für all die anderen gebüßt: indem er sich immer und immer wieder selbst bewies, wie gut er war. Die Angst jedoch war sein ständiger Begleiter, sein Hunger nach Erfolg schier unstillbar. Er wusste, dass man ihm nachsagte, er sei furchtlos. Aber dem war bei weitem nicht so. Er hatte große Angst: Angst davor zu versagen.

Noch immer in den Spinnweben der Vergangenheit zappelnd, schickte de Rohan sich an, die Straße zu überqueren, doch als ihm eine Hupe fast das rechte Trommelfell zerbarst, machte er einen Satz zurück, riss den Kopf in die Höhe und sah der nachmittäglichen Postkutsche hinterher, wie sie über den Cavendish Square schoss. Das Gefährt war so dicht an ihm vorbeigerauscht, dass sein Halstuch ins Flattern geraten war. Mit einem Fluch, der ihm selbst galt, blickte er sich um und stellte fest, dass er Mayfair bereits hinter sich gelassen hatte und am Anfang der Harley Street stand. Er erkannte, warum sein Unterbewusstsein ihn hierher geführt hatte, und ging schnellen Schrittes weiter, bis er vor einem ihm bekannten Haus stand. Er hob den Stock und klopfte an die Tür.

»Zu Dr. Greaves, bitte.«

»Er untersucht gerade einen Patienten«, erklärte ihm ein offensichtlich geplagtes Hausmädchen, als sie die Tür öffnete und auf ein winziges, aber durchaus gemütliches Wartezimmer deutete. »Nehmen Sie doch Platz, Sir. Der Herr Doktor wird sich um Sie kümmern, sobald er Zeit hat.«

»Haben Sie vielen Dank.« De Rohan trat ein und überreichte dem Mädchen seine Karte. »Aber ich bin kein Patient. Ich komme vom Innenministerium.«

Die Augenbrauen der Angestellten schnellten überrascht in die Höhe, aber sie nahm seine Karte entgegen und machte einen kurzen Knicks, bevor sie im hinteren Teil des Hauses verschwand. De Rohan ließ sich in einem ausladenden Ohrensessel direkt neben dem Kamin nieder und schaute in die Kohlenreste des Feuers, das wohl am frühen Morgen entzündet worden war.

Es dauerte nicht lange, da hatten ihn die Schuldgefühle wieder fest im Griff. Dieses Mal aber galten sie nicht Lucy oder Penelope, sondern jener Frau, die er im Grunde nicht kannte, selbst wenn er seit diesem Morgen ihren Namen wusste. *Lady Catherine Wodeway.* Sie hatte darauf bestanden, sich ihm vorzustellen, kurz bevor er sie beleidigt hatte. Einen flüchtigen Moment lang wünschte er sich, so gläubig wie Nonna Sofia zu sein. Seine Großmutter war eine wahrhaftige Papistin, und eine schnelle Beichte bei einem vorwurfsvollen Priester hätte ihm jetzt gut getan. Es stand außer Frage, dass er das einzig Angemessene tun würde, nämlich Lady Catherine Wodeway aufzusuchen, um sich in überschwänglichen Entschuldigungen zu ergehen. Nein, das würde er nicht ertragen, wenngleich es für ihn eine Kleinigkeit gewesen wäre, ihre Adresse ausfindig zu machen. Es hätte ihn höchstens eine halbe Stunde gekostet, selbst wenn seine Spione auf Schwierigkeiten gestoßen wären. De Rohan hielt es für angebracht, einfach dafür zu beten, dass sich ihre Wege nie wieder kreuzten. Geistesabwesend rieb er sich über die kleine Verletzung an der Lippe und fragte sich, was sie mit der Einladung zum Abendessen gemeint haben könnte. Vielleicht wirklich nur ein … *Abendessen*?

Dio mio, was für ein fürchterlicher Gedanke! Wie dem auch sei, de Rohan hatte schließlich auf die harte Tour lernen müssen, dass man im Umgang mit den verwöhnten Damen der oberen Schichten nicht vorsichtig genug sein konnte, und er wusste nur zu gut, dass so manche Lady seine Arbeit unsäglich erregend und sein dunkles und grimmiges Äußeres als Herausforderung betrachtete. Noch schlimmer aber war es, dass der Berufsstand der Polizisten am unteren Ende der sozialen Leiter Englands rangierte, was so manche betuchte Dame beflügelte, ihm unsittliche Angebote zu machen. Zu allem Überfluss erwarteten sie dann auch noch, dass er sich ob ihrer Annäherungsversuche dankbar zeigte, was natürlich nicht der Fall war, da er ein derartiges Verhalten als Affront empfand.

Selbst wenn Lady Catherine ihre Erwartungen explizit ausformuliert und ihm einen Sack voller Zwanzigschillingmünzen in die Hand gedrückt hätte, um den Handel zu besiegeln, rechtfertigte das seine Grausamkeit ihr gegenüber noch lange nicht. Er hätte ihr einfach für das nette Kompliment danken und seines Weges gehen sollen. Aber nein, aus unerfindlichen Gründen hatte er es zugelassen, dass sie eine Saite tief in seinem Inneren zum Klingen brachte. Immerhin hatte sie es geschafft, dass er sich schuldig fühlte – wenn auch nur für einen kurzen Moment.

Plötzlich erblickte er Dr. Greaves, der mit einem verschmitzten Lächeln im Türrahmen stand. »De Rohan!«, rief der beleibte Arzt aus und betrat mit ausgestreckter Hand den Warteraum.

Mit einer herzlichen Geste schüttelte de Rohan ihm die Hand. »Guten Morgen, Greaves. Ich nehme an, Sie wissen, warum ich gekommen bin?«

»Wachtmeister Sisk erwähnte, Sie würden eventuell vorbeischauen.« Mit einem Ächzen ließ Greaves sich im Sessel gegenüber nieder.

»Sie wollen sicherlich wissen, ob ich schon die Obduktion an Lady Sands abgeschlossen habe. Das habe ich, und ich wünschte, ich könnte Ihnen mitteilen, sie sei eines natürlichen Todes gestorben, aber das kann ich natürlich nicht.«

De Rohan nickte bedächtig. »Ich habe die Blutergüsse an ihrem Hals gesehen. Waren sie die Todesursache?«

Greaves nickte und streckte seine Beine in Richtung der erkaltenden Kohle aus. »Zweifelsohne. Sie ist langsam erstickt«, erklärte er und faltete die Hände über seinem stattlichen Bauch zusammen. »Unglücklicherweise – oder sollte ich *glücklicherweise* sagen? – war sie zuvor mit reichlich Alkohol betäubt worden. Ich nehme an, sie ist erst erwacht, als er ihren Hals schon fest im Griff hatte.«

»Es gibt kaum Anzeichen für einen Kampf«, räumte de Rohan

ein. »Meiner Erfahrung nach bedarf es allerdings einiger Kraft, um einen Menschen zu erwürgen, selbst einen so schmächtigen wie Lady Sands. Würden Sie mir da zustimmen?«

Der ehemalige Militärarzt zog eine seiner buschigen weißen Augenbrauen in die Höhe. »O ja. Sie hat viele Blutergüsse, und ihr Hals ist fast komplett zerdrückt. Aber das war nicht das Werk eines Schwächlings, es sei denn, er wäre rasend vor Wut gewesen. Aber auf keinen Fall kommt eine Frau als Täterin infrage.«

Vor de Rohans geistigem Auge tauchte das Bild von Lord Sands' großen Händen auf, das er sogleich wieder verdrängte. Er zwang sich zu einem schmallippigen Lächeln. »Nein, Frauen bevorzugen eher Gift, nicht wahr?«

»In der Tat«, stimmte ihm der füllige Doktor zu. »Und nun, Max, würde ich gern als Ihr langjähriger Freund an Sie herantreten und Ihnen etwas Vertrauliches mitteilen. Ich fürchte aber, es wird alles andere als erquickend sein.«

»Bitte fahren Sie fort.«

Greaves machte ein gequältes Gesicht. »Was ich Ihnen jetzt erzähle, werde ich bei Gericht nicht wiederholen, da es sich nur um eine Vermutung handelt: Ich habe allen Grund zu der Annahme, dass Lady Sands vor nicht allzu langer Zeit schwanger gewesen ist.«

»*Gewesen ist*? Sie meinen ... eine Fehlgeburt?«

»Das bezweifle ich.« Der ältliche Arzt schüttelte traurig den Kopf. »Ihr Uterus war vergrößert, und es gibt ... Anzeichen einer abklingenden Verletzung. Wollen Sie die medizinische Erklärung?«

»Eine abheilende Verletzung?«, wiederholte de Rohan. »Eine Abtreibung?«

Greaves nickte. »Die erst kürzlich vorgenommen worden sein muss, vermute ich stark.« Plötzlich schlug er sich kräftig auf die Oberschenkel, als wollte er einen Geist vertreiben. »Damit ist der Fall doch so gut wie gelöst. Alles ergibt einen Sinn. Einen solchen Mordfall hat es in Mayfair nicht mehr gegeben, seitdem der alte Mercer um die Ecke gebracht worden ist.«

»Daran kann ich mich nur vage erinnern.«

Greaves blinzelte. »Damals war im Übrigen eine Frau die Täterin, sie hatte ihn vergiftet. Frauen können ausgesprochen gefährliche Kreaturen sein, man darf sie nicht aus den Augen lassen. Und jetzt, Max, wenden wir uns der unschönen Platzwunde an Ihrer Lippe zu. Was dagegen, wenn ich Ihnen ein wenig Tinktur daraufträufle?«

Kapitel 4

»Unsere Leidenschaften, unser unbeständiger Humor, nein, unser Wohl und unser Geist im Ganzen führen zu unserem oft widersprüchlichen Verhalten.«

Lord Chesterfield, 1776,
The Fine Gentleman's Etiquette

Lady Catherine lief in der schattigen Kühle ihres Schlafgemachs auf und ab. Das Pochen in ihrem Kopf wollte schier nicht versiegen; ein Mittagessen kam überhaupt nicht infrage. Vielleicht sollte sie sich lieber ein wenig hinlegen? Oder herausfinden, in welcher Polizeiwache oder Amtsstube – wie sich so etwas auch schimpfen mochte – Maximilian de Rohan arbeitete, damit sie geradewegs zu ihm hineinmarschieren und ihm auf den Kopf zusagen konnte, was für ein arroganter Schnösel er doch war.

Sie seufzte laut in den leeren Raum hinein. Nein, nein, das würde rein gar nichts nützen, denn schließlich war es ihre lockere Zunge gewesen, die sie überhaupt erst in diesen Schlamassel katapultiert hatte. Konnte es gar sein, dass sie diesem Mann gegenüber nicht ganz fair gewesen war? Hatte sie in ihrer Naivität, was soziale Gepflogenheiten betraf, etwas gesagt oder getan, das einen falschen Eindruck erweckt haben könnte?

Gewiss hatte es ein wenig forsch angemutet, ihn so mir nichts, dir nichts zum Dinner einzuladen, aber auf dem Lande, wo das Leben in informelleren Bahnen verlief, war eine derartige Einladung nichts Ungewöhnliches. Kam es in der Stadt etwa einem Skandal gleich? Catherine wusste es beim besten Willen nicht – im Gegensatz zu ihm, diesem Mann, der trotz seiner äußerlichen Zurückhaltung und einfachen Kleidung etwas sehr Kultiviertes ausstrahlte und der weder aussah wie ein Polizist noch sich wie einer verhielt.

Vielleicht war er aber auch – ihrem Instinkt zum Trotz – einfach kein ehrenwerter Mann. Seine Augen waren verwegen schwarz und schauten kalt und spöttisch in die Welt. Trotz all dem, eingangs waren seine Handlungen freundlicher Natur gewesen. Er hatte sie wirklich in Gefahr gewähnt, davon war sie mittlerweile überzeugt. Warum nur hatte er sie dann geküsst? Sicherlich hätte es, wie sie mit Fug und Recht vorgebracht hatte, auch andere Wege und Mittel gegeben, die Gefahr abzuwenden. Mit ihrem Einwurf aber hatte sie ihn provoziert, sodass er mit rohem und tief sitzendem Zorn über sie hergefallen war.

Es schmerzte Catherine, dass sie ihn augenscheinlich falsch eingeschätzt hatte. Noch schlimmer aber war die Erinnerung daran, wie sehr sie sich in seinem Kuss verloren hatte. Gütiger Gott, noch nie zuvor war sie auf solch eine Art und Weise geküsst worden! Sie hatte ihren Ehemann begehrt, ja, aber sie waren von Kindesbeinen an Freunde gewesen, und ihre gegenseitige Zuneigung hatte auf Stabilität und Geborgenheit gefußt, aber niemals auf flammender Leidenschaft. Ihre Beziehung zu Will war nie wild oder kopflos gewesen, geschweige denn beängstigend.

Um Himmels willen, wie konnte sie ihren verstorbenen Gatten bloß mit einem solch schrecklichen Menschen vergleichen?

Catherine wirbelte herum, schritt zum Fenster und blickte hinunter auf die Straße. Was hatte Mr. de Rohan sich dabei gedacht, sie derart aufdringlich zu küssen? In seinen Augen war sie wohl alles andere als eine Lady – die unbeholfene Bekanntmachung ihrerseits hin oder her. Letztendlich war der Kuss doch von ihm ausgegangen. Wie nur hätte sich eine echte Lady in solch einer Situation verhalten? Sich einander vorzustellen war doch das Mindeste, wenn zwei Menschen derart intim miteinander geworden waren und sich ...

Gütiger Gott! Das alles ergab keinen Sinn. Warum machte sie sich überhaupt so viele Gedanken? Mit schnellen und wütenden

Bewegungen zog sie die schweren Vorhänge zu, warf sich aufs Bett und versuchte, ihre Gedanken zu verscheuchen. Sie hörte, wie hin und wieder eine Kutsche die Mortimer Street entlangrumpelte und wie ihr Hausmädchen Delilah schnellen Schrittes über den Flur eilte. Diese alltäglichen Geräusche besänftigten sie ein wenig. Nach einer Weile zog sie sich das Kissen an die Brust, kuschelte sich hinein und schlummerte ein.

Um halb zwei wurde de Rohan unvorhergesehen in das Büro des Innenministers gerufen. Viele Monate war es her, dass Cecilias Stiefvater, Lord Walrafen, de Rohan mit Mr. Peel bekannt gemacht hatte. De Rohan hatte Peel auf Anhieb gemocht. Nicht zuletzt deswegen, weil sein Großvater einst Händler gewesen war und sich dem blasierten englischen Adel widersetzt hatte, der gern die Nase über hart erarbeiteten Wohlstand rümpfte. Er hatte es seinerzeit sogar bis zum Baron geschafft. Aber selbst noch hinter dem Rücken seines Enkels sprach ein Großteil des alteingesessenen Adels von Peel als einem *parvenu* – jedoch taten sie dies wohlweislich hinter vorgehaltener Hand, denn Mr. Peel war trotz fehlenden blauen Blutes ein mächtiger Mann, mit dem sich niemand gern anlegen wollte.

An diesem Morgen vermochte de Rohan Peels Laune nicht einzuschätzen. Der Innenminister deutete auf einen Stuhl und – es hatte fast den Anschein, als fühlte er sich unwohl – rollte die Schultern, bevor er sein Rückgrat durchdrückte. »Der oberste Richter vom Queen Square teilte mir mit, dass Sie den Fall Sands bearbeiten«, setzte er an.

De Rohan zögerte. »Lady Delacourt rief mich zum Tatort«, gab er zu, »aber lediglich als Freund der Familie.«

Peel blickte ihn über die polierte Oberfläche seines Schreibtisches hinweg an, der angesichts der zahllosen Aufgaben, die um die Aufmerksamkeit des Innenministers buhlten, außerordentlich gut aufgeräumt war.

»Aber Sie haben sich auch mit Lord Sands unterhalten«, fuhr

er leise fort, »und die Wachtmeister gebeten, Ihnen den Stand der Ermittlungen mitzuteilen.«

»Das habe ich in der Tat«, räumte de Rohan ein.

»Was so viel bedeutet, dass Sie – ob Sie wollen oder nicht – mit in den Fall verwickelt sind, nicht wahr?« Als de Rohan nicht antwortete, fuhr Peel fort. »Meines Wissens sind Sie auch über den Autopsiebefund informiert.«

De Rohan nickte. »Eine gerichtliche Untersuchung der Todesursache ist für heute in einer Woche angesetzt. Reine Routine. Das Urteil des Leichenbeschauers steht außer Frage.«

»Mord durch einen oder mehrere unbekannte Täter?«, erkundigte sich Peel.

»Könnte noch schlimmer kommen.« De Rohan schaute ihm unverblümt in die Augen. »Es scheint, als hätte jemand – eventuell Sands selbst – die Lady erwürgt.«

Peel blickte mit einem Mal betroffen und traurig drein. »Verstehe«, entgegnete er mit sanfter Stimme. »Das würde das gesellschaftliche Ende für Lord Sands' Schwester, Lady Delacourt, bedeuten und auch für unseren gemeinsamen Freund und Bekannten Walrafen.«

»*Wenn* es die Wahrheit ist«, ließ de Rohan zögerlich verlauten.

»Wenn ...«, wiederholte Peel leise und mit schmerzerfüllter Stimme. »Aber wir können niemanden, nicht einmal einen Freund, über das Gesetz stellen, nicht wahr?« Sein durchdringender Blick ruhte noch immer auf de Rohan. »Ich kann mich doch darauf verlassen, dass vor allem Sie das verstehen, nicht wahr?«

De Rohan konterte umgehend. »Wenn Sie sich da nicht sicher sind, Sir, haben Sie sich wahrlich den falschen Mann ausgesucht, um mit der Bestechung in den eigenen Reihen aufzuräumen.«

Mr. Peel lächelte schwach. »Das weiß ich. Aber wenn ich mich nicht täusche, wäre es Ihnen am liebsten, Sie könnten diesen Fall im Alleingang lösen, ohne auf die stümperhafte Arbeit anderer –

beispielsweise der Beamten der Bow Street – angewiesen zu sein, habe ich Recht?«

»Ich fürchte, ja«, räumte de Rohan mit einem bitteren und nach innen gerichteten Lächeln ein.

Peel machte ein entschuldigendes Gesicht. »Nun, eine solche Vorgehensweise steht natürlich außer Frage, aber ich habe den obersten Richter davon in Kenntnis gesetzt, dass Sie für mich in diesem Fall die Augen und Ohren offen halten und dass es gewisse Dinge gibt, die Sie besser handhaben können als andere.«

»Was genau meinen Sie damit?«

Peels Antwort bestand in einem Schulterzucken. »Viele werden sich dagegen wehren, mit den Männern der Westminster-Wache zusammenzuarbeiten, geschweige denn mit den Runners. Es scheint, als ob …«

»… es unter ihrer blaublütigen Würde läge?«, entfuhr es de Rohan.

Belustigung leuchtete in Peels Augen auf. »Sprechen Sie mit allen, von denen Sie wissen, dass sie offiziell nicht mit polizeilichen Ermittlungen in Verbindung gebracht werden wollen. Treiben Sie die Nachforschungen voran, aber gehen Sie dabei diskret und dennoch gründlich vor. Versuchen Sie, der Familie das Gerede zu ersparen und beten Sie zu Gott, dass es das Werk eines Verrückten war. Wenn nicht, dann …« Peel schüttelte den Kopf. »Die Wachtmeister werden Sie auf dem Laufenden halten. Informieren Sie mich jeden Montagmorgen über den aktuellen Stand der Ermittlung.«

»Jawohl, Sir.«

Peel schob seinen Stuhl ein wenig nach hinten. »Ach ja, eine Sache noch. Was den Bestechungsskandal betrifft … Wie ich hörte, haben Sie Fortschritte gemacht?«

»Habe ich«, pflichtete de Rohan ihm bei, als er sich erhob. »Es ist genau, wie wir vermuteten: Bruter nimmt Bestechungsgelder entgegen, um die Berichte der Gefängnisinspektionen zu fälschen. Offen gesprochen, Sir, denke ich, dass möglicherweise noch mehr dahinter steckt. Es könnte sogar sein, dass auch

Wachtmänner und Wachtmeister ihre Finger mit im Spiel haben.«

Der Innenminister machte ein langes Gesicht. »Ich wünschte, ich könnte sagen, dass mich das überrascht.«

Ein angespanntes Lächeln breitete sich auf de Rohans Gesicht aus. »Was Bruter betrifft, den werden wir überführen, Sir. Erst heute Morgen habe ich ihn wieder am üblichen Treffpunkt im Hyde Park belauscht ... Leider aber blieb es mir verwehrt, ihn zu ... Nun, mir ist ein unbeteiligter Zuschauer dazwischen gekommen.«

Peel winkte ab. »Kein Problem. Das Ganze ist nur eine Frage der Zeit.« Er hielt kurz inne, um seine Gedanken zu ordnen. »Sie haben gute Arbeit geleistet, de Rohan, aber lassen Sie von nun an jemand anders die allmorgendliche Überwachung übernehmen. Ich möchte, dass Sie Ihre ganze Aufmerksamkeit auf den Fall Sands richten.«

De Rohans Blick schnellte zur Wanduhr. »Ich werde Sands noch heute Nachmittag einen Besuch abstatten«, erklärte er. »Gestern war er nicht vernehmungsfähig.«

Peel warf seinem Gegenüber einen abschätzenden Blick zu, lehnte sich dann aber mit zufriedener Miene zurück. »Wissen Sie was, de Rohan? Manchmal denke ich, dass Sie ein ziemlicher Fanatiker sind«, bekannte er nachdenklich. »Sie setzen sich vor allem für den kleinen Mann ein, streben nach absoluter Gerechtigkeit und wollen sie mit einer mir noch nie begegneten Inbrunst herbeiführen. Warum Sie so agieren, ist mir vollkommen schleierhaft, doch ich danke Gott dafür – denn Sie sind genau der Mann, auf den ich mich in solch einer Situation verlassen kann.«

De Rohan fühlte sich sichtlich unbehaglich. Er machte eine Verbeugung und wandte sich in Richtung Tür. Im letzten Augenblick jedoch orderte Peel ihn zurück. »Ach ja, eins noch ...«

Mit einem Seufzer drehte sich de Rohan um und hob fragend die Augenbrauen.

Der Innenminister kniff die Augen zusammen. »Diese fiese

kleine Verletzung an Ihrem Mund«, murmelte er. »Ich nehme nicht an, dass sie von einer gewalttätigen Auseinandersetzung heute Morgen im Park herrührt, oder?«

Catherine schreckte durch ihr eigenes Schluchzen aus dem Schlaf auf und wusste im ersten Moment nicht, wo sie sich befand. Sie setzte sich aufrecht hin, strich sich die Haare aus dem Gesicht und ließ den Blick umherschweifen. Durch die geöffnete Tür des Ankleidezimmers konnte sie ihre große Reisetruhe erkennen, deren Deckel weit offen stand. Erleichtert atmete sie tief aus. Cams Haus. London. Sie rieb sich mit den Handrücken die Augen, blickte nach unten und entdeckte, dass ihr Kissen durchnässt war. Lähmender Kummer wallte in ihr auf und drohte sie unter sich zu begraben. Durch die Vorhänge konnte sie die Nachmittagssonne sehen. Wie lange sie wohl geschlafen haben mochte? Die letzten Bilder ihres Traumes verflüchtigten sich, und Catherine überkam das Gefühl, als entglitt ihr etwas Trauriges und Kostbares. Wovon in Gottes Namen hatte sie geträumt? Sie zwang sich, die Erinnerungen zurückzuholen, und presste sich eine Hand vor den Mund.

Will. Gütiger Gott! Seit Monaten schon hatte sie nicht mehr von ihm geträumt. Schnell zog sie das weiche Kissen an ihre Brust und vergrub das Gesicht darin. Bitte, lieber Gott. Nicht schon wieder diese Träume! In der Zeit kurz nach seinem Tod war Schlafen für sie zu einer einzigen Qual geworden. Nacht für Nacht hatten die Erinnerungen an seinen letzten Guten-Morgen-Kuss sie verfolgt. Die Träume hatten immer gleich begonnen. Aus einiger Entfernung – so, als zählte auch sie nicht mehr zu den Lebenden und beobachtete alles nur– hatte sie sich selbst im kleinen Salon von Aldhampton Manor sitzen sehen, wie sie an den flaschengrünen Vorhängen vorbei in den dahinter liegenden Morgennebel spähte, bevor sie sich mit einer langsamen, fließenden Bewegung umdrehte und Will zulächelte, der gerade seinen Kaffee austrank. Catherine hatte ihre eigene Stimme hören können, wie sie ihn warnte, ihn überreden wollte, nicht hinauszugehen, sondern bei ihr am Feuer sitzen zu bleiben. Und dann, durch die Schwaden des Traums hindurch, hatte sie den furchtbaren Gewehrschuss gehört, wenngleich sie in Wirklichkeit nicht einmal in der Nähe des Geschehens gewesen war. Aber Wills letzte Worte, ja, die hatte sie damals wahrhaftig gehört.

»Ich hätte auf dich hören sollen, Cat.« Seine Stimme hatte gurgelnd geklungen, so als würde Wasser über zersprungenes Glas fließen. »Aahh, Catherine ...«

Aber dieser Traum, der sie soeben im Schlaf hatte aufschluchzen lassen, war gänzlich anders gewesen. Will hatte nicht mit ihr gesprochen, und sie war auch nicht zu Hause gewesen. Es hatte keinen warmen Frühstückssalon und keinen dampfenden Kaffee gegeben, sondern nur Nebel. Aber nicht jener kühle Landnebel, der die Menschen in Wohlgerüche aus nasser Erde und Blätter hüllte, sondern jene dicke, bleierne Suppe, die an der Haut klebte und in der Nase stach.

Zwar hatte sie auch dieses Mal den Schuss gehört und gesehen, wie Will vor ihren Füßen zusammengebrochen war, wie er, alle viere von sich gestreckt, im herbstlichen Laub gelegen hatte, aber sie hatte sein Gesicht nicht erkennen können. Schlimmer noch, sie hatte dieses Mal ganz verschwommen die Person erspäht, die ihn erschossen hatte. Es war ein großer und in wogendes Schwarz gekleideter Mann gewesen, der das Gewehr fachmännisch in der Hand balancierte und der auf sie niederschaute, wie sie neben Wills leblosem Körper kauerte und in das Gesicht blickte, das sie nicht mehr genau zu erkennen vermochte.

Maximilian de Rohan?

Herrgott, sie war ja vollkommen durcheinander, schien langsam den Verstand zu verlieren. Catherine schreckte auf, presste sich die Handflächen gegen die Stirn und kniff fest die Augen zusammen. Will ist durch einen Jagdgenossen ums Leben gekommen, rief sie sich ermahnend in Erinnerung. Er war ein ebenso warmherziger Gutsherr wie Will gewesen und hatte nichts mit der großen unerbittlichen Person in Schwarz gemein. Das Wetter war schlecht gewesen, die Spaniels waren wild im Unterholz durcheinander gelaufen, die Rufe des Treibers hatte man aufgrund des dichten Nebels so gut wie nicht hören können. Es war ein Unfall gewesen. Ein Unfall! Sie sollte Mr. de Rohan schleunigst aus ihrem Gedächtnis verbannen, da sie ihn ohnehin nie wiedersehen würde. Er war Polizist, und selbst Catherine wusste, dass Gesetzeshüter sich nicht in den gehobeneren Kreisen der Londoner Gesellschaft bewegten.

Mit einem Mal ertönte ein dröhnendes Donnern an ihrer Schlafzimmertür. Catherine erkannte sofort, dass es nicht von einem Bediensteten rührte. Sie rutschte etwas höher, sodass sie aufrecht saß, und strich sich die Röcke glatt. »Herein.«

Die Tür flog auf, und zu ihrer Freude erspähte sie die breiten Schultern ihres jüngeren Bruders. »Bentley!«, rief sie aus und sprang von der Bettkante.

Stolz und strahlend polterte Bentley mit ausgebreiteten Armen herein, fing sie auf und wirbelte mit ihr ausgelassen durch den Raum. »Cat, mein Gott! Du, hier in der Stadt?«, fragte er und setzte sie wieder ab. »Warum? Seit wann?«

»Bentley! Wo hast du nur gesteckt?«

»Hier und da, meine Liebe.« Er schob sie ein Stückchen von sich und blickte zu ihr herab. »Mensch, Cat, verflixt noch mal!«, rief er aus und fuhr behutsam mit seiner Daumenspitze unter ihrem linken Auge entlang. »Was hat das zu bedeuten?«

Verlegen senkte Catherine den Blick auf sein nachlässig gebundenes Halstuch. Eigentlich sah alles an Bentley unordentlich aus, aber das war nichts Ungewöhnliches. »Nur ein Anflug von Kopfschmerzen«, murmelte sie. »Nichts weiter.«

»Zum Teufel!«, brummte Bentley und stapfte mit ihr im Schlepptau in Richtung Bett. »Wenn die Augen einer Frau aussehen wie deine, hat das mit Kopfschmerzen herzlich wenig zu tun. Wo steckt bloß dein Dienstmädchen?« Als sie nicht antwortete, drückte Bentley sie sanft auf das Bett nieder und wich einen Schritt zurück. Mit einer Hand fuhr er sich durch sein zerzaustes schwarzes Haar und schaute sie eindringlich an. »Mein Gott, Cat! Sollte sie nicht etwas tun? Federn verbrennen oder dir etwas von diesem Gemisch besorgen, an dem Ihr Damen so gern schnüffelt?«

Catherine schlug die Hände vor dem Gesicht zusammen und brach in leises Gelächter aus. »O Bentley!«, rief sie mit erstickter Stimme aus und ließ sich zurück auf die weiche Bettdecke fallen. »Ich wünschte, alle Leiden könnten so schnell behoben werden, aber wenigstens bringst du mich zum Lachen.« Sie nahm die Hände wieder weg und schaute zu ihm empor. »Jetzt beantworte mir eine Frage: Wo warst du die letzten zwei Wochen?«

Bentleys dunkle Augenbrauen kräuselten sich. »An Orten, die meine Schwester nichts angehen«, brummte er.

»Und was du dort gemacht hast, geht sie wohl auch nichts an, oder wie?«, forderte sie ihn heraus.

»Ganz richtig«, kam seine barsche Antwort.

Mit einem resignierten Seufzer machte Catherine es sich in den Kissen gemütlich. Bentley war ein ruheloser Mensch, weshalb er wie ein gefangenes Tier im Zimmer auf und ab zu laufen begann. Hin und wieder jedoch hielt er inne, um sich ein Gemälde näher anzuschauen oder mit einem Parfümflakon zu spielen. »Du vermisst wohl mal wieder den guten alten Will, hab ich Recht?«, fasste er sich schließlich ein Herz. Etwas beschämt schnappte er sich das Buch, das sie im Park gelesen hatte, und begann, wahllos darin zu blättern. »Ich vermisse ihn doch auch …«

»Oh!« Seine Anteilnahme gab ihr den Rest. »Ich vermisse ihn schon arg, aber …« Ihr stockte der Atem.

Bentley warf ihr einen panischen Blick zu. »Mensch, Cat«, murmelte er, riss die Schublade der Kommode auf und wühlte in ihren Taschentüchern herum. Ohne die Lade wieder zu schließen, durchquerte er den Raum, setzte sich neben sie und legte ihr eines der Tücher griffbereit hin. »Jetzt sag schon, was los ist.«

Catherine spürte, wie ihre Schultern zu zittern begannen. »Ach, ich weiß es nicht!« Sie schnappte sich das Taschentuch und vergrub ihr Gesicht darin. »Ich vermisse ihn, aber es ist so, dass ich ... dass ich mich ... kaum mehr daran erinnern kann, wie er aussah, Bentley! Nur schemenhaft. Ich meine, wie er aussah, bevor er gestorben ist. Und ich fühle mich so schuldig, weil ich ihn langsam vergesse.«

»Ach, Cat«, murmelte Bentley und drückte sie mit ungeschickten Bewegungen an sich, woraufhin Catherine ihren Arm um seinen Hals schlang. »O Bentley! Ich kann mich nur noch daran erinnern, wie er aussah, als man ihn hereintrug«, schluchzte sie an seiner Schulter. »Aber an mehr nicht!«

Etwas unbeholfen strich ihr Bruder ihr über den Rücken. »Cat!«, versuchte er sie zu beruhigen. »Das Ganze ist nun zwei Jahre her, da ist es normal, dass du dich nicht mehr an alle Einzelheiten erinnern kannst. Das Leben geht schließlich weiter.«

Für einen Moment sank Catherine kraftlos gegen ihn. »Ach, Bentley!«, seufzte sie und setzte sich wieder auf. »Manchmal glaube ich, dass ich genau davor die größte Angst habe.«

Just in diesem Moment ertönte ein respektvolles Klopfen an der Tür, und Delilah betrat das Zimmer. Catherine registrierte kaum, dass ihr Bruder zurück zur Kommode gegangen war und damit begonnen hatte, die Schublade aufzuräumen.

»Lady Kirton ist hier, Ma'am«, unterrichtete Delilah sie und machte einen Knicks. »Sie gab an, Sie würden sie heute zum Tee begleiten.«

Bentley warf schwungvoll die Schublade zu und wirbelte herum. Panik stand ihm ins Gesicht geschrieben. »Ach, du grüne Neune!«, entfuhr es ihm, woraufhin er zu seiner Schwester eilte, ihr einen Kuss auf die Wange hauchte und zur Tür hastete. »Ich nehm den Hinterausgang. Hab heute keine große Lust, für Tantchen Isabel den Braven zu mimen.«

»Bentley, warte!«

Als er sich am Hausmädchen vorbeidrängelte, wäre ihm fast etwas Schweres aus dem Mantel geglitten. Mit einer schnellen Bewegung fing er es jedoch wieder auf und steckte es tiefer in die Tasche.

»Bentley, warte!«, wiederholte Catherine und sprang vom Bett. »Wohin gehst du? Und was in aller Welt trägst du da mit dir in der Manteltasche herum?«

Bentley hielt kurz jenseits der Türschwelle an. »Nur 'ne Schnupftabakdose«, brummte er und fuhr sich mit zitternder Hand durchs Haar. »Ich bin auf dem Weg nach Essex. Hab Sehnsucht danach, mal wieder was mit Gus Weyden anzustellen.«

Catherine ging bis zum Türrahmen. »Wo in Essex?«, rief sie ihm nach, aber Bentleys schwere Stiefel polterten bereits die Dienstbotentreppe hinunter, und im nächsten Moment war er in den Tiefen des Treppenhauses verschwunden.

Am späten Nachmittag verließ de Rohan Whitehall und machte sich auf in Richtung Mayfair, wo ihm ein nervöser Butler Einlass in Lord Sands' Stadthaus gewährte. Kaum hatte de Rohan sich seines Zylinders und Gehstocks entledigt, sah er Lord Delacourt auch schon aus der Bibliothek kommen.

»De Rohan!« Seine Lordschaft wirkte erleichtert. »Gutes Timing, alter Bursche. Ich hoffe, Sie sind gekommen, um Harry und Cecilia Ihre Aufwartung zu machen. Ich muss schon zugeben, dass ich keinen blassen Schimmer habe, was man unter solch schrecklichen Umständen sagt.«

Der Butler zog sich zurück. De Rohan zögerte und studierte Delacourt. »Ich muss mit Lord Sands sprechen«, ließ er ihn wissen und fühlte sich bei seinen Worten fast wie ein Betrüger. »Offen gesagt, Mylord, bin ich heute im Dienste des Innenministeriums hier.«

Delacourt lächelte bedauernd. »Verstehe«, gab er mit ruhiger Stimme zurück. »Damit haben wir rechnen müssen. Was für eine grässliche Situation, nicht wahr? Ich fürchte, meine Gattin hat noch nicht ganz begriffen, wie schlecht es um ihren Bruder bestellt ist. Mein Gott, was hat Harry sich bloß dabei gedacht, als er drohte, Julia über die Balustrade zu werfen?«

»Entschuldigung, wie war das?« De Rohans Stimme klang mit einem Mal schrill.

Delacourt war anzusehen, dass er sich sichtlich unwohl fühlte. »Teufel noch mal! Was für ein Tollpatsch ich doch bin! Aber ich nehme an, Cecilia hat es nicht für nötig gehalten, diese Kleinigkeit zu erwähnen. Harry ist vorgestern Abend im Theater ziemlich außer sich geraten, und Julia und er hatten anschließend auch noch einen heftigen Streit vor Publikum.« Er hielt inne und atmete zitternd ein, was sonst eher untypisch für ihn war. »Schauen Sie, de Rohan: Ich nehme nicht an, Sie würden meinen Worten ohne weiteres Glauben schenken, wenn ich Ihnen hoch und heilig schwörte, dass Harry absolut unfähig ist, einen Mord zu begehen, oder?«

De Rohan zögerte betreten. Er hatte Harry bereits des Öfteren in der Stadt gesehen, aber gestern das erste Mal mit ihm gesprochen. Alles, was er über Cecilias Bruder wusste, ließ ihn nicht wie einen möglichen Mörder dastehen, was aber nicht daran lag, dass Harry wie ein Unschuldiger aussah, weit gefehlt, sondern auf der Tatsache beruhte, dass er einfach nicht das erforderliche Maß an Weitblick besaß, um ein derartiges Verbrechen zu begehen.

Delacourt schien de Rohans Schweigen als Zustimmung zu deuten, weshalb er herzlich lächelte und ihm freundschaftlich auf die Schulter klopfte. »Kommen Sie mit in den Salon, de Rohan«, offerierte er ihm und geleitete ihn durch die Eingangshalle. »Cecilia kümmert sich gerade um Harry. Sie wird sich freuen, Sie zu sehen. Ach, übrigens, mein Freund, woher rührt denn diese teuflische Platzwunde an Ihrer Lippe?« Er versetzte de Rohan einen kräftigen Seitenhieb mit dem Ellbogen. »Ich hoffe, Sie haben sie sich auf ehrenhafte Art und Weise zugezogen.«

»Hab mich beim Rasieren geschnitten«, brummte de Rohan.

Delacourt öffnete die Tür zum Salon. »Cecilia, meine Liebste, schau mal, wer hier ist, um …« Als er die beiden Damen bemerkte, die Cecilia und Harry gegenüber und mit dem

Rücken zur Tür saßen, hielt er jäh inne. »Entschuldigt bitte, meine Lieben«, murmelte er und wich einen Schritt zurück. »Wie ich sehe, stören wir gerade.«

Aber es war bereits zu spät. Harry hatte sich vom Stuhl erhoben, und auch Cecilia war aufgesprungen, um ihnen entgegenzueilen.

»O Max!«, rief sie ein wenig bestürzt aus, als sie an ihrem Ehemann vorbeilief und de Rohans Hand ergriff. »Dem Himmel sei Dank, dass Sie noch einmal zurückgekommen sind.«

»Mit Vergnügen«, murmelte er verlegen und verbeugte sich tief über Cecilias zierliche und kalte Finger.

Cecilia schien entgangen zu sein, dass er sich nicht ganz wohl fühlte, weshalb sie ihn und ihren Gatten über die Schwelle zog. »Kommt doch herein und leistet uns ein wenig Gesellschaft beim Tee. Ellie wird uns noch zusätzliche Tassen bringen. Und schaut! Hier haben wir die liebenswerte Lady Kirton – ich nehme an, Sie kennen Sie noch vom Nazareth-Zirkel, nicht wahr? Sie ist gekommen, um uns ihr Beileid auszusprechen, und hat auch gleich ihre Nichte mitgebracht.« Cecilia deutete auf die beiden Damen, die sich alsdann zu den Herren umdrehten. »Lady Catherine, wenn ich mich recht entsinne, haben Sie meinen Ehemann, Lord Delacourt, noch nicht kennen gelernt? Und dies hier ist ein sehr guter Freund der Familie: Mr. de Rohan.«

Einer der Personen hatte der Atem gestockt, was de Rohans Augenmerk schlagartig von Cecilia lenkte. Was nun geschah, trug sich in Windeseile zu. Die junge Frau, die neben Lady Kirton gesessen hatte, war aufgesprungen und hatte eine Porzellantasse auf die Tischkante fallen lassen. Die Tasse zerbarst in unzählige kleine weiße Splitter, und heiße Flüssigkeit ergoss sich auf dem Teppich, woraufhin Cecilia sofort zu ihr stürzte, um ihr die Röcke abzutupfen.

Besagter Frau.

Verdammt!

Entgeistert starrte de Rohan sie an. Mit Müh und Not gelang es ihm, eine bittere Lachsalve zu unterdrücken.

Cecilia schien nichts bemerkt zu haben. »Ach, du meine Güte!«, rief sie aus. »O, Lady Catherine! Haben Sie sich verbrannt? War der Henkel beschädigt? Ist er gebrochen?«

Ein Hausmädchen war sofort mit einem Geschirrtuch zur Stelle, und auch Lady Kirton half mit, tupfte, zupfte und bemutterte. Delacourt trat einen Schritt beiseite und brummte eine Entschuldigung. Harry hingegen trank in Seelenruhe weiter, jedoch nicht aus einer Teetasse, sondern aus einem Brandyglas. De Rohan schickte ein Stoßgebet zum Himmel, ein Beben möge die Erde unter seinen Füßen spalten und ihn verschlucken. In seinem Kopf spukte eine Vielzahl peinlicher Möglichkeiten herum, und ihm wurde übel. Es war nur ein schwacher Trost, dass Lady Catherine noch mitgenommener aussah als er. Sie war kreidebleich und hielt den Blick fest auf den Boden gerichtet. Es dauerte nicht lange, da waren ihre Röcke wieder halbwegs trocken, und Catherine kam nicht umhin, erneut Platz zu nehmen.

»Ich bitte vielmals um Entschuldigung, Lord Sands«, rief sie. Ihre Worte wurden von einem nervösen und vorwurfsvollen Blick begleitet, der de Rohan galt, als dieser sich ebenfalls niederließ. »Das war wirklich äußerst ungeschickt von mir.«

»Ich bitte Sie, Lady Catherine, machen Sie sich keine unnötigen Gedanken!«, beschwichtige Cecilia sie überschwänglich, während sie eine letzte Porzellanscherbe vom Teppich aufsammelte. »Diese Tassen sind aber auch ungewöhnlich zerbrechlich. Das habe ich schon seinerzeit gesagt, als Julia sie gekauft hat, nicht wahr, Harry?«

»Ja, hast du«, murmelte Harry zustimmend und hob seinen trägen Blick über das Teetischchen hinweg zu Lady Catherine. »Und außerdem haben wir noch dutzende von den Dingern. Ein Mann kann mit zerbrechlichen Gegenständen eh nichts anfangen. Ich bevorzuge solide und dicke Becher.«

Just in diesem Moment stellte das Hausmädchen drei weitere der verwunschenen Tassen ab. »Wie dem auch sei«, unterbrach Cecilia ihn beschwingt und hob die Teekanne an, um neu einzuschenken. »Habe ich Sie eigentlich nun alle miteinander bekannt gemacht?«

»Das haben Sie, meine Liebste«, antwortete Lady Kirton und beugte sich in eleganter Manier nach vorne, um ihre Tasse abzustellen. »Aber leider müssen Catherine und ich uns schon wieder verabschieden.«

»Aber Madam«, warf Delacourt ein. »Dazu besteht nun wirklich kein Anlass.«

»Doch, David, ich fürchte schon.« Lady Kirton bedachte de Rohan mit einem warmherzigen Lächeln, während sie sich die Handschuhe überstreifte. »Es war mir eine Ehre, Sie wieder einmal getroffen zu haben, Mr. de Rohan. Es ist viel Zeit vergangen seit diesem schrecklichen Unglück im Nazareth-Zirkel letztes Jahr. Sollte ich es damals nicht gesagt haben, so möchte ich es jetzt nachholen: Das gesamte Direktorium ist Ihnen zu Dank verpflichtet. Wir alle schätzen Sie und Ihre Arbeit sehr.«

Während de Rohan Dankesworte murmelte, erhoben sich die beiden Damen.

Lady Catherines Gesicht hatte wieder Farbe bekommen, ja, es erstrahlte nun in einem recht kräftigen Rosé, aber die Farbe ihrer wunderbaren Augen war kaum zu erkennen, weil sie sie zusammengekniffen hatte. De Rohan jedoch wusste bereits, dass sie braun waren – ein sattes und dunkles Braun, das von Gold und unglaublich langen dunklen Wimpern eingerahmt wurde. Aber wie er sie nun so anschaute und Lady Catherine zitternd ihre Hand hob, um sich eine Strähne aus dem Gesicht zu streichen, bemerkte er noch etwas anderes.

Lady Catherine trug einen Ehering.

Während er ihr zuschaute, wie sie sich die Handschuhe über die langen und schlanken Hände streifte, merkte er, dass sich ein schwerer Knoten in seinem Hals formte. Wie eigenartig, er hätte nicht gedacht … beziehungsweise war es ihm gar nicht erst in den Sinn gekommen, dass sie …

Aber natürlich hatte auch er diese Möglichkeit in Betracht gezogen, hatte sie verheiratet gewähnt. Just jener Verdacht – und nicht nur der Ärger über sich selbst –, war der Grund dafür, warum er auf sie losgegangen war. Betreten machte er einen steifen Diener. »Lady Kirton, Lady Catherine«, ließ er gelassen verlauten. »Es war mir eine Ehre.«

Schließlich schaute auch sie ihm in die Augen, und er konnte den Zorn erkennen, der tief in ihr lichterloh brannte. Wenn Blicke töten könnten, so hätten Lady Catherines Blicke ihn wie ein Senkblei in dem Aubusson-Teppich seiner Lordschaft versenkt. Ganz so, als fürchtete sie eine ansteckende Krankheit, drehte sie sich mit raschelnden und wehenden Röcken von ihm fort, reckte das Kinn in die Höhe und warf ihm einen letzten Fahren-Sie-doch-zur-Hölle-Blick zu, als sie in Richtung Tür schritt. De Rohan hätte beschämt sein müssen, aber zu seinem Entsetzen hatte er stattdessen auf die üppigen Lippen ihres breiten Mundes geschaut und schwelgte in den Erinnerungen daran, wie sie sich beim Küssen angefühlt hatten.

Eine Viertelstunde später stand ein sichtlich erleichterter de Rohan in der Sand'schen Bibliothek – einem Raum, der genauso wenig beansprucht wurde wie der Verstand seines Besitzers.

Harry trug zwei Gläser und die Karaffe aus dem Salon mit sich. »Was zur Beruhigung, Mr. de Rohan?«, fragte er und deutete auf einen Stuhl.

De Rohan schüttelte den Kopf. »Nein danke, Mylord.«

Harry entfuhr ein tiefer und erschöpfter Seufzer, als er hinter dem Schreibtisch Platz nahm. »Eigentlich sollte ich lieber die Finger von dem Zeug lassen«, gab er zu und schaute ein wenig sorgenvoll auf den Brandy. »Ja … vielleicht, wenn all das hier vorüber ist.«

Cecilias älterer Bruder war ein großer, untersetzter und klobiger Mann von ungefähr dreißig Jahren, bei dem sich langsam die Geheimratsecken ausbreiteten. Nachdem er das Glas wieder abgesetzt hatte, wandte er sich de Rohan zu. »Kommen wir zur Sache, Sir. Jeder denkt, ich wäre zu dumm, um zu wissen, was

Sache ist – dass Julia erdrosselt worden ist und so –, aber das bin ich nicht. Ich weiß genau, wie verdammt schlecht sich die Lage für mich darstellt.«

Überrascht hob de Rohan die Augenbrauen. »Haben Sie sie denn umgebracht?«

Begleitet von einem verkrampften Lächeln schüttelte Harry Markham-Sands den Kopf. »Julia und ich hatten einen schrecklichen Streit, de Rohan. Wie es in solchen Situationen üblich ist, führte eines zum anderen, und ich ... nun, ich habe das eine oder andere gesagt, was ich lieber nicht hätte sagen sollen.«

»Dass Sie sie umbringen würden ...?«

»Nein.« Harry sah ihn verwirrt an. »Ich habe lediglich gedroht, sie über die Balustrade und in den Schoß des Pöbels zu befördern, wo sie hingehört.«

De Rohan musste ein Lächeln unterdrücken, weil Harry unerwarteten Humor an den Tag legte. Wenn nur die Hälfte von dem, was über Lady Sands geredet wurde, stimmte, so konnte er Harry sogar verstehen. »Vielleicht sollten Sie mir die Geschichte von Anfang an erzählen, Mylord«, schlug de Rohan ruhig vor. »Schildern Sie mir genau, was in jener Nacht vorgefallen ist. Ich für meinen Teil werde alles daransetzen, dass unser Gespräch vertraulich bleibt.«

Bei diesen Worten prustete Harry los und schüttete den Brandy bis zum letzten Tropfen in sich hinein. »Machen Sie sich darüber keine Gedanken«, erwiderte er, während er in das leere Glas blickte, das er sachte gegen seine Weste gedrückt hielt. »Jeder wusste doch über Julia Bescheid, aber ich werde Ihnen trotzdem alles erzählen, was ich weiß.«

Harrys Geschichte stimmte mit den Aussagen überein, die der Kammerdiener und der Kutscher Sisk gegenüber gemacht hatten. Seine Lordschaft hatte lange geschlafen und den Großteil des Tages in seinem Privatclub verbracht, bevor er mit Freunden im »Adelphi« zu Abend gegessen hatte. Im Anschluss daran – er hatte nichts mit sich anzufangen gewusst – war er an das andere

Ende der Stadt gefahren, zum Theater in der Drury Lane, wo ihm eine Loge gehörte.

Er hatte nicht damit gerechnet, dass auch seine Frau an jenem Abend ins Theater gehen würde, bis er sie aus einer anonymen Kutsche hatte aussteigen sehen. Versteckt im Schatten des Säulengangs vor dem Eingang, hatte er mit ansehen müssen, wie Lady Sands sich noch einmal umgedreht und zu jemandem in der Kutsche gesprochen hatte. An dieser Stelle bemerkte de Rohan, dass Harrys Ohren rot anliefen. Gedemütigt hatte Harry beobachten müssen, wie sie sich noch einmal in die Kutsche hineingelehnt und mit einem Mann einen leidenschaftlichen Kuss ausgetauscht hatte. Eine unglaubliche Missachtung der Etikette, so ähnlich beschrieb Harry es. De Rohan hingegen empfand Derartiges noch weitaus schockierender. Er war sogar gegen diese neumodische englische Gepflogenheit, die es verheirateten Frauen erlaubte, mit fremden Männern in ein und derselben Kutsche zu fahren. Und obwohl diskret abgewickelte Affären in gewissen Kreisen der oberen Zehntausend toleriert wurden – eine weitere Eigenart, die de Rohan nicht guthieß –, war es völlig indiskutabel, wenn eine verheiratete Frau vor den Augen der Öffentlichkeit einen fremden Mann küsste.

»Was haben Sie daraufhin unternommen?«, erkundigte de Rohan sich.

Harry seufzte laut. »Ich bin nach oben in unsere Loge gegangen, um dort auf Julia zu warten. Sie traf nur wenige Augenblicke nach mir ein. Sie sah seltsam aus, irgendwie verzweifelt. Und dann entdeckte sie mich. Ich habe sie sofort aufgefordert, mir zu sagen, mit wem sie zusammen gewesen war, aber Julia hat mir nur ins Gesicht gelacht. Also drohte ich ihr und erklärte, ich hätte es satt, dass sie mich vor den Augen anderer lächerlich macht. Aber sie hat wieder nur spöttisch gelacht und erwidert ... Nun, sie benutzte Worte, die ich hier nicht wiederholen möchte, weil es mir unangenehm ist, dass meine Frau solche Ausdrücke überhaupt kannte. Verdammt, warum habe ich nur so viel beim Dinner getrunken? Ich hab die Geduld verloren und sie angeschrien. Und dann hat sie mich geschlagen und gekratzt. Wie eine Wilde ist sie auf mich los.«

»Gab es Zeugen?«, unterbrach de Rohan ihn.

Harry zuckte mit den Schultern und begann, mit einem Briefbeschwerer aus Messing zu spielen, der vor ihm auf dem Schreibtisch lag. »Das Licht war gedämpft, aber irgendjemand schickte einen Platzanweiser in unsere Loge, um nachzufragen ... ob wir Hilfe bräuchten. Es war klar, worauf er hinauswollte. Ich bekam es mit der Angst zu tun und lief nach draußen.«

»Was taten Sie anschließend?«

»Na, ich bin direkt nach Hause gefahren.«

»Und was haben Sie nach Ihrer Heimkehr gemacht?«

»Was ich gemacht habe?« Harry wirkte überrascht und ließ seine Augen durch den Raum wandern, als suchte er nach einer Antwort. »Nun ... ich nehme an, ich genehmigte mir noch einen im Salon und ging dann ins Bett.«

De Rohan schaute von seinen Notizen auf und blickte Harry scharf an. Ihm war der verunsicherte Unterton in seiner Stimme nicht entgangen. »Sie nehmen an?«

Harrys Ohren liefen wieder rot an. »Nein, nein, ich bin mir sicher. Ich habe noch etwas getrunken und bin danach nach oben ins Bett gegangen.«

Harry Markham-Sands log.

Diese Erkenntnis durchzuckte de Rohan wie ein Blitz. Das passierte gelegentlich, und de Rohan hatte gelernt, seinen Instinkten zu vertrauen. »Sie haben sich also umgehend zu Bett begeben?«, hakte er mit gelassener Stimme nach.

»Natürlich!«, sprudelte es aus Harry heraus. »Was hätte ich denn sonst tun sollen?«

De Rohan lächelte trocken. »Ich persönlich lese ganz gern noch ein wenig im Bett«, antwortete er. »Manch einer betet, andere trinken ein Glas heiße Milch oder schreiben Tagebuch. Verstehe ich Sie richtig, dass Sie nichts von all dem taten?«

Langsam wich die Farbe aus Harrys Ohren. »Nun, ich lese nich' so schrecklich gern. Ich ging wie immer sofort ins Bett und schlief wie ein Tot …« Harry unterbrach sich und wurde noch eine Spur blasser.

»Ich habe auch einen recht tiefen Schlaf«, versuchte de Rohan, ihn zu beruhigen. »Aber was geschah dann? Stimmt es, dass Sie nichts gehört haben? Was ist mit Lady Sands' Dienstmädchen – hat es auch nichts gehört oder gesehen?«

Harrys Augen weiteten sich. »Woher zum Teufel soll ich das wissen?«

De Rohan schwieg einen Augenblick. »Ich wollte nur eine Bestätigung dessen, was Wachtmeister Sisk mir berichtet hat, Mylord«, erwiderte er gelassen.

»Ach so.« Harry verlagerte nervös sein Gewicht und ließ vom Briefbeschwerer ab. »Das hat sie zumindest gesagt. Als ich sie später fragte, während wir zusammen auf die Polizei warteten.«

De Rohan hob Einhalt gebietend die Hand. »Der Reihenfolge nach, bitte, Mylord. Was genau geschah, nachdem Sie zu Bett gegangen waren?«

Harrys Augenbrauen zogen sich zu einem rotblonden Kringel zusammen. »Na, ich hab geschlafen. Das Nächste, an das ich mich erinnern kann, ist, dass Overturf, unser Butler, gegen die Tür trommelte und mir mitteilte, dass meine Schwester im Salon sei und sich in fürchterlicher Verfassung befände. Also zog ich mir den Morgenmantel über und ging nach unten. Ich dachte, dass etwas sehr Schlimmes passiert sein muss, wenn Cely sich zu solch früher Stunde von ihrem Blag losreißt.«

De Rohan schaute kurz auf. Harry sah blass und mitgenommen aus. Es war an der Zeit, das Gespräch fürs Erste zu beenden. Er hatte ja Cecilias Aussage darüber, was anschließend passiert war.

»Haben Sie den guten alten Overturf darüber informiert, dass die gesamte Belegschaft mit Wachtmeister Sisk zu kooperieren hat?«, fragte de Rohan freundlich, aber bestimmt nach.

Harry nickte. »Das hat Cely übernommen. Wenn sich jemand quer stellt, wenden Sie sich an sie. Sie wird das schon richten.«

De Rohan nickte, und nachdem er seinen Bleistift verstaut

hatte, klappte er die Ledermappe zu. »Haben Sie vielen Dank, Mylord. Es tut mir Leid, wenn ich Ihnen so zahlreiche Fragen stellen muss, obgleich Sie in Trauer sind.«

Harry wedelte abwehrend mit der Hand. »Keine Ursache. Lieber Sie als jemand anderes. Ich hoffe, Sie finden den Mistkerl, der sie umgebracht hat. Ich war es nicht, und Sie werden auch keinen Hinweis dafür finden, dass ich der Täter bin. Und dennoch belastet es mich, unter Verdacht zu stehen. Egal, was für 'n Mensch Julia war, sie hats in Gottes Namen nicht verdient, auf diese grausame Art zu sterben.«

Harry hatte sich gerade erhoben, um zu gehen, als Cecilia die Bibliothek betrat und ihm einen flüchtigen Kuss auf die Wange hauchte. »Geht es ihm gut, was meinen Sie?«, erkundigte sie sich, nachdem sie leise die Tür hinter ihrem Bruder geschlossen hatte.

De Rohan schaute Cecilia zu, wie sie durch den Raum schwebte. »Den Umständen entsprechend«, gab er zur Antwort, als sie sich in den Ohrensessel beim Schreibtisch niederließen. »Er ist wütend, so viel steht fest. Aber er ist sich völlig im Klaren darüber, in welcher Lage er sich befindet.«

Cecilia strich sich nervös mit den Fingern über die Röcke. »Sie meinen, er versteht, dass die Leute ihn für schuldig halten?« Sie schaute auf und blickte direkt in de Rohans Augen. »Aber er war es nicht. Das schwöre ich. Julia hatte Feinde – geprellte Liebhaber, aufgebrachte Ehefrauen. Ich könnte Nachforschungen anstellen. Ich habe Beziehungen.«

»Cecilia«, warf de Rohan sanft ein. »Das könnte gefährlich werden, und außerdem sind Sie in Trauer, da können Sie nicht einfach herumlaufen und Fragen stellen. Sie sollten sich besser Ihren Bruder schnappen und sich um seines Friedens willen für eine Weile aus der Stadt fern halten. Überlassen Sie mir den Rest.«

Cecilia kaute auf den Fingernägeln und schwieg eine Weile. De Rohan war klar, dass sie nachdenken wollte, aber das würde alles nur noch schlimmer machen. Er musste sie ablenken.

»Hatten Sie bereits Zeit, sich die Juwelentruhe, die wir gefunden haben, ein wenig näher anzuschauen?«

Ihre Augen weiteten sich. »Ich hätte nie gedacht, dass Julia so viel Glitzerkram besaß, aber es scheint ...«

Er registrierte ihre Beunruhigung. »Fehlt etwas?«

»Ich bin mir nicht sicher, aber meine Mutter besaß ein besonders edles Schmuckstück. Den Sands-Saphir, ein großer Anhänger in Tropfenform.« Cecilia lachte höhnisch. »Damals, als wir beide noch nicht verheiratet waren und über nur wenig Geld verfügten, haben Harry und ich oft darüber nachgedacht, ihn zu verkaufen, konnten es aber letzten Endes nicht übers Herz bringen, weil es ein Familienerbstück ist.« Cecilias zierliche Hände ballten sich zu Fäusten. »Ich kann immer noch nicht glauben, dass dieser Naivling Harry ihn ihr für diese Saison überlassen hat! Der Anhänger hat seit jeher sicher im Tresor in Holly Hill gelegen, aber Julia hat Harry wohl so lange beschwatzt, bis er nachgegeben hat.«

»Hat Julia den Saphir unter Umständen wieder dorthin zurückgebracht?«, erkundigte sich de Rohan. »Oder ihn gar verkauft?«

Cecilia schüttelte den Kopf. »Sie hatte ihn doch erst letzte Woche bekommen. Ich habe Genevieve, Julias Dienstmädchen, damit beauftragt, ihre Sachen noch einmal nach dem Saphir zu durchsuchen. Warum sollte ein Dieb ausgerechnet diesen einen Stein stehlen, wenn es doch so viele andere Schmuckstücke gab? Sie besaß beispielsweise eine Diamantbrosche, die fast genauso wertvoll ist, die aber nicht entwendet wurde.«

Nun war Max neugierig geworden. »Lassen Sie es mich wissen, wenn Sie etwas finden«, bat er sie. »In der Zwischenzeit wäre es hilfreich, wenn Sie alles aufschreiben könnten, was Ihnen einfällt, und es mir in mein Büro schicken. Beginnen Sie mit Ihrer Schwägerin: Wer war sie? Wie hat sie Harry kennen gelernt? Wo verbrachte sie ihre Zeit? Vor allem: Wer waren ihre, nun ... ihre Freunde.«

Cecilia machte ein mürrisches Gesicht. »Oh, Freunde hatte

sie zahlreiche. Das bisschen, das ich über sie weiß, kann ich Ihnen auch schnell erzählen. Sie war erst ein Jahr vor der Eheschließung mit Harry nach England gekommen.«

»Die Ehe ist also arrangiert worden?«

Cecilia schüttelte den Kopf. »Nein, sie hieß damals Julia Astwell und war die Enkelin des Earl of Hoage, dessen einzige Tochter mit einem Stallburschen durchgebrannt war, woraufhin der alte Herr sie enterbt hatte. Julia wuchs unter ärmlichen Umständen in Boston auf, wenn ich mich recht entsinne. Ein paar Jahre später, als sich der Gesundheitszustand des Earls rapide verschlechterte, wurde er barmherziger und schickte Anwälte aus, um seine Enkelin ausfindig zu machen, damit sie ihm die letzten Jahre versüßen konnte.«

»Und im Gegenzug hat er sie als Erbin eingesetzt?«

Cecilia nickte. »Seine Ländereien waren zwar bereits anderweitig vergeben, aber nachdem er Julia kennen gelernt hatte, entschied er, dass ihr alles andere zufallen sollte, jedoch nur unter der Bedingung, dass sie einen gut situierten Adligen zum Manne nahm. Und auch wenn Harry damals noch ein recht zügelloses Leben geführt hat und ein wenig verschuldet war, so reicht unser Titel doch viele Generationen zurück. Abgesehen davon kann er ein ziemlicher Charmeur sein. Der arme Harry dachte also schon bald, er sei bis über beide Ohren in sie verliebt, und besiegelte seinen Einzug in die Hölle.«

»War sie ein verwöhntes Ding?«

Cecilia zuckte mit den Schultern. »Wäre sie gern gewesen, aber Harrys Buchhalter hatte natürlich ein Auge auf die Finanzen. So sah es auch der letzte Wille des Earls vor. Doch Julia bekam immer alles, was sie wollte. Es fehlt Harry einfach an Durchsetzungsvermögen.«

De Rohan nickte. »Sie denken also, Ihr Bruder war letzten Endes nur Mittel zum Zweck?«

»Für einen schlimmen Zweck, wenn Sie sich das Ende der Geschichte anschauen«, erwiderte Cecilia bitter.

»Wie lange waren die beiden verheiratet?«

Cecilia hielt kurz inne und zählte nach. »Sieben lange Jahre. Vielleicht sollten Sie mich verhören, denn ich habe wer weiß wie oft darüber nachgedacht, sie eigenhändig zu erwürgen.«

»Haben Sie denn ein Alibi, Mylady?«, witzelte de Rohan.

Cecilia kicherte. »Mein lieber Max, ich fürchte, Ihr Sinn für Humor kommt durch!«, warnte sie ihn. »Aber ja, natürlich habe ich ein Alibi. In Form eines launigen Säuglings, der mich rund um die Uhr auf Trab hält. Jetzt aber zurück zu Julia. Was genau wollen Sie über ihr gesellschaftliches Leben wissen?«

»War sie eine Spielerin? Wurde sie vielleicht von jemandem erpresst?«

Einen Augenblick lang dachte Cecilia nach. »Glücksspiele haben Julia nie interessiert, aber ich werde Harrys Finanzberater bitten, die Konten zu überprüfen. Doch ich sehe keine Möglichkeit, wie sie ohne sein Wissen hätte erpresst werden können. In der Beziehung ist er ein sehr gewissenhafter Mensch geworden.«

»An wen fällt denn nun ihr Erbe, da beide kinderlos waren?«

Cecilia hielt inne. »Nun, ich würde sagen, dass alles an Harry geht. Julia hat nur einen Cousin, den jetzigen Earl of Hoage, der stinkreich ist. Natürlich gibt es da noch die lange Liste von Liebhabern ... Soll ich Ihnen die Namen, die mir spontan einfallen, einmal aufschreiben?«

De Rohan nickte, und Julia erhob sich, um zum Schreibtisch ihres Bruders zu gehen, wo sie sich sogleich ans Werk machte. De Rohan seufzte innerlich. Es wurde zunehmend schwieriger, für Lady Sands Mitleid zu empfinden. Als Cecilia fertig war, stand er auf und verstaute die Liste sorgfältig. Cecilia sah müde aus.

»Ich muss jetzt gehen«, ließ er sie wissen, »aber Sisk wird morgen oder übermorgen noch einmal vorbeischauen, um mit den Bediensteten zu sprechen. Peel bat mich ...«

»... ein Auge auf die Ermittlungen zu werfen«, unterbrach Cecilia ihn. »Ja, ich weiß. Ich habe Giles gebeten, es so zu arrangieren. Wie Sie wissen, ist Lord Walrafen ein unglaublich einflussreicher Mann. Da fällt mir ein, haben Sie eigentlich eine Einladung zu seinem Ball erhalten?«

»Ja«, gab de Rohan zögerlich zu.

Cecilia nickte. »Dieses Mal müssen Sie einfach kommen, schließlich wird die Hälfte der Männer auf der Liste anwesend sein. Wenn ich schon nicht herumlaufen darf, um Nachforschungen anzustellen, müssen Sie das für mich erledigen, Max.«

De Rohan hüllte sich in Schweigen. Es war schwer, ihr diese Bitte abzuschlagen. Cecilia und Giles, der Erbe ihres ersten Gatten, der mittlerweile zu Lord Walrafen avanciert war, waren gute Freunde geblieben. De Rohan hatte beide durch seine Arbeit kennen gelernt, und es war nicht das erste Mal, dass er zu einem ihrer gesellschaftlichen Anlässe eingeladen war. Es stand außer Frage, beide waren ihm äußerst wohl gesonnen. Aber selbst jetzt, da er für das Innenministerium arbeitete, klafften ihre gesellschaftlichen Positionen weit auseinander. Ihn verband einfach nichts mit den oberen Zehntausend der Stadt, und er verspürte auch nicht ansatzweise das Verlangen, sich in ihrem Dunstkreis zu tummeln.

»Versprechen Sie es mir, Max«, flehte Cecilia ihn an.

Schließlich willigte er ein und nickte. »Ich werde mein Bestes tun, Mylady.«

»*Cecilia*«, unterbrach sie ihn. »Wir sind doch Freunde, nicht wahr?«

De Rohan zögerte kurz. »Ja, das sind wir«, stimmte er sichtlich verlegen zu.

Cecilia lächelte verschmitzt und legte ihm sachte ihre Hand auf den Arm. »Darf ich Ihnen zu guter Letzt noch eine persönliche Frage stellen?«, wandte sie sich an ihn, während sie auf die Tür zusteuerten. »Warum haben Sie Lady Catherine während des Tees so eigenartig angesehen? Worauf ich hinauswill: Kennen Sie sie? Sie schien ... Nun, die Tasse schien ihr förmlich aus der Hand gesprungen zu sein, und da dachte ich ...«

De Rohan war stehen geblieben. »Nein, ich kenne sie nicht«,

kam seine schroffe Antwort. »Ich habe mir lediglich Sorgen um sie gemacht.«

Cecilia studierte ihn einen Augenblick lang. »Sie ist ziemlich attraktiv, finden Sie nicht auch? Ein Kind vom Lande, das zudem neu in der Stadt ist. Der Heiratsmarkt wird wegen ihr ganz schön in Aufruhr geraten. Meiner Meinung nach ist sie die mit Abstand bezauberndste Frau dieser Saison. Es sei denn, man bevorzugt den eher einfältigen Typ.«

»Sie ist nur für die Saison in der Stadt?«, hörte de Rohan sich fragen. »Ist sie denn nicht verheiratet?«

Cecilias Lächeln wurde wärmer. »Sie ist die Witwe von Lady Kirtons Neffen, und sie hat sie wie ihre eigene Nichte ins Herz geschlossen. An Geld fehlt es Lady Catherine zwar nicht, aber sie ist auch nicht über die Maßen reich, im Gegensatz zu ihrem älteren Bruder, einem Earl, dessen Gattin Französin ist. Sie war vormals seine Gouvernante, müssen Sie wissen. Lady Catherines Vater war ein ziemlicher Lebemann vor dem Herrn. Vielleicht erinnern Sie sich noch an ihren jüngeren Bruder, der ...«

»Worauf wollen Sie hinaus, Cecilia?«, warf de Rohan genervt ein.

»Ach ja!«, fuhr Cecilia fort. »Ich wollte damit nur demonstrieren, dass ich sehr wohl über detektivische Fähigkeiten verfüge und dasselbe von Ihnen erwarte, Max. Aber denken Sie daran, mein Liebster, dass Sie die Crème de la crème nicht dazu zwingen können, mit Ihnen zu kooperieren. Sie müssen es geschickt angehen, um etwas aus ihnen herauszukitzeln.«

Kapitel 5

»Verbringen Sie Ihre Abende auf Bällen, im Theater oder einfach nur in erlesener Gesellschaft.«
Lord Chesterfield, 1776,
The Fine Gentleman's Etiquette

Signora Castelli lebte in einem hohen Stadthaus aus Backstein, das sich dort befand, wo das East End als besonders vor-nehm angesehen war. Trotz der Nähe zu den Armenvierteln und Werften war Wellclose Square innerhalb der ansonsten eher bedürftigen Stadtgemeinde eine Oase des Reichtums. Händler, Magnaten und sogar renommierte Rechtsanwälte, deren Geschäfte sie oft in das Herz des Londoner Banken- und Börsenviertels oder in die angrenzenden Geschäftsbezirke führten, waren stolz darauf, diese Enklave ihr Zuhause zu nennen.

Das Haus der Signora maß sechs Stockwerke, wodurch es einen größeren und imposanteren Schatten als alle benachbarten Bauten in der Umgebung warf. Von dieser vornehmen Stätte aus regierte die Signora ihr Imperium – mit eiserner Hand und toskanischem Naturell.

Wenngleich sie, wie später auch ihr Enkelsohn, ihr Leben in London als entmutigter Kriegsflüchtling mit nur geringen Kenntnissen der englischen Sprache begonnen hatte, war Sofia Castelli nicht völlig mittellos von Bord gegangen. Nein, sie war mit den Kassenbüchern ihres verstorbenen Gatten im Gepäck sowie mit dreißig Jahren Erfahrung in puncto gewieften Verhandelns bewaffnet an Land gegangen und hatte in einem winzigen und schmutzigen Keller nahe Wapping Wall ein kleines Warenlager eröffnet. Schon bald hatte sich herumgesprochen, dass sie mehr von Wein verstand als Dionysos und tiefe Einblicke in die menschliche Seele hatte, weshalb sie auch nicht lange mit einem derartig bescheidenen Quartier vorlieb nehmen musste. Von ihren Geschäftspartnern wurde sie – wenn schon nicht geliebt – zumindest respektiert und war dafür berüchtigt, keinerlei Widersprüche zu dulden. Mit Ausnahme von ihrem Enkel, der ihr einerseits ein Dorn im Auge, andererseits aber auch die Flamme ihres Herzens war.

De Rohan traf am späten Donnerstagmittag just in dem Augenblick am Wellclose Square ein, als das Mittagessen serviert wurde. Im Stockwerk über ihm polterte Lucifer den Gang entlang, raste die Treppe hinunter und stürzte in das Esszimmer, als hätte er sein Herrchen seit über einem Monat nicht mehr gesehen. Lachend ging de Rohan in die Knie und zerzauste dem Hund das Fell. »Komm, alter Junge, setz dich neben mich«, lud er ihn ein, während er ihn kräftig hinter den Ohren kraulte. »Wollen doch mal sehen, ob du es schaffst, dass etwas für dich vom Tisch abfällt.«

Ganz so, als hätte er jedes Wort verstanden, bellte der Hund fröhlich und zwängte sich unter den Tisch. Maria orderte ein weiteres Gedeck und schob de Rohan zu einem Stuhl. »Bitte setz dich, Maximilian«, lud sie ihn ein und begann damit, die Suppe auszuteilen. »Schau mal. *Ribollita*, deine Lieblingssuppe. *Buon appetito!*«

Seine Großmutter hingegen gab sich weniger freundlich. »Welchen Umständen verdanken wir die Ehre deines unerwarteten Besuchs, mein Enkel?«, murmelte sie, als er zum Löffel griff. »Bist du es doch endlich leid, dein Mittagessen in heruntergekommenen Kneipen einzunehmen?«

»Es sind heruntergekommene Straßenhändler, die mich für gewöhnlich mit Essen versorgen«, korrigierte er sie grinsend. »Aber für ein gutes Essen bin ich immer dankbar. Heute bin ich lediglich hier, um einige Kleidungsstücke abzuholen.«

Seine Großmutter ärgerte sich über alles, was sie daran erinnerte, dass er nicht mehr unter ihrem Dach lebte. »Kleidung!«, brummte sie und nahm vorsichtig einen Schluck aus ihrem Weinglas. »Hast du nicht schon drei der guten Anzüge von hier weggeholt? *Caro mio*, du brauchst doch nicht auch noch die letzten deiner Besitztümer aus dem Haus zu holen, oder?«

»Ich benötige lediglich meine Abendrobe, Nonna.«

Bei diesen Worten legte sich ein Lächeln auf das faltige Gesicht der alten Dame. »Ah, *benissimo*!«, stieß sie aus und lehnte sich genüsslich mit ihrem Glas in der Hand zurück. »Hast dich wohl doch endlich für ein gesellschaftliches Leben entschieden? Das wurde aber auch Zeit, mein Enkel.«

De Rohan schüttelte den Kopf. »Ich muss beruflich auf einen Ball von Lord Walrafen«, entgegnete er, als die Diener damit begannen, Salatteller mit *panzanella* zu servieren. »Das Ganze wird nur ungefähr eine Stunde dauern, nicht länger. Und, Nonna, ich versichere dir, dass ich aus rein beruflichen Gründen dort hingehe.«

Die alte Dame richtete sich wieder auf und schob ihren Teller von sich, als wäre ihr der Appetit vergangen. »*Non ci credo!*«, rief sie aus und bedachte ihn mit einer verächtlichen Geste. »Arbeit! Arbeit! Immer nur Arbeit!«

»Das kannst du mir glauben oder nicht, das liegt ganz bei dir«, schoss er zurück. »Aber vergiss bitte nicht, dass ich einen Beruf ausübe, den ich als äußerst befriedigend empfinde – ob es dir gefällt oder nicht.«

Die Signora wollte von all dem nichts hören. »*Basta*!«, rief sie aus und fuchtelte wild mit den Händen. »Du bist ein hoffnungsloser Fall! Ich werde diesem Gerede nicht weiter zuhören. Wir haben hier auch genug Arbeit, Maximilian. Oder sollte dir das entgangen sein?« De Rohan warf ihr einen warnenden Blick zu. Er wusste, in welche Richtung das Gespräch führen würde. »Fang nicht schon wieder an, Nonna Sofia, bitte.«

Aber wie gewöhnlich dachte sie gar nicht daran, Ruhe zu geben. »Nein, Maximilian, dieses eine Mal wirst du mir zuhören!«, befahl sie ihm. »Morgen werde ich nach St. James fahren, um den Berry-Brüdern einen Besuch abzustatten. Das ist *die* Gelegenheit, mein Enkel, sie suchen nämlich einen Exklusivimporteur von italienischen Jahrgangsweinen.«

De Rohan musste sich stark am Riemen reißen. Er schätzte seine Großmutter sehr und wusste, dass sie eigentlich nur das Beste für ihn wollte. »Ich gratuliere, Madam«, erwiderte er zuvorkommend. »Die Berry-Brüder stellen eine Bastion des Reichtums dar.«

Inbrunst loderte in ihren Augen auf. »Max, stell dir das doch nur einmal vor!« Sie machte eine ausholende Geste. »Chianti aus der Toskana, Soave aus Venetien, Barolo aus dem Norden. Schon jetzt haben wir das Loiretal und die meisten deutschen Winzer in der Hand. Wenn wir nun geschickt und vorsichtig vorgehen, überwachen wir bald die Hälfte aller erstklassigen Weine, die in dieses Land importiert werden.«

»Sag an! Ich dachte, das wäre längst der Fall«, lautete de Rohans trockene Antwort. »Eins steht dennoch fest: Auf meine Hilfe kannst du nicht zählen.«

Sofia breitete klagend die Hände aus. »Aber ich brauche männliche Unterstützung, Maximilian«, bemerkte sie sanftmütig. »Diese englischen Händler schauen mich an, und, *bah*, was sehen sie? Nur eine verhärmte *vecchia strega*, die mit einem Fuß im Grabe steht. Daraus versuchen sie Kapital zu schlagen, indem sie eine aggressive Verhandlungspolitik führen, um unsere Preise in den Keller zu drücken.«

De Rohan konnte sein Lachen nicht unterdrücken. »Dann wünsche ich ihnen viel Glück, denn das werden sie brauchen, wenn sie nicht Gefahr laufen wollen, ihr letztes Hemd an dich zu verlieren.«

»Unverschämter Bengel!«, zischte Sofia. »Ich wünschte, du würdest mir helfen! Ich brauche dich doch so sehr!«

»Das *wünschst* du dir, ja«, antwortete ihr Enkel leise. »Aber bei allem Respekt, Nonna, du *brauchst* nichts, was ich dir geben könnte. Dein Ruf eilt dir voraus. Außerdem habe ich anderweitige Verpflichtungen, wie du weißt. Warum nimmst du nicht Trumbull mit? Er ist ein exzellenter Geschäftsführer, ein besserer, als ich es je sein würde.«

Nonna Sofia, die ihre Serviette fest umklammert hielt, ließ

diese fallen und schlug so kräftig mit der Faust auf den Tisch, dass das Geschirr klirrte. »*Per amor di Dio*, Maximilian! Es ist an der Zeit, dass du das Ruder dieses Schiffes übernimmst! Hat es nicht schon genug Idealisten in dieser Familie gegeben? Nehmen die Entbehrungen, die wir im Namen der Gerechtigkeit und Freiheit hinnehmen, denn nie ein Ende?«

Plötzlich hatte de Rohan das Gefühl, sein Herz wäre von einer Sekunde auf die andere stehen geblieben. Dieses Mal war sie wirklich zu weit gegangen. »Worauf willst du eigentlich hinaus?«

Sofia ließ sich nicht einschüchtern. »Dass du genauso dickköpfig bist wie dein Vater! Und dass es ein schlimmes Ende mit dir nehmen wird.«

»Genau wie mit ihm, oder was?«, zischte de Rohan, der nun stocksteif dasaß. »Ist es das, was du mir sagen willst? Wenn ja, dann nimm dich bloß in Acht.«

Die alte Dame wich ein wenig zurück. »Hör mir gut zu, mein Enkel, und merk dir eins«, flüsterte sie mit boshafter Stimme, »Geschäft und Politik geben kein fruchtbares Gespann ab – eine Lektion, die dein Vater, möge er in Frieden ruhen, viel zu spät lernte.«

Geistesabwesend bekreuzigte sich die Signora, was de Rohan erzürnte. »Ich bitte vielmals um Entschuldigung, Madam, aber mein Vater war Winzer und *kein* Kaufmann.«

Nonna Sofia wurde blass um den Mund. »Als er in der Hochzeitsnacht die Ehe mit meiner Tochter vollzog, *wurde* er zum Kaufmann. So lautete unser Abkommen, weil sich meine törichte Tochter Josephina ausgerechnet in ihn verlieben musste. Also schlossen wir einen Vertrag – sein Wein-Imperium auf dem alten Kontinent und mein Exportgeschäft in Mailand sollten sich zu einem machtvollen Unternehmen vereinen, und das alles war für dich, für deine Zukunft bestimmt.«

»Dann hat irgendjemand versäumt, die Bonapartisten davon in Kenntnis zu setzen«, entgegnete de Rohan, der ungehalten in seinem Salat herumstocherte. »Ansonsten hätten sie bestimmt davon Abstand genommen, sein gesamtes Anwesen und seine Weinberge in Schutt und Asche zu legen.«

Wieder sauste Signora Castellis Faust auf den Tisch, dieses Mal jedoch weniger kraftvoll. »Reben wachsen nach, mein Enkel«, sprach sie traurig. »Aber ich fürchte, es ist dein Herz, das in Schutt und Asche liegt. Du zählst nun fast schon siebenunddreißig Lenze, und ich frage dich, wo bleibt deine Leidenschaft? Deine Lebenslust? Du wirst mir antworten, sie steckt in deiner ach so humanitären Arbeit. Aber du bist ein Wirrkopf! Du hast doch mit angesehen, was deinem Vater widerfahren ist. In den Rücken sind sie ihm gefallen und haben meine Tochter in einen viel zu frühen Kummertod getrieben. Denkst du wirklich, die Engländer werden nicht früher oder später auch auf dich losgehen? Du bist keiner von ihnen, mein Enkel, auch wenn du in ihrem Lande das Licht der Welt erblickt hast.«

Sichtlich erschöpft erhob sich Signora Castelli. »Komm, Maria, begleite mich nach oben. Mir ist der Appetit gründlich vergangen. Ich sollte mich in mein Gemach zurückziehen und dort den Hungertod erleiden, statt mich von der Verbitterung in meiner Brust auffressen zu lassen.«

De Rohan versuchte, sich zu beherrschen, als er die Serviette auf den Tisch warf und aufsprang. »Nonna, es tut mir Leid, dass ich dich so oft enttäusche.« Er nahm ihre Hand und führte sie zu seinen Lippen. »Mein Herz schlägt nicht für die Geschäftswelt, da gebe ich dir Recht, aber lass uns hoffen, dass es noch nicht ganz abgestorben ist.«

Wie so oft musste seine Großmutter sich geschlagen geben, und wie immer tat sie, als hätte es nie einen Kampf gegeben. »Ich bin müde«, seufzte sie. »Lassen wir es dabei bewenden.«

De Rohan sah ihr nach, wie sie den Raum verließ und in einen Sonnenstrahl trat, der durch ein Fenster fiel. Nonnas silbrige Haare, die einst rabenschwarz gewesen waren, leuchteten kurz auf. Sie war nicht mehr die manipulierende Frau von einst, sondern wurde langsam alt. *Dio mio*, was waren das nur für

Gedanken? Seit ungefähr zwanzig Jahren war sie schon alt. Ihre Zeit war damit ausgefüllt, das Richtige zu tun – oder zumindest das, was sie für das Richtige hielt.

Konnte es sein, dass er ihr in dieser Beziehung in nichts nachstand? Steckte in dem, was sie ihm an den Kopf geworfen hatte, vielleicht doch ein klitzekleiner Funke Wahrheit? Waren seine gesellschaftlichen Bestrebungen auf lange Sicht zum Scheitern verurteilt? Nein, das konnte er einfach nicht glauben. Es wollte ihm nicht in den Kopf, dass die vielen Opfer, die er erbracht hatte, alle umsonst gewesen sein sollten. Er liebte seine Großmutter, wollte ihr nicht wehtun, konnte aber nicht einfach auf sein Lebenselixier verzichten. Er konnte unmöglich ohne den besonderen Reiz der Jagd leben – wenn man mit solch romantischen Worten von der Polizeiarbeit schwärmen konnte –, nur um für Nonna als Laufbursche zu fungieren, denn zu mehr würde er es unter ihrem Regiment wahrlich nicht bringen. Sie war unumstritten noch immer die Beste auf ihrem Gebiet, und er besaß weder das Köpfchen noch die Passion für geschäftliche Angelegenheiten.

In Kerzenlicht gebadet, konnte Lady Catherine die Wärme von Lord Walrafens Hand spüren, die auf ihrer Taille ruhte. Die Luft war erfüllt vom Crescendo der Violinen, als der Gastgeber persönlich sie auf die Tanzfläche aus poliertem Eichenparkett geleitete und mit ihr in Walzertanzschritte fiel, die ihr nur wenig geläufig waren. Gelächter, Stimmen und das Klirren von Kristallgläsern hallten in dem gewölbten Saal wider, in dem sich unzählige Menschen aufhielten und der aber dennoch nicht unerträglich heiß war. Der Ball seiner Lordschaft schien ein grandioser Erfolg zu sein.

Zu Beginn des Abends hatte Lord Walrafen sie recht herzlich begrüßt, als sie einander vorgestellt worden waren, nun aber wirkte er sonderbar distanziert. Leicht abwesend, aber dennoch mit unfehlbarer Anmut, dirigierte er sie zwischen den vielen anderen tanzenden Paaren hindurch, und auch Catherine, die sich auf ihre Schritte konzentrieren musste, schwieg.

»Es war ausgesprochen freundlich von Ihnen, mir den ersten Walzer zu reservieren, Lady Catherine«, setzte er schließlich an. »Normalerweise ist der erste Tanz für Cecilia reserviert. Es ist Ewigkeiten her, dass sie einen meiner Bälle verpasst hat.«

Catherine vermied direkten Augenkontakt mit ihm, was ihr aber nicht leicht fiel, denn er war ein ausgesprochen attraktiver Mann und einer der einflussreichsten Abgeordneten im Oberhaus. Sie hingegen war ein Niemand aus Gloucestershire.

»Ich hörte von dem schmerzlichen Verlust Ihrer Stiefmutter und möchte Ihnen mein aufrichtiges Beileid aussprechen«, bekundete sie.

»Ja, auch mir tut es Leid«, erwiderte er. »Obwohl ich sagen würde, dass das Wort ›Stiefmutter‹ im Zusammenhang mit Cecilia nicht ganz passend ist. Schließlich bin ich älter als sie, und sie ist mittlerweile wieder verheiratet.« Catherine schaute ihn erstaunt an. »Aber ein Band zwischen Familienmitgliedern löst sich nie ganz auf, Eure Lordschaft. Selbst dann nicht, wenn wir uns nichts sehnlicher wünschen.«

Zu ihrer Überraschung legte Lord Walrafen den Kopf in den Nacken, lachte und führte sie mit Schwung in die nächste Drehung. »Ich gewinne den Eindruck, dass Sie eine sehr weise Frau sein müssen, Lady Catherine.«

Catherine senkte den Blick auf den ovalen Smaragd, der die Falten seines makellosen Halstuches schmückte. »Und Sie, Sir, sind äußerst freundlich«, merkte sie an und spürte, wie ihr Gesicht warm wurde. »Aber ich bin bestens darüber informiert, dass Tante Isabel Sie gebeten hat, den ersten Walzer mit mir zu tanzen. Sie hat sich so sehr gewünscht, dass ich *annehme*.«

Catherine konnte seine begierigen Augen auf ihrem Gesicht spüren, während sie durch den Saal tanzten. »Und Sie, Lady Catherine?«, flüsterte er wenig später, als er sie anmutig um eine mit Girlanden geschmückte Säule wirbelte. »Gedenken Sie denn

Einladungen anzunehmen? Oder wäre es Ihnen lieber, man ließe sie in Frieden?«

Es klang beinahe, als wäre ihm persönlich Letzteres lieber, hätte er die Wahl gehabt. Catherine konnte sich nicht des Eindrucks erwehren, dass noch mehr in seiner Frage mitschwang, aber glücklicherweise kam sie um eine Antwort herum, denn die letzten Takte des Walzers waren verklungen, und mit einem bedeutungsschwangeren Lächeln auf den Lippen geleitete Lord Walrafen sie hinüber zur anderen Seite des Festsaals, wo Isabel wartete.

In seiner besten Abendrobe fuhr de Rohan in einer Droschke zu Lord Walrafens Ball. Gemessen am Maßstab der oberen Zehntausend war sein Äußeres nicht sonderlich eindrucksvoll, aber auch nicht komplett unmodisch. Was jedoch sein Gefährt betraf, so war es unter der Würde der betuchten Damen und Herren, in einer gemieteten Kutsche vorzufahren. De Rohan hatte keinen Sinn darin gesehen, seine Privatkutsche aus dem vier Meilen entfernten Haus seiner Großmutter zu sich zu ordern, nur um die kurze Strecke zwischen seinem Quartier und Lord Walrafens Anwesen in der Hill Street zurückzulegen.

Wenn es strikt nach seiner beruflichen Stellung gegangen wäre, so hatte er weder das Recht auf eine Kutsche noch auf elegante Abendkleidung. Aber trotz allem ging es Nonna Sofia schlichtweg nichts an, was er aus seinem Leben machte – oder eben nicht. Er war weder Kaufmann noch Winzer; beides lag ihm nicht im Blut, vor allem nicht Letzteres. Dafür hatte er zu viel erlebt, war zu tief verletzt worden. Er sehnte sich nach etwas völlig anderem.

Da er Sofias prächtige Pläne, die sie für sein Leben geschmiedet hatte, bereits über Bord befördert hatte, wollte er sie nicht noch zusätzlich enttäuschen. Und da sie ihn gelegentlich bat, ihn zu begleiten, waren Luxusgegenstände wie angemessene Kleidung und eine Kutsche unumgänglich. De Rohan würde lieber in der Hölle schmoren, als seine Großmutter durch die unangemessene Wahl seiner Kleidung zu düpieren. Mit einem Schulterzucken stieg er in seinem maßgeschneiderten Opernumhang bedächtig die Treppe hinauf, fast so, als ginge er dem Schafott entgegen.

Sie entdeckte ihn, als er den Saal betrat. Die Gespräche um sie herum drangen nur noch undeutlich an ihr Ohr, als de Rohan Lord Walrafen kräftig die Hand schüttelte. Die Begrüßung hatte keinen offiziellen Charakter, sondern wirkte eher kumpanenhaft. Um Gottes willen, *waren die beiden etwa befreundet*? Nie und nimmer hätte Catherine das für möglich gehalten. Sie hatte ihn genauso wenig auf diesem festlichen Anlass vermutet wie gestern Nachmittag in Harrys Salon.

Er trug einen schwarzen Frack und Kniehosen, die schlichter und förmlicher in Schnitt und Stil kaum hätten sein können. Sein Leinenhemd war makellos weiß und wurde von keiner Perle geziert. Seine Kleidung brachte sowohl seine dunkle Haut als auch seine imposante Nase zur Geltung. Er war groß, bestimmt über sechs Fuß, und während ihr seine Beine bereits in Hosen und Stiefeln sehr lang vorgekommen waren, wirkten sie durch die Kniehosen und die Strümpfe, die er jetzt trug, noch wesentlich länger. Seine Körperhaltung mutete steif und formell an wie die eines Soldaten. Oder eines Polizisten.

Aber er war gar nicht bei der Polizei, er hatte sie angelogen, wie sie von Isabel erfahren musste. Er war ein Beamter aus Westminster, der mit einem Spezialauftrag vom Innenministerium betraut worden war. Eine Tätigkeit, die weit von dem entfernt war, was er ihr gegenüber vorgegeben hatte. Selbst Catherine, die vom Lande kam, verstand nicht, warum er sie angelogen hatte, auch wenn er in der Tat einmal für die Flusspolizei gearbeitet hatte – aber das war lange her. Isabels Ausführungen zufolge war er damals eine Art Kreuzritter gewesen, der viele Jahre lang im Hafen und in den Armenvierteln von Middlesex, einem düsteren Stadtteil weit entfernt von Westminster, gelebt und auch gearbeitet hatte. Hinter vorgehaltener Hand hatte Isabel ihr zudem anvertraut, dass das Gerücht umging, er hätte als junger Bursche sogar als Kapitän der berüchtigten Bow Street Runners fungiert, die den Kriminellen, aber zuweilen auch dem Adel das Fürchten lehrten.

Es stand außer Frage, dass Polizeiinspektoren und Bow Street Runners sich mit den Reichen und Schönen des Landes mischten. Das hatte sie ja noch nie gehört – und dennoch war der von Mr. Peel und Lord Walrafen handverlesene Mr. de Rohan vor kurzem ins Innenministerium berufen worden. Catherine war schockiert gewesen, als sie erfahren hatte, dass auch Tante Isabel ihn kannte und – was noch viel schlimmer war – ihn gar sehr schätzte. Vielleicht lag genau darin begründet, warum es Catherine unmöglich gewesen war, sich ihrer Tante anzuvertrauen und ihr von den furchtbaren Worten zu berichten, die er ihr entgegengeschleudert hatte. Aber noch war es nicht zu spät, ihm einmal gehörig die Leviten zu lesen, nicht wahr? Und bevor Catherine die Torheit ihres Planes überdenken konnte, hatten ihre Hände bereits die Röcke des dunkelblauen Kleides gerafft, und sie marschierte quer über die Tanzfläche auf de Rohan zu. Angetrieben wurde sie von einer selbstgerechten Woge der Empörung.

Ungefähr auf der Hälfte des Weges aber wurde sie vor einer Torheit bewahrt. Walrafen warf einen kurzen Blick auf die Eingangstür, um sich zu vergewissern, dass keine neuen Gäste angekommen waren, und legte de Rohan eine Hand auf die Schulter. Ganz so als wären sie seit vielen Jahren miteinander vertraut, zog er den Beamten in einen Korridor, der zu seinen privaten Gemächern führte.

Plötzlich spürte Catherine, wie sie jemand sachte am Ellbogen berührte. Sie wirbelte herum und sah, dass Isabel ihr gefolgt war. »Catherine, meine Liebe?«, setzte sie mit besorgter Stimme an. »Lass uns bitte in den Salon wechseln. Lord Bodley möchte dich unbedingt kennen lernen, und obwohl ich diesen Mann nicht besonders mag, können wir es uns schlichtweg nicht leisten, ihm unsere Aufwartung zu verweigern.«

Lord Walrafen hatte sich mit de Rohan zwar nicht länger als eine Viertelstunde in sein privates Arbeitszimmer zurückgezogen, was aber angesichts der Vielzahl der geladenen Gäste hart an der Grenze des Akzeptablen war. Die Zeit hatte dennoch gereicht, und de Rohan ging mit einem gestärkten Gefühl aus der Unterredung hervor. Er und Sisk hatten fast den ganzen Tag damit verbracht, Lady Sands' Nachbarn und ihre Bediensteten zu verhören, in der stillen Hoffnung, jemand möge den Einbrecher gesehen oder gehört haben. Aber dem war nicht so, und auch die Rekonstruierung von Lady Sands' Tagesablauf hatte nicht viel Neues ans Licht befördert. De Rohan setzte nun alle Hoffnungen auf den Ball.

Die Etikette verlangte von ihm, dass er mit offenen Karten spielte, weshalb er Lord Walrafen ohne große Umschweife Cecilias Liste gezeigt hatte. Seine Lordschaft war so freundlich gewesen und hatte ihn wissen lassen, dass vier der erwähnten Männer anwesend seien, und hatte de Rohan sogar angeboten, ihn mit den Herrschaften bekannt zu machen. De Rohan wusste nur zu gut, dass selbst die Reichen und Schönen nicht miteinander ins Gespräch kamen, solange sie einander nicht ordnungsgemäß vorgestellt worden waren – ganz zu schweigen von jenen, die auch nur ansatzweise so aussahen, als gehörten sie nicht zu ihrem erlesenen Kreis. So kam es also, dass de Rohan die nächsten Minuten an Lord Walrafens Seite verbrachte, sich mit ihm den Weg durch die Menge bahnte und verschiedenen Gästen vorgestellt wurde. Er machte sich mentale Notizen, mit wem er sich ein zweites Mal unterhalten wollte. Falls Walrafen es in irgendeiner Form peinlich war, einen ehemaligen Polizisten als seinen Ballgast vorzustellen, so war ihm dies nicht anzumerken.

Nachdem sie ihre Runde beendet hatten, verließ de Rohan den Lord in der Nähe eines Kartentisches und machte sich daran, die Gäste in einem persönlichen Gespräch zu verhören. Der Erste, den er erblickte, war Rupert Vost, ein lässiger, blonder Adonis von einem Mann mit gefährlichen Augen. Cecilia hatte ihn als einen von Lady Sands' gelegentlichen Liebhabern beschrieben, der im Leben nicht viel erreicht hatte und der auch nicht besonders betucht war, weshalb er chronisch in Geldnöten steckte. Aber hätte das Lady Sands angesichts seines ansprechenden Äußeren gestört? De Rohan verneinte die Frage.

Vost weilte untätig an der Wand des Kartenzimmers und beobachtete das Spiel. Er entdeckte de Rohan, als dieser von der anderen Seite des Raumes auf ihn zukam. In eleganter Manier hob Vost sein Champagnerglas in die Höhe – ganz so als wollte er auf de Rohans Unverfrorenheit anstoßen. Vost, den ein Duft von Sandelholz und Hochnäsigkeit umwehte, trug eine ausgesprochen elegante Abendrobe. Gerade als eine Runde Whist ihr Ende fand und sich die vier Spieler mit heiterem Gelächter von ihren Stühle erhoben, trat de Rohan neben ihn. »Spielen Sie, Mr. Vost?«, erkundigte er sich und machte eine leichte Kopfbewegung in Richtung Kartentisch.

Mit einem stummen Lächeln schüttelte Vost den Kopf. »Ja, aber nicht mit Karten, Mr. ... hm, *de Rohan*, nicht wahr? Nein, die Spiele, denen ich mich gern widme, wären hier ein wenig deplatziert. Und selbst?«

Nun war es de Rohan, der den Kopf schüttelte. »Ich bin kein Spieler.«

Vosts Lächeln wechselte ins Zynische. »Aber spielen wir nicht alle in irgendeiner Form, de Rohan?«, fragte Vost, während er träge die letzten Tropfen seines Getränks schwenkte. »Wenn ich Walrafen richtig verstanden habe, arbeiten Sie fürs Innenministerium?« Als de Rohan die Frage bejahte, nickte Vost. »Ach ja, ich habe bereits Gerüchte über Mr. Peels neueste Obsession gehört. Ich nehme mal stark an, Sie wollen mir ein paar Fragen über diese schlimme Sache mit Julia stellen, sind sich aber nicht ganz schlüssig, wie Sie es angehen sollen, habe ich Recht?«

Unwillkürlich musste de Rohan lächeln. »Einen höflichen

Weg scheint es wohl nicht zu geben, was meinen Sie?«, gab er zurück. »Aber ich kann mir nur schwer vorstellen, dass Sie es begrüßen würden, wenn ihr Mörder seiner gerechten Strafe entkäme.«

Bei diesen Worten zog Vost die Augenbrauen in die Höhe. »Nein, das möchte ich natürlich nicht, doch man könnte sich fragen, ob es nicht vielleicht der gute alte Harry selbst war.« Er stürzte den Rest seines Champagners herunter. »Ich an seiner Stelle wäre sicherlich stark in Versuchung gewesen.«

Vosts legere Ansichten über Untreue machten de Rohan wütend. »Aber Sie stecken nicht in seinen Schuhen, oder?«, konterte er mit ruhiger Stimme. »Im Grunde befinden Sie sich sogar genau auf der anderen Seite …«

»Wissen Sie was, de Rohan? Ich werde es Ihnen nicht allzu schwer machen«, unterbrach Vost ihn sanft. »Ich war ihr Liebhaber, ja. Manchmal zumindest. Na und?«

»Wann haben Sie sie das letzte Mal vor ihrem Tode gesehen?«

»Gesehen? Oder mit ihr geschlafen?«, erwiderte Vost. »Gesehen habe ich sie in besagter Nacht im Theater, aber es war dort ziemlich voll, müssen Sie wissen, und mit ihr geschlafen habe ich vor ungefähr gut sechs Monaten das letzte Mal. Genau erinnere ich mich allerdings nicht.«

»Sie können sich nicht daran erinnern?«

Vost zuckte mit den Schultern. »So verstehen Sie doch, Julia war leicht zu haben, aber entgegen ihrer eigenen Meinung war sie nichts Besonderes, das einem lange im Gedächtnis blieb.«

»Es scheint Ihnen fast Spaß zu machen, so über sie zu sprechen«, merkte de Rohan an.

Vost stieß einen gelangweilten Seufzer aus. »Mr. de Rohan, nichts von all dem bereitet mir Freude«, erläuterte er und stellte sein leeres Glas auf dem Tablett eines vorbeigehenden Dieners ab. »Ausgerechnet jetzt kann ich mir kein Gerede leisten. Ich bin seit kurzem wieder verlobt, müssen Sie wissen. Mit einer zauberhaften Witwe aus sehr gutem Hause, die auch nur der Hauch eines Skandals erzürnen würde. Jetzt habe ich's. Hören Sie: Sie brauchen mir keine Fragen zu stellen; ich erzähle Ihnen lieber gleich alles, was ich weiß. Wenn Sie verstehen, was ich meine.«

»Aber natürlich«, kam de Rohans leicht gereizte Antwort.

Vost lächelte aufs Neue. »Es ist wie folgt: Ich fand Julia amüsant und sie mich charmant. Hin und wieder haben wir uns getroffen. Sie war mir nicht derart wichtig, als dass ich Grund gehabt hätte, sie umzubringen, und im Gegenzug hatte sie auch keinen Grund etwas zu tun, das mich dazu veranlassen würde.«

»Ich bin erleichtert, das zu hören.«

»Was besagten Abend betrifft«, fuhr Vost trocken fort, »so traf ich mich mit meiner Verlobten im Theater und habe sie anschließend auch nach Hause begleitet.«

»Sind Sie die Nacht über bei ihr geblieben?«

Vost schaute ihn verblüfft an. »Selbst wenn dem so gewesen sein sollte, würde ich den Anstand besitzen, nicht ihren Ruf in Gefahr zu bringen, indem ich es ausposaune. Aber wie dem auch sei, ich habe die Nacht nicht mit ihr verbracht, sondern fuhr so gegen drei Uhr zurück in mein kleines Reich im ›Albany‹.«

»Kann das jemand bezeugen, Mr. Vost?«

Vost zuckte mit den Schultern. »Ich würde sagen, der Hotelportier hat mich hereinkommen sehen.« Mit der linken Hand zog er ein dünnes Goldetui hervor, entnahm ihm eine Karte und überreichte sie de Rohan. »Kommen Sie einfach vorbei, wenn Sie noch weitere Fragen haben. Ich werde dann mein Bestes tun und in meinen Erinnerungen wühlen.« Er machte eine leichte, abweisende Geste mit dem Handrücken. »Guten Abend, Mr. de Rohan. Das Gespräch mit Ihnen war wirklich sehr interessant.«

De Rohan ärgerte sich zwar über die Art, wie Vost ihn abserviert hatte, aber da er in der Tat keine weiteren Fragen an ihn hatte, wechselte er vom Kartenzimmer in den Ballsaal. Den Salon würde er sich bis zum Schluss aufheben. Dort nämlich befand sich jemand, den er besonders gern in die Mangel nehmen wollte.

Die Reaktion der nächsten beiden Männer rangierte von Scham bis Arroganz. Lord Trevor Reeves, der sich mit seinem berühmten Vater, dem Earl of Wain, zerstritten hatte, schien fast erleichtert darüber zu sein, sich mit de Rohan unterhalten zu können. Wenngleich er landauf, landab als Taugenichts verschrien war – er hielt sich eine teure Geliebte und zahlreiche bösartige Gläubiger –, gab er seine Affäre mit Lady Sands nur mit hochrotem Kopf zu.

Die Beziehung der beiden lag in ferner Vergangenheit, und der junge Mann hatte ein Alibi. »Hab wohl zu tief ins Glas geschaut«, gab Reeves zu. »Im Orientalischen Club bin ich nicht nur ein kleines Vermögen losgeworden, sondern hab auch direkt noch mein Abendessen im Teppich versenkt. Ein paar Kerle, die ich kenn, ha'm mich dann nach Hause ins Bett verfrachtet. Die können Sie ruhig fragen, wenn Sie wollen.«

De Rohan überreichte ihm seine Karte und gesellte sich direkt im Anschluss daran zu Sir Everard Grant.

Der reiche Witwer bekleidete den Posten des Untersekretärs im Kriegsministerium. Ein Auge auf seine debütierende Tochter gerichtet, die sich auf der anderen Seite des Saales befand, streckte der Baron seine Nase hoch in die Luft. »Habe diese Frau nie zu Gesicht bekommen«, ließ er de Rohan unterkühlt wissen. »Und wenn doch, kann ich mich beim besten Willen nicht an sie erinnern. Sie ist definitiv nicht die Sorte Frau, mit der ich zu verkehren beliebe.«

Er machte in der Tat nicht den Anschein, als wollte er mit ihr gesehen werden, aber aus eigener Erfahrung wusste de Rohan um die Macht verführerischer Frauen. Es war stark anzunehmen, dass Sir Everard log, doch den Beweis dafür würde de Rohan nicht heute Abend erbringen, weshalb er Grant dankte und seinen Weg fortsetzte.

Der letzte der vier Verdächtigen war ein Mann mit gewichtigen politischen Verbindungen. In de Rohans Augen jedoch war Lord Bodley der schlimmste Typus Mann, der auf Gottes Erde wandelte: ein reicher und in die Jahre gekommener Bonvivant mit einer Vorliebe für schöne Mädchen – je jünger, desto besser. Zu Beginn seiner Laufbahn am Queen Square war Bodleys Name im Zusammenhang mit den Nachforschungen über einen Pädophilenkreis aufgetaucht, was de Rohan nie vergessen hatte. Aber wie fast immer hatte den Männern, die solche Sittenwidrigkeiten auch noch unterstützten, nichts nachgewiesen werden können. Stattdessen wurden zwei Bordell-Besitzerinnen vom East End wegen der Entführung kleiner Mädchen ins Zuchthaus Bridewell gebracht und der Fall ad acta gelegt. Mit spürbarem Hass, der in seinem Magen wütete, machte de Rohan sich auf die Suche nach seiner Beute. Sobald er dieses letzte und wichtige Gespräch hinter sich gebracht haben würde, konnte er endlich nach Hause gehen und den egozentrischen Adel sich und seinem schlechten Champagner überlassen.

Mit einem Blick erkannte er, dass Bodley noch immer in der hintersten Ecke des Salons weilte und Hof hielt, genau wie eine halbe Stunde zuvor. Langsam bahnte sich de Rohan seinen Weg durch die Menge, aber nachdem er ein paar dickleibige Gentlemen, die ihm teilweise die Sicht versperrten, beiseite geschoben hatte, erkannte er, dass die Dame, mit der Bodley sich gerade unterhielt, niemand Geringeres war als Lady Kirton.

Sein Unbehagen wuchs ins Unermessliche, aber es war bereits zu spät. Lady Kirton hatte ihn entdeckt. »Oh, schauen Sie!«, rief sie erleichtert aus. »Da ist er ja! Mr. de Rohan, sind Sie schon dem Marquis de Bodley vorgestellt worden?«

De Rohan gab sich alle Mühe, die attraktive Dame an Lady Kirtons Ellbogen zu übersehen. Höflich verbeugte er sich. »Ich hatte bereits das Vergnügen, ja«, murmelte er.

Bodley nickte zuvorkommend, und Lady Kirton legte ihre Hand auf de Rohans Arm, ganz so als wünschte sie sich, ihn mit in das Gespräch einzubeziehen. Trotz seiner Bemühungen schnellte sein Blick zu Lady Catherine Wodeway, die hochrot angelaufen war.

»Lord Bodley gehört zu den edlen Gönnern des Nazareth-

Zirkels, Mr. de Rohan«, fuhr Lady Kirton fort. »Wir sprachen gerade über Ihre Arbeit für unseren Zirkel.«

Bodley schien die Lust auf eine Plauderei vergangen zu sein. »War mir eine Ehre, Sir«, ließ er verlauten und streckte im nächsten Augenblick seinen Arm in Catherines Richtung aus. »Madam, die Geigen haben eine neue Melodie angestimmt. Darf ich um die Ehre dieses Tanzes bitten?«

Plötzlich wirkte Lady Kirton nervös, und ihre Handtasche fiel zu Boden. »Ach, du meine Güte!«, fuhr sie dazwischen und warf de Rohan einen flehentlichen Blick zu, während Bodley sich bückte, um die Tasche aufzuheben. »Ich fürchte, Mr. de Rohan hat Catherine bereits um diesen Tanz gebeten.«

Catherine um diesen Tanz gebeten?

Eine ausgemachte Lüge. Mit dieser Frau zu tanzen war das Letzte, was de Rohan sich wünschte. Aber was blieb ihm anderes übrig, wenn er Lady Kirton nicht der Lüge bezichtigen wollte? Wenigstens hatte sie genug Verstand, ihre Nichte aus den Fängen eines perversen Mannes wie Bodley fern zu halten. Lady Catherine schaute verängstigt zwischen beiden hin und her. De Rohan ging davon aus, sie würde ablehnen, als sie kurz auf ihre Tanzkarte blickte. »Ja, kann sein«, murmelte sie träge. »Ich kann den Namen nicht genau lesen.« De Rohan hatte keine andere Wahl, als sich dem Unumgänglichen zu stellen. Also nahm er Lady Catherine bei der Hand und zog sie in Richtung Ballsaal, wobei er das Geflüster um sie herum geflissentlich ignorierte. Erst als er mit ihr auf der Tanzfläche angekommen war, erkannte er die Melodie, deren Klänge sie umwehten.

Ein Walzer! *Maledizione!* Was für ein Pech.

Mit einer etwas zu heftigen Bewegung zog er Lady Catherine näher zu sich heran und fing sie genau in dem Moment in einer Umarmung auf, als der Cellist einen besonders lang gezogenen Ton traf. Catherine keuchte in die Falten seines Halstuches. »Nun bekomme ich wohl doch noch die Strafe, von der Sie denken, dass ich sie verdiene, Lady Catherine«, murmelte er und legte einen Arm um ihre Taille.

»Oh?« Sie schaute nach oben in seine Augen, als sie sich in Bewegung setzten. »Gestreckt und gevierteilt auf der Tanzfläche?«

»Das wäre eine Wohltat«, brummte er, als sie an der Menge vorbeiwirbelten. »Ich habe seit Ewigkeiten keinen Walzer mehr getanzt und werde mich gleich unweigerlich vor den Augen der Öffentlichkeit blamieren, weil ich auf jeden einzelnen Ihrer Zehen trete.«

Es dauerte nicht lange, da hatte Catherine ihre Selbstsicherheit wiedergefunden. »Es sind weniger meine Zehen, um die ich mir in diesem Moment Sorgen mache«, ließ sie ihn wissen, während er sie in eine Drehung führte. »Ich habe mir dies hier nicht ausgesucht, Mr. de Rohan. In Wahrheit wünsche ich mir, Sie würden mit mir in die Nähe jener Verandatür tanzen und mir die Ehre erweisen, sowohl in die Dunkelheit hinaus als auch aus meinem Leben zu verschwinden.«

Aber noch bevor de Rohan etwas antworten konnte, war ein anderes Paar so bedrohlich nahe gekommen, dass sich die Ellbogen der beiden Männer berührten. Eine Sekunde später spürte er Catherines Schuhspitze unter seinem Absatz. Sie zuckte zwar ein wenig zusammen, kam jedoch nicht aus dem Takt.

»Verdammt noch mal«, murmelte er und spürte, wie ihm die Röte ins Gesicht schoss.

»Denken Sie nicht weiter darüber nach«, besänftigte Catherine ihn mit zuvorkommender, aber zugleich kühler Stimme. »Mir ist nichts passiert.«

De Rohan hob seinen Blick, vermied es aber, ihr direkt in die Augen zu schauen. »Tut mir Leid«, versicherte er. »Mehr, als Sie sich vielleicht vorstellen können.«

Lady Catherine entging die Zweideutigkeit seiner Worte nicht. »Wirklich?«

»Ja.« Obwohl er sie nur an der Hand und an der Taille berührte, spürte er ihre Energie und ihre Stärke – reinstes *joie de vivre*, das trotz ihrer Wut ihren geschmeidigen Körper durchflutete. Er führte sie in eine weitere Drehung, wobei er nicht umhinkam, in die unendlichen Tiefen ihrer rehbraunen Augen zu blicken.

Mit Erstaunen bemerkte er, dass sie ein freundliches Gesicht machte. »Wie lange ist es her?«, erkundigte sie sich einfühlsam.

Mit einem Male machte sein Herz einen Satz. »Was?«

»Seitdem Sie das letzte Mal Walzer getanzt haben?«

Eine Woge der Erleichterung durchlief ihn. Er rechnete still nach. »An die zwanzig Jahre«, ließ er sie schließlich wissen. »Damals mit meiner Mutter im Studierzimmer.«

Catherine dachte kurz über seine Worte nach. Wer war dieser Mann, dieser Maximilian de Rohan? Auf keinen Fall der, den er vorgab zu sein. Catherine mochte ein ungebildetes Mädchen vom Lande sein, aber selbst sie wusste, dass einfache Männer nicht mit dem literarischen Werk Barbaulds vertraut waren oder eine solch natürliche Höflichkeit an den Tag legten, wie es sonst nur Menschen vom Kontinent taten. Auf keinen Fall aber erlernten sie gemeinsam mit der Frau Mama das Tanzen in einem Studierzimmer.

Sie blickte ihm in die harten und dunklen Augen, bevor sie ihren Blick ein Stückchen hinunter über seine schmalen und harten Wangenknochen bis zu seinem Mund gleiten ließ, der entschlossen, ja vielleicht sogar ein wenig unbarmherzig wirkte. Sie spürte jedoch tief in ihrem Innern, dass er kein barbarischer Mensch war. Gern hätte sie ihn gefragt, wie solch eigenartige Gegensätze möglich waren, aber ihr fehlten die richtigen Worte. Sie konnte ja nicht einmal normal atmen, und schuld daran waren nur die sengende Hitze seiner Hände und die befremdliche und gebieterische Stärke seiner Augen. Plötzlich war da auch noch etwas anderes, etwas viel Stärkeres. Ein Anflug von Verlangen, pulsierend, schnell und verlockender als alles, was sie jemals zuvor empfunden hatte. Anziehung. *Zwanghafte* Anziehung. Der Reiz, der von etwas Herrlichem, aber auch leicht Gefährlichem ausging. So, als wanderte man an einem Klippenvorsprung entlang und schaute dabei nach unten auf die weißen Schaumkronen der tosenden Brandung.

Catherine war noch nie ein waghalsiger Mensch gewesen. Was hatte dieser Mann, das ihren Puls in die Höhe schnellen und ihre Knie weich werden ließ? Gedankenverloren geriet sie aus dem Takt, sodass sich ihre Füße mit den seinen verhedderten. Mit einem ungraziösen Ruck fiel ihr gesamter Körper steif nach vorne, aber Mr. de Rohan fing sie auf, ohne aus dem Takt zu geraten, und brachte sie langsam zum Stehen. Sie befanden sich in unmittelbarer Nähe der weit geöffneten Verandatüren, und bevor Catherine Widerstand leisten konnte, waren sie bereits aus Lord Walrafens Ballsaal hinaus auf die Terrasse geglitten.

De Rohan hielt sie noch immer sanft, wenn auch unnachgiebig im Arm. »Mr. de Rohan!«, protestierte Catherine und versuchte, sich aus seinem Griff zu befreien. Ihr Blick schweifte ängstlich über die menschenleere Weite des Rasens. »Was glauben Sie eigentlich, was Sie machen?«

Die harmonische Atmosphäre zwischen ihnen war so schnell gewichen, wie sie sich eingestellt hatte. De Rohan hielt sie noch immer fest. »Ich habe soeben unsere Zehen gerettet«, murmelte er, bevor er sie ohne Vorwarnung an seine Seite und in den Schatten zog. »Ich fürchte, weder Sie noch ich sind der Kunst des eleganten Tanzens mächtig, Lady Catherine. Abgesehen davon habe ich Ihnen etwas mitzuteilen.«

Catherine war noch nie einem Mann begegnet, der sich so offener Worte bediente. »Ich tanze ausgezeichnet, danke schön!«, protestierte sie und versuchte mit aller Kraft, ihre Hand loszureißen. »Ich für meinen Teil habe Ihnen rein gar nichts zu sagen.«

De Rohan zog sie noch ein Stück näher zu sich heran, und sie ließ ihn seltsamerweise gewähren. »Seien Sie still, Catherine«, flüsterte er so dicht an ihrem Ohr, dass sich sein Atem in ihren Haaren verfing. »Bei mir sind Sie in sicheren Händen.«

Ach, wirklich? Da war sie sich nicht ganz sicher, denn in der kühlen Nachtluft, mit seinem Arm um ihre Schultern gelegt, drohte sie in seiner männlichen Hitze zu versinken. Maximilian de Rohan verströmte derart viel zurückgehaltene Kraft und raue

Schönheit, dass ihr flau im Magen wurde. Catherine startete einen weiteren Versuch, ihre Hand zurückzuziehen, dieses Mal mit Erfolg. »Nun kommen Sie schon auf den Punkt, damit wir es hinter uns bringen können, Mr. de Rohan«, forderte sie ihn fast schon ungehalten auf.

Seine Lippen wurden jetzt schmal, so, als wäre er verärgert. Aber über wen? Wahrscheinlich über sich selber, dachte Catherine.

»Vor zwei Tagen habe ich Sie zutiefst beleidigt«, setzte de Rohan an. »Dafür bitte ich um Verzeihung. Ich bin sehr froh darüber, dass Sie es mir mit gleicher Münze heimgezahlt haben.«

»Habe ich das wirklich?«, entfuhr es ihr fassungslos. »Ich für meinen Teil habe lediglich einen Vorschlag gemacht. Einen, den Sie dringend gebraucht haben.«

Urplötzlich legte er seine Finger auf ihre Lippen, um sie zum Schweigen zu bringen. Seine schwarzen Augen funkelten.

»Und dazu noch einen anatomisch schwierig auszuführenden«, warf er, sanft in sich hineinlachend, ein.

Ihr Gesicht glühte bei dem Gedanken daran, was genau sie ihm vorgeschlagen hatte. Mit einem Male erschien Catherine die Situation völlig absurd. Seine Finger ruhten noch immer auf ihren Lippen, als sie – gegen ihren Willen – ein gurgelndes Geräusch, halb Lachen, halb Empörung, von sich gab.

»O nein!«, warnte er sie mit gedämpfter Stimme, in der ein tiefes und verführerisches Grollen mitschwang. »Versuchen Sie jetzt ja nicht, auf ihr hohes moralisches Ross zu klettern, Lady Catherine. Dazu ist es viel zu spät. Mir ist nämlich längst aufgefallen, dass Sie über das Temperament einer Wespe und das Mundwerk eines Fischweibs verfügen.«

Catherine spürte, wie die Röte in ihrem Gesicht noch intensiver wurde, denn er hatte nicht ganz Unrecht mit seiner Bemerkung.

»So, nachdem das nun raus ist«, fuhr er fort und ließ seine Finger von ihren Lippen gleiten, »nehme ich Ihre Einladung zum

Abendessen dankend an. Schließlich bin ich Ihnen noch eine Erklärung schuldig, die ich gern in einem etwas privateren Rahmen als auf einem Festball abgeben würde.« Ihr Gesicht hatte eine unvergleichlich lebhafte Farbe angenommen, und in ihren braunen Augen blitzte blanker Trotz auf – welch eine unwiderstehliche Kombination! De Rohan sprach schnell weiter, bevor sein Verstand sein Herz einholen konnte. »Kommen Sie, Lady Catherine, seien Sie spontan. Laufen Sie mit mir davon.«

»Sie müssen völlig den Verstand verloren haben.«

»Das könnte durchaus der Fall sein.«

De Rohan beobachtete, wie ihre intelligenten braunen Augen kurz an ihm hinunterglitten, bevor Lady Catherine Wodeway sich überraschenderweise zu ihrer vollen und beachtlichen Größe aufbaute. »Mr. de Rohan«, erwiderte sie kühl. »Erst gehen Sie mir aus dem Weg, dann küssen und beleidigen Sie mich, und schließlich tanzen Sie auch noch Walzer mit mir. Nehmen wir an, ich würde Sie kennen – was aber nicht der Fall ist –, so würde sich mir der Verdacht aufdrängen, dass Sie zu ausgeprägten Gemütsschwankungen neigen. Ich sehe keinen Grund, warum ich in Ihrer Begleitung überhaupt irgendwo hingehen sollte.«

De Rohan versuchte, ein freundliches Gesicht zu wahren. Wenn er sich nur für eine winzige Stunde mit ihr davonschleichen, sich formvollendet entschuldigen und ihre Vergebung einholen könnte – ja, dann gelänge es ihm vielleicht, seine eigenartige Besessenheit von dieser Frau abzustreifen.

»Wahrscheinlich wäre es in der Tat besser, Sie kämen nicht mit mir mit«, räumte er traurig ein. »Auch ich würde einer jungen Dame mit unverdorbenem Charakter dringend davon abraten, einen Ball in Begleitung eines Mannes zu verlassen, den sie kaum kennt. Schließlich könnte ich gefährlich sein.«

Für den Bruchteil einer Sekunde schien ein Anflug von Heiterkeit über ihr Gesicht zu huschen. »Oh, das sind Sie bestimmt, Sir«, murmelte sie. »Ich bete nur, dass Sie nicht mir gefährlich werden.«

Bei diesen Worten zog de Rohan seine schwarzen Augenbrauen mit vernichtend spöttischer Geste in die Höhe. »Sind sie denn schlau genug, den Unterschied zu erkennen?«

»Ich denke schon.« Lady Catherine hatte sich selbstsicher vor ihm aufgebaut. Sie trug ein Kleid aus kobaltblauem Satin, das mit elfenbeinfarbenen Einsätzen versehen war. Tief auf ihren Schultern trug sie ein Schultertuch aus mitternachtsblauem Samt, und eine dreigliedrige Kette aus perfekt aufeinander abgestimmten Perlen schmückte ihren Hals. Ihr schweres mahagonifarbenes Haar war in ein elegantes Arrangement gelegt worden, das besonders die liebliche Länge ihres Halses betonte.

Dio! Sie war die Eleganz in Person. Schlichte Eleganz – seine schlimmste Schwäche. De Rohan seufzte innerlich und schob seinen Tagtraum beiseite. »Was wird nun aus uns, Lady Catherine?« Wie komisch, dass er plötzlich so sanft flüsterte – wie fremd seine Stimme klang! »Geben Sie es einfach zu, Sie fühlen sich auf einem Ball ebenso deplatziert wie ich.«

Lady Catherine schwieg eine Weile, während sie, eingehüllt in nächtliche Stille und Finsternis, im Freien weilten. Unzählige Emotionen tanzten über ihr wunderhübsches Gesicht – Wut, Neugierde, Belustigung und zu guter Letzt, was ihn besonders erstaunte, Verständnis. »Ich hole nur schnell meinen Umhang«, ließ sie ihn wissen und wollte in Richtung Ballsaal schreiten.

»Wirklich?«, fragte er und hielt sie mit einer leichten Berührung an der Schulter zurück, woraufhin sie sich wieder halb zu ihm umdrehte. »Warum?«

Lady Catherines Lächeln glich gleißendem Sonnenlicht, das eine plötzlich auftauchende Wolkenlücke durchbrach. Die Mundwinkel ihrer großen, vollmundigen Lippen zogen sich nach oben. »Nun, Sie mögen ein hochgradig verrückter und launischer Mensch sein, Mr. de Rohan«, raunte sie. »Aber wenigstens sind Sie nicht langweilig.«

Er bedankte sich mit einem seiner ungewöhnlich steifen Diener, wie sie auf dem Kontinent üblich waren. »Meiner Meinung nach sollte ein Mann jedes Kompliment annehmen, das ihm gemacht wird.«

Ihr Lächeln verströmte noch mehr Wärme. »Wir treffen uns in fünf Minuten auf der großen Freitreppe.«

Catherine spürte die sengende Hitze seines Blickes in ihrem Rücken, als sie davonschritt. Himmel noch mal, worauf hatte sie sich da nur eingelassen? Es war eine ziemlich wagemutige Angelegenheit, dem Schutz eines Balles mit einem Fremden zu entfliehen, dazu noch mit einem Fremden, der gefährlich sein konnte und leicht reizbar war, und der bereits ein schockierendes Maß an Gleichgültigkeit gegenüber den Regeln des Anstandes an den Tag gelegt hatte. Aber lag darin nicht auch teilweise die Faszination begründet, die sie für ihn hegte? Er machte sie wütend, ja. Doch das war immerhin besser, als wenn er keinerlei Gefühle in ihr hervorrief – oder irrte sie gar? Sie war es satt, sich immer nur abgestorben und ausgehöhlt zu fühlen. Es war an der Zeit, das Leben wieder in Angriff zu nehmen – mit all seinen guten, aber auch mit seinen schlechten Seiten. Sie fragte sich nur, auf welcher Seite Maximilian de Rohan stehen mochte.

Getrieben von diesen kühnen Gedanken, bahnte Catherine sich zielstrebig ihren Weg durch die Menge – aus Angst, langsamer zu werden oder ihre Meinung in letzter Minute noch zu ändern.

Als sie den Gang erreichte, der zu den Damengemächern führte, vernahm Catherine eine gedämpfte und vornehme Stimme, die ihren Namen rief. Schnell drehte sie sich um und erkannte Lord Bodley, der ihr in den schwach erleuchteten Gang gefolgt war. Ein herablassendes Lächeln umspielte seinen Mund, als er sie einholte.

»Mein liebes Mädchen.« Seine Stimme war seidig. »Die Situation vorhin ist mir wohl ein wenig aus den Händen geglitten, wofür ich Sie vielmals um Verzeihung bitten möchte.«

Catherine schaute ihn verblüfft an. »Ich bin wohl eher diejenige, die um Entschuldigung bitten muss, denn – mit Verlaub – ich weiß beim besten Willen nicht, wovon Sie überhaupt sprechen.«

Seine Haltung versteifte sich. »Nun, dieser Beamte, dieser Polizist oder was auch immer dieser Kerl sein mag«, holte Bodley aus, »ich bin mir sicher, dass Sie überhaupt nicht mit ihm tanzen wollten. Ich hätte darauf bestehen müssen, dass Sie nicht mit ihm aufs Parkett gehen. Es steht außer Frage, Ihre Tante wird zu Recht aufgebracht sein, weil ich es versäumt habe, rechtzeitig einzugreifen.«

Catherine hob absichtlich die Augenbrauen. Es war bestimmt nicht Mr. de Rohan, weswegen Isabel sich gesorgt hatte, davon war Catherine überzeugt. »Bitte machen Sie sich deswegen keine Gedanken, Eure Lordschaft«, erklärte sie, bevor sie sich wieder in Richtung Damengemächer umwandte. »Augenscheinlich ist Ihnen entgangen, dass Mr. de Rohan auch ein Freund von Lady Kirton ist.«

Bodley berührte sie leicht am Unterarm. Catherine wirbelte herum und starrte auf seine Hand. »Bitte, Lady Catherine«, sprach er mit gedämpfter Stimme. »Verbindungen geschäftlicher Natur sind etwas völlig anderes als gesellschaftliche Beziehungen.«

»Und außerdem ist er auch Lord Walrafens Ballgast.«

»Lord Walrafen ist ein dem liberalen Gedankengut verfallener Narr«, gab Bodley schroff zurück. »Ich kann mir beim besten Willen nicht vorstellen, dass Ihre Familie Sie gern in de Rohans Gesellschaft sähe. Mir ist nämlich so einiges über diesen Kerl zu Ohren gekommen. Sie sind neu in der Stadt, meine Liebe. Glauben Sie mir, dieser Mann ist anders als wir.«

Catherine hob den Kopf und erwiderte seinen Blick. »Wären Sie so freundlich, Ihre Hand von meinem Arm zu nehmen, Eure Lordschaft?«, sprach sie laut und deutlich. »Ich bin nämlich auf dem Weg nach draußen.«

Mit einem steifen Nicken wich er einen Schritt zurück. Catherine drehte sich sofort um und hastete den Korridor hinunter. Lord Bodley folgte ihr nicht.

Wenige Minuten, nachdem er seine alberne Einladung ausgesprochen hatte, stand de Rohan mit Stock und Hut in der Hand auf der obersten Stufe der Treppe vor Lord Walrafens Anwesen, und mit einem Mal wurde ihm das Ausmaß seiner törichten Handlungen bewusst. Er war in einer gemieteten Droschke gekommen, und eine Dame wie Catherine war sicherlich mit der eigenen Kutsche vorgefahren. Was zum Teufel hatte er sich nur dabei gedacht? Vielleicht, so gestand er sich selbst ein, wollte er sie testen, wollte er sehen, ob sich die hübsche, aus guter Familie stammende englische Witwe wirklich mit ihm in aller Öffentlichkeit zeigen würde.

Offensichtlich ja. Während er die lange Reihe vornehmer Fuhrwerke entlang der Hill Street hinunterblickte, spürte er mit einem Mal ihre warme Hand, die sich ihm vertrauensvoll auf den Arm legte. Sein Stolz würde ihn davon abhalten, sie darum zu bitten, ihre Kutsche rufen zu lassen.

Aber Lady Catherine rettete ihn sowohl vor seinem Stolz als auch vor seiner eigenen Torheit. »Ich bin mit Tante Isabel zum Ball gekommen«, ließ sie ihn wissen. »Würde es Ihnen etwas ausmachen zu laufen? Ich fürchte, mir fehlt die Erfahrung, wie man es anstellt, einem fulminanten Ball wie diesem standesgemäß zu entfliehen. Sie müssen wissen, es ist nämlich mein erstes Mal.«

Erstaunt schaute er zu ihr herunter. »Ihr erstes …?«

Lady Catherine grinste. »Mein erster fulminanter Ball.«

De Rohan war verunsichert, ob er ihren Worten Glauben schenken sollte, aber im selben Moment hatte sich seine Niedergeschlagenheit bereits verflüchtigt. »Ich bin in einer Mietdroschke hergekommen«, erklärte er ihr, während sie die Stufen hinunterstiegen und er einem Diener Lord Walrafens eine Münze in die Hand drückte. »Ich werde eine neue Kutsche rufen lassen, denn mit Ihren Tanzschuhen können Sie wahrlich nicht sehr weit laufen.«

Einen Moment lang sah Lady Catherine aus, als wollte sie die Sache mit ihm ausdiskutieren, ließ dann aber die Schultern wieder sinken. »Es wäre in der Tat unhöflich, diese Schuhe zu ruinieren«, stimmte sie ihm zu. »Isabel hat nämlich über eine Stunde gebraucht, sie auszusuchen.«

Während de Rohan noch über ihre Worte nachdachte, fuhr eine Kutsche vor. »Wo sollen wir hinfahren?«, fragte er, während er ihr hineinhalf.

»Eine Kleinigkeit zu essen wäre wunderbar, aber in diesem Aufzug …?«

De Rohan musste zugeben, dass sie Recht hatte. Er hatte gehofft, sie zu einem privaten Dinner in einem der besseren Hotels überreden zu können, aber selbst dort würde sie sich in den Kleidern, die sie gerade trug, unwohl fühlen. Daran hätte er denken sollen, doch Lady Catherines Nähe schien ihm gehörig den Verstand zu vernebeln.

Zu seiner Erleichterung sprach Catherine weiter. »Ich wohne im Haus meines Bruders in der Mortimer Street«, ließ sie ihn wissen, wenngleich sie einen leicht gereizten Eindruck machte. »Wenn wir kurz dort anhalten würden, damit ich in bequemere Kleidung wechseln kann, würden Sie mich dann wieder der vorsätzlichen Verführung bezichtigen?«

Der vorsätzlichen Verführung?

Mit ihr nach Hause fahren?

Diese zwei Sätze hätten niemals Einlass in seine Gedankenwelt finden dürfen, geschweige denn laut ausgesprochen werden dürfen, denn allein die Tatsache, dass er sie zum Abendessen einlud, war pure Unvernunft. »Ich werde mir Mühe geben und Ihnen ob meines Zweifels Glauben schenken«, konnte er gerade noch antworten. Mit einem sinnierenden Lächeln wandte Lady Catherine sich ab und nannte dem Diener ihre Adresse, bevor dieser im nächsten Augenblick die Tür der Kutsche schloss.

Beim Geräusch des zufallenden Schlosses überkam de Rohan das ungute Gefühl, er habe seine Seele in einen Abgrund geworfen und befände sich nun im freien Fall. Weder schien er Einfluss auf das zu haben, was passierte, noch verstand er genau, was vor sich ging. Um seine Qualen noch ein wenig zu verstärken, ließ er seinen Blick über Catherine gleiten. In ihrem vornehmen Kleid und mit dieser schlichten Perlenkette wirkte sie wie die Gattin eines reichen Lords. Sie sah förmlich nach *Ärger* aus, und er hatte sich tatsächlich eingeredet, nur auf der Suche nach einem passenden Moment zu sein, um seine Entschuldigung vorzutragen. Aber machte er sich nicht selbst etwas vor, was zu den schlimmsten aller Täuschungsmanöver zählte?

»Bereuen Sie es, dass ich Sie von Walrafens Ball entführt habe?«, hörte er sich fragen.

Laternenlicht flackerte über ihre offenen Gesichtszüge, während die Kutsche rumpelnd Berkley Square passierte.

»Ich habe nicht gerade das Gefühl, ich sei *entführt* worden«, antwortete sie und drehte den Kopf in Richtung Fenster, um auf die durch Gaslampen erleuchtete Straße zu blicken.

Wieder hatte leichte Ironie in ihren Worten gelegen, fast so, als könnte sie seine Gedanken lesen und stieß sich aber nicht weiter an ihnen. Mit Ausnahme Cecilias war de Rohan selten einer blaublütigen Engländerin begegnet, die derart frei von Arglist war. Aber war sie wirklich so, wie sie zu sein schien? Oder war sie genau wie Penelope und ein Dutzend anderer Frauen, die er kannte und die nur eine kunstvoll gestaltete Fassade vor sich hertrugen? Sollte dem so sein, so war es zumindest eine ungeheuer ansprechende Fassade. Bei diesem Gedanken erregte der große Perlenanhänger, der an Catherines linkem Ohrläppchen baumelte, seine Aufmerksamkeit, und er ertappte sich dabei, wie ihn ein eigenartiger Impuls durchlief. Er wollte an den Perlen saugen, sie in den Mund nehmen und an ihrem Ohr knabbern. Er wollte *sie* in seinem Mund spüren, auf ihm sowie unter ihm, und wollte fühlen, wie sie ihre langen und starken Beine um seine Taille schlang.

Für einen flüchtigen Moment schloss er die Augen. Um Himmels willen! *Gab es auch nur den Hauch einer Chance?* Die winzige Chance, egal, wie verschwindend gering sie auch sein mochte, dass Lady Catherine Wodeway genau das tun würde, dessen er sie so unverblümt – und fälschlicherweise – beschuldigt hatte? Der bloße Gedanke daran ließ ihm den Atem stocken, und er erzitterte vor Erregung. Herr im Himmel! Was stimmte nicht mit ihm? Er wäre ein Narr, wenn er mit ihr ins Bett stiege, selbst wenn sie ihn darum anflehen würde. Max verbannte seine kranken Gedanken in die dunklen Sphären seines Gehirns, wo sie hingehörten, und öffnete die Augen. Lady Catherine lächelte ihn unschuldig an.

»Ich habe gesehen, wie Sie mit Lord Bodley sprachen«, setzte er unvermittelt an. »Ich hoffe doch sehr, Madam, dass Sie sich vor einem Mann wie ihm in Acht nehmen.«

Lady Catherine sah aus, als würde sie gleich in schallendes Gelächter ausbrechen. »Sie sind ja ein ziemlich direkter Zeitgenosse, Mr. de Rohan«, antwortete sie sichtlich erregt. »Fällt Ihnen nichts Besseres ein, um Konversation zu betreiben?«

De Rohan spürte, wie sich sein Gesichtsausdruck versteinerte. »Verzeihen Sie mir. Ich bewege mich nicht oft in feiner Gesellschaft.«

»Aber häufiger, als Ihnen lieb ist, nehme ich an«, murmelte Lady Catherine. »Davon abgesehen, ist Bodley ein großzügiger Gönner von Isabels Wohltätigkeitsorganisation für gefallene Frauen. Von außen betrachtet rückt ihn das doch in ein eher angenehmes Licht, nicht wahr?«

De Rohan entging der herausfordernde Unterton in ihrer Stimme nicht. »›Es ist leichter, ein Kamel durch ein Nadelöhr zu fädeln‹«, entgegnete er, »›als dass ein Reicher zu Gott in den Himmel gelangt.‹ Sie unterliegen ihren Versuchungen so ungeheuerlich schnell, weil fast alles käuflich ist.«

Lady Catherine schaute amüsiert drein. »Das erzählte man mir auch«, bestätigte sie. »Und was genau, nehmen Sie an, will Bodley damit erreichen, wenn er großzügige Spenden macht?«

»Sich vielleicht die Absolution erkaufen?«, kam seine zynische Antwort. »Menschen wie er denken, sie könnten mit ein wenig Gold ihre Seele aufwiegen.«

Lady Catherine dachte kurz nach und wirkte ein wenig gedankenverloren. »Mr. de Rohan, ich habe den Eindruck, dass Sie ein ausgesprochen hartherziger Mensch sind.«

Stille breitete sich aus, und er betrachtete sie in der Dunkelheit. »Das bin ich«, antwortete er schließlich. »Und vielleicht täten wir beide gut daran, das nicht zu vergessen.«

»Ich wollte damit nicht zum Ausdruck bringen, dass Sie völlig im Unrecht sind«, setzte Catherine unbeirrt fort. »Bodley ist kein unattraktiver Mann, aber seine ganze Art jagt mir einen Schauer über den Rücken.«

Sie ließ sich – genau wie er vermutet hatte – nichts vormachen. Erleichtert lehnte er sich zurück gegen das abgewetzte Leder der Sitzbank. »Wie es scheint, verfügen Sie also doch über intakte Instinkte«, ließ er sie wissen. »Ich hoffe nur, Madam, dass Sie auch auf sie hören.«

Just in dem Moment hielt die Kutsche an. »Genau das tue ich gerade«, erwiderte sie scharf, als der Kutscher vom Bock sprang und ihnen die Tür öffnete. »Schließlich bin ich kurz davor, einem wildfremden Mann die Türen zu meinem Zuhause zu öffnen.«

Kapitel 6

»Vermeiden Sie in gemischter Gesellschaft tunlichst streitsüchtige und polemische Konversation.«

Lord Chesterfield, 1776,
The Fine Gentleman's Etiquette

Das Haus in der Mortimer Street lag ruhig da. Kein Diener empfing Lady Catherine, was sie allem Anschein nach auch nicht erwartet hatte. Sie zog einen Schlüssel aus ihrem Ridikül, den de Rohan ihr höflich aus der ausgestreckten Hand nahm, bevor er sich vorbeugte, aufschloss und ihr ins Innere des Hauses folgte, wo es angenehm, wenn auch fremd roch. Kein Duft eingelegter Kräuter und schmorender Gewürze umwehte ihn, wie es im Haus seiner Großmutter stets der Fall war. Stattdessen verströmten die Wände den Geruch von gewachsten Möbeln und durchgezogenem Tee.

Er folgte dem Rascheln von Catherines blauen Seidenröcken, als sie einen Korridor hinunterging, der mit schweren Teppichen und flackernden Wandleuchtern geschmückt war. Sie betraten einen Salon, der mit goldener Seide ausstaffiert und im chinesischen Stil gehalten war, der in der Dekade zuvor der letzte Schrei gewesen war. Ohne zu fragen, schenkte sie ihm ein Glas Cognac – sein Lieblingsgetränk – ein und drückte es ihm in die Hand. Ihre Berührung erwärmte und erzürnte ihn gleichermaßen. Er wollte, dass es endlich *aufhörte*.

Mit einem gelassenen Lächeln glitten Catherines Finger von den seinen und ließen ihn ... was? Völlig allein zurück? Seitdem die niedergebrannten Ruinen des Chateaus seines Vaters aufgehört hatten zu glühen, war er von diesem elendigen Gefühl nicht mehr heimgesucht worden. Er verspürte Leidenschaft, nichts als pure ungezähmte Lust. Konnte schon sein, dass er sie hübsch und amüsant fand. Und faszinierend. Doch das waren Gefühle, die ihm nicht gefährlich werden konnten. Als er sie aber mit langen, selbstsicheren Schritten und sinnlich wiegenden Hüften aus dem Raum schreiten sah, spürte er, wie sich sein unwillkommenes Verlangen noch steigerte, und zu seiner Schande meldeten sich auch prompt seine altbekannten Zweifel zurück.

Ihr Bruder ist ein Earl ... ein steinreicher Earl.

Cecilias Worte hallten in seinem Kopf wider. Er versuchte sich einzureden, dass es ihm gleichgültig war, wie viel Geld ihr Bruder hatte. Dieses Haus war nicht prunkvoller als Nonna Sofias, sein Interieur eher gemütlich als elegant. Dennoch schaute de Rohan sich um, als wäre er fehl am Platz. Er war nicht gerade arm, war wahrscheinlich sogar ein recht vermögender Mann, da der Erfolg von Castelli, de Rohan & Co. kein Geheimnis war, aber er hatte sich immer – vielleicht sogar ein wenig krampfhaft – davon distanziert. In seiner Welt machten Reichtümer einen Menschen zu einem möglichen Verdächtigen, und davon abgesehen gab es nichts, was er sich für Geld zu kaufen wünschte. Ferner würden Reichtümer nur seine berufliche Glaubwürdigkeit untergraben, weil Außenstehende leicht den Eindruck gewinnen könnten, er ginge seiner Arbeit nur aus Spaß an der Freude nach – was partout nicht stimmte.

Nein, es scherte ihn keinen Pfifferling, was für einen Rang Catherines Bruder bekleiden mochte. Es war vielmehr die Lady selbst, beziehungsweise seine Reaktion auf sie, die ihm Probleme bereitete. Er war doch wohl noch im Stande, rohe Lust zu handhaben? Ein starker Mann ließ es nicht zu, dass seine fleischlichen Gelüste das Sagen hatten. Nein, er wollte kein böses Erwachen wie schon einmal zuvor erleben, was ihm seinerzeit bereits genug Schwierigkeiten eingebrockt hatte.

Nachdem er sich wieder ein wenig beruhigt hatte, machte er es sich auf einem weichen Ledersofa gemütlich. Der Alkohol entfachte ein angenehmes Feuer in seinem Magen, und schon bald fühlte er sich entspannt und lenkte seine Aufmerksamkeit auf die vornehmen Gemälde an den Wänden. Eines der Porträts erweckte sein besonderes Interesse – es zeigte einen imposanten Mann im Brokatmantel und mit gepuderter Perücke, dessen durchaus attraktives Gesicht jedoch bereits in die Breite gegangen war. Bei Gott, er kannte dieses Gesicht! Diese borstigen dunklen Augenbrauen und diese stechend arroganten Augen ...

Nein, das war unmöglich. Als dieses Porträt angefertigt worden war, war de Rohan noch ein kleiner Junge gewesen und hatte im Elsass gelebt. Konnte es sich eventuell um jemanden handeln, den er auf einer Englandreise gemeinsam mit seinen Eltern kennen gelernt hatte? Nein, der Mann ähnelte keinem der Geschäftspartner seines Vaters. Und dennoch zog das Bild seine Augen magisch an. Wieder und wieder kehrte sein Blick zurück zu ihm. Er hatte den Cognac noch nicht ganz ausgetrunken, als er spürte, dass Catherine im Türrahmen stand. Ihre schlanke und elegante Silhouette wurde durch die Lampe im Korridor hinter ihr noch zusätzlich hervorgehoben. Ihr Anblick verschlug ihm fast den Atem, und ein melancholisches Gefühl bohrte sich wie ein stumpfer Dolch tief in seine Seele.

Er hatte sie heimlich Gaea, Göttin der Erde, getauft. Jedes Mal, wenn er sie erspähte, musste er unwillkürlich an zu Hause denken. Und wenn er auch nur für eine Sekunde die Augen schloss, so sah er die sanft geschwungene Hügellandschaft mit ihren unzähligen fruchtbaren Feldern, Wäldern und Weinstöcken vor sich. Fast spürte er dann die kühle und klare Luft in seinen Lungen und wie die Sonne ihm den Rücken wärmte. All das gehörte zu ihrer magischen Wirkung auf ihn.

»Bewundern Sie gerade die Kunstsammlung meines Bruders?« Die Perlenkette, die Catherine schon auf dem Ball getragen hatte, schmückte noch immer ihren Hals, aber ihre blaue Abendrobe war einem waldgrünen Stadtkleid gewichen.

De Rohan sprang auf. »Vor allem das Porträt zwischen den beiden Fenstern hat mein Interesse geweckt.«

Catherine kam in den Salon geschwebt. »Mein Vater«, ließ sie mit unterkühlter und angespannter Stimme verlauten. »Ist seit fünf Jahren tot. Ein fauler Zahn, fürchte ich.«

Selbst de Rohan erkannte, dass es sich nicht ziemte, an dieser Stelle weitere Fragen zu stellen. »Sind Sie hungrig?«, erkundigte er sich stattdessen.

Catherines Gesicht hellte sich auf. »Es gibt ein ausgesprochen gutes Wirtshaus nicht weit vom Cavendish Square. Wäre das in Ihrem Sinne? Die Nacht ist klar, und ich dachte, wir könnten eventuell dorthin laufen.«

»Es ist aber recht kühl, Lady Catherine«, warf er etwas unwirsch ein. »Und ich bin sehr wohl im Stande, mir eine Kutsche zu leisten.«

»Daran zweifle ich auch nicht, Mr. de Rohan.« In ihrem Gesicht leuchtete Freude auf. »Aber es ist wirklich nur einen Katzensprung entfernt.«

»Wie Sie wünschen.« De Rohan stellte sein Glas ab.

Er kannte die Gaststätte, für die sie sich entschieden hatte, sehr gut, war aber ob ihrer Wahl ein wenig erstaunt, denn es handelte sich um eine eher einfache und laute Lokalität, die bei Geschäftsleuten und dem niederen Adel sehr beliebt war – die aber ausgezeichnetes Rindfleisch und äußerst passablen Wein servierte.

Er geleitete Catherine, die sich bei ihm eingehakt hatte, wenig später durch die Eingangstür und entdeckte im schwach erleuchteten Speisesaal zwei oder drei annehmbar gekleidete Frauen. Eine Dame wie Catherine wirkte dennoch ein wenig deplatziert.

Nachdem sie einen Tisch zugewiesen bekommen hatten, bestellten beide ein Kalbfleischgericht, und de Rohan orderte eine Flasche Chambertin aus dem Weinkeller. Während sie auf das Essen warteten, schenkte de Rohan ihr ein, wobei er die Gelegenheit nutzte, sie verstohlen zu beobachten. Catherine war die letzten Minuten recht schweigsam gewesen, und er fragte sich, was wohl dahinter stecken mochte. Bedauerte sie ihre spontane Zusage? Wenn dem so war, würde er sich darüber nicht den Kopf zerbrechen, denn schließlich war sie aus freien Stücken mitgekommen. Zugegeben, er fand sie amüsant und attraktiv. Und zudem stand ja noch seine Entschuldigung aus. Es lag ihm fern, sich in die Gedanken und Gefühle anderer verwickeln zu lassen. Er war ein Einzelgänger, und daran sollte sich auch nichts ändern.

Nach einer Weile taute Lady Catherine auf. Sie lehnte sich zurück, reckte sich ein wenig und stieß einen kleinen wohligen Seufzer aus. Nein, sie bedauerte ihr Kommen nicht.

»Ich bin so froh, dass wir dem Ball entflohen sind«, ergriff sie das Wort. »Wie ermüdend solche gesellschaftlichen Anlässe doch sind!«

»Vor allem das Tanzen«, murmelte de Rohan.

Ganz in der Nähe ihres Tisches brach eine Gruppe Geschäftseigentümer in lautes Gelächter aus, wodurch Catherines amüsiertes Glucksen unterging. »Sie müssen annehmen, ich sei eine eher simpel gestrickte Person, Mr. de Rohan!«, kicherte sie. »Ich kann nämlich problemlos den ganzen Tag im Sattel oder im Garten verbringen, ohne dass es mir langweilig wird, aber die Gepflogenheiten der Städter ermüden mich ungemein. Wie sie sich ständig Luft zufächeln, um andere herumscharwenzeln und immerzu lächeln! Wie halten Sie das nur aus?«

Sie machte sich augenscheinlich über ihn lustig, aber er gönnte ihr den Spaß. »Wie ich gehört habe, befindet sich Ihr Anwesen auf dem Lande?«, murmelte er höflich.

Erneut schenkte sie ihm ein nettes, wenn auch leicht spöttisches Lächeln. »Ein Anwesen ist es nicht gerade«, erwiderte sie. »Ich besitze ein kleines Herrenhaus samt Bauernhof, zu dem ein paar Lehmhütten gehören. Aber Aldhampton als Anwesen zu bezeichnen, wäre eine schamlose Übertreibung. Doch wir schweifen ab, mein Herr, denn wenn ich mich recht entsinne, wollten Sie die Gelegenheit nutzen, um mich auf Knien um Entschuldigung zu bitten, nicht wahr?«

De Rohan musste unwillkürlich lächeln. »Lady Catherine, so langsam bekomme ich den Eindruck, dass Sie ein ausgesprochen hartherziger Mensch sind«, ließ er sie mit ihren eigenen Worten wissen.

Er beobachtete angetan, wie sie ihn mit einem zornigen Blick zu strafen versuchte, aber eine solch ansehnliche Stirn wie die ihre legte sich nun mal nicht mühelos in Falten. »Sir, Ihre Entschuldigung?«, forderte sie ihn auf.

Während er sie über den Tisch hinweg mit starrem Blick fixierte, stieg in ihm die unangenehme Erinnerung an das auf, was er ihr vorgeworfen hatte. Er konnte es nicht ausstehen, jemandem etwas schuldig zu sein, was ihn aber noch lange nicht zum Feigling degradierte. Also suchte er nach den passenden Worten, um etwas zu rechtfertigen, was eigentlich nicht zu rechtfertigen war, und warf seinen Stolz über Bord.

»Ich habe mich zu einer Mutmaßung über Ihr Wesen hinreißen lassen, Madam«, setzte er schließlich an. »Das war nicht richtig von mir. Nein, es war sogar gänzlich indiskutabel.«

Catherine lehnte sich ein wenig nach vorne, wobei sie das Weinglas sanft umschlungen hielt und es gegen ihren Busen schmiegte. »Und warum haben Sie sich überhaupt dazu hinreißen lassen, etwas Derartiges von sich zu geben, wenn Sie mir diese Frage erlauben?«

De Rohan ließ seinen Blick durch den vollen Speisesaal gleiten. In einer Ecke saß eine Horde junger Rüpel, die zunehmend lauter wurden und deren Grölen und Johlen im ganzen Saal zu hören war. »Ich weiß es nicht.« Noch immer hatte Catherine ihn fest im Blick, und ihr Schweigen zog ihn auf eine Art an, die ihm fremd und unbekannt war. Er war sich nicht sicher, ob ihm das gefiel.

»Ich kannte einst jemanden …«, brachte er nach einer kleinen Pause hervor. »Ihre Einladung kam so plötzlich und brachte Erinnerungen an eben diese Person zurück. Ich wollte wohl, dass Sie mir … eine Vermutung bestätigten. Aber welche, ist mir selbst nicht ganz klar.« Wieder verstummte er.

Catherine schaute ihn verwundert an und lehnte sich zurück. »Nun, das ist eine ziemlich lahme Entschuldigung«, urteilte sie mit strengem Blick über den Tisch hinweg. »Vielleicht sollte ich es mal versuchen?«

»Wie bitte?«

Catherine schenkte ihm ein steifes Lächeln. »Ich habe zwei Brüder, müssen Sie wissen, weshalb ich einiges darüber weiß, wie das männliche Gehirn funktioniert. Soll ich Ihnen sagen, was ich denke?«

Lieber hätte er sich von spanischen Guerillas die Fingernägel herausreißen lassen, aber er blieb halbwegs freundlich. »Ich bitte darum«, forderte er sie auf und griff nach der Weinkaraffe.

Inmitten des Stimmengewirrs um sie herum schwenkte Catherine ihr Glas mit dem rubinfarbenen Wein. Ein Ober stellte im Vorbeigehen ihre Bestellung auf den Tisch, aber keiner der beiden schenkte dem herrlichen Duft Aufmerksamkeit, der von ihren Tellern aufstieg.

»Ich vermute stark, dass Sie sich von mir sexuell angezogen gefühlt haben, Mr. de Rohan«, ließ sie ihn wissen. »Und aus irgendeinem Grund hat eben diese Tatsache Sie mit Wut erfüllt.«

De Rohan saß bewegungslos da. »Lady Catherine«, brachte er hervor. »Sind Sie immer so direkt?«

Sie nickte. »Das ist mein größtes Laster. Außerdem denke ich, dass Sie erbost über sich selbst waren, weil Sie es zuließen, dass ich Sie von Ihrer Arbeit ablenke.« Sie hielt kurz inne, schaute auf und schüttelte sachte den Kopf. »Nein, das stimmt so auch nicht ganz, habe ich Recht? Fest steht aber: Sie haben mich … *begehrt*, nicht wahr? Und holten deshalb schnell zum Angriff aus, was unglaublich unfair war. Aber wenn ich ehrlich bin, habe ich nichts anderes mit Ihnen gemacht.«

Ihre Gabe, ihn so leicht zu durchschauen, versetzte ihn in Rage, doch es hatte keinen Sinn, die Wahrheit zu leugnen. »Was auch immer meine Beweggründe gewesen sein mochten, ich habe Ihnen zweifelsohne eine faule Entschuldigung für ein noch fauleres Verhalten geliefert«, gab er zähneknirschend zu. »Aber warum vergeben Sie einem Mann so bereitwillig, wenn er es doch gar nicht verdient?«

»Warum interessiert Sie das?«

De Rohan hob in einer beabsichtigt arroganten Geste eine Augenbraue. »Tut es für gewöhnlich nicht.« Wieder geriet er ins Stocken und zögerte. Er wägte seine Worte sorgfältig ab. »Wie dem auch sei, wir scheinen etliche gemeinsame Bekannte zu haben, und genau aus diesem Grund möchte ich nicht, dass etwas Belastendes zwischen uns steht.«

Schlagartig waren die Leichtigkeit und der Humor aus Catherines Blick gewichen. »Darum geht es also die ganze Zeit, Mr. de Rohan?«, entfuhr es ihr. Er konnte erkennen, wie sich ihre Schultern versteiften. »Um *Ihre* Arbeit? *Ihre* Bekannten? *Ihren* guten Ruf?«

Sie hatte sich kaum merklich von ihm abgewandt, weshalb wilde und irrationale Verlustängste in seiner Brust zu hämmern begannen.

»Um Gottes willen, nein!«, rief er aus. Seine Hand fuhr blitzschnell über den Tisch und griff nach der ihren. »Wie können Sie so etwas nur denken?«

»Das hat … weniger mit *denken* zu tun«, erwiderte sie mit gedämpfter und fast resignierter Stimme. »Nein, ganz und gar nicht.«

De Rohan starrte auf ihre vereinten Hände und bemerkte, wie ihre zart schimmernde Haut im deutlichen Gegensatz zu seinen dunklen Fingern stand. Sie hatte schlanke Finger, und ihre gepflegten Nägel trug sie kurz. Ihre Hand fühlte sich kräftig an und strahlte eine gewisse Tüchtigkeit aus. Als er bemerkte, dass er ihre Finger fast zerquetschte, ließ er sie umgehend los.

»Ich könnte es einfach nicht ertragen, wenn zwischen uns etwas im Argen läge, Catherine«, murmelte er und nahm seine Hand vom Tisch. »Ich nehme an, dass wir einander recht schnell wiederbegegnen werden, aber trotzdem wäre es mir unangenehm, wenn wir uns im Streit trennen würden. Eine bessere Erklärung kann ich Ihnen beim besten Willen nicht anbieten.«

»Verstehe.« Kurz hatte es den Anschein, als huschte Enttäuschung über ihr Gesicht, doch schon im nächsten Augenblick war ihr Lächeln zurückgekehrt. »Also ist nun … alles vergeben und vergessen«, resümierte sie mit einem Fingerschnippen. Wie auf Kommando griff sie zur Gabel und widmete sich ihrem Essen.

De Rohan hatte nicht erwartet, dass es so einfach werden würde. »Geben Sie sich immer so schnell zufrieden?«

Für einen kurzen Augenblick machte Catherine ein sanftmütiges Gesicht. »Manchmal vielleicht sogar zu schnell.« Im nächsten Moment hatte sie die Gabel wieder zur Seite gelegt. »Erzählen Sie mir etwas von sich, Mr. de Rohan«, forderte sie ihn gut gelaunt auf, als hätte es den eigenartigen Moment, den sie gerade durchlebt hatten, nie gegeben. »Zum Beispiel interessiert mich, worin Ihre Aufgabe bei der Polizei – das war doch korrekt, oder? – besteht. Ich bin bis über beide Ohren neugierig.«

Er spürte, wie sein Lächeln einfror. »Aha, so leicht geben Sie sich also doch nicht zufrieden?«

Lady Catherine warf ihm einen befremdlichen Blick zu. »Wenn Sie damit andeuten wollen, dass ich mich mit Halbwahrheiten abspeisen lasse, die Sie mir gleich auftischen werden, dann lautet meine Antwort *nein*.«

De Rohan wollte sich von ihrem Blick losreißen, weshalb er sich leicht nach hinten lehnte. Ihre Reaktion war verständlich, denn schließlich war er ihr gegenüber nicht ganz ehrlich gewesen. »Ich arbeite für das Innenministerium«, antwortete er.

»Wirklich?«, gab sie höhnisch zurück. »Dann sind Sie also gar kein echter Polizist?«

»In gewisser Weise schon.«

»Wie aufregend«, kam ihre knappe Antwort. »Und was genau machen Sie im Innenministerium?«

»Zurzeit bereiten wir die Reform des Strafrechts vor. Peel

möchte sie spätestens nächstes Jahr im Parlament verabschiedet wissen.«

»Ja, ja, die Hoffnung stirbt zuletzt«, bemerkte Catherine mit einer schelmischen Kopfbewegung. »Ich bewundere seine Willensstärke, einen zweiten Anlauf zu nehmen. Worin besteht Ihre Aufgabe denn nun genau?«

De Rohan zuckte mit den Schultern. »Meistens verfasse ich langweilige Berichte und nehme an noch öderen Sitzungen teil«, lautete seine Antwort, bevor er mit der ganzen Wahrheit herausrückte. »Und ich ... ja nun, ... ich untersuche Fälle von Polizistenbestechung. Unter anderem.«

»So, so!« Catherine nickte wissend. »Das kleine Tête-à-Tête im Hyde Park! Ich habe mich schon gefragt, wann wir darauf zurückkommen würden.«

In de Rohans Lächeln schwang Reue mit. »Sie haben es sich allem Anschein nach zur Angewohnheit gemacht, zeitig aufzustehen, Lady Catherine.«

Sie wirkte ein wenig irritiert. »Zur Angewohnheit?«

»Seit zwei Wochen reiten Sie jeden Morgen im Park aus, da kann man zweifelsohne von einer Angewohnheit sprechen, nicht wahr?«

Jetzt wirkte Catherine sauer. »Sie wussten also, dass ich jeden Morgen im Park ausreite?«

De Rohan zögerte. »Es gehört zu meinen Pflichten, Derartiges zu beobachten.«

Leichte Belustigung huschte über ihr Gesicht. »Welch ein scharfes Auge Sie doch für Details besitzen,« bemerkte sie. »Aber es scheint eine Kleinigkeit zu geben, die Sie mir bis dato verschwiegen haben. Von Isabel erfuhr ich nämlich, dass Sie eine Art Beamter sind, was wohl eher eine Position für einen Gentleman ist und nichts mehr mit der Arbeit eines gemeinen Wachtmanns zu tun hat, wenn Sie mich fragen.«

De Rohan hob seinen Blick und schaute ihr in die braunen Augen. »Kann es sein, Lady Catherine, dass Sie ausloten wollen, ob meine Gesellschaft für eine Dame wie Sie standesgemäß ist?«

Catherine sah aus, als würde sie ihm liebend gern eine weitere kräftige Ohrfeige verpassen. »Wie unglaublich engstirnig Sie doch sind!«, fuhr sie ihn an und drückte sich mit den Händen vom Tisch ab, als wollte sie aufstehen. »Lassen Sie mich etwas zu unserer Beziehung sagen, Mr. de Rohan: Mir scheint, *Sie* sind hier derjenige, der von gesellschaftlichen Positionen besessen ist. Oder habe ich über dieses Thema auch nur ein einziges Wort verloren?«

»Wir haben gar keine Beziehung, Catherine«, warf er ruhig ein.

Catherines Haltung entspannte sich ein wenig, wenngleich sie weiterhin finster dreinblickte. »Nein, haben wir in der Tat nicht, und ich gehe stark davon aus, dass wir auch nie eine haben werden«, zischte sie. »Unglaublich! Wie kommen eigentlich Ihre Freunde mit Ihrem stinkstiefeligen Wesen klar? So langsam frage ich mich, ob Sie die Mühe überhaupt wert sind.«

Über sein leeres Weinglas hinweg schaute de Rohan ein weiteres Mal in Catherines Augen. »Wohl kaum, wenn Sie mich fragen«, lautete seine Antwort, mit der er sich ein wenig Zeit gelassen hatte. »Wie dem auch sei, ein Mann in meiner Position kann sich keine Freunde leisten.«

In diesem Moment eilten fast unbemerkt zwei elegant gekleidete Männer an ihrem Tisch vorbei. Einer der beiden wurde im letzten Augenblick langsamer und legte eine warme Hand auf de Rohans Arm. »Max, du alter Schwerenöter!«, ertönte eine satte, wohlklingende Stimme. »Was für ein Zufall!«

De Rohan schaute auf und blickte in den warmen und offenen Blick George Kembles. Gütiger Gott im Himmel, der hatte ihm gerade noch gefehlt!

Kembles Lächeln entblößte eine Reihe tadellos weißer Zähne. »Und wie schick du dich heute Abend gemacht hast«, raunte er ihm zu und ließ seinen Blick von de Rohans Abendrobe zu Catherine wandern. »Was bedeutet das, *mon ami*? Ein Ausflug in das gesellschaftliche Leben?«

De Rohan spürte, wie er die Zähne zusammenbiss. »Guten Abend, Kemble.«

Der adrett gekleidete Mann machte eine elegante Verbeugung, die Catherine galt. »Wirklich, alter Bursche, du solltest öfter in Begleitung einer so liebreizenden Dame unter die Leute gehen.«

Verdammter Mist! Kem liebte Klatsch und Tratsch und würde seine Begegnung mit de Rohan nie und nimmer für sich behalten. Max erkannte, dass ihm keine andere Wahl blieb, und erhob sich. »Lady Catherine«, setzte er mürrisch an, »… darf ich Ihnen Mr. George Kemble vorstellen, ein bekannter Geschäftsmann der Stadt.«

Die Floskel *bekannter Geschäftsmann* imponierte Lady Catherine nicht im Geringsten. »Sehr erfreut, Mr. Kemble«, begann sie und streckte ihm über den Tisch hinweg ihre Hand entgegen. »Ich bin Catherine Wodeway. Welcher Art Geschäfte gehen Sie nach?«

Kemble richtete sich stolz auf. »Seltene Antiquitäten aller Art!«, antwortete er überschwänglich. »Kostbares Porzellan, Erbjuwelen und so manch anderes *objet d'art*. Ich habe eine Schwäche für alles Schöne, Madam. Genau wie mein Freund Max, das ist nicht zu übersehen.«

De Rohan holte mit seinem Weinglas zu einer weitläufigen Geste aus, mit der er den Raum umfasste. »Wir möchten dich nicht unnötig aufhalten, Kem. Ich bin mir sicher, du wirst bereits anderweitig erwartet.«

Kemble streckte die Brust vor. »Dem ist in der Tat so. Ich werde heute mit einem ganz besonderen Freund zu Abend essen«, ließ er verlauten. »Aber genug von Monsieur Giroux. *Apropos de rien*, alter Junge, mir ist zu Ohren gekommen, dass dir ein neuer Fall zuteil geworden ist.« Er senkte seine Stimme zu einem verschlagenen und leicht entsetzten Flüstern. »Ich nehme nicht an, dass Glückwünsche angemessen wären, oder?«

De Rohan hob eine Braue. »Wie mir scheint, verbreiten sich schlechte Nachrichten mit erstaunlich hoher Geschwindigkeit entlang der Uferpromenade«, gab er trocken zurück.

Kemble beugte sich unerwartet nach unten und zupfte fachmännisch an einer Falte des Tischtuchs. »Oh, in meinem Metier entgeht mir nichts!«, ließ er ihn wissen und strich den Stoff glatt. »In diesem Fall war dein dir treu ergebener Spürhund Sisk gestern bei mir, um der – nun, sagen wir mal – Veruntreuung einer seltenen byzantinischen Ikone nachzugehen. Ich bin mir sicher, er wollte das Verbrechen aufklären, bevor die Runners zum Einsatz kommen.«

Spöttisch lächelnd lehnte de Rohan sich zurück. »Aber liebster Kemble!«, rief er leise aus. »Du würdest doch nie und nimmer mit Dieben und Pfandleihern verkehren, oder?«

Kemble nahm eine nachdenkliche Pose ein. »Das Leben unten an der Uferpromenade ist hart, *n'est-ce pas*, aber irgendwie muss man ja sein tägliches Brot verdienen.«

»*C'est dommage*«, erwiderte de Rohan trocken. »Ich fürchte nämlich, dass es dir nicht gut bekommt, wenn du dich mit den Brüdern aus dem Kittchen einlässt. Sonst könnte es nämlich schnell passieren, dass auch du dort landest.«

Kemble lächelte angestrengt. »Dass du sprachbegabt bist, wusste ich ja, de Rohan«, antwortete er. »Aber dass du in nur einem Satz vom Französischen in die Gaunersprache verfällst …«

»Ich gehe davon aus, du hast mich bestens verstanden.«

»Hab' ich, alter Junge.« Kemble wandte sich mit einem süßlichen Grinsen Catherine zu. »Wussten Sie, Madam, dass unser gemeinsamer Freund hier in sechs Sprachen aufs Schaurigste fluchen kann?«

Catherine konnte nur mit Mühe und Not ein Glucksen unterdrücken.

»Weich jetzt nicht von der gestohlenen Ikone ab, Kem«, knurrte de Rohan.

»Und du, spar dir deinen mürrischen Blick für jemanden anders als *moi* auf!« Kemble legte eine Kunstpause ein, um de Rohan väterlich auf die Schulter zu klopfen. »Für gewöhnlich handle ich nicht mit Diebesgut. Nicht, wenn ich *weiß*, dass etwas gestohlen ist. Um Himmels willen! Meine Seele ist so jungfräulich wie frisch gefallener Schnee.« Er zwinkerte, warf einen letzten verächtlichen Blick auf die Tischdecke und verbeugte sich. »Und jetzt müssen Sie mich entschuldigen. Ich werde umgehend den Wirt dieses Etablissements aufsuchen und ein ernstes Wörtchen mit ihm wegen dieser furchtbar billigen Baumwolllappen wechseln, die er als Tischwäsche benutzt. Was hat er sich dabei gedacht? Da kann einem ja glatt der Appetit vergehen.«

Kemble drehte sich um und wollte gerade seines Weges gehen, als de Rohan ihm zögerlich eine Hand auf den Arm legte. »Einen Augenblick noch, Kemble«, setzte er vorsichtig an. »Du kennst doch eine ganze Menge … *Leute* in der Stadt, nicht wahr?«

»*Merci du compliment*, mein Bester!« Der einstige Kammerdiener Kemble ließ eine seiner formschönen Augenbrauen in die Höhe wandern. »Der Austausch von Informationen ist schon immer meine wahre Berufung gewesen.«

Zögerlich holte de Rohan die Liste hervor, die Cecilia ihm gegeben hatte, und überreichte sie Kemble. »Ich möchte, dass du dir diese Liste ein wenig näher anschaust«, sprach er mit ruhiger Stimme. »Du wirst schnell erraten, worum es geht. Ich hege den starken Verdacht, dass sie nicht komplett sein könnte – und hier kämst du ins Spiel.«

Kemble schaute sich zuerst die krakelige Überschrift genauer an – Cecilia hatte sehr hastig geschrieben – und lächelte verschmitzt, als er sich die Namen durchlas. »Der arme Lord Sands!« Er gluckste. »Ich verstehe, was du meinst, alter Bursche. Die Liste erscheint mir auch ein bisschen zu kurz. Soll ich mich mal ein wenig umhören?«

De Rohan atmete erleichtert aus. Trotz Kembles ausgeprägter Selbstgefälligkeit hatte er seine Finger ständig am Puls von Mayfair – wenn nicht sogar von ganz London –, und seine Quellen waren zudem seriös. Dankbar räusperte sich de Rohan. »Wenn ich darf, würde ich dir morgen gern einen Besuch abstatten.«

Kemble zog nun beide Augenbrauen in die Höhe. »Aber natürlich! Welch eine Ehre!«, erwiderte er und gab de Rohan die Liste zurück, begleitet von abermaligem Schulterklopfen. »Sei so lieb und komm so gegen vier, dann können wir ein Tässchen Tee zusammen trinken. Und bring doch bitte auch den guten alten Mr. Sisk mit. Man weiß ja nie, wann man das Bedürfnis hat, sich die Klauen an etwas Unbeseeltem zu wetzen.«

Catherine schaute Kemble nach, als er davonzuckelte. Ihr Mund verzog sich zu einem leichten Lächeln. »Was für ein interessanter Zeitgenosse!«

»Das denke ich auch jedes Mal, wenn ich die Ehre mit ihm hatte«, entgegnete de Rohan trocken.

Catherines Gesicht hellte sich auf. »Ich mag ihn. Sie haben wirklich nette Freunde.«

De Rohan machte ein mürrisches Gesicht. »Kemble ist nicht mein *Freund.*«

Catherine lachte. »Als was würden Sie ihn denn dann bezeichnen?«

De Rohan runzelte die Stirn und schaute nachdenklich auf das Kalbfleisch vor sich. Wie in aller Welt ließ Kemble sich beschreiben? Er gehörte zu den Menschen, die sich jeglicher Beschreibung entzogen. De Rohan würde sogar darauf wetten, dass Kemble noch das eine oder andere Geheimnis in sich trug. Er erinnerte de Rohan immer an diese fingerfertigen Künstler, die auf fahrenden Jahrmärkten auftraten: Während das Auge bewundernd auf den auffälligen Seidenschal blickte, den er aus einem seiner Ärmel zauberte, spielte sich das wahre Geschehen anderswo ab.

Trotz seiner Kuriosität war es gut, auf einen Mann wie Kem zurückgreifen zu können. Und wenn er jemandem vertraute, versorgte er ihn mit reichhaltigen Informationen. Seitdem de Rohan ihn im Zuge der Wirrungen um den Nazareth-Zirkel kennen gelernt hatte, hatte er ihn bereits das eine oder andere Mal in diversen Angelegenheiten aufgesucht. Kem kannte jeden und war über alles bestens informiert.

»Na gut«, gab de Rohan zähneknirschend zu. »Er ist ein Freund von mir.«

Sichtlich befriedigt lehnte Catherine sich zurück und stocherte wahllos in dem gebratenen Gemüse auf ihrem Teller herum. »Sie untersuchen den Mord an Lady Sands, nicht wahr?«, fragte sie mit verstohlenem Blick. »Ach, du liebe Zeit, ich hatte also Recht, dass es mit Ihnen niemals langweilig wird.«

De Rohan hob eine Augenbraue und schaute Catherine verwundert an. »Ich kann mir beim besten Willen nicht vorstellen, dass es sich ziemt, während des Dinners mit einer Dame Ihres Standes über einen Mordfall zu diskutieren, Lady Catherine.«

Catherine aber hatte Blut geleckt. »Hören Sie mal, ich bin keine dieser zart besaiteten Frauenzimmer«, versicherte sie ihm. »Außerdem bin ich davon überzeugt, dass Sie Lord Sands gestern einen Besuch abstatteten, um das Verbrechen aufzuklären. Ein ausgesprochen grausames Vergehen noch dazu, wenn mich nicht alles täuscht. Die zuständigen Behörden denken doch nicht etwa, Harry könnte etwas damit zu tun haben, oder?« Sie beugte sich verschwörerisch nach vorne. »Natürlich hätte er die Mittel, ein Motiv und die Gelegenheit, aber wohl kaum ... den Mut, habe ich Recht, Mr. de Rohan? Letzteres werden Sie bei ihm vergeblich suchen.«

Wenngleich er es erfolgreich vor ihr verheimlichen konnte, so war er doch über die Maßen erstaunt, wie sehr ihre Logik der seinen glich. Es dämmerte ihm, dass Catherine Wodeway völlig anders war als alle Frauen, die er bisher kennen gelernt hatte. Ja, er fand sie zutiefst begehrenswert, aber es waren ihr gesunder Menschenverstand, ihre praktische Veranlagung und vor allem ihre Bodenständigkeit, die ihn in erster Linie faszinierten und die sie beide auf ein und dieselbe intime Ebene stellten – etwas, das ihm nicht ganz geheuer war. Das aber würde er sie nie und nimmer wissen lassen, egal, wie groß die Versuchung auch sein mochte.

Stattdessen legte er seine Stirn in strenge und abschreckend dunkle Falten, während er Catherine über das schneeweiße

Tischtuch hinweg eindringlich fixierte. Schmuggler, Bordell-Besitzerinnen, Zuhälter, Opiumhändler – hunderte abgehärtete Kriminelle waren unter seinem finsteren Blick butterweich geworden. »Die Untersuchungen zu einem Mordfall«, belehrte er sie, »sind absolut vertraulich.«

Sein einschüchternder Blick zeigte bei Catherine keinerlei Wirkung. »Ich kann mir nicht vorstellen, dass es Harry war«, holte sie gemächlich aus. »Dafür ist er einfach nicht der Typ. Aber vielleicht glauben Sie ja auch, der Mord an Julia könnte etwas mit der Polizeikorruption zu tun haben. Vielleicht hat der Fall etwas mit Bestechung oder Nötigung zu tun. Sind Sie deshalb mit diesem Fall beauftragt?«

Es hatte keinen Sinn, sie dezent vom Thema abbringen zu wollen. »Lady Catherine«, setzte er leicht gereizt an, »können Sie sich denn gar nicht normal unterhalten?«

Sie lehnte sich zurück und blinzelte. »Wie meinen der Herr?«

De Rohan sah sie aus zusammengekniffenen Augen an. »Ich spreche von gepflegter Konversation bei Tisch«, klärte er sie auf. »Gibt es denn keine aufwändige Stickarbeit, mit der Sie sich derzeit beschäftigen? Können Sie mir kein Kräuterheilmittel für meine unablässigen Kopfschmerzen empfehlen? Oder vielleicht haben Sie ein Faible für Schauerromane, über die Sie gern plaudern würden?«

»Eigentlich nicht ...« Catherine schüttelte den Kopf. »Nein, ich lese im Grunde nicht so sehr viel.«

De Rohan spürte, wie sein Kiefer zu mahlen begann. »Vielleicht ziehen Sie es gar vor, sich über die neueste Hutmode der Damenwelt zu unterhalten. Sie könnten sich – auch wenn ich diese Frage für gewöhnlich alles andere als begrüße – erkundigen, warum ein Mann wie ich ›in fortgeschrittenem Alter‹ noch immer nicht verheiratet ist. Mit anderen Worten: Sollten Sie nicht lieber eine Plauderei über typisch weibliche Themen in Gang setzten, statt sich in Angelegenheiten zu mischen, die nicht für die Ohren einer Lady bestimmt sind?«

Catherine hatte verstanden, doch in ihren rehbraunen Augen blitzte nur Belustigung auf. »Also wirklich, Mr. de Rohan!« Catherine stützte nun ihr Kinn auf die Faust auf und schien ihn fast auszulachen. »Ich kann mir lebhaft vorstellen, dass ein Mann mit Ihren intellektuellen Fähigkeiten das Gerede über Stickereien oder Romane als nervtötend empfindet. Vielleicht rühren daher Ihre Kopfschmerzen. Kann es sein, dass es in Ihrem Leben viele langweilige Frauen gibt?«

»Mit der Zeit werden alle Frauen langweilig«, versicherte er ihr und erwiderte ihr Lächeln halbherzig.

Etwas in ihren Augen flackerte auf. »Mit Ausnahme meiner Wenigkeit.«

De Rohan war sprachlos. Er löste seinen Blick mit Gewalt von ihr, aus Angst, sie könnte Recht haben. Sie war eine verdammt interessante Frau ... die zudem noch gefährlich schön war.

Catherine kehrte zum eigentlichen Thema zurück. »Wie dem auch sei, ich vermute stark, dass einer von Julias Liebhabern der Täter ist«, spekulierte sie mit zusammengezogenen Augenbrauen. »Das passiert oft in solchen Fällen, müssen Sie wissen.«

»Lady Catherine, ich glaube wirklich nicht, dass ...«

Plötzlich weiteten sich ihre Augen vor Aufregung. »Jetzt hab ich's!«, rief sie aus. »Vielleicht hat eine der eifersüchtigen Ehefrauen jemanden angeheuert – einen dieser Schlägertypen –, der die gute alte Julia kaltmachen sollte.«

Fasziniert schaute er sie an. »*Kaltmachen*?«

Catherine nickte ernst. »Eifersucht ist eine teuflische Angelegenheit, Mr. de Rohan«, klärte sie ihn auf. »In meiner Heimatstadt Cheston-on-the-Water hat die Frau des Bäckers versucht, ihren Mann kaltzumachen. Und das wegen dieser kleinen grauen Maus Molly Spratt, die im Pfarrhaus putzte.«

»Molly Spratt?«

»Arsen«, ließ sie ihn mit sachlicher Stimme wissen. »Im Brotteig.«

»*Arsen*?«

»O ja.« Catherine nickte eifrig. »Der arme Kerl hat sie auch noch dabei gesehen, aber er dachte, das grauweiße Pulver wäre eine neue Sorte Hefe. Tod durch Arsen ist grausam: Krämpfe, Zuckungen und bösartiges Würgen.«

»Hefe?«, fragte er trocken.

»Arsen«, berichtigte sie ihn unbeirrt. »Aber der gute alte Dr. Clayton – er ist der ortsansässige Arzt – konnte ihn gerade noch rechtzeitig retten.«

»Lady Catherine, bitte ...«

Catherine schüttelte den Kopf. »Es war Eifersucht, lassen Sie sich das gesagt sein.« Im nächsten Augenblick senkte sie ihre Stimme. »Dies ist meiner Meinung nach der passende Moment, um Ihnen von ... meiner Schwägerin zu erzählen.«

Wider besseren Willen hatte sich de Rohans Neugierde geregt. »Tun Sie das.« Im Schein der Kerzen wirkte Catherines Gesicht eine Spur blasser. »Cassandra war die erste Frau meines älteren Bruders«, sprudelte es aus ihr hervor. »Das Schlimmste haben wir geheim halten können, aber ich kann Ihnen sagen, es ist nur dem Glück zu verdanken, dass ich nicht gesellschaftlich geächtet werde. Wenn ich Ihnen die Geschichte nicht erzähle, wird es früher oder später jemand anderes tun. Vor allem, wenn wir so weitermachen wie jetzt.«

De Rohan war versucht zu lachen, wusste aber nicht, was ihn dazu verleitete. »Wenn wir was wie weitermachen?«

»Wenn wir einander weiterhin näher kommen, natürlich«, sagte sie, begleitet von einem zaghaften Lächeln. »In Cassandras Fall war es der Pfarrer von St. Michael's. Können Sie sich das vorstellen?«

»Ihr Bruder hat also den Pfarrer *kaltgemacht*?«, neckte er sie.

Catherines Miene versteinerte. »Sie wissen Bescheid?«

Um Gottes willen, erzählte sie ihm gar eine wahre Begebenheit? Verdutzt schüttelte er den Kopf. »Nein, ich weiß gar nichts.«

»Dem Himmel sei Dank.« Catherine lächelte leicht verkrampft. »Aber das war Jahre später, und auch nur, weil er meine Nichte Ariane entführt hatte. Der Pfarrer und Cassandra hatten nämlich eine *affaire d'amour*, und als Cassandra die Beziehung beenden wollte, hat er sie umgebracht. Eigentlich glauben wir eher, es war ein Unfall, aber man kann sich da nie ganz sicher sein, vor allem nicht nachdem …«

»… Ihr Bruder ihn ins Grab befördert hat?«, warf er ein.

Catherine nickte fast fröhlich. »Ja, doch das war nach der Entführung. Es war aber mein *jüngerer* Bruder, der ihn erschoss. Die ganze Chose ist ziemlich verworren.«

»So langsam verstehe ich.« De Rohan hatte keinen blassen Schimmer. »Noch etwas Wein?« Vorsichtshalber hatte er die Karaffe bereits angehoben und hielt sie ihr einladend hin.

Ihr Lächeln wurde stärker. »Danke vielmals,« erwiderte sie, während er ihr nachschenkte. »Anregende Gespräche machen durstig, nicht wahr? Wo waren wir stehen geblieben?«

De Rohan seufzte, stellte die Karaffe wieder ab und stützte sich in einer resignierenden Geste mit den Ellbogen auf. »Wenn ich mich recht entsinne, ging es um einen Ihrer Brüder, der jemanden erschossen hat.« Er hatte zur zerknitterten Tischdecke gesprochen. »Den Pastor, nicht wahr?«

»Nein, es war der Pfarrer«, korrigierte sie ihn. »Aber genug des Familientratsches. Was ich damit eigentlich nur zum Ausdruck bringen wollte, ist, dass ich … in keinster Weise zart besaitet bin. Ich könnte Ihnen sogar eine große Hilfe sein. Dass ich über einschlägige Erfahrungen verfüge, wissen Sie ja jetzt.«

Vor Verzweiflung leerte de Rohan sein Glas in einem Zug. »Auf welchem Gebiet, wenn ich fragen darf?«

»In Mordfällen natürlich!«, kam ihre besonnene Antwort. »Und seitdem Isabel die fixe Idee hatte, mich in die gehobeneren Kreise einzuführen – oder besser gesagt, mich wie ein Lamm zur Schlachtbank zu führen –, sollte ich das wenige an Freizeit, was mir bleibt, sinnvoll nutzen.«

Am Tisch war es mucksmäuschenstill geworden.

De Rohan war das Blut in den Adern gefroren. Blitzschnell fing er ihren Blick ein. »Verdammt noch mal, an was genau hatten Sie denn *gedacht*?«

Die Geschäftsinhaber am benachbarten Tisch verstummten und einer von ihnen lehnte sich mit gespitztem Ohr und der Gabel in der Hand zurück. Catherine warf ihm einen kurzen vorwurfsvollen Blick zu, bevor sie ihm wieder den Rücken zukehrte. »Also wirklich, Mr. de Rohan!«, schalt sie ihn mit neckischem Unterton. »Isabel ist der Meinung, dass denen, die sich einer derartigen Ausdrucksweise in der Öffentlichkeit bedienen, die Pforten des Himmels verschlossen bleiben.«

»An was Sie gedacht hatten?«, wiederholte er.

Catherine hielt seinem Blick noch immer stand, aber ihr Lächeln begann leicht zu bröckeln. »An was schon? Ich könnte Nachforschungen anstellen«, lautete ihre Antwort, die sie mit einer luftigen Bewegung unterstrich. »Mehr nicht. Die Damenwelt tauscht doch unablässig die neuesten Gerüchte aus – was im Übrigen meine einzige typisch weibliche Eigenschaft ist, ehrlich. Ich kann weder gut sticken noch malen. Und seien wir mal ehrlich, was ist schon der Unterschied zwischen handfestem Klatsch und einer Polizeibefragung?«

De Rohan rieb sich mit der Hand das Gesicht. »Catherine«, setzte er an, wobei er übertrieben deutlich sprach. »Ihr verstorbener Ehemann, hat er Sie je geschlagen?«

Catherine reagierte mit einem glucksenden Geräusch, während sie über de Rohans Hand streichelte. »Wer? Will?«, fragte sie ungläubig. »Will war ein wahrhaft warmherziger Mensch.«

Will. Ihr Ehemann hatte also Will geheißen, was de Rohan eigentlich gar nicht wissen wollte. Wieder ein Detail aus Catherine Wodeways Leben, auf das er gut und gern verzichten konnte. Genau wie er nicht über jenes verhängnisvolle Gefühl nachdenken wollte, das immer dann in ihm aufloderte, wenn er mit ihr zusammen war. Er weigerte sich, es Reue zu nennen. Ja, sie war liebenswert, interessant und augenscheinlich ein sehr willensstarker Mensch, aber sie brachte ihn auch gehörig auf die Palme. Warum sollte er etwas anderes als pure Lust für sie empfinden? Er hatte seinen Lebensweg gesucht und gefunden und war nicht gewillt, auf einmal eine andere Richtung einzuschlagen. Davon abgesehen konnte er seine Entscheidungen ohnehin nicht rückgängig machen. Sein früheres Leben existierte nicht mehr, war tot. Genau wie ihr Ehemann. Und sein Vater.

Plötzlich wurde ihr Lächeln wärmer. »Mr. de Rohan, warum kehren wir nicht in die Mortimer Street zurück, wo wir allein sind?«, schlug sie vor. »Ich werde Ihnen ein Glas Portwein einschenken, und wir können in aller Ruhe darüber sprechen, wie ich Ihnen helfen kann.«

De Rohan blieb unerbittlich. »Sie können mir nicht helfen«, antwortete er. »*Nie und nimmer.*«

Er wusste selbst nicht, was er damit gemeint hatte und Catherine wirkte verärgert. »Aber das ist doch dumm. Sie lassen ja auch diesen Mr. Kemble mithelfen.«

»Catherine!«, explodierte de Rohan. »Er ist ja auch ein Mann, Himmel, Arsch und Zwirn!«

Sie lächelte ihn viel sagend an. »Ich bin mir nicht sicher, ob er wirklich so männlich ist.«

Wütend schleuderte de Rohan seine Serviette auf den Tisch.

»Jeder, der schon einmal mit ihm zusammen in einer auswegslosen Situation in einer dunklen Gasse gesteckt hat, würde mir das bestätigen«, zischte er. »Genau das ist mir nämlich passiert. Auf ihn ist wenigstens Verlass, bei ihm weiß ich, dass er sich rational verhält.«

Catherine wedelte beschwichtigend mit der Hand. »So beruhigen Sie sich doch«, bat sie ihn mit leiser Stimme. »Ich mag ihn ja auch. Sehr sogar. Ich wollte doch nur ein Beispiel liefern.«

»Ein Beispiel wofür?«

»Dass Menschen oft nicht das sind, was sie zu sein scheinen.«

Er wusste genau, worauf sie hinauswollte. »O nein!« De Rohan warf ihr einen finsteren Blick zu und verdammte ihre Fähigkeit zum logischen Denken. »Nein, nein und nochmals nein!«

Catherine klimperte wie ein Unschuldslamm mit den Wimpern. »Nein was?«

»Einfach nur *nein*! Ein Nein zu allem, was Sie vorgeschlagen haben, zu allem, was Sie gefragt haben, und zu allem, was Sie sich noch so einfallen lassen werden.«

»Zu allem?«, wiederholte sie mit einem kehligen Flüstern.

De Rohan überkam erneut das Gefühl, jemand würde ihm den Hals zuschnüren. Gütiger Gott, sie bezirzte ihn.

»Ja«, brachte er mühsam hervor und versuchte, möglichst selbstsicher zu klingen. »Absolut.«

»Wirklich zu *allem*?«, hakte sie mit bedeutungsschwangerer Stimme nach. »Ganz sicher?«

De Rohan verlieh seinem Gesichtsausdruck eine gewisse Härte. »Habe ich das eben nicht klar und deutlich herausgestellt?«

Sie löste sich aus seinem Blick, und Röte schoss ihr in die Wangen. »Woher wollen Sie denn so genau wissen, woran ich gedacht habe?«, erkundigte sie sich vorsichtig.

Für einen langen Moment herrschte Stille auf beiden Seiten des Tisches. Der Geräuschpegel und der Duft des guten Essens schwanden aus de Rohans Bewusstsein. Er empfand nur noch eine unangenehme Mischung aus Reue und Verlangen. Aber selbst für einen tapferen Mann gab es Risiken, die er nicht eingehen konnte. Catherine verkörperte ein derartiges Risiko.

»Ich denke schon, dass ich weiß, was in Ihrem Kopf vorging, Catherine«, meldete er sich zu Wort. »Aber nichtsdestoweniger wird meine Antwort immer *nein* lauten.«

Ein Teil von ihm wollte das Gesagte noch im selben Moment zurücknehmen, aber er tat es nicht. Sie mochte anders sein als andere Frauen, doch er wollte seine Erfahrungen von einst nicht wiederbeleben. Selbst wenn sie schonungslos offen miteinander umgingen, würde am Ende ihrer Liaison doch nur Schmerz stehen. Egal, ob sich sein Büro in Whitehall oder Wapping befand. Er lebte in einer gänzlich anderen Welt als die oberen Zehntausend, die auf ihn im gnädigsten Fall als recht wohlhabenden Mann und im schlimmsten Fall als einfachen Polizisten herabschauten. Er war stolz auf den von ihm erwählten Beruf, hatte sich aus freien Stücken für den Polizeidienst entschieden – im vollen Bewusstsein dessen, was er aufgab. Sein Beruf hatte oberste Priorität. So hatte er es sich immer gewünscht. Und deshalb war er auch nicht gewillt, sich anderen gegenüber zu erklären oder zu rechtfertigen. Er war niemandem Rechenschaft schuldig.

Kapitel 7

»Die Tugend an sich ist etwas Wunderschönes, umgarnt uns beim ersten Anblick und fasziniert uns mit zunehmender Bekanntschaft mehr und mehr.«
Lord Chesterfield, 1776,
The Fine Gentleman's Etiquette

Sie beendeten ihre Mahlzeit ohne viele Worte, und ehe de Rohan sich's versah, hatte er die Rechnung beglichen und führte Catherine hinaus in die Nacht, die ihm erheblich kälter vorkam als zuvor. Der Wind war stärker geworden, in Richtung Oxford Street waren zwei Straßenlampen seiner Launenhaftigkeit zum Opfer gefallen. Trotz der angespannten Stimmung zog de Rohan Catherine instinktiv ein wenig näher zu sich heran. Er widerstand jedoch dem Impuls, sie so dicht wie möglich an sich heranzuziehen, um sie zu wärmen.

Ein imposanter schwarzer Vierspänner bog von der Princes Street auf die Durchgangsstraße ab und fuhr klappernd an ihnen vorbei. Plötzlich brachte der Kutscher das Gefährt unweit der Tür des Wirtshauses zum Stehen. Die mit einem Wappen verzierte Kutschentür – es war jedoch zu dunkel, um es genau zu erkennen – wurde aufgestoßen, und ein Hut samt wippenden schwarzen Federn kam zu Vorschein. »Max!«, rief eine gedämpfte und zugleich verzweifelte Stimme. »Sind Sie das? Welch ein Glück!«

Ein Diener Lady Delacourts, der sich bereits neben der Kutschentür positioniert hatte, wusste nicht, ob er seiner Herrin nun heraus- oder gar wieder hineinhelfen sollte. Besorgt eilte de Rohan ein Stück zurück, wobei er Catherine mit sich zog, die noch immer eingehakt an seinem Arm hing.

Aufgeregt winkte Cecilia ihn näher. »Oh, Max«, entfuhr es ihr. »Bitte steigen Sie ein. Ich muss Sie dringend sprechen.«

De Rohan holte Catherine dichter an sich heran. »Guten Abend, Lady Delacourt«, begrüßte er sie mit gedämpfter Stimme. »Ist alles in Ordnung?«

»Oh«, erwiderte Cecilia spitz. »Was ist momentan schon so, wie es sein sollte?« Sie hielt kurz inne und blinzelte in die Dunkelheit. »Meine liebe Lady Catherine, ich habe Sie gar nicht erkannt. Bitte verzeihen Sie mir diese Nachlässigkeit.«

Angetrieben durch die Verzweiflung, die in Cecilias Stimme mitschwang, half de Rohan Catherine in die Kutsche, bevor auch er einstieg.

»Haben Sie tausend Dank!«, rief Cecilia erleichtert aus, als der Diener die Tür geschlossen hatte. »Es tut mir Leid, Sie zu solch später Stunde noch zu belästigen, aber ich komme gerade von Harry. Er befindet sich in einem außerordentlich schlimmen Zustand! Max, es geht um das Kollier, um den Sands-Saphir. Er ist verschwunden.«

De Rohan atmete tief aus. »Sind Sie und Harry sich da absolut sicher?«

»Sind wir.« Im Schein der Lampe, die den Innenraum der Kutsche erhellte, konnte de Rohan Cecilias blasses und angespanntes Gesicht erkennen. »Weil Genevieve es nicht gefunden hat, haben Harry und ich ein weiteres Mal das Haus auf den Kopf gestellt. Wir haben uns durch sämtliche Schubladen und Schreibtische gewühlt – nichts. Vor lauter Verzweiflung habe ich sogar einen Diener nach Holly Hill geschickt, weil ich hoffte, dass Julia die Kette vielleicht wieder in den Safe hatte legen lassen, aber Fehlanzeige. Max, es war ein Familienerbstück.«

Eine unschöne Ahnung beschlich de Rohan. »Es gibt also keinen Zweifel daran, dass es in der Mordnacht aus Julias Juwelentruhe entwendet worden ist?«

Cecilia nickte. »So muss es gewesen sein«, stimmte sie ihm zu. »Das einzig Gute an der Sache ist, dass wir nun einen Beweis für Harrys Unschuld haben. Warum in aller Welt sollte er sein eigenes Hab und Gut entwenden?«

»Gute Frage«, murmelte de Rohan, der es nicht übers Herz

brachte, Cecilia davon zu unterrichten, wie oft Menschen sich dieser Arglist bedienten. Ein paar Kratzspuren mit einer Feile um den Fensterriegel herum, einige Schmuckstücke in der Regenrinne deponiert und *voilà*, schon hatte man ein Mordmotiv: einen Einbrecher, der offenbar *in flagranti* erwischt worden und ausgerastet war. Im gleichen Moment aber verwarf de Rohan diese Theorie wieder. Etwas stimmte hier nicht …

»Ein Verdächtiger könnte argumentieren, dass das Verschwinden des Kolliers nur eine Falle ist.«

Catherines Worte rissen de Rohan aus seinen Gedanken: »Aber hätte Ihr Bruder wirklich etwas derartig Furchtbares getan, so hätte er sich dafür nie und nimmer ein Familienerbstück ausgesucht. Er hätte sicherlich etwas anderes Kostbares genommen, aber nichts, an dem sein Herz so sehr hängt.«

»Das stimmt«, hörte de Rohan sich sagen. Gütiger Gott, ihr Verstand war ebenso flink wie ihre Zunge.

Catherine rutschte aufgeregt nach vorne auf die Kante der Sitzbank. »Lady Delacourt, wurde wirklich nur diese eine Kette entwendet? Viele Damen besitzen nämlich eine Vielzahl von Schmuckstücken.«

»Sie haben natürlich Recht!«, entfuhr es Cecilia, die nun ein hoffnungsvolleres Gesicht machte. »Der Dieb hat ein kleines Vermögen zurückgelassen und nur das kostbarste Stück mitgenommen. Warum nur hat er die anderen Juwelen nicht angerührt?«

»Diese Frage verlangt nach einer Antwort, meinen Sie nicht auch?«, warf Catherine nachdenklich ein.

Gedankenverloren lüftete de Rohan seinen Hut und fuhr sich mit der Hand durch die Haare. »Ich hätte gern die restlichen Juwelen, Cecilia«, ließ er mit ruhiger Stimme verlauten. »Wird Ihr Bruder damit einverstanden sein?«

Cecilia schaute verwundert drein. »Aber selbstredend! Schicken Sie einfach morgen jemand bei ihm vorbei. Ach ja, da wäre noch eine andere Sache. Harrys Finanzen. Soweit ich das beurteilen kann, ist alles so, wie es sein sollte. Was Harry und seine Gläubiger betrifft, so ist er ihnen gegenüber etwas nachlässig gewesen, aber hier erschöpft sich die Angelegenheit auch schon.«

Catherine lachte leise auf. »Wenn Sie mich fragen, Lady Delacourt, müssten über zwei Drittel der Bewohner Mayfields bereits das Zeitliche gesegnet haben, wenn jede unbezahlte Rechnung Anlass für einen Mord gäbe. Es muss also mehr dahinter stecken.«

»Das fürchte ich auch.« Cecilia runzelte die Stirn und schaute zu de Rohan. »Wachtmeister Sisk hat bereits einen Großteil von Julias Besitztümern untersucht, bis auf ihre Schriftdokumente, die sich noch in Holly Hill befinden, darunter einige alte Tagebücher, ein Adressbuch und einige Korrespondenzen. Soll ich Ihnen die Dokumente vorbeibringen? Vielleicht am Sonnabend?«

Sonnabend. An jenem Tag hatte er eigentlich beabsichtigt, mit seiner Großmutter zu Abend zu essen. »Ja«, antwortete er und bemerkte die dunklen Ringe unter Cecilias Augen. Nonna Sofia würde warten müssen. Er würde Nate mit einer Nachricht zum Wellclose Square schicken.

Von Dankbarkeit erfüllt, lehnte Cecilia sich nach vorne und ergriff de Rohans Hand. »Danke schön«, wisperte sie mit brüchiger Stimme. »Oh, Max! Haben Sie tausend Dank.«

De Rohan lächelte milde. »Aber nun, meine Verehrteste, sollten Sie sich wieder auf den Weg nach Hause machen. Am besten ohne Umschweife.«

»Das hatte ich auch vor. Schließlich sitzt mein Mann allein zu Hause mit einem Baby, das an Koliken leidet.«

Cecilia lehnte sich zu Catherine hinüber und ergriff nun auch ihre Hand. »Und Sie, liebe Catherine! Wie froh ich doch bin, dass wir nun Freundinnen sind. Möchten Sie und Isabel mir nicht sobald als möglich einmal einen Besuch abstatten? Vielleicht sogar schon morgen?«

»Aber sicher doch, wenn Sie es wünschen.« Catherine klang ein wenig überrascht.

Cecilia lehnte sich wieder zurück. »Dann möchte ich Ihnen beiden noch einmal herzlich danken und mich für die Störung Ihres …« Sie hielt inne und suchte nach den richtigen Worten, wobei sie leicht rot anlief. »… Abends zu zweit entschuldigen.«

De Rohan wusste nicht, was er sagen sollte. Wie ließ sich das, was Catherine und ihn verband, beschreiben? *Einen Abend zu zweit?* Das war ein wahrhaft bedeutungsschwangerer Satz. Er beschloss, nicht weiter darüber nachzudenken, öffnete die Tür, sprang heraus und half Catherine auf die Straße. Im nächsten Augenblick schwang Cecilias Kutscher die Peitsche, und schon rumpelte die Kutsche in die Nacht hinein.

Sie gingen still nebeneinander her. Catherine hielt sich ein wenig auf Distanz, ihre Hand berührte nur flüchtig seinen Arm. Es hatte fast den Anschein, als wäre die Unterhaltung mit Cecilia bereits vergessen; stattdessen steckten die Worte, die er im Wirtshaus gesprochen hatte, wieder wie ein unsichtbarer Keil zwischen ihnen. Er bedauerte das Gesagte, war aber der Meinung, dass es notwendig gewesen war, ihr den Wind aus den Segeln zu nehmen. Schon um seines eigenen Verstandes willen.

Die Häuser entlang der Straße lagen im Dunkeln, da die meisten Laternen vom Wind ausgeblasen worden waren. An der nächsten Straßenecke, auf die sie zusteuerten, kämpfte eine Flamme vergebens um ihr Leben. Aufgrund der eingeschränkten Sicht waren de Rohans übrige Sinne in höchste Alarmbereitschaft versetzt – ein Reflex, der durch die jahrelange Arbeit in stockfinsteren Gassen und auf nebelverhangenen Flüssen bestens geschult war. Seine Nase beispielsweise fing den zarten Duft ein, den Catherines Haar verströmte, und er konnte das Salz und den Rauch schmecken, die in der feuchten Luft hingen. Seine Ohren registrierten die sanften Töne eines Haydn-Quartetts, welches der Wind ihm aus einem eleganten Salon am Cavendish Square zutrug. Er sog all das in sich auf, es war ihm zum Reflex geworden, genau wie das Atmen. So kam es auch, dass de Rohan den Mann, der sich in der Finsternis auf sie zubewegte, spürte, bevor er ihn sah.

Intuitiv zog er Catherine näher zu sich heran und warf einen kurzen Blick über seine rechte Schulter. Nichts. Er versuchte, das Unbehagen abzuschütteln, das ihn mit einem Mal beschlich. Es war einfach ein seltsamer Abend gewesen, das war alles. Aus Sicherheitsgründen wollte er mit Catherine die Straßenseite wechseln, aber ein passierender Tafelwagen schnitt ihnen den Weg ab. Das Licht der Kutschenlampe jedoch hatte ausgereicht, die Silhouette des Mannes vor ihnen zu erhellen.

Der Wagen rumpelte vorbei, und die Dunkelheit hüllte sie wieder ein. De Rohan ballte eine Faust um den Knauf seines Spazierstocks und verlagerte das Gewicht auf die Fußballen.

Der Mann kam näher, seine Schritte wurden langsamer. »Entschuldigen Sie bitte«, sprach eine geisterhafte Stimme. »Können Sie mir sagen, wie ich am besten zur ›Enrietta Street‹ komm?«

De Rohan deutete mit dem Kopf kurz über seine Schulter. »Die Henrietta Street ist gegenüber vom Cavendish Square«, erklärte er kurz angebunden. »Gehen Sie weiter geradeaus, dann können Sie sie gar nicht verfehlen.«

Durch die dichten Nebelschwaden hindurch spürte Catherine, wie der Mann seine Hand hob.

»Danke auch«, erwiderte er mit seltsam sanfter Stimme. Im Augenblick darauf machte es *schnapp*, und Catherine hörte, wie de Rohan einen leisen Fluch ausstieß.

Der Fremde lachte. »Kein Grund zur Beunruhigung, Sir«, zischte er, als de Rohan sich vor Catherine stellte. »Wenn die Lady mir ihre Klunker am Ohr jibt, bin ich schon so juht wie von hier wech, klar?«

Catherines Schulter wurde unsanft gegen eine Hauswand gedrückt, als de Rohan sie zurückdrängte. »Treten Sie zur Seite, Sie Idiot!«, fauchte er. »Ich bin ein Offizier der Krone, und die Lady befindet sich unter meinem Schutz!«

»Die Klunker oder mein Messer?«, knurrte der Fremde und machte einen Schritt auf sie zu. »Wat is' Ihnen lieber?«

Danach ging alles Schlag auf Schlag. Der Unbekannte machte einen Schritt nach vorne auf sie zu, und Catherine merkte, wie de Rohan sämtliche Muskeln anspannte. Wenngleich sie es nicht genau erkennen konnte, spürte sie, wie sein Arm nach schräg oben peitschte. Der Mann duckte sich und machte einen Satz nach vorn. Wie ein geölter Blitz kam de Rohans Spazierstock nieder und krachte mit einem Geräusch, das einem den Magen umdrehte, gegen Knochen. De Rohan schleuderte den Fremden, der nun vor Schmerzen schrie, gegen die Häuserwand. Das Klappmesser des Angreifers fiel klirrend auf den Bürgersteig.

Im selben Moment wurde Catherine rücklings angegriffen. Eine kalte Hand legte sich auf ihre Schulter und zerrte an ihrer Kette, bis sie fast keine Luft mehr bekam, weil ihr die Perlen in die Haut schnitten.

De Rohan wirbelte herum und brachte Catherine zwischen sich und die Mauer. Wieder flog sein Stock in die Höhe, und der zweite Angreifer taumelte rückwärts. Das Schloss der Kette riss. Catherine holte schwer keuchend Luft.

»Haltet den Dieb!«, brüllte de Rohan in die Nacht hinein.

Vom Cavendish Square her vernahm Catherine schwere Schritte, die auf sie zusteuerten. Plötzlich tauchte der komische Mann aus dem Wirtshaus auf.

»Max, hinter dir!«, warnte Mr. Kemble seinen Freund.

Flink wie ein Wiesel wirbelte de Rohan um die eigene Achse. Catherines Perlen sprangen klickend auf das Kopfsteinpflaster, als Kemble den Dieb in den Straßendreck beförderte.

Catherine konnte hören, wie de Rohan auf den ersten Angreifer eindrosch. Fäuste bohrten sich in weiches Fleisch. Sie hörte Grunzen und Flüche. Jemand gab Würgegeräusche von sich. Als de Rohan den Dieb so weit bearbeitet hatte, dass dieser aufgab, stieß er einen langen kräftigen Fluch auf Italienisch aus. Catherine presste sich flach gegen die Häuserwand, wollte ihm ja nicht in die Quere kommen.

Auf der gegenüberliegenden Straßenseite wurde ein Fenster aufgerissen. Gelbes Lampenlicht flutete auf die Straße.

»Mörder! Mörder!«, kreischte die Person.

Eine Hand über den Mund gelegt, starrte Catherine auf das Geschehen, das nun sichtbar wurde. De Rohan hatte den Fremden mit seinem Spazierstock derart gegen die Wand gedrückt, dass dessen Füße nicht mehr den Boden berührten, und rammte ihm nun mit einer Kraft, die Catherine gelinde gesagt schockierte, wieder und wieder sein Knie zwischen die Beine. Den Stock hielt er so fest gegen den Hals des Übeltäters gepresst, dass dieser kaum mehr Luft bekam. Hilflos boxte und trat der Mann in der Luft hängend um sich. De Rohan aber drosch immer weiter auf ihn ein.

Aus den Augenwinkeln sah Catherine Kemble aus dem Schatten treten. Mit einer Kraft, die man ihm nicht zugetraut hätte, schleppte er den zweiten Dieb auf den Bürgersteig und warf ihn wie ein Bündel zu de Rohans Füßen. Catherine sah, wie Kemble sich ein gefährlich aussehendes Stück Metall von den Fingerknöcheln zog und es in seiner Manteltasche verschwinden ließ. Ruhig stand er neben de Rohan und schaute zu, wie dieser den ersten Angreifer fast erwürgte. Die Zunge des Mannes quoll bereits zwischen seinen blau angelaufenen Lippen hervor.

»Also wirklich, Max, musst du denn ausgerechnet mitten in Marylebone einen Mord begehen?«, fragte Kemble trocken.

So, als wäre er gerade in die Realität zurückgeholt worden, stieß de Rohan einen befriedigten Seufzer aus, zog seinen Gehstock zurück und ließ den Mann die Mauer aus Backstein hinunterrutschen Der Überwältigte fasste sich sogleich keuchend an den Hals und ergab sich, bevor er vornüber und auf seinen Partner fiel.

»*Vaffanculo*!« De Rohan bespuckte ihn, wirbelte herum und schnappte sich Catherine.

Mit einer groben Bewegung zog er sie in das trübe Licht. »Gütiger Gott, haben Sie sich verletzt?«, fragte er und ließ seinen harten dunklen Blick an ihr herunterwandern. Nur die Tatsache, dass er ihren Arm so fest hielt, als wäre dieser in einen Schraubstock gespannt, verriet, wie groß seine Angst um sie war.

»Mir … mir geht es gut«, stammelte sie. »Was … was haben Sie zu ihm gesagt?«

Obgleich es finster war, spürte sie, wie seine Anspannung langsam nachließ. »So etwas wie *Steck ihn dir in den Allerwertesten*«, murmelte er. »Und wenn ich mich recht entsinne, ist Ihnen diese Floskel nicht ganz unbekannt.«

Catherine unterdrückte ein hysterisches Lachen. In Wirklichkeit zitterte sie bis zu den Schuhen, was auch de Rohan nicht verborgen blieb. Er legte ihr seine kräftige und warme Hand auf den Rücken und zog sie ein wenig näher zu sich heran. »Mein Gott, Catherine!«, raunte er in ihr Haar.

Wortlos drückte sie ihre Schläfe in den weichen Stoff seines Mantels und verschmolz mit dem wohligen Duft warmer Wolle und männlicher Hitze.

Kemble stieß die stöhnenden Männer mit der Spitze seines Stiefels an. »Kennst du einen von diesen netten Burschen hier, alter Freund?«

Max schüttelte den Kopf. »Nichtige Langfinger«, urteilte er grimmig. »Ich hätte darauf vorbereitet sein sollen, als der Wind stärker wurde.«

Während Kemble nach etwas in seiner Manteltasche suchte, behielt er die Diebe fest im Auge. Mit einem triumphierenden Lächeln brachte er seine Hand wieder zum Vorschein.

»Für Sie, Madam.« Er ließ die Perlen gekonnt aus der geballten Hand gleiten, sodass er das letzte Kettenglied mit der Spitze seines Zeigefingers auffing. »Kommen Sie im Laufe der nächsten Woche doch einmal in meinem Laden vorbei. Es wird mir eine Ehre sein, die Kette für Sie zu reinigen.«

Sie stieß einen Schrei der Erleichterung aus und pflückte die Perlenkette von seinem Finger. Max, der noch immer die Burschen im Auge hielt, strich ihr immer und immer wieder mit sanften Bewegungen über den Rücken.

»Ich stehe in deiner Schuld, Kem«, meldete er sich zu Wort. »Wieder einmal.«

»Neue Handschuhe wären prima, wenn du mich schon

fragst!«, stimmte Kemble ihm zu und schaute dabei naserümpfend auf seine Hände. »Lass es dir gesagt sein, Max, du bist der Teufel in Person. Diese Blutflecken werden sich nie und nimmer auswaschen lassen.«

»Maurice Giroux soll mir gleich ein Dutzend deiner Handschuhe in Rechnung stellen«, erwiderte de Rohan ironisch. »Wenn das deiner Nörgelei ein für alle Mal ein Ende setzt.«

De Rohan ließ Catherines Hand auch dann nicht los, als er in die Hocke ging, um die Gesichter der Täter näher zu betrachten. Kemble ging neben ihm in die Knie.

De Rohan brummte vor sich hin, während Kem boshafte Bemerkungen ausstieß. Wie ein Fabelwesen, das seine Gestalt nach Belieben verändern konnte, schien Kemble zu einer früheren Wesensform zurückgekehrt zu sein und präsentierte sich nun als spitzzüngiger Geck. Es war kaum eine Stunde her, dass Catherine eine Bemerkung darüber gemacht hatte, wie oft sich Leute als etwas anderes entpuppten, als sie bei der ersten Begegnung vorgaben zu sein – was unter allen Umständen auf Kemble zutraf. Wie aber stand es mit Max de Rohan? Für ihn galt das seltsamerweise nicht. Er war noch immer derselbe, für den sie ihn bei ihrem ersten Zusammentreffen gehalten hatte: schnell, rücksichtslos und – wenn er unter Druck stand – ziemlich brutal. Wie kam es aber, dass ihr noch immer die Knie schlotterten? Sie befand sich doch in Sicherheit. Und sein Handeln war mitnichten unbegründet gewesen.

Hinter ihnen ertönten Stimmen. »Aha«, entfuhr es Kemble, der sich elegant erhoben hatte. »Das wird Maurice sein, der eine Wacheinheit verständigt hat. Am besten bringst du Lady Catherine von hier fort, Max. Ich werde schon dafür sorgen, dass diese Schurken dem Gericht am Queen Square vorgeführt werden. Deine Zeugenaussage kann bis morgen warten.«

Catherine dankte ihm noch einmal überschwänglich dafür, dass er ihre Perlenkette gerettet hatte. De Rohan hatte wieder seine Hand auf ihren Rücken gelegt und zog sie vom Tatort fort. Die nächsten Minuten liefen sie schweigend nebeneinander her, bevor Catherine auf halbem Weg nach Hause die Sprache wiederfand. »Max, was wird mit diesen Männern geschehen? Ich meine, nachdem Sie Ihre Aussage gemacht und sie vor Gericht gestanden haben? Was wird aus ihnen werden?«

Es dauerte einen Augenblick, bevor er antwortete. »Sie werden gehängt, Catherine.«

»Oh!« Für einen kurzen Moment schloss Catherine fest die Augen. »Das erscheint mir so ... hart.«

»Nach heute Abend kommt es mir eher wie ein mildes Urteil vor«, entgegnete er barsch.

»Was auch immer ihre Absicht gewesen sein mag, Sie haben sie daran gehindert, und keiner von uns ist verletzt worden.«

De Rohan stieß einen tiefen Seufzer in die Finsternis aus. Catherine konnte seine Zweifel und Enttäuschung spüren. »Hätten Sie jemanden anders als ausgerechnet Sie überfallen, hätte ich wahrscheinlich auf Deportation gedrängt«, gab er mit ruhiger Stimme zu. »In diesem Land werden Menschen für die kleinste Kleinigkeit gehängt. Das ist auch der Grund, warum Peel eine Reform der Kriminaljustiz anstrebt.«

Catherine erinnerte sich daran, dass dies zu de Rohans Aufgaben im Innenministerium gehörte. »Für diese Männer wäre es doch angemessener, man schickte sie fort, nicht wahr? Dann könnten sie ihre Strafe abbüßen und bekämen eine zweite Chance, sich zu beweisen?«

Wieder schwieg de Rohan eine Weile. »Wenn Sie es wünschen, Lady Catherine, werde ich mich dafür einsetzen.«

Es war eigenartig, denn trotz der Todesangst, die sie soeben durchleiden musste, war es genau das, was sie wollte. »Vielen Dank«, brachte sie hervor. »Auch dafür, dass Sie mich gerettet haben. Sie waren außerordentlich mutig.«

»Oder ausgesprochen dumm«, gab er kopfschüttelnd zurück. »Ich hätte uns direkt eine Kutsche herbeiwinken sollen.«

Gemeinsam verließen sie den Bürgersteig und überquerten die Straße. »Ich habe dem Anschein nach ein wenig zu lange auf dem Land gelebt, nicht wahr?«, fragte sie ihn, ihre Hand noch immer auf seinem Arm. »Wie Sie mir schon einmal sagten: Das Leben in der Stadt ist nicht sicher.«

Max entging der entschuldigende Unterton in ihrer Stimme nicht. Er griff nach ihrer Hand und führte sie zu seinem Ellbogen.

»Ich gebe allein mir die Schuld«, sagte er mit gedämpfter Stimme. Inmitten des Tumults war er dazu übergegangen, sie ohne Titel anzusprechen, und hatte auch nicht vor, jetzt noch einmal dazu überzugehen – nicht an diesem Abend. »Es ist schließlich meine Aufgabe, für Ihre Sicherheit zu sorgen.«

»Aber das haben Sie doch getan«, warf sie ein. »Warum sollte es zu Ihrer Verantwortlichkeit gehören, auf mich Acht zu geben? Schließlich war ich diejenige, die dumm genug war, perlenbehangen und zu Fuß durch die Straßen zu laufen. Sie können schließlich nicht die ganze Welt retten.«

Mitten auf dem Bürgersteig blieb er stehen und stellte sich vor sie. Sein Herz schlug ihm fast bis in den Hals, und für einen flüchtigen Augenblick konnte er nicht mehr atmen. »Es *ist* meine Aufgabe«, erwiderte er mit fester Stimme. »Wenn Sie sich in meiner Begleitung befinden, Catherine, werden Sie immer sicher sein. Immer.«

Sie nickte, und er setzte sich mit steifen Bewegungen wieder in Bewegung. Was hatte er soeben gesagt? Wieso sprach er, als erwartete sie eine gemeinsame Zukunft? Dem war mitnichten so.

Gütiger Herr, in Catherines Gegenwart fühlte er sich beunruhigenderweise sehr wohl, so widersprüchlich es auch klingen mochte. Sie war eine ausgesprochen angenehme Gesellschaft. Sie war weder hochmütig noch angeberisch, sondern ein Mensch mit lieblichem Charakter. Trotz ihrer fehlgeschlagenen Mühen, bei Tisch Konversation zu betreiben, gehörte sie zu jenem seltenen Typus Frau, die sich mit dem Schweigen eines Mannes zufrieden gab und der entstehenden Stille mit einem warmherzigen Lächeln begegnete. Langsam dämmerte ihm, was für ein Glückspilz Will Wodeway gewesen sein musste.

Schnell schüttelte er den Gedanken ab und zog Catherine näher zu sich, um sie sicher die unbeleuchteten Stufen hinaufzugeleiten. Die Stille der Nacht hatte sich über Marylebone gesenkt, überall in den Häusern waren die Kohlefeuer mit Asche bedeckt worden, wodurch leicht säuerlich riechende Rauchspiralen in den Himmel stiegen. Catherine drehte sich zu ihm um, während sie in den Tiefen ihres Ridiküls wühlte, bevor sie einen Schlüssel hervorzog und wieder zu Max aufschaute. Trotz der Finsternis um sie herum spürte de Rohan die Glut ihres Blickes auf seinem Gesicht.

»Ich werde jetzt so unverfroren sein, Mr. de Rohan, und etwas sagen, von dem ich denke, dass Sie es nie sagen würden«, flüsterte sie mit brüchiger Stimme. »Ich würde Sie gern wiedersehen. Wäre das irgend möglich?«

Max sog die kalte Luft tief ein und ließ sie langsam wieder entweichen. »Das wäre alles andere als weise, Cath ... «

»Ich fragte, ob es *möglich* sei«, unterbrach sie ihn sanft. »Und was Weisheit betrifft, so bin ich gern gewillt, einmal ausgiebig mit Ihnen darüber zu diskutieren. Aber nicht jetzt und hier auf einer kalten Treppe.«

Max bemerkte, dass Catherine mit den Zähnen klapperte. Großer Gott, wo war denn der Kavalier in ihm geblieben? Er beugte sich ein wenig vor, um ihr den Schlüssel aus der Hand zu nehmen, aber just in dem Moment, als er ihre Finger berührte, fegte eine Bö die Straße hinunter. Eine Strähne aus Catherines kunstvoller Frisur löste sich und wehte ihm geradewegs ins Gesicht. Sie stand so dicht bei ihm, dass er hören konnte, wie sie tief Luft holte, und erneut stieg ihm der betörende Duft ihres Haares in die Nase. Plötzlich erschien ihm seine Zurückhaltung weniger umsichtig ... als vielmehr idiotisch. Schließlich wäre sie eben fast erwürgt worden. Ja, das Leben war so voller Überraschungen!

Es schien ihm plötzlich das Klügste zu sein, sie einfach an seinen warmen Körper zu ziehen. Mit einem leisen Seufzer lehnte Catherine sich gegen ihn, glitt mit den Händen seinen Mantelkragen hoch und schmiegte ihre Wange an seine Schulter. Ein kaum wahrnehmbares Beben lief durch sie hindurch, und Max blickte hinauf in den Himmel. »*Dio confonda i superbi*«, murmelte er und zog sie enger an sich.

Was ihm vormals als schierer Wahnsinn erschienen war, empfand er nun als absolut angebracht. Er öffnete die Hände und breitete sie auf ihrem wollenen Umhang aus, wobei er die Handinnenflächen geradezu flehentlich gegen ihre Schultern presste. Sie fühlte sich so warm und wunderbar lebendig an. Auch ihre Hände ruhten mit weit gespreizten Fingern auf seinem Mantel. Er hörte, wie dicht bei ihren Füßen Metall auf Marmor traf und klirrend die Treppenstufen hinunterfiel. *Maledizione!* Der verdammte Schlüssel.

Es war ihm einerlei. Wichtig war für ihn nur, dass es sich für einen flüchtigen Augenblick so anfühlte, als gehörte Lady Catherine Wodeway dicht an sein Herz gedrückt. Aufgrund der Tatsache, dass sie von Dunkelheit umgeben waren, fiel es ihm leichter, sich fallen zu lassen. Fast so, als wäre das, was sein Auge nicht erfassen konnte, auch nicht existent – Catherine hingegen fühlte sich äußerst real an. So real, dass er seinen Kopf nach unten beugte und seine Lippen sanft auf die ihren legte. Sehr zu seinem Erstaunen neigte Catherine sogleich ihren Kopf zur Seite und stellte sich leicht zitternd auf die Zehenspitzen, um seinen Kuss zu erwidern. Obgleich sie sich natürlich – ja gar ein wenig unbeholfen gab –, ließ die Explosion nicht lange auf sich warten. Er wurde von unbändiger Begierde gepackt, wie er es niemals zuvor erlebt hatte. Mit einer jähen, schon fast zu rauen Bewegung presste er sie noch fester an sich und vertiefte den Kuss.

Catherine keuchte leicht, zog sich aber nicht zurück. Im Gegenteil, ihre Finger gruben sich tiefer in seinen Mantel, und sie schmiegte sich noch enger an ihn. Ihr Keuchen wandelte sich in ein leises, lustvolles Stöhnen. Er bedeckte ihre Lippen erneut mit seinem Mund, seine Bartstoppeln kratzten an ihrer zarten Haut. Auch ohne die feinen Konturen ihres Gesichts oder ihre sinnlichen Rundungen zu sehen, wusste er, dass er mehr von ihr schmecken wollte. Schon in dem Moment, als er ihre Hand ergriffen hatte und mit ihr über Lord Walrafens Tanzfläche gewirbelt war, hatte pure Lust seinen Körper durchströmt.

Fast so, als könnte sie Gedanken lesen, legte sie den Kopf noch ein wenig mehr zur Seite und öffnete einladend ihre Lippen, gab sich ihm hin. Max nahm ihr Gesicht in die Hände. Die aufsteigende Gefühlswoge, die ihn übermannte, als er seine Zunge in ihren Mund gleiten ließ, war wild und ungestüm, fast unkontrollierbar. Er spürte, wie sich ihre Brüste gegen seinen Oberkörper pressten, und konnte sein eigenes Herz schlagen spüren. Blut schoss ihm in die Lenden. Ihr Duft vernebelte ihm den Verstand. Sein Atem ging schneller und flacher.

Dio mio, dachte er bei sich. Wahnsinn, ein Wahnsinn, den er zu stoppen nicht in der Lage war. Sie war *una bella strega*, eine wunderschöne Hexe. Er musste sich zwingen, das Tempo zu drosseln. Seine Hände wanderten von ihrem Gesicht hinab zu ihrem Hals, den er zärtlich streichelte, bevor er sich noch ein Stück tiefer arbeitete.

Catherine war davon überzeugt gewesen, dass sie Max de Rohan nur noch ein einziges Mal hatte spüren wollen. Aber sein Mund duftete noch immer so sehr nach erlesenem Burgunder – schwer, samtig, berauschend. Sie war süchtig nach ihm. Ihre Zungen wanden sich umeinander, streichelten und erforschten einander. Catherine sog seine Hitze und seinen Duft tief in sich ein. Seine Hände waren stark, sein Mund geschickt. Und dennoch zitterte er, als er sie berührte, und bebte, als er sich in ihr verlor. Seine streichelnden Hände glitten fließend über ihren Körper, legten sich auf ihre Brüste und fuhren ihre Taille hinunter zu den Rundungen ihres Gesäßes, ganz so, als wären weibliche Formen für ihn neu und wunderbar.

Sie streckte sich ein wenig in die Höhe und stöhnte auf. Er war so sehr erregt, dass sein Geschlecht mächtig gegen ihren Bauch drückte. Seine Zähne fingen ihre Lippe ein, und er biss sie leicht. Ein ungezähmtes, unbändiges Gefühl durchschoss sie. Er hob sie mit seinen starken Händen empor und stemmte sie gegen die

Tür. Sie konnte spüren, wie ihr Mantel gegen das Holz scheuerte. Bereitwillig und lasziv drängte sie sich ihm entgegen. Die Leidenschaft drohte außer Kontrolle zu geraten, er löste seinen Mund abrupt von dem ihren und ließ seine Lippen über ihren zarten Hals wandern. Sein Atem hinterließ sengende Spuren. Jede einzelne ihrer Nervenfasern war unerwartet zum Leben erwacht.

Während sein Mund sie zärtlich biss und küsste, entfuhr ihm ein wahres Kauderwelsch an fremdländischen Worten, die sich mit seinem heißen Atem auf ihre Haut legten. »*Dio cara*«, raunte er.

Ihre Münder fanden wieder zueinander, und Catherine erwiderte leidenschaftlich seinen Kuss. »Max«, flüsterte sie erregt. »Oh, Max, bitte.«

Seine Umarmung wurde noch fester, als ihm ein tiefer Seufzer entwich. »*Tesoro mio*«, hauchte er an ihrer Schulter.

»Max, komm mit mir hinein. Bitte.«

Ihre atemlose Bitte sank nur langsam in sein Bewusstsein. Er musste damit aufhören, sie zu küssen. Er musste. *Musste*. Diese Worte hallten in seinem Kopf wider, als er seine Lenden fest gegen die ihren presste und seine Erektion gegen ihren Venushügel drängte. Langsam, ganz langsam rief er sich in Erinnerung, wo er sich befand.

Auf der verdammten Treppe vor ihrem Haus!

Allmächtiger im Himmel! Er versuchte, sie von sich zu schieben, aber er hatte sie ja bereits mit dem Rücken an die Tür gedrückt. Und sie erwiderte noch immer seinen Kuss. »Catherine«, murmelte er an ihren Lippen. »*Finiscila*! Stopp!«

Schließlich ließ Catherine ihre Hände an seinen Armen hinuntergleiten, und Max wich zurück. Umgeben von Dunkelheit, starrten sie einander, heftig keuchend, tief in die Augen. Catherine verströmte Hitze, Vitalität und pures Verlangen. Max kam sich wie ein unerfahrener Jüngling vor, der soeben zum ersten Mal versucht hatte, ein Mädchen zu verführen. Er spürte, wie ihm das Blut ins Gesicht schoss, weshalb er schnell die

Stufen hinabstieg und im trüben Licht nach dem Schlüssel suchte.

Er fand ihn und hielt ihn ihr entgegen. »Catherine«, kam seine rauchige Stimme aus der Dunkelheit. »Catherine, was eben passiert ist ... das bin nicht ich gewesen. Ganz bestimmt nicht. So bin ich nicht. So verhalte ich mich sonst nicht.«

Sie beugte sich nach unten und schloss ihre Finger um die seinen. »Das war auch nicht *ich*«, flüsterte sie kaum hörbar. »Gütiger Gott, so bin ich nicht. Aber vielleicht, nur ganz vielleicht, sind wir einfach so, Max, wenn wir *zusammen* sind.«

Sie spürte sogleich, dass er ihr kein Gehör schenken würde. Stattdessen drückte er ihr den Schlüssel in die Hand, drehte sich in eleganter Manier um und setzte sich in Bewegung. »Gehen Sie jetzt ins Haus, Catherine«, befahl er ihr über seine Schulter hinweg.

»Max, warten Sie!«, rief sie aus.

Stehenden Fußes hatte er sich wieder zu ihr umgedreht.

»Müssen Sie wirklich schon gehen?« Aber er blieb ihr eine Antwort schuldig.

Sie versuchte es ein zweites Mal. »Max, was Sie soeben gesagt haben – *dio confonda* und noch etwas –, was bedeutet das? Und all die anderen Worte. Was wollten Sie damit ausrücken?«

Im Halbdunkel sah sie, wie er mehrere Sekunden lang regungslos dastand, und hörte, wie er einen tiefen, niedergeschlagenen Seufzer ausstieß. »Es ist ein altes Sprichwort«, brach er sein Schweigen. »Es ist eine Art Fluch oder Warnung. ›Möge Gott einen Mann verdammen.‹ Alles andere, was ich gesagt habe, ist ... nicht weiter von Bedeutung. Gehen Sie jetzt ins Haus, Catherine. Hier draußen ist es zu gefährlich. Und verriegeln Sie die Tür.«

Einen Augenblick später war er mit wehenden Schößen in der Dunkelheit verschwunden.

»Verdammt noch mal!«, zischte Catherine und verschränkte trotzig die Arme vor der Brust. Dieses Kunststück von ihm, sich von jetzt auf gleich in Luft aufzulösen, entwickelte sich zu einer abscheulichen Angewohnheit. Eine Weile lauschte sie noch seinen schnellen und zielgerichteten Schritten, die zwischen den Häuserfronten der Straße hallten.

Catherines Mund verzog sich zu einem wissenden, typisch weiblichen Schmunzeln. Die Nacht war unerträglich kalt geworden. Nicht ohne Mitleid für ihn zu empfinden, ließ sie den Schlüssel geräuschvoll ins Schloss fahren und öffnete die Tür. Sogleich aber warf sie sie wieder zu. In dunkler Ferne hatte sie seine Schritte vernommen, die zu ihr zurückkamen. Ihr Herz machte einen Sprung.

O ja! Wie rücksichtslos oder unzivilisiert er auch sein mochte, Maximilian de Rohan war ein *wahrer* Gentleman, denn es schickte sich einfach nicht, eine Dame allein auf den Stufen vor einem Haus zurückzulassen, egal, wie groß die vorangegangene Verärgerung auch sein mochte.

Catherine aber stand wie ein Mondkalb – und so fühlte sie sich auch – mutterseelenallein in der Kälte, bis das Echo seiner Schritte in der Entfernung endgültig verklungen war.

Kapitel 8

»Männer lassen sich weitaus häufiger von ihrem Herzen als von ihrem Verstand leiten.«

Lord Chesterfield, 1776,
The Fine Gentleman's Etiquette

Am nächsten Morgen trug sich etwas höchst Ungewöhnliches zu: Max verschlief. Schlecht gelaunt erwachte er aus einem der vielen verschwommenen Träume, die ihn in dieser Nacht heimgesucht hatten. Noch immer grollte er wegen seines Verhaltens am vorangegangen Abend. Was in Gottes Namen hatte er sich eigentlich dabei gedacht, Catherine nochmals zu küssen? Ausgerechnet auf der verdammten Treppe vor ihrem Haus hatte er seinen Körper gegen den ihren gepresst – als wäre sie eine Hafendirne, die er im Schatten eines Hauseinganges vernaschen wollte. Noch schlimmer aber war, dass er mit ihr gestritten hatte, als sie ihn hatte wissen lassen, sie sei nicht auf seinen Schutz angewiesen. Er hatte sogar angedeutet, sie beide könnten eine gemeinsame Zukunft haben – war er vollends verrückt geworden?

Natürlich wollte er mit ihr schlafen – sehr sogar. Dass sie es sich auch wünschte, hatte er aus ihrem dahinschmelzenden Blick und ihrer Stimme geschlossen, die tiefer als gewöhnlich gewesen war. Schon unzählige Male hatten Frauen ihm eindeutige Angebote gemacht, die er das ein ums andere Mal angenommen hatte. Aber nur dann, wenn sichergestellt war, dass niemand emotionalen Schaden nehmen würde. Warum also hatte er bei dieser einen Frau das Gefühl, dass es Konsequenzen haben würde, wenn er mit ihr schlief?

Nachdem Max Catherine allein in der Dunkelheit zurückgelassen hatte, war er – statt sich den kleinen Luxus einer Mietkutsche zu gönnen – drei Meilen bei eisig kaltem Wind durch die Stadt gewandert. Er hatte vergeblich versucht, die Dämonen abzuschütteln, die ihn bedrängt hatten. Der stramme Spaziergang hatte seine Qualen nicht mindern können, und seine quälende Erregung hatte ihn die ganze Nacht wach gehalten und ihn pünktlich zum Sonnenaufgang wieder begrüßt.

Er kämpfte tapfer gegen sein Dilemma an, doch es half nichts. Masturbieren befreite ihn für gewöhnlich von seinen körperlichen Qualen, würde ihm in diesem Fall aber nicht helfen, seine aufkeimenden Gefühle für Catherine abzufangen. Und warum? Weil ihm langsam etwas dämmerte. Es konnte sein, dass er *mehr* von ihr wollte.

Er hatte nicht den Mut, sich auszumalen, was *mehr* im Einzelnen bedeutete. Schließlich hatte er einen Beruf, dem er gerecht werden musste. Einen wichtigen Beruf. Mehr noch, sein Beruf war sein Ein und Alles. Gott wusste, dass er kein unkeusches Mönchsleben führte, aber wenn er mit Catherine schlief, würde das sein Leben für immer auf den Kopf stellen. Wo würde er dann seinen Platz finden, denn er kam nicht aus ihrer Welt, und in der seinen war kein Platz für eine Frau wie sie. Er stieß einen verbitterten Fluch aus, warf die Bettdecken beiseite und versuchte, mithilfe einer Wanne eiskalten Wassers seine Erregung zu mildern. Er schwor bei Gott, er würde seinem Verlangen nicht nachgeben. Er wollte seinen Job nicht gefährden. Wie kam er eigentlich dazu, sich wegen einer Frau zum Narren zu machen, die in den Augen der Gesellschaft weit über ihm rangierte – egal, wie aufrichtig und ehrlich sie auch sein mochte?

Dank seiner Willensstärke gelang es ihm, jeglichen Gedanken an die vergangene Nacht beiseite zu schieben. Er beendete flink sein Bad und kleidete sich an. Zu allem Übel klopfte auch noch seine Hauswirtin in ihrer unverkennbar schroffen Art an die Tür, bevor er seine Rasierklinge abgespült hatte. Verdammt, hatte er zu allem Übel etwa auch noch vergessen, die Miete zu bezahlen? Hastig steckte er sein Hemd in die Hose, bevor sein Blick auf sein verschlafenes Ebenbild im Spiegel fiel. Er fragte sich, wie die Reichen und Schönen des Landes es schafften, trotz der vielen Festivitäten und Bälle zu früher Stunde aufzustehen. Aber die mussten ja auch nicht ihren Lebensunterhalt mit Arbeit verdienen.

Er musste sich eingestehen, dass das im Grunde auch für ihn zutraf, als er in seine Weste schlüpfte und zur Tür schritt. Wenn er wollte, konnte er mit seinem Leben und seiner Zeit verschwenderisch umgehen, sich dem Alkohol ergeben und sich ins Grab trinken, lange bevor die finanziellen Mittel seiner Familie erschöpft waren. Einen Moment lang starrte er auf seine Hand, auf den Gegensatz seiner dunklen Finger und dem Türknopf aus Messing. Es hatte natürlich die eine oder andere langweilige Nacht in seinem Leben gegeben, in der ihm just diese Vorstellung Freude bereitet hatte. Das Leben auf dem Fluss war brutal und grauenhaft gewesen, seine Arbeit in den Docks und Slums Londons noch unsäglicher. Ein Polizist vermochte die menschliche Grausamkeit, mit der er tagein, tagaus zu tun hatte, nur minimal bekämpfen – egal wie nobel seine Absichten und wie ausgeprägt sein Engagement sein mochten.

Das zweite und ungeduldigere Klopfen holte Max jäh in die Gegenwart zurück. Unwirsch öffnete er die Tür, woraufhin er von Lucifers fröhlichem Bellen überrascht wurde, das durch den Korridor hallte.

»Guten Morgen, Mr. de Rohan«, zischte Mrs. Frier unterkühlt und leicht vorwurfsvoll. »Wie es scheint, haben Sie bereits Besuch.«

Die gute Dame hatte morgendliche Gäste noch nie gutgeheißen, was die Person, die noch im Schatten hinter ihr weilte, herzlich wenig störte, denn es handelte sich um jemanden, der sich nicht so einfach zurückweisen ließ.

Ungeduldig pochte Signora Castelli mit ihrem Gehstock aus Walnussholz auf dem Boden. »*Buongiorno*!«, meldete sie sich zu Wort und drängte sich an Mrs. Frier vorbei. Lucifer ergriff die Chance und raste zwischen den beiden Frauen hindurch in den Salon.

Sofia warf dem Hund einen zornigen Blick zu. »Ungehobeltes Viech! *Accuccia! Sta' fermo!*«

»Wau!«, erwiderte das Tier, das freudig um Max herumtänzelte.

»*Bah!*«, ließ die alte Frau vernehmen. Das Fuchteln ihres Stockes galt Lucifers schwarz glänzendem Haupt. »*Il mastino*, er gehorcht einfach nicht! Was für ein verzogenes Viech!«

Nachdem de Rohan Lucifer in aller Freundschaft begrüßt hatte, beugte er sich zu seiner Großmutter hinunter und gab ihr einen Kuss auf die ledrigen Wangen. »*Buongiorno*, Nonna. Was für eine unerwartete Freude. Und da ist ja auch Maria! *Salve*.«

Die Begleiterin seiner Großmutter machte einen hastigen Knicks und warf ihm ein noch flüchtigeres Lächeln zu. »*Come sta*, Maximilian?«, erkundigte sie sich und reichte ihm eine Terrakotta-Schüssel, die noch warm war und aus der ein himmlischer Geruch emporstieg.

Max schenkte ihr ein seltenes Lächeln, begleitet von einem Augenzwinkern. »Mir geht es gut, Maria, danke der Nachfrage.« Er deutete auf die Sessel seines kleinen Salons. »Setzt Euch doch, *per favore*.«

In einer wogenden Wolke aus raschelnder Seide und unmoderner schwarzer Spitze durchquerten die beiden Damen den Raum. Sofia bedachte Mrs. Frier mit einer vernichtenden Geste, bevor diese die Tür mit einem beleidigten Knall ins Schloss fallen ließ. Daraufhin hielt die Signora gerade lange genug inne, um einen schnellen Blick zur Decke zu werfen, als drohte diese im nächsten Moment herunterzufallen. Dann erst entledigte sie sich ihres weiten schwarzen Umhangs und ließ sich elegant in den Sessel nieder, der beim Kamin stand.

Max stellte die Schüssel ab und streckte seine Hand aus, um ihr das Cape abzunehmen. Sofia jedoch winkte mit einer hastigen Geste ab. »Bis zu unserem Termin in St. James bleibt ohnehin nicht mehr viel Zeit, Maximilian«, verkündete sie und ließ ihren prüfenden Blick durch den spärlich eingerichteten Raum schweifen. »Bitte, lieber Gott, hilf mir, all dies zu verstehen. Warum gibt mein Enkelsohn sich mit einer solch kargen Unterkunft ab, während am Wellclose Square unzählige Räume leer stehen?«

Max riss Lucifers Hundedecke von der hölzernen Sitzbank und nahm selbst Platz. Er hoffte inständig, die beiden Damen würden die Wolke aus Hundehaaren, die durch die Luft wirbelte, nicht bemerken. »Wie ich dir schon sagte, Nonna, arbeite ich oft bis spät in die Nacht«, verteidigte er sich. »Und ich möchte nicht, dass diese Tatsache dir oder Maria schadet.«

Mit einem zweifelnden Blick studierte Sofia sein Gesicht. »Ich habe eher den Eindruck, mein Enkel, dass die langen Arbeitszeiten dir zum Nachteil gereichen.«

Max wusste, dass er abgekämpfter als gewöhnlich aussah.

»Ich bin gestern erst sehr spät ins Bett gekommen«, ließ er sie wissen und beugte sich zu der neapolitanischen Dogge hinunter, die sich mit einem Grunzen auf dem Boden niedergelassen hatte. »Wegen des … nun … wegen des Auftrags, der mich auch zu Walrafen geführt hat.«

Ein kleines Lächeln huschte über das Gesicht seiner Großmutter, als diese ihren Hals reckte und in Richtung Schlafzimmertür spähte. »Ach! *Veramente*?« Ihre Stimme klang weich und misstrauisch. »Es sind also geschäftliche Angelegenheiten, die dich bis in die Mittagsstunden im Bett festhalten?«

Es war noch nicht einmal halb zehn, von Mittag konnte also keine Rede sein, aber die Worte seiner Großmutter ließen die Erinnerungen an Catherine und an den vergangenen Abend wieder lebendig werden. Er hatte nicht nur aus geschäftlichen Gründen den Ball besucht, oder?

Augenscheinlich hatte er eine Sekunde zu lange gezögert. Ein seltsamer Ausdruck legte sich auf das Gesicht seiner Großmutter. »Du warst nicht nur beruflich unterwegs, hab ich Recht?« Ihre langen, von Arthritis gezeichneten Finger krallten sich um die Armlehnen. »Du warst mit einer Frau zusammen. Ich weiß es. Ich habe es *vorhergesehen*.«

»Nein«, flunkerte Max, seinen Blick starr auf den riesigen Rubinring gerichtet, der an ihrer linken Hand funkelte.

»Nein?«

Max zwang sich, ihren Blick zu erwidern. »Nonna, haben wir darüber nicht schon hundert Mal gesprochen? Polizeiinspektoren – zumindest die Klugen – sind nicht verheiratet und schaffen sich keine Kinder an.«

»Aber du bist kein Polizist!«, blaffte sie ihn an. »Du bist ein *Beamter*, der ...«

»... Fälle von Polizeikorruption untersucht«, unterbrach Max sie.

Sofias Mund wurde schmal. »Eigentlich solltest du als Weinhändler arbeiten«, erwiderte sie spitz. »Dann könntest du auch eine Familie haben.«

Eine Familie haben? Max hielt inne, um über ihre Worte nachzudenken. Könnte er das wirklich? Wäre er damit glücklich? Plötzlich erschien ihm der Gedanke, von früh bis spät an einen Schreibtisch gefesselt zu sein, gar nicht mehr so abschreckend. Aber er würde sich nutzlos vorkommen, ihn würde immerzu das Gefühl plagen, seinem Vater den Rücken gekehrt zu haben. Max senkte den Blick und schüttelte den Kopf.

Seine Großmutter lehnte sich zurück. Mit einem Mal wirkte sie sehr müde. »Vielleicht hast du einfach noch nicht die Richtige getroffen, für die du bereit wärst, deine Freiheit zu opfern, Maximilian.« Sie schwieg einen kurzen Augenblick. »Aber das *wirst* du noch.«

Maria, die ihre Aufregung kaum verbergen konnte, beugte sich vor. »Dieses Mal, Maximilian, hat die Signora sie gesehen – *la Regina di Dischi*!«

Die alte Dame schnippte herrisch mit den Fingern. »Sei still, Maria! *Per amor di Dio*, du bist ja noch schlimmer als der Hund.«

Marias Worte hallten in Max nach. »Die Königin der Pentakel«, wiederholte er langsam und wandte sich voller Verwunderung wieder seiner Großmutter zu. »Bitte sag mir, Nonna, dass du nicht schon wieder die Tarotkarten befragt hast.«

Das Gesicht der alten Dame wirkte angespannt. »Du bist ein Träumer, Maximilian!«, schleuderte sie ihm entgegen und machte eine schneidende Geste in der Luft. »Du lebst in der Vergangenheit und wehrst dich gegen die Zukunft.« Plötzlich hatte sie sich erhoben. »*Vieni*, Maria. Wir müssen gehen.«

Mit einem leichten Kopfschütteln erhob auch Max sich, beugte sich zu ihr hinunter und gab ihr einen weiteren Kuss auf die schlaffen Wangen. »Glaub nicht alles, was du in den Karten liest, Nonna«, bat er freundlich. »Und mach dir bitte nicht so viele Gedanken um mich. Ich mag ein Träumer sein, aber ich bin glücklich mit meinem Leben so, wie es ist.«

Max' Großmutter tat, als hätte sie seine Worte nicht gehört, und griff nach ihrem Umhang. »*A proposito*, Maximilian«, setzte sie mit unterkühlter Stimme an, als ihr Enkel das Cape mit einer schnellen Bewegung um ihre schmalen und nach vorn fallenden Schultern warf, »möchtest du, dass *il mastino* mit mir nach Hause kommt?«

Max hatte sich bereits abgewandt, um Maria in den Umhang zu helfen. »Das wäre das Beste für Lucifer«, kam seine zögerliche Antwort. »Sollte er dich aber nerven, so nehme ich ihn wieder zu mir. Nate könnte vorbeikommen und ihn ausführen.«

Mit halb aufgestellten Ohren streckte Lucifer sich, erhob sich und legte den Kopf auf die Armlehne des Sessels, in dem Sofia bis eben gesessen hatte. Mit seinen großen klaren Augen und einem Seufzer, der seinen Lefzen entwich, schaute er zu ihr auf. Der Rüde dachte zweifelsohne an all die Leckereien, die von Nonnas Tafel abfielen, die er aber angeblich nie bekam.

Sofia, die bereits mit kleinen, harten Bewegungen an ihren Handschuhen zupfte, warf der Dogge einen strengen Blick zu, der dann aber warmherziger wurde. »Oh, *va bene*!«, willigte sie schließlich knurrend ein. »Aber wehe, du gräbst wieder Löcher in meinen Garten! Und auf meinem Bett darfst du auch nicht mehr schlafen, verstanden?«

Kummer und Zorn wüteten in Max' Herz, als er sich hinkniete, um sich von Lucifer zu verabschieden, und er die drei nach draußen geleitete. Sofia hatte sich bei Maria untergehakt, als sie Lucifer zuerst die Treppe hinunter und anschließend hinaus in den Sonnenschein führte. Sofia machte einen noch betagteren und zerbrechlicheren Eindruck als gewöhnlich – wenn das überhaupt möglich war. Er wünschte sich so sehr, er könnte ihr irgendwie eine Freude bereiten. Mit schwerem Herzen kehrte er zurück ins Haus.

Sofia hörte, wie hinter ihnen die Tür sachte ins Schloss glitt. Ihr war bewusst, dass sie alt und müde aussah. Aber dem war nicht so. Sie sammelte ihre Kräfte und blieb an der wartenden Kutsche stehen. »Maria«, zischte sie ihrer Begleiterin ins Ohr, »schaff' mir diesen Jungen her, diesen Nate.«

»*Si*, Signora Castelli«, antwortete Maria ruhig. »Sie wollen sicherlich, dass er den Hund badet, nicht wahr?«

Sofia schaute die jüngere Frau an ihrer Seite mit durchdringendem Blick an. »*No*!«, säuselte sie sanft – zu sanft. »Ich möchte ihn ein weiteres Mal bestechen. Maximilian lügt mich an. Er war mit ihr zusammen, mit *besagter* Frau! Das weiß ich! Und Nate wird es für uns herausfinden.«

»*Si*«, antwortete Maria niedergeschlagen und wollte gerade in die Kutsche einsteigen, als Sofias Finger vorschossen.

»Noch was, Maria!«, flüsterte die alte Dame, die Maria mit unerwarteter Kraft zurückhielt. »Wenn du heute Nachmittag zur Beichte gehst, musst du beten, *per favore*.«

»*Va bene*«, willigte Maria lustlos ein. »Wofür denn dieses Mal?«

Signora Castelli schaute sie mit säuerlicher Miene an. »Dafür, dass sie Italienerin ist«, brummte die alte Frau. »Und dass sie – Gott steh uns bei! – eine gute Katholikin ist.«

Bei diesen Worten brach Maria in hysterisches Gelächter aus. »Ach, nein!«, entfuhr es ihr, und sie streckte die Hände gen Himmel. »Wir sind in England. Eine Nadel im Heuhaufen zu finden, wäre einfacher. Sollten wir nicht lieber dafür beten, dass sie es überhaupt mit ihm aushält?«

Der Frühling war wieder nach England zurückgekehrt. Catherine hatte im Laufe der letzten Wochen gar nicht richtig bemerkt, wie die tapferen Osterglocken, die im April aufgeblüht waren, den bunteren Maiblumen gewichen waren und dass an den Ästen, die der Wind noch vor wenigen Wochen restlos leer gefegt hatte, neues Grün wuchs. Der morgendliche Nebel hatte sich erst vor rund zwei Stunden aufgelöst, und Catherine, die ihren allmorgendlichen Ritt durch den Hyde Park heute wesentlich später als üblich angetreten hatte, konnte die sonnengewärmte Erde bereits riechen. Die eingefleischten Nachtschwärmer der Oberschicht lagen zwar noch nicht in den Federn, aber hie und da hatten die bodenständigeren Bewohner Mayfields ihren Morgenspaziergang im Park angetreten. Schade eigentlich, denn ausgerechnet heute hatte Catherine sich gewünscht, mit ihren Gedanken allein zu sein. Sie drängte Orion ungeduldig durch das obere Gatter und spornte ihn zum Trab an, den sie aber nach nur wenigen Sekunden wieder abbrach. Einige Yards entfernt stand ein großer, vornehm gekleideter Gentleman mit grauem Zylinder am Wegesrand, der mit fachmännischem Blick Orions schnellem Hufschlag gefolgt war. In seiner rechten Hand hielt er die Leine eines grauen Mops. Auch wenn er endgültig ihren Traum von ein wenig Einsamkeit platzen ließ, so machte er einen freundlichen Eindruck. Er kam ihr bekannt, sehr bekannt vor. Als Catherine sich ihm näherte, nickte sie kurz.

Als Antwort darauf lüftete der Mann seinen Zylinder. »Guten Morgen, Lady Catherine!«, begrüßte er sie. »Wie unglaublich chic Sie doch ausschauen!«

»Guten Morgen«, erwiderte sie mit einem strahlenden Lächeln und tippte sich mit der Reitgerte kurz an die Krempe ihres Hutes. Aus purer Verlegenheit hatte sie nicht angehalten. Sie war diesem Mann zwar auf ihrer allerersten Dinnerparty in der Stadt vorgestellt worden und hatte sich auch auf Walrafens Ball kurz mit ihm unterhalten, aber sie konnte sich beim besten Willen nicht an seinen Namen erinnern.

Der Fehler lag einzig und allein bei ihr, sagte sie sich und ließ ihren Blick über das weite Grün des Parks schweifen. Sie war diejenige, die in die Stadt gekommen war, um Menschen kennen zu lernen, sie war es, die etwas suchte, das sie aus dem Sumpf aus Lethargie und Verzweiflung herauszuziehen vermochte. Der Mann war ihr auf Anhieb sympathisch gewesen, weil er sie an Will erinnerte. Er war groß, ausgesprochen warmherzig und unterhaltsam, wenn auch ein wenig zu selbstgefällig. Ein sehr begehrter Witwer, hatte Isabel ihr zugeflüstert. Ein wichtiger Unterstaatssekretär, Sir Everard ... irgendwas. Catherine schüttelte den Kopf. Die Einzelheiten waren ihr entfallen, und sie kannte auch den Grund dafür.

Maximilian de Rohan. Dieser Mann hatte sie mit einem Zauber belegt, einem sehr eigenartigen noch dazu. Catherine wusste nicht, ob sie fasziniert oder wütend war. Sie war wohl beides, wie es schien. Von Unruhe ergriffen, trieb sie Orion voran, ließ sich von der Frühlingsbrise die Haarsträhnen aus dem Gesicht wehen. Ihre Gedanken an Max ließen sich jedoch nicht so leicht verscheuchen. Ein ihr bis dahin unbekanntes Gefühl pulsierte an jenem Morgen durch ihre Adern. Aber es konnte unmöglich damit zu tun haben, dass er ein dunkler und bedrohlicher Mann war, oder?

Er war begehrenswert, ja. Doch auch das traf es nur im Ansatz. Catherine war nicht in der Lage, ihre Gefühle in Worte zu kleiden. Wenn sie ihm in sein längliches und kantiges Gesicht schaute, entdeckte sie eine Art Seelenverwandtschaft. Vielleicht war es das Gefühl der Entbehrung, das sie beide verband. Oder gar der Enttäuschung? Wie dem auch sei, sie konnte seine Gefühle nicht wirklich nachvollziehen. Wie denn auch? Sie wurde ja nicht einmal aus ihren eigenen Emotionen schlau. Eines jedoch war ihr vollkommen klar: Sie würde sich in immer währender Zuneigung an ihren verstorbenen Gatten erinnern, aber ihre Trauer versiegte allmählich. Sie hatte begonnen, dem Leben wieder voller Neugier zu begegnen – und das hatte sie nur Max de Rohan zu verdanken.

Wider besseres Wissen ließ Catherine es zu, dass die Erinnerungen an letzte Nacht in ihr hochstiegen. Wie entsetzlich sie während des Essens geschwafelt hatte, wie sie sich über die Grenzen seiner selbst gewählten Zurückgezogenheit hinweggesetzt und ihn sogar vorsätzlich geärgert hatte! All das hatte sie in der stillen Hoffnung getan, ihn aus seiner ständigen Feindseligkeit locken zu können, hinter der er sich verschanzte.

Er hatte sie durchschaut, so viel stand fest. Catherine nahm an, er gehörte zu jener Sorte Mann, der jeden und alles durchschaute – sei es ein Lachen, Lügen oder Lust. Er stieß sogleich auf den Kern einer Sache. Die scharfe Klinge, mit der er Dinge sezierte, hieß Intuition. Es war jene Waffe, mit der er auch sie schon einmal auf geschickte Art und Weise attackiert hatte. Beim Abendessen hatte Catherine nur leicht die Augenbrauen anheben müssen, und schon hatte er ihre geheimsten Gedanken gelesen. War es möglich, dass ihn deshalb so viele Frauen begehrten? Hatte er diese Zeichen bereits so häufig gesehen, dass er sie nun problemlos erkannte? Oder lag es etwa an ihr?

Ihr älterer Bruder Cam hatte sie einst davor gewarnt, ihre Gefühle auf einem silbernen Tablett zu servieren. Damals waren ihr seine Worte einerlei gewesen, weil es nichts gab, was sie hätte verstecken müssen. Aber selbst jetzt war sie sich nicht sicher, ob es etwas gab, dass sie verborgen halten sollte. Es war von jeher ihre Art gewesen, sich offen und aufrichtig zu präsentieren, was manches Mal fehl am Platz gewesen sein mochte. Catherine fragte sich, ob sie sich verstellen sollte. Vom Wesen her schlug sie eher ihrem älteren Bruder nach, der zielstrebig war und unbeirrbar seines Weges ging.

Mr. de Rohan hatte also gar keine andere Möglichkeit, als sie so zu akzeptieren, wie sie war. Catherine lächelte innerlich. Ja, vielleicht würde es sogar ein klein wenig Spaß machen, mit anzusehen, wie er sich bei einem ihrer Angriffe vor Unbehagen wand. Und vielleicht – obgleich die Chance verschwindend gering war – würde sie es schaffen, jene Mauer, die er um sich herum errichtet hatte, ein weiteres Mal zu überwinden. Sie war nicht umsonst eine geborene Rutledge! Wie ihre alte streitsüchtige

Tante Belmont immer zu sagen pflegte, waren die Rutledges die widerspenstigsten Menschen, die die Welt je gesehen hat.

Dieser Gedanke war derart befreiend, dass Catherine den Kopf in den Nacken warf und laut lachte. Das Geräusch ihrer eigenen Stimme aber erschreckte sie. Nur wenige Wochen zuvor hatte sie geglaubt, das Leben könnte trostloser nicht sein. Damals hatte es keinerlei Herausforderungen für sie bereitgehalten. Nun aber sah alles anders aus. Gänzlich anders, was sie jedoch auch ein wenig beruhigte, denn es gab da eine Sache, die ihr Mut machte: Max de Rohan war ihr gegenüber genauso wenig immun, wie sie ihm gegenüber. Mit frischem Mut ließ sie Orion eine Kehrtwende machen und trat den Heimweg an.

Stocksteif stand de Rohan am rußbedeckten Fenster seines Büros und schaute dem Verkehr zu, der kurz vor Mittag in Richtung Whitehall strömte. Geistesabwesend fuhr er sich wieder und wieder mit der Hand durch das dichte Haar, das viel zu lang und fürchterlich durcheinander war. »Was für ein beschissener Tag«, murmelte er vor sich hin. Es hatte ihm arg zugesetzt, Sofia so früh am Morgen bei sich zu Hause empfangen zu müssen. Da war ihm selbst seine Arbeit wie ein Refugium erschienen. Jetzt aber, da ihn wieder sein stickiges Büro gefangen hielt, kehrten die Erinnerungen an die vergangene Nacht zurück, und er wurde erneut von jener eigenartigen Rastlosigkeit ergriffen.

Die Wände erdrückten ihn. Die Luft war abgestanden. Zur Hölle mit Peel und Walrafen und ihren moralisierenden Tory-Ansichten über Gesetzesvorlagen, Ausschusssitzungen und Parlamentsdebatten. Was er brauchte, war richtige Arbeit, die echten Leuten half. Verdammt, er wollte seine alte Stelle wieder, wo er sich nicht mit den ach so vornehmen Damen und Herren der oberen Zehntausend abgeben musste, wo sein Einsatz nicht gänzlich sinnlos war. Vielleicht aber sehnte er sich auch nur nach den Geräuschen des Flusses und wollte den Sog der Gezeiten in seiner Barkasse spüren.

Wenigsten konnte er die Themse von seinem Büro aus *sehen*, dachte er verbittert. Auch wenn die Szenerie, die sich vor ihm ausbreitete, nichts mit der in Wapping New Stairs gemein hatte. Wie oft war er damals ans Fenster getreten und hatte hinausgeschaut? Westminster jedoch lag viel weiter flussaufwärts – hier gab es keine gewaltigen Handelsschiffe und flache Leichterschiffe. Unbewusst schaute Max einem leichtgewichtigen Einer nach, der schnell und mit erhabenem Bug durch das Wasser gen Westminster Bridge glitt. Seltsam, aber das Schiff erinnerte ihn an Catherine, und wieder überkam ihn das Gefühl, er stünde an der falschen Schwelle zu einer falschen Welt. Nur dieses Mal hatte es nichts mit der Lage seines Büros zu tun.

Max vernahm ein gedämpftes Geräusch, und da er mit Fleisch und Blut Polizist war, war er in Windeseile herumgefahren. Mr. Howard, der Angestellte vom Empfang, der eben noch im Türrahmen gestanden hatte, war verängstigt einen Schritt zurückgewichen. »Sie haben Besuch, Mr. de Rohan ... Sir.«

Eine zierliche Frau löste sich fast schwebend aus Howards Schatten und betrat das Büro. De Rohan signalisierte Howard mit einer Kopfbewegung, er möge sich an seinen Platz zurückbegeben. Die Frau hatte ihre dünnen Lippen fest aufeinander gepresst und klammerte sich mit aller Kraft an ihre kleine Samttasche – so als läge ihr Leben in den Tiefen derselben verborgen. Mit geschultem Blick musterte de Rohan sie. Sie war kaum älter als dreißig, weder hübsch noch hässlich, und ihre Kleidung roch stark nach Bond Street. Aber ihre Haltung verriet ein hohes Maß an Misstrauen.

Als sie sich dann jedoch entschlossen aufrichtete, war de Rohan doch ein wenig überrascht. »Mr. de Rohan?« Ihr Ton war arrogant, aber ihre Stimme zitterte.

»Das bin ich.« Er bedeutete ihr, sich in dem Stuhl gegenüber seines Schreibtisches niederzulassen. »Und Sie sind ...?«

Die Frau ließ sich nicht dazu herab, Platz zu nehmen. »Mrs. Lane«, erklärte sie und streckte ihr Kinn noch ein wenig mehr in die Höhe. »Die ehrenwerte Mrs. Amelia Lane, Tochter von Lord

Welbridge.« Sie betonte dabei die Worte *ehrenwert* und *Lord* ein wenig zu stark, als dass Max sie hätte sympathisch finden können. Deshalb erlaubte er sich, die Hände hinter dem Rücken zu verschränken und ein künstliches Lächeln aufzusetzen. »Womit könnte ausgerechnet ich zu Ihren Diensten stehen, Mrs. Lane?«

»Was *Sie* für mich tun können?« Es hatte den Anschein, als wäre ihre Feindseligkeit durch seine überzogene Freundlichkeit vollends entfacht worden. »Sie könnten damit aufhören, meinen Verlobten zu schikanieren!«, explodierte sie und krallte sich noch mehr an ihr Ridikül. »Damit könnten Sie mir einen sehr großen Dienst erweisen!«

De Rohan zog eine Augenbraue in die Höhe. »Ich verstehe nicht ganz?«

»Mr. Rupert Vost!«, erklärte sie ihm, begleitet von einem leichten Aufstampfen ihres Fußes. »Wir werden in wenigen Wochen heiraten. Er wird mein Ehemann. Und wenn Sie ihn noch einmal beleidigen – oder ihn verhören – werde ich … meinem Papa davon erzählen! Und der wird dafür sorgen, dass Sie damit aufhören. Darauf können Sie sich verlassen.«

Ihre Drohung konnte ihn nicht aus der Ruhe bringen. Stattdessen betrachtete de Rohan sie noch ein wenig näher. Sie war ganz und gar nicht der Typ Frau, auf den Vost stand, weshalb er vermutete, dass Geld eine elementare Rolle spielte. »Madam, ich fürchte, Sie irren …«

»Nein!«, fuhr sie ihn an. »Sie sind es, der irrt. Ich weiß nämlich genau, was … was für ein Spiel Sie spielen. Sie sind nichts weiter als ein gewöhnlicher Polizist und beschäftigen sich mit einem Mord an einer Frau, die niemanden interessiert. Rupert hat sich in der Nacht nicht mir ihr getroffen. Es war aus zwischen den beiden. Er war mit mir zusammen, zu Hause, in der Arlington Street. Die ganze Nacht hindurch. Es ist mir egal, ob ich mit dieser Aussage meinen Ruf ruiniere. Dann soll es eben so sein. Aber Sie … Sie werden sich von ihm fern halten. Er liebt mich nämlich.« Ihre Worte waren voller Inbrunst gewesen, fast, als versuchte sie, nicht nur de Rohan, sondern auch sich selbst vom Gesagten zu überzeugen.

»Es tut mit Leid, dass Sie so großen Kummer erleiden müssen«, ließ er verlauten und verbeugte sich übertrieben höflich. »Ich bedauere, dass Sie das Gefühl hatten, Sie müssten heute hierher kommen. Wartet Ihre Kutsche noch auf Sie, oder soll ich Mr. Howard anweisen, Ihnen eine zu rufen?«

Sichtlich überrascht über seine Reaktion, wich sie einen Schritt zurück. »Nun, ich … bedeutet das, Sie werden tun, worum ich Sie gebeten habe?«

De Rohan lächelte angestrengt. »Ich stehe im Dienst Mr. Peels, Madam«, wählte er vorsichtig seine Worte. »Ich fürchte, es steht mir nicht zu, über eine laufende Untersuchung Auskünfte zu geben.«

Mrs. Lanes Stirn legte sich in Falten. »Aber … aber …«

Lautlos öffnete und schloss sich ihr Mund, als Max die Chance ergriff und nach Mr. Howard klingelte, der unverzüglich die Treppe hinaufeilte. »Mrs. Lane wollte gerade gehen«, informierte er ihn. »Seien Sie so gut und helfen Sie ihr in die Kutsche.«

Nach ihrer Rückkehr aus dem Park führte Catherine Orion zu den Stallungen und übergab ihn einem Burschen, der sich mit hochrotem Kopf verbeugte, weil er sich schämte, dass sie ihn erst hatte suchen müssen. Catherine jedoch lächelte ihn gütig an und ging die Mortimer Street bis zum Hause ihres Bruders hinauf. Die Hochstimmung, die sie im Park überkommen hatte, war ein wenig gewichen. Max war ein komplizierter Mann, und ihre Beziehung würde schwieriger Natur sein – vorausgesetzt, sie fänden überhaupt je zueinander.

Catherine wusch sich schnell und zog sich um, bevor sie sich ein wenig ratlos in das Esszimmer begab. Es ging ihr einfach nicht aus dem Kopf, mit welcher Selbstverständlichkeit Lady Delacourt Max zu Hilfe gerufen hatte und wie mutig er sich bei ihrer Begegnung mit den Wegelagerern verhalten hatte. Er war ein Kavalier, daran bestand kein Zweifel, sogar einer der alten Schule. Nachdenklich schritt sie zur Anrichte, goss sich eine Tasse Kaffee ein und setzte sich auf ihren Platz. Kannte sie, abgesehen von ihrem Bruder Cam, noch einen Mann, der stark genug für sie war und an dessen Schulter sie sich anlehnen konnte? Ihr Vater vielleicht? Nein, auf keinen Fall. Der verstorbene Randolph Bentham Rutledge war als Trunkenbold und Schürzenjäger verschrien gewesen und hatte, ohne mit der Wimper zu zucken, seine Kinder im Stich gelassen. Catherine hoffte nun, dass sein Namensvetter, ihr jüngerer Bruder Bentham, nicht in seine Fußstapfen trat, fürchtete aber, dass es letzten Endes genau darauf hinauslaufen würde.

Natürlich war Will immer für sie da gewesen. Sie hatte ihn geliebt. Doch aus unerklärlichem Grunde musste sie nun einer Wahrheit ins Auge blicken, die sie lieber verdrängen wollte: Ihr Ehemann war zwar stark und beschützend gewesen, hatte aber nie ein Gespür für die wirklich wichtigen Dinge des Lebens entwickelt. Er war ein erfahrener Jäger und Hundekenner gewesen, doch bei wichtigen Entscheidungen war sie stets auf sich allein gestellt gewesen.

Catherine konnte sich noch gut an ein besonders schlechtes Jahr erinnern – einem kalten Frühling waren ein trockener Sommer und ein nasser Herbst gefolgt –, in dem ihnen das bisschen, was sie trotz schlechter Witterung hatten anpflanzen können, kurz vor der Ernte verfault war. Will hatte gerade den kompletten Barbestand für neue Vollblütler und die Errichtung eines schicken Stalles ausgegeben. Plötzlich waren viele Arbeiten, die auf einer Farm anfielen und für die *sie* Sorge trug – wie Reparaturen, Bodenentwässerung und Einzäunung –, jenseits ihrer finanziellen Möglichkeiten gewesen. Als schließlich ihr Gutsverwalter vor lauter Schreck die Arme in die Luft gerissen und leise das Wort *Hypothek* geflüstert hatte, war Will, hilflos mit den Schultern zuckend, zu ihr gekommen. Und es war nicht das erste Mal gewesen.

Ein Geräusch riss sie jäh aus den Gedanken, und Catherine war fast erleichtert, als die Haushälterin mit schnellen und klappernden Schritten in das Zimmer kam, bevor der dicke Teppich, der auf dem Marmorboden lag, ihre Schritte schluckte. Mrs. Trinkle trat an den Tisch heran, wobei sie den Eindruck vermittelte, als verfolgte sie eine bestimmte Mission. »Bitte entschuldigen Sie vielmals, Mylady, dürfte ich einmal offen das Wort an Sie richten?«

Catherine lächelte. »Aber gern, ich bitte sogar darum!«

»Es mag mir nicht zustehen, Madam«, setzte sie leicht gereizt an, »aber ich komme nicht umhin, Sie zu fragen, wie lange Sie gedenken, noch in der Stadt zu weilen?«

»Wie lange ich bleiben werde?«, wiederholte Catherine langsam. Die Wahrheit war, dass sie genauso wenig über eine Rückkehr nach Aldhampton nachgedacht hatte, wie sie auch im Vorfeld nicht darüber nachgedacht hatte, überhaupt nach London zu kommen. In jüngster Zeit war sie augenscheinlich nicht mehr in der Lage, logisch über Zusammenhänge nachzudenken. Ihr Verhalten am vorangegangenen Abend war ein gutes Beispiel dafür.

Just in dem Moment wankte Delilah mit einem überladenen Tablett in den Raum. Mrs. Trinkle drehte sich um und deckte mit mechanischen Handgriffen den Tisch. »Was ich damit sagen wollte, Mylady, ist, dass es unter Umständen angebrachter wäre, einen Koch sowie entsprechendes Personal zu engagieren«, fuhr sie fort, während sie das Geschirr auslegte. »Sie haben ja noch nicht einmal eine persönliche Dienerin. Ich möchte nicht, dass Sie mich jetzt falsch verstehen. Delilah und ich haben kein Problem damit, wie sich die Situation momentan darstellt, aber ...«

Catherine ließ ihren Blick über die Anrichte schweifen. Ein halbes Dutzend Rechauds schaute sie an. Heftige Schuldgefühle überkamen sie. Sie hatte nicht einmal daran gedacht, ihre Pläne – oder die Tatsache, dass sie keine hatte – mit Mrs. Trinkle zu diskutieren. Und wahrscheinlich war ihr zu Reichtum gekommener Bruder der einzige Adlige in ganz England, der in absoluter Armut aufgewachsen und deshalb zu geizig war, das Haus während seiner Abwesenheit mit einer kompletten Belegschaft zu unterhalten.

Catherine lächelte reumütig. »Ich hätte es in der Tat früher erwähnen sollen, Mrs. Trinkle, doch es besteht absolut kein Anlass, für mich aufwändige Mahlzeiten zu kochen. Morgen würde mir ein wenig Haferbrei vollkommen genügen.«

»*Haferbrei*?« Mrs. Trinkle schaute sie entgeistert an.

»Haferbrei«, wiederholte Catherine. »Und was die Dienerschaft betrifft, so werde ich noch heute einen Brief an meinen Bruder aufsetzen.«

»Ach, du meine Güte!« Mrs. Trinkles Augen weiteten sich. »Die Post!« Flink hielt sie Catherine das Tablett unter die Nase, auf dem ein großer, dicker Brief lag.

Catherine erkannte die kindliche Handschrift sogleich und schlitzte mithilfe ihres Messers den Brief auf. Ein in der Mitte gefaltetes Aquarell aus festem Papier rutschte heraus und blieb offen auf dem Tisch liegen. Catherine musste lachen und wandte sich dann dem Brief zu. Wie gewöhnlich war das *post scriptum* fast ebenso lang wie der übrige Text.

Liebe Tante Cat,
wann kommst du endlich nach Hause? Wie lange wird es noch dauern? Hier in Chalcote ist es so trübe und langweilig wie Spülwasser. Papa ist mit Pflügen beschäftigt, und Mama muss ständig kotzen. Milford sagt, das sei ein vulgärer Ausdruck, aber ich kenne keinen anderen. Ich wette, Onkel Bentley kennt noch jede Menge anderer Worte dafür. Er hat ja immer die besten Ausdrücke parat.

Wie dem auch sei, Papa sagt, dass du nach London gegangen bist, um mal so richtig kräftig auf die Pauke zu hauen, aber ich habe gehört, wie Mama davon sprach, dass du nur versuchst, vor deinen Dämonen davonzulaufen. Deshalb schicke ich dir zum Schutz diesen Ritter in glänzender Rüstung. Entschuldige bitte, dass das Gelb und das Rot des Wappens ineinander gelaufen sind, aber Gervais hat draufgesabbert.

Deine dir ergebene Nichte
Lady Ariane Rutledge

P.S. Onkel B. ist schon wieder verschwunden. Wenn du ihn siehst, dann sag ihm doch bitte, dass Janie vom »Rose & Crown« hofft, dass er sie bald mal wieder besucht, weil sie noch etwas Besonderes für ihn hat. Sie hat gezwinkert, als sie das sagte. Und Milford hat sie ein »schlimmes Früchtchen« genannt. Was für eine Frucht er damit meinte, wollte er mir aber nicht verraten. Ach ja …

P. P. S. In drei Wochen werde ich schon zwölf!!!

Irgendwo im Haus öffnete sich eine Tür und fiel krachend ins Schloss. Catherine machte sich eine mentale Notiz, diese indiskrete Janie bei erster Gelegenheit zu rügen, als Mrs. Trinkle wieder das Esszimmer betrat. »Lady Kirton ist hier, Madam«, verkündete sie spitz. »Ich habe sie in den Salon geführt.«

Isabel? Ihr Erinnerungsvermögen meldete sich zurück. Verflixt! Sie hatte ihr doch versprochen, sie zum Einkaufen zu begleiten. Es gab kein Vertun, jetzt würde sie Rede und Antwort stehen müssen wegen vergangener Nacht und wegen Max de Rohan. Wenn sie jetzt einen Rückzieher machte, würde alles nur noch schlimmer werden. Resigniert strich Catherine sich das Haar glatt, damit es halbwegs ordentlich aussah, bevor sie sich erhob. Eine Viertelstunde später hatte ihre übertüchtige Tante sie in ihre Kutsche verfrachtet.

»Piccadilly, Jonas«, befahl Isabel ihrem Diener, als dieser die Türe schloss.

Kapitel 9

»Ein menschlicher Windhund ist eine Mischung aus den unehrenhaftesten und beschämendsten aller Untugenden. Sie verschwören sich, um Schande über seinen Charakter zu bringen, während Wein und Syphilis seinen körperlichen Verfall beschleunigen.«
Lord Chesterfield, 1776,
The Fine Gentleman's Etiquette

Die Burlington Arcade war eine schmale Passage, in der zahlreiche kleine und vornehme Geschäfte ansässig waren, die ihre betuchte Kundschaft vornehmlich aus dem West End bezogen. Juweliere, Handschuhmacher, Schuhmacher und Kürschner säumten das seit langem unveränderte Sträßlein, in dem es die erlesensten Güter gab, die mit Geld zu kaufen waren. Londons niederer Bürgerschaft war der Zutritt nicht gestattet, ja sie wurden sogar vertrieben, wozu eigens eine Mannschaft strenger Herolde bereitstand, deren Aufgabe darin bestand, alles Erdenkliche dafür zu tun, dass der Adel in exklusivem Ambiente Geld verprassen konnte.

Da Isabel für gewöhnlich andere Geschäfte aufsuchte, wurde Catherine schnell klar, warum sie heute ausgerechnet hierher gekommen waren: Die ruhige Passage bot ihnen ein wenig Privatsphäre, und sie waren noch nicht einmal vor das dritte Schaufenster getreten, als Isabel innehielt und so tat, als interessierte sie sich für ein Set bunter Kerzen mit Schnitzereien.

»O Cat, was ich dich noch fragen wollte«, setzte sie beiläufig an, den Blick noch immer auf die Auslagen gerichtet. »Warum hattest du es eigentlich gestern Abend so eilig, von Walrafens Fest fortzukommen? Deine Nachricht war ja alles andere als präzise.«

Catherine warf ihrer Tante einen verstohlenen Blick zu. »Ach, wirklich?«, entgegnete sie trocken. »Ich dachte, sie sei recht eindeutig gewesen. Mr. de Rohan bat mich, mit ihm ein spätes Dinner einzunehmen.«

Isabel schürzte für einen kurzen Moment die Lippen. »Wie interessant.«

Catherine seufzte innerlich. Wenngleich ihre Tante sie nur zaghaft befragte, so war sie doch unerbittlich, und im Grunde brannte Catherine darauf, endlich mit jemandem über Max reden zu können. »Ja, der Abend hat sich in der Tat sehr interessant gestaltet«, fuhr sie fort, während sie zum nächsten Geschäft schlenderten. »Wusstest du, Isabel, dass Mr. Peel ihn gebeten hat, die Leitung des Sands-Falls zu übernehmen?«

Neugierde breitete sich auf Isabels Gesicht aus. »Woher weißt du das?«

Catherine schilderte ihr die Einzelheiten des Gesprächs mit Mr. Kemble und Cecilia. Als sie mit ihren Ausführungen fertig war, blieb Isabel stehen und schaute sie aus weit aufgerissenen Augen an. »Ach, du meine Güte!«, rief sie ein wenig atemlos aus. »Was für eine aufregende Dinnerbegleitung Mr. de Rohan gewesen sein muss!«

»Ja«, kam Catherines zögerliche Antwort. »Aber ich muss schon sagen, dass er zuweilen auch eine furchtbar störrische Art an den Tag legt. Er hat mich regelrecht drangsaliert.« Isabel bugsierte Catherine schnell in das Geschäft eines Herrenausstatters und blieb vor einem Stapel Kaschmirschals stehen. »Catherine, ich bitte dich!«, kicherte sie, während sie den Stapel durchsah. »Rutledges lassen sich von niemandem drangsalieren. Was in Gottes Namen hast du denn getan, das den armen Mann derart verärgert hat?«

»Ich habe rein *gar nichts* getan!« Catherine versuchte, ihr Erröten zu verbergen, indem sie sich einen anthrazitfarbenen Schal genauer anschaute, den Kaschmir zwischen den Fingern rieb und sich vorstellte, wie wunderbar ein solcher Schal an ... an einer Person mit dunklem Teint aussähe. »Ich habe ihm lediglich angeboten, ihm ein wenig behilflich zu sein.« Mit einer impulsiven Geste drückte sie dem ungeduldig wartenden Verkäufer den Schal in die Hand.

Isabel schaute dem Verkäufer mit verkniffenem Mund misstrauisch zu, als dieser Catherines Ware einpackte. »Du hast versucht, dich in seine Untersuchungen einzumischen, hab ich Recht?«

»Gar nicht.« Catherine wühlte in ihrer Handtasche, fand aber nur eine zerknitterte Zehnpfundnote. »Ich habe lediglich vorgeschlagen, ich könnte hier und da ein paar Fragen stellen, wenn ich unter Menschen bin«, erklärte sie und reichte dem Verkäufer das Geld. »Was wäre daran so schlimm? Auf jeden Fall hat er nicht davon abgelassen, mir diese Idee ausreden zu wollen.«

»Was Männer normalerweise nicht machen, wenn Ihnen eine Frau einerlei ist.«

Bei diesen Worten riss Catherine den Kopf in die Höhe. »Ja, vielleicht hast du Recht«, stimmte sie Isabel mit gedämpfter Stimme zu.

Isabel starrte ihre Nichte an, als sähe sie sie gerade zum ersten Mal. »Was ich dir jetzt sagen werde, lässt mir das Blut in den Adern gefrieren, meine Liebe«, flüsterte sie. »Aber wenn du Max de Rohan für dich gewinnen möchtest, musst du unbedingt diskret vorgehen.«

»Ihn für mich gewinnen?«, wiederholte Catherine, als sie das geschnürte Bündel aus den Händen des Verkäufers nahm. »Wie in aller Welt kommst du darauf?«

Die beiden setzten ihren Einkaufsbummel durch die Gasse fort. »Bist du eigentlich durstig, meine Liebe?«, erkundigte sich Isabel und hakte sich bei Catherine ein. »Wie wäre es mit einer schönen Tasse Tee?«

»Isabel«, sprach Catherine beharrlich. »Wie in aller Welt kommst du auf eine solch absurde Idee?«

Isabels Antwort bestand in ihrem für sie so typischen Lächeln, das zugleich süßlich und madonnenhaft war. »Vielleicht, weil es schon fast Mittag ist?«

Catherine zog Isabel vor die Auslagen eines Juweliers. »Wir waren mit dem Thema Max de Rohan noch nicht fertig«, zischte sie, als eine Horde kichernder Debütantinnen an ihnen vorbeieilte. »Tu mir den Gefallen und wechsle bitte nicht so mir nichts, dir nichts das Thema, nachdem du es angeschnitten hast, um mich damit zu quälen.«

Ein gut aussehender Mann hielt an, um sich einem gegenüberliegenden Schaufenster zu widmen. Isabel schien ihn nicht bemerkt zu haben. »Kann es sein, dass es dir unter den Nägeln brennt, über einen Mann zu sprechen, den du angeblich gar nicht haben willst«, neckte sie Catherine. »Nun gib schon zu, dass du von ihm fasziniert bist. Wer ist es nicht? Und seinem Gesichtsausdruck nach zu urteilen, als er gestern Abend mit dir getanzt hat, ist er ebenso hingerissen von dir wie du von ihm – ob es ihm passt oder nicht.«

Catherine schaute lange und nachdenklich auf das Paket in ihren Händen. »Er ist doch ein guter Mann, Isabel, oder?«

»Der Beste, sagt Delacourt, der ihn schließlich zu seinen engsten Vertrauten zählt«, verriet Isabel ihr. »Walrafen ist sein politischer Patron. Aber dennoch, meine Liebe, solltest du wissen, dass seine Herkunft ...«

»Zum Teufel mit seiner Herkunft!«, entfuhr es Catherine. »Bitte, Isabel! Du klingst genauso klassenorientiert wie er. Und außerdem ist es ja nicht so, als ob ... als ob ...«

»... du vorhättest, ihn zu heiraten?«, half Isabel ihr mit leiser Stimme auf die Sprünge.

Mit einem Male drehte sich der Mann zu ihnen um und fuhr zusammen. Kurz darauf aber erhellte sich seine Miene schlagartig. »Meine liebe Lady Kirton!«, rief er aus, gesellte sich zu ihnen und machte eine tiefe Verbeugung. »Ich habe Sie gar nicht erkannt. Ist dies Ihre Nichte? Ich hatte noch nicht die Ehre, sie kennen zu lernen.«

Zögerlich stellte Isabel die beiden einander vor.

»Mr. Vost«, setzte Catherine freundlich an. »Welch eine Freude, Ihre Bekanntschaft zu machen.«

Rupert Vost lächelte sie charmant an.

»Die Freude liegt ganz auf meiner Seite, Lady Catherine«, erwiderte er und schaute ihr dabei in die Augen. »Ich muss schon zugeben, dass ich gestern Abend bei Walrafens Ball förmlich darauf gefiebert habe, Ihnen vorgestellt zu werden. Ich habe Sie nämlich gesehen, aber Sie befanden sich auf der anderen Seite des überfüllten Saals.«

Isabel räusperte sich laut. »Wie geht es eigentlich Ihrer Verlobten, Mr. Vost? Wussten Sie, dass Ihr Eheversprechen für uns alle ein wenig überraschend kam?«

»Amelia geht es gut, danke der Nachfrage.« Vosts Lächeln nahm reuevolle Züge an. »Ich bin mir im Klaren darüber, dass viele denken, ich sei nicht der richtige Mann für sie, Madam, aber sie erweist mir mit ihrer Wahl einen großen Dienst, und ich werde alles tun, um ihr zu gefallen. Das genau ist auch der Grund, warum ich Lady Catherine gern vorgestellt werden wollte.«

»Was habe ich damit zu tun?«, entfuhr es Catherine.

Vost schenkte Catherine ein strahlendes Lächeln. »Wegen der Perlen, die Sie letzte Nacht trugen, Mylady«, erklärte er. »Wie bezaubernd sie waren! Aber ich muss sagen, dass sie dennoch Ihrem Teint nicht gerecht werden konnten. Wie dem auch sei, ich bin zufällig auf der Suche nach genau einem solchen Schmuckstück für Amelia. Als Hochzeitsgeschenk, wenn Sie verstehen.« Er machte eine fahrige Handbewegung in Richtung Juweliergeschäft. »Es fällt mir schwer, es zuzugeben, und ich komme mir wie ein Tölpel vor, aber ich weiß beim besten Willen nicht, was momentan in Mode ist.«

»Ach, wirklich?«, hielt Isabel schelmisch dagegen. »Ich hätte wetten können, dass gerade Sie bereits einiges an glitzerndem Geschmeide gekauft haben, mein Herr.«

Mit einem Lachen in den Augen nahm Vost ihre behandschuhte Hand und drückte sie mit ironischer Geste fest an seine Lippen. »Madam, Sie haben mich zutiefst getroffen!«, räumte er ein und blinzelte, als er sich wieder aufrichtete. »Sie haben ja

Recht mit dem, was Sie sagen. Aber es ist eben doch etwas völlig anderes, ein Geschenk für meine zukünftige Ehefrau auszuwählen, als Plunder für meine …«

»Schon gut, schon gut, wir haben verstanden!«, unterbrach Isabel ihn, die sich ein Lachen nicht mehr verkneifen konnte. »Und jetzt fort mit Ihnen, Sie Schelm.«

Vost machte ein jammervolles Gesicht. »Sie werden mir bei meinen Einkäufen also nicht helfen, Lady Kirton?«, fragte er enttäuscht. »Wie steht es mit Ihnen, Lady Catherine? In Ihren Augen kann ich ein Fünkchen Mitleid entdecken. Vielleicht darf ich später einmal bei Ihnen vorbeischauen, um Ihren Rat einzuholen?«

Isabel packte Catherine am Arm. »Sie Schlingel sollten lieber Ihrer Verlobten einen Besuch abstatten, sie wird Ihnen schon den richtigen Tipp geben«, entgegnete sie spitz und ging winkend weiter.

Catherine warf einen Blick über die Schulter zurück und sah, dass auch Vost ihnen winkte. »Helfen Sie mir!«, formten seine Lippen, aber Isabel zog Catherine so kräftig am Arm, dass sie schnell wieder nach vorne schaute.

»Gütiger Herr im Himmel!«, rief sie aus. »Wer war dieser Mann?«

Isabel trieb sie tiefer in die Einkaufspassage. »Ein ausgebuffter Charmeur und Bonvivant«, schnaubte sie. »Fall bloß nicht auf ihn herein, Cat, egal, was er auch sagen mag. Er gehört zu jenen Männern, denen nur die Geldheirat übrig bleibt. Und genau das macht er gerade. Niemand könnte sich freiwillig in die sauertöpfische und verzweifelte Amelia Lane verlieben.«

»Isabel, du tust gerade so, als wäre ich ein kleines Kind«, brummte Catherine. »Bin ich nicht vom schlimmsten Windhund im ganzen westlichen Abendland großgezogen worden? Davon abgesehen muss Vost nur warten, bis er an der Reihe ist. Aber warst du nicht gerade dabei, mir die Leviten wegen Mr. de Rohan zu lesen?«

»Ja, richtig! Danke. Das hätte ich fast vergessen.«

Catherines finsterer Blick konnte den Worten, die nun folgen würden, nicht zuvorkommen.

»Nimm dich in Acht, meine Liebe«, flüsterte Isabel. »Selbst eine diskrete Affäre mit de Rohan könnte dazu führen, dass du dir jegliche Chance verdirbst, in eine Adelsfamilie mit Titel einzuheiraten.«

Catherine hätte fast das Paket zu Boden fallen gelassen. »Titel?« Sie war fassungslos. »Gütiger Gott, wozu brauche ich einen Titel? Ich frage mich so langsam, ob ich überhaupt einen neuen Ehemann brauche.«

»Also gut.« Isabel nickte kurz. »Wenn dein Herz sich wieder gefangen hat, achte bitte darauf, wie du mit ihm umgehst. De Rohan scheint mir niemand zu sein, der einfach so mir nichts, dir nichts sein Herz verschenkt. Und wenn du mich endlich einmal zu Wort kommen lassen würdest, könnte ich dir auch erzählen, dass wir so gut wie nichts über ihn wissen. Er ist kein waschechter Engländer und auch nicht hier aufgewachsen. Er könnte ein Papist sein. Oder sich dem Zölibat verschrieben haben. Oder, Gott bewahre uns, er könnte womöglich bereits verheiratet sein. Hast du je einen Gedanken daran verloren?«

Catherine hatte nur ein Wort verstanden. »*Verheiratet*?« Sie riss die Augen auf. »Er ist nicht verheiratet. Das hat er mir selbst gesagt.«

»Hat er das?« Isabel musste erneut innerlich lachen. »Wie dem auch sei, der Mann ist und bleibt geheimnisvoll, meine Liebe. Ungeachtet seiner beruflichen Laufbahn erscheint er mir ein wenig zu kultiviert ...«

»Aha! Und ich habe wohl noch Stroh unter meinen Schuhen kleben, oder wie?«, entfuhr es Catherine. »Vielleicht fühle ich mich in seiner Gegenwart gelöster und endlich mal nicht so traurig, Isabel! Ich weiß doch gar nicht, was ich will, aber ich finde ihn auf alle Fälle sehr interessant.« Wortlos drückte sie den sorgfältig eingepackten Schal an ihre Brust.

Isabels Schritte wurden langsamer, sie blieb vor einer schmiedeeisernen Sitzbank am Ende der Passage stehen. »O je!«, seufzte sie und signalisierte Catherine, sich neben sie zu setzen. »Wie ich sehe, hast du dich auf ihn eingeschossen. Nun gut. Ich muss sogar zugeben, dass ich ein wenig eifersüchtig bin. Aber pass gut auf dein Herz auf, meine Liebe.«

Catherine dachte über die liebevolle Warnung ihrer Tante nach. Konnte es sein, dass Maximilian de Rohan ein Herzensbrecher war? Die Chancen dafür standen gut, doch Catherine war sich nicht sicher, ob es ihr nicht längst einerlei war. Wie aber sollte sie Isabel diese Leichtsinnigkeit beichten? Wie ließ sich diese innere Leere am besten beschreiben, die einen Menschen dazu brachte, sich nichts sehnlicher zu wünschen, als endlich wieder etwas, irgendetwas zu *fühlen*? Und wie kam es, dass ausgerechnet dieser grimmige und ernst dreinschauende Mann mit seinen dunklen, denen eines Racheengels ähnlichen Augen es schaffte, dass sie sich lebendig, leidenschaftlich und begehrenswert fühlte? Niemand konnte ihre Dämonen auf Dauer fern halten. Catherine hatte mittlerweile erkannt, dass sie weder vor ihnen davonlaufen noch sie ignorieren konnte. Sie mussten *beseitigt* werden.

»Vielleicht habe ich mein Herz zusammen mit Will zu Grabe getragen«, antwortete Catherine leise.

»Glaubst du das wirklich?«

In ihren Worten hatte Zweifel gelegen, und Catherine wurde bewusst, dass sie ihr Herz vielleicht doch noch nicht beerdigt hatte. Auch wenn es Schmerzen beim Tod von Will erfahren hatte, wartete es darauf, wieder jemandem vor die Füße gelegt zu werden. Diese Erkenntnis ließ sie erzittern. Aber statt ihre Gefühle in Worte zu kleiden, nahm sie die Schultern zurück und schob ihre Brust nach vorne. »Mach dir keine Sorgen um mich«, sprach sie ruhig. »Mein Herz weiß, wie es mit Max de Rohan umzugehen hat.«

»Nun gut«, sprach Isabel energisch. »Nichtsdestotrotz setzt die Gesellschaft ein gewisses Maß an Diskretion bei Liebesaffären voraus. Du solltest nicht zu offenkundig sein oder schwer verliebt dreinschauen. Und, um ganz sicher zu sein, solltest du auch beim Personal größte Vorsicht walten lassen.«

»Du liebe Zeit!«, antwortete Catherine trocken. »Hier in der Stadt gibt es ja mächtig viele Regeln der Etikette.«

»Gut beobachtet.« Isabels Augen funkelten. »Erinnerst du dich, wie ich sagte, du müsstest die Dinge selbst in die Hand nehmen?«

Catherine wandte schnell ihren Blick ab, als sie merkte, wie ihr die Röte ins Gesicht schoss. »Natürlich, aber wie soll ich das anstellen? Er ist so dickköpfig und stolz.«

»Nun«, setzte Isabel energisch an. »Ich denke, eine echte Rutledge weiß, was zu tun ist.«

»Isabel!«

Sachte tätschelte Isabel ihr Knie. »So, und jetzt folge mir, Cat«, forderte sie ihre Begleiterin auf und zog sie hoch. »Alles wird seinen Lauf nehmen, doch zuerst müssen wir Cecilia einen Besuch abstatten. Sie wird uns alles erzählen, was es über de Rohan zu wissen gibt. Und erwähntest du nicht, sie wollte de Rohan am Sonnabend einen Besuch abstatten?«

Catherine nickte und setzte sich ruckartig in Bewegung. »Ja, um ihm eine Schatulle mit Julias Dingen zu bringen.«

»Sehr gut!«, sprach Isabel über ihre Schulter hinweg. »Das trifft sich sehr gut.«

»Wieso? Weshalb?«

Aber Isabel schlängelte sich bereits schnell durch die Menge. Catherine beschleunigte ihren Schritt, und während sie dem wippenden Strauß blauer und gelber Federn folgte, der die Hutspitze ihrer Tante schmückte, fragte sie sich, wo in Gottes Namen sie hineingeraten war.

Die Uferpromenade war eine breite und von vielen Geschäften gesäumte Straße, die vom piekfeinen und distinguierten West End kam und in die leicht anrüchige Fleet Street überging, von wo aus sie in die dunkleren Gebiete im Osten der Stadt führte. Die Kirche St. Mary-le-Strand säumte das obere Ende, während der Torbogen von Charing Cross das gegenüberliegende Ende bestritt. Das Schicksal hatte sie einander gegenübergestellt, und auf dem Stück zwischen ihnen tummelte sich für gewöhnlich alles, was London vorzuweisen hatte. Nirgendwo anders als an der Kreuzung zur St. Martin's Lane, auf der sich der Verkehr vom Covent Garden und von Mayfair entlud, war ein derartiger Zusammenfluss der unterschiedlichsten Menschen zu beobachten: Dilettanten und Dandys, Steinmetze und Staatsmänner, Huren und Herzoginnen – sie alle bogen von der St. Martin's Lane ab und wechselten auf die Uferpromenade, die auch *The Strand* genannt wurde. Gewitzte Geschäftemacher wussten um die Besonderheit der Kreuzung. De Rohan blieb nur wenige Yards von ihr entfernt stehen und warf einen Blick auf eine kleine Messingplakette an einer Ladentür, die eine höchst merkwürdige Gravur trug:

Mr. George Kemble
Händler feinster Unikate und edlen Allerleis

Mit seinem für ihn typisch skeptischen Grunzen öffnete de Rohan die Tür und trat dicht von Sisk gefolgt ein. Eversole, der untergeordnete Wachtmeister, postierte sich als Wache vor dem Laden.

Die Glocke bimmelte fröhlich, als Sisk die Tür schloss. Hinter niedrigen Glasvitrinen, die als Verkaufstheke dienten, stand ein gertenschlanker, gut gekleideter Jüngling, der nur flüchtig aufsah und sie mit einem gelangweilten, aber zugleich nachdenklichen Blick begrüßte, bevor er sich sofort wieder seiner Aufgabe widmete, eine prunkvolle Öllampe aus Silber zu polieren – eine Rarität, die den Anschein erweckte, sie sei rauchspeiend den Händen der Königin Scheherazade entrissen worden.

De Rohan ließ gewohnheitsmäßig seinen Blick durch den Raum schweifen. Vielleicht war es ungerecht, Kemble mit einem billigen Zauberer vom Jahrmarkt zu vergleichen, da er doch eher jemand war, der einen ganzen Jahrmarkt aufkaufen und ihn in sein Geschäft verfrachten konnte. Die Waren, die er feilbot, waren allesamt ausgezeichneter Qualität. Die Ladentische bogen sich vor Nippes aus Opal, Jade und Muranoglas. Flämische Gobelins und türkische Wandteppiche zierten die Wände, und von der Decke baumelte eine *punkah*, ein indischer Windfächer, unter dem sich auf einem kleinen Marmortisch eine bizarre Sammlung von mit Juwelen besetzten Kaleidoskopen befand. Die übrigen Vitrinen waren mit marokkanischem Silber, chinesischem Porzellan und antikem Schmuck gefüllt.

Gerade als de Rohan sich eine glänzende Ritterrüstung aus dem Mittelalter näher anschauen wollte, erschien Kemble aus dem hinteren Teil des Ladens und bahnte sich seinen Weg um eine Glasvitrine herum. »Ist er nicht einfach wunderwunderschön?« Kemble lächelte, als er liebevoll mit seiner Hand über den silbernen Arm der Rüstung fuhr. »Dänemark, vierzehntes Jahrhundert. Bitte beachte auch die imposante Ausbeulung für seine persönliche männliche Waffe. Wir nennen den Burschen gerne *Thor*.«

De Rohan konnte sich das Lachen nicht verkneifen. »Und was zum Teufel hast du mit ihm vor?«

Kemble lächelte höhnisch. »Ihn an irgendeinen reichen Bürger zu verhökern«, erklärte er, begleitet von einer fahrigen Handbewegung. »Es gibt so viele, die gern die Illusion ihrer nicht vorhandenen Abstammung aufrechterhalten wollen.« Als sein Blick auf die kleine Juwelentruhe fiel, die Sisk unter dem Arm trug, erhellte sich sein Gesicht, und sein Tonfall wandelte sich von Zynismus zu Vorfreude. »Ach, du meine Güte!«, raunte er fast atemlos. »Sie haben sie mir schon heute mitgebracht?«

»Jawohl, Sir. Wir konnten das Ding doch nicht so lange auf dem Revier am Queen Square liegen lassen, oder?«

De Rohan hatte Kemble im Vorfeld die Nachricht zukommen lassen, dass es sich bei den Juwelen um eine geheime Mission handelt, woraufhin Kemble vor Aufregung völlig aus dem Häuschen geraten war. »Ich wäre so weit«, flüsterte er verschwörerisch. »Folgt mir in mein Büro.«

Ohne Sisk eines Blickes zu würdigen, zeigte er de Rohan eine Tür, die in den hinteren Bereich des Ladens führte. De Rohan schob die schweren Vorhänge beiseite und betrat einen hell erleuchteten Raum. Die hohen und blitzblank geputzten Fenster, deren Vorhänge zurückgezogen waren, damit möglichst viel vom Nachmittagslicht einfiel, gingen zur rückwärtigen Häusergasse hinaus. Auf einer Werkbank unterhalb des Fensters standen zwei Lampen, daneben ein langes, gepolstertes Kissen, auf dem, ordentlich angeordnet, ein großes Sortiment silberner Werkzeuge lag.

Kemble hievte sich auf einen hohen Hocker, drehte die Flamme beider Lampen höher und bedeutete Sisk, er möge die Schatulle auf dem Tisch abstellen. Der Wachtmeister tat, wie ihm geheißen, und ohne ein weiteres Wort zu verlieren, breitete Kemble ein großes Samttuch aus, auf das er mit einer groben Bewegung den Inhalt schüttete. Julia Markham-Sands' unbezahlbar teure Juwelen purzelten heraus und entfalteten eine glitzernde Vielfalt.

»Oh! Wie hübsch!« Kems flinke und geschickte Finger hatten im Nu den Schmuckberg durchkämmt.

De Rohan schaute ihm verblüfft zu, wie er die Juwelen, egal, ob Anhänger oder Hutnadel, in drei Häufchen sortierte. Hin und wieder hielt er inne und murmelte dabei etwas in seinen nicht vorhandenen Bart. Manches Mal griff er zu seinen feinen Werkzeugen, um an den Schmuckstücken zu kratzen, sie zu vermessen oder die Steine und Fassungen abzuklopfen. Ein oder zwei Mal schob er das Glas der Lampe hoch, um mit einer dicken Zange eine Brosche oder einen Ohrring mehrmals durch die Flamme vor- und zurückzuführen.

Schließlich bediente er sich eines Vergrößerungsmonokels für Juweliere und ging dazu über, sich jedes Schmuckstück, das er auf den am nächsten liegenden Stapel sortiert hatte, näher zu untersuchen. Als er damit fertig war, fuhr er herum und bedachte Max mit einem selbstzufriedenen Lächeln.

»Was denn?«, brummte de Rohan.

Kems Lächeln wurde breiter. »Talmi, alter Junger!«, verkündete er frohlockend. »Jedes verdammte Stück ist unecht.«

Sisk explodierte als Erster. »*Unecht?*«, rief er aus. »Das kann doch gar nicht sein, das sind schließlich die Klunkersteine der Lady Sands, Mann. Die können doch unmöglich gefälscht sein!«

Kem zuckte teilnahmsvoll mit den Schultern. »Fälschung bleibt eben Fälschung, Herr Wachtmeister.« Er lachte in sich hinein. »Die ganze Sammlung ist nicht einmal annähernd so viel wert wie der Topas, der mein Halstuch ziert.«

De Rohan starrte noch immer vor sich hin. Kembles Ergebnis kam nicht völlig überraschend, er hatte schon die ganze Zeit über vermutet, dass etwas faul sein musste. Fürchterlich faul sogar. Dinge wie diese passierten am laufenden Band. De Rohan griff sich die größte Brosche – ein ovaler Rubin, eingefasst von Perlen – und rieb mit dem Finger darüber. »Alles Fälschungen also?«

Kemble rümpfte verächtlich die Nase. »Und nicht einmal sehr gute.«

»Wie zum Teufel kann das möglich sein?« Sisk drehte sich zu de Rohan und starrte ihn an.

Kemble lehnte sich mit einem scharfen Werkzeug in der Hand nach vorn und klopfte damit auf einen winzigen Kratzer, den er auf die Rückseite der Brosche gemacht hatte. »Schau mal, darunter liegt weiches Messing. Gute Imitate hätten eine Legierung aus Kupfer und Zink. Und erst dieser Stein!« Er schickte seinen Blick himmelwärts. »Reinster Strass.«

Sisk fuhr sich mit seiner großen, schwieligen Hand über den Kiefer. »Das gefällt mir ganz und gar nicht.«

»Nun, es gibt hier und da Stücke, die echt sind«, räumte Kemble ein und nahm mit einer verächtlichen Geste eine Hutnadel mit einem Opalstein sowie ein dünnes Armband in die Hand, das abwechselnd aus Perlen und Jadesteinen bestand. »Aber die sind schlichtweg nicht wertvoll genug, als dass es sich lohnen würde, von ihnen Kopien anzufertigen.«

»Lord Sands erzählte mir, die meisten Schmuckstücke würden aus seinem Erbe stammen«, unterbrach de Rohan ihn. »Und dass die anderen Schmuckstücke Geschenke von ihm waren.«

Kem schürzte für einen kurzen Augenblick die Lippen. »Dann muss sie sie gefälscht haben, um Lord Sands an der Nase herumzuführen«, gab er beharrlich zurück und schüttelte den Kopf. »Das wäre kein Einzelfall. Es gibt so manche blaublütige Dame, die ihre Schulden nicht begleichen kann und deshalb ihre Juwelen versetzt oder verkauft.«

»Ja, und? De Rohan kennt diesen Trick doch«, murmelte Sisk leicht abfällig. »Ich kann noch immer nicht glauben, dass der Glitzerkram unecht ist.«

Verärgerung flackerte in Kembles Augen auf. »Jetzt hören Sie mir mal zu, Wachtmeister. Von mir aus können Sie diesen wertlosen Haufen Schrott nehmen und ihn einem Ihrer vornehmen Juweliere in St. James bringen, wenn sie an meinem Urteil zweifeln«, fuhr er ihn an. »Aber ich bin und bleibe ein Experte auf dem Gebiet.«

»Ach, wirklich?«, spöttelte Sisk. »Dass ich nicht lache.«

Jetzt holte Kemble zu einem Vergeltungsschlag aus und musterte mit einem verächtlichen Blick die Kleidung des Wachtmeisters. »Mr. Sisk«, setzte er mit spöttischem Unterton an und schaute verächtlich auf Sisks Weste. »Hat Ihnen eigentlich schon einmal jemand gesagt, dass Senf nicht mehr *en vogue* ist?«

Sisk trat einen Schritt zurück. »Aber Frühstücksspeck ohne Senf schmeckt mir eben nicht«, antwortete er kleinlaut und fuhr sich mit den Fingern über den zerknitterten Stoff. »Außerdem sind da nur zwei winzige Kleckse – was ist denn schon dabei?«

Kemble schenkte ihm ein knappes Lächeln. »Ich rede von der Farbe, Sie Schwachkopf!«, fuhr er ihn an. »Gelb und Braun sind in dieser Saison vollkommen *passé*. Eine grauenhafte Polizeiuniform stünde Ihnen weitaus besser.«

Sisk wedelte mit seiner fleischigen Faust vor Kems Gesicht. »Ich bin aber nicht im Dienst, also halten Sie bloß Ihre Klappe, Sie eitler Pfau.«

»Schluss damit, Ihr beiden!«, ging de Rohan barsch dazwischen. »Wir werden keinen anderen Juwelier aufsuchen, denn jemand muss den Schmuck ja gefälscht haben. Und bis ich nicht weiß, wer dieser jemand ist, werden wir Stillschweigen darüber bewahren.«

Kemble gab sich geschlagen und sah mit einem Mal sehr nachdenklich aus. »Jeder Juwelier hat seine eigene unverwechselbare Handschrift«, ließ er verlauten und streckte seinen schlanken Zeigefinger in die Höhe. »Das kann seine Löttechnik oder die Art und Weise sein, wie er Steine einfasst. Manchmal hinterlassen sie auch winzige Kennzeichnungen.«

»Was schlägst du nun vor?«

Ein flüchtiges Lächeln huschte über Kembles Lippen. »Warum lässt du mir nicht eine der Kopien da – beispielsweise dieses große Tudorkollier – und ich gebe vor, nicht zu wissen, dass es sich dabei um eine Fälschung handelt.« An dieser Stelle warf er Sisk erneut einen bösen Blick zu. »Ich werde ein paar Goldjungs in der Nachbarschaft mal einen Besuch abstatten und mich bei ihnen nach dem Wert des Kolliers erkundigen. Irgendwer wird das Stück bestimmt wiedererkennen, aber keiner wird mir zu viele Fragen stellen, weil ...«

»Sie befürchten, es könnte versetzt oder gestohlen sein«, beendete de Rohan niedergeschlagen. »Danke, Kem. Aber sei bitte vorsichtig. Sisk, ich würde sagen, wir nehmen den Strasshaufen wieder mit zu Lord Sands und überbringen ihm die schlechte Nachricht. Und wenn wir schon einmal bei ihm sind, sollten wir auch die Gelegenheit beim Schopfe packen und uns noch einmal mit den Bediensteten unterhalten.«

»Wenn's sein muss«, murrte der Wachtmeister, der Kemble noch immer gehässig beäugte. »Dann sollten Sie aber dieses französische Früchtchen ganz oben auf die Liste setzen.«

De Rohan, der bereits dabei war, die Schatulle wieder zu füllen, hielt inne und drehte sich um. »Wen? Die Kammerdienerin der Lady?«

Sisk lächelte spöttisch. »Sie nennt sich selbst Genevieve, diese kleine gewiefte Betrügerin.«

»Danke, dass Sie mir auf die Sprünge helfen, fast hätte ich es vergessen«, warf Kemble ein, durchquerte den Raum und ging zu einem massiven Sekretär mit zahlreichen Ablagefächern. Aus einem fischte er ein Bündel Papiere und reichte sie dann de Rohan. »Gab es je eine gewieftere Betrügerin als die gute alte Julia? Die Liste ihrer Liebhaber müsste noch um die Namen dieser betuchten Gentlemen erweitert werden.«

De Rohans Blick flog über das Blatt, während Sisk und Kemble ihm über die Schulter schauten. »Kommt dir jemand bekannt vor?«, fragte Letzterer amüsiert.

Es standen nur drei Namen auf dem Papier. Ein reicher amerikanischer Bankier, ein unbedeutender französischer Graf und … gütiger Gott! *Bentham Rutledge*? Den Namen kannte de Rohan nur zu gut. Rutledge war ein Lebemann und Spieler der schlimmsten Sorte, und es war auch nicht das erste Mal, dass sein Name im Zusammenhang mit einer strafrechtlichen Untersuchung auftauchte.

De Rohan hatte mit einem lauten Zischen den Atem angehalten. »Wir werden ihn einfach nicht los, oder?«, bemerkte Kemble und tippte mit seinem manikürten Finger auf Rutledges Namen.

»Lady Sands soll ausgerechnet mit *ihm* geschlafen haben?« De Rohan konnte mit seiner Verwunderung nicht hinter dem Berg halten. »Aber er ist doch weder gestriegelt noch … reich genug.«

Kem zögerte kurz. »Nun, soweit ich es in Erfahrung bringen konnte, kam es nur zu ein, zwei schnellen … Begegnungen«, erklärte er. »Aber wir sollten nicht vergessen, dass es Frauen gibt, die einer rauen Schale nicht abgeneigt sind. Schließlich hast selbst *du* es geschafft, diese Woche eine Verabredung zum Abendessen zu ergattern.«

Mit einem Male prustete Sisk derart laut los, dass er sich vor Lachen krümmte. De Rohan spürte, wie ihm die Röte ins Gesicht schoss. »Du kannst deine verdammten Kommentare für dich behalten, Kemble.«

Der Angesprochene lächelte aber nur und kniff de Rohan in den Arm. »Komm schon, du musst dir nicht gleich in die Hose machen«, riet er ihm. »Im Gegensatz zu Rutledge bist du vollkommen in Ordnung, Junge. Es ist halt nur, dass du ein wenig ungehobelt daherkommst. Aber jetzt musst du mir doch verraten, wo du diese Schönheit aufgetan hast. Mein Gott, für so zarte Haut wie die ihre würde ich über Leichen gehen.«

»Das geht dich gar nichts an, Kem.« Im nächsten Moment hatte de Rohan Sisk durch die schweren Samtvorhänge und zurück in den Verkaufsraum bugsiert.

Kemble geleitete sie durch den Laden und öffnete ihnen schwunghaft die Tür. »Nun, ich rieche Verrat, denn ich kenne *jeden* in dieser Stadt, aber *die* habe ich noch nie in meinem Leben zu Gesicht bekommen.« Mit einer übertrieben schwunghaften Geste überreicht Kemble Sisk die Juwelenschatulle, aber nicht ohne noch einmal liebevoll über das Holz zu streichen. »Geht jetzt, Jungs. Es ist Zeit, dem guten alten Harry die schlechte Nachricht zu überbringen.«

Kapitel 10

»Geben Sie Acht, nicht durch Gespräche zu Unanständigkeiten verleitet zu werden.«
Lord Chesterfield, 1776,
The Fine Gentleman's Etiquette

Nachdem sie eine halbe Stunde damit zugebracht hatten, Lord Sands die unglückselige Wahrheit über seinen Familienschmuck zu erläutern, schickte de Rohan Sisk zusammen mit der Schatulle, die ja technisch gesehen ein polizeiliches Beweisstück war, zurück zum Queen Square. Sie einigten sich darauf, dass Sisk und er später am Tag die gemeinsame Arbeit wieder aufnehmen würden. De Rohan schlang schnell ein Stück Schweinefleischpastete hinunter, die er an einem Stand im Green Park gekauft hatte, und machte sich auf in Richtung Chelsea Road. Als er zu Hause ankam, musste er feststellen, dass Mrs. Frier Nate in seine Wohnung gelassen und ihn an die Arbeit gesetzt hatte. Mit einem steifen Lächeln wuselte de Rohan Nate durch die Haare, und sie sprachen kurz über dies und das.

Schon als de Rohan sich seinerzeit auf die Suche nach einem Appartement zur Untermiete gemacht hatte, hatte Mrs. Frier Lucifer mit ziemlichem Misstrauen beäugt, aber nach nur knapp zwei Wochen war die Dogge unwiderruflich bei ihr in Ungnade gefallen. Begonnen hatte es mit einem verdauungstechnischen Fauxpas in ihrem heiß geliebten Rosenbeet. Als Nächstes hatte die gute Dame beobachtet, wie Lucifers Nase Schmierflecken am Fenster hinterlassen hatte, weshalb de Rohan sich einige Eimer gekauft und Nate, der früher als Taschendieb die Straßen unsicher gemacht hatte, zu einer bezahlten Anstellung verholfen hatte. Durch die unzähligen Botengänge und Handlangerarbeiten, die Nate für de Rohans beide Haushalte ausführte, konnte er seine Mutter und sechs Geschwister ernähren.

De Rohan ließ seinen Blick über die zerschlissene Kleidung des Jungen wandern. *Dannazione*! Wie konnte es sein, dass in einem reichen Land wie diesem so viele Kinder verhungern mussten? Hatten die Engländer denn gar nichts aus der Revolution gelernt? Aber de Rohan wusste, dass ein einzelner kleiner Mensch nicht viel auszurichten vermochte, und lenkte deshalb seine Gedanken auf das Übel, das ihn derzeit beschäftigte und das er zu rächen gedachte. Er setzte sich an den Schreibtisch und fing an niederzuschreiben, was er von Kemble erfahren hatte. Kaum hatte er die Feder aufs Papier gesetzt, da riss Nates quietschvergnügte Stimme ihn schon wieder aus seinen Gedanken.

»Sie seh'n heut aber ziemlich fertich aus, Sir«, bemerkte der Junge, während er die Fenster des Salons putzte.

De Rohan schaute von seinen Notizen auf. »Kann schon sein, ja.«

Nate hob unschuldig und zuvorkommend eine seiner dünnen Augenbrauen. »War wohl spät gestern Nacht, wie?«

»Mmh«, stimmte de Rohan ihm geistesabwesend zu.

Plötzlich bemerkte de Rohan, wie Nate zu dem kleinen Spültisch hinüberschielte, an dem de Rohan sein kärgliches Geschirr wusch und abtrocknete. »Sieht so aus, als hätten Sie letzte Nacht Besuch gehabt, was?«, hakte der Junge nach und fuhr mit dem nassen Lappen über die Scheibe. »Da drüb'n steh'n ja auch noch welche von Ihren guten Weingläser zum Trocknen.«

»Ach, wirklich?« Ein böser Verdacht regte sich in ihm.

»Ich glaub ja, dass Sie diese Lucy Leonard hier hatt'n«, plauderte der Junge munter weiter, wobei er mit großen kreisenden Armbewegungen über das Fenster wischte. »Das is' doch mal 'n strammes Mädel, das sauber is' und auch noch alle Zähne hat.«

Mit einem Fluch schnippte de Rohan mit den Fingern und streckte seine Hand aus. »Runter mit dir, Nate«, knurrte er. »Gib es mir.«

»Was denn?«, fragte der Junge unschuldig und hielt die Hände in die Höhe. »Ich hab nix geklaut, ehrlich.«

De Rohan schnippte ein weiteres Mal beharrlich. »Nonna Sofias Geld«, ermahnte er den Burschen. »*La bustarella*! *Subito*! Du sollst die Hand, die dich nährt, nicht beißen.«

Einen Moment lang schaute Nate drein, als wäre er sich nicht sicher, von welcher Hand genau die Rede war. De Rohan hegte den dringenden Verdacht, dass Nonna Sofia die Tischreste nicht nur an den Hund weitergab. Mit einem resignierenden Schnaufen warf der Junge den Putzlappen fort und kramte in seiner Hosentasche. Mrs. Friers Klopfen jedoch rettete ihn. De Rohan öffnete die Tür und erblickte seine Hauswirtin, die mit hoch erhobenem Haupt und weit in den Himmel gestreckter Nase vor ihm stand. Wachtmeister Sisk, der – auch wenn das kaum noch möglich war – noch schäbiger als sonst aussah, stand neben ihr.

»Ich bringe die Akten vorbei«, knurrte der Polizist.

Kurz darauf hatte de Rohan einen Wasserkessel aufgesetzt und die Gläser von dem kleinen Spültisch geräumt. Zusammen mit Sisk trug er den Tisch näher ans Licht. Verlegen nahm Nate seinen Wassereimer und schlich hinaus in den Garten, um die Fenster von außen zu säubern. Die nächste Stunde verbrachte de Rohan damit, über Sisks Akten zu brüten. Er verglich gewissenhaft seine Aufzeichnungen und Notizen mit denen von Sisk, konnte aber keine Abweichungen finden. Schließlich überflog er ein weiteres Mal die einzelnen Befragungen, doch auch hier entdeckte er nichts, was die Ermittlungen vorantrieb.

De Rohan seufzte erschöpft und warf den Bleistift von sich. »Verdammt!«, flüsterte er frustriert. »Nichts!«

Sisk lehnte sich zurück und hakte die Daumen unter die Hosenträger. »Vielleicht sollten wir noch mal die Verdächtigen durchgehen. Sie haben sich Freitagabend in das Getümmel bei Lord Walrafen gestürzt, nicht wahr?«

De Rohan ließ seinen Finger über die Namensliste wandern, hielt jedoch bei den drei obersten Namen inne. »Ich habe mich kurz mit diesen Männern unterhalten«, erklärte er. »Aber die können wir meiner Meinung nach abhaken. Vor allem Reeves. Er sagte aus, er hätte sich in der Mordnacht im Orientalischen Club betrunken.«

»Was der Portier bestätigen konnte«, brummte Sisk. »Reste von Reeves Alibi stecken noch in den Schlingen des Teppichs des Kartenzimmers.« Mit einem angewiderten Grunzen strich de Rohan seinen Namen von der Liste. »Ja, das habe ich ebenfalls gehört.«

»Sie können auch Sir Everard Grant streichen, wenn Sie gerade dabei sind«, fuhr Sisk fort. »Er ist einer mehrtägigen Einladung nach Maidstone gefolgt, wo er sich die ganze Zeit über aufgehalten hat. Dafür gibts etliche Zeugen.«

De Rohan stieß sich mit einem Fluch vom Tisch ab. »Warum in Gottes Namen hat er dann geleugnet, Lady Sands überhaupt zu kennen?«

»Hat er das?« Sisk schien nicht überrascht zu sein.

»Ja«, brummte de Rohan. »Und jetzt kommen Sie daher und sagen, er hatte die ganze Zeit ein Alibi, von dem er mir nichts erzählt hat.«

Der Wachtmeister hüllte sich einen langen Moment in bedächtiges Schweigen. »Die Reichen denken gar nicht daran, mit der Polizei zu kooperieren, de Rohan«, gab er schließlich zur Antwort. »Das wissen Sie ebenso gut wie ich. Und das, obwohl Sie noch immer diesen knallharten Blick der Runners draufhaben.« De Rohan öffnete den Mund, um zu protestieren, aber Sisk hob seine Hand. »Auch wenn Sie jetzt zu diesen Lackaffen in Westminster gehören, werden Sie für die meisten reichen Schnösel immer nach der Bow Street stinken.«

»Vielen Dank für Ihre Gesellschaftsanalyse, Sisk«, grummelte de Rohan und presste sich die Handballen gegen die Augen.

Sisk zuckte gleichgültig mit den Schultern. »Wollte Sie nicht beleidigen. Sie waren ja ein verdammt guter Wachtmeister und ein noch besserer Runner, vor allem, weil Sie weder das eine noch das andere beruflich hätten machen müssen. Bei all den Sprachen, die Sie sprechen, ist es aber kein Wunder, dass die

Flusspolizei Sie angeheuert hat. Denken Sie doch nur mal an den ganzen Ärger mit …«

De Rohan schnitt ihm mit einem eisigen Blick das Wort ab.

»Aye, Sir, vergessen Sie's einfach. Ich wollte Ihnen ja bloß sagen, was ich so denke. Sie sind irgendwie anders als die anderen. Zum Henker, Sie sind auch so ganz anders als ich zum Beispiel, wenn Sie verstehen, was ich meine.«

De Rohan hatte sehr wohl verstanden, und der Teufel sollte Sisk holen, denn er hatte vollkommen Recht. De Rohan hatte es schon immer gewusst, aber erst seit kurzem machte es ihm zu schaffen, hatte er begonnen, darüber nachzudenken, was er aufgegeben hatte. Gütiger Gott. Ihm stand jetzt nicht der Sinn nach Grübelei. »Zurück zu Lady Sands«, murmelte er und schob einen Stapel Akten von sich. »Wer steht als Nächstes auf der Liste?«

»Bodley.« Der Wachtmeister hatte den Namen ausgespuckt, als wäre er ein Schluck saurer Milch gewesen. »Gibt an, er wäre allein zu Hause gewesen, keine Zeugen. Offen gesagt würde ich wetten, dass er unten am Covent Garden war, um die Orangenverkäuferinnen vom Opernhaus flachzulegen.«

De Rohan seufzte tief. »Im Namen des Herrn, Sie sind einfach widerlich, Sisk.«

Sisk gähnte und streckte sich. »Die Welt ist ein widerlicher Ort, de Rohan«, entgegnete er und kratzte sich unflätig. »Nun, wie sieht es mit Ihrem Schönling Mr. Vost aus? Gibt es da etwas Verdächtiges?«

De Rohan schüttelte verdrossen den Kopf. »Ich bin davon überzeugt, dass auch er raus ist. Eine reiche Witwe ist gestern in meinem Büro aufgekreuzt und hat erklärt, Vost hätte in besagter Nacht ihr Bett gewärmt. Die ganze Nacht hindurch, das hat sie unmissverständlich klar gemacht.«

»Hmm«, brummte der Wachtmeister. »Und was genau hat Vost Ihnen erzählt?«

Jetzt war de Rohan an der Reihe, mit den Schultern zu zucken. »Zuerst war er sehr ausweichend. Wollte augenscheinlich ihren

Ruf retten. Er ist und bleibt ein Gauner, auch wenn er so manch feinen Zug eines Gentlemans an sich trägt.«

Sisk schaute enttäuscht drein. »Verdammt noch mal«, fluchte er und strich mit einem dicken Stift Rupert Vosts Namen durch.

»Bleiben noch die drei Namen, die Kemble ausgespuckt hat. Eversole und einer von den Beamten sind bereits auf dem Weg nach Calais, um diesen französischen Grafen aufzuspüren.«

De Rohan war beeindruckt. »So schnell?«

Sisk lächelte und entblößte seine acht gelben Zähne. »Yeah, so wie ich die Sache sehe, führt das aber zu nix. Der ist bekannt wie 'n bunter Hund. Außerdem, was für ein Motiv sollte der haben? Also bleibt nur noch ...« Er hielt inne und warf einen fieberhaften Blick auf seine Notizen. »Ach ja, bleiben nur noch dieser Halunke Rutledge und der Bankier aus Philadelphia, dieser Fordham. Wir haben weder den einen noch den anderen ausfindig machen können, aber wenn Sands nicht der Täter ist, dann wette ich zwei Pfund auf Rutledge. Der Typ stinkt nur so nach Ärger.«

»Wieso, ist was passiert?«

Sisk klappte lautstark sein Notizbuch zu. »Der trägt doch böses Blut in sich, auch wenn sein Alter längst mausetot ist. Dem neuesten Gerücht zufolge schuldet er Tommy O'Halleran zweitausend Pfund. Sie wissen schon, dem Besitzer der Spielhölle. Ich wage sogar zu behaupten, dass es sich hierbei um Diebstahl handelt.«

Zweitausend Pfund? De Rohan atmete tief ein. »Sie sollten sich am besten mal in Hampstead umhören«, murmelte er. »Da verkriecht er sich manchmal.« De Rohan, der noch immer nicht so recht daran glauben wollte, dass Sands der Mörder war, hoffte ebenso inständig, dass Rutledge nicht der Täter war. Er war zwar in die Mordfälle des Nazareth-Zirkels verstrickt gewesen, aber de Rohan war davon überzeugt, dass er kein Dieb war. Ein Taugenichts hingegen war er allemal, und zwar einer, der sich gern mit dem Bodensatz der Gesellschaft abgab.

Was de Rohan in diesem Moment viel mehr zu schaffen machte, war die Tatsache, dass er Sisk noch immer Beweismaterial vorenthielt, denn er hatte mit keiner Silbe Dr. Greaves' Vermutungen über die Abtreibung erzählt, weil es kein gutes Licht auf Sands werfen würde. Was, wenn Sands geahnt hatte, dass Julia schwanger gewesen war? Kein Adliger weit und breit würde das Kind eines anderen als Erben akzeptieren. Wie aber stand es um Rutledge? De Rohan konnte sich vage daran erinnern, dass er schon einmal ein Kind verloren hatte. Damals hatte er die Mutter beschuldigt und war rasend vor Wut und Verzweiflung gewesen. Wenn er nun ein weiteres Kind durch die Handlungen der Mutter verloren hatte … *Dio*, welch ein entsetzlicher Gedanke.

De Rohan schaute dem Wachtmeister geradewegs in die Augen. »Denken Sie noch immer, dass es Sands war?«

Sisk schüttelte den Kopf, als Mrs. Frier erneut an die Tür klopfte, dieses Mal fast schon ungehalten. Mit den schlimmsten Befürchtungen öffnete de Rohan. Dieses Mal trug die Dame ihren Kopf derart hoch, dass sie in einem starken Regenguss glatt ertrunken wäre. Max schaute über ihre Schulter und betete, ein Monsun möge auf der Stelle einsetzen.

»Eine Lady ist hier«, setzte sie mit eisiger Stimme an. »Es ist *dienstlich*!« Die letzten Worte hatte sie mit demselben unterkühlten Unterton ausgesprochen, den sie bisher nur im Zusammenhang mit Lucifers *Malheur* im Rosenbeet angeschlagen hatte.

Aus dem Schatten des Flurs löste sich eine große Gestalt, die die Kapuze ihres roten Umhangs zurückschlug.

»Guten Tag, Mr. de Rohan«, begrüßte Lady Catherine ihn mit ungewöhnlich leiser und kehliger Stimme. »Ich bin gekommen, um die Unterlagen zu überbringen, die Ihre Ladyschaft letzte Nacht versprochen hat.« Sie hielt eine große Schreibschatulle aus Rosenholz in die Höhe – eine Art tragbarer Sekretär in Miniaturform, der sowohl als Schreibunterlage als auch als Aufbewahrungsort für Schreibutensilien und Dokumente diente – und schwenkte sie leicht hin und her.

De Rohan starrte auf das Mitbringsel. Jetzt fiel es ihm wieder ein. Lady Sands' persönliche Unterlagen. Cecilia sagte doch, sie würde sie vorbeibringen. Warum aber war Catherine nun damit hier?

»Wo ist Lady Delacourt?«, erkundigte er sich.

Catherine mimte die Ahnungslose. »Soweit ich weiß, leidet ihr Baby noch immer an furchtbaren Koliken, und seine Lordschaft ist zu einer Sondersitzung ins Parlament berufen worden.«

»Wie liebenswürdig von Ihnen, dass Sie eingesprungen sind, Madam«, meinte er und streckte die Hand aus, um die Schatulle am Griff zu packen.

Catherine jedoch wollte sie nicht so leichtfertig aus der Hand geben. »Es gibt da noch ein paar Dinge, die Cecilia mich bat, mit Ihnen durchzusprechen, Mr. de Rohan«, fuhr sie dazwischen. »Und zwar unter vier Augen.«

Mrs. Frier begann, missbilligend mit dem Fuß zu pochen.

Max war bass erstaunt. Catherine hegte doch wirklich die Absicht, seine Wohnung zu betreten, was Mrs. Frier ihren guten Ruf kosten würde. Nein, das kam gar nicht infrage, außerdem konnte er sie unmöglich einem Rüpel wie Sisk vorstellen. Noch törichter wäre es, wenn sie Nate zu Gesicht bekäme. Dennoch aber war er mindestens genauso erfreut, sie zu sehen, wie er auch sauer auf sie war, dass sie die Unverfrorenheit besaß, bei ihm zu Hause aufzukreuzen. Aber es gab keinen wirklich triftigen Grund, warum er sie wieder wegschicken sollte. Zwar war und blieb es seine Aufgabe, Verbrechen und Korruption zu bekämpfen, was aber nicht weibliche Torheit einschloss. Wenn Catherine es nicht besser wusste, als einen Mann in seinen Privatgemächern aufzusuchen, so sollte sie sehen, was sie davon hatte.

Ungeduldig schaute sie ihn an. »Ich nehme an, Sie würden gern eintreten?«, forderte er sie auf.

Mit einem leicht entschuldigenden Nicken und raschelnden Röcken ging Catherine um Mrs. Frier herum, die sogleich die Tür zuwarf. Sisk hatte sich natürlich längst erhoben und grinste wie ein Honigkuchenpferd, als er erfolglos versuchte, seine zerknitterte senffarbene Weste glatt zu streichen. Draußen im Garten drückte Nate sich seine kleine Nase am Fenster platt, um auch ja zu sehen, was sich drinnen abspielte. Jetzt fehlten nur noch ein bellender Seehund, ein tänzelndes Pony und tosender Applaus, und de Rohans Horrorvorstellung, nackt in der Arena von Astley's Amphitheater zu stehen, wäre perfekt.

Catherine übernahm die Kontrolle und streckte dem grinsenden Polizisten die Hand entgegen. »Catherine Wodeway«, murmelte sie, wobei sie ihren Titel absichtlich unerwähnt ließ. »Ich fungiere bloß als Botin für eine Freundin.«

Das Lächeln des Polizisten reichte bis über beide Ohren. »Sehr erfreut.« Er begegnete ihr mit abschätzendem Blick. »Ich bin Polizeiwachtmeister Sisk vom Revier in Westminster und wollte gerade …«

»Zurück zur Dienststelle am Queen Square, wo man ihn bereits sehnsüchtig erwartet«, fuhr Max dazwischen, schnappte sich die Akten und drückte sie Sisk in die Hand.

»Richtig! Sehr richtig!«, stimmte Sisk ihm zu und winkte Catherine zu, während Max ihn unsanft in Richtung Tür bugsierte. »War mir ein Vergnügen, Mrs. Wodeway. Ein großes Vergnügen sogar!« Das Bündel Papier schief im Arm haltend, schenkte er Max ein letztes viel sagendes Lächeln und zwinkerte, bevor er verschwand.

Max wandte sich mit verkniffenem Mund zu Catherine. »Setzen Sie sich doch«, brummte er und durchquerte den Raum, um sich als Nächstes Nate vorzuknöpfen.

Catherine musste sich ein Lachen verkneifen. Max war offensichtlich ziemlich verärgert, und es war auch nicht zu übersehen, dass er für gewöhnlich keinen Damenbesuch in seinen Räumen empfing. Während sie bei diesem faszinierenden Gedanken ein wenig länger verweilte, beobachtete sie, wie er durch das Zimmer schlich und die Verandatür aufriss. »Nathaniel Corcoran!«, schrie er den Jungen am Fenster an. »Komm sofort da runter!«

Sogleich sprang der Kleine von seinem Logenplatz und warf

den Putzlappen in den Eimer zu Max' Füßen, wodurch dreckiges Seifenwasser auf dessen Stiefel schwappte, was Max aber herzlich wenig zu interessieren schien. Stattdessen zog er ein überraschend dickes Bündel aus seiner Westentasche und zupfte einen Geldschein heraus.

»*La bustarella*, verdammt noch mal«, brummte er und hielt dem ungläubig dreinschauenden Bub das Geld hin. »Wenn du auch nur ein Sterbenswörtchen du-weißt-schon-wem erzählst, werde ich Lucifer deine Eingeweide zum Lunch servieren.«

Der Junge ließ sich auf seine Hacken zurückfallen und schaute Max aus zusammengekniffenen Augen an. »Und das Geld von Signora, darf ich das auch behalten?«, kokettierte Nate und stopfte sich den Schein in die Hose.

»Das wirst du schön in Vater O'Flynns Klingelbeutel stecken!«, knurrte Max. »Und jetzt ab mit dir über die Gartenmauer. Und wehe, Mrs. Frier sieht, wie du dich aus dem Staub machst!« Gerade als der Junge über die Steinmauer schlitterte, öffnete sich Max' Salontür knarrend, und Sisk steckte noch einmal den Kopf ins Zimmer. Max drehte sich um und schaute ihn zornig an.

»Die Kammerdienerin der Lady«, warf Sisk in den Raum, streckte seine Hand aus und schnippte ungeduldig mit den Fingern.

»Was?«, brüllte Max.

»Genevieve Durrett. Sie haben ihre Aussage vergessen.« Sisk machte eine fahrige Handbewegung in Richtung Schreibpult. »Geben Sie sie mir. Ich werde mir das junge Ding morgen noch mal vorknöpfen.«

Mit nervösen Bewegungen durchwühlte Max einen Stapel Papiere und zog ein Blatt hervor. Kurz darauf entspannte sich die Situation ein wenig. Nate und Sisk waren endlich fort, und Max hatte schnell alle Türen verriegelt. Nun bemächtigte sich eine grauenhafte Stille des Raums.

»Vielleicht möchten Sie auch noch sämtliche Vorhänge zuziehen?«, stichelte Catherine.

Max holte zum Gegenangriff aus. »Lady Catherine«, entfuhr es ihm barsch. »Was denken Sie eigentlich, was Sie hier tun?«

Catherine versuchte, so selbstsicher wie möglich aufzutreten. »Ich fürchte, nichts Aufregendes, zumindest nichts, was Sie sich gern vorstellen würden«, antwortete sie keck und entledigte sich ihres Umhangs. »Hoffentlich sind Sie jetzt wenigstens ein klein bisschen enttäuscht.« Sie hielt Max ihren Umhang hin. De Rohan aber schien derart fassungslos zu sein, dass er nur vor sich hin starren konnte.

»Sie befinden sich in einem Junggesellenhaushalt«, meldete er sich zu Wort, »und Sie sind eine *Frau*. Eine *unverheiratete* Frau. Zwar denkt meine Hauswirtin, der Junge wäre noch hier, aber nichtsdestotrotz werden Sie wohl wieder gehen müssen.«

In seiner Stimme schwang eine gewisse Härte mit, doch Catherine erkannte, dass seine Augenpartie bereits weichere Züge annahm. Erleichtert warf sie ihr Cape über die Sitzbank, über die ein Laken geworfen war. »Das geht schon in Ordnung, Max, wirklich«, beruhigte sie ihn und versuchte mit einer unauffälligen Handbewegung die aufwirbelnde Wolke aus Staub und Hundehaaren aufzulösen. »Zwei der kräftigsten Diener von Delacourt warten draußen auf mich, und ich bin davon überzeugt, dass sie mir zu Hilfe eilen würden, wenn Sie versuchen sollten, sich einer zerbrechlichen und damenhaften Person wie mir unsittlich zu nähern.«

Max' dunkle Augenbrauen zogen sich über seiner Hakennase zusammen. »Das ist nicht lustig, Lady Catherine.«

»Bitte nennen Sie mich doch Catherine.« Sie blinzelte unschuldig. »Was meinen Sie, bestünde denn überhaupt die Aussicht auf etwas Derartiges?«

»Aussicht? Worauf?«

Sie trat einen Schritt näher, ohne sich aus seinem Blick zu lösen. »Dass Sie sich mir unsittlich nähern?«

Max drehte den Kopf zur Seite und warf ihr einen verstohlenen Blick zu, bevor er sich einige Schritte entfernte. Er fuhr sich unruhig durch sein rabenschwarzes Haar. In seinem Blick lag nun keine Verärgerung mehr, nein, jetzt war er sichtlich auf der Hut. »Flirten Sie nicht mit mir, Catherine«, ließ er sie mit ruhiger Stimme wissen und drehte ihr den Rücken zu.

Catherine kaute nervös auf ihrer Unterlippe. Vielleicht war ein Themenwechsel angebracht. »Der Inhalt der Schatulle dürfte Sie interessieren«, setzte sie an, als er Lady Sands' Reisesekretär zur Hand nahm. »Cecilia und ich haben sie uns beim Tee ein wenig näher angeschaut. Wie es scheint, hat Julia sämtliche Briefe und Tagebücher aufgehoben.«

Mit einem dumpfen Geräusch stellte Max die Holzkiste auf dem Tisch ab, packte sie seitlich und stierte einen langen Moment auf sie hinunter. Catherine atmete tief ein und ließ ihren Blick ein wenig umherschweifen. Sie befand sich in einem kleinen Salon mit integrierter Essecke. Ihn als spartanisch zu bezeichnen, wäre noch geschmeichelt. Die Möbel waren leicht heruntergekommen, und kein Teppich zierte die Eichendielen. Dafür aber knisterte im Kamin ein niedriges Feuer, und ein angenehmer Geruch nach warmer Wolle und starkem Kaffee erfüllte den Raum.

Was Max betraf, so trug er selbstredend nicht mehr die festliche Kleidung vom Vorabend, die ihn weniger zu einem gesetzt-seriösen englischen Gentleman … sondern zu etwas noch viel Interessanterem machte. Heute steckte er in Arbeitskleidern, wie Catherine bemerkte: Er trug eine einfache anthrazitfarbene Hose, kombiniert mit einem weißen Leinenhemd samt steifer und pechschwarzer Halsbinde. Abgerundet wurde seine Erscheinung durch eine dunkle Weste, die definitiv noch nie ein Schneideratelier in der Savile Row von innen gesehen hatte. Heute war er ein Jedermann und würde inmitten einer Gruppe von Angestellten oder Rechtsanwälten der Mittelschicht nicht weiter auffallen. Wären da nicht diese steinernen und immerzu wachsamen Augen sowie die leicht nach vorne fallenden Schultern, die den Anschein erweckten, als hätte er viele Jahre lang versucht, sich zwischen Männern kleinerer Gestalt und einfacherem Charakter zu verstecken.

Catherine überkam der plötzliche Wunsch, zu ihm hinüberzugehen, ihre Arme um seine schmale Taille zu schlingen und ihre Wange an seinen breiten und muskulösen Rücken zu drücken. Nur mit Mühe und Not konnte sie dem Impuls widerstehen und stellte sich brav neben ihn. Sie lehnte sich ein Stück vor und führte den Schlüssel in das Schloss der Briefschatulle. »Bitte sehr«, raunte sie, ließ ihn einrasten und öffnete den Deckel. »Gern zeige ich Ihnen, was sich hier drin befindet.«

Plötzlich berührten seine Hände die ihren. Seine langen und eleganten Finger fingen die ihren ab, schlangen sich um sie und zwangen sie innezuhalten. Umgeben von knisternder Stille spürte Catherine seinen starken und regelmäßigen Pulsschlag im Daumen, der gegen ihren Handteller hämmerte. Dann, ganz langsam, drehte er den Kopf zu ihr. Seine dunklen und stechenden Augen befahlen ihr, ihn anzuschauen. Catherine war froh, dass sie keine Kriminelle war, die von ihm verhört wurde.

»Warum zum Teufel sind Sie hergekommen?«, wollte er mit rauer Stimme wissen.

»Ich … ich musste Sie einfach sehen«, stammelte sie. »Ist das so schlimm?«

De Rohan zwang sich auszuatmen. Er schaute Catherine tief in die Augen, um herauszufinden, ob sie möglicherweise ein falsches Spiel mit ihm trieb oder sich ihrer Sache gar noch unschlüssig war. Aber der leicht schmerzende Unterton in ihrer Stimme und die Verwundbarkeit, die in ihren Worten gelegen hatte, waren zweifelsohne echt.

Ich musste. Nicht *ich wollte*. Oder *Sie mussten*.

Waren dies nicht die Worte, die er erwartet hatte? Mit einer etwas ungehobelten Bewegung nahm er ihr Kinn und drehte ihr Gesicht zu sich. Tiefe, braune Seen der Unschuld erwiderten seinen Blick, brachten seinen Atem ins Stocken. *Dio mio*, dachte er bei sich und zwang sich, wieder Luft zu holen. Keine Frau der Welt wäre im Stande, einen derartig aufrichtig dreinschauenden Blick nur vorzutäuschen, nicht wahr? Oder einen solch zarten und leicht bebenden Mund? Aber was, wenn er auch dieses Mal wieder einer Täuschung zum Opfer fiel?

Er lachte in das Zwielicht des späten Nachmittags hinein, der Klang in seinen Ohren war sanft und bitter zugleich. Schon einmal war er auf große Augen und bebende Lippen hineingefallen. Aber dieses Mal war es ihm egal. Was für einen anderen Grund sollte sie gehabt haben, bei ihm aufzutauchen? Und mit einem Mal schien der Gedanke, Catherine in sein Bett zu locken, das Risiko wert zu sein. Was würde es schon machen, wenn er ihr letzten Endes nur einen Dienst erwies, wenn sie ihn nur benutzte? Aber war Catherine wirklich jemand, der andere derart niederträchtig behandelte? Ihm schwante, dass dem nicht so sein konnte. Zumindest hoffte er das inständig.

Er wollte Catherine. Um jeden Preis. So kam es, dass die pure Lust seinen Verstand in die Knie zwang. Während er ihr Kinn noch immer in Händen hielt, neigte er den Kopf und küsste sie. Mit einem leichten Keuchen lehnte sie sich gegen ihn. Die Anspannung schien aus ihrem Körper zu weichen.

»Max.« Leicht verunsichert, aber voller Sanftmut erwiderten ihre samtenen Lippen seinen Kuss; sie schmiegte sich an ihn, stellte sich auf die Zehenspitzen. Catherine war von Natur aus keine kleine Person, fühlte sich aber in seinen Armen dennoch zerbrechlich an, weil er so hoch gewachsen war und sich so ungehobelt und ungeduldig gab.

Er beugte sich zu ihr herab, und auf den Druck seiner Lippen öffneten sie sich ihm einladend. Langsam geriet sein Blut in Wallung, wie es beim Genuss eines erlesenen Bordeaux' geschah. Seine Lippen ruhten noch immer zögerlich auf ihrem Mund, als Catherine ihre warme Hand unter seine Weste schob und seine Taille umfasste. Raum und Zeit schienen zu schwinden.

»O Gott, Catherine«, hauchte er, als seine Lippen erst ihr Gesicht und dann ihren Hals hinabglitten. Sie erwiderte etwas, doch konnte er ihre Worte nicht genau verstehen. Er nahm ihren warmen, lieblichen Duft tief in sich auf, ließ ihn seine Lungen durchströmen.

»Max«, flehte sie ihn an. »Sieh mich an. Küss mich.«

Max aber ließ seine Hand ihren Rücken hinaufgleiten und bettete seine Stirn auf ihrer Schulter.

»Wir sollten auf der Stelle damit aufhören, Catherine«, raunte er mit rauer Stimme an ihrem wundervoll alabasterfarbenen Halsansatz. »Ich möchte dich um nichts in der Welt verletzen.«

Flüchtig streiften ihre Lippen seine Ohrmuschel. »Aber es könnte es wert sein.«

Er hob seinen Kopf und schaute sie wie hypnotisiert an. Im Licht der untergehenden Sonne, deren Strahlen über die Gartenmauer und durch die frisch gewienerten Fenster fielen, legte sich ein rotgoldener Lichtkranz um ihr Haar. Mit ihrem aufreizenden Mund und ihren prallen, festen Brüsten wirkte sie wie ein auf die Erde herabgeschwebter Engel.

»Das Licht der Spätnachmittagssonne ist bezaubernd, nicht wahr?«, fragte sie mit samtener Stimme, als könnte sie Gedanken lesen. »Ich würde gern ... noch eine Weile hier bei dir bleiben.«

De Rohan wusste, was sie wollte, und hatte nicht die Kraft, sie fortzuschicken. »Möchtest du, dass ich mit dir schlafe, Catherine?«, raunte er. »Ist es das, was du meinst?«

Sie fuhr sich mit einer schnellen und hastigen Bewegung über die Lippen und nickte.

»Gott, Catherine! Wir würden einen riesigen Fehler begehen«, murmelte er, konnte sich selbst aber nicht davon abhalten, sie ein weiteres Mal zu küssen. Dieses Mal legte er seine Hände um ihr Gesicht, worauf Catherine mit einem leisen und lusterfüllten Keuchen reagierte. Max fuhr mit seinen Fingern durch ihr Haar an den Schläfen. Eine Haarnadel löste sich, fiel herab und schlitterte unbeachtet über den Fußboden. Er bemerkte, wie ihr Puls schneller und schneller zu schlagen begann, und registrierte auch das starke Pulsieren in seinen Lenden. Ihre Zunge glitt in seinen Mund. Er zuckte zusammen, als wäre ein Blitz in ihn gefahren. Wie sie so dastand, gegen sein erigiertes Glied gepresst, fühlte Catherine sich unglaublich sanft und feminin an, und urplötzlich waren sämtliche Fehler vergessen und vergeben.

Er drückte sie ein wenig nach oben, näher zu sich heran, und nun war er es, der seine Zunge auf Entdeckungsreise schickte. Sie stöhnte leise, sog ihn tiefer in sich hinein und umspielte seine Zunge mit der ihren. Der Kuss durchströmte ihn, erschütterte sein Innerstes, woraufhin noch mehr wallendes Blut in seine Lenden strömte. Sie keuchte ein weiteres Mal und presste dabei instinktiv ihre Brüste und ihren Bauch an ihn. Er konnte sie haben, wenn er wollte. Max flehte den Himmel an, ihm zu verraten, warum sie sich ausgerechnet für ihn entschieden hatte. Seine qualvollen Träume vom Morgen kehrten plötzlich zurück, und es kostete Max Mühe, sie nicht anzuflehen, ihn an seiner intimsten Stelle zu berühren. Stattdessen umfasste er ihre Taille, hob sie ein wenig in die Höhe und drückte sie fest gegen seine pochende Erektion. Er verschaffte sich ein wenig Erleichterung, indem er sich an ihr rieb – im vollen Bewusstsein, dass er ihre süßen Qualen dadurch noch steigerte. Er wollte es um jeden Preis wissen, wollte ihre Reaktion *spüren*.

Es dauerte nicht lange, da keuchte Catherine laut. »O Max!« Sie ließ für einen kurzen Augenblick den Kopf nach hinten fallen, wodurch ihre Brüste fast entblößt wurden. »Max, bitte!«

Er schnitt ihr das Wort ab, indem er seinen Mund auf den ihren legte. Er betete darum, sich nicht schon vorzeitig zu ergießen, etwa bevor er sich seiner Kleidung entledigt hatte. Catherines flinke Hände aber kamen ihm zuvor und nestelten begierig an seinem Hosenbund. Sie riss sich von seinen Lippen los. »O bitte, Max!«, flehte sie und zog ihm das Hemd aus der Hose. »Lass uns den Fehler aller Fehler begehen. Schlaf mit mir.«

Mit zärtlichen Bissen glitt Max' Mund ihren weichen Hals hinab. »O Catherine!« Er rang nach Luft, und ihm war, als verlöre er sich in einer wallenden Gefühlswoge. »*Sei molto bella,* so wunderwunderschön. Alles wird perfekt sein. Perfekt für dich.« Catherines Hände hatten sein Hemd befreit und legten sich auf seinen nackten Rücken. Ein sinnliches Prickeln durchströmte ihn. Er konnte sich nicht länger im Zaum halten, packte sie, trug sie den kleinen Flur hinunter und stieß die Schlafzimmertür weit auf, ehe ihm klar wurde, was er getan hatte.

Das Zimmer, in dem er schlief, glich einer kargen Mönchszelle. Auf seinem Bett lagen noch die zerwühlten Bettlaken der vergangenen Nacht, was sie aber offenbar nicht störte. Max setzte Catherine auf der Matratze ab, entledigte sich seiner Weste, warf sie zu Boden, und während er sich zu ihr gesellte, zog er sich die Schuhe aus.

Sie berührten einander erhitzt und erregt. Seine Finger flogen in Richtung Hosenbund, während sie ihn mit brennenden und verlangenden Küssen übersäte. Seine rauen Hände schoben ihre Röcke nach oben bis zu ihrem Hemdchen aus feinster Baumwolle und rissen an ihrem seidenen Schlüpfer. Von weither vernahm er das Reißen des Stoffes. Ihm wurde bewusst, dass er sich wie ein Tier benahm, aber er war machtlos dagegen. Er legte seine Hand auf ihren Venushügel und streichelte sie dort, wo ihre Erregung am größten war. Er tauchte seinen Finger in sie, woraufhin Catherine ihre Hand ausstreckte, um auch ihn zu berühren. Begierig packte de Rohan ihre Hand und führte sie zu seinem erigierten Glied, das um Erlösung flehte.

Catherine musste schlucken, und dann passierte es. Sie versteifte sich unter ihm. »Max, warte«, platzte es aus ihr heraus. »Bitte … warte. Bitte.«

Dio mio, diesen Tonfall kannte er. Sofort hielt er inne und erhob sich. Catherine aber zog ihn sogleich wieder zurück und presste ihn eng an sich, fast noch flehentlicher als vorher. »Nein.« Sie schüttelte den Kopf, sodass ihr Haar gegen das Kissen scheuerte. »Du sollst nicht aufhören. Es ist nur, dass …«

»*Was*?«, fragte er schwer atmend und vergrub seinen Kopf an ihrem Hals. »Gütiger Gott, was willst du von mir, Catherine?«

Er vernahm ihr leise Seufzen. »Ich möchte nur, Max, dass du weißt«, setzte sie mit dünner Stimme an, »dass ich so etwas für gewöhnlich nicht tue. Ich habe nämlich nicht so viel … Erfahrung.«

Er blickte auf und sah, dass sie bis zum Haaransatz errötet war. Himmel auf Erden, was wollte sie ihm eigentlich sagen? Die Lust hatte ihm anscheinend gehörig den Verstand vernebelt, aber vielleicht war es auch so, dass sie seine Verunsicherung gespürt hatte, denn nun riss sie die Augen weit auf und nahm sein Gesicht in ihre Hände. »Ich meine, ich war verheiratet, Max. Natürlich habe ich es schon getan. Aber nicht so ... wie jetzt. So ungezwungen. Und ich dachte, es wäre vielleicht wichtig, dass du das weißt.«

So ungezwungen. Diese Worte – die Bedeutung dieser Worte – sickerten langsam zu ihm durch. Sie hatte Recht. Es war verdammt wichtig, dass sie ihn davon in Kenntnis gesetzt hatte, sehr viel wichtiger sogar, als ihm eigentlich lieb war. Für einen kurzen Augenblick schaffte er es, sein Verlangen zu verdrängen, und stützte sich auf die Ellbogen. Er ließ seinen Blick über ihr Gesicht wandern und versuchte, dieses eigenartige und fremde Geschöpf unter sich als das zu sehen, was es war. Aber ihm kam nur in den Sinn, was sie alles *nicht* war: Sie war anders als alle Frauen, die ihm je begegnet waren. Sie war kein leicht zu habendes Mädchen, mit dem er sich nach Lust und Laune vergnügen konnte, und sie war erst recht keine dieser blaublütigen, liebestollen Damen.

War es das, was er die ganze Zeit über geglaubt hatte? Hatte er sie trotz der unzähligen Beweise für ihre Andersartigkeit mit den vielen anderen Frauen, die er kannte, auf eine Stufe gestellt? Wie zum Beispiel Lucy? Oder noch schlimmer *Penelope*? War er deshalb so versessen darauf, sie so schnell wie möglich ins Bett zu locken? Und auf so grobe Weise? Ohne schmeichelnde Worte oder Verführungskünste? Aber schließlich hatte Catherine sich willig gezeigt und war es noch immer. Sie schaute ihn mit unschuldigen Augen an, ihr Haar war völlig durcheinander geraten, und der Ausschnitt ihres Kleides war mutwillig nach unten gezogen, sodass er ihr tief ins Dekolletee blicken konnte.

Er wusste genau, was er hätte tun sollen: Es auf der Stelle beenden, auch wenn er kein Ehrenmann war. Es konnte ihm egal sein, ob sie ernste Absichten verfolgte oder nur einen Bettgesellen suchte, schließlich war sie zu ihm gekommen und hatte ihn angefleht.

»Ich werde dafür sorgen, *cara mia*«, flüsterte er und fuhr mit einem Finger zwischen ihren warmen Brüsten entlang, »dass du dies hier nie bereuen wirst.«

Mit diesen Worten erlaubte er sich, leicht, aber bestimmt am Ausschnitt ihres Kleides zu ziehen. Catherine stöhnte auf und bog sich ihm entgegen, als die Spitzenrüschen langsam über ihre harten und geschwollenen Brustwarzen scheuerten und ihre Brüste freilegten.

Einen Moment lang schaute sie ihm zu, wie er sie streichelte und liebkoste. Dann flüsterte sie seinen Namen, und mit flatternden Wimpern schloss sie die Augen. Er nahm beide Brüste in die Hand. »O Catherine«, hörte er sich raunen. »Nie in meinem Leben habe ich etwas Schöneres zu Gesicht bekommen.«

Ihre Brüste waren fest und schwer, das dunkle Rosé ihrer harten Brustwarzen hob sich herrlich von ihrer ansonsten so hellen Haut ab. Ein Strahl der Abendsonne fiel durch die Vorhänge und wärmte erst ihren Mund und ihre Schulter, bevor er weiter an ihr herabglitt. Ihre Rundungen waren so weiblich, so sanft, ihr Körper so samtweich. De Rohan erkannte urplötzlich, dass sie es war, auf die er sein Leben lang gewartet hatte. Statt ihre Röcke in die Höhe zu reißen und sich auf und in sie zu stürzen, wonach ihm noch vor wenigen hitzigen Momenten der Sinn gestanden hatte, wollte er sie jetzt umwerben. Er wollte den Akt gemächlich und voller Ehrfurcht mit ihr zelebrieren. Max senkte den Kopf, spürte, wie sein Atem ihre Brustspitzen umspielte, und vernahm ihr sanftes, erwartungsvolles Seufzen.

Catherine schrie auf, als Max seinen Mund über ihre Brustwarze legte. Instinktiv und unbändig wog sich ihr Körper ihm rhythmisch entgegen, als er saugte und knabberte – zuerst sanft, dann begierig. Sie versank in einer tosenden Gefühlswoge, spürte, wie seine Erregung ihren Körper umspülte. Max' ureigenster Geruch stieg von den Bettlaken auf und stachelte ihre

Sinne an, verführte sie noch zusätzlich. Sie stellte ihn sich nackt vor, wie seine langen Beine sich zwischen den Laken verfingen, und ihre Erregung stieg fast ins Unermessliche.

Als er sich ihrer anderen Brust zuwandte, stieß Catherine einen Schrei aus und streckte ihre Hände nach Max aus. Sie wollte ihn jetzt sogleich in sich spüren, wollte nicht, ja *konnte* nicht mehr länger warten. Ihre eigene Lüsternheit erschreckte sie zutiefst. Um Himmels willen, sie hatte doch noch nie zuvor mit einem Mann am hellllichten Tage geschlafen. Mit einer verzweifelten Bewegung zog sie ihn zu sich herunter, und obwohl sie sich unter ihm klein und verwundbar vorkam, fühlte sie sich bei ihm sicher und geborgen. Sehr geborgen sogar. Und schön und verführerisch.

Sie gestattete Max, mit seinem Knie ihre Beine zu spreizen, und spürte, wie er sein muskulöses und schweres Becken auf ihrem Venushügel niederließ. Wieder küsste er sie, dieses Mal jedoch mit weit geöffnetem Mund und voller Verlangen. Er schob ihr seine forschende Zunge tief in den Mund. Sie hörte, wie er stöhnte, wie ein erneutes Schaudern seinen Körper durchzog, und ein schweres warmes Gefühl regte sich in ihr. Jetzt konnte sie sein hartes Glied spüren, wie es an ihr Bein drückte, und allein der Gedanke an seinen Penis erfüllte sie mit schmerzender Sehnsucht – einer Sehnsucht, die ihr bis dahin völlig unbekannt gewesen war.

Ihr Schlüpfer glitt im Eifer des Gefechts und der leidenschaftlichen Küsse unbemerkt zu Boden. Max schob ihre Röcke noch ein Stück höher, bis er die Rundungen ihres Bauches berührte. Wieder entwich ihm ein Stöhnen, als seine langen warmen Finger nach unten wanderten, bis seine Handfläche auf ihrem Schamhaar lag. Sein Mittelfinger liebkoste sie, drang mit jedem quälenden Streicheln tiefer in sie ein. Sie stöhnte auf.

»Hier, *cara*?«, flüsterte er und hatte seinen Blick dabei auf seine Hand gerichtet, die sie an ihrer intimsten Stelle liebkoste. »Sehnst du dich genau hier nach mir? Sag es mir, *cara mia*, und ich verspreche dir ein wahrhaft atemberaubendes Erlebnis.«

Seine Worte waren so verführerisch, und seine tiefe raue Stimme war so einladend. »Ja, genau dort«, raunte sie.

Catherine stöhnte lustvoll auf, als sein Finger wieder und wieder voll Zärtlichkeit in sie eindrang und sein Daumen über ihren bebenden Venushügel glitt. Sie hatte das Gefühl, ihr Innerstes hätte Feuer gefangen. »Ah, *bella*«, murmelte er. Seine Berührung machte sie zu seiner Gefangenen. »So begierig. So voller Verlangen.«

Ein weiterer Finger drang in sie ein, weitete sie. Und da war auch schon wieder sein Daumen, doch dieses Mal gebärdete er sich quälender, fordernder.

Catherine antwortete ihm mit einem hilflosen Seufzen und schob ihr Becken in die Höhe. Sie ritt auf seiner Hand, ihr ganzer Körper flehte um Erlösung. Wieder erschauderte sie. Ihr Atem wurde immer schneller. »Max, o Max!. Ich kann nicht mehr … ich muss … jetzt, Max, bitte.« Ihre Finger griffen nach seiner Hose und fuhren voller Verlangen über sein Glied, das sich unter dem zum Reißen gespannten Stoff abzeichnete.

Max entwich ein kleines Lachen, als er ihre Hand packte und sie an seinen Mund zog. »Hab Geduld, meine Liebste«, raunte er. Zu Catherines Entsetzen leckte er ihr genüsslich die Handinnenfläche ab, woraufhin sie sich aus unerfindlichem Grund wieder aufbäumen musste. Versonnen sog er an ihrem Mittelfinger. Seine dunklen Augen hielt er die ganze Zeit über auf sie gerichtet. Mit jedem Zentimeter, den er ihren Finger weiter in den Mund sog, wuchs das schmerzende Verlangen in ihrem Unterkörper. Nicht enden wollende Sekunden der süßen Qual hielt er sie mit seinem Blick im Bann. Mit einer Hand streichelte er noch immer ihre intimste Stelle, während die andere ihren Finger in seinem Mund gefangen hielt.

Plötzlich setzte Max sich aufrecht hin und fuhr ihr mit beiden Händen zwischen die Schenkel, um sie weiter zu spreizen. Sachte half er mit seinen Knien nach. »Ah, Catherine, *sei molto bella*«, murmelte er. »So wunderschön.« Mit gesenktem Blick schaute er auf ihren Körper und fuhr mit seinen langen Fingern die weiche Haut ihrer Oberschenkel entlang – bis ganz hinauf.

Obgleich sie Sklavin ihres Verlangens war, dachte Catherine, sie müsste jede Sekunde vor Verlegenheit sterben. Und als er dann auch noch mit seinem Kopf zwischen ihren Schenkeln abtauchte, war sie ein für alle Mal verloren. Eine heiße Woge rollte von Kopf bis Fuß durch sie hindurch, als seine Zunge ihre empfindlichste Stelle fand. Catherines Hüften schnellten lustvoll nach oben.

De Rohan hob den Kopf und drückte sie kraftvoll auf die Matratze nieder. Für einen langen Augenblick hielt er sie mit einem verwegenen Blick in Schach. Aus dem Nichts tauchte eine Frage auf, die sie unaufgefordert beantwortete. Ja, sie gehörte ihm, er konnte mit ihr machen, was er wollte..

Mit einem zufriedenen Lächeln machte Max dort weiter, wo er aufgehört hatte. Mit einem heiseren, flehenden Geräusch reagierte sie auf seine innigen Berührungen. Erst ein, dann ein zweiter Finger fanden den Weg in ihr Innerstes und bereiteten den sinnlichen Angriff seines Mundes vor. Catherine hatte bis dahin nicht einmal annähernd geahnt, dass es derart liebliche Qualen gab. Er spielte mit ihr. Immer und immer wieder glitt seine Zunge durch ihr zartes Fleisch, wobei sie aber nur ganz sachte ihre Klitoris streifte. Catherine erschauderte jedes Mal zutiefst. Sie nahm wie durch einen Nebel wahr, wie sie mit ihren Händen durch sein Haar fuhr und sich in sein Hemd und seine breiten Schultern krallte.

»Bitte, o bitte …«, stieß sie flehend aus und bog sich ihm ein weiteres Mal entgegen. Seine Zunge drang nun immer kräftiger und tiefer in sie ein. Catherine ließ den Kopf in den Nacken fallen. Sie spürte, wie ihr Körper bebte und zitterte. Einmal. Zweimal. Noch einmal. Und dann schrie sie auf.

Unkontrollierbare Lust durchflutete Catherine, immer und immer wieder spülte eine hohe Welle über sie, bis sie Catherine mit sich fortriss.

Als das letzte Erzittern abgeebbt war, fühlte sie sich ein wenig betäubt und musste nach Luft schnappen. Erst jetzt bemerkte sie, dass Max mit einem reinen und glühenden Gesichtsausdruck zwischen ihren Schenkeln kniete. Ihre Scheu war den Wogen der Leidenschaft gewichen.

»Und jetzt, *mia cara*«, flüsterte er rau, »muss ich dich haben.«

Sowohl ihre als auch seine Hände eilten zu seinem Hosenbund – ihre, um den gespannten Stoff zu liebkosen und seine, um mit ungeschickten Fingern die letzten Knöpfe aufzuzerren. Sogleich legte Catherine ihre Hand um seinen erigierten Penis.

»Oh!«, murmelte sie anerkennend, und Max, der über ihr thronte, erschauderte vor Vergnügen. Ermutigt glitt sie mit ihrer Hand die hitzige Länge seiner Erektion hinunter, und ihre Augen weiteten sich, als ein kleiner wohl geformter seidiger Tropfen aus seinem geschwollenen Glied austrat.

Max schloss fest die Augen und betete, er möge genug Kraft besitzen, sich im Zaum halten. Himmel, er war schon fast so weit, würde sich gleich ergießen. Viel fehlte nicht mehr, denn ihr zuzuschauen, wie sie den Höhepunkt erreichte, hatte ihn fast so weit gebracht. Und nun liebkoste sie ihn auch noch, bereitete ihm diesen ach so süßen Schmerz. Er stöhnte auf. Catherine nahm sein Glied und dirigierte ihn zu ihren angehobenen Hüften. »Nimm mich, Max«, flehte sie. »Hör jetzt bitte nicht auf.«

Dazu wäre er auch gar nicht in der Lage gewesen. Selbst dann nicht, wenn sie ihn darum gebeten hätte. Aber das würde sie ohnehin nicht tun, denn er konnte in ihr lesen wie in einem offenen Buch. In ihren Augen spiegelte sich dieses weibliche Verlangen wider, einem Mann eine Freude bereiten zu wollen. Das war etwas, was tief in seinem Innern eine verborgene und hauchdünne Saite zum Klingen brachte. Catherine öffnete sich ihm freiwillig. Ein Beben, das von den Anstrengungen der Selbstbeherrschung herrührte, durchfuhr ihn, als sie ein Bein um ihn schlang und seinen Penis langsam und unwiderruflich zum Zentrum ihrer Lust zog. Für einen kurzen Moment hielt sie inne, ganz so, als wollte sie sich mit einem neuen und unbekannten Gefühl vertraut machen.

Fast, dachte er bei sich, während er sich noch immer erbarmungslos unter Kontrolle hielt. *Er war fast am Ziel angelangt.* Aber eben nur fast. Geduld war noch nie seine Stärke gewesen. Er befreite sich, baute sich hoch über ihr auf und drang kraftvoll und tief in sie ein. Er legte den Kopf in den Nacken und schrie leise auf. Es war ein Schrei des Triumphes, ein Geräusch purer männlicher Lust. Er zog sich wieder aus ihr zurück, aber nur, um immer und immer wieder kraftvoll in sie einzudringen.

Sie umklammerte ihn inbrünstig. »Max«, flüsterte sie, und seine Lippen fanden die ihren, nahmen sie gierig in Besitz. Catherine wickelte nun ihr anderes Bein unterhalb seiner Lenden um ihn und presste sich mit jeder Faser ihres Körpers gegen ihn, was ihn halb verrückt machte. Sie nötigte ihn förmlich, mit harten Stößen in sie zu fahren. Deshalb riss er sich von ihren Lippen los und schaute ihr tief in die Augen.

»Catherine, *per favore*!«, flehte er sie an. »Bitte, mach langsamer.«

Sie schüttelte vehement den Kopf, ließ ihr Haar von einer Seite des Kissens auf die andere fliegen. »Nicht langsamer werden, Max«, flüsterte sie. »Nicht jetzt. Bitte nicht.«

Er biss sich kraftvoll auf die Lippe, schloss die Augen und schob seine Hüften langsam vor und zurück. Du lieber Himmel, sie fühlte sich noch immer recht eng an. Schrecklich eng. Und er stand kurz vor der Explosion. Es war so lange her, und er begehrte Catherine über alle Maßen. Wieder fuhr Max tief in sie. Gleich war es so weit. Schnell versuchte er, an etwas anderes zu denken, aber Catherine presste ihre Lippen an sein Ohr und biss zärtlich in sein Ohrläppchen. »Nicht, Max«, beschwor sie ihn. »Bitte sei jetzt nicht behutsam.«

Es war einfach zu lange her, und ihre Lippen, ihr Körper und ihre Worte waren einfach zu verlockend. Er hatte zärtlich sein wollen, hatte sie ein weiteres Mal in wundersame Höhen katapultieren wollen, aber da hob sie ihm schon wieder ihr Becken entgegen. Dem konnte er nicht widerstehen, und er stieß erneut mit aller Kraft zu. Wieder und wieder. Max verlor sich förmlich im Rausch der Leidenschaft. Er hatte sich geschworen, sich beim kleinsten Anzeichen eines Samenergusses aus ihr zurückzuziehen, aber der wonnige Sturm der Lust riss ihn mit.

Es war zu spät. Fast.

Er stieß ein letztes Mal tief in sie und dachte, er würde es noch rechtzeitig schaffen. Doch dann spürte er, wie es ihn bis in sein Innerstes schüttelte. Mit einem jähen Schrei der Erleichterung erreichte er den Gipfel der Lust, und nie gekannte Ekstase riss ihn mit sich.

Max löste sich just in dem Moment von ihr, als ein pulsierender Samenstrom aus ihm herausschoss und seine Enttäuschung, seinen Ärger und seine Einsamkeit mit davonspülte. Er fiel, vor Erlösung und Freude keuchend, halb auf Catherines erhitzten Körper.

Schwer atmend rollten sie gemeinsam zur Seite. Nachdem ein langer, glückseliger Moment verstrichen war, griff Max nach einer Ecke des Lakens und wischte den Beweis seines Verlangens weg. Catherine kuschelte ihren Kopf an seine Schulter und gab ihm einen Kuss auf die Wange. »Das hättest du wirklich nicht tun müssen, Max«, tadelte sie ihn sanft. »Wirklich nicht.«

Max küsste sie auf die Schläfe, wobei er bemerkte, dass ihr Duft noch auf seinen Lippen lag. »So ist es aber sicherer, Catherine«, murmelte er. »Das weißt du selbst.« Aber er wurde das beunruhigende Gefühl nicht los, dass er den Bruchteil einer Sekunde zu lange gewartet hatte, als dass sie wirklich auf der sicheren Seite standen. Catherine hingegen schien kaum besorgt zu sein. Im Gegenteil, sie streckte sich wie ein Kätzchen und wackelte lustig mit den Zehen, bevor sie sich gegen ihn sinken ließ.

Eine kurze Weile dösten sie eng umschlungen, bis die Abenddämmerung den Raum in Beschlag genommen hatte. Max starrte hinauf zur Zimmerdecke, die ihm bestens vertraute Risse trug und mit weißem Stuck verziert war. Und als er so dalag und beobachtete, wie die eher pfirsichfarbene Decke golden erstrahlte, ging ihm auf, dass er womöglich den friedlichsten Moment seines Lebens erlebte. Das Leben hatte nur selten Momente des vollkommenen Glücks und des Friedens für ihn bereitgehalten. Aber er tat besser daran, sich weder an das eine noch an das andere zu sehr zu gewöhnen, denn solche Momente würden nicht von langer Dauer sein.

Es vergingen kaum zwei Minuten, bis die grausame Schicksalsgöttin erneut zuschlug. Seine Prophezeiung erfüllte sich schneller, als er gedacht hätte, denn ein gedämpftes, aber beharrliches Klopfen ertönte an der Tür und dröhnte durch den leeren Salon.

Max stieß einen Fluch aus. Catherine riss die Augen auf und richtete sich umständlich auf. Max stützte sich auf seine Arme und berührte mit seiner Stirn die ihre. »*Maledizione*!«, brachte er erstickt hervor. »Lebe ich hier etwa in einem verdammten Pferdegasthof?«

Catherine seufzte niedergeschlagen. »Du solltest nachsehen, wer das ist«, flüsterte sie und fuhr mit einer Hand durch sein schweres Haar, das nach vorn gefallen war und sein Gesicht einrahmte. Er schüttelte den Kopf, aber sie ließ nicht locker. »O Max, ich werde noch hier sein, wenn du wiederkommst. Was, wenn es etwas Wichtiges ist? Was, wenn es mit deiner Arbeit zu tun hat?«

Seine Arbeit. Immerhin hatte sie das Wort wichtig benutzt. Aber ihm war es wichtiger, dass niemand Anlass dazu hätte zu vermuten, dass sie mit ihm allein gewesen war, darunter würde nämlich unweigerlich ihr Ruf leiden. »Na gut«, murmelte er. »Ich gehe nachschauen.«

Er war sich nicht sicher, woher er die Kraft nahm, doch irgendwie rollte er sich von der Matratze, stopfte sich sein Hemd in die Hose und ging zur Tür. Einer von Catherines roten Schuhen war ihr vom Fuß geglitten und auf den Boden gefallen. Fast wäre er darüber gestolpert. Plötzlich überkam ihn der Impuls, ihn aufzuheben und zu verstecken. Aber er war noch nie ein Prinz Charming gewesen, dachte er bei sich und griff nach seiner Weste.

Catherine rappelte sich hoch und rückte sich ihr Kleid zurecht. Wieder klopfte es, und mit einem letzten Blick über die

Schulter ging Max durch den Flur und in Richtung Salon. Als er die Tür öffnete, ergoss sich ein hitziger und bissiger Schwall Italienisch über ihn. Maria kam wild gestikulierend und mit funkelnden Augen hineingestürmt.

»Maximilian, *che cosa fa*?«, fragte sie ihn aufgeregt. »Was hast du dir dabei gedacht? *Dio mio*, die Signora erwartet dich bereits seit Stunden. Sie ist eine alte Frau, Max! Ihr geht es nicht gut!«

Auf Marias bilinguale Schimpftirade hin schlug Max sich gegen die Stirn. Samstag! *Merda*! Er verbrachte die Samstage doch immer mit seiner Großmutter. Hatte er vergessen, ihr abzusagen? Wahrscheinlich scheuchte sie schon seit Stunden das Küchenpersonal herum, denn dieser gemeinsame Tag war für sie ein ganz besonderer Höhepunkt der Woche – auch wenn sie das niemals aus freien Stücken zugeben würde.

»Ach, Maria!« Max versuchte, einen gelassenen Eindruck zu vermitteln. »*Scusa per il ritardo*.«

»Verspätung? Nein, nein, du hast schlichtweg vergessen, dass ...« Plötzlich hielt sie inne, die Hände gen Himmel gestreckt, und blickte an ihm vorbei.

Ein flaues Gefühl regte sich in Max' Magen. O Gott. Catherine war doch wohl nicht so töricht gewesen, dass sie ...

»Was ist das?«, stieß Maria aus.

Langsam drehte Max sich um. Er war erleichtert, weil er nichts entdeckte. »Was denn?«, fragte er unschuldig.

Maria ging auf die Sitzbank zu.

»Das hier, Maximilian!«, erwiderte sie und wedelte mit dem roten Umhang in der Hand vor seiner Nase herum. »Was ist das?«

Catherines Umhang! Verflucht! Max schloss die Augen.

Maria aber plapperte weiter, jedoch tat sie es mit einer gewissen Wärme und einem verschmitzten Unterton, den er von seiner Großmutter her kannte. »Aha!«, rief sie schließlich aus. »*La Regina di Dischi*! Die Frau, die deine Großmutter gesehen hat. Ist sie etwa hier?«

Plötzlich ertönte ein gedämpftes Rascheln aus dem Schatten

des Korridors. »Bereite ich dir etwa Probleme, Max?«, sprach eine sanfte und unsichere Stimme. »Ich wollte sowieso gerade gehen.«

Max musste kräftig schlucken, als Catherine ins Licht trat. Sie sah verletzt und verwirrt aus. Und er war auch noch schuld an ihrem Zustand. »Maria, sei jetzt bloß still!«, befahl er. »Dies ist mein Zuhause, und sie ist mein Gast. Du wirst schön deine Zunge im Zaum halten, verstanden?«

Catherine beäugte Maria noch immer misstrauisch. »Verzeihen Sie, Madam«, bat sie und griff nach ihrem Cape. »Mir war nicht bewusst, dass Mr. de Rohan noch anderweitig erwartet wird. Ich bin nur vorbeigekommen, um ihm etwas zu bringen.«

Max verschwendete keinen Gedanken an die neugierige Maria. »Catherine«, sprach er mit weicher Stimme und drehte sich zu ihr um. »Vertrau mir, das hier hat nichts mit dir zu tun. Mrs. Vittorio wird sich umgehend bei dir entschuldigen.«

So schnell wie Marias Zorn entflammt war, verschwand er wieder, und ein strahlendes Lächeln legte sich auf ihr weiches rundliches Gesicht. »O nein, nein, *bella*!«, ließ sie beschwichtigend verlauten, wollte aber noch immer nicht vom Umhang ablassen. »Sie müssen mir verzeihen. Ich wollte Sie nicht beleidigen. Es ist nur so, dass Max' Großmutter bereits sehr betagt ist. Und seitdem Max diese Räumlichkeiten hier angemietet hat, fühlt sie sich so einsam in dem ach so großen Haus. Sie wollte lediglich ihren geliebten Enkelsohn endlich einmal wieder zum Abendbrot sehen. Das ist alles.«

Sofort wurde Catherines Blick vor lauter Mitgefühl weich. »Sie ist einsam?«, wiederholte sie und schaute von Maria zu Max und wieder zurück. »Wie eine Gefangene?«

Maria nickte eifrig. »*Precisamente*! Wie eine Gefangene. Das ist alles sehr, sehr traurig.«

Mit einer schroffen Bewegung entriss Max Maria den roten Umhang. »Sie ist mitnichten eine Gefangene, Maria, und das weißt du genau«, brummte er. »Lady Catherine, dies ist Maria

Vittorio, die Cousine und Gesellschafterin meiner Großmutter. Maria, dies hier ist Lady Catherine Wodeway.«

Marias Augen weiteten sich. »Ah, *eccellente*!« Energisch ergriff sie Catherines Hand und tätschelte und streichelte sie. »Kommen Sie, *bella*. Sie müssen mit uns zum Dinner kommen. Besucher sind ein besonderer Höhepunkt für die Signora. Machen Sie einer alten Frau doch die Freude!«

Catherine schaute noch immer furchtbar verwirrt drein und blickte von einem zum anderen. »Ich … nun, ich bin nicht ganz passend für ein Abendessen angezogen.«

Maria lächelte über das ganze Gesicht. »Aber meine Liebe, Sie sind *un tocco di grazia*! Wunderschön, als wären Sie einem Modejournal entsprungen.«

Mit einem unsicheren Lächeln schaute Catherine an sich hinunter. »Nun, es wäre mir eine Ehre, wenn …«

»Ich bin überzeugt davon, Maria«, unterbrach Max sie, »dass Lady Catherine keine Zeit für uns hat. Für *keinen* von uns beiden.«

Catherines Gefühlschaos lichtete sich, und ein unsäglicher Schmerz durchfuhr sie. Sie wich einen Schritt zurück. »Das stimmt. Nicht, wenn Sie denken, ich …«

Maria strahlte erneut und stürzte an Max vorbei. »Ach, *bella*, seien Sie nicht töricht«, redete sie beschwichtigend auf sie ein und packte Catherine bei den Schultern, als wollte sie sie schütteln. »Er ist doch nur ein Mann, er kann ja gar nicht denken. Und jetzt erzählen Sie mir erst einmal, ob Sie heute Abend noch anderweitige Verpflichtungen haben.«

Kapitel 11

»Geben Sie inmitten einer Schar Narren besonders gut Acht, denn sie könnten etwas von sich geben, was Ihnen zum Vorteil gereichen mag.«

Lord Chesterfield, 1776,
The Fine Gentleman's Etiquette

Mrs. Vittorio schien eine recht resolute Frau zu sein. Nur wenige Augenblicke später musste Catherine wie betäubt mit ansehen, dass Max Delacourts Kutsche wegschickte und ihr in ein ebenso vornehmes Gefährt half. Seine Worte jedoch waren unterkühlt, seine Handgriffe schroff. Catherine vermutete, dass die Kutsche der großen Signora, Max' Großmutter, gehörte, und sie war mittlerweile auch zu der Überzeugung gelangt, dass die alte Dame keineswegs eine Gefangene war, wie Mrs. Vittorio ihr hatte glauben machen wollen. Wenn sie die funkelnden Augen und die unruhigen Hände der Fremden betrachtete, beschlich Catherine das unangenehme Gefühl, sie würde unausweichlich in ein engmaschiges Spinnennetz gezogen. Warum nur ging sie dann überhaupt mit? Warum hatte sie sich nicht einfach eine Entschuldigung einfallen lassen? Das wäre eine ihrer leichtesten Übungen gewesen.

Aber Catherines Neugier hatte wieder einmal die Oberhand gewonnen, ein Umstand, den sie früher oder später sicherlich bitter bereuen würde.

Nach kurzer Zeit rumpelten die drei mit hoher Geschwindigkeit durch Westminster. Maria Vittorio plapperte, was das Zeug hielt, Max' Antworten hingegen waren kurz und unterkühlt. Er ist verärgert und besorgt, dachte Catherine. Im Grunde sträubte er sich dagegen, dass sie mitkam, hatte aber auch kein Wort gesagt, um sie daran zu hindern.

Catherine hatte im Grunde noch nicht begriffen, was eigentlich passiert war. Eben noch hatte sie sich in der Ruhe nach einem schnellen, aber unglaublich intensiven Liebesakt gesonnt, und im nächsten Moment hatte sie nichts Besseres zu tun, als vorzugeben, sie sei lediglich eine entfernte Bekannte, die kurz verschwunden war, um sich das Haar zu richten. Sie hatte gehört, wie Maria sie als *diese Frau* bezeichnet hatte. Wen hatte sie damit gemeint? Gab es noch eine andere Frau in Max' Leben?

Catherine spürte, wie eine Welle tiefer Eifersucht in ihr aufwallte. Wie hatte sie nur erwarten können, dass ein solches Prachtexemplar von Mann Nacht für Nacht allein schlief? Ein Mann wie er konnte sich die Frauen aussuchen.

Sie warf Maria, die neben ihr Platz genommen hatte, einen verstohlenen Blick zu. Maria war eine eigenartige Frau mittleren Alters. Sie hatte eine rundliche Figur, ein freundliches Gesicht und große ausdrucksstarke Augen. Max hatte sie als eine Verwandte vorgestellt. Sie war zweifelsohne Italienerin, was wiederum den dunklen Teint und seine Sprachbegabung erklären würde. Aber was hatte es mit dieser mysteriösen Großmutter auf sich? Der Kutsche nach zu urteilen, war sie eine vermögende Dame. Catherines Gedanken kehrten zu Max de Rohan zurück. Aus unerfindlichem Grund hatte sie ihn sich immer als eine Art Einzelgänger vorgestellt, zumindest war das der Eindruck, den er zu erwecken versuchte.

Zweifel und Fragen stürmten auf sie ein. Was für eine Art Mann mochte er sein? Auf keinen Fall war er ein Polizist, der am Hungertuch nagte, doch ebenso wenig ein unbedeutender Bürokrat. Kannte sie diesen Mann, dem sie sich unlängst hingegeben hatte, auch nur ansatzweise? Wie sie es auch drehte und wendete, die Antwort blieb stets *nein*. Sie hätte sich nun schuldig fühlen sollen, aber dem war nicht so. Wie eigenartig. Wie stand es mit Max, was mochte er fühlen? Catherine warf ihm einen flüchtigen und prüfenden Blick zu, aber sein Gesicht glich einer Maske. In Whitehall legte die Kutsche noch einmal an Geschwindigkeit zu und ging schließlich dynamisch in die Kurve, um auf die Uferpromenade zu gelangen.

Damit sie nicht das Gleichgewicht verlor, legte Maria eine kurze Redepause ein, die Catherine unverzüglich zu nutzen wusste. »Sie haben einen so lieblichen Akzent«, meldete sie sich zu Wort. »Sie sind Italienerin, wenn ich mich nicht täusche?«

Die Frau schaute sie verwundert an. »*Si*, wussten Sie das etwa nicht?«, entgegnete sie. »Unsere Familie stammt aus ...«

»... der Toskana«, ergänzte Max.

Mrs. Vittorio nickte. »Aber die Signora, Maximilians Großmutter, hat lange Jahre in Mailand gelebt. Bis der Krieg kam.« Ihr Schulterzucken war nicht ganz eindeutig. »In der Lombardei war es schlimm, in Italien kaum besser. Wir mussten fliehen.«

Obwohl Catherine sich noch immer fragte, was Max in diesem Moment verspüren mochte, war sie fasziniert. »Und später sind Sie dann nach London gekommen? Warum?«

Mrs. Vittorio machte eine ausholende Geste. »Aus geschäftlichen Gründen, *naturalmente*!« Sie warf Max einen eigenartigen Blick zu, bevor sie sich wieder Catherine zuwandte. »Die Signora, meine Cousine, hat schon immer gesagt, dass die Engländer am Ende siegen würden. Sie kann Dinge vorhersehen. Sie verfügt über *geheimes Wissen*.«

»Wie außergewöhnlich!«, murmelte Catherine, die keinen blassen Schimmer hatte, wovon Mrs. Vittorio sprach. Sie wandte sich Max zu. »Und wie alt waren Sie damals, Mr. de Rohan? War es aufregend für Sie, in ein neues Land überzusiedeln?«

Max bekam nicht die Chance, ihre Frage zu beantworten. »Nein, nein«, fuhr Mrs. Vittorio dazwischen und fuchtelte wild mit den Händen. »Maximilian war doch noch ein kleiner Junge und lebte damals im Schloss seines Vaters am Rhein. Aber hat er Ihnen eigentlich erzählt, dass er hier in Ihrem Lande geboren wurde? Während einer Geschäftsreise seiner Eltern?« Sie lächelte verschmitzt. »Wir ziehen ihn damit zuweilen auf, dass er im Grunde einer von Ihnen ist, ein leibhaftiger Engländer.«

Max brachte Maria zum Schweigen, indem er sich vorbeugte. Sein Oberkörper schien den gesamten Innenraum der Kutsche auszufüllen. »Maria«, holte er mit bedrohlicher Stimme aus. »Ich bin überzeugt davon, dass Lady Catherine unsere Familienchronik für unglaublich langweilig hält.«

Wieder flogen Hände in die Höhe, formten sich zu einer eindrucksvollen Geste. »Aber Maximilian, sie hat doch ausdrücklich danach gefragt!«

Er schwieg einen kurzen Augenblick. »Stimmt.«

Max lehnte sich wieder zurück und bedachte Catherine mit einem eindringlichen Blick, als wäge er seine Worte ab. »Die meisten Engländer halten mich für eine Art Bastard, Lady Catherine«, hob er schließlich an. »Ich bin ein Abkömmling katalanischer Winzer, spanischer Bauern und italienischer Händler. Das sind alles keine Pfunde, mit denen ich wuchern könnte. Aber mein Vater stammte aus dem Elsass. Ich gehe nicht davon aus, dass Sie wissen, wo das ist.«

Schweigend schüttelte Catherine den Kopf, und nach einer längeren Pause fuhr Max fort. »Das Elsass ist eine hügelige Weinlandschaft, die eingekeilt zwischen dem Rhein und den Vogesen liegt.«

Catherine erinnerte sich wieder. »Es gehört zu Frankreich, nicht wahr?«

Seine Lippen verzogen sich zu einem bitteren Lächeln. »Das kommt darauf an, wen Sie fragen«, erwiderte er zuckersüß. »Laut Napoleon schon.«

»Aha!«, antwortete Catherine. Langsam verstand sie seinen tief sitzenden Groll. »Wann sind Sie denn nun in unser Land gekommen? Wie alt waren Sie damals?«

Max schaute sie lange aus dem Schatten der Kutsche heraus an. Sein Blick war mit einem Male dunkel und leer. »Lange nach der Revolution«, ließ er sie wissen. »Ich war schon fast ein erwachsener Mann.« Dem Klang seiner Stimme nach zu urteilen, wollte er nicht weiter darüber sprechen.

»*Molto bene*!«, meldete sich Maria fröhlich zurück. »Genug

der traurigen Geschichten aus der Vergangenheit. Sagen Sie mir, Mylady, mögen Sie die toskanische Küche?«

Catherine zuckte mit den Schultern und lächelte. »Ich muss zugeben, dass ich mit toskanischen Speisen nicht im Geringsten vertraut bin«, bekannte sie. »Ich fürchte, ich bin noch nicht sehr weit gereist.«

»Und dabei ist die Welt so unglaublich groß, nicht wahr?«, warf Maria freundlich ein. »Aber unser Max hier hat schon so manches in seinem Leben gesehen. Er könnte Ihnen viel über die große weite Welt erzählen. Aber ich, pah, ich kenne mich nur mit der Küche aus.«

Und genau das thematisierte Maria Vittorio im Folgenden auch, nachdem sie kurz erklärte, dass die Fahrt ein wenig länger dauern würde und dass sie im Verlauf der kleinen Reise am Herzstück des Finanzdistrikts sowie am Tower vorbeikommen würden, ehe sie im East End waren, einem Stadtteil, den Catherine nur vom Hörensagen kannte.

Während die Kutsche die Fleet Street entlangpreschte, beschrieb sie die vielen kulinarischen Gaumenfreuden, die zum Abendessen serviert würden. Es waren durchweg seltsame, fremd klingende Speisen, welche Catherine – die eher mit der ländlichen Hammel- und Rindfleischküche vertraut war – nicht im Entferntesten kannte, die aber dennoch köstlich und aufregend klangen.

Während Catherine Marias angenehmem Geplaudere lauschte, saß Max mit stoischer Ruhe auf der gegenüberliegenden Sitzbank. Es schien, als starrte er die ganze Zeit über in Catherines Gesicht, und wenn sie von Zeit zu Zeit ihren Blick zum Fenster wandern ließ, spürte sie, wie sein sengender Blick noch intensiver wurde und brennend durch sie hindurchging. Plötzlich wünschte sie sich, sie hätten die Tür niemals geöffnet oder sie hätte noch ein wenig Zeit in Max' Bett verbracht. Sie hatten einander geliebt, ja, aber sie waren um diese süße Phase nach dem Akt, in der die Liebenden das glühende Band zwischen ihnen schmiedeten, beraubt worden, hatten nicht eng umschlungen dösen können. Ja, sie hatten nicht einmal die Möglichkeit gehabt, dem zaghaften Flüstern nach einer möglichen gemeinsamen Zukunft zu lauschen.

Aber gab es überhaupt eine gemeinsame Zukunft? War es das, was sie wollte? Catherine beschlich das Gefühl, sie beide hatten etwas unabdingbar Wichtiges außer Acht gelassen, hatten keine Antworten auf wichtige Fragen gesucht. Catherine spürte deutlich, wie die Distanz zwischen ihnen wuchs, wie altbekannte Zweifel zurückkehrten. Sie konnte es in Max' verschlossenem Blick lesen. Mit dem tiefen Gefühl der Trauer und des Verlustes wandte Catherine ihre Aufmerksamkeit wieder der vorbeiziehenden Kulisse Londons zu. Aber was sie sah, rieb sie zusätzlich auf.

Zwischen stattlichen Häusern, prunkvollen Kirchen und privaten Parkanlagen taten sich weite von Armut und Schmutz gekennzeichnete Flächen auf, von denen Catherine nie gedacht hatte, dass es sie in London gäbe – einer Stadt, die stellvertretend für unsäglichen Reichtum und unbegrenzte Möglichkeiten stand. Zwar gab es um Mayfield herum hier und da ärmere Straßenzüge, die aber bei weitem nicht an das heranreichten, was Catherine nun zu sehen bekam. Zwischen all der Armut lagen Enklaven betuchter Geschäftsmänner und reicher Händler, die in den Osten der Stadt gezogen waren, um sowohl dem Stadtzentrum als auch dem Hafen nahe zu sein.

Sie fragte sich, warum Max hier gewohnt hatte. Warum hatte er sein Leben diesen Menschen geopfert? Isabel hatte ihn einen Kreuzritter genannt. Einen Reformator. Catherine zweifelte weder das eine noch das andere an. Nachdem sie den Tower passiert hatten, wandten sie sich vom Fluss ab und erreichten ein besonders heruntergekommenes Stadtviertel, in dem die Rinnsteine mit schwarzem und fauligem Wasser überliefen. Es stank grauenhaft. Kinder mit schmutzigen Gesichtern liefen barfuß umher, und ärmlich gekleidete, abgemagerte Frauen trotteten die Gehsteige entlang, vorbei an schäbigen Schaufenstern und Kneipen. Mit hängenden Schultern und leerem Blick sprachen sie jeden Mann an, der ihnen begegnete. Catherine mochte in mancherlei Beziehung naiv sein, doch selbst sie wusste, was für Frauen das waren. Traurig schloss sie die Augen, was Max allem Anschein nach missdeutete.

»Sagen Sie mir, Mylady«, setzte er mit besorgter und doch sarkastischer Stimme an. »Was halten Sie vom East End? Entspricht die Aussicht, die Sie gerade genießen, in etwa Ihren Vorstellungen?«

Ohne auf seine Frage einzugehen, öffnete sie ihre Augen. Sie konnte sich gut vorstellen, was er nun dachte. Ein Teil von ihm wollte glauben, dass sie die Szenerie verabscheute und sich folglich auch ein missbilligendes Urteil über ihn und seine Vergangenheit bildete. Max, der einen eigenartigen Stolz besaß, erwartete vielleicht sogar, dass sie diesen Leuten, denen er so lange gedient hatte, Verachtung entgegenbrachte. Darauf aber konnte er bis zum Sankt-Nimmerleins-Tag warten.

Schließlich bogen sie in Richtung Norden, in eine enge, aber gepflegte Straße, die zu einem großen Platz führte, der von hohen Stadthäusern gesäumt wurde, die ihren Ebenbildern im Westen in nichts nachstanden. Der Kutscher der Signora brachte die Pferde vor einem besonders imposanten Eckhaus zum Stehen. Sofort stürmte ein Diener auf die Straße, um das Zaumzeug zu übernehmen.

Nur wenige Augenblicke später fand Catherine sich in der gewaltigen Eingangshalle des Hauses wieder, die nur schwach beleuchtet war. Max weilte dicht an ihrer Seite. Während Maria Anweisungen erteilte, kam ein großer, älterer Diener, um sich ihrer Mäntel anzunehmen. Catherine nutzte den Moment und schaute sich ein wenig um. Zu beiden Seiten der Eingangshalle öffneten sich geräumige Zimmer, aber es waren keine Empfangszimmer, wie Catherine es vermutet hatte, sondern Arbeitszimmer, in denen Schreibpulte, Bücherregale und Aktenschränke standen.

Mit einem Male tauchte ein bebrillter Mann neben Max auf, der ein in Leder gebundenes Kassenbuch unter dem Arm trug und sich einen Bleistift hinter das Ohr geklemmt hatte. »Ah, Mr. de Rohan!« Er trug ähnliche Kleider wie Max. In seiner Stimme schwangen Respekt, aber auch Verärgerung mit. »Schön, Sie zu sehen!«

»Sie leisten wohl mal wieder Überstunden ab, Trumbull?«, brummte Max.

Der Mann lächelte schwach. »Mr. de Rohan, kann ich kurz mit Ihnen über das Lagerhaus im Viertel von St. Katharine's sprechen, das wir so dringend benötigen? Ich habe ein passendes Objekt gefunden, aber Ihre Großmutter ist der Meinung, es sei zu teuer.«

Max schaute ihm unverwandt in die Augen. »Das müssen Sie schon selber mit ihr ausfechten, Trumbull.«

Das Lächeln des Mannes war verschwunden. »Aber die Immobilien dort verkaufen sich rasend schnell, und das, wo der neue Hafen noch nicht einmal fertig gestellt ist.«

»Die Signora weiß bestens über die Baupläne und die geplante Fertigstellung Bescheid«, hielt er bestimmt, aber freundlich dagegen. »Gehen Sie nach Hause, Trumbull. Ihre Familie ist weitaus wichtiger als irgendeine neue Lagerhalle.«

Der Mann warf Catherine einen verunsicherten Blick zu und verbeugte sich gehorsam, bevor er sich zurückzog. Ohne weitere Erklärung hielt Max Catherine seinen Arm hin. Maria Vittorio schritt voran und führte die beiden in die Tiefen des Hauses und über eine verwinkelte Treppe in eines der oberen Geschosse. Mit jedem Schritt musste Catherine gegen die Schmetterlinge ankämpfen, die in ihrem Bauch umherflatterten. Das Haus war groß und dunkel, die massive Einrichtung in jedem Raum auf Hochglanz poliert. Schwere Vorhänge und Wandteppiche zierten Fenster und Wände, und in der Luft hing ein seltsam würziger Duft. Es war ein Haus, das durch Reichtum, Eleganz und geheimnisvolles Understatement bestach. Catherine fühlte sich zwar ein wenig verloren, war aber auch noch immer recht neugierig auf das, was sie erwarten mochte.

Plötzlich donnerte es über ihren Köpfen, und das Geräusch

bewegte sich über die Treppe nach unten. Catherine erschrak und riss den Kopf hoch. Im Halbdunkel erkannte sie einen riesigen schwarzen Schatten, der um den Treppenpfosten bog und auf sie zuraste. Max ließ sie los und ging auf dem Treppenabsatz in die Knie. »Lucifer!«, rief er mit plötzlich wieder freudig klingender Stimme aus. »*Vieni qui*!«

»Böses Hundchen!«, schimpfte Mrs. Vittorio lauthals, als ein großes schwarzes Etwas auf Max zusprang und ihn fast rücklings die Treppe hinunterstieß. »Böser Hund! Wir haben schließlich Besuch!« Lucifer aber, der wild mit dem Schwanz wedelte, hatte nur Augen für sein Herrchen. Max verlor sich in der Begegnung mit dem Tier, seine Hände und sein Blick glitten liebevoll über den Hund, ganz so, als wollte er sich vergewissern, dass auch wirklich alles in Ordnung war.

Das war also das entsetzliche Monster, das Catherine seinerzeit im Hyde Park gesehen hatte und das Max im Nebel nachgesprungen war. Sie konnte nichts Abstoßendes mehr an ihm finden, wenngleich es ein ziemlich großes Tier war, das spielend zehn Kilo mehr auf die Waage brachte als sie. Max flüsterte dem Tier etwas zu, was Catherine aber nicht verstand, da er in einer ihr fremden Sprache gesprochen hatte. Anschließend fuhr er dem Hund mit seinen kräftigen Händen noch einmal durchs Fell, bevor er von ihm abließ. Sofort rollte Lucifer sich auf den Rücken und ließ die Zunge aus dem Mund baumeln, ganz so, als wäre er noch ein Welpe.

»Was für ein schönes Tier!«, meldete Catherine sich zu Wort und kniete nieder, um ihn sich ein wenig näher anzuschauen. »Was ist das für eine Rasse? Ist das eine Dogge? Ich habe noch nie zuvor eine so tiefschwarze Dogge gesehen.«

»Diese Art stammt aus Kampanien in Italien«, erklärte Max ihr mit einer Stimme, in der urplötzlich unverfälschte Zuneigung lag. »Sie sind sanfter als die englischen oder französischen Doggen und können problemlos für die Polizeiarbeit abgerichtet werden.« Max kraulte den Hund ein allerletztes Mal hinter den Ohren, bevor er mit den Fingern schnippte. »Lucifer, *senti*!«

Sogleich sprang der Hund auf, und seine Verspieltheit war wie weggeblasen.

Die kleine Gruppe stieg ein Stockwerk höher, wobei Lucifer Max dicht auf den Fersen folgte. Auf dem Treppenabsatz angelangt, sah Catherine zu ihrer Linken, dass eine Flügeltür weit offen stand und Einblick in einen geräumigen und opulent ausstaffierten Salon gewährte. Wie der Rest des Hauses war auch dieser Raum nur schwach erleuchtet und leicht überheizt.

Eine Sekunde später erblickte Catherine die Signora. Sie saß erhobenen Hauptes auf einem hochlehnigen Stuhl, der dicht am Kamin stand. Sie war von Kopf bis Fuß in schlichte schwarze Seide gekleidet, ganz so, als wäre sie einem Märchen der Gebrüder Grimm entsprungen – einem der weniger schönen, wohlgemerkt. Sie hatte ein längliches Gesicht mit einer spitzen Nase. Selbst ihre Haare und ihre Schultern waren mit einem schwarzen Seidentuch bedeckt. Dieses Bild majestätischer Erhabenheit wurde zusätzlich durch das übergroße Wappen aus azurblauer und schwarzer Emaille unterstrichen, welches über dem Kaminsims hing und auf dem ein schwarzer Löwe prangte, der unterhalb einer Perlenkrone auf den Hinterläufen stand. Die Szene, die sich Catherine bot, überraschte sie derart, dass sie fast stehen geblieben wäre.

Auch Maria hatte ihre Schritte verlangsamt. Nur Lucifer fegte wie ein Blitz quer durch den Raum, um sich mit einem tiefen Seufzer vor den Füßen der alten Dame niederzulassen.

»Signora«, durchbrach Maria die Stille. »Sie haben ja Ihr Nickerchen beendet.«

Die alte Dame schnitt ihr mit einer kurzen eckigen Bewegung das Wort ab. »*Si*, aber nur, um festzustellen, dass man mich wieder einmal allein gelassen hat – und damit meine ich dieses Mal nicht nur meinen Enkel.«

Max machte einige schnelle Schritte nach vorne und küsste ihre Hand. »Pass bitte auf, was du sagst, Nonna.« Er sprach mit sanfter, aber zugleich unerbittlicher Stimme. »Ich wurde aufgehalten. Und wie du siehst, war Marias Abwesenheit Gold wert, denn sie hat dir einen Gast mitgebracht.«

Ohne ein Anzeichen der Überraschung oder Entrüstung musterte die alte Frau Catherine von Kopf bis Fuß. »Aha, und wer soll das bitte schön sein?« Sie machte mit dem Zeigefinger eine herrische Bewegung, die Catherine galt. »Treten Sie näher, *bella*, sodass ich Sie besser sehen kann.«

Schnell trat Maria einen Schritt vor. »Dies ist Lady Catherine, eine Freundin, die Maximilian einen Besuch abstattete, als ich bei ihm eintraf«, berichtete Maria triumphierend. »Mylady, dies ist Maximilians Großmutter, *la signora Castelli*.«

Catherine ergriff die trockene und knöcherige Hand der alten Dame, wobei sie das eigenartige Gefühl beschlich, dass nun ein tiefer Knicks, gefolgt von einem Handkuss, von ihr erwartet wurde, bevor sie sich demütig wieder zurückzog. »Es ist mir eine Ehre, Signora«, brachte sie hervor. »Hoffentlich komme ich nicht ungelegen. Aber Mrs. Vittorio bestand darauf, dass ich sie begleite.«

Signora Castelli nickte. »Das ist typisch Maria«, urteilte sie. »Und Sie, *cara*? Sie sind also eine Freundin meines Enkels, *si*? Aber wenn mich nicht alles täuscht, kennen Sie ihn noch nicht allzu lange.«

Catherine warf Max einen fragenden Blick zu. »Nein, das stimmt.«

»Bitte, Nonna«, fuhr Max dazwischen, als wollte er eine Befragung unterbinden. »Wir haben dich so lange warten lassen. Es ist schon weit nach der Zeit fürs Dinner. Wollen wir nicht ins Esszimmer überwechseln?«

Gemeinsam stiegen sie die Treppe hinab, wobei Signora Castelli sich stark auf den Arm ihres Enkels stützte. Durch seine sanfte Berührung verlieh er der alten Dame Kraft, aber er versuchte dabei nicht, sie zu lenken oder gar zu kontrollieren. Daraus schloss Catherine, dass Großmutter und Enkel einander sehr liebten.

Das Esszimmer mit seinen dunklen Möbeln, burgunderfarbenen Samtvorhängen und einem prasselnden Feuer glich den übrigen Räumen des Hauses. Sie gingen um den Tisch herum zum Platz der Signora. Plötzlich stockte Catherine der Atem, als ihr Blick auf das außergewöhnliche, den Raum dominierende Porträt fiel, das über dem Kaminsims hing.

Es war zweifelsohne das Werk eines wahren Meisters und stammte mitnichten von einem fahrenden Künstler. Es war in dunklen und satten Farben gehalten und zeigte eine Szene harmonischen Familienglücks. Auf einem Stuhl, der fast wie ein Thron wirkte, saß ein ausgesprochen attraktiver Mann, in dessen Kleidung sich die Eleganz des Festlandes widerspiegelte. Aus seinem Kragen und seinen Ärmeln quoll edle Spitze, und auf seinem Knie lag ein aufgeschlagenes Buch. Das Kinn hatte er auf eine Faust gestützt, der Ellbogen ruhte auf der Armlehne. An seiner Hand glitzerte ein smaragdgrüner Cabochonring, der die gleiche Farbe wie seine Augen hatte, die vor Tatendrang glühten. Sein langes rabenschwarzes Haar trug er aus dem Gesicht gekämmt, wodurch sein eckiges und trotziges Kinn, seine hohe Stirn und seine dunklen Augenbrauen besonders zur Geltung kamen.

Neben ihm saß eine junge Dame, auf deren Lippen ein zwar zaghaftes, aber ausgesprochen warmherziges Lächeln lag und die liebevoll ein Kleinkind auf dem Schoß wog. Zu ihren Füßen lag ein zusammengerollter schwarz-goldener Schäferhund. Seltsam war nur, dass im Hintergrund just die Waffen zu sehen waren, die Catherine soeben eine Etage über ihnen im Salon der Signora hatte hängen sehen. Wären da nicht die grünen Augen und der etwas hellere Teint gewesen, so hätte es zu einer Verwechslung mit Maximilian de Rohan kommen können. Catherine schaute blitzschnell auf die Messingplatte unterhalb des Ölgemäldes, aber die Gravur war in Französisch. Einen Teil konnte sie jedoch verstehen:

Louis-Armand de Rohan, le Vicomte de Vendenheim-Sélestat, 1792.

Was in Gottes Namen hatte all das zu bedeuten? Fest stand, dass dieser Adlige ein Vorfahr Max de Rohans war, aber dennoch ergab das alles keinen Sinn. Catherine kehrte gedanklich in die Gegenwart zurück und schaute zu, wie Lucifer sich unter den Tisch zwängte und sich zwischen den Stühlen der Signora und ihres Enkels niederließ. Catherine schlüpfte auf den für sie vorgesehenen Stuhl und bemerkte, wie die Signora sie mit bohrendem Blick ins Visier nahm. Da Max noch dabei war, Maria mit ihrem Stuhl behilflich zu sein, bekam er von all dem nichts mit. Catherine reckte ihr Kinn in die Höhe und begegnete dem prüfenden Blick der Signora mit einem selbstsicheren Lächeln. Ihr war schnell klar geworden, dass sie sich von dieser Frau nicht einschüchtern lassen durfte. Als Reaktion darauf wandelte sich Mrs. Castellis Gesichtsausdruck, und sie schaute nun leicht amüsiert zurück, bevor sie sich einem Butler zuwandte und mit ihm über die Suppe sprach, die gerade von einem Diener in den Raum gebracht wurde.

Catherine schaute sich die elegant gedeckte Tafel ein wenig näher an, auf der köstlichste Speisen standen. Zu Beginn des Abendessens mutete ihre Unterhaltung noch recht angenehm oberflächlich an, aber bald schon – sichtlich gegen Max' Willen – kam das Gespräch auf Catherine, und noch bevor die Hauben von den Tellern des zweiten Ganges entfernt worden waren, hatte Signora Castelli in Erfahrung gebracht, dass Catherine eine kinderlose Witwe aus Gloucestershire war, die erst seit kurzem in der Stadt weilte und der Tante ihres verstorbenen Gatten einen Besuch abstattete. Während die Signora zustimmend nickte, warf Catherine Max einen verunsicherten Blick zu. Er verhielt sich zwar allen gegenüber höflich, wirkte jedoch reichlich distanziert. Catherine bereute ihren Entschluss, mitgekommen zu sein. Warum nur wurde sie nie Herrin ihrer vermaledeiten Neugier? Sie hätte Mrs. Vittorios Einladung höflich ablehnen sollen. Max bevorzugte ein ungestörtes Privatleben und hatte wahrscheinlich einen triftigen Grund dafür.

Es lag klar auf der Hand, dass seine Großmutter ein schwieriger Mensch war, der sich immer und überall einmischen musste, aber Max blieb stets unnachgiebig und begegnete ihr mit sanfter

Entschlossenheit. Catherine schloss daraus, dass er ein weitaus mitfühlenderer Mensch war, als sie erst angenommen hatte, und urplötzlich befiel sie das dringende Bedürfnis, mit ihm zu reden und ihm etwas zu sagen, das die Spannung zwischen ihnen mildern würde. Doch es bot sich schlichtweg keine Gelegenheit.

Die Signora war dazu übergegangen, sie mit Fragen nach ihrem Glauben und ihrem Kinderwunsch zu löchern – vor allem, was sie über Ersteres dachte und warum sie sich Letzteres noch nicht erfüllt hatte. Catherine spürte, wie ihr die Röte ins Gesicht schoss. Geschickt lenkte Max das Gespräch auf ein anderes Thema, dieses Mal auf das Wetter, aber sein Ablenkungsmanöver hielt nur kurz vor. Ihre Blicke trafen sich für einen kurzen knisternden Moment; in sein Unbehagen hatte sich Mitleid gemischt.

Das gesamte Mahl über flankierten der Butler und ein Diener den Kamin, wenn sie nicht gerade umherliefen und die verschiedenen Gänge servierten, zu denen jeweils ein anderer Wein eingeschenkt wurde. Von Zeit zu Zeit ging die Signora dazu über, mit Maria und ihrem Enkel über einen bestimmten Jahrgangswein zu sprechen, wobei sie ein Vokabular benutzten, das Catherine gänzlich fremd war. Drei Mal befahl die Signora dem Butler, er möge ihre Kommentare in ein großes in Leder gebundenes Buch schreiben, das auf einer Anrichte lag.

»Ihr Wissen über Wein ist wirklich beeindruckend, Signora Castelli«, sagte Catherine, nachdem sie den letzten Gang beendet hatten.

In majestätischer Manier zog die Signora eine Augenbraue in die Höhe. »Aber gehört es nicht zu meinem Geschäft, auf ebendiesem Gebiet bewandert zu sein?«, gab sie leicht überrascht zurück. »Schließlich sind wir Weinhändler und machen Geschäfte mit edlen Tropfen. Wussten Sie das etwa nicht?« Bei den letzten Worten hatte sie ihren Enkel angeschaut.

Max legte seine Gabel beiseite. »Meine Familie ist seit über einem Jahrhundert im Weinhandel tätig, Lady Catherine«, erklärte er gelassen. »Meine Großmutter kann zu Recht sehr stolz auf ihr Imperium sein.«

Bei diesen Worten blitzten die schwarzen Augen der Signora auf. »Stolz auf *unser* Imperium!«, korrigierte sie ihn spitz. »Jenes, das du wegen deiner Flausen im Kopf so bereitwillig vernachlässigst. Was denken Sie darüber, Mylady, wenn ein Mann sein Erbe hintanstellt, um stattdessen einer sinnlosen Tätigkeit nachzugehen?«

Mit einem Schlag wurde Catherine bewusst, was sich hier abspielte. Sie räusperte sich diskret und legte die Gabel beiseite. »Ich glaube, ich kann Ihre Enttäuschung verstehen, Madam«, setzte sie an. »Aber die Arbeit Ihres Enkels ist wichtig für uns alle, weshalb ich meine, dass das Wort *sinnlos* es nicht ganz trifft.«

»Und unser Geschäftszweig ist wohl nicht wichtig, oder wie?«, hielt die Signora ihr mit verbittertem Unterton entgegen. Ihren Blick hatte sie noch immer auf ihren Enkel gerichtet. »Ich bin der Meinung, dass ...«

»*Basta*, Nonna!«, fuhr Max dazwischen. »Darüber werden wir unter vier Augen sprechen.« Sein Blick war erbarmungslos und unnachgiebig.

Für einen kurzen Moment zögerte die Signora, wetzte dann aber wieder ihre Krallen. »*Molto bene*«, lenkte sie in versöhnlichem Ton ein und erteilte mit einer Handbewegung den Dienern den Befehl, den Tisch abzuräumen. »Erlaubst du uns, mein Enkelsohn, dass wir dir während deines Glases Portwein Gesellschaft leisten?«

Max nickte kurz, und seine Großmutter lächelte gütig. »Für uns drei Damen bitte einen Sherry«, befahl sie dem Butler mit einem Fingerschnippen. »Eine Flasche Colheita, *per favore*. Und eine Karaffe Amontillado.« Einen Augenblick später hatte sie ihre bohrenden schwarzen Augen wieder auf Catherine gerichtet. »Und nun, *bella*, wie wäre es mit ein wenig Unterhaltung? Natürlich nur, wenn Sie nichts dagegen haben«

Catherine verspürte einen kurzen Moment der Unsicherheit passieren und betete zu Gott, dass sie nun nicht singen oder Klavier spielen müsste. Max schaute indes Maria nach, die sich erhoben hatte und zu einer Anrichte ging.

»O nein, Nonna!«, brummte er. »Denk nicht mal im Traum daran.«

Mit etwas ungelenken und unsicheren Bewegungen brachte Maria eine kleine Holzkiste zum Vorschein. Die Signora saß still da und machte ein unschuldiges Gesicht. »Was kann denn schon an einem bisschen Vergnügen falsch sein?«, fragte sie und öffnete ihre Hände, als sie mit den Schultern zuckte. »Lady Catherine wird sicherlich nichts dagegen haben. Englische Ladys mögen das, was jetzt kommt, sehr, sehr gern.«

»Was denn?«, wollte Catherine wissen. »Was mögen wir Engländerinnen so sehr?«

Die alte Frau strahlte sie an. »*I Tarocchi*«, flüsterte sie verschwörerisch. »Ich werde in Ihre Zukunft blicken. Mithilfe der Karten.«

Max stieß einen tiefen Seufzer aus. Catherines Blick wanderte zwischen den beiden hin und her. »Sie meinen, Sie werden mir etwas über mein Schicksal sagen? Wie eine echte Zigeunerin?«

Verächtlich schüttelte die Signora den Kopf. »Nein, nein, Sie törichtes Ding! Zigeunerinnen sagen Ihnen nur dann die Zukunft voraus, wenn Ihr Geldbeutel prall gefüllt und Ihr Kopf so gut wie leer ist.«

»Das Ganze ist doch Humbug«, meldete Max sich mit knurrender Stimme zu Wort. »Egal, wer die Karten liest.«

Catherine aber brannte vor Neugier. »Wenn es wirklich Humbug ist«, erwiderte sie, »so haben Sie gewiss nichts dagegen einzuwenden, wenn ich mir nur so zum Spaß die Karten legen lasse.«

Max warf ihr über den Tisch hinweg einen finsteren Blick zu. »Wenn Sie meinen, sich dieser Peinlichkeit aussetzen zu müssen«, brummte er, »will ich Sie nicht davon abhalten.«

Maria war indes mit der kleinen hölzernen Truhe und diversen Kupferschalen zurückgekehrt, die mit verschiedenen Kräutern gefüllt waren. Wenige Augenblicke später vollzog die Signora eine Art Ritual, indem sie die Kräuter in Brand setzte und leise etwas vor sich hin murmelte, während sie die Karten vor und zurück durch den aufsteigenden Rauch schwenkte.

Ganz so, als wäre er mit derartigen Szenarien vertraut, servierte der Butler just in dem Moment den Digestif, als die Signora den Stoß Karten vor Catherine ablegte. »Berühren Sie sie«, befahl sie mit tiefer kehliger Stimme. »Ja, streicheln Sie sie ruhig, *cara*. Es ist gut, wenn Sie den Karten etwas von sich selbst geben. Gut, gut! Jetzt müssen Sie sie in drei Stapel aufteilen. Nein, nein! *A sinistra*! Sie müssen sie nach links ablegen, und zwar mit der linken Hand!«

Mit stockendem Atem tat Catherine, wie ihr befohlen. Die Signora fügte mit ihren langen knorrigen Fingern die Stapel in umgekehrter Reihenfolge wieder zusammen und mischte sie noch einmal kurz durch. »Nun verraten Sie mir doch, *cara mia*, was Sie gern wissen würden.«

Catherine schaute verstohlen zu Max, der gerade mit düsterem Blick an seinem Portwein nippte. »Ich möchte einfach nur etwas über meine Zukunft erfahren«, antwortete sie und ließ ihre Augen herausfordernd aufblitzen. »Ist das nicht Sinn und Zweck des Ganzen?«

Die alte Frau schüttelte den Kopf. »Manchmal, *bella*, ist es klüger, erst nach der Vergangenheit zu fragen.« Und mit diesen Worten begann sie, die verdeckten Karten in einem großen Kreis auszubreiten. Anschließend legte sie weitere sieben Karten so ab, dass die Letzte genau in der Mitte lag. Ihre leicht zittrige Hand schwebte noch einen Augenblick über der Karte im Zentrum, bevor sie sie umdrehte.

Am anderen Ende des Tisches stieß Maria einen spitzen Schrei aus, faltete die Hände und blickte zum Himmel. Max warf ihr einen verärgerten Blick zu und leerte sein Glas.

»Was ist das für eine Karte?«, wollte Catherine wissen. »Was bedeutet sie?«

Die alte Frau lächelte, als wäre sie erfreut. »*La Regina di Dischi*«, sprach sie mit gedämpfter Stimme. »Die Königin der Pentakel, eine ausgesprochen positive Karte. Sie repräsentiert

Großzügigkeit, Sparsamkeit und Weisheit; alles, was gut und produktiv ist. Vor allem aber steht sie für immense Fruchtbarkeit.«

»Fruchtbarkeit?«, platzte es aus Catherine heraus.

Die Signora kniff die Augen zusammen. »*Ausgeprägte* Fruchtbarkeit sogar«, korrigierte sie Catherine mit warnendem Unterton.

Max stieß einen Laut der Verärgerung aus, worauf die alte Dame den anderen mit einer Handbewegung Einhalt gebot. »Seid leise, *per favore*, bis ich fertig bin.« Sogleich setzte sie an, die Karten im Uhrzeigersinn umzudrehen. Von Zeit zu Zeit hielt sie inne, um die Bilder genauer zu studieren, wobei sie zuweilen auch zu bereits aufgedeckten Karten zurückkehrte – ganz so, als wäre sie ein wenig perplex. Schließlich drehte sie noch die allerletzte Karte um, lehnte sich zurück und wirkte überraschend erschöpft.

Max griff zur Weinkaraffe, um sein Glas aufzufüllen, und warf Catherine einen unwirschen Blick zu. »Ich habe doch gleich gesagt, dass das purer Blödsinn ist.«

»*Basta*!«, rief seine Großmutter aus, presste sich die Fingerspitzen gegen die Schläfen und starrte auf die Karten vor sich. »Ich muss nachdenken. Das hier ist … *affascinante*.« Unvermittelt riss sie den Kopf in die Höhe und fixierte Catherine. »*Dio mio*, Sie haben aber viele Männer in Ihrem Leben«, ließ sie Catherine mit ruhiger Stimme wissen, während sie mit ihrem Zeigefinger über den Kartenkreis fuhr, bis sie zu ihrer Linken angekommen war. »Aber dieser hier, *bella*, oh, er war böse.«

»*War*?«, fragte Catherine. Max sprang auf und durchbohrte sie mit einem brennenden Blick – der von Eifersucht herrührte, wie Catherine annahm.

Die alte Dame nickte indes feierlich. »Ein böser und attraktiver Mann. Mehr nicht. Der Tod hat bekämpft, was das Leben nicht auszumerzen vermochte.«

Catherine richtete ihren Blick wieder auf die Signora. »Nein.«

Sie schüttelte leicht den Kopf. »Damit kann unmöglich mein verstorbener Gatte gemeint sein.«

Signora Castelli nickte. »O nein, *carissima*, der liegt hier drüben.« Ihr Finger wanderte nach oben, und sie tippte auf die Karte an der Spitze. »Ein großer Mann mit hellem Haar und gutem Herzen. Sie kannten ihn viele lange Jahre, nicht wahr? Aber diese Karte – *mazze* – die zehn Zauberstäbe, *tss*, *tss*, er ließ sie viel zu viele Lasten auf Ihre Schultern nehmen. Er wird in Ihrer Zukunft kaum eine Rolle spielen.«

Einen kurzen Moment verspürte Catherine Unruhe in sich aufsteigen. Sie war sich nicht sicher, ob ihr dieses Gesellschaftsspiel behagte. Und auch Max schien verärgert zu sein.

Aber es war zu spät. Der Blick der Signora ging wieder nach links. »Dieser verruchte Mann hier, *bella*, hat Ihnen viel, sehr viel Leid zugefügt«, deutete sie auf die erste Karte. »Sehen Sie diese Karte? Die vier Pentakel? Er hat Ihnen genommen, was Ihres war, Geld oder etwas anderes Wertvolles, und er hat sie traurig zurückgelassen. Nein, nein, sagen Sie jetzt nichts.«

Catherine zerknüllte ihre Serviette. »All das spielt längst keine Rolle mehr«, bemerkte sie mit gedämpfter Stimme. »Ich nehme an, die Rede ist von meinem Vater.«

Mit einem lauten Klirren setzte Max sein Glas ab. »Die Rede ist von *niemandem*, Catherine«, warf er ein. »Es ist nur eine verdammte Karte und gehört zu dem Lieblingsspiel einer alten Frau, mehr nicht.«

»*Pensaci tu*, mein Enkelsohn«, wies die Signora ihn mit Verbitterung in der Stimme zurecht. »Ich irre nie.«

»Ich möchte aber nicht, dass sie sich Sorgen macht«, erwiderte er. »Unsere Familie allein reicht schon, um andere das Fürchten zu lehren.« Die letzten Worte hatte er verbissen und halb murmelnd von sich gegeben.

Trotz ihres Unbehagens beugte Catherine sich nach vorne. Ihre Neugier war einfach nicht zu bändigen. »Erzählen Sie es mir, Signora. Erzählen Sie mir alles.«

Die Finger der alten Damen wanderten nun zur unteren

Hälfte des Kreises. »Noch ein Mann, ein sehr attraktiver, sehr ernster Mann. Ein Liebhaber vielleicht?« Sie warf Max einen flüchtigen Blick zu, schüttelte dann aber den Kopf. »Nein, jemand anderes. Sie und er haben viel durchlitten. Sie suchen Schutz bei ihm.«

Catherine schnappte nach Luft. »Vielleicht mein älterer Bruder?«

»*Si, è probabile.*« Die alte Dame nickte. »Aber sehen Sie auch die Karte darüber? *Sabino*, die Karte der verborgenen Dinge. Sie signalisiert herannahenden Betrug. Sie machen gerade etwas Verbotenes, etwas, das sie gern vor ihm, diesem Mann, den sie respektieren, geheim halten wollen.«

Catherine lief ein kalter Schauer über den Rücken, als sie sich an jene Worte erinnerte, die sie so beiläufig in Isabels Gegenwart ausgesprochen hatte. *Mein geliebtes Brüderlein wird erst gar nichts von meinem heimlichen Liebhaber erfahren,* hatte sie lachend gesagt. *Ich kann ein Geheimnis sehr wohl wahren.* Sie musste schlucken, war nicht mehr in der Lage, dem Blick der alten Dame standzuhalten. »Werde ich mit meinem Doppelspiel Erfolg haben?«, hakte sie nach und versuchte dabei so ungezwungen wie möglich zu klingen.

Signora Castelli lächelte kaum merklich. »*Si*, vielleicht.« Dann fuhr sie fort. »Aber hier! Dies ist die Karte, die mich am allermeisten fasziniert: *il Cavaliere di Dischi*, der Ritter der Pentakel. Sie liegt … wie übersetzt man *sottosopra*?«

»Verkehrt herum«, half Max ihr verärgert aus.

»*Si*, verkehrt herum. Das ist wichtig. Er ist ein stattlicher junger Mann, sehr geheimnisvoll und sehr grüblerisch.« Wieder schaute sie zu ihrem Enkel, biss sich auf die Lippe und schüttelte erneut den Kopf. »Nein, dieser hier hat Sie erst vor kurzem verlassen, nehme ich an. Er liebt das Abenteuer und das Laster. Dennoch aber sehe ich unsäglichen Kummer und tiefe Schuldgefühle in seinem Herzen.« Sie studierte die angrenzende Karte und machte ein eigenartig kehliges Geräusch. »Aha, dieser junge Mann wird bald zu Ihnen zurückkehren und für viel Verwirrung sorgen. Er steckt in Schwierigkeiten, sehr großen Schwierigkeiten sogar. Sie werden mit ihm streiten, *carissima*. Aufs Heftigste. Seien Sie vorsichtig – ihm und sich selbst zuliebe.«

Catherine schüttelte den Kopf. »Ich kann mir beim besten Willen nicht vorstellen, wen Sie meinen«, entgegnete sie leise. »Ich habe einen jüngeren Bruder, ja, aber wir haben uns seit unserer Kindheit nicht mehr gestritten.«

Die Signora zuckte mit den Schultern. »Nur Sie allein vermögen das zu beurteilen. Lassen Sie uns jetzt einen Blick in die Zukunft werfen.« Ihre Hand bewegte sich auf die Mitte des Kreises zu, und sie berührte jene sechs Karten, die die Königin der Pentakel säumten. »Aha, hier ist noch ein weiterer Mann, *bella*. Schauen Sie *il Re di Spade*.«

»Das sind Schwerter, nicht wahr?«, flüsterte Catherine.

Mit einem leisen Fluch stieß Max sich ein Stück vom Tisch ab. Jede Faser seines Körpers war angespannt. Er wollte aufspringen und sein Glas in den Kamin schleudern. Himmel noch mal, er wusste, was Sofia vorhatte. Seine Großmutter wollte ihn absichtlich quälen, und Max war sich nicht sicher, wie viel seine gereizten Nerven noch ertragen würden.

Seine Großmutter hatte Catherine augenscheinlich in ihren Bann gezogen. Nonna Sofia sprach immer weiter. »Oh, *si*, das ist der König der Schwerter, eine Karte, die ich schon oft zu Gesicht bekommen habe«, erklärte die Signora, wobei sie ihrem Enkel einen flüchtigen Blick zuwarf. »Auch er ist ein sehr ernsthafter Mann. Sehen Sie dies hier?« Sie berührte die angrenzende Karte, die einen verwundeten Krieger in einer purpurnen Rüstung zeigte. »*Catulo*. Er sagt uns, dass der König der Schwerter viele Siege eingefahren hat, sie aber teuer bezahlen musste. Seine Selbstdisziplin ist außerordentlich stark, viel zu stark sogar, denn er ist einsam und leidet. Er wird Teil Ihrer Zukunft sein, *bella*, ob er es möchte oder nicht. Und jetzt ist auch noch Ärger hinzugekommen, Ärger, den er nicht verschuldet hat.« Sie hielt kurz inne und atmete zischend ein. »Etwas ausgesprochen Böses.«

Am anderen Ende der Tafel stieß Maria einen sanften Schrei aus. Catherine musste gespürt haben, dass Max sich zunehmend unwohl gefühlt hatte, denn sie warf ihm einen verstohlenen Blick zu.

»Ärger?«, wiederholte sie leise. »Was für Ärger?«

»Diese Frau hier ...« Sofia hielt inne, um auf eine weitere auf dem Kopf stehende Karte zu tippen, die eine schöne Frau zeigte, welche vor einer mit Schlangen gefüllten Vase saß. »Sie ist in Gefahr, aber es ist zu spät. Sie ist von dieser bereits in die nächste Welt übergesiedelt, *bella*. Und sehen Sie diese Karte? Es war ein Verbrechen aus Leidenschaft und Gier. Eine dunkelhaarige Frau, von liebreizendem Äußeren, aber geliebt wurde sie nicht. Kannten Sie sie?«

»Ich ... ich bin mir nicht sicher, was ...«

Catherine sah schrecklich mitgenommen aus, und Max hatte das Gefühl, jede Sekunde explodieren zu müssen. Worauf zum Teufel wollte Sofia hinaus? Dieses Mal war sie definitiv zu weit gegangen mit ihren kleinen Tricks. Sie spielte ihre Rolle perfekt: Ihre Hände zitterten, ihre Augen waren weit aufgerissen, und ihr Gesicht war bleicher als das von Gevatter Tod. Ihm stockte der Atem, als er mit ansah, wie sie eine der angrenzenden Karten sachte berührte.

»*Eccola*, hier ist der Tod«, flüsterte sie mit mehr Sicherheit in der Stimme. »Mit ihm kommt die Gefahr der Vernichtung. Hören Sie mir gut zu, *cara mia*! Sie müssen sehr, sehr vorsichtig sein.«

Max schlug mit der flachen Hand fest auf den Tisch. »Hör auf, Nonna, bevor du sie in Angst und Schrecken versetzt«, verlangte er. »Das ist doch alles lächerlich. Komm, Catherine, wir gehen.«

Catherine aber schüttelte den Kopf. Sie war unfähig, ihren Blick von den Karten abzuwenden, und auch seine Großmutter schien vollends in den Bann derselben gezogen worden zu sein. »Vergessen Sie niemals!«, flüsterte Sofia mit heiserer Stimme. »*Il Re di Spade* ist jemand, der sich rächen will, aber gleichzeitig auch Stärke in Ihr Leben bringt. Doch vorher, *bella*, fürchte ich, müssen Sie einen hohen Preis bezahlen.«

Max beobachtete Catherine, wie sie sich fast atemlos vorbeugte. Er fühlte sich ohnmächtig; er hatte schon von jeher die Macht der Karten angezweifelt. Sofia musste sie präpariert haben. *Anders war das nicht zu erklären*. So wie jetzt hatten die Karten noch nie gelegen. Gütiger Gott, nun hatte er aber wirklich genug!

Mit einer groben Bewegung schob er seinen Stuhl noch weiter zurück. »Kommen Sie, Catherine?«

Wie in Trance streckte Catherine ihre Hand aus und berührte den König der Schwerter. »Wie hoch ist denn der Preis, den ich zahlen muss, Signora?«

Signora Castelli schüttelte den Kopf. »Das kann ich nicht genau sehen«, gab sie traurig zurück. »Vielleicht zu hoch. Sie haben sich sogar schon mit besagtem Mann gestritten. Oh, *mia cara*, er ist ein sehr dickköpfiger Mensch! Sie möchten gern, dass er sich Ihrem Willen fügt, aber er streitet mit Ihnen, wehrt sich. Dieses Mal könnte er jedoch verlieren.« Sie schaute sich zwei weitere Karten näher an und seufzte. »Er braucht Sie, *di sicuro*, und dennoch will er es nicht wahrhaben. Aber irgendwann, *bella*, wird er es endlich einsehen.«

Max' Herzschlag dröhnte in ihm. Wie konnte Nonna Sofia ihn auf diese Art und Weise zu manipulieren versuchen? Verdammt, sie konnte doch nicht mit ein paar albernen Karten über seine Zukunft bestimmen! Sein Geduldsfaden riss, er stieß wie von Geisterhand sein leeres Portglas um und sprang auf. »*Maledizione*!«, entfuhr es ihm. »*Nonna, che assurditá é questa*? Für solche Spinnereien habe ich keine Zeit! Ich habe Arbeit, die auf mich wartet.«

Sofia ignorierte ihn geflissentlich, stattdessen erhob Maria sich unsicher. »Warte, Maximilian, du hast doch gesehen, was die Karten vorhersagen!«, rief sie ihm hinterher, aber Max war bereits halb zur Tür hinaus. »Max, *per favore*! Du kannst jetzt unmöglich gehen!«

Er drehte sich noch ein letztes Mal zu ihnen um. »Kann ich

nicht?«, schimpfte er. »Das hier ist zum Teil auch deine Schuld, Maria. Du hast Catherine hierher geschleppt! Du hast die verdammten Tarotkarten geholt! Jetzt kannst du selbst zusehen, wie du damit klarkommst!« Er machte auf dem Absatz kehrt und hielt nur kurz inne, um nach seinem Hund zu rufen. »Lucifer, *vieni qui*!«, befahl er dem Tier. »Wenigstens du bist noch bei Verstand.«

Der Hund tat, wie ihm geheißen, und ohne noch einmal zurückzublicken, warf Max die Tür zum Esszimmer lautstark hinter sich zu. Seine Hände zitterten, und Schweißperlen standen ihm auf der Stirn.

Kapitel 12

»Ich bin überzeugt davon, dass jeder Mann mit Verstand durch Kultur, Sorgfalt und Arbeit alles werden kann, was er möchte – außer einem guten Dichter.«
Lord Chesterfield, 1776,
The Fine Gentleman's Etiquette

An einem trostlosen Freitag Ende Mai saß Max allein in seinem Appartement, und nur ein niedergebranntes Feuer und ein schnarchender Hund leisteten ihm Gesellschaft. In der Chelsea Road war der alte tattrige Nachtwächter aus der Wärme seines Wachstandes hervorgekrochen, um Mitternacht zu verkünden. Obgleich der Spätfrühling schon weit vorangeschritten war, lag der Südwesten Londons unter einer Decke aus Kälte und Stille. Im Salon war es bereits bitterkalt, doch Max sah keinen Grund, sich aufzuraffen und das Feuer zu schüren. Es schien, als wollte er sich selbst für etwas bestrafen. Er drehte das Buch, das er gerade las, ein wenig mehr dem schwachen Licht zu.

Wenn Sie nicht über eine angesehene Adresse, über annehmbare Manieren, eine anziehende Ausstrahlung und eine gehörige Portion Eleganz verfügen, werden Sie auf immer und ewig ein Niemand bleiben. Ich rate Ihnen daher zu folgendem kleinen Kunstkniff: Machen Sie anderen hinter ihrem Rücken Komplimente, und zwar in Gegenwart jener, von denen Sie sicher wissen, dass sie nichts für sich behalten können …

Mit einem angewiderten Fluch warf er Lord Chesterfields selbstsüchtigen Wälzer über die Schulter hinter sich. Das dicke Buch landete mit einem ohrenbetäubenden Knall auf dem Fußboden und schlitterte bis an die Wand. Was für ein durchtriebener Mist! Verhielten sich so die Edelmänner Englands? Wenn ja, dann war Max froh, in ihren Augen ein *Niemand* zu sein. Er war jahrelang damit glücklich gewesen, ein *Niemand* zu sein, oder etwa nicht? Er hatte keinen blassen Schimmer, warum er dieses verdammte Buch überhaupt mit nach Hause genommen hatte. Bereits die vergangenen Abende hatte er mit dieser eintönigen Lektüre verbracht. Mit dem Ergebnis, dass er sich gelangweilt hatte, ihm kalt geworden war und er völlig unmotiviert war. Heute jedoch hatte er auf die Unterstützung des Alkohols gebaut, um die abendliche Monotonie etwas aufzulockern. Das war allemal besser als Kems verfluchte Lektionen in Sachen Etikette. Verdammt, welchen Nutzen sollte ein Polizist aus gutem Benehmen und blumigen Worten ziehen?

Lucifer, möge der Teufel ihn holen, lag noch immer, friedlich vor sich hin schnarchend, auf der Kaminmatte. Max beneidete ihn um diesen Luxus, er selbst konnte so gut wie nicht mehr schlafen, hatte seit Tagen kaum mehr ein Auge zugetan. Er versuchte, sich einzureden, dass seine Arbeit die alleinige Schuld daran trüge. Er streckte seine Beine aus und starrte in das leere Glas. Auf gar keinen Fall konnte es etwas mit der liebreizenden und langbeinigen Lady zu tun haben, die einen flüchtigen Moment lang mit ihm das Lager geteilt und ihm einen Teil seiner Seele geraubt hatte. Wie denn auch, wenn er sie in den letzen Wochen kaum gesehen hatte?

Nachdem er, von blinder Wut getrieben, Sofias Haus verlassen hatte, hatte er dem weiblichen Geschlecht abgeschworen. Das war ihm leichter erschienen als sich zu fragen, warum die Prophezeiungen seiner Großmutter ihn derart aus der Bahn geworfen hatten. Am Tag nach seinem Besuch hatte Max freiwillig mit Sisk in der näheren Umgebung von St. Giles nach Juwelendieben gefahndet, um seine Gedanken nicht andauernd um Catherine kreisen zu lassen. Aber das hatte nicht wirklich funktioniert, weshalb er nach Whitehall zurückgekehrt war, wo in der Zwischenzeit das komplette Chaos ausgebrochen war. Hobhouse hatte eine Notkonferenz einberufen, um zwei Gesetzesentwürfe für die Reform auszudiskutieren, Feathershaw hatte wie ein Fischweib gekeift, weil er die schon längst fälligen Berichte noch immer nicht bekommen hatte, und zu allem Übel hatte auch noch die Untersuchung wegen Polizeibestechung für einen lodernden Skandal gesorgt.

Erst hatte ein Beamter – ein verdammter Magistrat – von der Wache in der Lambeth Street die Flucht ergriffen, und kurze Zeit später hatten zwei Wachtmeister vom Queen Square es ihm gleichgetan. Gott sei Dank war Sisk nicht darunter; das wäre mehr gewesen, als Max verkraftet hätte, denn obwohl der Kerl rau und derb war, mochte Max ihn, *vertraute* er ihm – was äußerst selten vorkam. Genau wie Peel es gehofft hatte, war nun ein Prozess in Gang gekommen, bei dem jeder einzelne Stein umgedreht und noch so manche dunkle und schleimige Wahrheit ans Licht befördert werden würde.

Verächtlich riss Max den Korken aus der Flasche und ermahnte sich, daran zu denken, dass es jetzt exakt um die Probleme ging, deren Lösung er sich verschrieben hatte. Seine Arbeit würde ihn schon bei Verstand halten. Auf gar keinen Fall konnte er es sich leisten, jetzt die Flinte ins Korn zu werfen. Nichts und niemand würde ihn von seiner Mission abbringen. Dieses Mal ging es um etwas, das vielleicht – wenn auch nur ganz *eventuell* – dazu beitragen könnte, dass es den Armen und Unterdrückten in London besser ging. Er wollte sich einreden, er sei glücklich und dass die zusätzliche Verantwortung, die er nun trug, ihm weniger Zeit ließ, über andere Sachen nachzudenken. Wie zum Beispiel über Catherine.

Dannazione! Diese Frau quälte ihn nicht nur in seinen schlaflosen Nächten, sondern verfolgte ihn auch tagsüber. Großzügig schenkte er sich von dem billigen Gin nach und betrachtete das Glas ein wenig näher. Warum sie? Warum jetzt? Und warum zum Teufel hatte er sich diese Flasche Rattengift gekauft? Heute würde er sicherlich darauf keine Antworten finden. Er wusste nur, dass er sich niemals mit *ihr* hätte einlassen dürfen – mit einer Frau, die die Macht besaß, sein bisheriges Leben vollkommen auf den Kopf zu stellen. Und so, wie er diese Frau an ihrer intimsten Stelle geküsst, sie auf sein Bett geworfen und sich fast in ihr ergossen hatte, hatte er sich unweigerlich *mit ihr eingelassen*. So sehr, dass es ihn schmerzte, etwas verloren zu haben, was er für einen winzigen Moment verspürt hatte: Hoffnung.

Seit besagtem Abend hatte Catherine ihn nicht mehr aufgesucht. Die ersten Tage hatte er halb gehofft und halb gefürchtet, sie könnte unvermittelt vor seiner Tür stehen. Die darauf folgende Woche hatte für ihn aus unerträglichen Qualen bestanden, weil sie ihn nicht aufgesucht hatte. Also hatte er sich klar gemacht, dass es so wohl das Beste sei und dass er für sein rüpelhaftes Verhalten auch nichts anderes verdient hatte. Der Frühling war fast schon in den Sommer übergegangen, und noch immer war nichts geschehen. Max nahm einen großen Schluck Gin und sagte sich, er sei dankbar dafür.

Plötzlich war ihm London wie eine Kleinstadt erschienen, und eines Abends, anlässlich einer großen Abendgesellschaft am Berkley Square, zu der Lord Bodley erwartet wurde, hatte er sie gesehen – sehr zu seinem Entsetzen. Sie hatte sich bei Sir Evorard Grant eingehakt, und die beiden hatten gelacht, als wären sie alte Freunde. Catherine hatte nicht den Eindruck erweckt, als litt sie darunter, dass Max ihrem Leben entschwunden war. Und dann, ganz unerwartet, durch den überfüllten Salon hindurch, hatten sich ihre Blicke getroffen. Trotz seines plötzlich rasenden Puls hatte er eine höfliche Verbeugung zu Stande gebracht. Ihre Antwort hatte in einem ebenso höflichen Lächeln bestanden, bevor sie den Blick dezent gesenkt hatte. So, als wären sie lediglich flüchtige Bekannte.

Er hatte daraufhin umgehend das Fest verlassen – Bodley und sein Auftrag waren vergessen gewesen, genau wie er versucht hatte, Catherine aus seinem Gedächtnis zu verbannen. Aber wie das Schicksal es wollte, hatte er sie eine Woche später bei einem Schaufensterbummel in der Bond Street gemeinsam mit Colonel Lauderwood gesehen, den er flüchtig kannte und von dem er wusste, dass er Lady Kirtons Liebhaber war. Dieses Mal hatte Catherine ihn angesprochen, aber auch nur, weil es sich nicht hatte vermeiden lassen. Sie fragte ihn nach seinem und dem Befinden seiner Großmutter und ihrer Cousine, aber alles mit einem ausgesprochen kühlen Unterton, der fast schon zu höflich anmutete. Max nahm im Gegenzug seinen Zylinder ab und gab sich nicht länger als nötig der Konversation hin – nur eben so lange, dass es nicht unhöflich wirkte. Catherine forderte ihn aber auch nicht auf, länger zu verweilen.

Und dann auch noch die heutige Begegnung! Gott stehe ihm bei, was hatte er sich nur dabei gedacht? Er war um kurz nach fünf auf dem Rückweg von Kems Geschäft gewesen, als er sie erblickt hatte. Sie und ihre Tante waren Arm in Arm die Pall Mall entlangspaziert und hatten mit gesenkten Köpfen so angeregt getuschelt, dass die Krempen ihrer modischen Hüte ihnen den Blick versperrt hatten, weshalb die beiden Damen ihn nicht hatten sehen können. Vor der Leihbücherei in der Nähe von St. James blieb Lady Kirton kurz stehen, um unter ihrem Schultertuch nach ihrer Uhrenkette zu suchen, bevor sie Catherine in die Bibliothek zog. Keine der beiden bemerkte ihn. Er wäre frei gewesen und hätte seines Weges gehen können – was ein gescheiter Mann auch sicherlich getan hätte.

Er aber verhielt sich alles andere als klug. Gepackt von einer unerklärlichen Mischung aus Angst und Wut, folgte er den beiden Damen. Lady Kirton ging ohne Umwege zum Schalter, während Catherine mit gelangweiltem Gesichtsausdruck an den Bücherregalen entlangschlenderte. Heimlich folgte er ihr in die Tiefen der menschenleeren Bücherei, wobei er sich die ganze Zeit über einredete, er wollte sie lediglich ein wenig beobachten, um sich davon zu überzeugen, dass es ihr gut ging und dass sie glücklich war.

Einige Minuten verweilte er mucksmäuschenstill im Schatten der Regale und schaute zu, wie sie wahllos ein Buch nach dem anderen aus dem Regal zog, einen kurzen Blick in die Bücher warf und sie dann wieder lieblos und mit ungeduldigen Bewegungen zurück an ihren Platz beförderte, ganz so, als gäbe es nichts, was ihr rechte Freude bescheren konnte.

Da auch er die letzten Tage eher schlecht gelaunt verlebt hatte, packte ihn in just diesem Moment das Gefühl, sie trüge die alleinige Schuld an seiner Misere, wenngleich ihm sonnenklar war, dass dem nicht so war. Aber auch diese Erkenntnis konnte ihn nicht davon abhalten, sich zu räuspern – auch wenn er sich gar nicht darüber im Klaren war, was er im nächsten Augenblick sagen oder tun sollte. Sie hob sogleich den Kopf, und ihre Blicke begegneten einander für einen kurzen Moment.

Ihre Überraschung verflog schnell wieder. »Guten Tag, Maximilian«, begrüßte sie ihn kühl. »So langsam wird es ein wenig lästig, nicht wahr?«

Behäbig trat er aus dem Schatten und schlenderte mit mehr Nonchalance auf sie zu, als er eigentlich empfand. »Hallo, Catherine«, antwortete er träge. »Was genau empfindest du denn als lästig?«

Aus zusammengekniffenen Augen warf sie ihm einen finsteren Blick zu, wich jedoch keinen Schritt zurück. »Dass du in den ersten Jahrzehnten meines Lebens überhaupt keine Rolle gespielt hast und ich ungestört meinen Angelegenheiten nachgehen konnte«, erklärte sie ihm und klappte ein Buch zusammen. »Heutzutage hingegen scheinen wir uns immer und immer wieder über den Weg zu laufen.«

Er hätte seinem Schwur, ihr nicht zu nahe zu kommen, Folge leisten sollen, aber der verbitterte Unterton in ihrer Stimme stachelte ihn noch zusätzlich an. Mit einer Hand stützte er sich über ihrem Kopf am Regal ab und beugte sich vor, weil er sie einschüchtern wollte. »Was mich irritiert, Herzchen, ist die Tatsache, dass du seit drei Wochen nicht einmal mehr Zeit für belanglose Konversation hast.« Seine Stimme war ein düsteres unbarmherziges Flüstern. »Warum ist das so, frage ich mich?«

»Warum das so ist?« Mit einem bernsteinfarbenen Feuer in den Augen drückte sie ihm mit aller Wucht das Buch gegen die Brust, wodurch er gezwungen war, es festzuhalten. »Vielleicht weil ich meiner Meinung nach wesentlich höher auf der sozialen Leiter stehe als du?«, holte sie verhärmt aus. »Oder vielleicht weil ich nur mal wieder das Bett mit einem Mann teilen wollte und du mir da gerade recht kamst? Vielleicht aber wollte ich einfach nur dein Leben komplizierter machen und dir deine Karriere zerstören. Such dir eine der Möglichkeiten aus, Max, eine, die deiner unbeständigen Laune gerecht wird.«

»Hör auf, Catherine.«

Als Reaktion auf seine Worte schüttelte sie vehement den Kopf. »Nein, es stimmt. Wieso sollte ich mich auch nur einen Funken für deine polizeiliche Arbeit interessieren? Oder für deine Familie? Auf keinen Fall könnte mir etwas an dir als Mann liegen. Ich habe mich einfach nur auf deine Kosten amüsiert. Hast du das etwa schon vergessen?«

Nie und nimmer wollte er Derartiges glauben, wenngleich ihm der eine oder andere Gedanke in der Tat schon mal durch den Kopf geschossen war ... Die Wahrheit zu hören tat weh. Max wollte Catherine schütteln. Dieser Gedanke stieß ihn ab, versetzte ihn jedoch auch in Rage. »Hör endlich auf, Catherine!«, zischte er. »Es ist mir schleierhaft, was du mir damit sagen möchtest.«

»Dass du allem Anschein nach an diesen Quatsch auch noch glaubst, den du dir da zusammengereimt hast«, fauchte sie ihn an und wandte sich von ihm ab, als wollte sie gehen. »Das ist nämlich die einfachste Methode, um sich mit unbequemen Themen wie Intimität nicht auseinander setzen zu müssen, was wiederum dazu führt, dass du dir keine Sorgen machen musst, deine Arbeit könnte durch dein Privatleben in Gefahr geraten. Auf die Art und Weise musst du dich auch nicht dafür entschuldigen, dass du mich bei deiner Großmutter einfach hast sitzen lassen, geschweige denn, dich mit der Frage herumquälen, ob ich dich je gemocht habe.«

Mit diesen Worten ließ sie ihn stehen und eilte hoch erhobenen Hauptes und mit geradem Rücken davon. Er warf das Buch beiseite, eilte hinter ihr her und packte sie bei der Schulter. Mit wutverzerrtem Gesicht drehte sie sich zu ihm um. »Du arroganter Kerl«, zischte sie. »Wag es ja nicht noch einmal, mich anzufassen.«

Im Bruchteil einer Sekunde, so schnell, dass er es selbst kaum wahrnahm, machte er sich über sie her, presste seine Lippen auf die ihren und erdrückte sie fast. Er nahm sie zwischen sich und dem Regal gefangen und drückte sie gegen die Bücherwand, als er mit seiner Zunge in ihren Mund vorstieß.

Er hatte sich der Körperverletzung schuldig gemacht, daran bestand kein Zweifel, dachte er nun. Er hatte bereits Männer für weniger heftige Übergriffe verhaftet. Er hatte einfach nicht anders gekonnt, hatte sie ungestüm und verzweifelt geküsst, immer und immer wieder. Im ersten Moment hatte sie sich gewehrt, hatte ihre Hände gegen seine Schultern gestemmt und ihr Gesicht hin- und hergeworfen. Sie standen Brust an Brust, Hüfte an Hüfte. So nah, dass er seinen Pulsschlag in den Ohren spüren konnte. Dicht bei seinem Ellbogen ging ein Buch zu Boden und verursachte ein Geräusch, das in dem riesigen nüchternen Raum einer Backpfeife gleichkam. Und plötzlich versiegte Catherines Kampfgeist, und ihr und sein Körper verschmolzen miteinander. Ein anderes Geräusch, eines das unweigerlich nach einem Schluchzen klang, blieb ihr im Halse stecken.

Dass sie wütend war, war für ihn kein Problem, aber ihr Kummer war mehr, als er ertragen konnte, weshalb er sie sofort wieder frei gab und einen Schritt zurückwich. Er erwartete, dass sie laut aufschreien und ihm eine schallende Ohrfeige geben würde, die er mehr als verdient hätte. Aber Catherine machte sich eine viel effektivere Waffe zunutze. Sie stand einfach da und presste die Handflächen seitlich am Körper gegen die Bücher. Glitzernde Tränen traten in ihre großen traurigen und tiefen Augen.

Unfähig, den Blick von ihr loszureißen, hielt er sich den Mund zu, als könnte er alles ungeschehen machen. Er schämte sich zwar, aber er hatte sich derart schmerzhaft nach ihr gesehnt, dass er gedacht hatte, er müsste jeden Moment sterben.

Mit einem Mal stieß sie sich vom Regal ab. Ein Strahl der

untergehenden Abendsonne fiel zwischen sie und ließ die in der Luft tanzenden Staubkörnchen erstrahlen. »Ich werde es *nicht* tun, Max«, flüsterte sie. »Ich werde dir nicht hinterherlaufen. So leicht werde ich es dir nicht machen. Ist es das, was du erwartet und gehofft oder gar gefürchtet hattest?«

Schließlich senkte Max den Blick und schüttelte den Kopf. »Ich weiß es nicht.«

»Genauso wenig wie ich«, antwortete sie traurig, drehte sich um und ging erhobenen Hauptes langsam den engen Gang zwischen den Bücherregalen hinunter, wobei der Saum ihres Kleides sanft über das zu Boden gefallene Buch strich. In seiner Brust erhob sich ein Sturm aus Erleichterung und Schmerz, als er ihr nachblickte.

Aus dem Nichts trat plötzlich ein nervös dreinschauender Angestellter am Ende des Ganges zwischen den Regalen in den Sonnenstrahl. »Madam?«, sprach er Catherine an, während Max sich schnell in den Schatten zurückzog. »Wir schließen gleich. Es ist Zeit für Sie zu gehen.«

»Ja«, antwortete Catherine mit abwesender Stimme. »Ja, es ist Zeit für mich zu gehen. In vielerlei Hinsicht.«

Max spürte einen Kloß im Hals, als die Erinnerung an ihre Begegnung in ihm aufstieg. Wie zum Teufel hatte es so weit kommen können? Er hatte sie nicht sehen wollen, hatte keine Affäre mit ihr beginnen wollen. Und dennoch hatte ihm ihr Fortgehen schier das Herz entzweigerissen. Wenn er ehrlich zu sich selbst gewesen wäre, so hätte er sich eingestanden, dass Catherine sich während des Abendessens im Hause seiner Großmutter ausgesprochen warmherzig verhalten hatte. Er war derjenige gewesen, der ein furchtbares Verhalten an den Tag gelegt hatte. Getrieben von einer Wut, die er selbst nicht verstand, war er einfach aufgestanden und davongebraust, hatte sie der erbarmungslosen Gnade zweier neugieriger Frauenzimmer fortgeschrittenen Alters überlassen. Gott sei Dank war Catherine kein Mensch mit schwachem Nervenkostüm. Ganz im Gegensatz zu ihm vielleicht?

Es bereitete Max Angst, diesen Gedanken weiter zu verfolgen. Angewidert riss er den Korken aus der Flasche und warf ihn schwungvoll ins Feuer. Es war an der Zeit, so entschied er, etwas zu tun, was er seit nunmehr zwanzig Jahren nicht mehr getan hatte. Er würde sich bis zur Besinnungslosigkeit betrinken. Lord Chesterfield und sein vornehm-elegantes Getue konnten ihm den Buckel runterrutschen.

In der Mortimer Street war ein wolkiger und kühler Morgen angebrochen. Catherine hatte sich in den letzten Tagen so gut wie nicht amüsiert, was viele Ursachen hatte. Isabel schien zu spüren, woher ihr Unmut rührte, weshalb sie sie antrieb, weiterzumachen wie bisher. Seit jenem verhängnisvollen Abend in Signora Castellis Haus hatte Catherine eine Vielzahl von Bällen, Musikabenden und Dinnerpartys besucht. Zu allem Übel hatte Mr. Vost ihr ständig in den Ohren gelegen, sie möge mit ihm einen Ausflug ins Blaue unternehmen, und auch Sir Everard Grant machte ihr noch immer den Hof. Sie hatte mit beiden letzte Nacht getanzt, und heute Morgen hatte Sir Everard ihr Blumen überbringen lassen, als sei sie eine dieser blutjungen Debütantinnen.

Catherine hatte ihr Tagespensum an Arbeit bereits erledigt und die Berge von Papier durchgearbeitet, die die Stellenvermittlung ihr geschickt hatte. Mrs. Trinkle hatte vor Freude gestrahlt, aber Catherine fühlte sich unwohl bei dem Gedanken, Personal einzustellen, wenn sie sich nicht einmal sicher war, ob sie es noch lange in der Stadt aushalten würde. Sie konnte sich jedoch nicht vollends dazu bringen, ein für alle Mal die Koffer zu packen.

Und so kam es, dass sie um zehn Uhr am Samstagmorgen damit beschäftigt war, Anwärter auf die Stellung als Butler nach ihren Qualifikationen zu befragen, als ein ihr nur allzu gut bekannter Vierspänner vorfuhr.

Durch das Fenster der Bibliothek beobachtete Catherine, wie ein in den Farben Grau und Schwarz der Familie Castelli gekleideter Diener vom Kutschbock sprang und die Treppen zum

Haus hinaufeilte. Die Frage, die sie eben noch auf der Zunge hatte, war mit einem Mal wie weggefegt. Zum Glück rettete die hereinkommende Mrs. Trinkle die Situation und überbrachte mit verzogenem Mund einen Brief aus schwerem Pergament. Catherine entschuldigte sich kurz bei dem Mann, der ihr gegenübersaß, und öffnete mit ihrem Brieföffner das Siegel.

»Wie mir scheint«, tat die Haushälterin mit leicht überheblicher Stimme kund, »hat der Diener Anweisungen, auf Ihre Antwort zu warten.«

Sehr zu Catherines Erstaunen hatte er die Order, auf weit mehr als nur eine Antwort zu warten, was auch Mrs. Trinkle zu wissen schien. Catherine nahm sich kurz Zeit, um über die Zwickmühle, in der sie sich befand, nachzudenken und las noch zweimal die Zeilen des Briefes. Zu guter Letzt gewann wieder einmal ihre Neugierde die Oberhand. Mit einem entschuldigenden Gesichtsausdruck wandte Catherine sich wieder ihrem Gast zu. »Entschuldigen Sie bitte, Mr. …«

Die Haushälterin stieß einen missmutigen Seufzer aus.

Geziemt räusperte sich ihr Gegenüber. »Umphelby, Mylady.«

Umphelby. Nun gut. Das klang doch sehr wie ein typischer Name für einen Butler, nicht wahr? Pompös, mit lauter Vokalen und vielen Silben. Für Catherine, die außer einer Dreschhilfe noch nie jemanden hatte einstellen müssen, war das Grund genug, ihm den Posten zuzusprechen. Mrs. Trinkle seufzte ein weiteres Mal. Die arme Frau wollte – am liebsten noch gestern –, dass Personal eingestellt wurde.

Den Brief der Signora noch immer in der Hand haltend, erhob Catherine sich. »Nun denn, Umphelby«, setzte sie an und streckte ihm ihre freie Hand entgegen. »Wann können Sie Ihren Dienst antreten?«

Der Mann sprang etwas unbeholfen auf. »Nun … also … in einer Woche, Madam.«

Catherine lächelte Mrs. Trinkle an. »Geben Sie Mr. Umphelby einen Vorschuss auf sein vierteljährliches Gehalt und zeigen Sie ihm bitte jeden Winkel des Hauses«, wies sie sie vergnügt an, während sie sich ihr hellblaues Tuch um die Schultern band und in Richtung Tür schritt. »Ihnen beiden noch einen schönen Tag. Ich bedauere, aber es ist ein Notfall eingetreten.«

Catherine ließ die zwei miteinander Tuschelnden zurück und bewegte sich schnellen Schrittes durch das Haus, um sich ihren Umhang und ihre Handtasche zu holen. Auch sie war verdutzt, hatte keinen blassen Schimmer, was Signora Castelli von ihr wollte. In ihrem Brief stand nur, dass sie hoffte, Catherine würde ihr beim Frühstück Gesellschaft leisten. Die Gepflogenheit, dass Frauen nur dann mit jemandem die morgendliche Tafel teilten, wenn es sich um ein Familienmitglied handelte, schien der Signora fremd zu sein, oder es scherte sie nicht. Catherine war es ebenfalls einerlei, denn sie kam fast um vor Neugier.

Während die Kutsche in Richtung Osten fuhr, dachte Catherine an ihren letzten Besuch am Wellclose Square. Sie war zweifelsohne ein Dummkopf, noch einmal dorthin zurückzukehren. Sie hatte sich doch geschworen, nie wieder auch nur einen Gedanken an Max de Rohan zu verschwenden. Himmel, wie er aus dem Esssaal gestürmt war und sie ohne ein Wort der Erklärung oder Entschuldigung zurückgelassen hatte! Als hätte ihr das makabere Kartenlegen seiner Großmutter nicht schon genug zugesetzt, hatte er sie – in einem Stadium, in dem sie fassungslos und unfähig gewesen war, ihre Gedanken zu ordnen – einfach sitzen gelassen. Und das, nachdem sie nur ein paar Stunden zuvor hemmungslos und leidenschaftlich miteinander geschlafen hatten. Zugegeben, sie musste Max zugute halten, dass weder der Sex noch das Abendessen seine Idee gewesen waren. Und obwohl es keine Eingeständnisse, keine Absichtserklärungen zwischen ihnen gegeben hatte, war sein plötzlicher Rückzug wie ein Schock für sie gewesen.

Wenn sie je daran gezweifelt hatte, dass Will ein Teil ihrer Vergangenheit war, hatte sie nun den endgültigen Beweis dafür. Dieser mysteriöse Maximilian de Rohan hatte sie in seinen Bann gezogen, hatte ihre Sinne und ihre Gefühle auf eine Art und Weise wiederbelebt, wie sie es sich niemals hätte erträumen lassen. Während Catherine damit gekämpft hatte, sich selbst zu verstehen, hatte sie sich auch gezwungen, noch einmal über alles nachzudenken, was sie über de Rohan wusste. Stück für Stück hatte alles einen Sinn ergeben: Der enorme Reichtum seiner Familie, seine Verzweiflung, seine Wut, das Porträt, das über dem Kamin hing – all diese Details hatten sich zu einem Bild zusammengefügt, und Catherine hatte erkennen müssen, wie ignorant sie ihrerseits gewesen war. Sie hatte von Anfang an gewusst, dass Max kein herkömmlicher Mann war, und genau das war es auch gewesen, was sie in erster Linie an ihm anziehend gefunden hatte. Aber trotz all dem hatte sie weiterhin mit dem Feuer gespielt und einen Mann verfolgt, der augenscheinlich nicht eingeholt werden wollte.

Sie war es endgültig leid, seiner Hochachtung hinterherzujagen, und wenn sie zu sich selbst ehrlich war, musste sie sich eingestehen, dass sie dennoch leichte Angst verspürte. Sein gestriger Kuss muss eine Art Warnung gewesen sein, dachte sie. Catherine hatte wahrhaftig geglaubt, sie sei lediglich auf einen netten Flirt oder einen attraktiven Mann aus, der ihr Bett wärmen und ihr Herz erleichtern würde. Max de Rohan gehörte definitiv nicht zu der Sorte Mann, auf den eine Frau es ganz nebenbei abgesehen hatte, dazu war er einfach zu ernst, zu leidenschaftlich. Seit jener eigenartigen und furchtbaren Nacht war sie ihm drei Mal begegnet und hatte es bis gestern jedes Mal erfolgreich geschafft, ihre emotionale Distanz vor ihm zu verbergen. Gestern jedoch hatte sie ihn bis an den Abgrund gedrängt, und es tat ihr nicht im Geringsten Leid.

Verfluchter Kerl! Verflucht waren er, sein Leidwesen *und* sein verdammter Stolz. Wenn er sie wirklich wollte, so sollte er es ihr auch sagen. Für derartig dumme Spielchen war sie mittlerweile nämlich schon zu alt.

Warum aber saß sie nun in dieser Kutsche, hatte sich auf einen Wink von seiner herrischen und exzentrischen Großmutter hin direkt auf den Weg zu ihr gemacht? Catherine seufzte in das Halbdunkel der Kutsche hinein. Sie schob die Frage von sich und konzentrierte sich mit gefalteten Händen auf den Anblick der vorbeiziehenden Stadt.

Nach ihrer Ankunft wurde Catherine direkt über die dunkle und verwinkelte Treppe in Signora Castellis privaten Salon geführt. Max' Großmutter saß in einer dunklen Ecke des Raumes und sah genauso aus wie seinerzeit, als Catherine ihr das erste Mal begegnet war: steif, majestätisch und in wallende schwarze Seide gehüllt. Im Kamin prasselte ein erst vor kurzem geschürtes Feuer, und zu ihrer Linken stand ein niedriger Tisch, auf dem eine Tischdecke und Besteck lag. Mit zögerlichen Schritten durchquerte Catherine den Raum.

»Ah, *bella*!«, begrüßte die Signora sie. »Wie liebreizend von Ihnen, der Bitte einer alten Frau nachzukommen.« Sie hatte sich erhoben und machte eine einladende Geste, Catherine möge sich in den ihr gegenüberstehenden Sessel setzen.

»Es ist mir eine Freude«, antwortete Catherine, als sie sich niederließ. »Allerdings muss ich gestehen, Madam, dass mir nicht ganz klar ist, warum …«

»*Si*!«, unterbrach die alte Dame sie ungeduldig, aber trotzdem freundlich. »Sie können sich nicht vorstellen, wie ich – eine alte Italienerin – es wagen kann, eine Frau Ihres Ranges zu mir zu bitten. Aber lassen Sie uns ehrlich zueinander sein, *cara mia*. Im Grunde wissen Sie, warum Sie hier sind. Ja, ich denke, das wissen Sie genau.«

Catherine streckte ihr Kinn in die Höhe. Wenn es der alten Frau um Aufrichtigkeit ging, so sollte sie sie bekommen. »Ich habe eine vage Vermutung«, stimmte sie ihr zu. »Sie sind neugierig, wie meine Beziehung zu Ihrem Enkel geartet sein mag. Ferner vermute ich, dass er sich weigert, Ihnen Auskunft zu geben. Aber ich kann sie beruhigen, Madam. Mr. de Rohan und ich sind lediglich befreundet – und selbst das mag übertrieben sein.«

Als Reaktion auf Catherines Worte warf die alte Frau den Kopf in den Nacken und kicherte. »*O bella*, ich mag vielleicht alt sein, aber ich bin nicht dumm. Was Max für Sie empfindet, geht weit über Freundschaft hinaus.«

Wortlos öffnete Catherine den Mund, um ihn sofort wieder zu schließen. Die Signora unterbrach ihr Kichern nur, um einem Diener zu befehlen, er möge den Tisch zwischen ihr und Catherine platzieren und das Frühstück servieren. Sobald er damit fertig war, signalisierte sie ihm, den Raum zu verlassen. Der Diener verbeugte sich und zog die Flügeltüren geräuschlos hinter sich zu.

Einen nicht enden wollenden Moment lang musterte die alte Dame Catherine eingehend, schüttelte dann aber den Kopf. »Zu spät, Mylady«, gab sie ihr unverblümt zu verstehen. »Sie brauchen gar nicht so reumütig dreinzuschauen. Ich habe die Karten nämlich ein weiteres Mal befragt, und sie haben mir gezeigt, dass wir jetzt nicht aufgeben dürfen.«

Catherine war verwirrt. »Aufgeben?«

Die alte Dame fuhr unbeirrt fort, so als hätte Catherine nichts gesagt. »Nun, ich nehme nicht an, dass ...« Sie nahm die Gabel zur Hand und schaute über das schneeweiße Tischtuch hinweg Catherine geradewegs in die Augen. »Nein, Sie würden nicht konvertieren, oder?«

Catherine erwiderte erstaunt ihren Blick. »Wie?«, brachte sie hervor. »Konvertieren? Im *religiösen* Sinne?«

»Nein?« Die alte Frau zuckte mit den Schultern und hob ihre Hände in einer Catherine mittlerweile bestens vertrauten Manier in die Höhe. »Ah, *molto bene*!«, ließ sie mit unbesorgter Stimme verlauten. »Ich verlange zu viel. Wie sagt Ihr Engländer doch gleich: Wer nicht wagt, der nicht ...?« Daraufhin deutete sie auf den Teller mit Goldrand, der mit Köstlichkeiten beladen war. »Essen Sie, *cara*, essen Sie. Sie werden Ihre Kräfte brauchen.«

Davon war auch Catherine überzeugt, aber sie brachte keinen Bissen herunter. Die zerbrechliche Signora jedenfalls schien nicht an Appetitlosigkeit zu leiden, denn sie griff mit überraschend großem Hunger zu.

»Also«, setzte sie nach einem Bissen Eier an. »Wir brauchen einen Plan. Max muss bearbeitet werden, denn er ist – wie sagen Sie doch gleich – *ostinato*?«

»Dickköpfig«, riet Catherine. »Und was glauben Sie, Madam, woher er das hat?«

Die Alte kicherte erneut und zeigte mit der Gabel auf Catherine. »*Bene, bella*! Sie und ich, wir werden bestens miteinander klarkommen. Nun zurück zu unserem Plan.«

Catherine schaute sie entgeistert an. »Was genau haben *wir* denn vor, Madam? Ich habe nämlich nicht den blassesten Schimmer, wovon Sie sprechen.«

Nun schaute Signora Castelli sie an, als wäre sie ein kleines dummes Kind. »*Il fidanzamento, bella!* Die Verlobung!« Vorwurfsvoll zog sie eine Augenbraue in die Höhe und zeigte mit dem Finger auf Catherines Bauch. »Ich kann es *sehen*. Ich *weiß* es. Maximilian ... *dio mio*! Er hatte es wohl besonders eilig.«

»Ach du lieber Himmel.« Catherine stockte der Atem, sie schnappte nach Luft, als ihr klar wurde, worauf die Signora anspielte. Sie brauchte jetzt etwas Stärkendes und griff zu ihrer Tasse Kaffee, die sie in einem Zug hinunterstürzte. Noch ein Fehler. Ihre Augen weiteten sich, und es bedurfte ihrer ganzen damenhaften Contenance, die bittere Brühe bei sich zu behalten.

Die Signora zuckte mitfühlend zusammen. »Oh, das war *caffè espresso*«, entschuldigte sie sich. »*Scusa*! Ich hätte es erwähnen sollen. Kommen wir jetzt zum Aufgebot. *Non, c'é problema*! Der Ehemann meiner Josephina war ein Protestant, möge Gott mir dafür vergeben.« Sie hielt inne, um sich zu bekreuzigen.

Catherine nutzte den Moment und sprang auf, wobei sie nicht bemerkte, dass ihr blaues Schultertuch auf den Boden geglitten war. Diese Frau war doch *tutti completti* verrückt! »Es ... es tut mir Leid«, stammelte sie, während sie langsam in Richtung Tür ging. »Ich muss jetzt gehen. Ei-Eine Verabredung. In der ... Kirchengemeinde.«

Signora Castellis Lippen kräuselten sich verächtlich. »Was, *bella*?«, rief sie Catherine hinterher, als diese sich umdrehte. »Der Sohn meiner Josephina ist Ihnen anscheinend nicht gut genug, oder wie? Sie halten sich wohl für etwas Besseres?«

Die letzten Worte verfehlten ihre Wirkung nicht, Catherine hatte nun endgültig genug von diesen selbstherrlichen Italienern. »Wie können Sie es wagen!«, rief sie aus. »Das ist mitnichten der Grund, und das wissen Sie ebenso gut wie ich. Ich bin halt nicht ...«

»*Bah*!« Die alte Frau schnitt ihr rigoros das Wort ab und beugte sich so weit vor, dass Catherine dachte, sie würde im nächsten Augenblick über den Tisch springen. »Vielleicht sind Sie auch nur zu feige! Und einfach nicht dazu in der Lage, meine Urenkel zu gebären.«

Getrieben von einer Woge ungezügelter Wut, stürmte Catherine auf sie zu und fuchtelte mit ihrem zitternden Zeigefinger vor dem Gesicht der alten Frau. »Dass wir uns in diesem einen Punkt richtig verstehen, Signora Castelli«, zischte sie. »Ich werde nicht ein einziges Kind zur Welt bringen ...«

»Nein?«, fuhr die Alte mit hochgezogenen Augenbrauen auf.

»Und schon gar nicht die Kinder eines Mannes, der über das Temperament eines tollwütigen Hundes verfügt.«

»*Ahhh*!«, entfuhr es der Signora langsam. Die Verachtung war aus ihrem Gesicht gewichen und hatte großer Müdigkeit Platz gemacht. Die alte Dame ließ sich in den Stuhl zurückfallen. »Jetzt verstehe ich, *bella mia*. Maximilian ist so voller Wut und Verwirrung. Und er hat dich verärgert, dich vielleicht gar beleidigt.«

Catherine trat noch einen Schritt näher an den Tisch heran. »Und zwar nicht nur einmal.«

Seufzend deutete die alte Frau auf den leeren Stuhl, auf dem Catherine zuvor gesessen hatte. »Um Himmels willen, nimm Platz, *bella*. Ich bin zu alt, um dir nachzujagen.«

Ihre plötzliche Nachgiebigkeit und die Tatsache, dass die alte Frau sie mit einem Mal duzte, berührten Catherine zutiefst. »Sind Sie sich da sicher?«, brummte sie und ließ sich langsam wieder auf dem Stuhl nieder.

Einen kurzen Moment lang schaute die alte Frau reumütig

drein. »*Per amor di Dio*, ich habe nicht einmal mehr genügend Zähne, mit denen ich fest zubeißen könnte. Aber jetzt, *bella*, musst du mir unbedingt sagen, was sich zwischen dir und Maximilian abgespielt hat, seitdem wir uns das letzte Mal getroffen haben.«

Catherine legte die Stirn in Falten. »Im Grunde gar nichts!«, flüsterte sie, noch immer ein wenig auf der Hut. »Ich habe ihn in den letzten Wochen kaum zu Gesicht bekommen.«

Die alte Dame machte keinen sehr überraschten Eindruck. »*Veramente*?«, hakte sie nach. »*Bella*, ich verstehe das nicht. In den zwanzig Jahren, in denen Max unter meinem Dach lebt, hat er noch nie eine Frau mit nach Hause gebracht. Nun, abgesehen von ein paar Prostituierten, denen er eine warme Mahlzeit oder ein heißes Bad spendierte.«

»Ha!«, entfuhr es Catherine. »Aus Ihrem Munde klingt es, als wäre er fast ein Heiliger.«

Die alte Frau lächelte schwach. »O nein, *cara mia*. Davon ist er weit entfernt. Viel zu oft benimmt er sich närrisch und folgt seinem Herzen statt seinem Verstand.«

»Ist das denn so schlimm?«

Die Signora kniff die Augen zusammen. »*Si*, meistens schon. Max' Vater war genauso und hat dafür einen hohen Preis bezahlen müssen.«

Diese Worte ließen Catherine vollends aufhorchen. »Der Mann auf dem Portrait im Esszimmer?«, fiel ihr ein. »Ist das wirklich sein Vater? Der Viscount de Vendenheim?«

»De Vendenheim-Sélestat«, verbesserte die alte Dame sie in fließendem Französisch, den Blick gen Himmel gerichtet. »Armand de Rohan. Der Gatte meiner Tochter Josephina. Was habe ich mir nur dabei gedacht? Wie konnte ich sie mit ihm vermählen?«

Er war also ein eheliches Kind, dachte Catherine bei sich. Aufmerksam beugte sie sich vor. »Wollte sie ihn denn nicht heiraten?«

Die Signora schaute sie erstaunt an. »Natürlich wollte sie ihn ehelichen. Es war eine Liebesheirat! Genau das war ja das Problem.«

»Ich fürchte, ich verstehe nicht ganz.«

»Er war ein blauäugiger Demokrat, und das in einem Land, das zwischen dem streitsüchtigen Frankreich und dem herrischen Deutschland eingekeilt lag! Sie saßen quasi auf einem Pulverfass, betrachtet man die politische Lage damals. *Liberté! Fraternité! Egalité!*« Wieder war ihre Aussprache mustergültig gewesen. Doch die Worte hatten verbittert geklungen.

Catherine riss entsetzt die Augen auf. »Gütiger Herr, war er etwa ein Revolutionär?«

Die alte Frau schloss die Augen und schüttelte bedächtig das Haupt. »Nicht wirklich, Gott sei Dank«, flüsterte sie. »Zuerst unterstützte Armand lediglich die Auflösung des Feudalismus auf seinem eigenen Grund und Boden. Er wollte als gutes Beispiel vorangehen, weshalb er sein Land verpachtete, Schulen einrichtete und seinen Leuten Lehrer und Ärzte schickte, die er bezahlte.«

»Aber das hört sich doch alles sehr gut an«, protestierte Catherine.

»Das war vor allem sehr kostspielig!«, entgegnete die alte Dame aufgebracht und riss die Augen auf. Es dauerte aber nicht lange, da nahm ihr Gesicht wieder versöhnlichere Züge an. »Zu meinem Schrecken jedoch war es für ihn nicht komplett unrentabel. Aber dann kam die Revolution mit all ihren Konsequenzen. Viele Jahre lang hielt Armand sich bedeckt, aber irgendwann wurde er nach Paris zitiert. Bonaparte wollte sich der Unterstützung der Adelsgeschlechter entlang des Rheins vergewissern, aber Armand glaubte noch immer mit ganzem Herzen an die Rechte des Volkes.«

»Was geschah dann?«

»Zuerst ging alles gut. Aber wie du weißt, wurde dieser Korse gierig und betrachtete Europa als seinen Besitz. Der Einsatz der Guillotine setzte Armand schwer zu, aber noch mehr Pein verursachte ihm das Heer, das durch das Land zog. Es dauerte nicht lange, da war klar, dass das neue Regime ebenso furchtbar war wie das alte. Das Leben der Bauern hatte sich nicht verändert, aber der von Grund auf ehrliche Armand forderte nun lauthals nachhaltige Verbesserungen. Wie übrigens so mancher im Elsass, doch im Gegensatz zu ihm hatten sie nicht so viel zu verlieren. Seine Mitstreiter besaßen auch kein so schönes Anwesen, keine so wunderhübsche Frau und schon gar nicht einen so viel versprechenden Sohn wie er.«

»Lieber Himmel«, flüsterte Catherine. »Was war mit Ihnen, Madam? Wo waren Sie zu der Zeit?«

Ein Anflug von Trauer zeichnete sich in Signora Castellis Augen ab. »In Mailand«, antwortet sie leise. »Bis Marengo gefallen ist. Danach war mir klar, was geschehen würde. Ich hatte schon meinen Mann zu Grabe tragen müssen, und die Hälfte unseres Geschäftes hatte der Krieg vernichtet. Also versuchte ich zu retten, was noch zu retten war, und floh nach England. Armand aber wollte um keinen Preis der Welt seinen Grund und Boden verlassen. Und Josephina wiederum nicht ihren geliebten Mann. Nicht, bis es bereits zu spät war.«

»Warum? Was ist dann passiert?«

»Sie haben ihm die verdammten französischen Hunde auf den Hals gehetzt, haben ihn einen Verräter genannt und an ihm ein Exempel statuiert. Als die große Armee in Richtung Ulm marschierte, wurde eine Einheit der Kavallerie umgeleitet, um seine Pachthäuser und Weinberge niederzubrennen. Als sie das erledigt hatten, verbarrikadierten sie sein Chateau und brannten auch das nieder. Gott sei Dank hatte Josephina bereits das Haus verlassen.«

»Ist er … ist er gestorben?«

Die alte Dame nickte kaum merklich. »Und ein Teil von ihr mit ihm«, fuhr sie leise fort. »Armand hatte Maximilian zuvor befohlen, er sollte Josephina fortbringen, sich mit ihr im Dorf verstecken. Im schlimmsten Falle sollten sie zu mir nach London kommen, was sie dann auch taten. Ich bin überzeugt davon, dass Max seither tiefe Schuldgefühle plagen.«

»Schuldgefühle? Ich verstehe nicht ganz.«

»Es sind die Schuldgefühle eines Überlebenden, *bella*«, raunte sie. »Ich für meinen Teil habe drei Ehemänner und eine Tochter zu Grabe getragen. Und wenn ich dir sage, dass es eine der verheerendsten Qualen ist zu leben, wenn andere es nicht mehr dürfen, kannst du mir glauben. Er war damals sechzehn, älter als so mancher französische Soldat. Und dennoch durfte er das Land, für das sein Herz schlug, nicht verteidigen. Er wurde in ein fremdes Land geschickt, und ihm wurde befohlen, sich in den Rockfalten seiner *maman* zu verkriechen. So zumindest sieht er es, möchte ich sagen.«

»Aber das ist doch lächerlich!«

Die alte Dame zuckte erneut nüchtern mit den Schultern. »O, *cara mia*, der Stolz eines Mannes ist verwirrend. Er hätte sein Leben geopfert. Schließlich ist er seines Vaters Sohn – die gleichen politischen Überzeugungen, die gleichen glühenden Gefühle. Und es wird wohl mit ihm das gleiche schlechte Ende nehmen, fürchte ich.«

Catherine stimmte ihr bei den ersten beiden Punkten zu, aber sie war sich nicht sicher, ob sie auch letzterem ihren Glauben schenkte. Sie schwieg einen Moment lang. »Ist er denn nie nach Hause zurückgekehrt? Verspürt er nicht den Wunsch, sein Anwesen wiederzusehen?«

Die Signora schüttelte traurig den Kopf. »Es ist nichts übrig geblieben, sieht man einmal von den paar Gütern ab, die Josephina auf die Schnelle in einem Heuwagen verstauen konnte.« Sie deutete auf das majestätische Wappen über dem Kamin. »Das Wappen des Hauses Vendenheim-Sélestat, das Porträt seines Vaters und ein paar andere Familienerbstücke. Aber das sind lediglich weltliche Besitztümer, Wohlstandsgüter, für deren Existenz sich Maximilian herzlich wenig interessiert. Du hast mit eigenen Augen gesehen, wie er lebt, und weißt auch, wie er denkt. Er liebte seine Ländereien, *si*, aber die sind ihm genommen worden – wie sein Zuhause in Schutt und Asche gelegt worden ist. Er hat sich entschieden, nicht für das zu kämpfen, was übrig geblieben ist.«

Catherines Augenbrauen schnellten in die Höhe. »Aber ... hat der Frieden von Amiens nicht wieder alles zum Guten gewendet?«

Die alte Frau lachte bitter auf. »Nichts kann sich nach einem Krieg zum Guten wenden. Glaub ja nicht, was in den englischen Zeitungen geschrieben steht. Armand wurde von den meisten Engländern als Anhänger der *sans-culottes* und von einem Großteil der Franzosen als Verräter angesehen. Das war schon sehr traurig, denn alles, was er wollte, war genug Nahrung für seine Hunger leidenden Kleinbauern.«

Catherine schaute auf ihr unberührtes Frühstück und spürte tiefe Schuldgefühle in sich aufkeimen. Selbst am Rande des Ruins hatte ihre Familie immer genug zu essen gehabt. »Verraten Sie mir, Signora, was wird aus Max werden?«

Signora Castelli breitete die Arme aus. »Das, *bella*, frage ich dich«, erwiderte sie klagend. »Wenn es dir etwas bedeutet, so lass dir gesagt sein, dass er trotz seiner asketischen Lebensweise längst kein Flüchtling mehr ist, der am Hungertuch nagt. Ich habe in diesem Land ein neues Geschäft ins Leben gerufen und es zu einem Imperium ausgebaut. Die Hälfte davon gehört ihm bereits jetzt, die andere Hälfte bekommt er, wenn ich das Zeitliche segne. Väterlicherseits gehören ihm mehrere Weinberge und ein kleines Anwesen in Katalanien.«

Catherine legte die Augenbrauen in Falten. »Das ist ja schön und gut, aber ...«

Als die alte Frau lächelte, war auch das spitzbübische Funkeln in ihre Augen zurückgekehrt. »Selbstredend würdest du, falls du einer Ehe mit ihm zustimmst und *falls* du ihn dazu überreden kannst, seinen rechtmäßigen Titel zu akzeptieren, zu einer Viscountess avancieren. Für Engländerinnen ist so etwas doch sehr wichtig, *si*?«

»Nein.« Catherine hatte mit fester Stimme gesprochen. »Für mich nicht. Bei allem Respekt, Signora Castelli, ich hege nicht den Wunsch, Ihren Enkel zu heiraten. Ich möchte ihn ... einfach nicht.«

Das Lächeln der Signora wurde breiter. »O, *bella*, lüg mich ruhig an, wenn du meinst, das würde dir helfen. Aber belüge dich nicht selber. Du willst ihn. Welche Frau würde ihn nicht wollen? Er ist ein großer Mann, ein starker Mann. Und, *dio mio*, ist er nicht unglaublich attraktiv?«

»Nein. Nicht im ... herkömmlichen Sinne.« Catherines Gesicht flammte auf, und sie wandte den Blick ab.

Die alte Dame giggelte vor Entzückung. »Nicht nach englischen Maßstäben, nein. Er hat weder blaue Augen, noch ist er von zierlicher Statur. In seinen Venen fließt spanisches und toskanisches Blut. Ganz zu schweigen vom Temperament.«

Nachdenklich griff sie zu ihrer Kaffeetasse und trank einen Schluck. »Ich nehme an, es ist seine Arbeit, die dir Probleme bereitet. Er war einst ein Polizist, und das in einer Gesellschaft, die der Meinung ist, ein Gentleman beschmutzt seine Hände nicht mit Arbeit. Vielleicht kannst du ihn dazu überreden aufzuhören, *bella*.«

Catherine schüttelte den Kopf. »Nur eine selbstsüchtige Frau würde versuchen, einen guten Mann zu ändern«, gab sie zur Antwort. »Aber ich habe nicht vor, noch einmal zu heiraten, was nichts mit Ihrem Enkelsohn Max zu tun hat. Bitte, Madam, lassen Sie uns nie wieder davon sprechen.«

Die alte Frau öffnete den Mund, als wollte sie mit Catherine eine Diskussion beginnen, entschied sich aber dagegen und starrte stattdessen einen Moment lang äußerst nachdenklich in das prasselnde Feuer. »Wie schade!«, setzte sie mit gedämpfter Stimme an und stellte ihre leere Tasse ab. »Ich für meinen Teil habe es nicht geschafft, ihn von einem Kampf abzuhalten, den schon sein Vater mit dem Leben bezahlte. Jetzt bleibt mir nichts anderes übrig als zu beten, dass es nicht auch noch Max' Ende bedeutet.«

Catherine lehnte sich nach vorne. »Kann es vielleicht sein, dass er nicht möchte, dass sein Vater umsonst gestorben ist? Das Blatt wendet sich langsam in England, jedermann spricht von Reformen. Wenn er jetzt den Kampf für etwas, das er für wichtig erachtet, aufgibt, könnte man dann nicht gleich sagen, dass die Opfer, die seine Familie gebracht hat, sinnlos gewesen sind?«

Bei diesen Worten langte die alte Frau nach ihrer Serviette und tupfte sich damit die Augenwinkel ab. »O *cara mia*«, schniefte sie. »Wie weise du doch bist! Und dazu noch so wunderschön. Ich wusste schon immer, dass, wenn Max sich eine Frau aussucht, sie eine Schönheit sein würde. Jetzt bin ich traurig, dass es so weit kommen musste. Was wird nun geschehen, was wird aus meinem armen kleinen Jungen? Niemand kann die tiefe Trauer, die ich empfinde, verstehen – es ist wie ein heimtückisches Geschwür, das langsam mein Herz auffrisst.«

Catherine erhob sich, ging um den Tisch herum und legte der Signora ihre Hand auf die Schulter. »Bitte, bitte, Signora Castelli«, sprach sie und streichelte die alte Dame. »Sie haben mir ein wunderschönes Kompliment gemacht und auch Ihre Besorgnis um Ihren Enkel ehrt Sie, aber Sie haben mich anscheinend missverstanden. Max hat mich nicht *erwählt*. Wir sind nur flüchtige Bekannte, mehr nicht.«

Die Serviette noch immer vor dem Gesicht, nickte die alte Frau und machte eine Geste in Richtung Tür. »*Si*, aber ich bin nun mal eine alte dumme Frau«, flüsterte sie. »Sei dafür gesegnet, *bella*, dass du gekommen bist. Du musst jetzt gehen, damit ich in Ruhe um das einsame Leben meines geliebten Enkelsohnes trauern kann. Du bist ein gutes Mädchen. Es tut mir Leid, dich bemüht zu haben. Geh jetzt und kehre zurück in dein bisheriges Leben. Ach, und sei auf dem Weg nach draußen bitte so nett und läute nach Maria.«

Ein wenig traurig griff Catherine sich ihren Damenbeutel und zog sich die Handschuhe an. Die alte Frau mochte ein sehr manipulierender und auch verrückter Mensch sein, aber Catherine mochte sie. Auf dem Weg zur Tür schaute sie noch einmal über ihre Schulter zur Signora, die noch immer, diskret in ihre Serviette weinend, in ihrem Sessel saß. Für einen kurzen Moment empfand Catherine Reue und wäre fast noch einmal zu ihr zurückgegangen. Aber die Signora hatte schließlich um Ruhe gebeten.

An der Tür angekommen, hielt Catherine nur so lange an, wie sie brauchte, um zu läuten. Anschließend stieg sie die Stufen hinunter, ging zur Haustür hinaus und trat in das helle Tageslicht. Sie ließ die stickige Wärme, die Dunkelheit und das stark nach Kräutern duftende Haus der Castellis zurück.

Als sie jedoch in die Kutsche einstieg, konnte sie dem Drang nicht widerstehen und schaute noch ein letztes Mal zu den mit schweren Vorhängen beladenen Fenstern hoch. Zu ihrer Überraschung bewegte sich einer der Samtvorhänge und verdeckte nun das kleine Gesicht, das soeben noch hinter der Scheibe sichtbar gewesen war. Wie traurig! Die Signora beobachtete wohl ihre Abfahrt. Mit einem eigenartigen Gefühl des Verlustes bedeutete Catherine dem Diener, er möge die Tür schließen.

Oben im privaten Salon der Signora zischten und knisterten noch immer die Kohlen im Feuer. Die ehrwürdige Signora saß steif wie eh und je in ihrem Sessel. Die Leinenserviette lag wieder auf dem Tisch, so trocken und makellos, wie die Wäschemagd sie geplättet hatte.

»Was siehst du, mein Junge?«, fragte sie den Knaben, der auf ihrem besten Samthocker stand.

»Himmel, die is' ja kreidebleich«, antwortete Nate und schaute durch das Fenster auf den Platz unter ihm. »Sieht irgendwie kränklich aus, als wär sie auf dem Weg zum Schafott.«

Die alte Frau lächelte zufrieden. »Steigt sie in die Kutsche?«

Just in dem Moment war das schnelle Klappern der Hufe auf dem Kopfsteinpflaster zu hören. »Da fährt sie hin. Genau wie Sie's gesagt haben.« Fröhlich zog der Junge die Vorhänge wieder zu und hüpfte von dem Hocker.

»*Eccellente*!« Mit einer fahrigen Handbewegung bedeutete sie Maria, sich zu setzen. »Eine unglaublich schöne Frau, nicht wahr, Cousine?«

Maria nickte begeistert und beugte sich vor, um sich eine Tasse Espresso einzuschenken. »*Si*, und dazu noch vom Lande«, bemerkte sie beiläufig. »Gute Haut, starke Knochen.«

»Hhmm!«, schnaubte die Signora. »*Gebärfreudig* meinst du wohl.«

»*Si*, das natürlich auch«, pflichtete sie ihr bei und nippte an ihrer Tasse. »Haben Sie sie überzeugen können? Was meinen Sie?«

Die alte Frau schnaubte erneut. »Ha! Zäh wie Leder ist die Gute«, gestand sie widerwillig ein.

»Oh?«, hakte Maria schelmisch nach. »Sagen Sie niemals, die wahre Herausforderung ließe noch auf sich warten.«

Die Signora lächelte verschmitzt. »Sei nicht so dumm und zweifle an mir, Maria«, antwortete sie. »In meinen Händen wird das Mädchen zu Wachs.« Plötzlich schnippte sie mit den Fingern nach dem Jungen. »Nate, *vieni qui*! Hast du schon etwas gegessen?«

Der Junge putzte sich die Nase an seinem Ärmel ab und schüttelte den Kopf. »Nich' wirklich, Madam.«

Die Signora machte eine überschwängliche Handbewegung in Richtung Tür. »Geh nach unten und frag Cook nach Eiern und Würstchen. Sag ihr, das sei mein ausdrücklicher Befehl. Und danach machst du dich schleunigst auf den Weg in die …« Mit hochgezogenen Augenbrauen warf sie ihrer Cousine einen fragenden Blick zu.

»Mortimer Street«, ergänzte Maria und biss herzhaft in ein Butterbrötchen.

»*Va bene*«, antwortete Signora Castelli. »Mortimer Street. Geh dorthin und versteck dich. Immer dann, wenn mein Enkel dich nicht braucht, um mit dem Hund spazieren zu gehen, wirst du Lady Catherines Haus beobachten. Ich möchte genauestens wissen, wer dort ein und aus geht.«

»Vorder- oder Hinterausgang?«, fragte der Knirps begierig.

»*Bravissimo*, Nate«, entgegnete sie. »Du denkst mit. Haupteingang. Und falls Maximilian einkehrt, merk dir, wie lange er bleibt, und folge ihm dann. Beobachte, wohin er geht. Jeden Tag beim ersten Hahnenschrei erstattest du mir Bericht. Ein Frühstück und zwei Schilling werden dich dann erwarten.«

»*Boah*!« Der Junge machte einen Gesichtsausdruck, als würde er für diese Summe glatt einen Mord begehen, bevor die alte Dame ihn mit dem Handrücken in Richtung Tür scheuchte. Er rieb sich den Bauch und eilte flink und freudig die Treppen hinunter.

Kapitel 13

»Die Aneignung von Lasterhaftigkeit hat zehn Mal mehr Menschen in den Ruin getrieben als natürliche Schwächen.«
Lord Chesterfield, 1776,
The Fine Gentleman's Etiquette

Jeder erfahrene Lebemann wird bestätigen können, dass es keine angenehme Art gibt, den Tag nach einem ausgelassenen Zechgelage in munterer Runde zu beginnen. Ein dröhnender Schädel ist der Preis des Vergnügens und muss mit dem Anstand, den man gerade noch aufbringen mag, ertragen werden. Max de Rohan jedoch besaß nichts, das auch nur annähernd an Anstand heranreichte. Und wenn er sich richtig entsann, hatte er den gestrigen Abend weder in netter Gesellschaft verbracht, geschweige denn war sein Zechgelage ausgelassener Natur gewesen. Es grenzte an Ungerechtigkeit, dass er sich dennoch mit einem Kater herumplagen musste. Aber das Leben war ohnehin fast nie gerecht, und so begann eine stumpfe Klinge kurz nach Einsetzen der Dämmerung, seinen Brummschädel zu filetieren.

Zuerst blieb Maximilian mucksmäuschenstill liegen und wartete mit stoischer Ruhe auf den Tod, der ihn unabdingbar ereilen würde. Als Gevatter Tod sich jedoch nicht blicken ließ, zog er die Möglichkeit des Selbstmordes in Betracht. Doch während er noch darüber nachdachte, wo er seine Pistole versteckt hatte, war er wieder eingeschlafen. Irgendwann wurde er von einem unverwechselbaren Knurren und Zähnefletschen geweckt, das auf gar keinen Fall – da war er sich sicher – von ihm selbst ausging. Er schüttelte einen schrecklichen Traum ab, in dem ihm Wölfe den Kopf abbissen, und vernahm ein weiteres Mal das dumpfe und bösartige Grollen dicht an seinem Ohr. Der Boden bebte.

Aber es konnte unmöglich ein Wolf sein. Durch seinen Schmerz hindurch öffnete Max ein Auge. *Maledizione*! Jemand kauerte im Schatten der offenen Verandatür. Max konnte den Regen auf dem Gartenweg plätschern hören. Er wollte etwas rufen, aber seine Stimme versagte, und er brachte nur ein Krächzen zu Stande. Lucifer knurrte erneut, dieses Mal jedoch noch tiefer und bedrohlicher.

Die Person im Schatten winselte und wich zurück in den Regen. »N-nettes Hu-hu-hundchen.«

Max blinzelte in die Dämmerung hinein und sah, wie der Fremde wiederholt versuchte, sein edles Schuhwerk über die Schwelle zu schieben. Treu ergeben verteidigte Lucifer Max' fast leblosen Körper, indem er seine breiten Lefzen hob, wodurch seine langen und formvollendeten Schneidezähne zu sehen waren und er eine ordentliche Dosis Hundeatem absonderte. »Grrr!«

Der Mann schrie auf und machte einen Satz zurück. »Herrgott noch mal, Sisk, das nennen Sie *kleine Beißerchen*?«

Ein süffisantes Glucksen ertönte hinter ihm. »Auf jeden Fall erwischt das Viech Sie zuerst damit, Kemble!«

»Sisk, Sie sind und bleiben ein furchtbarer Kerl.« Kemble machte wieder einen Schritt auf die Türschwelle zu. »Wir müssen an diesem Köter vorbei. Werfen Sie ihm doch ein Stück rohes Fleisch hin – wie wärs mit Ihrem Gehirn?«

»Halten Sie doch die Klappe, Sie Idiot«, brummte Sisk. »Ich bin nicht derjenige, der im Regen stehen wollte, um ein gottverdammtes Schloss zu knacken.«

»*Unghh*«, brachte Max endlich hervor. So langsam traten Kopf, Augen und Mund wieder ihren Dienst an, und mit einem weiteren schmerzhaften Stöhnen erkannte er, dass er seinen Besuch von schräg unten anschaute. Verdammt noch mal! Wie zum Teufel hatte er es geschafft, vor dem Kamin zusammenzusacken?

Kemble schob die Tür ein kleines Stückchen weiter auf, worauf Lucifer mit einem Grauen erregenden Knurren konterte.

Mit unsicheren Bewegungen hob Max den Kopf, wobei jedoch die Kaminmatte an seiner Wange kleben blieb. »Lucifer, *vieni qui*!«, stieß er röchelnd hervor. »*Dio mio, basta*!«

Lucifers Knurren wurde etwas leiser, und er trat widerwillig den Rückzug an. Sisk lugte über Kembles Kopf hinweg in den Raum hinein. »Herrje!«, rief er aus und deutete auf Max. »Kem, der gute alte de Rohan ist doch nicht tot, scheint eher, dass er zu tief ins Glas geguckt hat.«

Vorsichtig rappelte Max sich auf alle viere hoch. Er selbst hatte eher das Gefühl, angeschossen worden zu sein. Mit taumelnden Bewegungen stand er auf, aber nur eine Sekunde später begab er sich bereits wieder in die Knie, weil der Boden unter ihm kräftig ins Schwanken geraten war. Er suchte mit der Hand nach einem Halt, erwischte den Kaminsims und starrte die beiden triefenden Gestalten an, die noch immer in der Verandatür standen.

Sisk brach in Gelächter aus. »Mein Gott, dass ich das jemals zu sehen bekomme, hätte ich mir nicht träumen lassen«, keuchte er und entledigte sich seines Mantels. »Der große de Rohan, halb betrunken. In was haben Sie sich da eigentlich verfangen?«

Max blickte nach unten auf den schwankenden Boden und erkannte, dass sich Lucifers Wolldecke um seine Knie und Knöchel gewickelt hatte, während sein Mantel seelenruhig auf der Sitzbank lag und mit Hundehaaren übersät war. *Merda*! Das Letzte, an das er sich erinnern konnte, war, dass ihm bis auf die Knochen kalt gewesen war, er aber zu betrunken gewesen war, um das Feuer noch einmal zu schüren. Verzweifelt fuhr er sich mit der Hand über das Gesicht und durch die Haare.

Kemble näherte sich zaghaft. »Hast du diese Bestie auch wirklich unter Kontrolle?«, fragte er mit lauter Stimme, während er einen großen Bogen um Lucifer machte. »Maurice hat mir nämlich erst vor kurzem diese Hosen aus Garbadin geschneidert, und ich möchte nicht, dass sie …«

Max machte eine entschiedene Handbewegung. »Kemble!«, stieß er mit kratziger Stimme hervor. »Sei still. Gütiger Gott, ich bitte dich. Wie seid ihr überhaupt hier hereingekommen?«

»Über die Gartenmauer«, gestand Kem, als er Sisk seinen Mantel zuwarf. »Da diese Schreckschraube Mrs. Frier bekanntlich recht unwirsch auf allzu zeitigen Besuch reagiert, wollte ich mir von ihr keine eiskalte Abfuhr einfangen. Alter Junge, die kann ja derart griesgrämig dreinschauen, dass dir Hören und Sehen vergeht. Außerdem mussten wir dich unter allen Umständen sofort sprechen.«

Max blickte von einem zum anderen. »Also habt ihr so mir nichts, dir nichts das Schloss meines Hintereinganges aufgebrochen, oder wie?«, fragte er unterkühlt. »Ehrlich gesagt finde ich, hast du damit die Grenzen unserer Freundschaft überschritten.«

Kem baute sich ein paar Schritte entfernt von ihm auf. »Ich für meinen Teil fürchtete eher, du hättest die Grenze von den Lebenden zu den Toten überschritten und wir würden nur noch deinen erstarrten Leichnam vorfinden, de Rohan«, gab er schnippisch zurück und machte eine überhebliche Handbewegung in seine Richtung. »Wir haben gesehen, wie du ausgestreckt vor dem Kamin lagst, was sollten wir denn da denken?«

»Genau, und außerdem haben wir ja auch laut und deutlich angeklopft«, ergänzte Sisk. »Doch Sie haben sich ja nicht gerührt.«

Kem reckte seine Nase in die Höhe. »Bitte entschuldige vielmals, alter Junge, dass wir uns Sorgen gemacht haben. Das nächste Mal überlassen wir dich einfach deinem Schicksal oder den Wölfen.«

Max schlug sich die Hand vor die Augen. »Wölfe ...?«

Sisk kicherte. »Wir haben gehört, wie Sie etwas von Wölfen murmelten, nachdem wir die Tür geöffnet hatten.«

Mit einem tiefen Gefühl der Schmach ließ Max den Kaminsims los. »Wenn ihr nun schon mal da seid«, setzte er an und bahnte sich langsam seinen Weg zu dem kleinen Tisch, »möchte ich euch für eure Besorgnis danken, auch wenn sie vollkommen fehl am Platze war. Setzt euch. Warum seid ihr überhaupt gekommen?«

Als die beiden Männer sich weiter in den Raum hineinbewegten, sprang Lucifer auf und knurrte erneut. Mit einer fahrigen Bewegung riss Max einen Stuhl nach hinten. »*Accuccia*!«, blaffte er den Hund an. »*Sta' fermo*!« Sofort legte Lucifer sich mit einem trotzigen Wimmern auf seine Decke nieder.

»Wie viele Sprachen versteht dieses Höllentier eigentlich?«, fragte Kem, während er den Raum durchquerte und Max' Vitrinenschrank öffnete.

»Verschiedene italienische Dialekte, Elsässisch, Deutsch und ein wenig Französisch«, murmelte Max. »Und lass bitte deine verdammten Finger von meinen Schränken, verstanden?«

»Ach, du meine Güte! Das Vieh ist ja quasi ein Sprachgenie.« Kem überhörte seine Aufforderung und holte einen Beutel mit Kaffeebohnen hervor.

»Genau, und außerdem versteht er auch noch die türkische Version von *Du flohverseuchte Töle*«, fügte Sisk fröhlich hinzu.

»*Oui*?« Kem roch skeptisch an den Bohnen, schüttete sie dann aber dennoch in die Kaffeemühle. »Und woher wollen ausgerechnet *Sie* das so genau wissen?«

Sisk musste erneut kichern. »Ich war selbst dabei, als er einem Schmuggler das linke Ohr abgekaut hat, nachdem der Kerl ihn so beschimpft hat.«

»Ach du meine Güte, wie ekelhaft!« Kem erschauderte und widmete sich wieder den Bohnen. »Hast du irgendwo Zucker, Max?«

»Untere Tür, links«, murmelte er und blickte zu Sisk. »Jetzt aber mal raus mit der Sprache: Habt ihr diesen verdammten Franzosen endlich gefunden?«

Sisk lächelte. »Eversole hat den Kerl in Calais gestellt. Der Kerl sagte aus, er wäre vor einem Monat wegen der Beerdigung seiner Mutter nach Paris gereist. Das überprüfen wir natürlich noch, aber er machte nicht den Eindruck, als würde er lügen. Und außerdem war er schon wieder auf dem Rückweg, als wir ihn erwischt haben.«

Max fluchte leise. »Streicht ihn erst mal von der Verdächtigenliste. Was habt ihr sonst noch?«

Mit lautem Getöse setzte Kem den Kessel auf den Ofen. »Einen Juwelier!«, zwitscherte er, drehte sich flink um und faltete die Hände wie ein Chorknabe zum Gebet. »Miller und Soames in der Charles Street. Sie haben das Tudor-Kollier wiedererkannt.« Er schlenderte langsam zum Tisch und rümpfte im Nachhinein seine Nase in Richtung Max.

»Was denn?«, fragte Max ungeduldig.

»Du stinkst wie ein Straßenköter, der sich in billigem Fusel gewälzt hat.« Kem hielt seine Nase ein Stückchen höher. »Und außerdem kann man in besudelter Kleidung keinen klaren Gedanke fassen, weshalb du dich jetzt erst einmal waschen gehst, während ich mich um den Kaffee kümmere. Und danach können wir uns in aller Seelenruhe unterhalten.« Obgleich er lächelte, blieb sein Gesicht unerbittlich.

Mit einem tiefen Brummen erhob Max sich.

Eine halbe Stunde später, frisch gewaschen und angezogen, hatte er seinen ersten starken und heißen Kaffee bereits halb getrunken. Kemble sollte Recht behalten. Max fühlte sich fast schon wieder wie ein normaler Mensch und halbwegs nüchtern. Kemble konnte es nicht lassen und machte erst einmal viel Aufhebens um seinen Hemdkragen und sein Halstuch, das er ihm neu binden wollte. Max aber wies ihn barsch ab. »Lass mich verdammt noch mal in Frieden und rück endlich mit der Sprache raus.«

Das tat Kemble dann auch, wenngleich seine Geschichte schnell erzählt war: Eine Hand voll gezielter Nachfragen hatten ihn zu einem unauffälligen Laden in der Charles Street geführt. »Im Stadtteil St. Giles murmelte man, der alte Mr. Soames hätte ein gutes Händchen für Fälschungen«, erklärte Kemble. »Also zeigte ich ihm das Kollier. Eingangs war er misstrauisch, keine Frage, aber nachdem ich ihn großzügig geschmiert hatte, wollte er mir um jeden Preis imponieren.« Er legte eine Kunstpause ein und klimperte unschuldig mit den Wimpern.

»Machen Sie es nicht so spannend, Kem«, maulte Sisk.

Kembles Lächeln wurde breiter. »Anschließend ging ich zum Queen Square, um den guten Sisk samt der restlichen Juwelen abzuholen. Und wie könnte es anders sein? Sisk mit seinem unwiderstehlichen Charme hat den alten Jungen dazu gebracht, endlich auszupacken.«

»Auszupacken?« Max blickte Sisk an. »Was genau hat er gesagt?«

»Vieles«, brummte Sisk. »Vor allem, nachdem ich ihm erklärt habe, dass der Schmuck und der Tod der Lady was miteinander zu tun haben. Ich habe Worte wie *Betrug* und *Mord* benutzt – und schwupp hat der Typ noch zwei Dinger aus dem Schmuckkästchen gefischt und zugegeben, dass er sie gefälscht hat.« Sisk legte drei Schmuckstücke auf den Tisch: das Kollier, eine Rubinbrosche und einen schweren Armreif. Max schaute sie sich genauer an. »Nur diese drei?«

Sisk nickte kurz. »Ja, aber er hat die Wahrheit gesagt, er hatte nämlich die Hosen gestrichen voll. Sagt, eine Frau mit schwarzem Schleier hätte ihn vor zwei Jahren ein paar Mal aufgesucht«, fügte er hinzu und übergab Max eine Liste mit Daten. »Zwischen Februar und April. Und jedes Mal hatte die Frau ein Schmuckstück zum Kopieren dabei. Bezahlt hat sie in bar. Und anschließend alles wieder mitgenommen.«

Max lehnte sich mit konzentrierter Miene nach vorne. »War es Lady Sands? War sie allein?«

Sisk setzte ein seltsam anmutendes Lächeln auf. »Das nimmt er an, weiß es aber nicht genau.« Das erste Mal kam sie mit einem großen gut gekleideten Mann, der vor der Tür gewartet hat. Soames konnte aber sein Gesicht nicht erkennen. Die anderen Male erschien die Gute mit einer Bediensteten, die auch wieder vor der Tür wartete. Soames sagte aus, sie sei klein, vollbusig und blond gewesen.«

Max' Faust raste donnernd auf den Tisch nieder. »Genevieve Durrett!«

Kemble nickte. »Genau das meinte Sisk auch!«

»Sie muss es gewesen sein«, betonte Sisk. »Die Kleine war mir von Anfang an nich' geheuer.«

Max sprang auf. »Habt ihr eine Kutsche draußen?«

Sisk zwang ihn, sich wieder zu setzen. »Ich bin schon zur Princes Street gefahren, de Rohan«, unterrichtete er ihn. »Genevieve ist nicht da, die ist in Cirencester, wo sie sich auf eine neue Stelle bewirbt. Sie kommt erst Sonntagabend wieder. Aber ich habe einen Mann ausgesandt, um sie zu beschatten. Nur für alle Fälle.«

»Haben Sie Eversole geschickt?«

Sisk schüttelte den Kopf. »Nein, Eversole wollte sämtliche Akten noch einmal durchgehen.«

»Pure Zeitverschwendung«, murmelte Max.

»Mag sein, aber wir haben halt nicht den Luxus wie Sie in Whitehall«, grunzte der Wachtmeister.

Das Pochen in Max' Schädel wurde stärker. »Was zum Teufel soll das denn bedeuten?«

»Die Herren Beamten können es sich vielleicht erlauben, einen Fall auf die lange Bank zu schieben«, höhnte Sisk, »im Gegensatz zu unsereins am Queen Square. Wir sind ja nur ein Haufen einfältiger Polizisten – völlig unbedeutend, verglichen mit denen vom Innenministerium oder der Bow Street. Sie werden noch an meine Worte denken, wenn Peels neue Polizei ins Leben gerufen wird. Und dann mach ich auch Karriere, darauf können Sie wetten.«

»Das ist doch jetzt so was von egal!«, fuhr Max aus der Haut und schob seine Tasse weit von sich. »Mir war gar nicht klar, dass es bei dieser Sache um Ihre verdammte Karriere geht! Wir können ja ein Schafott in der Princes Street aufstellen lassen und Genevieve Montag in der Früh hängen. Dann sind alle zufrieden.«

»Sie können mich mal, de Rohan, Sie verdammter Emporkömmling«, wetterte Sisk, der aufgesprungen war und sich nun über den Tisch beugte. »Vielleicht bin ich nicht so ein vornehmer Pinsel wie Sie, aber einen Ehrlicheren als mich werden Sie kaum finden.«

»Ruhig Blut, Jungs!«, ging Kemble beschwichtigend dazwischen. Er hatte sich elegant zwischen die beiden Streithähne gedrängt, um Kaffee nachzuschenken. »Welch vulgäre Worte muss ich da hören!«

Sisk und de Rohan beäugten nun Kemble bitterböse, was ihn aber schlichtweg nicht zu interessieren schien. Er hielt ihren finsteren Blicken mustergültig und unerbittlich Stand.

Sisk gab als Erster auf. »Ja, ja, de Rohan hat ja nich' ganz Unrecht«, gab er zu. »Ich hab mich da wohl etwas vergaloppiert, aber der ist auch irgendwie nicht ganz klar im Kopf. Ich wollte nur sagen: Was glauben Sie, wie lange es noch dauert, bis Peel auf die Idee kommt, die Kerle von der Bow Street ranzulassen? Wenn das passiert, stehen wir beide ziemlich dumm da, nicht wahr?«

Max presste sich die Fingerspitzen gegen die schmerzenden Schläfen. Lieber würde er nackt die Piccadilly Street entlangtanzen, als sich von den Kollegen der Bow Street die Butter vom Brot nehmen zu lassen. Zwei Mal hatte Peel ihn letzte Woche in die heiligen Hallen seines Büros rufen lassen; der Druck im Innenministerium war immens. Ja, die Welt der Schönen und Reichen wollte jemanden hängen sehen – jedoch bloß niemanden aus den eigenen Reihen –, damit sie sich des Nachts wieder ruhig unter ihren dicken Daunendecken verkriechen konnten. Genevieve Durrett wäre ein ideales Opfer, denn es gab nichts Besseres als jemanden aus der Dienerschaft, vor allem, wenn die Person auch noch aus dem Ausland kam. Zur Not auch jemand aus Amerika oder Frankreich, wenn es nicht anders ging. Aber da wäre ja auch noch Rutledge, der eine Art Außenseiterposition innehatte. Selbst wenn er irgendwo einen reichen Bruder hatte, von dem allerdings behauptete wurde, Rutledge und er hätten sich überworfen. Vielleicht würde der Bruder es begrüßen, auf diese Art und Weise den faulen Familienzahn loszuwerden.

Nach einer kleinen Weile schaute Max zu Sisk auf. »Sie haben ja Recht«, gab er mit gedämpfter Stimme zu. »Ich werde meine Zunge im Zaum halten ... oder es zumindest versuchen. Was für Neuigkeiten gibt es sonst noch?«

Sisk murrte. »Bodleys Dienerschaft weigert sich zu reden. Dieser amerikanische Bankier sagt, er wäre geschäftlich in Edinburgh gewesen, faselte etwas von diesem neumodischen Kram, der sich Eisenbahn schimpft, die bald gebaut werden soll – stellen Sie sich so etwas mal vor. Na ja, und von Rutledge gibts so gut wie keine Spur.«

»Haben Sie jemanden nach Hampstead entsandt?«

Sisk nickte. »Klar doch. Wir haben sein Landhäuschen gefunden«, erklärte er, »aber seine älteste Bedienstete meinte, er sei schon seit drei oder mehr Wochen nicht mehr dort aufgekreuzt. Sie hatte keine Ahnung, wo der Kerl gerade stecken könnte. Die Gute war ziemlich einsilbig und hat sich geweigert, weitere Fragen zu beantworten. Ganz schön verdächtig, wenn Sie mich fragen. Warum sollte jemand nach einem Mord die Flucht ergreifen, wenn er nicht der Täter ist?«

Max stieß einen resignierten Seufzer aus. »Etwas an der Geschichte stört mich.«

Nun mischte Kemble sich in die Unterhaltung ein. »Vergiss Rutledge für einen Moment«, ergriff er das Wort und wedelte mit der Hand über dem Schmuck. »Die hier bereiten mir viel größeres Bauchweh. Wenn all diese Schmuckstücke falsch sind, woher wissen wir dann, dass der Sands-Saphir echt war?«

Max erinnerte sich an Cecilias Worte. »Er muss echt gewesen sein, weil Sands ihn in seinem Safe aufbewahrt hielt und erst kurz vor der Mordtat herausgenommen hat.«

Kemble nickte, als hätte Max gerade etwas bewiesen. »Findest du es nicht auch seltsam, dass unser Mörder das einzig *echte* Schmuckstück aus all dem gefälschten Tand herausfischt?«

Max fluchte. »Du hast Recht, Kem! Er muss gewusst haben, dass der Rest falsch war. Es hat mich von der ersten Minute an beunruhigt, dass er den übrigen Schmuck zurückgelassen hat.«

»Und da wir wissen, dass Julia keine Spielerin war«, murmelte Kemble und klopfte mit dem Finger auf den Tisch, »hat sie den einzigen Wertgegenstand, der nicht von Lord Sands' Buchhaltern bewacht werden konnte, zu Geld gemacht. Das riecht förmlich nach Erpressung.«

Sisk schnaubte ungläubig. »Und weshalb sollte sie erpresst worden sein? Jeder wusste doch, dass Sie ihren Mann hintergeht.«

»Es muss etwas Schlimmeres als Untreue sein«, kam Max' unterkühlte Antwort, während er sich vom Tisch abstieß. Wie beispielsweise eine Abtreibung – aber noch immer behielt er Greaves' Vermutungen für sich. »Sisk, wir treffen uns Montagmorgen um neun im ›Coble's Kaffeehaus‹ und plaudern anschließend ein wenig mit Miss Durrett. Vielleicht müssen wir sie ja nicht hängen. Vorerst nicht.«

»Heute ist aber erst Samstag«, warf Kem ein und schob besorgt seine Kaffeetasse von sich. »Soll das bedeuten, dass wir uns die nächsten zwei Tage langweilen sollen?«

»Nein, nein, ich habe vielmehr das Gefühl, wir sollten Harry Markham-Sands einen weiteren Besuch abstatten«, brummte Max. »Aber ich fürchte, auch das wird eine ziemlich langweilige Nummer. Wie wärs, Kem, wenn du dir ein paar der gefälschten Juwelen nimmst und sie in deinem Schaufenster platzierst. Wer weiß, was passiert.«

Sisk schob die drei falschen Schmuckstücke zu Max. »Dann sollten Sie die hier behalten.«

Max nickte. »Ja, sobald ich mit Sands fertig bin, werde ich den Gentlemen auf unserer Liste – wohlgemerkt jedem Einzelnen – einen Brief schreiben, in dem ich sie bitte, sich justament diese drei Stücke doch mal ein wenig näher anzusehen. Vielleicht fällt einem von ihnen etwas dazu ein, oder jemand verrät sich durch seine Nervosität.«

»Viel Glück«, raunte Sisk.

Plötzlich ertönte ein Klopfen. Max öffnete die Tür und sah den Diener seiner Großmutter im Schatten hinter Mrs. Frier stehen. »Eine Nachricht von Mrs. Vittorio, Sir«, berichtete dieser und überreichte Max an der Hauswirtin vorbei ein versiegeltes Schreiben. Seufzend nahm de Rohan es entgegen und stopfte es sich in seine Westentasche.

Die nächste Stunde verbrachte Max damit, die Briefe an die Verdächtigen zu schreiben, mit Ausnahme von Rutledge, der nicht auffindbar war, und Sir Everard Grant, der noch immer leugnete, Julia überhaupt gekannt zu haben. Es mochte zwar nicht ganz ungefährlich sein, die Verdächtigen davon in Kenntnis zu setzen, dass er von dem gefälschten Schmuck wusste, doch vielleicht würde es den Mörder veranlassen, einen gravierenden Fehler zu begehen. Nachdem er damit fertig war, hielt de Rohan im strömenden Regen eine Kutsche an und begab sich zu Harrys Haus. Max fuhr zu einer Uhrzeit vor, die die feinere Gesellschaft als unchristlich empfand, aber der Butler enthielt sich einer spitzfindigen Bemerkung und führte ihn umgehend in den Salon. Schon bald darauf erschien Harry im Morgenmantel und mit hochrotem Gesicht, dicht gefolgt von einem Diener, der ein Tablett mit Kaffee trug.

Cecilias Bruder machte einen ungepflegten Eindruck, sein Gesicht war aufgedunsen, sein Haar zu lang. Dennoch schien der Lord nicht weiter über Max' Besuch überrascht zu sein. Er begrüßte ihn murmelnd und warf Lucifer einen gelangweilten Blick zu, als wäre es nichts Ungewöhnliches, wenn sich eine gut sechzig Kilogramm schwere Dogge auf seinem türkischen Teppich räkelte. Schließlich setzte er sich in einen Sessel und bot Max Kaffee an. Max beobachtete Harrys Verhalten mit wachsender Besorgnis, griff aber dankbar nach der Tasse.

Er nahm einen großen Schluck und dankte Gott. Wie die meisten erfahrenen Säufer hatte Harry angewiesen, den Kaffee so stark zu kochen, dass es ihm, Max, fast die Schuhe auszog. Sein Schädel brummte noch immer gewaltig und seine Augen fühlten sich an, als wären ihm heiße Schürhaken hineingestochen worden, aber er würde es überleben.

Zu guter Letzt, als wäre er gegen jegliche Unerfreulichkeit gewappnet, schaute der Lord auf und erwiderte Max' Blick.

»Lord Sands«, setzte de Rohan mit ernster Stimme an. »Ich nehme stark an, Sie wissen, dass ich gekommen bin, um mit Ihnen über Genevieve Durrett zu sprechen.«

Mit einem Schlag wurde Harry blass. Die leere Kaffeetasse schien förmlich unter dem Druck seiner Hände zu zerbersten. »O Gott!«, rief er aus und sprang auf die Füße, wobei er die Tasse fallen ließ, als hätte sie Feuer gefangen. »O Gott, steh mir bei! Ich wusste es!«

Max, der kurz über seinen zerstörerischen Einfluss auf Harrys Kaffeetassen nachdachte, erhob sich ebenfalls. Harry durchquerte den Raum und verteilte dabei mit seinen Hausschuhen die Scherben. Am Fenster angekommen, schlug er mit der Faust so kräftig gegen den Holzrahmen, dass die Scheiben zitterten. »Ich wusste, dass Sie es herausbekommen würden!«, rief er aus. »Herrgott, bin ich jetzt erleichtert, dass es endlich raus ist! Und *wie* erleichtert ich bin!«

Max folgte ihm zum Fenster und fing die Faust des Lords ab, bevor dieser sich selbst Schaden zufügen konnte. Erst jetzt bemerkte er, dass Harry bereits blutete.

»Was hat sie gesagt?«, fragte der Lord und wandte sich vom Fenster ab. Seine Verletzung schien er noch nicht bemerkt zu haben. »Was wirft sie mir vor?«

Max zog ein Taschentuch aus seiner Tasche hervor und nahm die Hand des Lords. Vorsichtig entfernte er eine Porzellanscherbe aus seinem Handteller. Harry blieb unerschrocken stehen, murmelte und fluchte leise vor sich hin. »Hure!«, schimpfte er erregt, als Max einen weiteren Splitter entfernte. »Diese Hure! Ich möchte wetten, dass sie Genevieve auf mich angesetzt hat. Ich hätte es mir gleich in jener Nacht denken können. Verdammt, bin ich ein Trottel gewesen!«

Vielleicht lag es an seinem benebelten Geisteszustand, aber Max hatte nicht den blassesten Schimmer, wovon Harry sprach. Jedoch war er gewieft genug, dies nicht laut auszusprechen. »Warum, glauben Sie, hat sie Genevieve auf Sie angesetzt, Mylord?«, hakte er nach, während er das Leinentaschentuch vorsichtig um Harrys Hand wickelte. »Ich schlage vor, Sie erzählen mir alles von Anfang an.«

Mit verunsichertem Blick und fiebrigen Augen willigte Harry

nickend ein. »Ich denke, sie wollte mich auf frischer Tat ertappen«, flüsterte er und zupfte hektisch an einer Ecke des Taschentuchs. »Sie wollte mich demütigen, wollte mir zu verstehen geben, dass ich keinen Deut besser bin als sie – weil ich sie in jener Nacht in der Kutsche erwischt hatte, verstehen Sie?«

Max wollte Harry zurück zu seinem Sessel geleiten, aber seine Lordschaft wehrte ab. »Sie sprechen von Lady Sands, nehme ich an?«, riet er ins Blaue hinein, während Harry auf und ab lief. »Sie denken also, sie wollte Sie überraschen?« Wovon in aller Welt sprach dieser Mann?

Harry wirbelte zu ihm herum, seine Augen hatten sich zu schmalen Schlitzen verengt. »O ja!«, zischte er. »Ich hatte genug Zeit, darüber nachzudenken, de Rohan. Wissen Sie, wie das ist, in einem Haus zu wohnen, das Trauer trägt? Es ist stinklangweilig. Und Genevieve hat nichts Besseres zu tun, als jedes Mal vor mir wegzulaufen, wenn sie mich sieht. Sie würde lieber sterben, als noch einmal zu mir ins Bett zu krabbeln.«

In sein Bett zu krabbeln? Plötzlich wurde Max einiges klar. »Genevieve Durrett teilte also in jener Nacht, in der Ihre Gattin erdrosselt wurde, das Bett mit Ihnen?«

Harry blieb endlich stehen und ließ sich in einem Sessel nieder. »Der Teufel soll mich holen, wenn ich jetzt nicht noch schlechter dastehe«, schluchzte er und vergrub sein aufgedunsenes Gesicht in den Händen. »Aber ich hab wirklich nicht mehr getan als mit diesem Mädchen zu schlafen, de Rohan. Egal, was ich auch sonst noch in dieser Nacht gemacht haben könnte, ich habe meine Frau nicht ermordet. Vielleicht hat sie das Mädchen ja zu mir geschickt, um mich wenig später *in flagranti* zu erwischen. Ich *weiß* es nicht. Aber ich habe sie bestimmt nicht ermordet, das müssen Sie mir glauben.«

Max hatte schon die ganze Zeit über vermutet, dass Harry ihm etwas verheimlichte. »Diese Affäre mit der Kammerdienerin Ihrer Frau«, hakte er leise nach. »Ging das schon lange?«

»Himmel, nein«, entgegnete Harry aufgebracht. »Wenn die

Kleine das behauptet, so ist sie eine Lügnerin. Ich scheine in jener Nacht einen besonders bemitleidenswerten Eindruck gemacht zu haben. Das junge Ding hat sich mir quasi an den Hals geworfen. Und in meiner Gemütsverfassung – wegen Julia und wegen des vielen Ärgers – nun, welcher Mann würde da ein solches Angebot ausschlagen?«

Manch einer, dachte de Rohan im Stillen. Und nach all dem, was er über die Welt wusste, schliefen Frauen niemals mit Männern, nur weil sie Mitleid mit ihnen hatten. »Lord Sands, es tut mir aufrichtig Leid«, nahm er ihn ins Gebet, »aber ich muss Sie fragen, was genau Sie damit meinen, dass Miss Durrett sich Ihnen förmlich an den Hals geworfen hat.«

Harry zuckte mit den Schultern, schaute jedoch nicht auf. »Genevieve klopfte an meine Tür, nachdem Julia heimgekommen war«, erklärte er, während er auf den Teppich starrte. »Was mich echt gewundert hat, denn sie wollte etwas völlig Unwichtiges von mir wissen – was genau ist mir entfallen. Und ehe ich mich versah, spielte sie ein wenig mit ihren Haaren und tat so, als wollte sie mein Halstuch richten. Ich bin einen Schritt zurückwichen und hab ihr gesagt, dass ich nach meinem Leibdiener läute, damit er sich um mich kümmern kann.«

»Was passierte dann?«, wollte Max wissen.

Harry schluckte. »Dann sah sie mir geradewegs in die Augen, blinzelte und bot mir an, sie würde sich meiner annehmen. ›Und zwar von die Kopf bis Fuß, Monsieur‹, hatte sie mit ihrem niedlichen Akzent gesagt.« Bei diesen Worten hob er den Kopf und schaute Max mit kläglichem Blick an. »Es war eine einzige Tortur, de Rohan«, ließ er ihn mit gedämpfter Stimme wissen. »Ich hatte nie eine Geliebte und habe schon Ewigkeiten nicht mehr mit meiner Frau geschlafen. Aus Angst, sie könnte schwanger werden … Weil ich dann nicht genau wüsste, ob das Kind von mir oder von einem anderen wäre.«

Max brachte es kaum über sich, die nächste Frage zu stellen. »Lord Sands, war Julia …?«, fragte er einfühlsam, »schwanger?«

Traurig schüttelte Harry den Kopf. »Nein. Ich habe oft darüber nachgedacht, warum sie nie … Es sei denn, sie wäre unfruchtbar. Man sagt, viele Frauen könnten keine Kinder bekommen.« In seiner schmerzerfüllten Stimme schwang Verwirrung mit. Nur wenige Menschen, und Harry gehörte bestimmt nicht dazu, waren in der Lage, solch eine Gefühlstiefe zu schauspielern. Der Lord hatte folglich nichts von der Schwangerschaft seiner Frau gewusst – egal, welche Sünden Julia auch begangen haben mochte, sie war jetzt nur noch Gott Rechenschaft schuldig.

»Lord Sands, es tut mir aufrichtig Leid.«

Das Taschentuch noch immer fest umklammert, zuckte Harry resigniert mit den Schultern. »Ich habe in der Nacht, in der meine Frau ermordet wurde, mit ihrer Kammerdienerin geschlafen«, sprach er leise. »Ich weiß, wie das aussehen muss.«

Max erhob sich langsam. Auch er wusste um die Situation, und mit einem Mal regte sich tiefe Verzweiflung in ihm, und er wurde von dem Wunsch überwältigt, diesem Zimmer, diesem Haus, ja seinem gesamten Leben zu entfliehen. Er war all des Elends und des Schmutzes, den sein Job mit sich brachte, überdrüssig, und er war sich nicht mehr sicher, ob ihn dieser oder irgendein anderer Fall noch zu interessieren vermochte.

Er hatte genug Wege und Möglichkeiten, seinem jetzigen Leben den Rücken zu kehren, und zum ersten Mal verspürte er den dringenden Wunsch, genau das zu tun. Etwas in ihm, ein zaghaftes, kaum wahrnehmbares Gefühl schien ihn gepackt zu haben, und er wollte nichts sehnlicher als wieder nach Hause zurückzukehren. Nein, es kam noch schlimmer. Er wollte nach Hause, wo *jemand auf ihn wartete*. Jemand, der ehrlich und rein war, jemand, der ihm helfen konnte, dass er sich wieder rein, wie neugeboren und voller Hoffnung fühlte.

»*Dio mio*«, flüsterte er kaum hörbar. Er konnte es sich nicht leisten, ein weiteres Mal zur Flasche zu greifen, um seine trüben Gedanken zu ertränken. Er musste die Situation selbst in den Griff bekommen. Als Erstes musste er raus aus diesem Haus, schließlich wurde er am Wellclose Square gebraucht. In Marias Nachricht hatte gestanden, dass Nonna Sofia sich eine Erkältung zugezogen habe. Er flehte zu Gott, dass ihm nicht noch Schlimmeres bevorstand.

Ebenfalls völlig durcheinander, beugte Max sich zu Harry hinunter und legte ihm zur Beruhigung eine Hand auf die Schulter. »Ich komme Montagmorgen wieder und werde mich einmal mit Miss Durrett unterhalten«, ließ er ihn mit ruhiger Stimme wissen. »In der Zwischenzeit möchte ich, dass Sie und Ihre Schwester London verlassen. Gehen Sie nach Holly Hill oder zum Anwesen der Delacourts in Derbyshire. Das müssen Sie mir versprechen.«

Harry nickte kaum merklich. »Ich werde sehen, was sich machen lässt.«

Max seufzte erleichtert. »Gut. Und bitte versuchen Sie, sich nicht mehr so sehr zu grämen. Ich werde tun, was in meiner Macht steht.« Dann sprach er etwas lauter. »So, jetzt lassen Sie uns nach jemandem läuten, der Ihre Hand versorgen kann. Meiner Einschätzung nach ist das nämlich dringend nötig.«

Harry nickte stumm.

Als Max Harrys Domizil verließ, regnete es in Strömen, und er rannte schnell zu seiner noch immer wartenden Kutsche zurück, um sich ohne Umschweife zum Haus seiner Großmutter zu begeben, das ihm bei seiner Ankunft dunkler und düsterer als gewöhnlich erschien. Er hoffte, dass das nur am Wetter lag, und schloss sich selbst auf. Schnellen Schrittes eilte er an den Büroräumen vorbei, um Trumbull nicht die Chance zu geben, ihn mit einem seiner emotionalen Appelle aufzuhalten. Er hatte Angst, dass er sich ausgerechnet heute zu einer unüberlegten Entscheidung hinreißen lassen könnte und seinen Platz im Büro einnahm, bevor er sich seiner Entscheidung gewahr wurde.

Als er das obere Stockwerk erreichte, musste er feststellen, dass es seiner Großmutter wesentlich besser ging, als Maria angedeutet hatte, obwohl sie sichtlich geschwächt auf einem gut gepolsterten Diwan lag, der in den Salon getragen worden war. Max hatte von Anfang an vermutet, Sofia könnte ihm etwas vorspielen, um ihm eine Lektion zu erteilen und Vorteile aus der Situation zu ziehen – und der Gedanke daran, was sie dazu veranlassen könnte, schüttelte ihn. Aber sie wirkte in der Tat kränklich, was Max mit Unbehagen erfüllte. Bei ihrem Anblick begann sein Herz alarmierend schnell zu schlagen, was ihn selbst überraschte. Sie wirkte schrecklich blass und eingefallen, die Hände hielt sie wie eine Tote unter dem Busen gefaltet.

Sofort kniete er neben ihr nieder und griff nach ihrer schlanken Hand. »Nonna«, flüsterte er eindringlich. »Nonna, *come ti senti*?«

Mit flatternden Lidern öffnete sie langsam die Augen und schaute mit einem verunsicherten Blick zu ihm auf. »O Max!«, keuchte sie schwächlich. »O Max, *tesoro mio*, ich fühle mich so schwach. Schwach und kalt. Mein Herz fühlt sich an, als wäre es erfroren.«

»*Shhh*, Nonna, du musst dich jetzt ausruhen. Ich werde einen Arzt rufen lassen.« Max beugte sich über den Diwan, um die Wolldecke höher zu ziehen. Mit einer qualvoll langsamen Bewegung hob sie die Hand und deutete mit zitterndem Finger auf den Kamin.

»*Per favore, caro mio,* reich mir bitte mein Schultertuch. Ich erfriere fast.«

Von einem plötzlichen Gefühl tiefer Angst gepackt, tat er, wie ihm geheißen, und wollte gerade nach dem hellblauen Wolltuch greifen, als er zögerte und seine Hand schwebend darüber zum Stehen kam. Das Tuch sah nicht aus, als gehörte es seiner Großmutter, kam ihm aber dennoch irgendwie bekannt vor, sehr bekannt sogar. Bei Gott, sogar den Geruch kannte er.

Ohne den Kopf zu heben, sprach seine Großmutter mit kraftloser Stimme. »*Si, caro mio*, das Tuch auf dem Stuhl dort.« Er kehrte zu ihrem Lager zurück und kniete sich wieder hin, um es ihr liebevoll umzulegen. Jetzt aber machte auch sie einen zutiefst verwirrten Eindruck und schaute ihn aus weit aufgerissenen Augen fragend an. »Nein, Maximilian«, murmelte sie und ergriff den ungewohnten Stoff. »Das ist doch nicht *mein* Tuch, aber wo in Himmels Namen mag es bloß hergekommen sein?«

Wo es hergekommen war?

Schlagartig fühlte Max sich bis an die Grenzen des Erträglichen gequält. Seine Großmutter wusste nur zu gut, wem das Tuch gehörte. So wie auch er es wusste. Noch immer kniete er neben dem Diwan. Er war machtlos gegen dieses eigenartige und erstickende Gefühl, das sich in seiner Brust ausbreitete, und er vergrub seine Nase in dem weichen Stoff. Er konnte nicht anders, er musste den zarten weiblichen Duft aus Lavendel und Kaschmir tief in sich aufnehmen. Ihm war, als atmete er die reinliche Essenz des Guten und der wahrhaftigen Tugendhaftigkeit ein.

Mit einem Mal kehrten die Erinnerung an seinen Besuch bei Lord Sands, all der Schmutz und das geballte Elend seines Berufes sowie die unendliche Leere seines Privatlebens zurück. Er ließ den Kopf sinken, als eine Woge der tiefen Verzweiflung über ihn hinwegspülte. Zurück blieb ein unerträgliches Gefühl des Verlustes und der Einsamkeit.

»Maximilian«, entfuhr es Sofia mit gedämpfter Stimme, als sie ihre Hand hob und ihn sachte an der Schulter berührte. »Ach, Maximilian!«

Kapitel 14

»Wie bedeutungslos anmutiges Verhalten auch erscheinen mag, es ist von großer Bedeutung, was die Freuden im privaten Leben angeht, vor allem, wenn es um das weibliche Geschlecht geht.«

Lord Chesterfield, 1776,
The Fine Gentleman's Etiquette

Irgendwann im Laufe einer weiteren qualvollen Nacht, in der Catherine nur mit Müh und Not hatte einschlafen können, erwachte sie plötzlich vom Regen, der an ihr Fenster hämmerte und dessen Rhythmus zunehmend stärker wurde, bis sie das Gefühl hatte, dass die Scheiben jede Sekunde bersten würden. Niedergeschlagen drehte sie sich auf die Seite und knuffte ihr Kopfkissen kräftig, als wollte sie es gefügig machen. Sie wusste jedoch genau, dass es nicht funktionieren würde, denn schon seit Wochen schlief sie keine Nacht mehr durch – und ihre Unruhe hatte nicht das Geringste mit ihrem Kissen zu tun. Sie stieß einen verärgerten Seufzer aus, richtete sich auf, entzündete die Lampe und nahm Cams Ausgabe von *The Female Speaker* zur Hand. Wenn selbst eine staubtrockene und veraltete Anthologie ihr nicht dazu verhelfen konnte, endlich Schlaf zu finden, dann wusste sie es auch nicht.

Just in dem Moment, in dem sie nach dem Buch gegriffen hatte, erschütterte ein gedämpftes Donnergrollen den nächtlichen Himmel. Catherine warf ihr Plumeau zurück und schlüpfte in Hausschuhe und Morgenmantel. Sie hasste Gewitter, aber sie verabscheute den Nebel, der mit Sicherheit folgen würde, noch viel mehr, weil dieser sie unwillkürlich an Will denken ließ. Nein! Dieses Mal würde sie nicht an ihn denken, und wenn sie schon nicht lesen konnte, so würde sie sich eben ihrer Stickerei widmen.

Wieder donnerte es, diesmal jedoch unheilvoller. Das Gewitter rückte unweigerlich näher, und etwas – Catherine konnte nicht in Worte fassen, was es war – zog sie magisch zum Fenster, zweifelsohne dem gefährlichsten Platz im Raum.

Wie sich herausstellen würde, war es in ebendieser Nacht besonders gefährlich für sie. Catherine zog die Vorhänge zurück und beugte sich vor bis dicht an die Glasscheibe, um im nächsten Moment gleich wieder einen Satz nach hinten zu machen. An der Straßenecke, im Schein der Laterne und inmitten einer Pfütze, stand ein einsamer Mann mit hängenden Schultern, der kraftlos die Krempe seines Zylinders in einer Hand hielt. Im selben Moment – es schien fast, als würden auch seine schwarzen Augen von derselben unerklärlichen Magie geleitet, die sie an das Fenster geführt hatte – hob er den Blick zum Fenster und schaute zu ihr herauf. Und das, obwohl er unmöglich wissen konnte, welches Gemach das ihre war. Und wie sollte er sie durch den Regen und die Dunkelheit hindurch erkennen können? Aber tief in ihrem Herzen spürte Catherine, dass es ihm dennoch möglich war. Sie konnte sogar seine stillschweigende Bitte hören, als hätte er sie laut zu ihr heraufgeschrien.

O Gott. Sie schloss die Augen und ließ den Vorhang fallen. Was dachte er sich dabei, hierher zu kommen? Wie konnte er es wagen, so … so eindringlich zu ihr heraufzuschauen? Sie würde nicht reagieren, auf gar keinen Fall!

Aber hatte sie sich nichts sehnlicher gewünscht, als dass er endlich seinen Stolz ablegen und sie aufsuchen würde? Plötzlich packte sie ein irrationaler Impuls, sie wirbelte herum und flog förmlich durch den Raum. Auf dem Weg zur Tür schnappte sie sich schnell ihren Umhang. Am Ende der Treppe hielt sie nur so lange an, wie sie benötigte, um sich den Umhang um die Schultern zu werfen und einen Regenschirm von der Garderobe herunterzuzerren. Als wäre der Teufel hinter ihr her, riss sie die Haustür auf und eilte die Stufen hinunter und hinaus in den strömenden Regen.

Die Straße war menschenleer. Schnell hatte sich die feuchte

Kälte auf ihr Gesicht gelegt, rasch war das Wasser der Regenpfützen in ihre Hausschuhe gesickert. Sie erreichte ihn binnen Sekunden. »Max«, rief sie aus und hob den Schirm in die Höhe, um ihm Schutz zu gewähren. »Was soll das alles? Du wirst dir noch den Tod holen!«

Einen Augenblick lang zögerte er mit der Antwort. Umweht von kalter Nachtluft und beschützt durch den Regenschirm, der den prasselnden Regen abfing, entstand schnell eine intime Atmosphäre. Regentropfen tanzten und hüpften um sie herum, der Platzregen schien sich langsam in Hagel zu wandeln. Max erwiderte ihren Blick mit ungewöhnlich sanften und erschöpften Augen. Es schien, als wäre etwas in ihm davongeschwemmt worden.

»Catherine, ich wollte …«, setzte er mit unsicherer Stimme an. »Der Hund wollte … einen Spaziergang unternehmen.«

Catherine schaute ihn verblüfft an. »Max«, entgegnete sie mit rauer Stimme, »du lebst über drei Meilen von meinem Haus entfernt und hast gar keinen Hund bei dir.«

»Hab ihn vergessen«, murmelte er und schaute auf seine Stiefel. »Bei meiner Großmutter. Mein Stock, mein Regenschirm … die habe ich auch liegen gelassen. Ich wollte einfach … ach, ich weiß auch nicht.«

Er stand völlig neben sich. Catherine schüttelte den Kopf und griff ihn beim Arm. »Ich glaube dir kein Wort!«, schalt sie ihn und führte ihn schnell über die Straße. »Ich sehe bestimmt lächerlich aus, wie ich im strömenden Regen im Schlafgewand auf der Straße stehe. Das trifft übrigens auch auf dich zu. Wir sind beide ganz schöne Schafsköpfe.«

Sie spürte, wie er sich für einen flüchtigen Moment versteifte. »Wo gehen wir hin?«

»Ins Haus«, erwiderte sie beharrlich und drückte die Tür auf. »Um einen Cognac zu trinken. Und wag es ja nicht, dich mir zu widersetzen, sonst sterben wir beide noch den Kältetod.«

Zu ihrer Überraschung überschritt er ohne Murren die Türschwelle, entledigte sich seines triefenden Umhangs und überreichte ihn ihren ungeduldig wartenden Händen ohne Widerworte. Sein Zylinder jedoch war nicht mehr zu retten, er war völlig aufgeweicht und aus der Form geraten. Trotzdem nahm Catherine ihn an sich und wollte ihn gerade auf den Flurtisch werfen, als etwas hinausfiel und auf den Läufer plumpste. Catherine erkannte sofort ihren blauen Lieblingsschal, der nun in einer kleinen Pfütze vor ihren Füßen lag.

»Als ich losging, hatte ich ihn noch in der Hand«, erklärte er, während sie sich nach dem Bündel bückte. »Aber er wurde langsam nass, und da habe ich ihn … nun er passte nicht in meine Manteltaschen.«

Was für ein kleiner Dummkopf er doch war, dachte Catherine sich im Stillen. »Verstehe«, pflichtete sie ihm leise bei, kam jedoch nicht umhin, sich zu wundern, warum er sich den Schal nicht einfach um den Hals gewickelt und den Mantel darüber gezogen hatte. »Also hast du ihn einfach in deinen Hut gestopft, um ihn trocken zu halten? Das war ausgesprochen liebenswürdig von dir, Max, aber dieser Schal ist nicht in der Lage, mein Herz zu wärmen, wenn du deshalb einen grausamen Kältetod stirbst, verstehst du?«

Unbeirrt schaute er sie an, erwiderte jedoch nichts.

Catherine hing sowohl ihren Umhang als auch den Schal über den Treppenpfosten und schritt in Richtung Salon, wo sie sich der Hausschuhe entledigte, eine Lampe anzündete und das Feuer schürte. Max, der ihr gefolgt war, stand unterdessen regungslos da und schaute ihr einfach nur zu. Nachdem sie sich vom Kamin erhoben hatte, ließ sie ihren Blick über ihn gleiten und sah sich satt am Anblick seines hoch gewachsenen Körpers und seiner leicht nach vorne fallenden Schultern. Als sich ihre Blicke trafen, regte sich etwas Wildes und zugleich Zaghaftes in ihrer Brust – wie ein junger Vogel, der das erste Mal mit seinen Flügeln schlug. Du liebe Zeit, was für ein betörender Mann er doch war, auch wenn er einen recht niedergeschlagenen Eindruck machte! In seinem Gesicht lag tiefe Müdigkeit, und sein langes rabenschwarzes Haar klebte ihm im Gesicht, was seine schlanken und kräftigen Wangenknochen zusätzlich betonte.

Während sie zwei Gläser Cognac einschenkte, sinnierte sie darüber, wie weit er im Regen und in der Dunkelheit gelaufen sein mochte. Er konnte unmöglich den gesamten Weg vom Wellclose Square zu Fuß zurückgelegt haben, oder? Und dennoch, wenn sie ihn sich so anschaute, war alles möglich. »O Max«, stieß sie mit leiser Stimme aus und fuhr mit der Hand den durchtränkten Ärmel seines Mantels hinab.

Max schien sich ihrer Berührung entziehen zu wollen, worauf sie jedoch mit einem freundlichen Kopfschütteln reagierte.

»Bitte gib mir einfach deinen Mantel«, forderte sie ihn auf, wobei sie versuchen musste, ihre plötzlich aufwallende Zärtlichkeit zu bändigen. »Und die Weste ebenfalls. Ja, zieh auch die Stiefel aus und stell sie neben den Kamin.«

Als sie die Kleidungsstücke entgegennahm, um sie auf Stühle zu hängen, die unweit des Feuers standen, packte Max sie urplötzlich am Handgelenk und zog sie mit groben Bewegungen zu sich heran. »Warum tust du all das?«, raunte er.

Catherine hob die Augenbrauen. »Damit du dich nicht bis auf die Knochen erkältest.«

Mit einem Mal schien sich sein Gesicht zu entspannen. »Das habe ich nicht gemeint«, ließ er sie leise wissen. »Warum machst du mich ... wie schaffst du es, dass ich ... Herrgott noch mal, Catherine. Es ist schon spät. Deine Bediensteten ... Gütiger Gott, dein *Ruf*.«

»Zerbrich dir nicht den Kopf über die Dienstboten, Max.« Sie hatte mit gelassener Stimme gesprochen. »Sie arbeiten schließlich für meinen Bruder. Ich für meinen Teil bin eine unabhängige Witwe, und meine Angelegenheiten gehen nur mich etwas an.«

De Rohan ließ von ihr ab und durchquerte unruhig den Raum. Er wirkte wie ein gefangenes Tier. Catherine kannte Max nun lange genug, um zu verstehen, dass sein Leben sich im Freien abspielte und Wände ihn erdrückten.

»Max«, holte sie sanft aus. »Warum bist du hier?«

Er stand am Flügel und starrte blindlings auf die Tasten, von denen er eine berührte. Der hohe und reine Klang durchzog den Raum – es war ein melancholischer Ton für einen ebenso melancholischen Abend. »Ich weiß es nicht«, kam seine leise Antwort. »Ich musste einfach kommen. Ich vermisse dich.«

Mit einem Mal verstand sie dieses eigenartige und seichte Gefühl, das ihre Brust durchflutet hatte. Sie konnte es sogar benennen, aber der Name bescherte ihr alles andere als Freude. Sie hatte sich in ihn verliebt, in einer Art und Weise, wie sie nie jemanden zuvor geliebt hatte, selbst nicht Will. Sie verfluchte Sofia Castelli dafür, dass sie ihr solche Flausen in den Kopf gesetzt hatte. Wie auch immer die Worte seiner Großmutter gelautet hatten, sie war sich nicht im Geringsten sicher, dass Max es sich je zugestehen würde, ihre Liebe zu erwidern.

Catherine gesellte sich zu ihm, und dieses Mal wich er nicht zurück. »Ich denke, du weißt genau, warum du hier bist, Max«, sagte sie nachdrücklich und schaute zu ihm empor. »Wir beide wissen es.«

Bitter lachte er auf. »Ich fange an zu glauben, Catherine, dass ich nichts, aber auch rein gar nichts mehr verstehe. Noch nie in meinem Leben war ich derart verwirrt, habe ich mich innerlich so sehr zerrissen gefühlt.«

Sanft schob sie ihre Hand unter seinen Arm und drehte ihn vom Flügel weg, damit er ihr ins Gesicht schaute. »Ich glaube«, setzte sie mit zaghafter Stimme an, »dass wir das, was sich zwischen uns entwickelt hat, einfach akzeptieren sollten, Max. Nenn es, wie du willst – Anziehung oder Besessenheit, es ist mir einerlei –, aber es existiert. Vielleicht solltest du endlich damit aufhören, dich zu wehren.«

Er führte seine Hand nach oben und strich ihr mit seinem Handrücken sachte über die Wange. »Catherine«, setzte er mit von Qual erfüllter Stimme an. »In meinem Leben ist kein Platz für dich, zumindest nicht, wie es sich derzeit gestaltet. Du verdienst etwas Besseres als mich, und ich kann mich nicht von heute auf morgen ändern, kann unmöglich meinen Beruf wegen dir aufgeben.«

»Habe ich dich je darum gebeten, mich in dein Leben zu integrieren, Max?«, erkundigte sie sich, ergriff seine Hand und presste ihre Lippen gegen seinen Handteller. »Habe ich dich je darum gebeten, das aufzugeben, was dir wichtig ist? Was für eine Art Frau wäre ich denn, wenn ich so etwas von dir verlangte?«

Mit der anderen Hand strich er über ihren Arm und ließ seine Finger in ihr Haar gleiten, das sie offen trug und das ihr bis auf die Hüften hinabfiel. »Was genau willst du mir damit sagen, Catherine?«, murmelte er.

Sie schaute ihm tief in die Augen. »Einfach nur, dass ich dich respektiere, so wie du bist«, flüsterte sie und ließ die Hände sinken. »Und dass ich dich begehre, Max, im Hier und Jetzt, und nicht mehr. Meine Erfahrung hat mich nämlich auf schmerzhafte Weise gelehrt, dass es nicht immer eine Ewigkeit gibt.«

Mit fast schmerzlicher Langsamkeit umfasste er ihre Wange, beugte sich zu ihr herunter und schaute sie einfach nur an. Er hielt ihren Blick gefangen, mit Augen, die ebenso weich wie der Cognac und dunkler als die Sünde waren. Dieses Mal ging kein loderndes Feuer von seinen Berührungen aus, sondern eher eine langsame, köchelnde Hitze und etwas, das sich wie ein Versprechen anfühlte. Max' Lippen schwebten über ihrem Gesicht, berührten sie nur flüchtig in den Augenwinkeln, an den Augenbrauen und bewegten sich dann zu ihren Wangen hinunter, bis er schließlich ihre Lippen erreichte.

Catherine erwiderte seinen Kuss, öffnete sich ihm und schlang ihre Arme um seinen Hals. »Max«, flüsterte sie dicht an ihm. »Du fühlst dich so schrecklich kalt an, und ich bin so einsam. Bitte komm mit mir nach oben.«

Sie schien Zunder in die Flammen geworfen zu haben, denn nun wurde sein Kuss eine Spur leidenschaftlicher und ausgehungerter. Sie hätte ihn eigentlich wegschicken müssen, sich nicht ein weiteres Mal auf ihn einlassen sollen, denn dann lief sie Gefahr, dass er ihr erneut wehtat. Aber sie war außer Stande, gegen ihren Verstand anzukämpfen, so sehr verzehrte sie sich nach ihm.

Plötzlich stöhnte Catherine laut auf und grub ihre Finger in sein Fleisch, was für ihn ein Zeichen war, seinen Kuss noch mehr zu vertiefen, seine Zunge ein wenig wilder werden zu lassen und mit seinen Zähnen ihre Lippen zu bearbeiten. Wie zärtlich und zielstrebig seine Berührungen doch waren, und als sich sein schlanker und muskulöser Körper an den ihren schmiegte und sie in seine starken Arme sank, begann Catherines Herz wie wild zu schlagen. Sie vergaß sowohl den Salon als auch den Regen. Ihre begierigen Finger gruben sich in sein Hemd und zogen das nasse Leinen aus seiner Hose, bevor sie darunter glitten. Sie musste seinen Körper einfach berühren, sehnte sich danach, seine sanfte Haut und seine stählernen Muskeln unter ihren Händen zu spüren. Sie wollte von ihm geliebt werden, wollte sich mit ihm vereinen. Und nur mit *diesem* Mann. Sie riss sich von seinen Lippen los und raunte nur ein einziges Wort: »Bitte.«

»Bitte *was*?«, fragte er sanft mit bebender Brust. »Sag es, Catherine. Aber nur, wenn du dir absolut sicher bist. Dieses Mal gibt es keinen Weg zurück. Auch ich brauche dich.«

»Bitte schlaf mit mir, Max«, flehte sie ihn an. »Ich bin es satt, dich nur zu begehren. Nimm mich – nur noch dieses eine Mal. Vielleicht reicht das, und wir werden einander endlich vergessen können.«

Seine Hände hatten sich bereits an die Arbeit gemacht, ihr Nachtgewand aufzuknöpfen. »Das wird nicht geschehen, Catherine«, warnte er sie und küsste sie leidenschaftlich am Hals. »Zumindest nicht von meiner Seite.«

Catherine entging weder die Kapitulation noch das brennende Verlangen in seiner Stimme, und sie bahnten sich ihren Weg durchs Haus und die Treppe hinauf in ihr Schlafgemach. Sie stieß die Tür auf und zerrte ihn hinein. Ganz so, als bewegten sie sich zu Musik, zogen sie ihre Kreise, liebkosten sich, küssten sich und entledigten sich nach und nach ihrer Kleider. Der schwach erleuchtete Raum schien sich zu drehen. Max' Hände nestelten an ihrem Nachthemd, zerrten es über ihre Schulter und entblößten ihre Brüste. Catherine wurde von seinen Berührungen schwindelig. Küssend und einander eng umschlungen, stießen sie am Bettpfosten an. Catherine öffnete seine Hose und ließ sie zu Boden fallen.

Er drängte sie gegen den Pfosten, seine Lippen fingen erneut die ihren ein, dieses Mal verlangend und wild, sodass ihr Kopf gegen das harte Holz drückte. Seine Augen glichen schwarzem Rauch. Er hatte Augen, dachte Catherine bei sich, die Frauen dazu brachten, große Dummheiten zu begehen. War auch sie im Begriff, eine ebensolche Dummheit zu begehen? Es scherte sie nicht, denn viel zu stark und fordernd brannten seine Berührungen auf ihrer Haut. Und auch sie brauchte ihn. Catherine schob sein Hemd hoch und Max riss es sich mit einer Hand über den Kopf. »Unabhängige Witwe hin oder her, Catherine«, murmelte er, als er seine Hände um ihre Taille legte. »Dein Bruder würde mich umbringen, wenn er wüsste, was wir gerade tun.«

»Er wird es nie erfahren«, schwor sie. »Das verspreche ich dir, Max. Und jetzt berühre mich. Bitte. Ja, genau dort.«

Ihr Nachtgewand rutschte ihr über die Hüften und glitt zu Boden. Mit einem tiefen Stöhnen neigte Max den Kopf, um ihren Hals zu küssen. Er verschlang sie förmlich, bevor er ein Stück tiefer glitt und sich seine Lippen um ihre Brustwarze schlossen. Tief sog er sie in die Wärme seines Mundes, wobei er sich mit seinen Liebkosungen Zeit ließ. Zuerst saugte er zärtlich an ihren Brustspitzen, bevor er seine weißen Zähne spielerisch einsetzte, um Catherine zu stimulieren. Schon bald stöhnte sie vor Verlangen. In einer fast schon ehrfürchtig anmutenden Geste kniete er sich hin und legte seine kräftigen Hände auf ihren Bauch. Er drängte sie so weit nach hinten, bis sich der Bettpfosten in ihren Rücken drückte, was ihr ein warmes und hartes Gefühl bescherte, ein Gefühl, das irgendwo zwischen Lust und Schmerz angesiedelt war. Mit einer sanften Bewegung seines Kopfes spreizte er ihre Beine, und als seine Zunge zwischen ihren Schenkeln eintauchte, musste Catherine einen lauten Schrei unterdrücken.

Welch süße Qual! Sie hatte von Anfang an gewusst, dass er dieses schmerzende Verlangen in ihr auszulösen vermochte, wenngleich sie sich nicht vollends hatte vorstellen können, wie es genau sein würde. Dennoch wollte sie es erleben, wollte, dass er sie jenseits der Grenzen der Vernunft katapultierte, jenseits der Grenzen all dessen, was sie bis zum heutigen Tag gekannt und erlebt hatte. Max ließ seine Zunge um ihre Lustknospe kreisen, leckte sie in kurzen Stößen, wollte, dass ihr Zentrum der Lust vor Verlangen erschauerte. Er kostete von ihr und quälte sie, bis ihre Knie weich wurden und das Blut wild zwischen ihren Beinen pulsierte.

»O Gott!«, stieß sie aus. »O Max. Das Bett. Ich will dich in mir spüren. *Bitte* …«

Ihre Hände glitten nach unten, krallten sich in sein Haar, zogen ihn höher, stießen ihn weg. Während er sich erhob, übersäte er ihren Bauch und ihre Brüste mit unzähligen Küssen. Irgendwie schaffte sie es, die zerwühlte Bettdecke zur Seite zu schieben, und zog ihn aufs Bett. Ihr Verlangen nach ihm war so grenzenlos und wild, dass sie es mit ihrem Verstand nicht erfassen konnte. Sie wollte seine Stärke, seine Hitze auf sich spüren, wie er sie niederdrückte und wie er hart und tief in sie stieß.

Er verströmte eine maskuline Anmut, die mit roher Energie gepaart war, welche nur durch pure Willenskraft im Zaum gehalten werden konnte. Max machte den Eindruck, als fühlte er sich im unbekleideten Zustand sehr wohl – wozu er auch einen gewaltigen Grund hatte. Noch nie zuvor hatte Catherine etwas Atemberaubenderes als seinen Körper gesehen. Max war von schlanker und sehniger Gestalt, seine satte dunkle Haut war gesprenkelt mit Haaren, seine Brust glich einer Freske aus puren in Stein gemeißelten Muskeln, seine Oberschenkel waren breit und stählern. Gütiger Himmel, Will … nun, Will hatte ganz anders ausgesehen. Sie biss sich auf die Lippe und versuchte, den Gedanken an ihn auszublenden. Sie wusste, dass es falsch war, Vergleiche zu ziehen, aber sie wusste doch so wenig über Männer. Max packte sie bei der Schulter und drückte sie nach unten, bevor er sich über ihr in Positur brachte. Mit seinem kräftigen Oberschenkel spreizte er sanft ihre Beine, und während das seidige Gewicht seines erigierten Penis ihren Oberschenkel streifte, schaute er ihr geradewegs in die Augen. Obgleich Catherine bereits einmal verheiratet gewesen war, fühlte sie sich fürchterlich unerfahren. Langsam streckte sie ihre Hand aus und umfasste sein hartes Glied. Max hielt den Atem an und schloss die Augen. Die Sehnen an seinem Hals strafften sich. »Ah, Catherine!«

»Soll ... ich lieber nicht?«, wisperte sie.

»Doch, du *sollst* », bat er und drückte sie dicht an sich heran, wobei er sein Gesicht in ihrer Schulter vergrub. »Berühr mich, Liebes. Berühr mich, bis ich vor Lust dahinsieche.«

Catherine streichelte ihn, erfreute sich an seiner Erregung. »Ich will dich in mir spüren«, gestand sie, den Kopf auf der Höhe seines Herzen. »Sei mein Lehrmeister, Max, bring mir bei, was ich tun soll. Die letzten Wochen waren furchtbar. Ich habe bestimmt vergessen, wie man es macht.«

Ihm entfuhr ein erstickendes Lachen. Sein Atem fühlte sich heiß und feucht an, als er gegen ihre Haut am Hals ausatmete.

»Du Hexe!«, keuchte er. »Du hast rein *gar nichts* vergessen.« Er hob den Kopf und richtete sich kniend auf, sodass er rittlings über ihr thronte und sein Penis sich auf Höhe ihres Bauches befand. Seine Finger glitten in ihr Haar, er beugte sich zu ihr hinunter und brachte sie mit einem weiteren wilden und ausgehungerten Kuss zum Schweigen. Ehrerbietig platzierte er eine Hand auf ihrem Leib, während er mit den Fingern der anderen Hand ihre Schamlippen öffnete, um zu erforschen, ob sie bereit für ihn war.

Ein Schauer durchlief seinen Körper. »Catherine«, sprach er mit erstickter Stimme und schaute auf ihre geschwollenen und feuchten Schamlippen. »Catherine, selbst wenn wir alle Vorsicht walten lassen ... Hast du je darüber nachgedacht, dass du ... schwanger werden könntest? Dass du vielleicht sogar schon mein Kind unter dem Herzen trägst?«

Catherine, die beinahe meinte, vor Lust den Verstand zu verlieren, dachte, er wollte sie zurückweisen. »Ich trage kein Kind in mir«, rief sie verzweifelt aus. »Egal, wie sehr ich es mir auch wünschte, ein Kind von dir zu empfangen, das wird nie geschehen!«

Seine Finger liebkosten sie noch immer, und auch sein Penis war nach wie vor erigiert und glühte. Max warf den Kopf in den Nacken, und seine Halsmuskeln arbeiteten kräftig, während er nachdachte. »Du kannst dir da nie hundertprozentig sicher sein«, raunte er und schaute zur Decke empor. »Deswegen musst du mir etwas versprechen.«

»Ja«, keuchte sie und fuhr mit der Hand erneut sein hartes Glied hinab. »Ich verspreche dir alles, was du willst.«

Er beugte sich wieder nach vorn und fing mit seinen schwarzen Augen gebieterisch ihren Blick ein. »Versprich mir, dass du dich mir hingibst, Catherine«, sprach er leise. »Der Himmel möge es zu verhindern wissen, aber wenn du ein Kind von mir empfängst, so möchte ich – egal, wie du es auch sehen magst -, dass du meine Frau wirst. Das musst du mir schwören!«

»Ich ... ich verspreche es«, erwiderte sie mit fester Stimme. »Ich schwöre es.« Seine Hand hatte sich in der Zwischenzeit um seinen Penis gelegt, und er öffnete sie noch ein Stück weiter, damit sie ihn empfangen konnte. Catherine winkelte die Knie an, stemmte ihre Füße gegen seine Hüften und ließ, erfüllt von Sehnsucht nach dem, was nun kommen mochte, den Kopf nach hinten fallen.

Max drang langsam in sie ein. Sie war eng. Ach, sie war verdammt eng, und als sie seine volle Größe zu spüren bekam, keuchte sie auf. Er hielt einen Augenblick inne und passte sich dem Rhythmus ihres zarten Fleisches an, das ihn flehentlich umhüllte. O, wie himmlisch sie sich anfühlte! Es war wie eine Heimkehr nach einer langen und anstrengenden Reise. Er hatte – wenn auch nur für einen flüchtigen Moment – das Gefühl, endlich seinen Platz gefunden zu haben, seinen Platz an der Seite eines ganz besonderen Menschen.

Catherine stöhnte auf und hob die Beine noch ein wenig an,

um ihn besser umfangen zu können. Er senkte den Kopf und küsste sie lang und tief. Er spürte, wie ihr Verlangen das seine beantwortete, während sie sich ihm Stoß für Stoß entgegenbog. Sie wirkte so zerbrechlich und wunderhübsch unter ihm, wenn ihre Schultern in das weiche Bett gepresst wurden und ihr dichtes dunkles Haar neben ihrem Kopf ausgebreitet lag. Sie sprachen nicht miteinander, während er immer und immer wieder in sie eindrang. Schweiß legte sich wie eine glänzende Hülle um ihn, und auch ihre Schenkel wurden feucht. Der Himmel steh ihm bei, er wollte schon wieder mehr. Viel mehr. Er wollte nicht einfach nur Erleichterung finden, nein, er wollte ein völlig neues Leben beginnen, und zwar mit ihr, mit dieser wunderhübschen, braunäugigen Göttin. Mit einem Seufzer schlang Catherine ihre Beine enger um seine Lenden und küsste ihn erneut, dieses Mal mit offenem Mund, als wollte sie ihn einladen, sich ihrer ganz zu bemächtigen. Er stieß nun tiefer und kraftvoller in sie. Seine Erlösung, so spürte er, war wunderbar nah.

Er atmete so tief wie möglich ein und betete, er möge die Beherrschung wahren, denn schließlich war er kein Grünspan mehr. Also würde er sich auch nicht wie einer verhalten. Er würde Catherine vorsichtig und langsam nehmen, was ihnen beiden mehr Freude bereiten würde. Er musste so handeln. Was, wenn sie die Wahrheit gesprochen hatte? *Nur noch dieses eine Mal*, hatte sie ihn angefleht. Während er sich kraftvoll in ihr bewegte, jagten Catherines Worte ihm plötzlich einen kalten Schauer über den Rücken. Seine Händen glitten zu ihrer Taille und auf ihre Hüften hinab. »Pass dich meinem Rhythmus an, Catherine«, flüsterte er, als er sie emporstemmte und sich vorsichtig unter sie rollte. »Komm, Kleines, leg dich auf meinen Bauch.«

Ihr langes mahagonifarbenes Haar rutsche Catherine über die Brüste, als sie sich rittlings auf ihn setzte. »Oh!«, schrie sie leise auf und krallte ihre Fingerspitzen in seine Brust, um nicht das Gleichgewicht zu verlieren.

Max umfasste ihr Gesäß und hob sie ein wenig in die Höhe. Wieder schrie sie auf. »Oh!« Dieses Mal klang es schon bestimmter. Nun verlagerte sie das Gewicht auf die Knie und nahm sein Glied anmutig in sich auf. Das Flackern der Lampe ließ ihre Haut in zartem Rosé schimmern. Wieder und wieder stemmte sie sich empor, und auf ihren geöffneten Lippen lag ein stummer Schrei, als sie sich an seiner Härte rieb. Er ließ eine Hand in die Höhe wandern, um ihr Haar über die Schultern zurückzuschieben, damit er ihre Brüste mit seinen Blicken verschlingen konnte. Als seine Fingerknöchel ihre Brustwarzen streiften, stöhnte Catherine auf, schaute voller Verlangen zur Zimmerdecke empor.

Kraftvoll schob er seine Lenden in die Höhe, stieß in sie. Sein Körper erbebte, tat es zu früh, zu schnell. Seine Gedanken rasten, strebten nach Kontrolle. Selbst jetzt, da sein Körper ihr so große Lust bereitete, kämpfte er darum, die nötige Stärke aufzubringen. Sie keuchte nun in regelmäßigen Abständen. Wieder und wieder flüsterte sie wie in Extase seinen Namen und begann, sich selbst zu streicheln. Ihr Hände glitten ihren Bauch hinauf, legten sich kurz um ihre Brüste und fuhren dann in ihr Haar. Max überkam das Gefühl, allein ihr Anblick brächte ihn um. Sie war seine irdene Göttin. Himmel, wie groß doch sein Verlangen nach ihr war. Er wollte sie, *musste sie einfach haben* und konnte keinen anderen Gedanken mehr als diesen hegen, während er mit rhythmischen Stößen in sie stieß.

Und dann geschah es. Catherine stöhnte in das Dunkel der Nacht hinein. Es war ein Geräusch reinsten Verlangens. Sie hatte sich weit nach hinten gelehnt, ein Anblick, der ihn schier überwältigte. Max stieß ein kehliges Geräusch aus, als er sich aufbäumte, ein Büschel ihres mahagonifarbenen Haars umschloss und ihren Kopf in den Nacken zog, wodurch ihr zarter Hals bloßgelegt wurde. Er biss sie leidenschaftlich. Seine Hüften hoben und senkten sich wie besessen, und er fuhr tiefer und tiefer in sie hinein, während Catherine wimmernd vor Verlangen auf ihm ritt.

In der Stille der Nacht stieß nasses, feuchtes Fleisch gegeneinander. Hunger und Verlangen vereinten sich in einem Sturm der Gefühle. Für einen flüchtigen Augenblick waren seine

Gedanken vernebelt, und er empfand nur noch seine eigene Lust, hatte die ihre vollends vergessen. Doch da schluchzte sie, wieder und wieder, während ihre Enge ihn streichelte und ihn jenseits der Vernunft katapultierte. Nun bestand kein Zweifel mehr, er würde in ihr explodieren. Jede ihrer Berührung streichelte ihn lustvoll, als ging eine heiße, süße Peitsche über ihm nieder. Und dann ergoss er sich in ihr.

Knochen und Muskeln bebten unter der Belastung, bis Catherine vornübersank. Ihr Körper brach auf dem seinen zusammen, und eine kleine Weile lagen sie sich zitternd in den Armen, bis fast prophetisch anmutend die Lampe mit einem Zischen erlosch. Irgendwo in der nächtlichen Ferne donnerte es noch immer. Catherine lag regungslos da.

»O Max«, murmelte sie schläfrig, den Mund an seinem Hals. »Ach, mein Liebster! Jetzt stecken wir wirklich in großen Schwierigkeiten. Einmal ist nämlich so gut wie keinmal!«

Max, der sich noch nicht aus ihr zurückgezogen hatte, lauschte, wie sich ihr regelmäßiges Atmen zu einem festen und unschuldigen Schlaf wandelte. Er hingegen konnte nicht so schnell einschlafen. *Große Schwierigkeiten*? Dass er nicht lachte. Das war geradezu eine beschönigende Beschreibung dessen, was ihm bevorstand. Sein körperlicher Hunger mochte im Moment gestillt sein, aber sein Verstand war in heller Aufruhr. Max legte seine Arme um Catherine und zog sie näher zu sich heran. Er wusste mit bedrückender Klarheit, dass sein Leben soeben von Grund auf umgekrempelt worden war und von jetzt an in völlig neuen Bahnen verlaufen würde.

Kapitel 15

»Geben Sie sich in einem Streitgespräch niemals hitzig und laut, ist doch eine Kränkung schneller vergessen als eine Beleidigung.«

Lord Chesterfield, 1776,
The Fine Gentleman's Etiquette

Catherine erwachte erst nach einer ganzen Weile wieder, hob den Kopf und schaute mit verschlafenen Augen zu Max auf. Sanft glitt ihr Atem durch seine Brusthaare. Max, der den Blick nicht von ihr lassen konnte, lächelte sie an und rollte mit ihr gemeinsam auf die Seite. Sie schenkte ihm ein verschmitztes und verschlafenes Lächeln, ihre Augen wurden sanft wie Seide. Max ertappte sich dabei, wie er hoffte, sie möge ein Kind von ihm empfangen haben, doch noch im selben Augenblick zog sich sein Herz schmerzhaft zusammen.

Was war nur los mit ihm? Herrgott im Himmel, so etwas durfte er sich doch nicht wünschen! Mit einem Mal war er hellwach, und ein Spruch aus seinen Schultagen schoss ihm durch den Kopf: *Wer Weib und Kinder besitzt, hat dem Schicksal Geiseln gegeben*... Von wem stammte noch gleich dieser kluge Ausspruch? Von Virgil? Nein, es war Bacon gewesen.

Noch immer dröhnte das langweilige Kratzen von Herrn Jägers Kreide in seinen Ohren. Sein damaliger Hauslehrer hatte philosophische Diskussionen geliebt, vor allem, wenn es um die Vorstellung ging, dass die Ehe für all jene ein Hindernis darstellte, die Kritik an der Gesellschaft äußerten. Im Falle von Max' Vater waren die Hindernisse besonders mächtig gewesen. Die Umstände waren einer Tragödie gleichgekommen, und Max hatte mit eigenen Augen mit ansehen müssen, wie sich Herrn Jägers Lieblingstheorie bewahrheiten sollte. Ein Mann, der sich einem höheren – und dadurch wesentlich gefährlicheren – Nutzen verschrieb, konnte sich den Luxus, eine Gattin und Kinder zu haben, einfach nicht leisten. Eine anders geartete Einstellung diesbezüglich würde lediglich von Dummheit zeugen und üble Gefahren bergen.

Die Wärme in Catherines Berührung erfüllte ihn mit reiner und süßlich schmerzender Freude und holte ihn sanft in die Gegenwart zurück. Sie fuhr mit ihrer Hand sein Kinn nach und strich ihm das Haar aus dem Gesicht. Sie lachte. »O Max, dein Haar sieht aus wie das einer Vogelscheuche«, flüsterte sie und ließ ihren Blick über ihn wandern. »Bist du eigentlich den ganzen Weg vom Wellclose Square im Regen hergelaufen?«

Max runzelte die Stirn. »Ja.«

»Aha«, schnurrte sie. »Das habe ich mir gedacht.« Sie hauchte ihm einen Kuss auf die Wange und legte ihren Kopf an seine Schulter. »Ich hoffe, deiner Großmutter geht es gut.«

»Meine Großmutter ist verrückt«, murmelte er und küsste sie zärtlich aufs Haar. »Aber es geht ihr trotzdem gut, würde ich sagen. Warum fragst du?«

Catherine antwortete ihm jedoch nicht. Stattdessen reckte und streckte sie sich ein weiteres Mal und gähnte ausgiebig. »Weißt du, Max«, ergriff sie das Wort, »wenn man einmal von deinem furchtbaren Benehmen absieht, könnte man fast sagen, dass ich dich schrecklich vermisst habe.« In ihren Worten schwang keine boshafte Nuance mit, sondern sie sprach mit einer Zärtlichkeit, die seiner kaum würdig war.

»Ich bin kein besonders freundlicher Zeitgenosse, nicht wahr?«, murmelte er, während er mit seinen Fingern durch ihr Haar glitt. »Catherine, ich kann mir beim besten Willen nicht vorstellen, was du an mir anziehend findest.«

Mit einem trockenen Lächeln schaute sie zu ihm empor. »Nun, dir bleiben ja noch dein Anstand und deine Ehre«, ließ sie ihn wissen. »Außerdem wäre da deine Bereitschaft, hart zu arbeiten, und die Tatsache, dass du dich mehr um andere sorgst als um dich selbst. Das sind zwar alles ausgesprochen langweilige Wesenszüge an dir, Max, aber sie machen alles andere wieder wett.«

»Bring mich bitte nicht in Verlegenheit, Catherine«, erwiderte er trocken.

»Du sollst den Tag nicht vor dem Abend loben, Max!«, neckte sie ihn. »Denn zu deinen schlechten Angewohnheiten komme ich erst noch.«

»Dann lass mal hören. Ich kann es nämlich nicht gut ertragen, wenn man mich auf die Folter spannt.«

»*D'accord*«, setzte sie gut gelaunt an. »Du bist dickköpfig, dogmatisch und entsetzlich arrogant. Du weißt immer, was das Beste für andere ist, und hältst damit auch nicht hinterm Berg. Und deine Kleidung ist ein Kapitel für sich.«

»Wäre das alles?«

»Für den Moment, ja.« Sie ließ den Kopf zurücksinken, legte ihr Ohr an seine Brust und sprach mit heiterer Stimme: »Und jetzt erzähl mir, was dir so durch den Kopf geht. Rede mit mir, Max. Ich liebe das beruhigende Brummen in deiner Brust.«

Max fühlte sich peinlich berührt. »Ich habe nichts Interessantes zu erzählen.«

»Wie wunderbar sich das anhört«, seufzte sie. »Nun komm schon, sag irgendwas. Gibt es Neuigkeiten im Mordfall Julia? Habt ihr schon eine Spur vom Täter?«

Schon wieder Berufliches? Catherine interessierte sich fast ein wenig zu sehr für seine Arbeit, und einen flüchtigen Moment lang fragte er sich, warum. Aber konnte er ihr vertrauen? »Es gibt einfach zu viele Verdächtige«, brummte er verlegen und nahm eine ihrer Haarsträhnen, die er um seinen Finger wickelte.

Um ihm besser ins Gesicht schauen zu können – so vermutete er zumindest –, rollte Catherine sich mit einer eleganten Bewegung auf den Bauch und stützte sich auf die Ellbogen. Obgleich es recht schummrig war, bot sich ihm nun ein atemberaubender Blick auf ihr Gesäß. »Was ist mit deinen Freunden, Mr. Sisk und Mr. Kemble?«

»Entschuldige, was sagtest du?« Max hatte seinen Blick wieder auf ihr Gesicht gerichtet.

Catherine überkreuzte ihre Knöchel und schaute ihn durchdringend an. »Wachtmeister Sisk und Mr. Kemble«, wiederholte sie. »Könnten sie dir nicht helfen, diese grässliche Liste abzuarbeiten?«

Max wollte ihr widersprechen, wollte ihr erklären, dass er nicht den geringsten Wunsch verspürte, seine Arbeit mit ihr zu diskutieren, aber sehr zu seiner eigenen Verwunderung entsprach das nicht ganz der Wahrheit. Er sehnte sich förmlich danach, mit ihr faul im Bett zu liegen, mit seinen Fingern durch ihr Haar zu streichen und sich seine Sorgen von der Seele zu reden. Was hielt ihn eigentlich davon ab, ihr alles zu erzählen, solange er keine Namen nannte? In gewisser Weise hatte Cecilia sie ja bereits in die Sachlage eingeweiht.

»Wir sind ein gutes Stück weitergekommen«, setzte er an. »Wir haben beispielsweise herausgefunden, dass der Mord mit gefälschtem Schmuck zu tun haben könnte, und einen Großteil der Verdächtigen konnten wir bereits von der Liste streichen. Ich bin mir sicher, dass wir sie auf ein oder zwei Verdächtige reduzieren können.«

»Professionelle Verbrecher?«, fuhr sie dazwischen. »Oder einer ihrer zahlreichen Liebhaber?«

Max schnaubte verächtlich. »Liebhaber«, brummte er. »Zum einen wäre da Lord Bodley, obwohl ich eigentlich gar keine Namen nennen dürfte. Ich tue es aber trotzdem, weil ich dich dringend ersuchen möchte, dich auch weiterhin von ihm fern zu halten, Catherine. Und dann wäre da noch ein junger Spund, der immerzu in Geldnöten steckt.«

Catherine zog eine Augenbraue nach oben. »Du klingst nicht sonderlich zufrieden.«

Max runzelte die Stirn und blickte in die Tiefen des dunklen Raumes. »Irgendwie mag ich diesen Halunken«, gab er widerwillig zu. »Aber ich weiß beim besten Willen nicht, warum. Sisk hingegen ist von seiner Schuld überzeugt. Der Bursche hat urplötzlich die Stadt verlassen. Aber besser, er ist der Täter als Harry.«

»Max, das hört sich alles ziemlich ernst an.«

»Polizeiarbeit *ist* eine ernste Angelegenheit«, entgegnete er, noch immer mit ihrer Haarsträhne spielend. »Es ist und bleibt eine schmutzige und – egal, wie hart wir auch arbeiten mögen – unfaire Arbeit. Aber wir werden bestimmt keinen Unschuldigen hängen.«

Catherine senkte den Blick. »Das kann ich mir bei dir auch nicht vorstellen, Max«, flüsterte sie. »Sag mir, steht Harry nun nicht mehr unter Verdacht?«

Max zuckte mit den Schultern, verschränkte die Arme hinter dem Kopf und war sehr mit sich selbst zufrieden, als er so dalag und Catherines Blick über seine entblößte Brust schweifte. »In meinen Augen nicht«, teilte er ihr mit. »Aber Harry bekleckert sich und seinen Ruf nicht gerade mit Ruhm.«

»Oh«, entfuhr es Catherine. »Er hat mit der Kammerdienerin seiner Frau das Bett geteilt, nicht wahr?«

Max' Kiefer sackte nach unten. »Woher zum Teufel weißt du das?«

Catherines Lippen kräuselten sich geheimnisvoll. »Cecilia hat es befürchtet«, räumte sie ein. »Und jetzt hat sie große Angst, Harry könnte sich einen Strick nehmen. Die Damenwelt tratsch halt recht gern.«

Max versuchte, ein ernstes Gesicht zu wahren. »Wenn du das sagst«, brummte er. »Also nimmst du dich lieber vor ihnen in Acht.«

Verschmitzt senkte sie den Kopf und biss ihn in die weiche Partie unterhalb der Rippen.

»Aua, du kleine Hexe!«, schrie er auf und zuckte zusammen. »Beiß mich nicht.«

»Dann mach nicht so ein mürrisches Gesicht«, murmelte sie und behielt ihn im Auge, während ihre Zunge und Lippen seine Schmerzen linderten. »Und wenn ich dich bestrafe, ertrag es wie ein wahrer Mann.«

Der Qualen müde und durch den Anblick ihres wohl geformten Hinterteils erregt, packte Max Catherine bei den Schultern und beförderte sie auf den Rücken. Sie konnte nicht einmal Luft holen, so schnell lag er auf ihr. »Ich werde dich lehren, was Bestrafung ist, du scharfzüngiges Ding«, gab er knurrend zurück, spreizte ihre Beine und hielt ihre Arme über dem Kopf gefangen. »Ich bin nicht zu dir ins Bett gekommen, um eine Lektion erteilt zu bekommen.«

Mit weit aufgerissenen Augen schaute Catherine ihn an und schluckte. Die Bewegungen ihres Halses waren betörend. »Weshalb bist du denn sonst hier?« Ihre Stimme war belegt und rauchig. »Zeig es mir.«

»Deshalb«, antwortete er, bäumte sich auf und drang tief in sie ein. »Um des Vergnügens wegen. Um dich wieder und wieder zu lieben, Catherine! Du hast mich angefleht, ich möge zu dir ins Bett steigen, und du wirst mich anbettelt, es wieder zu verlassen, bevor ich mit dir fertig bin.«

Catherine ließ den Kopf nach hinten fallen und öffnete den Mund. »Ist das eine … eine Drohung?«

Er nahm ihre Frage kaum wahr, so sehr war er in seiner Erregung versunken. »Catherine, ich möchte dich vor Lust schreien hören«, ließ er sie mit erstickter Stimme wissen, während eine Gefühlswoge ihn erneut in sie eintauchen ließ. »Ich möchte, dass du mich anbettelst. Ich glaube, ich möchte dich für das bestrafen, was du mir angetan hast.«

»Was denn?«, keuchte sie und hob ihm erregt ihre Hüften entgegen. »Was, Max? Was habe ich dir denn so Schlimmes angetan?«

Max jedoch blieb ihr eine Antwort schuldig, denn sie hatte ihre Beine eng um seine Taille geschlungen, und ihr Körper hob und senkte sich in einem leidenschaftlichen Rhythmus. Sie kannte ihn, verstand seinen Körper und passte sich ihm an, Stoß für Stoß, Seufzer für Seufzer. Im Halbdunkel trafen sich ihre Blicke, und sie schauten einander innig an. Max hielt ihre Hände fest in das Kissen gedrückt, hielt sie unten und sich selbst in Schach, wollte nichts überstürzen, wollte immer und immer wieder und bis in alle Ewigkeit in sie eindringen, wollte nie wieder das Bett verlassen, immerzu ihren Körper liebkosen, das Gefühl kosten, wenn ihr Körper unter seinem erzitterte. Ihm wurde klar, dass er glücklich war. Blind vor Glück sogar. Ihre Lust trieb ihn an, inspirierte ihn.

Allmählich wurden Catherines Augen glasig, und schon bald atmete sie schneller und schneller. Ihr Körper bettelte förmlich um Erlösung, obgleich Max sich selbst noch immer angestrengt kontrollierte. »Ah, ah, Max!« Catherine kämpfte gegen ihn an, wollte sich aufrichten. »Bitte, oh ja, bitte, ein wenig höher, jetzt …«

Max aber lächelte nur und drückte sie noch tiefer in die Matratze, in Vorbereitung auf ein langes leidenschaftliches Liebesspiel.

Im Laufe seiner langen und verworrenen Karriere hatte Max sich bereits an den seltsamsten Orten die Nächte um die Ohren geschlagen. Polizeiarbeit bestand nämlich zur Hälfte aus Geduld und zur anderen Hälfte aus Beharrlichkeit, was so viel bedeutete, dass er oft bis spät in die Nacht hinein hatte Däumchen drehen müssen. Ob in feuchten Kellerverließen, auf harten Sitzbänken in Tavernen und einmal sogar – während er einen verdächtigen Zollbeamten beschattet hatte – hinter einem Fass im Laderaum eines Ostindienschiffes. Ja, Max hatte schon an den seltsamsten Orten genächtigt, konnte sich aber nicht daran erinnern, jemals bis in die frühen Morgenstunden in den Armen einer Frau gelegen zu haben. Das war für ihn immer etwas ganz Besonderes gewesen, etwas, das er sich niemals erlaubt hatte. In der Ferne schlug eine Uhr vier Mal. Max erwachte langsam und bemerkte, dass Catherine sich ganz eng an seinen Körper geschmiegt hatte. Ihm wurde klar, wie besonders es war, neben einer Frau aufzuwachen. Mit Catherine zu schlafen, könnte ihn süchtig machen – aber das kümmerte ihn nicht weiter.

Dem Schicksal Geiseln geben. Der Satz hallte unzählige Male in seinem Kopf wider. Doch nachdem er nun ein wenig Schlaf bekommen hatte, jagten ihm diese Worte keinen großen Schrecken mehr ein. Er schlang seine Arme noch enger um Catherine und vergrub seinen Kopf an ihrem Halsansatz, um ihren warmen und wohligen Duft einzuatmen. Seife und Flieder. Hitze und Moschus. *Ganz Frau*. Er wollte bis in alle Ewigkeit so verharren, wollte diesen Moment für die Ewigkeit einfangen.

Er dachte noch einmal scharf nach. Aber er würde doch nicht … und Catherine ebenso wenig …, Nein, das wäre keine gute Idee …

Aber was, wenn sie doch ein Kind erwartete? O *dio*! Das würde alles verändern. Er würde sie zwingen, sich zu ihrem Versprechen zu bekennen, und natürlich würde auch er Opfer bringen müssen. Peel müsste sich jemand anderen suchen, der in ganz London herumschlich und Bestechung und Korruption aushub, denn Max würde sich keine Minute länger dem Risiko aussetzen, dass ihm ein Messer in den Rücken gerammt werden könnte. Außerdem würde er ein Haus kaufen müssen, das weit entfernt vom Wellclose Square stand, denn egal, wie humanistisch die politischen Ambitionen eines Menschen auch geartet sein mochten, kein gescheiter Mann würde sein Kind in den östlichen Stadtteilen Londons aufwachsen sehen wollen.

Was aber würde er mit seinem Leben anfangen? Wieder ins Elsass zurückkehren und sein einstiges Zuhause zurückfordern? Nein, diesen Kampf brachte er nicht übers Herz. Er konnte ein ruhiges Leben auf seinem Weingut in Katalanien führen, doch Catherine war durch und durch eine englische Lady, und es war nun mal eine Eigenart dieses Inselvolkes, dass sie sich anderswo kaum wohl fühlten. Max nahm an, er könnte jederzeit auf die Wünsche seiner Großmutter zurückkommen und das Familienimperium steuern – wenngleich sie sich bestimmt bei jeder Kleinigkeit in die Haare geraten würden. Imperium hin oder her, Catherines blaublütiger Bruder würde alles andere als begeistert sein. Kein englischer Lord – es sei denn, er wäre in akuten Finanznöten – sah es gern, wenn seine Schwester in eine alte italienische Handelsfamilie einheiratete, und Max beschlich der

Verdacht, dass er Catherine damit nicht imponieren konnte, egal, wie groß der Besitz seiner Familie auch sein mochte.

Was für eine Erleichterung es doch war, dass Catherine kein falsches Spiel mit ihm trieb! Wie hatte er es je wagen können, sie mit Penelope zu vergleichen? Sie war genauso hübsch, ja, aber auf eine schlichtere Art, und sie hatte jenen rosigen Teint, den er – Gott möge ihm beistehen – so unglaublich unwiderstehlich fand. Aber während Penelope klein und schmächtig gewesen war und den Eindruck vermittelt hatte, sie sei unglaublich hilfsbedürftig, gab es nichts Zerbrechliches an Catherine, und sie schien auch nicht auf jemand anders als sich selbst angewiesen zu sein.

Sie schlief noch immer dicht an ihn gekuschelt und seelenruhig. Ihr Atem ging regelmäßig und sanft. Ein seltenes Gefühl des Friedens überkam ihn, und mit einem Lächeln auf dem Gesicht rollte Max sich auf den Rücken, legte einen Arm über sein Gesicht und spürte schon bald, wie er in einen glückseligen Schlummer driftete.

Plötzlich riss ihn ein leises Geräusch aus dem Schlaf. Er war sogleich hellwach, und sein Herz schlug schneller. Er hörte leise Schritte, die die Treppe heraufkamen und sich der Tür näherten. Max sog tief die Luft ein und hielt entsetzt den Atem an. Grundgütiger, eine Bedienstete? Nein, nicht um diese Zeit. Sein Instinkt gewann die Oberhand, und er rollte sich geräuschlos aus dem Bett, zog sich in Windeseile die Hosen über und duckte sich. Die Schritte hielten inne. Max spannte jeden Muskel an und schaute angestrengt in die Dunkelheit, als sich die Tür leise öffnete. Eine große dunkle Figur betrat den Raum, schloss hinter sich die Tür und näherte sich dem Kamin. Jesses, hatte der Mann breite Schultern!

Als der Fremde den Kamin erreicht hatte, setzte er leise fluchend etwas ab. Die noch glimmende Kohle erleuchtete seine Stiefel. Max schaute zu, wie er die Arme weit nach oben streckte und vorsichtig nach dem Landschaftsgemälde griff, das den Kamin schmückte. Langsam hob er es an.

Ein Dieb? Lieber Himmel!

Es gab keine andere Möglichkeit. Wie zum Teufel war er ins Haus gekommen? Auf jeden Fall würde er nicht wieder einfach so hinausspazieren. Catherines Sicherheit stand über allem, und es war das Beste, wenn er den dreisten Eindringling sofort angriff. Am besten jetzt, solange der Kerl sein Gleichgewicht nicht ganz unter Kontrolle hatte, weil er die Hände in die Höhe gestreckt hielt und nach seiner Beute griff. Eine Sekunde später ging Max auf den Einbrecher los, packte ihn bei den Knien und zog ihn nach hinten, sodass er fast zu Boden ging.

Der Mann keuchte schwer. Er fluchte, als sein Kopf auf dem Kaminsims aufschlug. Max' Ellbogen stieß gegen etwas Hartes. Holz splitterte, und eine Leinwand riss. Grunzend und heftig um sich schlagend, bildeten die beiden Männer ein Knäuel aus Beinen und Ellbogen und rissen in ihrem Gefecht einen Sessel um. Catherines Schrei zerriss die Nacht, und als sie sich aufrichtete, quietschte die Matratze. Irgendwo zerbarst Glas. Eine Lampe, dachte Max. Der Dieb wehrte sich, trat um sich und suchte fluchend nach Halt. Obgleich es dunkel war, zielte Max und traf ihn mit der Faust im Gesicht. »Jetzt reicht es, du Hurenbock«, knurrte er. »Hiermit verhafte ich dich im Namen der Krone.«

Im selben Moment gelang es Catherine, eine Lampe anzuzünden. »Grundgütiger!«, rief sie. »Mensch, Bentley! Dieses Mal werde ich dir bei lebendigem Leib das Fell über die Ohren ziehen.«

Der Mann, der blutend am Boden lag, hob kraftlos den Kopf und schaute verdutzt blinzelnd an Max vorbei. »Verdammt, Cat!«, brummte er und spuckte etwas Blut. »Dir ist schon klar, dass du nackt bist, oder?«

Max explodierte vor Wut. »Was zum Teufel geht hier eigentlich vor?«, schimpfte er und zerrte den vermeintlichen Eindringling auf die Füße. »Was treiben Sie hier? Wer zum Teufel sind Sie?«

Der junge Mann hielt sich seinen Ärmel vor die blutende Nase und musterte ihn. »Und wer sind Sie wohl, ehrenwerter Zeitgenosse, dass Sie sich halb nackt im Zimmer meiner Schwester herumtreiben?«

Catherine war derweil vom Bett geglitten und hatte sich in ein Betttuch gehüllt. »Das geht dich nichts, aber auch gar nichts an, Bentley!«, rief sie aus. »Wo sind deine Manieren geblieben? Kannst du nicht anklopfen?«

»*Schwester*?«, wiederholte Max, aber keiner der beiden schenkte ihm Gehör.

»Ha!«, polterte Bentley. »Und ob es mich etwas angeht! Ich erwarte diesen dreisten Kerl im Morgengrauen zum Duell. Mit Pistolen!«

Max verstand plötzlich. »*Rutledge*?«

»Du Kindskopf!«, zischte Catherine ihren Bruder an. »Sieh zu, dass du erst einmal nüchtern wirst, und außerdem *dämmert* es ja bereits. Wie dem auch sei, dieser Mann ist ein Beamter.«

Max verspürte mit einem Mal den Drang, erbarmungslos gegen das Gesetz zu verstoßen. »Sir, nennen Sie mir einfach den Ort...«

Der ehrenwerte Mr. Bentham Rutledge aber schnitt ihm rüde das Wort ab. »Ein *Beamter*?« Zum ersten Mal schaute der junge Mann Max direkt in die Augen. »Verflucht seien meine Augen!«, flüsterte er fast frohlockend. »*De Rohan*?«

Als er Max' nur spärlich bekleideten Körper genauer ins Visier nahm, wurde er erneut wütend, machte einen Satz nach vorne und packte Max beim Hals, womit dieser nicht gerechnet hatte. Er schüttelte ihn so kräftig, dass seine Zähne klapperten. »Sie verdammter Bastard! Dafür bringe ich Sie um! Sie ist meine Schwester!«

In jenem Moment klopfte es an der Tür. Max und Bentley erstarrten in ihrer Pose, was sie ziemlich dümmlich aussehen ließ. »Mylady?«, flüsterte eine hohe und verängstigte Stimme. »Ist bei Ihnen alles in Ordnung, Madam? Wir ... wir hörten furchtbare Geräusche.«

Catherine zog das Laken ein wenig höher. »Wir ... uns geht es gut, Mrs. Trinkle«, brachte sie hervor. »Es ist so, Bentley und ich ... wir haben eine kleine ... philosophische Meinungsverschiedenheit, die wir austragen.«

Eine bedeutungsvolle Pause folgte. »Ach so.«

»Gehen Sie ruhig wieder zu Bett, Mrs. Trinkle«, beschwichtigte Catherine sie. »Es besteht kein Grund zur Sorge.«

Mrs. Trinkle mit ihren rätselhaft moralischen Vorstellungen gab sich nicht ohne weiteres zufrieden. »Aber hörte ich nicht, wie etwas in Ihrem Zimmer zu Bruch ging, Madam?«, fühlte sie warnend vor. »Sie wissen doch, wie viel Wert seine Lordschaft auf seine Besitztümer legt. Wenn nun etwas in die Brüche ginge ...«

Catherine lächelte schwach. »Ich werde selbst mit Cam sprechen, Mrs. Trinkle. Bitte, gehen Sie jetzt wieder zurück ins Bett.« Aber die Bedienstete gab nicht nach. »Noch etwas, Madam ...«

»Ja?«, zischte Catherine.

»Im Salon liegen lauter nasse Kleidungsstücke verstreut«, fuhr sie mit unverkennbar missbilligender Stimme fort. »Ein Männerumhang, Madam, sowie Strümpfe und Stiefel. Wissen Sie zufällig, von wem ...?«

»Von mir!«, rief Bentley, der Max noch immer wütend anstarrte. »Die Sachen gehören mir, Mrs. Trinkle. Ich werde mich sogleich darum kümmern.«

»Sehr wohl, Mr. Rutledge«, ließ sie sich unterkühlt vernehmen. »Dann wären da noch die Cognac-Schwenker, die ...«

»Mrs. Trinkle!«, entfuhr es Catherine. »Bitte! Gehen Sie! Zurück ins Bett!«

»Nun gut«, schnaubte die Stimme jenseits der Tür. »Noch nie habe ich ... etwas Derartiges erlebt!«

Rutledge wartete, bis ihre Schritte die Treppe erreicht hatten, bevor er mit neuem Tatendrang wieder über Max herfiel und ihm einen kräftigen Hieb in die Rippen versetzte. Max täuschte einen Schlag nach links an, verpasste ihm dann aber einen Hieb in die Magengegend, der den Gegner zurücktaumeln ließ. In jenem Moment warf Catherine sich zwischen die beiden, wobei sie das Laken noch immer fest umklammert hielt. »Stopp!«, knurrte sie und streckte einen Arm aus. »Hört auf damit, alle beide. Auf der Stelle.«

Max erinnerte sich an ihre starke Rechte und ließ sofort die Faust sinken. Selbst er brachte nicht den Mut auf, gegen zwei wütende Rutledges anzutreten. Schnaubend drehte Catherines Bruder sich weg und klopfte sich den Staub von den Kleidern. Plötzlich fuhr er wieder herum und warf seiner Schwester einen vorwurfsvollen Blick zu. »Ich weiß ja nicht, wie er sich seinen Weg in dein Bett erschlichen hat, Cat«, hielt er ihr kalt vor, »aber dieser Mann ist alles andere als ein wahrhaftiger Gentleman.«

»Halt deine Zunge im Zaum, Bentley!«

»Nein, das werde ich nicht«, kam sein beharrlicher Einwurf. »Er ist nichts weiter als ein Emporkömmling, der dich – *meine Schwester* – wie eine dahergelaufene Dirne behandelt. Das kann und werde ich nicht tolerieren, lass dir das gesagt sein.«

Catherine kniff erbost die Augen zusammen. »Du hast wie immer keine Ahnung, Bentley, denn ...«

Aber Max schnitt ihr das Wort ab und stellte sich neben sie. »Mag sein, dass ich kein Gentleman bin, Sir«, knurrte er Bentley an, dem er nun gegenüberstand. »Aber wagen Sie es ja nicht noch einmal, Ihre Schwester zu beleidigen.«

Mit wutverzerrtem Gesicht drehte Catherine sich um und ließ die beiden stehen. »Macht doch, was ihr wollt!«, fauchte sie und trat hinter eine spanische Wand, über die sie mit einer unwirschen Geste das Laken warf. »Weckt ruhig das ganze Haus auf. Mein Ruf scheint euch kaum zu interessieren. Hauptsache, ihr befriedigt euren männlichen Stolz.«

Den Blick starr auf Rutledge gerichtet, wich Max einen Schritt zurück. Sie hatte Recht. Dies war weder der geeignete Zeitpunkt noch der angemessene Ort. Er durchquerte den Raum, sammelte stillschweigend seine restlichen Kleider auf und zog sich an. Während er sich nachlässig das Halstuch band, wischte Rutledge sich mit einem Taschentuch das Blut aus dem Gesicht. Dabei beäugte er Max vorwurfsvoll. Schließlich trat Catherine wieder hervor. Ihr seidiges Haar trug sie noch immer offen, aber sie hatte nun ein grünes Musselinkleid an. Rutledge konnte wieder einmal nicht den Mund halten. »Es macht wahrlich keinen guten Eindruck, wenn du einen dahergelaufenen Polizeiinspektor in dein Bett lässt«, murmelte er ins Taschentuch. »Der Teufel soll Sie holen, de Rohan, wenn Sie mir die Nase gebrochen haben.« Während Max auf den Kamin zuschritt, stopfte er sich das Hemd achtlos in die Hosen. »Wie wäre es, wenn Sie uns erläutern, warum Sie sich in das Gemach Ihrer Schwester schleichen, um ein Gemälde zu stehlen, Sir«, hielt er ihm entgegen und wedelte dabei mit einem Finger vor Rutledges Gesicht herum. »Sind Sie vielleicht ein wenig knapp bei Kasse?«

»Das ist eine verdammte Beleidigung.« Rutledge lachte hämisch auf. »Ich habe noch nie in meinem Leben etwas gestohlen. Ich habe lediglich eine Überraschung für meine Schwester bringen wollen, das ist alles. Wollte, dass sie es sieht, wenn sie aufwacht.«

»Das mit der Überraschung ist dir bestens gelungen«, murmelte Catherine, während Rutledge sich umdrehte und ein großes Paket hochhob, das neben dem Kamin gestanden hatte. »Was um alles auf der Welt ist das?«

Plötzlich verstand Max, warum der Mann so groß und breitschultrig ausgesehen hatte, als er in den Raum geschlichen war. Zu seinem Schock und seiner Wut gesellte sich nun noch ein Gefühl der Demütigung. Rutledge hatte gar nicht vorgehabt, etwas zu entwenden. Im Gegenteil, er hatte seiner Schwester ein Geschenk machen wollen! Wenn Max sich nur ruhig verhalten hätte, hätte er es zweifelsohne abgestellt und wäre im nächsten Moment wieder auf und davon gewesen. Um seine Verlegenheit zu verbergen, kniete Max nieder und untersuchte die zerstörte Landschaft, die Rutledge vom Kamin heruntergenommen hatte. Der Rahmen war gebrochen und die Leinwand gerissen. Das Gemälde war hinüber. »Ich werde Mr. Kemble vorbeischicken, damit er es sich einmal ansieht«, murmelte er.

Er blickte auf und bemerkte, dass keiner der beiden ihm

Beachtung geschenkt hatte. Catherine schaute ihrem Bruder mit großen Augen zu, wie er die letzte Schicht der Verpackung beseitigte und ein mit Blattgold geschmückter Rahmen zum Vorschein kam, der ebenfalls ein Gemälde zierte. Dieses aber war so neu, dass es noch den Geruch nach Pigment und Terpentin verströmte. Rutledge warf Max einen verächtlichen und zugleich triumphierenden Blick zu und stellte das Bild auf dem Kaminsims ab. Maximilian studierte das Gemälde. Er war ein Kunstkenner und wusste, dass es sich um eine hochwertige Arbeit handelte. Im Hintergrund befand sich ein kleines Herrenhaus aus braunem Stein, den die Engländer Cotswold-Stein nannten. Im Vordergrund stand der blonde und kräftig gebaute Gutsherr, der mit fröhlichen Augen und rosigen Wangen auf die kleine Betrachtergruppe hinunterschaute. Zu seinen Füßen tollte ein Rudel Spaniels, die allesamt getüpfelt waren, und in seiner Armbeuge lag eine mit Intarsien versehen Schrotflinte. Es gab keinen Zweifel daran, wen das Gemälde darstellte.

Max wurde übel, und Rutledge strahlte seine Schwester an. »Ich nehme an, du vergibst mir dafür, dass ich dir das kleine Miniaturbild gemopst habe«, sagte er stolz.

Catherine wurde bleich im Gesicht, ihre Augen flogen zum Gemälde. »Mein … Miniaturbild?«

Bentley wirkte erstaunt. »Das kleine Gemälde von Will, als er ein Junge war. Ich habe es mir vor ein paar Wochen aus deiner Kommode gefischt, aus der Schublade mit den Taschentüchern. Du weißt schon, als du so geweint hast – ist ja auch egal. Hast du es denn gar nicht vermisst?«

»Nein.« Catherine wirkte leicht durcheinander. »Warum hast du es überhaupt mitgenommen?«

Rutledges Gesicht war in sich zusammengefallen. »Weil du sagtest, du könntest dich nicht mehr an den guten alten Will erinnern, daran, wie er ausgesehen hat, kurz bevor er … Du weißt schon. Und da dachte ich mir, ich schenke dir ein großes Porträt, damit du immer weißt, wie er ausgesehen hat.«

»Ja, aber natürlich«, flüsterte sie mit flacher Stimme. »Wie lieb von dir.«

Max, der sich ziemlich fehl am Platze fühlte, zog sich verwirrt zurück. Was ging hier vor sich? Rutledge ... und Catherine? Natürlich hatte er nie ganz an Rutledges Schuld geglaubt. Nein, nicht wirklich. Aber alles in allem war es doch ein unglückseliger Zufall. Max hatte schon vor langer Zeit lernen müssen, dass er niemandem vertrauen durfte, und für einen flüchtigen Moment hatte er Catherine voll und ganz sein Vertrauen geschenkt, woraufhin sie ihm eine wahre Flut an Fragen gestellt hatte. Immer und immer wieder hatte sie ihm ihre Hilfe zur Lösung des Falles angeboten. Sie würde doch nicht ... nein. Nein, das war ausgeschlossen. Das mit ihrem Bruder war nur Zufall, oder?

Aber Max hatte noch nie an Zufälle geglaubt. Wie konnte diese Frau, die er – nun, die er irgendwie *mochte* – ausgerechnet die Schwester eines derartigen Halunken sein? Ihn befiel ein furchtbares Gefühl, das ihm schier den Atem raubte. Panik machte sich in ihm breit. Er musste weg hier, musste alles einmal in Ruhe durchdenken, bevor er etwas sagte, das er auf immer und ewig bereuen würde. Hier konnte er unmöglich bleiben, und ein gemeinsames Leben mit Catherine stand nun außer Frage. Was für ein heilloses Durcheinander!

Rutledge schwafelte noch immer mit stolzgeschwellter Brust über das Porträt seines verstorbenen Schwagers. »Ich habe das Miniaturgemälde also zum alten Weyden gebracht«, erklärte er gerade. »Das war nämlich so: Seine Cousine Evie kann ziemlich gut mit dem Pinsel umgehen – sie ist sogar recht bekannt, selbst ich sammle ihre Bilder –, und Weyden grub jene alten Skizzen aus, die er vor ein paar Jahren von unserer Jägertruppe angefertigt hatte. Du erinnerst dich vielleicht, er hat damals Zeichnungen vom Haus, den Hunden und sogar ein oder zwei von Will gemacht. Und Evie hat sie sich alle genau angeschaut und schließlich dieses Werk erschaffen.«

»Wie nett«, erwiderte Catherine.

»Gefällt es dir etwa nicht, Cat?« Rutledge schaute sie befremdlich an. »Ich bin wie der Teufel von Essex zurückgeritten.«

Catherine hatte die Hände wie ein kleines verängstigtes Schulmädchen zum Gebet gefaltet und blickte von einem zum anderen. Sie war allem Anschein nach unfähig, ihm zu antworten.

Max trat wieder in den Lichtkegel. »Catherine, ich bin ganz offensichtlich fehl am Platze«, sprach er mit leiser Stimme. »Ich muss jetzt gehen.« Er machte eine steife Verbeugung vor ihrem Bruder. »Mr. Rutledge, bitte suchen Sie mich morgen in meinem Büro in Whitehall auf.«

Rutledge bedachte ihn mit einem flüchtigen Blick, als wäre er ein Straßenfeger. »Vergessen Sie es, de Rohan«, ließ er ihn abweisend wissen. »Ich habe Ihnen nichts zu erzählen.«

Seine Arroganz erzürnte Max. »Aber ich für meinen Teil habe Ihnen noch eine ganze Menge zu erzählen, Sir«, entgegnete Max. »Und habe eine ganze Menge Frage an Sie. Vor allem würde ich gern ein wenig mehr über Ihre ungeheuerlichen Wettschulden im Spielsalon von Mr. O'Halleran erfahren.«

»Bei wem? Dem guten alten Tommy?« Rutledge schaute ihn mit einem hochnäsigen Blick an. »Es ging doch nur um lächerliche zweitausend Pfund, die ich ihm im Übrigen heute Nacht zurückbezahlt habe. Aber was geht Sie das eigentlich an?«

Max lächelte angestrengt. »Ich würde nur zu gern wissen«, hielt Max mit leiser Stimme dagegen, »*wovon* Sie Ihre Schulden bezahlt haben.«

Catherines Augen weiteten sich. »Wirklich, Max.« Ihre Stimme klang vorwurfsvoll. »Ich kann mir keinen Grund vorstellen, warum du dir Gedanken um die Schulden meines Bruders machen solltest. Sie sind für gewöhnlich recht hoch, doch er schafft es immer, sie rechtzeitig zu begleichen und ...« Sie stockte und legte zitternd eine Hand auf Max' Arm, damit er sie anschaute. »Max, mein Liebster, worum geht es hier eigentlich? Bentley ist mitnichten derjenige, der ... Du denkst doch nicht wirklich, dass er ...?«

Mit einem Mal spürte Max schmerzliche Zärtlichkeit in sich aufwallen und versuchte sogleich, dagegen anzukämpfen. »Das ist eine Angelegenheit, die nur deinen Bruder und mich betrifft, Catherine«, sprach er sanft. »Das hat nichts mit dir zu tun.«

Sie verstärkte den Druck ihrer Hand auf seinem Arm. »Vielleicht bist du derjenige, der nicht versteht, Max.« Die Erkenntnis, um was es hier ging, ließ ihren Blick gefrieren. »Wenn etwas Rutledge betrifft, so geht es uns alle an. Nimm dich ja in Acht, denn egal, was andere auch denken mögen, unsere Familie hält immer zusammen.«

Ihm war der distanzierte Ton in ihrer Stimme nicht verborgen geblieben, weshalb er sich kurz fasste. »Den Eindruck habe ich langsam auch.«

Plötzlich lag wieder knisternde Anspannung in der Luft. »Hier geht es um Lady Sands, nicht wahr?« Catherines Stimme war nun eisig.

Mit einem Mal war Rutledges Gelassenheit wie weggeblasen. Er trat einen Schritt näher und ließ seinen Blick zwischen den beiden hin- und herschweifen. Seine Worte fungierten als Brücke. »Was ist mit Lady Sands, Cat?«

Catherine wandte sich ihm zu. »Bentley, hast du sie gekannt? Stimmt das? Bist du mit ihr … intim gewesen?«

Rutledge wurde blass um die Nase. »Das geht nur mich etwas an«, sprach er leise. »Kann mir jemand mal verraten, was zum Teufel hier eigentlich gespielt wird?«

Catherines Wange zuckte. »Wenn mich nicht alles täuscht«, gab sie zur Antwort und verschränkte die Arme, »hegt mein Liebhaber den Verdacht, mein Bruder könnte einen Mord begangen haben. Oder sehe ich das falsch, Max?«

Er zögerte. »Das ist reine Routine, Catherine«, wich er aus. »Ich gehe nur meinen Pflichten nach.«

Catherine schüttelte den Kopf. »O nein, Max. *Jetzt* ist es nicht mehr nur reine Routine.«

Rutledge schaute recht mitgenommen drein. »Über was in Gottes Namen sprecht ihr eigentlich?«, murmelte er und packte seine Schwester bei der Schulter. »Julia ist doch nicht etwa … *tot*?«

Catherine blickte ihm in die Augen. »O Bentley! Sag bloß, du wusstest es nicht?«

Stumm schüttelte Rutledge den Kopf. »Ich war … ich bin doch wochenlang auf dem Land gewesen, wo ich so gut wie nicht in die Zeitungen geschaut hab.« Sein hübsches Gesicht fiel in sich zusammen. »Warum würde jemand Julia etwas antun wollen?«

»Vielleicht des Geldes wegen?«, hob Max mit gedämpfter Stimme an. »Der berühmte Sands-Saphir ist entwendet worden.«

Blitzartig verwandelte sich Rutledges Gesicht in eine wütende Maske. »Und jetzt denken Sie, ich hätte sie auf dem Gewissen? Und hätte sie *bestohlen*? Menschenskind, nein, Julia war harmlos! Eitel und töricht, aber harmlos. Sie Sir, Sie sind schlimmer als schlimm. Erst kommen Sie hierher und verführen meine Schwester, eine Lady, und dann besitzen Sie auch noch die Frechheit, mich im Hause meines eigenen Bruders derart zu beleidigen?« Seine Stimme wurde leiser, aber nicht minder wütend. »Raus hier. Verschwinden Sie auf der Stelle, oder ich vergesse mich.«

Catherines Blick hing weiter an ihrem Bruder, sie weigerte sich förmlich, Max anzuschauen. »Entschuldige uns, Bentley«, ergriff sie das Wort und drängte ihn zur Tür. »Sei so nett und hol seine Sachen her. Und dann wird Max gehen, das verspreche ich dir.«

Rutledge zögerte, bevor er den Türknauf mit einer rohen Geste packte. »Ich werde schon dafür sorgen, dass er nicht so schnell wiederkommt«, ließ er verlauten, bevor er die Tür zuschlug.

Mit geballten Fäusten, die sie eng an ihren Körper presste, wandte Catherine sich nun doch Max zu. »Er ist unschuldig«, flüsterte sie, als Max ihren Blick auffing. »Er ist nicht der Täter!«, wiederholte sie. »Mag sein, dass er mit ihr … geschlafen hat, das weiß ich nicht. Schau mich nicht so an, Max. Wie kommst du nur auf den Gedanken? Nach all dem, was zwischen uns passiert ist ...«

»Auf welchen Gedanken?«, hakte er nach und richtete sich das Halstuch.

Noch nie zuvor hatte Catherine in derart dunkle und kalte Augen geblickt. »Max, meinst du wirklich, ich weiß nicht, was hier vor sich geht? Dass mir deine Befürchtung verborgen bleibt?« Sie wies in Richtung Bett. »Denkst du tatsächlich, dass das, was zwischen uns passiert ist, Teil eines Planes ist?«

»Das habe ich mit keinem Wort behauptet.«

»Das musst du auch nicht.« Catherine trat dicht vor ihn hin und legte ihm selbstsicher eine Hand auf den Arm. Er erstarrte, als sie ihn berührte, und wandte sich ab. »O nein, Maximilian!«, flüsterte sie und verstärkte den Druck auf seinen Arm. »Du wirst das, was gerade vorgefallen ist, nicht als Entschuldigung nutzen, um mich abzuservieren und um dich selbst zu bestrafen. Unterzieh meinen Bruder ruhig einem Verhör – was aber nichts ändern wird, denn schon bald wirst du erkennen, dass er unschuldig ist. Aber sei nicht so töricht und gib uns beide auf. Nicht jetzt. Nicht, wenn so viel für uns auf dem Spiel steht.«

Bei diesen Worten packte er sie kraftvoll bei den Schultern. »Was, Catherine?«, rief er und schüttelte sie heftig, sodass er sie fast an seine Brust zog. »Was genau steht denn auf dem Spiel? Der Hals deines Bruders? Oder mehr als das? Sag es mir!«

»O Max!«, seufzte sie, während ihre Augen sich mit Tränen füllten. Sie spürte, wie sich seine Finger in ihre Haut gruben. »Wie kannst du das überhaupt fragen? Was möchtest du denn jetzt hören? Dass ich dich liebe? Dass ich dich zum Teufel wünsche? Gütiger Gott, ich fürchte, beides könnte zutreffen.«

In seinem Gesicht flackerten Gefühle auf, die Catherine nicht einzuordnen vermochte. Mit einem Ruck zog er sie gegen seinen stählernen Körper und bedeckte ihren Mund mit seinen Lippen. Sein Kuss war flüchtig und gleichzeitig unnachgiebig. Catherine keuchte und sog seinen Geruch in sich auf. Sie spürte, wie sein

Herz gegen das ihre schlug, nahm seine Gefühlsverwirrung wahr. Begierig legte er seine Lippen wieder auf die ihren. Mit einem Mal wurde er leidenschaftlich, wollte sie erforschen, und für einen flüchtigen Augenblick verlor sie sich im Sturm der Erregung. Sie brauchte ihn, wollte, dass er blieb, um die Sache mit ihrem Bruder ein für alle Mal aus dem Weg zu räumen, wollte, dass er zugab, dass er sich geirrt hatte.

Ein Geräusch auf dem Flur holte sie unbarmherzig in die Realität zurück. Schnell stoben sie auseinander, aber da flog bereits die Tür auf, und Bentley kam herein. Er warf Max' noch immer nasse Stiefel und Kleider verächtlich auf den Boden und bedachte die beiden mit einem angewiderten Blick. »Will hätte etwas Besseres verdient, Cat!«, warf er ihr mit kühler Stimme vor. »Er war mein bester Freund, und er war auch ein guter Ehemann. Du bereitest ihm Schande. Eine große noch dazu. Und geheimhalten kannst du es nun auch nicht mehr, denn die Trinkle hat schon sämtliches Personal im Einsatz.«

Max erwiderte nichts. Catherine wich zurück und setzte sich auf die Bettkante. Sie schlang die Arme um sich, während Max sich fertig anzog. Es war still im Raum. Als sie jedoch hörte, wie eines ihrer Fenster quietschend geöffnet wurde, drehte sie sich blitzschnell um.

Max hatte das Fenster hochgeschoben und ein Bein bereits im Freien, bevor sie die Sprache wiederfand. »Himmel, wir sind doch im zweiten Stock.«

Max' Blick verfinsterte sich kurz, aber Catherine vermochte im Schein der Lampe nicht zu erkennen, was ihm durch den Kopf ging. »Es ist wohl das Beste, wenn Ihre Bediensteten nichts von Ihrer ach so *großen Schande* erführen, Madam«, lauteten seine Worte, bevor er im nächsten Augenblick verschwunden war.

Mit einem stummen Schrei auf den Lippen stürzte Catherine zum Fenster und beugte sich nach draußen. Bentley stellte sich hinter sie. »Max!«, rief sie. »Sei vorsichtig!«

»Soll er sich doch die Haxen brechen!«, murmelte Bentley verächtlich. »Was für ein verdammter Schweinehund.«

Max aber war bereits die Hälfte der Hauswand hinuntergeklettert. Lautlos und gekonnt wie ein Meisterdieb balancierte er zwischen Regenrinne und Fenstersimsen. Als er nur mit den Fingerspitzen an einem Fensterbrett über dem Treppenschacht zur Küche baumelte, blieb Catherine kurz das Herz stehen. Ihre Sorge war jedoch unbegründet, denn Max stieß sich kräftig mit beiden Füßen von der Hauswand ab, drehte sich im Flug und landete ein gutes Stück jenseits des schmiedeeisernen Geländers.

Wie eine Katze landete er sanft auf dem vor Nässe glänzenden Gehsteig und war kurz darauf im Nebel verschwunden.

Catherine fiel, vom grünen Musselin ihres Kleides abgefedert, auf die Knie. Ihre Hände, die noch immer die Fensterbank fest umklammert hielten, waren fast taub. »O Bentley!«, schluchzte sie, als seine Arme sich um ihre Schulter legten. »O Bentley.«

Kapitel 16

»Wenn Sie die bevorzugte Passion einer Person in Erfahrung gebracht haben, so vergessen Sie niemals, äußerstes Misstrauen walten zu lassen, wenn just diese Vorliebe ins Spiel kommt.«
Lord Chesterfield, 1776,
The Fine Gentleman's Etiquette

Ohne Zylinder und mit noch immer nassen Kleidern schritt Max durch eine klamme und nur schwach beleuchtete Gasse, die seinen Weg zur Regent Street abkürzte. Er hatte das Gefühl, nicht schnell genug vorwärts zu kommen, als könnte er weder Catherines steinernem Gesicht noch der unerträglichen Arroganz ihres Bruders entfliehen. *Oder dem gottverdammten Porträt ihres verstorbenen Gatten.* Noch immer saß ihm die Panik in den Knochen, und er war leicht verwirrt, weshalb seine ansonsten sehr feinen Sinne, auf die er sich immer verlassen konnte, leicht außer Gefecht gesetzt waren. Was hatte Catherine gewusst? *Hatte sie überhaupt etwas gewusst?* Wo war Rutledge gewesen? In Essex, schrie sein Instinkt. Aber konnte er seinem Instinkt überhaupt noch vertrauen?

Der Nebel hüllte ihn wie ein Leichentuch ein. *Eine Kutsche.* Er hätte in der Nähe der Oxford Street auf eine Kutsche warten sollen. Es war schon spät, und der Morgennebel zog bereits vom Fluss herauf. Eine nicht nachvollziehbare Eile trieb ihn an. Etwas an Rutledge beunruhigte ihn, beschäftigte ihn schon seit Tagen. Aber er, der für gewöhnlich über ein ausgezeichnetes Gedächtnis verfügte, konnte sich nicht genau erinnern. *Was?* Was war es? Zu seiner Linken glitt mit schnellen Bewegungen etwas Kleines aus dem Schatten und duckte sich. Max schreckte auf und drehte sich blitzschnell um. War es ein Gassenjunge gewesen? Ein streunender Hund? Er wusste es nicht. Der

Schatten war verschwunden. Achtlos setzte er seinen Weg fort, der ihn um die Ausläufer Mayfairs herumführte, wo es dunkel war und wohin sich nur wenig Verkehr verirrte.

Er überquerte die Piccadilly Street und gelangte nach St. James, einem eher unsicheren Viertel. Burschen und Bonvivants gingen in ihre Privatclubs oder verließen sie gerade und warteten auf ihre Kutschen. Unweit des Palasts ging er an zwei jungen und torkelnden Offizieren der berittenen Brigade vorbei, die sich auf dem Weg zu ihrer heruntergekommenen Kaserne befanden und ausgelassen sangen. Unweit des Parks schob sich ein überparfümierter Gentleman an ihm vorbei, der einen schwarzen Opernumhang trug. Der Fremde, der sich den Hut tief ins Gesicht gezogen und den Kragen hochgeschlagen hatte, warf ihm einen seltsamen Blick zu. Max ignorierte ihn jedoch, und der Fremde ging weiter seines Weges. Klappernd entfernte sich sein Spazierstock.

Nicht, wenn so viel für uns auf dem Spiel steht. Catherines Worte hallten in seinem Kopf wider. Was genau hatte sie damit gemeint? Was wusste sie? Nichts. Und es spielte auch keine Rolle. Er hatte ohnehin nichts in ihrem Bett verloren. Aber er konnte auch nicht ohne sie leben. Es war einerlei, was ihr Bruder getan hatte. Oder was sie wissen mochte.

O Gott! Max eilte weiter, gab aber nicht dem brennenden Verlangen nach loszurennen, als er am Park ankam. Der Nebel hatte sich ungehindert ausgebreitet, weshalb er auf dem Kiesweg blieb, der am Rande des Parks entlangführte. *Vorsichtig, vorsichtig.* Ein Mann konnte nie vorsichtig genug sein, das wusste er nur zu gut. Was für ein Dummkopf er doch war, das Haus gestern Abend ohne Hund verlassen zu haben! Er trug nicht einmal einen Stock oder ein Messer bei sich, mit denen er sich im Fall der Fälle hätte verteidigen können. Wie hatte er nur so töricht sein können, zu Catherine zu gehen?

Plötzlich vernahm er hinter sich knirschende Schritte. Max hielt inne und schlüpfte hinter einen Baum. Niemand. Da war niemand. Wahrscheinlich verlor er langsam den Verstand. Max ging weiter, bewegte sich in Richtung Cockpit Steps, einer Abkürzung, die er schon oft benutzt hatte. Aber das war immer bei hellem Tageslicht gewesen, flüsterte eine warnende Stimme in seinem Kopf. *Nie in der Dunkelheit.*

Das war sein letzter klarer Gedanke.

Max hatte gerade einen Fuß auf die erste Stufe gesetzt, als ein Knüppel auf seinen Schädel niedersauste und ein furchtbares Geräusch verursachte. Seine Knie gaben nach, sein Kopf prallte auf Stein. Er streckte die Hände aus, griff aber ins Leere und bekam nur die Stufen zu packen. Ihm schwand das Bewusstsein. Etwas traf ihn mit großer Wucht in die Rippen – und wieder und wieder seinen Kopf. *Himmel!* Der Schmerz, der ihn packte, war heiß und stechend, die Stufen, auf denen seine Wange lag, waren nass. Blut? Wessen Blut? Rutledges … Rutledge hatte geblutet. Nein, das alles ergab keinen Sinn.

Ein weiterer Schlag. Ein Grunzen. *Vorsichtig, vorsichtig.* Etwas in seinem Brustkorb barst. *Ein Mann konnte nie vorsichtig genug sein.* Dieser Gedanke zog ihn in die Tiefe. Max kämpfte sich aus der innerlichen Dunkelheit heraus und hob instinktiv einen Arm, um den nächsten Schlag abzuwehren. Aus der Dunkelheit drang eine zitternde Stimme zu ihm durch.

»Haltet den Dieb!« Es war eine schwache, ihm entfernt bekannte Stimme. »Hilfe! Überfall! Brandstiftung! Ein verdammter Mord!« Dann vernahm er das Krächzen einer Schnarre, wie Wachtmänner sie trugen.

Sekunden verstrichen, und Max lag noch immer in sich zusammengesunken am Fuß der Treppe, bevor eine lange, dunkle Stille sich über ihn senkte, die nicht enden wollte. Kleine kalte Finger tasteten seinen Kopf ab, drehten ihn um. Kälte. Gütiger Herr, er spürte etwas Kaltes in seinem Rücken.

»De Rohan?« Die dünne Stimme schien durch einen langen dunklen Tunnel zu kommen. »Sie sind doch nicht etwa tot, oder? Wachen Sie auf, Sir! Sie müssen aufwachen, bevor der Kerl wiederkommt.«

»Nate?«, brachte Max mühsam hervor. »Bist du das, Junge?«

»Ja, ich bins, Sir«, flüsterte der Junge. »Sie müssen wech von der Treppe, und zwar flugs.«

»Hast du … einen Wachtmann alarmiert?«

Der Junge antwortete nicht gleich. »Nich' wirklich«, gestand er. »Hab aus dem Unterstand an der Pall Mall 'ne Schnarre mitgehen lassen.«

Irgendwie schaffte Max es, sich aufzurichten. Etwas Warmes lief ihm den Rücken herunter. Zitternd berührte er es. *Blut.* Zweifelsohne sein eigenes Blut. »W-Was machst du eigentlich hier?«

»Nix«, erwiderte Nate.

Max fluchte. »Die Wahrheit, Junge!«

Füße scharrten auf der Treppe. Max öffnete ein Auge.

»Also gut«, gab der Junge zögerlich zu. »Ich war grad dabei, 'n paar Herrschaften auffer Pall Mall um ihr Kleingeld zu erleichtern, als ich sah, wie so 'n Adliger Ihnen in den Park gefolgt is'.«

Der Junge log, aber Max ließ es auf sich beruhen. »Ein Adliger?«

»So'n ziemlich stattlicher Typ«, fügte Nate hinzu. »Er trug 'nen langen schwarzen Umhang. Ich glaub, er hat Ihnen eins mit seinem Spazierstock übergebraten.«

Max hielt sich an der Mauer fest und kam schwankend auf die Beine. »Aber gesehen hast du ihn nicht?«

Der Junge schüttelte den Kopf. »Nein, nur gehört. Doch ich war ihm dicht auf den Fersen.«

Max brachte ein gurgelndes Lachen zu Stande. »O ja! Brandstiftung, Überfall und ein … verdammter Mord, waren das nicht deine Worte gewesen? Sehr aufschlussreich.« Er klopfte dem Jungen mit ruhiger Hand auf die Schulter. »*Grazie*, Nate. Du bist ein kluges Kerlchen, Gott sei Dank. Kannst du mir eventuell auch nach Hause helfen?«

Catherine schaffte es, sich mit ihrer Entscheidung bis zum Mittagessen Zeit zu lassen, dann aber war sie sich ihrer Sache absolut sicher. Ja, sie würde Max aufsuchen. Wieder einmal. Besaß sie denn keinen Funken Stolz mehr? Nein, allem Anschein nach nicht. Oder hatte sie sogar zu viel davon? Fest stand, dass sie wütend war, sehr wütend sogar. Wütend auf ihren Bruder, der sich wie ein Esel benommen hatte und dem sie beim Frühstück eine Gardinenpredigt gehalten hatte, und wütend auf Max, den Dummkopf, dem sie erst noch die Leviten lesen würde.

Zudem aber war sie verzweifelt. Catherine war nach London gekommen, weil sie auf der Suche nach etwas gewesen war, das ihr im Leben gefehlt hatte. Und sie hatte es gefunden. Nun aber, nachdem sie eine Nacht in Max' Armen verbracht hatte, machte Catherine sich Sorgen um ihren Geisteszustand. Die Angst, sie könnte den sexuellen Hunger ihres Vaters geerbt haben, plagte sie, ebenso die Angst über sein Urteil, wenn er noch leben würde.

Nein! Diesen Gedanken würde sie schnell beiseite schieben. Es stimmte einfach nicht. Max de Rohan war ein guter Mann, und was sie für ihn empfand, war weitaus mehr als rein sexuelle Gelüste. Vielleicht war es genau das, was ihr Angst machte, was sie veranlasste, ihren Stolz wegzuwerfen. Max war so ... Es fehlten ihr die Worte, um zu beschreiben, was er in ihr auslöste. Catherine erkannte, dass es wertvollere Dinge als den eigenen Stolz gab und dass es Gefühle gab, die aufwallender waren als nackte und rasende Wut.

Sie musste zu ihm, musste in Ruhe mit ihm reden, um die Dinge zwischen ihnen wieder zurechtzurücken, und zwar so schnell wie möglich. Natürlich musste sie auch Bentley verteidigen, selbst wenn ihr Bruder sich selbst wieder einmal der ärgste Feind war. Was in Gottes Namen hatte er sich nur dabei gedacht, als er mit Julia Markham-Sands ins Bett gestiegen war? Sie war ein durchtrieben sündiges Frauenzimmer gewesen, ganz zu schweigen davon, dass sie um einiges älter war als er. Bentley war, wenn man das Kind beim Namen nannte – ein Teufelskerl vor dem Herrn. Er umgab sich mit zwielichtigen Gestalten beiderlei Geschlechts und tauchte überall dort auf, wo er nichts zu suchen hatte. *Genau wie vergangene Nacht.*

Vielleicht hatte Max doch ihr Mitgefühl verdient. Catherine eilte zur Regent Street und hielt eine Kutsche an, die sie in Richtung von Max' Privaträumen nahe der Chelsea Road dirigierte. Sie betete, dass er die Sonntagnachmittage zu Hause verbrachte. Er musste ihre Hilfe einfach annehmen! Dieser Mordfall hatte sich mit einem Mal in eine äußerst persönliche Angelegenheit verkehrt.

Die Kutsche hielt am Straßenrand an, und Catherine schaute erwartungsvoll zu dem großen und unscheinbar wirkenden Haus, in dem er wohnte. Ein kleiner Junge saß auf den Stufen vor dem Haus und bearbeite mit einem rostigen Taschenmesser ein Stück Holz. Der große schwarze Hund lag zu seinen Füßen. Catherine bezahlte den Kutscher und stieg aus. Sogleich erhob sich das riesige Tier. Seine Muskeln waren gespannt, sein Blick klar. Auch der Junge schaute mit wachen Augen zu ihr auf. Er sah sauberer und besser genährt aus als bei ihrem ersten Treffen, doch sie erkannte ihn sofort. »Nate?«

Beim Klang ihrer Stimme entspannten sich die Muskeln des Hundes, er streckte sich und trottete mit wedelndem Schwanz den Bürgersteig hinunter.

Der Junge jedoch gab sich ein wenig zugeknöpfter. »Guten Tag, Ma'am«, murmelte er, ohne sich zu erheben. »Hat de Rohan Sie gerufen?«

Nate machte den Eindruck, als säße er bereits seit Stunden auf den Stufen. Catherine fühlte sich nicht ganz wohl bei seiner Frage. Fast schien es, als wäre sie nach einer geheimen Parole gefragt worden. »Ich würde ihn gern besuchen, wenn er Zeit hat«, gab sie ausweichend zurück.

Der Junge schnaubte. »Nun gut, der Arzt is' ja endlich wieder wech«, entgegnete er. »Aber Sie müss'n erst an dem Hausdrachen vorbei. Mit Ausnahme von 'nem Diener der Signora, der den Hund gebracht hat, sind sie alle mit eingezogenem Schwanz rücklings wieder rausgekommen.«

»Welcher Arzt?« Catherine war vor Schreck in die Knie gegangen und schaute dem Jungen geradewegs in die Augen. »Was ist denn passiert?« Ihr Tonfall schien Lucifers Aufmerksamkeit erregt zu haben, denn die Dogge berührte sie leicht mit der Schnauze im Gesicht. Catherine strich ihm kurz liebevoll über den Kopf, schob ihn dann aber wieder zur Seite, damit sie Nate in die Augen blicken konnte. »Nate?«, ermahnte sie ihn.

Der Junge musterte sie einen Augenblick lang abschätzend. »Kann ich nich' sagen«, antwortete er schließlich. »Aber er wird wieder.«

Catherine erhob sich. Ihr Ridikül hielt sie fest gegen ihren Oberkörper gepresst. »Ich muss sofort nach ihm sehen«, sagte sie besorgt. »Und die Hauswirtin ... Sie kann mich doch nicht einfach davon abhalten. Oder?«

»Und wie die das kann«, antwortete der Junge und zwinkerte ihr zu. »Ich schlage vor, Sie klettern über die Mauer hinterm Haus. Dann bekommt auch niemand mit, wie lange Sie bleiben.«

Unschlüssig, was sie tun sollte, fuhr Catherine sich mit der Zunge über die Lippen. »Du meinst, ich soll durch den Garten gehen und einfach zur Hintertür hineinspazieren?« Das war ein gewagtes Unterfangen, vermied aber eine ganze Menge potenzieller Unannehmlichkeiten. Vor allem, weil sie sich nicht sicher war, ob Max sie überhaupt sehen wollte.

Ganz so, als hätte sie der Sache bereits zugestimmt, stand der Junge auf und klopfte sich die Holzspäne von der Hose. Er flüsterte dem Hund etwas auf Italienisch zu, der sich daraufhin wieder niederlegte, um die Vordertür im Auge zu behalten. Schweigend folgte Catherine Nate um das Haus herum und in eine Gasse hinein. In der Mitte der Mauer befand sich eine etwas niedrigere Stelle, die allem Anschein nach regen Gebrauch fand. Mit einer eleganten Bewegung ging der Junge in die Hocke und klopfte sich auf die Schulter. »Stellen Sie Ihren Fuß hier drauf, Ma'am«, forderte er sie auf. »Und dann hüpfen Sie einfach rauf und rutschen mit dem Popo über die Mauer.«

Catherine versuchte, nicht darüber zu sinnieren, wie absurd sich die Situation präsentierte, und tat, wie ihr geheißen. Sie raffte ihre Röcke und legte sie auf der Mauer ab. Für einen kurzen Augenblick geriet sie ins Schwanken und zögerte. Der Garten lag ziemlich tief, wie sie fand, und es war auch schon einige Zeit her, dass sie bei Streichen mitgewirkt hatte. Aber ihr blieb kaum Zeit zum Nachdenken, denn sehr zu ihrem Missfallen hatte der Junge bereits seine kleinen Hände unter ihren Allerwertesten geschoben und gab ihr einen kräftigen Schubs.

Mit einem spitzen Schrei rutschte und fiel Catherine die Mauer hinunter. Mit fuchtelnden Armen und aufgeblähten Röcken landete sie geradewegs in den blühenden Petunien. Was für eine seltsam aufregende Erfahrung das war! Etwas schwerfällig verließ sie das Beet, richtete ihre Kapuze und warf der Mauer noch einen funkelnden Blick zu, bevor sie auf die Verandatür zu Max' Salon zuschritt. Wieder zögerte sie einen kurzen Augenblick, biss sich auf die Lippe, klopfte aber im nächsten Augenblick selbstsicher an die Fensterscheibe.

»Verdammt, du machst mir noch die Scheibe kaputt!«, erklang eine raue und verärgerte Stimme aus dem Innern.

Catherine deutete dies als Aufforderung einzutreten, öffnete die Flügeltür und steckte ihren Kopf in den Salon. Der Raum war leer. Catherine schloss die Verandatür hinter sich, ließ ihren Umhang und ihren Beutel auf die Sitzbank fallen und ging geradewegs den Flur hinunter und in Max' kleines Schlafgemach. Und erschrak.

»Mein Gott, Max!«, flüsterte sie und stürzte zu ihm. »Was ist denn mit dir passiert?«

Max, der auf gut einem Dutzend Kissen gebettet lag, öffnete ein Auge. »Du?«, krächzte er. »Mein Gott! Was tust du denn hier?« In seiner Stimme hatte jedoch keine Wut gelegen. Mit unsicheren Bewegungen versuchte er, sich aufzurichten, woraufhin einige abgegriffene Notizbücher, die dicht bei seinem Ellbogen gelegen hatten, zu Boden fielen.

Catherine wollte ihn dazu bringen, sich wieder flach hinzulegen. »Nicht bewegen«, protestierte sie und fing an, die Notizbücher aufzusammeln. »Sei kein Narr, du bist verletzt.«

Max brummte etwas, als er sich auf seine Ellbogen stützte. »Jetzt weiß ich, was ich so betörend an dir finde, Catherine«, bemerkte er trocken. »Es sind deine liebreizenden Kosenamen, die du für mich hast.« Er fiel in die Kissen zurück. Mit den Augen erforschte er ihr Gesicht, blickte fast zärtlich zu ihr herab. »Dein Bruder ist mir nicht rein zufällig gefolgt und hat sich an mir wegen heute Nacht gerächt, oder?«

Catherine nahm die Schultern zurück und erhob sich. »Nein!«, protestierte sie. »Bentley war bei mir, bis ... nun ... bis ...« *Bis meine Tränen versiegt waren,* fügte sie im Stillen hinzu.

Max streckte seine Hand aus, als wollte er mit ihr Frieden schließen. »Ich habe mir schon gedacht, dass er es nicht gewesen ist«, ließ er sie wissen. »Irgendwie wünsche ich mir, dass er es war, der mich so zugerichtet hat, denn nicht zu wissen, wer die eigenen Feinde sind, ist ein wenig beunruhigend.«

Der selbstironische Unterton in seinen Worten stimmte Catherine milde. »Jemand hat dir ein paar ziemlich üble Schläge verpasst«, bemerkte sie und lehnte sich vor, um ihm zärtlich die Haare aus der Stirn zu streichen. »Und zwar schlimmer, als du es *meiner* Meinung nach verdient hast. Meinst du, du hast eine Gehirnerschütterung? Ist dir schwindelig?«

Max lachte auf. »Das kommt darauf an, wie viele attraktive Frauen sich zu mir herunterbeugen.«

»Mmh, das habe ich mir doch fast gedacht.« Besorgt schaute sie sich seine Pupillen an. Er kann von Glück sagen, dass er noch lebt, dachte Catherine bei sich. Es hat nicht viel gefehlt und sein linkes Auge wäre vollkommen ... Catherine verscheuchte den Gedanken schnell. »Und du hast keinen blassen Schimmer, wer dich so zugerichtet haben könnte?«

Ein zaghaftes Lächeln umspielte seine Lippen. »Ich könnte dir eine ganze Menge Leute nennen«, verriet er leise. »Alle, die auf der Sands-Verdächtigen-Liste stehen.«

Catherine zog die Augenbrauen in die Höhe. »Du scheinst jemanden unsäglich nervös gemacht zu haben.«

Max gab ein entrüstetes Geräusch von sich. »Ich scheine wohl eher einen ziemlich großen Fehler begangen zu haben«, brummte er. »Und genau der hat jemanden nervös werden lassen. Ich habe allen auf der Liste einen Brief geschrieben, in dem ich den falschen Schmuck erwähnte, weil ich hoffte, dass der Täter sich daraufhin rühren würde. Und wie wir sehen, hat es ja auch hervorragend funktioniert.«

Catherine lächelte und zog die Bettdecke ein wenig höher. »Du warst sehr tapfer«, flüsterte sie. »Und nun, mein Herr, würde ich gern den Waffenstillstand ausrufen. Ich bin nämlich gekommen, um Ihnen meine Dienste anzubieten. Und so wie Sie aussehen, haben Sie sie auch dringend nötig.«

Er warf ihr einen misstrauischen Blick zu. »Welche Art von Waffenstillstand meinst du? Verdammt, Catherine du dürftest eigentlich überhaupt nicht hier sein.«

Sie schürzte kurz die Lippen. »Mein Bruder war es bestimmt nicht, der einen Angriff auf dich geplant und durchgeführt hat«, beharrte sie mit gedämpfter Stimme. »Offen gesagt ist er kein Mensch, der so weit vorausdenkt. Und umgebracht hat er auch niemanden. Das beweisen doch deine Wunden, meinst du nicht auch?«

Max starrte auf die Bettdecke herab. Ihm war anzusehen, dass er seine nächsten Worte abwägte. »Sachlich betrachtet zählt er zum Kreis der Verdächtigen«, erwiderte er beharrlich. »Es besteht die, wenngleich auch nicht sehr wahrscheinliche Möglichkeit, dass der Mann, der mich heute Morgen angegriffen hat, es aus einem anderen Motiv heraus getan hat. Ich bezweifle es zwar, doch ein Mann in meiner Position macht sich zwangsläufig den einen oder anderen Feind.«

»Ich gehöre nicht dazu, Max.«

Er schüttelte den Kopf und schloss die Augen. »Ich habe nie glauben wollen, dass dein Bruder schuldig ist, Catherine«, murmelte er. »Aber denkst du nicht auch, dass Glaube hier fehl am Platz und irreführend ist? Es kostet mich nämlich doppelt so viel Kraft, unparteiisch zu sein, wenn …«

»Max«, unterbrach sie ihn, »habe ich dir je etwas verheimlicht? Habe ich auf nur eine deiner Fragen ausweichend reagiert? Nein, das habe ich nicht. Und weißt du, woran das liegt? Du hast mich nämlich nie etwas gefragt. Du bist lieber bei jeder noch so kleinen Gelegenheit auf Distanz gegangen und bist nie persönlich geworden. Nicht ein einziges Mal. Was ich über den Mann weiß, den ich … so sehr mag, musste ich von seiner Großmutter erfahren!«

Mit einem Mal flackerte ein schwarzes und eiskaltes Feuer in Max' Augen auf. »Ausgezeichnet! Ich kann mir auch vorstellen, welchen Blödsinn sie dir aufgetischt hat!«, brummte er. »Aber ich bin nicht die Person, die Nonna Sofia dir ›schmackhaft‹ machen wollte, Catherine. Wenn ich sie je gewesen sein sollte, dann ist das schon lange her. Du solltest nicht viel auf das Geschwätz neugieriger alter Weiber geben.«

Wenngleich seine Worte hart gewesen waren, erkannte Catherine die Zustimmung in seinen Augen, und sie atmete tief ein und wieder aus. »Du bist du, Max«, wählte sie ihre Worte. »Tief in deinem Herzen bist du der Mann, der mir wichtig ist. Die Fassade, die du der Welt zeigst, ist mir einerlei. Für die da draußen kannst du verkörpern, wen auch immer du möchtest. Aber du solltest nie versuchen, mich für dumm zu verkaufen.«

Seine Gesichtszüge entspannten sich, doch er schien über etwas nachzudenken.

»Friede, Max!«, beschwor sie ihn und streckte ihm die Hand entgegen, die er sofort annahm und sehr zu ihrer Überraschung mit einem zarten Handkuss bedachte.

»So setz dich doch bitte«, lud er sie ein und zog sie ein wenig näher zu sich heran. »Du könntest mir in der Tat helfen.« Er machte eine Kopfbewegung in Richtung Notizbücher.

Catherines Augenbrauen wanderten ein wenig in die Höhe, als sie sich auf den Bettrand setzte und das erste Buch aufschlug. Dann zögerte sie. »Das hier scheinen Notizen von alten Fällen zu sein, Max. Und die Hälfte davon ist auf Italienisch.«

»Nate hat sie für mich geholt, aber er kann nicht lesen – und ich kann im Moment nicht richtig sehen«, murmelte er. »Schlag doch mal den Fall Mary O'Gavin nach, der müsste ziemlich weit vorn stehen.«

Sie brauchte einen Moment, ehe sie die richtige Seite gefunden hatte. »Hier«, sagte sie schließlich. »Hier haben wir ihn. O Gott! Ein Mordfall?«

Max nickte kurz. »Ist schon eine Weile her«, gab er brüsk zurück. »Überflieg den Text, bis du eine Notiz über ein Schiff siehst. Es müsste auf der linken Seite irgendwo oben stehen. Ein englischer Name. *The Queen of* … irgendwas. Und ein Anlegedatum müsste ebenfalls vermerkt sein. Genau das brauche ich.«

»Ich hab es: *Queen of Kashmir*!«, sprach sie leise. »*Dritter Dezember* …«

»Welches Jahr?«, fragte Max ungeduldig.

»*Achtzehnhundertzweiundvierzig*«, lautete ihre Antwort.

Max sank in die Kissen zurück, und die Anspannung fiel augenblicklich von ihm ab. »Habe ich's mir doch gedacht«, murmelte er, bevor er seinen Arm ausstreckte und ihr das Büchlein aus den Händen nahm. »Es tut mir Leid, Catherine. Mein Kopf schmerzt höllisch, was aber nur eine fadenscheinige Entschuldigung für meine Laune ist.«

Catherine beugte sich über ihn. »Wie ich unschwer erkenne, bist du erleichtert«, merkte sie an. »Dieses Datum … Was genau hat es damit auf sich, wenn ich fragen darf?«

Sie sah, wie Max' Gesicht sich erhellte. »Das ist der Tag, an dem dein Bruder aus Indien zurückgekehrt ist«, ließ er mit ruhiger Stimme verlauten. »Fast ein ganzes Jahr, *nachdem* Lady Sands damit begonnen hatte, ihren Schmuck zu versetzen.«

Catherine runzelte die Stirn. »Das verstehe ich nicht.«

»Wer auch immer den Sands-Saphir gestohlen hat, wusste, dass es der einzige noch echte Stein in ihrer Juwelenschatulle war«, erläuterte Max. »Es war kein Zufall, dass ausgerechnet dieses Schmuckstück entwendet worden ist. Also kann dein Bruder es auch nicht gewesen sein.«

Catherine schaute ihn mit offenem Mund an. Ein Teil von ihr wollte wissen, warum er Bentleys Rückkehr aus Indien recherchiert hatte, aber ein anderer Teil hatte Angst vor der Wahrheit. Max senkte wieder seinen Blick auf die Bettdecke. »Es gab da etwas im Zusammenhang mit deinem Bruder, was mir seit Wochen keine Ruhe mehr gelassen hat«, offenbarte er sich. »Aber ich musste wohl erst ein paar Schläge auf den Kopf bekommen, bevor ich mich daran erinnern konnte.«

Catherine rang sich ein bitteres Lächeln ab. »Daran werde ich dich das nächste Mal erinnern, wenn du wieder den Dickkopf mimst.«

Max atmete einmal kräftig und tief aus, was von seiner offensichtlichen Erleichterung herrührte, und blickte erst dann wieder zu Catherine. »Wie es scheint ... muss ich mich wohl bei dir ... entschuldigen.«

Nervös strich Catherine sich die Röcke glatt. »Akzeptiert«, stieß sie schnell hervor. »Jetzt habe ich ja den Waffenstillstand, den ich wollte. Und mein Angebot, dir mit meinen Diensten zur Verfügung zu stehen, halte ich natürlich aufrecht.«

»Friede«, bestätigte er etwas unbeholfen. »Aber für deine Dienste bin ich noch nicht wieder in Stimmung.«

Catherines Augen weiteten sich. »Du gemeiner Kerl«, rief sie aus und sprang vom Bett, als hätte es Feuer gefangen. »Du arroganter Mann! Erst erschleichst du dir den Weg in mein Bett, und dann hast du auch noch die Unverfrorenheit anzunehmen, ich ...«

»*Erschleichen*?«, unterbrach Max sie und rappelte sich hoch. »Ich kann mich gut daran erinnern, dass du mich aufgefordert hast.«

»... würde dich – nach all dem, was in der Zwischenzeit vorgefallen ist – noch wollen?«, beendete sie den angefangenen Satz.

Mit erstaunlicher Kraft, die nicht von einem Mann zu erwarten war, der vor wenigen Stunden zusammengeschlagen worden war, holte Max aus, packte Catherine am Handgelenk und zog sie halb über das Bett, bis sie auf Augenhöhe mit ihm lag. Seine Stimme war kühl, aber seine Augen lachten, und Erleichterung stand ihm ins Gesicht geschrieben. »Und ob du mich willst!«, brummte er. »Du willst mich, Catherine, denn sonst wärst du jetzt nicht hier. Eine Frau, die über einen Zaun klettert, um zu einem Mann zu gelangen, ist alles andere als unwillig ...«

»Wie kommst du denn darauf?«, fuhr sie dazwischen und versuchte, sich loszureißen.

Max bedachte sie mit einem strafenden Blick. »Catherine, du hast Grasflecken auf deinem ehrenwerten Hinterteil.«

»Was für eine tolle Spürnase du doch bist!« Sie fühlte, wie sie errötete. »Aber es waren Petunien und kein Gras. Alles, was ich dir zugute kommen lassen wollte, war meine Hilfe. Ich dachte, ich könnte mir Julias Tagebücher und Briefe ein wenig näher anschauen, und nahm nicht an, dass du mir das ausschlagen würdest, nicht nachdem ... du meinen Bruder im Verdacht hattest.«

Max ließ seinen Blick über ihr Gesicht schweifen, bevor seine Augen ihren Hals streiften und noch ein Stückchen tiefer glitten. »Die habe ich bereits genauestens studiert«, murmelte er. Seine Stimme war rauer als gewöhnlich. »Da steht nichts drin, was mich weiterbringt.«

Schwindel hin, Schwindel her, Catherine erkannte das aufflackernde Verlangen in seinem Blick. »Dann spricht ja nichts dagegen, dass ich noch bleibe und selbst ein wenig in ihnen stöbere«, flüsterte sie. »Ich werde mich mucksmäuschenstill ans Bettende setzen.«

In seinen Blick mischte sich Hunger, und er verstärkte seinen Griff. »So, wirst du das?«, gab er zurück. »Was für ein Dummerjan ich doch wäre, wenn ich nur tatenlos daläge!«

Catherine streifte ihre Schuhe ab, zog ihre Röcke höher und krabbelte vorsichtig aufs Bett. Um ihm nicht allzu wehzutun, setzte sie sich rittlings auf ihn. Als sie jedoch das volle Ausmaß seiner Erektion unter sich spürte, stockte ihr der Atem, und sie starrte ihn ungläubig an. »Ich dachte, du wärst gerade außer Gefecht gesetzt«, sprach sie leise.

Max ließ ihre Hand los, legte seine großen Hände auf ihre Oberschenkel und glitt an ihren Seidenstrümpfen langsam nach oben, wobei er Stück für Stück ihre Röcke nach oben schob. »Und ich dachte schon, dass du mich gar nicht willst«, flüsterte er mit rauer Stimme.

Catherine wusste für einen kurzen Augenblick nicht mehr, was sie eben noch vorgehabt hatte, doch dann fiel es ihr wieder ein. »Aber ich will doch nur Julias Briefe lesen«, protestierte sie. »Darf ich, Max, bitte?

Seine Augen wurden weicher. »Du kannst sie haben«, raunte er und massierte ihre zarte Haut über dem Strumpfband. »Aber nicht jetzt, Catherine. Später. Viel später.«

In ihren Ohren klang das nach einem Versprechen.

Eine Woge der Erleichterung rollte durch ihren Körper. O, sie hatte nicht gewusst, wie sehr sie ihn begehrte und wie groß ihre Angst gewesen war, ihn zu verlieren. Mochte sein, dass er ihr nicht voll und ganz vertraute, schließlich traute er niemandem über den Weg. Tief in ihrem Innern verstand sie ihn.

Die Empörung hatte sie zu ihm getrieben, aber wie er fast leblos dagelegen hatte, in seinem Bett, das sie für einen flüchtigen Moment miteinander geteilt hatten, und der Anblick seiner wunderschönen olivfarbenen Haut, die nahezu bleich gewesen war, hatten ihr mächtig zugesetzt. Sie liebte ihn. Von ganzem Herzen. Alles in der vergangenen Nacht, der Ausbruch an Leidenschaft und Schmerz, der gequälte Ausdruck in seinem Gesicht, all das hatte ihr gezeigt, dass seine Gefühle für sie tiefer gingen als einfache männliche Lust.

Catherine beschlich das seltsame und zugleich beunruhigende Gefühl, nun endlich dem Leben, nach dem sie so verzweifelt gesucht hatte, die Hand gereicht zu haben. Sie würde alles tun, um es festzuhalten. Mit verklärtem Blick schaute sie zu ihm hinunter. Die Bettdecke war verrutscht, als er sie gepackt hatte, und seine kräftige und stählerne Brust lag entblößt unter ihr. Er war atemberaubend attraktiv, ja, aber das war nicht der alleinige Grund, warum sie ihn begehrte. Catherine erkannte, dass er mehr als nur eine Affäre für eine begrenzte Zeit sein würde. Zumindest nicht, wenn sie es zu verhindern wusste. Aber konnte sie das überhaupt beeinflussen? Sie ließ den Blick zu seinem Gesicht hochwandern, das übersät war von Blutergüssen und das durch den einsetzenden Bartwuchs dunkler wirkte als sonst. Er sah wild, ja verrucht aus und wirkte noch imposanter als gewöhnlich.

»Max«, fragte sie zögernd, »liegst du eigentlich vollkommen nackt unter der Decke?«

»Ja.« Seine Stimme hatte tief und begierig geklungen.

Wortlos entledigte sie sich ihres Schultertuchs aus Spitze und ließ es zu Boden gleiten. Er gab einen kehligen Laut der Zustimmung von sich, als er seine Hände hob, um die Konturen ihres Gesichtes und Halses nachzufahren, bevor er ihr zart über die Schultern strich. Kräftige und kalte Finger packten ihr Mieder. »Du hättest vielleicht besser daran getan, nicht hierher zu kommen«, flüsterte er mit samtener Stimme. »Hättest lieber nicht wieder in mein Bett krabbeln sollen. Ich bin mir nicht sicher, ob ich dir den Empfang bereiten kann, den du verdienst, aber Himmel, ich muss dich einfach sehen.«

Catherine erwiderte seinen düsteren und funkelnden Blick und nickte, wenngleich sie sich insgeheim nicht sicher war, was er genau gemeint hatte. »Ja.«

Mit einer kräftigen Bewegung zog er an ihrer Korsage. Catherine hörte eine Naht platzen. Er hatte ein ziemliches Stück ihres Dekolletees freigelegt. »Wunderhübsch«, staunte er und zog den Stoff gemächlich nach unten, sodass er leicht über ihre harten Brustwarzen rieb. Mit glühendem Verlangen betrachtete er ihre Brüste, und auch Catherine spürte Begierde in sich aufwallen. Als seine Hand sich den Weg an ihrem Schlüpfer vorbeibahnte, spürte sie, wie etwas tief in ihrem Innern aufgab und den Weg freigab. »O Max ...«

Max spürte das zitternde Verlangen, wie es durch sie beide fuhr, als er sie berührte. Er zwang sich, behutsam ans Werk zu gehen, als er mit dem Zeigefinger rhythmisch durch ihr Schamhaar fuhr. Catherine errötete tief. Mit einem leisen Stöhnen schmolz sie dahin. Begierig und leicht verunsichert stemmte sie sich seiner Hand entgegen, woraufhin Max tiefer in sie eindrang. Er hörte, wie ihr Atem schneller ging, und wunderte sich, was für ein Liebhaber ihr Mann wohl gewesen sein musste. Angesichts ihrer Reaktionen wohl eher solides Mittelmaß, wenn überhaupt. Soweit er das beurteilen konnte, wussten die meisten Engländer nicht, wie sie einer Frau im Bett Freude bereiten konnten. Oder es war ihnen schlichtweg einerlei.

Gütiger Himmel, vielleicht sollte er besser die Finger von dieser Frau lassen, aber er konnte einfach nicht anders. Nicht, wenn sie sich an seinem erigierten Glied rieb, wie es ihr die weibliche Intuition wohl befahl. Sie besaß sogar die Macht, dass er seinen körperlichen Schmerz vergaß. Sein Finger drang noch tiefer in sie ein, suchte und fand ihre intimste Stelle. Sie keuchte und versuchte, der Berührung zu entkommen.

»Nein!«, brummte er und packte sie fest am Oberschenkel, damit sie sitzen blieb. »*No, tesoro mio*, hab keine Angst, wenn ich dich dabei beobachte.«

Er wiederholte seine Berührung. Catherine erschauderte, bog sich nach hinten und ließ sich in die Bewegung fallen. Mit einem tiefen Grollen brandete Lust in ihm auf. Er begehrte sie, verzehrte sich nach ihr. Seine Berührung wurde inniger, was sie mit wachsender Leidenschaft belohnte. Als er ihre spitzen Freudenschreie hörte und spürte, wie sie so über die Maßen feucht wurde, dauerte es nicht mehr lange, und sie stöhnte laut auf. Sogleich schoss sein Blick nach oben, weil er den richtigen Moment abpassen wollte.

Ihre Zunge strich über ihre volle Oberlippe. Ihre Augen waren jetzt vor Verlangen glasig. »Wenn du den Höhepunkt erreichst, tu es für mich, *carissima*«, flüsterte er sanft. »*Sei molto bella*. So wunderhübsch in deiner Leidenschaft. Lass mich dir helfen. Geh bis an die Grenze.«

»Ich ... ich kann nicht. *Nicht so*«, keuchte sie und schaute auf ihn, als wäre etwas Befremdliches und Beängstigendes an ihm.

Ja, beides mochten Eigenschaften von ihm sein, aber sie wollte ihn um jeden Preis für sich. Catherine stöhnte mehrfach und riss die Augen weit auf. Ihre Pupillen waren dunkel wie die Nacht.

Mit seiner freien Hand liebkoste Max ihre Brustwarze, bis sie leise aufschrie. »Catherine, *cara*, hab bitte keine Angst«, beruhigte er sie, während er mit dem Daumenballen noch immer über ihre Klitoris rieb. »Wenn du den Höhepunkt erreichst, tu es für mich, *bella*. Ich möchte dir dabei zusehen, möchte dich anschauen.«

Catherine wand sich. Einige Haarsträhnen hatten sich aus ihrer ordentlichen Steckfrisur gelöst, und wie sie so dasaß – der Rock weit nach oben geschoben, ihre üppigen und perfekten Brüste über der Korsage –, verkörperte sie sowohl Unschuld als auch reinstes Verlangen.

»Ah …!«, stöhnte sie auf.

»Ja, genau so«, ermunterte er sie. »Genau so, *amore mio*. Gefällt dir, was ich mit dir mache? Los, zeig mir, wie sehr es dir gefällt.«

Wie er es liebte, ihr zuzuschauen. Er sprach leise auf sie ein, manchmal auf Italienisch, und verlor sich in den tiefen braunen Weiten ihrer Iris. Plötzlich schloss Catherine die Augen und ließ den Kopf in den Nacken sinken. Ihre Lippen teilten sich, und ein stummer Schrei entwich ihr. Ihr ganzer Körper zuckte, ihre Schenkel pressten sich fest gegen die seinen. Sie ritt unbändig auf seiner Hand. Max drang mit zwei Fingern tief in sie ein und erfreute sich daran, wie eng und feucht sie sich anfühlte.

»Ja, ja! Jetzt!«, stieß sie aus und sank im nächsten Moment halb nach vorn. Mit ihren Händen stützte sie sich rechts und links von seinem Hals auf. »O Max!«

Max genoss den Moment des Triumphes. Er atmete tief ein, sog Catherines Duft, die Wärme ihre Haares, ihrer Haut und den feinen Moschusduft in sich auf, der von ihr ausging. Sein Verlangen wurde übermächtig. »Ah, *cara mia*«, hauchte er. »Auch wenn es mich umbringt, ich muss dich einfach haben.«

Catherine verlagerte das Gewicht auf die Hände und stemmte

sich hoch. Mit einem teils seligen und teils tadelnden Blick richtete sie sich auf. »Max, du kannst dich doch kaum bewegen«, flüsterte sie kniend. In ihrem Lächeln schwang etwas Neckendes mit. »So gesehen bist du mehr oder weniger mein Gefangener, nicht wahr?«

Mit fast schon qualvoller Langsamkeit glitten ihre Finger seinen Oberkörper hinunter und unter die Bettdecke. Stück für Stück entblößte sie ihn. Ihm war unsäglich warm geworden, als er gespürt hatte, wie Catherine in seiner Hand zum Höhepunkt gekommen war. Als die Bettdecke seinen erigierten Penis streifte, entfuhr ihm ein Stöhnen. Mit einer jähen Bewegung riss sie die Decke fort, und sein steifes Glied kam zum Vorschein.

Wieder entwich ihr jenes kehlige Geräusch, das er bereits kannte. Blitzschnell hatte er ausgeholt und sie am Handgelenk gepackt. »Setz dich auf mich«, befahl er ihr und zog sie zu sich. »Sofort, wenn du auch nur einen Funken Erbarmen in dir trägst.«

Sehr zu Max' Entsetzen schnellte sie zurück. »Aber was, wenn ich noch ein klitzekleines bisschen sauer auf dich bin, Max?«, flüsterte sie und glitt mit den Händen langsam seine kräftigen Oberschenkel hinauf bis zu seinem Bauch. Er erzitterte. »Ich kann keinen Grund erkennen, warum ich dir gegenüber Güte walten lassen sollte.«

Mit einem leisen Seufzer ließ Max den Kopf aufs Kissen sinken, riss ihn jedoch sofort wieder hoch, als ihre Finger wieder nach unten glitten. Eine Hand legte sie auf seine dichte schwarze Schambehaarung um sein mächtiges aufgerichtetes Glied, mit der anderen fuhr sie ihm zwischen die Beine. »Herrgott, Catherine! Was machst du mit mir?«

»Dich ein wenig quälen?«, gab sie leise zurück und legte ihre rechte Hand um den Ansatz seines pochenden Glieds. »Mal sehen, ob es funktioniert.«

Mal sehen, ob es funktioniert? Was für eine irrige Frage war das, wenn ihm bei jeder kleinsten Berührung ein Schauer über den Körper lief. Catherine war noch lange nicht mit ihm fertig, wie es schien. Ihre Hand fühlte sich kühl an, als sie seinen Hoden umschloss. Sachte, ganz sachte glitt sie mit der rechten Hand seinen Penis hinauf und ebenso bedächtig wieder hinunter.

Max sog scharf Luft ein. »Ah, *cara*, hab Erbarmen.«

Catherine ließ ein wenig locker. »Magst du es etwa nicht, wenn ich …«

Wieder packte er sie und presste dieses Mal ihre Finger um den Ansatz seines Glieds. »Doch!«, antwortete er und schloss fest die Augen. »Und wie! O mein Gott, hör jetzt bloß nicht auf, bitte.« Einen Moment lang hielt er sie noch fest, und sie spürte, wie sein gesamter Arm bis aufs Äußerste gespannt war und zitterte. Catherines Hand bewegte sich gleichmäßig an ihm auf und ab. Max atmete tief aus und ließ von ihr ab. Die Hitze in ihrem Blick drohte ihn zu versengen, und jede ihrer Bewegungen war das reinste Vergnügen, unvergleichbar mit allem, was er bis dahin erlebt hatte. Max verlor sich in ihrem Rhythmus und schloss die Augen. Plötzlich spürte er auf seiner Eichel etwas Weiches, etwas Hauchzartes, das dem Flügelschlag eines Schmetterlings gleichkam.

»Aah!«, rief Max aus, riss die Augen auf und sah, wie ihre rosafarbene Zungenspitze flink hervorschoss, um ihn ein weiteres Mal zu streifen.

»Nicht bewegen, Max!« Catherine beugte sich wieder vor, wobei ein verführerisches Lächeln ihre vollen Lippen umspielte. »Lass mich dich verwöhnen, wie du mich verwöhnt hast. Genieß es einfach und bring mir bei, wie ich es am besten mache.«

Max spürte, wie die Welt sich um ihn zu drehen begann. Vor zwölf Stunden hatte er schon einmal gedacht, er müsste sterben, aber dieses Mal war er sich seines Ablebens sicher. »Mach einfach weiter, Liebste«, brachte er mühsam hervor. »Hör jetzt nicht auf. O, mach einfach weiter, wie es dir in den Sinn kommt.«

Catherine beugte sich über ihn und leckte ihn voller Zärtlichkeit. Max verschlug es den Atem, als sie mit der Zunge die gesamte Länge seines Gliedes entlangfuhr. »Soll ich ihn ganz in meinen Mund nehmen?« Ihre Stimme war zwar samtig, aber es schwang auch ein wenig Unsicherheit mit.

War das ihr Ernst? Max musste sich alle Mühe geben, sie nicht darum anzuflehen. »Wenn du möchtest, Liebste«, erwiderte er mit ebenso weicher Stimme. »Aber nur, wenn es auch *wirklich* dein Wunsch ist.«

Er schaute zu, wie ihr Mund über der Spitze seines Glieds weilte, und dachte kurz an die frustrierenden feuchten Träume, die er gehabt hatte und die – verglichen mit der Realität, die ihn nun umfing – null und nichtig gewesen waren.

Die Hand noch immer fest am Ansatz seines Glieds, berührte sie ihn nun mit den Lippen, die sich leicht öffneten und ihn langsam, Stück für Stück in sich aufnahmen. Max' Hand fuhr in ihr Haar, als ein tiefer Seufzer ihn förmlich auseinander riss. Sein Becken und seine Beine zitterten. Archaische Gelüste brachten sein Blut und sein Gehirn in Wallung. Sein Penis wurde noch steifer, was eigentlich kaum noch möglich war, und es kostete ihn seine letzte Kraft, die Hüften im Zaum zu halten.

Sie hielt den Ansatz seines Glieds nun mit beiden Händen fest umschlossen, und während sie ihn noch ein Stück tiefer in sich aufnahm, streiften ihre Zähne hauchzart seine zum Bersten gespannte Eichel. Ihre warme Zunge glitt an ihm entlang. Weiche feuchte Wärme umhüllte ihn, lullte ihn ein und ließ ihn erbarmungslos zitternd zurück, als wäre er nicht mehr als ein unerfahrener Grünschnabel.

Vielleicht als Antwort auf seinen wimmernden Seufzer veränderte sie kurz darauf den Rhythmus, wurde schneller. Noch nie in seinem Leben war er derart berührt worden. Sein ganzer Körper schmerzte, aber es lag nicht an den Schlägen, die ihm der Unbekannte versetzt hatte – die waren längst vergessen. Wieder und wieder glitt sie an ihm auf und ab, sog ihn in sich und quälte ihn mit ihrem Mund und ihrer Hand. Er musste sie haben. Jetzt.

Er drückte Catherine auf den Rücken, wobei er Bettlaken und Kleidungsstücke mit sich zog, und legte sich auf sie. In ihren weit aufgerissenen Augen blitzte Angst auf. »Max, deine Rippen! Du machst alles noch viel schlimmer.«

»*Dio mio, cara!*«, stöhnte er auf. »Was ich für dich empfinde, kann schlimmer nicht sein.« Er ignorierte den stechenden Schmerz in seiner Brust und drückte sie sanft in die weichen Kissen des Bettes, in dem er schon viel zu viele Nächte allein verbracht hatte, in dem er gelegen und an sie gedacht hatte, lange bevor er sie das erste Mal berührt hatte.

Sein Körper schmerzte, ja, aber er schmerzte aufgrund des unbändigen Verlangens, dem er bedingungslos ausgeliefert war, das ihn vorantrieb, das in seinen Lenden wütete und das seine Brust fast zum Bersten brachte. Catherine lag entspannt unter ihm, sie war für ihn bereit und noch immer feucht von dem köstlichen Orgasmus. Max hob sein Becken in die Höhe, wodurch das Laken seine Beine hinunterglitt. Wieder schoss Catherine die Röte ins Gesicht, als sie nach seinem Penis griff und ihn in ihrer Hand wog. Mit ihrer Handinnenfläche strich sie sanft über seine geschwollene Eichel.

Max biss sich auf die Lippe. Er bäumte sich erneut auf und warf den Kopf in den Nacken. *»Catherine..!*« Mit einem einzigen kräftigen Stoß tauchte er in sie ein. Nun war es um den letzten Funken seines Verstandes geschehen. Mit einem tiefen Seufzer, der aus den Tiefen seiner Seele kam, stieß er noch tiefer in sie ein. Er zog sich aus ihr zurück, aber nur, um erneut kraftvoll zuzustoßen, wieder und wieder. Er verschwendete keinen Gedanken an ihre Zerbrechlichkeit oder seine geschundenen Rippen. Das Bett begann zu quietschen, das Kopfteil schlug unermüdlich gegen die Wand. Bis Catherine sich versteifte, ihre Nägel in seine Schultern bohrte und laut aufschrie. Vor Lust? Vor Schmerzen? Er wusste es nicht.

»Nein, Catherine«, flehte er sie an. »Hör bitte nicht auf. Nein. Bitte *nicht* ...«

Er musste sie haben, musste sie sich nehmen und hoffte, sie würde ihm dafür vergeben. Noch nie hatte er sich etwas sehnlicher gewünscht, als sie so unter sich zu spüren. Er war nicht mehr Herr seiner Sinne. Sein Verlangen war ausgeufert, der

Kontrollverlust machte ihm Angst, hielt ihn aber nicht davon ab, sich wie von Sinnen in ihr zu bewegen.

»Ja, Max, ja!«, rief sie aus.

Seine Hand glitt unter ihr Gesäß und hob es in die Höhe. Jetzt bohrten sich ihre Finger noch tiefer in sein Fleisch, sie drängte sich ihm entgegen, presste sich fest gegen ihn. »Jaaaaa …«, schrie sie auf, als ihr Körper erbebte. Laut rief sie seinen Namen. Max verlor sich ein weiteres Mal in ihr, sein Glied, sein Herz und seine Seele fuhren vereint in sie. Als die Woge der Erlösung über ihn hinwegspülte und ihn mitriss, verlor er fast den Verstand. Kraftvoll bog er sich ihr entgegen, und sein ganzes Wesen war erfüllt vom Anblick Catherines und von der Art, wie sich ihr Innerstes um ihn schmiegte, als er den Höhepunkt erreichte.

Max hatte noch nie einen solch intensiven und reinen Moment in seinem Leben verspürt. Einen Augenblick lang setzte sein Herz aus, taumelte er inmitten von Sternen. Alles war perfekt, alles war möglich. Der körperliche Schmerz, seine tief sitzenden Ängste, die zermürbende Hoffnungslosigkeit seines Berufes – all das war für einen kurzen Augenblick des absoluten inneren Friedens vergessen. Er zog sie zu sich heran und nahm sie fest in den Arm. Catherine zitterte noch immer, die Augen hatte sie fest geschlossen. Ihre Wimpern wirkten auf ihrer blassen Haut ungewöhnlich dunkel. Max konnte nicht glauben, dass ein solch bezaubernder Mensch sich für ihn entschieden hatte. »Oh, *cara mia*«, murmelte er. »Habe ich dir wehgetan?«

Catherine schmiegte kurz ihre Wange an seine Brust und hauchte ihm einen flüchtigen Kuss auf die Brustwarzen. »Selbst wenn dem so wäre …«, ließ sie leise und mit dünner Stimme verlauten. »O Max, nie hätte ich gedacht, …« Er küsste sie auf die Stirn, die sich warm anfühlte und auf der kleine Schweißperlen schimmerten.

»Was denn, Catherine?«, hakte er sanft nach.

Catherine blieb ihm jedoch eine Antwort schuldig, und gemeinsam rollten sie sich auf die Seite. Catherine kuschelte sich in seine Arme. Erneut stieg ihm ihr betörender und frühlingshafter Duft in die Nase, der Erinnerungen an einst wachrief. Ja, in ihren Armen konnte er von vergangenen, von glückseligeren Zeiten träumen, davon, wie fruchtbar und üppig alles gewesen war. Er öffnete die Augen, blinzelte in die Nachmittagssonne und wollte noch ein wenig in den inneren Bildern schwelgen. Aber langsam und unvermeidlich kehrten die Schmerzen seiner gebrochenen Rippe und seines pochenden Schädels zurück. Und im Schlepptau der körperlichen Schmerzen brachen auch die Realität und das Wissen darum, was mit ihm geschah, wieder über ihn ein. Er wollte partout nichts davon wissen, weshalb er schnell wieder die Augen schloss. Grundgütiger, sein Platz war nicht in einer – wie hatte sie es doch gleich genannt? – einer *Beziehung*. Das klang in seinen Ohren weniger geschmacklos als eine *affaire d'amour*. Aber egal, wie man es auch nennen wollte, er war einfach nicht dafür geschaffen, oder doch? Er war weder charmant noch attraktiv. Er war vielmehr – wie sie treffend festgestellt hatte – dickköpfig, dogmatisch und arrogant. Und dennoch konnte er sich ein Leben ohne sie kaum mehr vorstellen. Früher oder später würde er sich dieser Tatsache unweigerlich stellen müssen.

Max strich sanft mit dem Handrücken über ihren Hals und wurde für einen flüchtigen Moment von tief sitzender Angst überwältigt. Was, wenn eines Tages der Nervenkitzel, mit ihm zu schlafen, seinen Reiz für sie verlor und sie die Wahrheit erkannte? Was, wenn sie just in dem Moment, in dem ihre Gefühle füreinander eigentlich stärker werden müssten, erkannte, dass er sich nicht mit den Männern ihrer Schicht messen konnte? Wie würde sie reagieren?

Rutledge hatte naserümpfend geurteilt, Max sei *alles andere als ein wahrhaftiger Gentleman*, eine der schlimmsten Beleidigungen, die die Oberschicht Englands aussprechen konnte. Max hatte sich nicht gegen seine Beleidigung gewehrt, weil er nicht umhinkam zuzugeben, dass Rutledge Recht hatte. Er blickte auf Catherine und fragte sich, warum sie ihn überhaupt aufgesucht hatte. Sah sie etwas anderes in ihm als nur einen angenehmen

Bettgefährten? Er ließ den Blick erneut über sie schweifen und musste ein bitteres Lachen unterdrücken. Wahrscheinlich nicht einmal das. Vielleicht ging es ihr nur um hemmungslosen Sex. Und im Bett war er wenigstens gut, vorausgesetzt, er schaffte es, seine Sinne halbwegs beieinander zu halten. Behutsam verlagerte er sein Gewicht, damit sie bequemer lag, aber Catherine erwachte und gab ein missfälliges Geräusch von sich.

»Max«, murmelte sie schlaftrunken und legte ihre Hand auf seine Brust, als wollte sie ihn daran hindern aufzustehen. »Geh nicht. Bitte.«

Ihr flehender Ton brach ihm fast das Herz, und Max spürte heiße Tränen in seinen Augen aufwallen. »*O cara mia, non ti lascerò mia*«, raunte er und vergrub das Gesicht in ihren Haaren.

Meine Liebste, nie werde ich dich verlassen.

Aber das war eine Lüge, nicht wahr? Die Wut und das Misstrauen zwischen ihnen waren zwar gewichen, ja, aber ansonsten hatte sich an ihrer Gesamtsituation nichts verändert – egal, wie stark seine Fantasie auch beflügelt sein mochte. Würde er je die Stärke besitzen, sich zu ändern? In mancher Hinsicht vielleicht, zumindest könnte er es versuchen. Doch das würde nicht reichen. Catherine schmiegte sich noch ein wenig enger an ihn und döste ein. Er hatte Angst davor, sich zu bewegen, Angst, sie könnte jeden Moment aufwachen, mit ihren unschuldig braunen Augen zu ihm emporschauen und feststellen, dass er wie ein kleines Kind über den Verlust einer liebgewonnen Sache weinte, von der es wusste, dass sie ihm nie wirklich zugestanden hatte.

Kapitel 17

»Ein wahrhaftiger Mann der Mode und des Vergnügens achtet immerzu auf Anstand. Es ist edle Kleidung, die ihn aus der Masse herauszuheben vermag.«
Lord Chesterfield, 1776,
The Fine Gentleman's Etiquette

Catherine erwachte erst, als die Nachmittagssonne sie durch einen Spalt in Max' Vorhängen blendete. Blinzelnd öffnete sie die Augen und setzte sich aufrecht hin. Im ersten Moment wusste sie nicht, wo sie sich befand. Max lag auf dem Rücken neben ihr und atmete langsam und flach, wie nur ein Mann es tat, dessen Rippen gebrochen waren. Der verdrehten Bettdecke nach zu urteilen, hatte Max seine Position oft verändert, um die Schmerzen zu lindern. Er lag jetzt auf dem Rücken, und sein Körper war so wunderbar anzuschauen! Seine kräftigen und wohl geformten Muskeln an Armen und Bauch und seine breite Brust, die mit dunklen Haaren übersät war, waren einfach vollkommen!

Jetzt bei hellem Tageslicht offenbarte sich Catherine das wahre Leben, das Max bisher geführt hatte. Eine seiner Schultern schien eine Verletzung erlitten zu haben, die offenbar auf den Knochen reichte und die mit unsauberen Stichen genäht worden war. Sie maß an die zehn Zentimeter. Unterhalb seines Brustkorbs entdeckte sie eine Stichwunde, die ihrem Empfinden nach von einem Stilett herrühren musste. Einer seiner Finger schien einmal gebrochen gewesen zu sein und war schief zusammengewachsen. Über seinem rechten Hüftknochen prangte eine stark gerötete und bösartige Narbe, die ebenfalls auf eine tiefe Schnittwunde deutete. Catherine wurde mulmig zu Mute, weshalb sie aufhörte, seine Kampfwunden zu zählen. Warum nahm ein Mann derartige Risiken auf sich? Stimmte es, was Sofia Castelli gesagt hatte – dass tief sitzende Schuldgefühle ihn peinigten?

Mit einem Seufzer schaute sie an sich herunter und begutachtete ihren eigenen Zustand. Sie war erfüllt von einer Gefühlsmelange aus Scham und Verzückung. Für Reue, die sie ohnehin kaum empfand, wäre es längst zu spät.

Vorsichtig glitt sie vom Bett und ging zum Waschtisch auf der anderen Seite des Raumes hinüber, wobei sie mit ihren Seidenstrümpfen mehrfach an den Unebenheiten des Holzfußbodens hängen blieb. Der Waschtisch war aus Walnussholz, darauf stand ein Krug mit lauwarmem Wasser. Über ihm hing ein kleiner Spiegel an einem schief in die Wand geschlagenen Holznagel. Catherine stützte ihre Arme rechts und links neben der Waschschüssel aus Porzellan ab und studierte Max' Waschutensilien auf der Ablage. Sie entdeckte einen Rasierpinsel, ein Rasiermesser, einen Streichriemen, eine Seifenschale – die einen kleinen Sprung hatte – und einen kleinen Kamm, dem drei Zinken fehlten. Alles lag ordentlich nebeneinander. Soweit sie es überschauen konnte, waren das alle seine Toilettenartikel. Catherine schmunzelte, weil ihr seine Bescheidenheit imponierte.

Sie griff zur Seife und atmete den schwachen Zitrusduft tief ein, den sie schon so oft an Max wahrgenommen hatte. Mit schnellen Bewegungen brachte sie ihr Äußeres in Ordnung und benutzte seinen Kamm, um ihre Haare halbwegs zu richten. Auf Zehenspitzen schlich sie zurück zum Bett, um nachzuschauen, ob Max noch immer schlief. Wieder wühlte sie der Anblick seiner geschundenen Rippen auf. Catherine fragte sich, wie er es in Gottes Namen geschafft hatte, mit ihr zu schlafen, und im selben Augenblick überkam sie tiefe Dankbarkeit ob dieses wunderschönen Erlebnisses, das er ihr bereitet hatte.

Weil Catherine eine recht praktisch veranlagte Frau war, fragte sie sich, wie lange es wohl her sein mochte, dass er etwas zu essen zu sich genommen hatte. Bekanntlich konnte kein kranker Mensch ohne Nahrung wieder richtig gesunden. Sie dachte auch an den Jungen, der zweifelsohne noch immer vor der Türe Wache hielt.

Catherine wechselte in den Salon, ging zu dem breiten Eichenschrank in der Ecke und begutachtete den spärlichen Inhalt. Sie würde sich schon etwas einfallen lassen, schließlich hatte sie selbst oft genug improvisieren müssen. Sie schritt zum Fenster, öffnete es und beugte sich nach vorne in das schwindende Tageslicht. »Nate!«, rief sie leise zu dem Jungen hinunter, der noch immer auf der Treppe ausharrte. »Weißt du, wie man Kartoffeln schält?«

Max erwachte von einem wundersamen Duft, der ihm in die Nase stieg und der seinen Magen knurren ließ. Er war erleichtert darüber, denn wer Hunger verspürte, würde nicht so schnell dahinsiechen. Vorsichtig stützte er sich auf den Ellbogen auf, was ihm jedoch große Schmerzen bereitete, und ließ den Blick durch den Raum schweifen. Es war so kalt. Und alles so schrecklich leer. *Catherine*. Catherine war nicht mehr hier. Einen kurzen Augenblick lang konnte er sich an nichts erinnern. Hatte er nur geträumt? Max wurde schlagartig wach, als er flüsternde Stimmen im Salon vernahm. Nein, er hatte nicht geträumt. Er hörte wirklich Metall auf Metall klappern und ein leichtes Brutzeln. Zwiebeln? Was in aller Welt …? Kochte jemand? Er schickte ein Stoßgebet zum Himmel, dass dem so war, und mit einem Mal kehrten seine Erinnerungen zurück.

Aber Frauen wie Catherine konnten gar nicht kochen. Oder doch? Seine Neugier siegte, und er kletterte, noch immer recht gerädert, aus dem Bett und schlüpfte in seine Unterhosen. Mit einer steifen Bewegung hob er den Arm, strich sich die Haare aus dem Gesicht und trottete durch das Schlafgemach und zum Salon. Er blieb wie angewurzelt stehen.

Catherine eilte geschäftig hin und her, wobei sie Teller, Schüsseln und Teetassen trug und leise auf Lucifer einredete, während Nate – *Nate?* – etwas in einer Pfanne umrührte. Max' winziger

Tisch war ordentlich gedeckt, und die Teekanne stand bereits an Ort und Stelle. Der Hund hing an Catherines Rockzipfeln und winselte herzzerreißend. Im Vorbeigehen beugte sie sich über Nates Schulter, fischte etwas aus der Pfanne, blies kurz kühle Luft darauf und ließ es dann in Lucifers Maul fallen. Der Hund schlang das kleine Geschenk sofort hinunter und schaute voller Bewunderung wieder zu ihr auf.

Max musste ein Geräusch von sich gegeben haben – wahrscheinlich vor Verzückung, wie er annahm –, denn Catherine schaute ihn im nächsten Moment innig lächelnd an. Es war ein Blick, der sich durch seinen Schmerz hindurch direkt in sein Herz bahnte.

»Du bist ja schon auf«, rief sie freudig aus, stellte die Teller ab und schritt eilig auf ihn zu.

Max' Freude jedoch wandelte sich schnell in Verlegenheit, und er fuhr sich unsicher durch das zerzauste Haar. »Ich sehe furchtbar aus und bin nicht gewaschen«, murmelte er und wich einen Schritt zurück. Gütiger Gott, er war ja nur mit Unterhosen bekleidet! Jedem, vor allem dem Jungen musste klar werden, dass er und Catherine das Bett geteilt hatten.

Catherine hatte ihn aber bereits am Arm gepackt und zog ihn in Richtung Tisch. »Unsinn«, sagte sie beharrlich. »Du bist schließlich ein Invalide.«

Er schaute sie böse an. »Ich bin *kein* Invalide.«

Catherine schenkte ihm ein Lächeln, das von Herzen kam. »In Ordnung, dann bist du eben kein Invalide, aber denk bitte an deine Rippen, Max. Eine Weste und Hosen sind jetzt das Letzte, was du brauchst.« Max war überzeugt davon, dass es gegen sämtliche Benimm- und Kleiderregeln in Lord Chesterfields verfluchtem Buch verstieß, sich nur in Unterhosen an den gedeckten Tisch zu setzen. »Ich sollte mir wenigstens ein Hemd überziehen«, murmelte er, während Catherine ihn auf einen Stuhl niederdrückte.

Nate schaute von der Pfanne mit Bratkartoffeln auf, in der er fleißig rührte. »Für mich sehen Sie prima aus«, ließ er ihn über seine Schulter wissen. »Wollen Sie vielleicht 'ne Tasse Tee?«

Catherine zeichnete mit ungeduldiger Hand einen Kreis in die Luft. »Immer schön rühren«, wies sie den Jungen an und nahm den Wasserkessel vom Feuer. »Der Tee ist noch nicht ganz fertig.«

Sie legte eine Hand auf Max' Schulter und beugte sich nach vorne, um heißes Wasser in die Kanne zu füllen. Für einen Augenblick hielt sie inne und atmete seinen Duft ein: diesen verschlafenen männlichen Duft, in den sich warmes Zitrusparfüm und eine Brise Salbe mischte. Im Grunde war es eine eher bizarre Mischung, aber Catherine erfreute sich daran, genau wie sie sich an seinem Anblick erfreut hatte, als sie ihn in der Tür hatte stehen sehen. Sie mochte das weiche Leinen seiner Unterwäsche, die locker und tief auf seinen schlanken Hüften saß und seinen Bauchnabel freigab. Ebenso liebte sie das rabenschwarze Haar, das seinen Bauch sprenkelte. Schnell blickte sie wieder auf, stellte aber fest, dass Nate sich wieder mit voller Konzentration den Röstkartoffeln zugewandt hatte. Sie nutzte den Moment und streichelte Max flüchtig den Bauch, bevor sie ihm einen Kuss auf den Hals hauchte.

»*Mmh*«, murmelte sie. »Nach dem Essen sollte ich dich am besten rasieren.«

»Pah«, entgegnete Max brummend. »Der Tag, an dem ich mich nicht mehr selbst rasieren kann, wird mein letzter sein.« Aber seine Augen lächelten. Catherine erwiderte sein Lächeln und deckte den Tisch zu Ende. Sie verzehrten in angenehmer Stille das einfache Mahl, das Catherine zubereitet hatte: Bratkartoffeln, Käsebrote und Tee. Max verputzte einen großen Teller, wenn auch recht langsam. Nate hingegen schlang alles so schnell herunter, als wäre er auf der Flucht.

Catherine blickte zwischen den beiden erstaunt hin und her. »Max, wie lange hat Nate auf den Stufen vorm Haus gesessen?«

Max runzelte die Stirn. »Seitdem er mich letzte Nacht hierher gebracht hat, nehme ich an.«

Catherine schaute auf Nate. »*Du* hast ihn also nach Hause gebracht?«, erkundigte sie sich erstaunt und schüttelte den Kopf. »Wie dem auch sei, es bricht mir schier das Herz. Hast du denn keine Eltern? Oder sonst jemanden, der dich vermissen wird?«

Nate zuckte mit den Schultern und schaufelte noch eine Gabel Bratkartoffeln in sich hinein. »Meine Mudder v'lleicht«, antwortete er mit vollem Mund. »Aber die hat nur Zeit für die Kleinen.«

Max warf dem Jungen einen viel sagenden Blick zu. »Du hättest auf meiner Sitzbank dort drüben schlafen sollen, Nate.«

Die Augen noch immer auf den Jungen gerichtet, legte Catherine ihre Serviette ab. »Du wirst auf der Stelle nach Hause gehen«, befahl sie ihm freundlich, aber bestimmt. »Deine Mutter sollte wissen, wo du gewesen bist.«

Nate schaute sie entgeistert an. »De Rohan braucht mich aber vielleich'!«, warf er verzweifelt ein. »Er is' doch ganz schlecht zurecht. Was, wenn der Mörder wiederkommen tut?«

Catherine schürzte störrisch die Lippen. »Ich werde so lange bei ihm bleiben, das verspreche ich dir«, konterte Catherine beharrlich. »Nate, du bist doch noch ein kleiner Junge. Du musst jetzt wirklich nach Hause gehen.«

Max schob mit einer unsanften Bewegung seinen Stuhl nach hinten. »Gütiger Gott!«, rief er aus. »Bin ich solch ein armes Würstchen von Mann, dass sich jetzt schon eine Frau und ein Kind darum streiten müssen, wer auf mich aufpassen darf?«

Der Junge warf ihm einen spöttischen Blick zu. »Wenn ich mich recht erinnere, haben Sie meine Hilfe letzte Nacht schon schwer nötig gehabt.«

Nun schob auch Catherine ihren Stuhl zurück. »Nate wird jetzt für ein paar Stunden nach Hause gehen«, ordnete sie mit ruhiger Stimme an. »Er kann später am Abend noch einmal wiederkommen. So lange werde ich hier bleiben.«

Max wollte protestieren, doch Catherine schnitt ihm einfach das Wort ab. »Du hast mir versprochen, dass ich Lady Sands'

Briefe lesen darf, Max«, erinnerte sie ihn und hoffte inständig, er möge vergessen haben, dass dies mittlerweile überflüssig geworden war. »Ich nehme nicht an, dass du wortbrüchig werden willst, oder?«

Max versuchte, ihr einen mürrischen Blick zuzuwerfen, aber es gelang ihm nicht. Catherine erkannte, dass seine Kräfte langsam schwanden. Als Nate damit beschäftigt war, das Geschirr abzuräumen, sammelte Max seine letzten Reserven und legte ihr einen Arm um die Taille. »Tausend Dank für das Abendessen, *cara mia*«, sagte er und gab ihr einen zarten Kuss aufs Haar. »Das war eine wunderbare Idee. Und, ja, du darfst dir gern die Briefe anschauen, wenn du das noch immer wünschst.«

So kam es, dass Nate sich zusammen mit den übrig gebliebenen Kartoffeln auf den Heimweg nach St. Giles machte. Catherine scheuchte Max zurück ins Bett, räumte den Salon auf und trug Julias Briefschatulle in das Schlafgemach. Der Tag neigte sich langsam dem Ende zu, und Max schlief bereits wieder tief und fest, als Catherine leise die Lampe auf seinem Nachttisch anzündete und es sich für eine lange Lesestunde bequem machte. Stündlich legte sie das Tagebuch oder den Stoß Briefe, den sie gerade durchlas, zur Seite und weckte Max, damit sie seinen Zustand kontrollieren und ihm eine kleine Dosis Laudanum verabreichen konnte, das der Doktor für ihn dagelassen hatte. Außer Wasser wollte Max nichts zu sich nehmen, und Catherine las und las. Bentley war zwar aus der Schusslinie, doch ihre Neugier spornte sie an.

Als Nate zurückkehrte, rief der Nachtwächter gerade die zehnte Stunde aus, doch Catherine hatte längst noch nicht alle Papiere durchgearbeitet. Sie flüsterte Nate zu, er möge ihr eine Kutsche rufen, und richtete ihm währenddessen ein weiches Lager vor dem Kamin ein. Schnell schrieb sie Max eine Nachricht und schlich auf Zehenspitzen zurück ins Schlafzimmer. Geräuschlos packte sie Lady Sands' Unterlagen zusammen, um sie mit in die Mortimer Street zu nehmen. Dass sie im letzten Moment noch einmal zu Max schaute, war ein Fehler, denn eine warme, weiche und wallende Woge stieg in ihr hoch und drohte sie zu überwältigen. Sie spürte, dass sich etwas zwischen ihnen grundlegend verändert hatte. Ihre Gefühle füreinander waren stärker geworden, obwohl sie noch immer kein Wort über seine schlimmen Schicksalsschläge im Elsass verloren hatten. Fast so, als hätten sie ein geheimes Abkommen getroffen, nicht darüber zu reden. Warum sollten sie auch? Die Farbe von Max' Blut, die geschäftlichen Wurzeln seiner Großmutter, sein langer fast unaussprechlicher Titel – all das machte für Catherine keinen Unterschied. Es war eher so, dass sie geneigt war, über die Ironie des Schicksals lauthals zu lachen, denn es war ausgerechnet ihr alter Herr gewesen, der ihr beigebracht hatte, dass die Umstände, in die ein Mensch geboren wird, noch lange nichts über seinen Charakter aussagten.

Sie gab einem Impuls nach und streckte die Hand nach ihm aus, was Max anscheinend gespürt haben musste, denn just in dem Moment drehte er den Kopf zur Seite und kuschelte sich in ihre warme Hand. Sein Gesicht sah wesentlich friedlicher und entspannter aus, wodurch er attraktiver und weitaus weniger gefährlich wirkte. Seine langen pechschwarzen Wimpern ruhten auf seinen Wangen, und er hatte wesentlich weichere Gesichtszüge angenommen. Ganz so, als wäre er endlich mit sich und der Welt im Reinen.

Catherine dachte darüber nach, wie er wohl mit sechzehn gewesen sein mochte. Wie hatte es sich angefühlt, sein Land verlassen zu müssen, während ihm sein Vater so grausam genommen worden war, die Ruinen seines einstigen Zuhauses aber noch glühten? Wie mochte es sich anfühlen zu wissen, dass es immer Menschen geben würde, die glaubten, der eigene Vater sei ein Verräter gewesen, wo er doch nur versucht hatte, das Leben der Ärmeren lebenswerter zu machen? Ein verletzlicher und mitfühlender junger Mann würde tiefe Wunden erleiden, davon war Catherine überzeugt. Und tief in ihrem Herzen wusste sie auch, dass Max noch viel mitfühlender und verletzlicher war, als er jemals – selbst ihr gegenüber – zugeben würde. Catherine konnte einfach nicht anders und beugte sich vor, um ihm einen zärtlichen Kuss auf die Stirn zu hauchen. Erst dann blies sie die Lampe aus und ging.

Als Genevieve Durrett am Montagmorgen Lord Sands' Salon betrat, war sie die Verkörperung purer französischer Eleganz. Max musste zugeben, dass sie ein Traum von einer Frau war, zumindest wenn ein Mann ein Faible für kleine, rundliche Blondinen hatte, und schnell wurde ihm auch klar, dass es eine ihrer leichtesten Übungen gewesen sein musste, einen Mann wie Harry um den kleinen Finger zu wickeln und ihn ins Bett zu locken.

Trotz ihrer Anmut und Schönheit wäre sie fast gestolpert, als sie die beiden Männer erblickte, die auf sie gewartet hatten.

»Monsieur Sisk!« Sofort machte sie einen Knicks. »*Bonjour.*« Als sie sich wieder aufrichtete, wandte sie sich Max zu und ließ einen besorgten Blick über sein Gesicht huschen. Erst jetzt fiel ihm auf, dass sie diejenige war, die an jenem Morgen, als Julias Leiche entdeckt worden war, so bitterlich in der Eingangshalle geweint hatte. Max stellte sich ihr kurz vor und zog sich sogleich in den hinteren Bereich des Salons zurück, um eine eher beobachtende Position einzunehmen. Sisk nahm auf einem der Stühle Platz und blätterte in seinem Notizbüchlein.

Es bestand kein Zweifel daran, dass Genevieve Durrett dem Wachtmeister misstrauisch gegenüberstand. Sie hockte auf der Stuhlkante und hatte den Blick starr auf seine Abzeichen an der Uniform geheftet. Sisk stellte ihr der Reihe nach jene Fragen, die Max und er zuvor abgesprochen hatten. Genevieve gab zu, ihre Herrin oft begleitet zu haben, wenn diese Einkäufe getätigt hatte. Und, ja, ihre Herrin war gern in Juweliergeschäfte gegangen. Jedoch verneinte sie beharrlich, mehr darüber zu wissen.

Selbst als Sisk sie unter Druck setzte, gab sie an, nichts von gefälschtem Schmuck gewusst zu haben und schon gar nicht über die Liebhaber ihrer Herrin, deren Namen auf der Liste standen. Sisk gab nicht nach und bedrängte sie immer mehr. Mit jeder Nuance, um die ihr Gesicht blasser wurde, bröckelte auch Genevieves Selbstsicherheit. Ihr Körper versteifte sich zunehmend, und ihre Finger, die sich um die Armlehnen krallten, liefen weiß an. Aber es war schlichtweg nichts aus ihr herauszuholen. Max erkannte, dass Sisk so nicht weiterkam. Hinter der hochmütigen Fassade Genevieve Durretts verbarg sich nackte Angst.

Ihre schluchzenden Unschuldsbeteuerungen hallten schon bald im ganzen Haus wider, und obwohl die Türen zum Salon verschlossen waren, konnte Max sich lebhaft vorstellen, wie die gesamte Belegschaft des Hauses sich dahinter versammelt hatte. Als Sisk schließlich auch noch auf ihre Affäre mit Harry zu sprechen kam, brach die kleine Französin fast völlig zusammen.

»*Mais non, mais non*«, rief sie aus und rang die Hände. »Lügen, das sind alles Lügen! Damit 'abe isch nischts zu tun, isch weiß nischts über die Engländer. Isch möchte jetzt ge'en. Isch möschte zurück in meine 'eimat. Bitte, Monsieur, das müssen Sie mir einfach glauben.«

Sie sah so jung, so verletzlich aus, und plötzlich – während sie so sprach – wurde Max' Herz weich. Es lag an der Verzweiflung, die in ihrer Stimme mitschwang. Genevieve Durrett war mutterseelenallein in einem fremden Land, sie war verwirrt und verunsichert und der Gnade fremder Menschen ausgeliefert, die weitaus mächtiger waren als sie – ein Gefühl, das er nur zu gut kannte. Und zu allem Übel bedrängte Sisk sie seit nunmehr einer halben Stunde.

Max schritt durch den Raum und setzte sich neben Sisk. Der stechende Schmerz in seiner Brust erinnerte ihn daran, warum er die ganze Zeit über gestanden hatte. Er biss die Zähne zusammen und lächelte. »Miss Durrett«, setzte er geduldig an. »Vielleicht ist Ihnen nicht ganz klar, dass Lord Sands uns bereits gestanden hat, dass er besagte Nacht mit Ihnen verbracht hat. Falls nötig, wird er es sogar vor Gericht schwören, was ...«

Ihr spitzer Schrei schnitt ihm das Wort ab, ihre verängstigten Augen waren weit aufgerissen. »*Non!*«

»... bestimmt das Letzte ist, was irgendjemand von uns möchte, oder?«, beendete Max seinen Satz mit tiefer und besänftigender Stimme. »Vielleicht erläutere ich Ihnen erst einmal kurz, was ich denke, das macht die Sache einfacher. Meiner Meinung nach sind Sie auf Wunsch Ihrer Herrin mit seiner Lordschaft ins Bett gegangen. Genevieve, war es nicht so?«

Er starrte sie durchdringend an, bündelte seine ganze Überzeugungskraft auf die zitternde Frau vor ihm. Eine ganze Weile hielt sie seinem Blick stand.

»Ja!«, rief sie schließlich aus und fing wieder an zu weinen. »Sie ... sie 'at misch dafür bezahlt. Sie 'at aus misch eine *prostituée*, eine 'ure, gemacht. Und wofür? Um selber getötet zu werden? Isch schwöre Ihnen, Monsieur, isch wusste von nischts. Wirklisch!«

Behutsam beugte Max sich vor und berührte das Mädchen leicht an der Schulter. »So beruhigen Sie sich doch, Miss Durrett«, wirkte er auf sie ein. »Sie war Ihre Herrin, und wahrscheinlich hatten Sie das Gefühl, Sie hätten gar keine andere Wahl, als ihr zu gehorchen.«

Genevieve schniefte unaufhörlich. »*Mais oui,* Monsieur«, schluchzte sie leise und tupfte sich die Nase mit ihrem Taschentuch ab. »Genauso war es. Madame war so – wie soll isch sagen – *difficile, oui*?«

Vorsichtig lenkte Max das Gespräch in die gewünschte Richtung. »Denken Sie noch einmal gründlich nach, Miss Durrett, und erzählen Sie uns genau, was sie Ihnen gesagt hat. Was hat sie Ihnen versprochen?«

Tapfer kämpfte das Dienstmädchen gegen ihr Schluchzen an. »Madame befahl misch, zu verführen Lord Sands, sobald er zurück nach 'ause gekommen war«, antwortete sie und setzte sich aufrecht hin. »Madame lachte und sagte, es könnte *un peu* laut werden in ihre *chambre*. Isch sollte dafür sorgen, dass der gnädige 'err nischt das Bett verließ. Isch sollte ihn ablenken, wofür sie mir zwanzig Pfund und die Rückfahrkarte nach Calais versprach. Sie sagte, das würde das Letzte sein, was isch müsste tun für sie. Sie versprach misch, isch könnte danach endlich nach 'ause ge'n.«

Max schaute sie aufmerksam an. »Warum wollte sie, dass Sie das taten? Hat sie Ihnen eine Erklärung gegeben?«

Genevieve machte ein unglückliches Gesicht und nickte. »*Oui*, Monsieur, sie wollte sisch vergnügen mit ihre Lieb'aber.«

»Mit welchem der Kerle?«, unterbrach Sisk sie schroff.

Genevieve schaute die beiden Männer unschuldig aus ihren weit aufgerissenen Augen an. »Mit ihrem einzigen, Monsieur«, gab sie zur Antwort. »Sie 'atte 'ier und da eine *petite affaire, oui*, aber diesen Mann kannte sie schon länger als drei Jahre, die isch war bei ihr. Diese Mann kam immer zu Madame ins 'aus, ohne dass es jemand merkte. Manschmal kam er sogar dursch das Fenster.«

Sisk schnaubte verächtlich, woraufhin Max ihm einen strengen Blick zuwarf, der ihn zum Schweigen brachte. »Kennen Sie ihn? Wie heißt er?«

»Monsieur Lumpkin«, gab sie eilig zurück. »Madame nannte ihn Tony.«

»Lumpkin?« Sisk setzte den Bleistift, mit dem er sich gerade Notizen machte, ab und schaute auf. »Würden Sie ihn wiedererkennen?«

Das Mädchen schüttelte den Kopf. »*Non,* Monsieur, isch 'abe ihn nie gesehen. Vor langer Zeit 'at sie präpariert das Fenster, sodass er kommen und gehen konnte, ohne dass ihn jemand sah. Aber ihre *affaire* war kein Geheimnis. Sie sagte oft, er würde sie bei diesem Ball oder jener Dinnerparty treffen.«

Lumpkin. Der Name klang irgendwie vertraut in Max' Ohren. Plötzlich hatte er eine Eingebung. »Lady Sands muss diesem Mann sehr ergeben gewesen sein, wenn sie es zuließ, dass er nach Belieben ein und aus ging. Aber in der Nacht ihres Todes tat sie etwas noch Ungewöhnlicheres: Sie bat Sie, seine Lordschaft zu ... unterhalten. Wissen Sie, warum?«

Etwas schien Genevieve zu bedrücken. »Isch glaube nischt, dass sie ihm ergeben war«, setzte sie zögerlich an. »Manschmal, bevor sie ihn traf, war sie … *tourmentée*. Unruhig. Isch glaube, dass sie ihn nischt bat zu kommen, sondern nur vorgab, ihn zu mögen.«

Max hob eine Augenbraue. »Wieso sind Sie sich da sicher?«

Die Dienerin zuckte mit den Schultern. »Isch bin Französin, Monsieur«, ließ sie nonchalant einfließen. »Sie liebte die Männer, *oui*, aber dieser Mann 'at ihr Kummer bereitet. Und in diese Nacht, so glaube isch … wollte sie die Sache beenden. Vielleischt sie 'atte Angst, sie könnten sein zu laut. Sie sagte, dass nach diese Nacht er würde nischt mehr kommen zu sie in die Bett. Und dass der Wind bald aus eine andere Rischtung wehen würde. Aber das 'abe isch nischt verstanden. Sie war an diese Tag sehr mit sisch zufrieden. Sie hat misch sogar geschickt zu die Butler wegen *Champagne*.«

Max betrachtete sie aufmerksam. »Wie viele Gläser gab es, und war es Mr. Overturf, der die Flasche öffnete?«

Sie nickte bereitwillig. »Isch 'abe ihm geguckt dabei zu, Monsieur. Aber isch 'abe nur mit in ihr Zimmer genommen eine Kelschglas. Das isch dann in die nächste Tag 'abe gemacht kaputt, als isch sah, dass …«

Sisk und Max tauschten wissende Blicke aus. Beide spürten, dass das Mädchen die Wahrheit sprach. »Gab es irgendetwas, das seiner Lordschaft Grund zur Beunruhigung gegeben hat?«

Wieder schüttelte sie den Kopf. »*Non*, Monsieur, nischts.«

»Hmm«, brummte Sisk. »Hat Lord Sands zwischendurch das Bett verlassen?«

Die Lippen fest auf einandergepresst, schüttelte die Bedienstete den Kopf. »*Non*.«

»Ist es vielleicht möglich, dass Sie es nur nicht bemerkt haben?«, ergriff Max wieder das Wort.

Genevieve hielt kurz inne und dachte nach. »*Non*, Monsieur. Isch 'abe eine leischte Schlaf.«

Max lehnte sich zufrieden zurück. Wie es schien, hatten Harry und Genevieve ein wasserdichtes Alibi. Hätte das Dienstmädchen die Tat begangen, so hätte sie unweigerlich die Chance ergriffen, Harry die Schuld zuzuschieben. Außerdem schien sich auch Harrys verschrobene Geschichte von Lady Sands' mysteriösem Liebhaber zu bestätigen. »Lumpkin«, grübelte er laut nach. »Vielleicht kann Sands etwas mit dem Namen anfangen. Ich werde ihn zu uns bitten.«

»Aber das ist nischt möglisch, Monsieur«, warf Genevieve mit leiser Stimme ein. »Mylord 'at heute bei Sonnenaufgang das 'aus verlassen, zusammen mit seine Schwester, der Vicomtess.«

»Wo sind die beiden hingefahren?«, wollte er wissen, wenngleich er fürchtete, die Antwort bereits zu kennen.

Genevieve war bei seinem barschen Ton zusammengezuckt. »Zum Anwesen von Lord Delacourt, *Monsieur*«, gab sie zurück. »Isch glaube, das ist in Derbyshire, nischt wa'r?«

Max fluchte leise und erinnerte sich an seine Anweisungen, die er Harry gegeben hatte. »Lassen Sie uns gehen, Sisk.«

Im Morgensalon in der Mortimer Street hatte Catherine es sich in Cams altertümlichem Ohrensessel aus Leder gemütlich gemacht. Sie hatte die Beine angewinkelt und die Röcke ihres ältesten und gemütlichsten Musselinkleides darüber gezogen. Ihr Haar war so gut wie nicht frisiert, sie hatte es lediglich mit einigen wenigen Haarklammern hochgesteckt. Catherine war müde, ausgesprochen müde. Sie hatte sich am Morgen regelrecht aus dem warmen Bett quälen müssen, und obwohl hinter dem großen Erkerfenster der Tag langsam wärmer wurde, spürte sie noch immer innere Kälte. Sie hatte den kleinen Beistelltisch aus Mahagoni ein wenig näher zu sich herangezogen und Lady Sands' Briefschatulle aus Rosenholz geöffnet und darauf abgelegt, auch wenn sie ein wenig zu groß für den Tisch war und seitlich überstand.

Catherine hatte eine Liste angefertigt, auf der sie alle Personen eingetragen hatte, mit denen Lady Sands sich in den letzten zwei Jahren getroffen hatte, und auf der die Orte verzeichnet waren, an denen sie sich in besagtem Zeitraum aufgehalten hatte. Es war die reinste Sisyphusarbeit gewesen und hatte zu keinerlei Ergebnissen geführt. So sehr sie es auch versuchte, Catherine konnte einfach kein Muster in Lady Sands' Leben entdecken. Die mit einem feinen Bleistift geschriebenen Notizen fingen an, vor ihren Augen zu verschwimmen, so erschöpft war sie. Catherine fühlte sich alles andere als wohlauf. Ihr Frühstück stand noch immer unangerührt auf einem kleinen Tisch in der Ecke des Raumes. Sie hatte keinen Bissen herunterbekommen. Selbst der Geruch der Speisen bereitete ihr Übelkeit. Stürmisch klingelte sie nach dem Personal.

»Mein Appetit lässt heute Morgen vergeblich auf sich warten, Delilah«, ließ Catherine das Hausmädchen wissen, als dieses in den Salon kam. »Sie können das Frühstück abräumen.«

Delilah machte einen kurzen Knicks. »Jawohl, Madam. Wünschen Sie sonst etwas?«

Catherine legte den Bleistift zur Seite und platzierte eine Hand auf ihrem Unterleib. »Haben wir eigentlich noch Sodawasser, Delilah?«, fragte sie nachdenklich. »Ich würde jetzt gern ein Glas davon trinken.«

»Sie wünschen also nur ein Glas Sodawasser pur, Madam?«

»Mit einem Spritzer Ingwer, bitte.«

Während Delilah flink das Frühstücksgeschirr abräumte, wandte Catherine sich erneut ihren Aufzeichnungen zu. Doch als sich ein weiteres Mal jenes flaue Gefühl im Magen regte, lenkte sie ihren Blick durch das Fenster in den gepflegten Garten. Mit schleichendem Unbehagen starrte sie in die hellen Sonnenstrahlen eines zauberhaften Sommermorgens und beobachtete einen Zaunkönig, der unter dem Springbrunnen hockte und sich gerade einen dicken Wurm aus dem frisch gejäteten Blumenbeet angelte. Er warf den Kopf zurück und verschlang sein glitschiges Opfer. Bei diesem Anblick musste Catherine heftig würgen und konnte nur mit Müh und Not gegen den Brechreiz ankämpfen, indem sie schnell die Augen schloss und sich eine Hand vor den Mund presste. Gütiger Himmel! Das Gefühl in ihrem Magen machte ihr langsam Angst. Catherine war noch nie zuvor in ihrem Leben krank gewesen. Jetzt aber spürte sie, wie sie Stund um Stund bleicher wurde.

Es gab da noch etwas anderes, das sie beunruhigte: Sie war nämlich seit zwei Tagen überfällig, was aber höchstwahrscheinlich nur auf ihre nervliche Anspannung zurückzuführen war. Damals, als ihre Nichte vermisst worden war, war es ihr ähnlich ergangen. Und als Ariane munter und wohlauf in den Schoß der Familie zurückgekehrt war, hatte sich Catherines Zyklus auch prompt wieder normalisiert – und hatte alle aufkeimenden Hoffnungen auf ein Kind zunichte gemacht. Wie dem auch sei, erst nach zwei Wochen ließ sich ja bekanntlich feststellen, ob eine Frau ... Und Max war doch beim ersten Mal vorsichtig gewesen, nicht wahr?

Oder vielleicht doch nicht? Catherine vergrub ihr Gesicht in den Händen. Nach acht unfruchtbaren Jahren? Das konnte unmöglich sein! Gütiger Gott, sie hätte bereits beim ersten Anblick dieses Mannes wissen müssen, wie hoch das Risiko war. Max war männlicher als andere Männer. Wahrscheinlich lautete sein Zweitname *Virilius*. Aber nein, das war doch vollkommen lächerlich. Absolut unmöglich. Kein Mann verfügte über solch eine Manneskraft. Wie aus dem Nichts tauchten mit einem Mal glasklare Bilder von Sofias zerbrechlicher Hand auf und wie sie fast schon zärtlich über einer bestimmten Karte geschwebt hatte – wie hatte sie sie doch gleich genannt, die »Königin der Pentakel«?

»Vor allem aber steht sie für immense Fruchtbarkeit«, hatte sie kichernd verkündet.

»*Aaaahhh*!«, schrie Catherine laut auf. »Sie hat mich verflucht!«

Plötzlich schwankten Catherines Gefühle zwischen Hoffnung und Panik, denn sie wollte Max auf gar keinen Fall zu einer Ehe zwingen, die ihn augenscheinlich unglücklich machen würde.

Ruhig Blut, wahrscheinlich war nur die Milch schlecht gewesen. Oder der Fisch. Oder es lag an ihrem dünnen Nervenkostüm. Eins davon musste es sein. Sie atmete tief ein und aus, und langsam ließ die Übelkeit nach, sodass sie sich wieder ihrer Detektivarbeit widmen konnte.

Kurz darauf kehrte Delilah mit einem kleinen silbernen Tablett zurück. »Ich habe Ihnen auch noch ein wenig Brot und Butter mitgebracht, Mylady«, ließ sie verlauten, während sie versuchte, das Tablett neben der geöffneten Schatulle von Lady Sands abzustellen, wozu sie es ein wenig zur Seite schieben musste.

Da Catherine plötzlich unbändiger Durst quälte, wollte sie sogleich nach dem Wasser greifen, machte aber eine etwas ungelenke Bewegung und streifte das Tablett. Blitzschnell griff Delilah nach dem Glas, sodass es nicht herunterrutschen konnte, woraufhin Catherine mit dem Ellbogen an Lady Sands' Briefschatulle stieß, die mit einem furchtbaren Geräusch zu Boden fiel. Das Kästchen landete so, dass es fast zugegangen wäre, sich vorher aber noch sämtlichen Inhalts entledigte.

Delilah stieß einen spitzen Schrei aus und fiel sofort auf die Knie. »O Mylady!«, kreischte sie und begann sofort, die kleinen Tintenfässchen einzusammeln. »Bitte verzeihen Sie mir.«

Catherine gesellte sich blitzschnell zu ihr und begann damit, die verstreuten Dokumente zusammenzusuchen. »Es war mein Fehler, Delilah«, redete sie beruhigend auf das Dienstmädchen ein. »Ich habe eine ungeschickte Bewegung gemacht, und dabei, so fürchte ich, ist ...«

Beide bemerkten den Schaden im selben Augenblick. Ein kleines Stück Holz, nicht größer als ein Briefbogen, lag unterhalb der Papiere. Delilah sah ihre Herrin mit Unbehagen an. »O Madam, ich habe es zerbrochen.«

Verdutzt hob Catherine die Holzplatte hoch und fand darunter einen Stapel Papiere, die sie noch nicht kannte.

Delilah stellte die Briefschatulle wieder richtig hin, und Catherine legte die Platte hinein – sie passte wie angegossen.

Delilah hielt die Luft an. »Ach, du grüne Neune, sieh sich das einer an!«, wisperte sie. »Ein zweiter Boden.«

Catherine wollte die Platte wieder herausnehmen, schaffte es aber nicht, sie war eingerastet. Delilah schnappte sich das Buttermesser vom Tablett und fuhr mit ihm am Rand des doppelten Bodens entlang. An einer Stelle war augenscheinlich eine Vertiefung, in der nun die Messerspitze verschwand. Leicht verunsichert blickte sie zu ihrer Herrin auf.

Catherine nickte eifrig. »Versuchen Sie, die Platte zu lösen.«

Mit einer schnellen Drehung des Handgelenkes hebelte Delilah den doppelten Boden heraus. »Wie raffiniert, Madam«, stieß sie atemlos hervor. »Gerade mal genug Platz, um die paar Papiere dort zu verstecken!«

Catherine hatte sich längst den kleinen Stapel geschnappt und setzte sich mit gerunzelter Stirn wieder in den Ohrensessel. Das erste Dokument war ein großes, zusammengefaltetes Theaterplakat, das schon ein wenig älter zu sein schien, denn die Ecken waren bereits stark vergilbt. Behutsam faltete sie es auseinander. Die Illustrationen waren kaum mehr zu erkennen, aber die Schrift war noch gut leserlich, auch wenn das den Mordfall nicht wirklich weiterbringen würde:

Nur für kurze Zeit!
SIE ERNIEDRIGT SICH, UM ZU EROBERN
oder
Die Irrtümer einer Nacht
Eine Komödie von
Mr. Oliver Goldsmith
am
Imperialtheater
Lower Washington Street, Boston

Catherine warf das Plakat beiseite. Nichts als ein gefühlsduseliges Erinnerungsstück aus Lady Sands' Jugend in Amerika. Die restlichen Papiere sahen verdächtig nach Briefen aus. Hastig breitete Catherine sie vor sich aus, wobei eine außergewöhnlich kurze Nachricht ihre besondere Aufmerksamkeit erregte. Sie hob sie auf und hielt sie gegen das Licht.

»*Mein liebes, liebes Mädchen*«, lauteten die ersten Worte der nur schwer leserlichen Schrift. »*Kaum einer kann sich die Verwunderung vorstellen, die mich überfiel, als ich erfuhr, dass du nach all den Jahren noch lebst und wohlauf bist. Natürlich weiß ich, dass du trotz deiner vielen Auftritte dein Gelübde nicht vergessen haben dürftest. Du lebst in Reichtum, ich in Armut. Vertrau mir, meine Kleine, denn in nicht allzu langer Zeit werden wir uns wiedersehen. Vielleicht genau dann, wenn du es am allerwenigsten erwartest ...*«

Kapitel 18

»Wenn Sie Ihren derzeitigen Humor und Ihre momentane Lage nicht im Griff haben, so sei Ihnen angeraten, sich jenen Mitmenschen anzuschließen, die einen ähnlichen Sinn für Humor an den Tag legen wie Sie.«
Lord Chesterfield, 1776,
The Fine Gentleman's Etiquette

Nachdem sie Harrys Domizil verlassen hatten, begleiteten Max und Lucifer Wachtmeister Sisk das kurze Stück bis zum Queen Square. Das Laufen bereitete Max große Schmerzen, aber für seinen Körper war es dennoch wichtig und richtig, dass er sich bewegte. In Westminster war ungeheuerlich viel los, wenngleich keiner der beiden Männer dem regen Verkehr oder den grölenden Straßenhändlern Aufmerksamkeit schenkte. Sie wechselten kein Wort. Genevieves Schicksal hatte Max stark zugesetzt und ihm die Laune vermiest. Sisk, der mit nachdenklichem Blick und gerunzelter Stirn die Straße hinunterschlenderte, schaute kein bisschen vergnügter drein.

Plötzlich verlangsamte der Wachtmeister seinen Schritt, woraufhin Max den Kopf hob und feststellen musste, dass sie bereits am Amtsgericht angekommen waren. Max blieb mitten auf dem Trottoir stehen und schien den verärgerten Passanten, der sich nun an ihm vorbeizwängen musste, nicht weiter zu bemerken. »Ich sollte kurz mit reinkommen«, brummte er und verlagerte das Gewicht auf seinen Spazierstock.

Sisk musterte ihn von Kopf bis Fuß. »So, wie Sie Ihren Oberkörper halten, sollten Sie lieber wieder nach Hause gehen und ins Bett kriechen.«

Max ignorierte seine Bemerkung und begann, die Stufen zu erklimmen. Lucifer folgte ihm dicht auf den Fersen. »Sagen Sie

Eversole, er soll sämtliche Aussagen zusammensuchen«, gab er Sisk in genau dem Moment Anweisung, als ein imposanter Vierspänner lautstark auf der anderen Straßenseite vorfuhr und ihn fast übertönte. »Ob es Ihnen passt oder nicht, wir gehen den Fall noch einmal Stück für Stück durch.«

Sisk schnaubte wie so oft. Als die Kutsche angehalten hatte, ertönte sogleich eine laute und schrille Stimme. Max drehte sich um und erblickte einen tadellos gekleideten Gentleman, der sich durch die Menschenmenge kämpfte und auf sie zuschritt. »Ich konnte einfach nicht mehr warten!«, trillerte Kemble, wobei er wild mit den Händen in der Luft gestikulierte. Mit einem Ruck blieb er vor den beiden stehen, nur seine Hände waren noch immer in Bewegung. »Herrgott, de Rohan! Was ist denn mit dir passiert?«

Max schaute ihn düster an, woraufhin Kemble unverhohlen die vielen kleinen und großen Blutergüsse in Max' Gesicht studierte. »Heiliger Strohsack«, murmelte er, als Lucifer, der vor ihm stand, ihn argwöhnisch anbellte. »Hat die Schönheit vom Lande irgendwo einen eifersüchtigen Ehemann?« Im nächsten Augenblick wandelte sich sein Gesichtsausdruck. »Ist ja auch egal, aber nimm bloß deinen Höllenköter weg, bevor er mir auf die Stiefel pisst.«

»Was willst du, Kem?«, brummte Max und schnippte mit den Fingern. Lucifer fletschte ein letztes Mal die Zähne und knurrte Kem an, bevor er sich trollte.

»Ich komme fast um vor Neugier. Was hat denn nun das kleine französische Dienstmädchen zu erzählen gehabt?«

Sisk warf Max einen fragenden Blick zu, woraufhin der nur kurz mit dem Kopf nickte. »Sie können ja mit reinkommen, wenn Sie wollen«, brummte der Wachtmeister. »Das Letzte, was mir jetzt noch fehlt, ist einer Ihrer Auftritte vor den hiesigen Beamten.«

Kemble machte eine wegwerfende Handbewegung, die Sisk galt, und schon setzten sich die vier in Bewegung und erklommen die kurze Treppe, die in die kühle Eingangshalle führte, wo es nach kalter, beißender Asche roch, gepaart mit Angstschweiß. Ein Geruch, der in Max unangenehme Erinnerungen wachrief und der scheinbar von den Holzbohlen des Fußbodens aufstieg. Das Feuer im Kamin war schon vor längerem ausgebrannt, neben dem altertümlichen Empfangstresen standen zwei uniformierte Wachtmeister, die die Köpfe zusammengesteckt hatten und sich leise unterhielten.

»Eversole!«, fuhr Sisk einen der beiden Männer an, als sie vorbeigingen. »Ist der Gerichtssaal frei?« Der kleinere der beiden Männer schreckte hoch und beäugte misstrauisch die Dogge. »Jawohl, Sir.«

»Wir wollen nicht gestört werden«, knurrte Sisk. »Holen Sie mir die Akte. Sie wissen schon, welche ich meine.«

Die kleine Gruppe nahm auf einer schmalen Bank an der Fensterseite des Gerichtssaals Platz, unter der Lucifer es sich gemütlich machte. Es dauerte eine kleine Weile, ehe sie Kemble auf den Stand der Dinge gebracht hatten. Als sie mit ihren Ausführungen fertig waren, klappte Sisk sein Notizbüchlein zu, und Kemble brach in schallendes Gelächter aus.

Sisk schleuderte ihm einen gereizten Blick zu. »Was ist denn daran so verdammt lustig?«

»Tony Lumpkin..?«, brachte Kemble prustend hervor.

Max fuhr mit der Hand über sein stoppeliges Kinn. »Mir kam der Name gleich bekannt vor, aber ich komme nicht drauf. Kennst du ihn?«

»Ihn kennen?« Kemble musste wieder lachen. »In gewisser Weise schon. Was für ein herrlicher Witz. Ein Killer mit Sinn für Humor.« Max' eisiger Blick traf ihn. »Was zum Teufel willst du damit sagen?«

Kembles Lächeln wurde breiter. »*Tony Lumpkin!*«, wiederholte er. »Erster Akt, zweite Szene in dem Stück *Sie erniedrigt sich, um zu erobern*.«

Verwirrt schüttelte Max den Kopf.

Kemble klopfte ungeduldig mit seinem Finger auf der Bank. »Das ist der junge Taugenichts, der in einer Schänke singt, die sich *The Three Pigeons* nennt!« Plötzlich baute sich der kleine Mann vor dem Holzgeländer des Gerichtssaals auf, hielt sich einen unsichtbaren Hut ans Herz und begann, mit seiner ausdrucksstarken Baritonstimme zu singen:

Wenn die Methodistenprediger einfallen
Und predigen, Trinken sei eine Sünde,
so wette ich mit den Schurken um fünf Schillinge,
dass auch sie den Kragen schon voll haben!
Aber wenn du mit deinem Penny daherkommst,
eine Scheibe ihrer verdorbenen Religion erstehst
– jeder soll nach seiner Überzeugung handeln –,
so bist du, mein Guter, ihnen längst verfallen.
Toroddle, torodddle, toroll!

Kemble war gerade so richtig in Fahrt gekommen und holte tief Luft, um die zweite Strophe anzustimmen, als Lucifer unter der Bank hervorkroch, sich vor ihm aufbaute und in ein Geheul verfiel, das den Anwesenden das Blut gefrieren ließ. Beleidigt nahm Kemble wieder Platz.

Sisk stieß einen leisen Pfiff aus. »Hoppla, das haut einen ja glatt um.«

Plötzlich flog die Tür auf, und Eversole kam mit einigen Papieren unter dem Arm herein. Seinen Blick hatte er dabei die ganze Zeit auf den Hund gerichtet. Sisk blätterte schnell die Akte durch. »Das sind ja nur die Protokolle, Sie Idiot!«, fuhr er ihn an. »Was wir brauchen, sind vor allem die Aussagen.«

Mit hochrotem Kopf verließ Eversole den Saal, wobei er die Tür offen ließ, als wollte er signalisieren, dass er im Nu zurück sei.

Max kehrte ohne Umschweife zum Thema zurück. »Wo waren wir stehen geblieben, Kem?«, fragte er. »Sagtest du nicht, dieser Name sei eine Art Phantomname?«

»Genau«, bekräftigte Kemble. »Wir müssen nur noch herausfinden, warum er ihn benutzt.«

»Lumpkin«, dachte Max laut nach. »Wir sind nach mehr als nur einem Namen auf der Suche. Wir müssen Lady Sands' Briefe und Tagebücher ein weiteres Mal durchgehen, weil wir anscheinend etwas Wichtiges übersehen haben.«

Sisk erob sich mit einem schweren Seufzer. »Schon verstanden«, antwortete er lustlos. »Also wieder auf zu Ihnen nach Hause, de Rohan.«

»Ich fürchte, ich bin nicht mehr im Besitz der Briefschatulle«, unterrichtete Max ihn. »Catherine hat sie sich ... nun, sie hat sie sich ausgeliehen. Und mit zu sich in die Mortimer Street genommen.«

Sisk verdrehte theatralisch die Augen und suchte seine Sachen zusammen. »Herrgott, de Rohan!«, brummte er, während er mit schnellen und fahrigen Bewegungen die Papiere sortierte. »Das kann doch nicht wahr sein, dass Sie einem Frauenzimmer, das Sie toll finden, wichtiges Beweismaterial überlassen.«

Max warf ihm einen bitterbösen Blick zu und ging sofort zum Gegenangriff über. »Cecilia war diejenige, die ihr das verdammte Ding überhaupt gegeben hat, Sisk«, argumentierte er. »Sie waren doch selbst dabei, als sie es mir gebracht hat. Und außerdem verfügt Catherine über gute Menschenkenntnis. Sie könnte durchaus etwas zu den Ermittlungen beitragen.«

»So, jetzt ist sie also schon *Catherine*«, zog Kemble ihn auf. »Über die formelle Anrede inklusive ihres Titels seid ihr also schon hinaus, wie es scheint.«

Sisks Kopf flog in die Höhe. »Titel?«, hakte er schelmisch nach. »Hat sie nicht gesagt, sie hieße Mrs. Wodeway? Vielleicht sollte de Rohan mal darüber aufklären, wer diese Dame eigentlich ist.«

Max spürte, wie Wut in ihm hochkochte. »Das geht Sie nichts an, Sie ...«

Sisk schnitt ihm das Wort ab. »Wenn sie im Besitz von polizeilichem Beweismaterial ist, geht es mich verdammt noch mal was an!«

Max musste sich geschlagen geben und spürte, wie ihm die

Röte ins Gesicht schoss. »Lady Catherine Wodeway aus Gloucestershire«, lenkte er ein. »Ihr Bruder ist Lord Treyhern.«

»*Treyhern?*«, warf Kemble ein. »Aus Gloucestershire? Aber dann wäre er ja ...«

Sisks Augen begannen zu glänzen. »Wie bitte, die Schwester von dieser Höllenbrut Rutledge?«, explodierte er und warf wütend die Akte hin. »Himmel und Hölle noch mal, de Rohan, Sie denken wohl mal wieder mehr mit dem Unterleib als mit der Birne. Und dieses Mal haben Sie der Schwester eines Verdächtigen auch noch wichtiges Beweismaterial überlassen?«

Just in dem Moment kehrte Eversole zurück und legte weitere Papiere auf dem Tisch ab. Im selben Moment bemerkte Sisk, dass ihre Diskussion bis auf den Flur zu hören gewesen war, weshalb er jetzt vor Verlegenheit rot anlief. »Schließen Sie bloß die verdammte Tür hinter sich, haben Sie verstanden?«, befahl er seinem Assistenten und lenkte seinen bohrenden Blick wieder auf de Rohan.

Max versuchte, ruhig zu bleiben. Sisk hätte einen Tadel dafür verdient, dass er einen Ranghöheren derart beschimpfte, aber er kam nicht umhin zuzugeben, dass er Recht hatte mit dem, was er ihm vorwarf. »Zuerst wusste ich nicht, wer sie war«, gestand Max. »Aber das macht keinen Unterschied, denn Rutledge zählt nicht mehr zu den Verdächtigen.«

Sisk jedoch wollte sich nicht so schnell zufrieden geben, aber Kemble packte ihn geschwind am Arm. »Lassen Sie es gut sein, Sisk!«, warnte er den Wachtmeister und schob ihn in Richtung Tür. »Wir sollten uns schleunigst auf den Weg in die Mortimer Street machen.«

Gegen elf Uhr hatte Catherine ihr Sodawasser ausgetrunken und auch ein wenig Brot geknabbert. Sie las gerade die letzten Seiten der neu aufgetauchten Briefe, als jemand lautstark den Türklopfer betätigte. Sie seufzte mürrisch. Da Mrs. Trinkle ihren Markttag hatte und der neue Butler seinen Dienst noch nicht angetreten hatte, musste derjenige, der der Tür am nächsten war, sie auch öffnen. Und das war in diesem Moment sie. Wahrscheinlich war es nur Isabel, die mit ihr Hut und Handschuhe für den Flemington-Ball aussuchen wollte.

Zu ihrer Verwunderung aber war es Max, der vor ihr stand. Für einen Mann, der seinen Körper auf einen Spazierstock stützen musste, sah er ausgesprochen männlich aus. Catherines Herz machte einen Freudensprung und sie wäre ihm fast in die Arme gefallen, wenn sie sich nicht rechtzeitig zur Ordnung gerufen hätte, denn unten auf dem Bürgersteig standen die Herren Kemble und Sisk – Letzterer hielt mit spitzen Fingern die Hundeleine fest. Catherine trat einen Schritt zurück und öffnete die Tür sperrangelweit. Allem Anschein nach schien Max ihr keinen Höflichkeitsbesuch abzustatten.

»Kommen Sie doch herein«, rief sie fröhlich den Männern hinter Max zu, bevor sie im Flüsterton hinzufügte: »Warum bist du nicht im Bett?«

Max trug ein grimmiges Lächeln auf den Lippen, als er an ihr vorbeischritt. »Muss arbeiten«, lautete seine knappe Antwort. »Hast du einen Moment Zeit? Es geht um die Schatulle mit den Briefen.«

Catherine hob die Augenbrauen. »Sehr gut«, entgegnete sie mit ernster Stimme. »Wollen deine Freunde nicht auch eintreten?«

Es entging ihr nicht, dass eine Melange aus Unsicherheit und Reue in seinen Augen aufblitzte. »Ladenbesitzer und Polizisten, die vor dem Haus seiner Lordschaft herumlungern?«, fragte er gelassen. »Was würde Treyhern nur dazu sagen?«

Catherine warf ihm einen bitterbösen Blick zu. »Wahrscheinlich so etwas wie: Tee oder Kaffee, die Herren?«, gab sie schnippisch zurück. »Mein Bruder hält sich nämlich nicht für etwas Besseres.«

Max warf ihr einen kurzen Blick zu und senkte den Kopf. »Darf ich darauf hoffen, je in diese egalitären Kreise eingeführt zu werden?«, murmelte er.

Catherine rang sich ein Lächeln ab. »Wenn ich dich nicht vorher erwürgt habe.« Leicht genervt drehte sie sich noch einmal zu den beiden Herren auf der Straße um und streckte das Kinn in die Höhe. »So kommen Sie doch herein und bringen Sie bitte auch den Hund mit«, forderte sie sie auf. »Ich brauche nämlich dringend Ihre Hilfe.«

Zehn Minuten später schenkte Delilah Kaffee ein und erzählte Mr. Sisk lachend, wie sie das Geheimfach entdeckt hatten. Catherine hatte den Beistelltisch in die Mitte gerückt und schaute die verschiedenen Briefe durch. Sehr zu ihrer Freude hatte Lucifer sich zu ihren Füßen niedergelassen, wo er sich mit der genauen Untersuchung ihrer Hausschuhe befasste. »Dies hat mich am meisten in Erstaunen versetzt«, murmelte sie und breitete das Theaterplakat zwischen ihnen aus. »Zuerst hielt ich es für unwichtig – es handelt sich ja nur um ein Stück von Goldsmith –, aber dann sah ich hier unten in der Ecke diese Zeichnung einer Frau und …«

»*Goldsmith?*«, rief Kemble aus und entriss ihr das Plakat. Lucifer, der Catherine beschützen wollte, erhob sich und stieß ein tiefes Knurren aus. Mr. Kemble jedoch war viel zu sehr mit dem Plakat beschäftigt, als dass er den Hund bemerkte. »Soll mich doch der Teufel holen, wenn uns das nicht weiterhilft!«, verkündete er laut. »*Sie erniedrigt sich, um zu erobern!*«

Max ließ seinen Blick zur Auflistung des Ensembles wandern. »*Maledizione*!«, fluchte er und pochte mit dem Zeigefinger auf die zweite Zeile. »*Mit der bekannten Schauspielerin Julia Astwell als Mrs. Hardcastle.* Astwell! Gütiger Gott, das war Lady Sands' Mädchenname.«

Kemble beugte sich vor. »Und wer spielte Tony Lumpkin?«, wollte er wissen. »Hier stehts: Richard Ventnor. Hab ich noch nie gehört. Aber Moment mal, was ist das denn hier?«

Geistesabwesend streichelte Catherine den Hund über den Kopf. »Was haben Sie entdeckt, Mr. Kemble?«, fragte sie, obwohl sie sich ziemlich sicher war, die Antwort bereits zu kennen.

Kemble schaute hin und her zwischen der Zeile, in der Julia

Astwell erwähnt wurde, und der Bleistiftzeichnung des bildhübschen Mädchens auf der gegenüberliegenden Seite. »Hier!« Nervös tippte er mit seinem Finger auf die Zeichnung. »Ist das nicht die Frau, die wir alle als Julia Sands kennen? In der Bildunterschrift steht aber, dass sie Nancy Coates heißt und ein neuer Star in der Rolle der Miss Neville ist. Das ist nicht Julia.«

Catherine rutschte noch ein wenig weiter nach vorne, sodass sie fast vom Sessel glitt. »Ist sie doch!«, tat sie kund. »Ich habe Lady Sands nur ein einziges Mal gesehen. Aber dennoch würde ich schwören, dass sie Nancy Coates sein muss.«

Sisk und Max wechselten verwirrte Blicke. »Ich habe sie nur kurz bei Delacourts Hochzeit gesehen«, gab Max zu. »Aber ich kann nicht beschwören, dass sie Ähnlichkeit mit diesem jungen Mädchen hier hatte.«

Sisk zuckte mit den Schultern. »Ich hab die Dame erst zu seh'n bekomm'n, als sie bereits mausetot war«, murmelte er. »Wenn jemand erwürgt wird, sieht er meist recht eigenartig aus.«

»Das haben Sie ja nett gesagt«, lautete Max' trockener Kommentar. »Wie dem auch sei, schauen Sie sich mal diese Augenbrauen etwas näher an. Besteht da nicht eine gewisse Ähnlichkeit mit denen der Toten?«

»Mmhh.« Sisk lehnte sich ein Stück nach vorne. »Vielleicht.«

Kemble schlug überzeugtere Töne an. »Ich für meinen Teil habe Lady Sands ein Dutzend Mal gesehen.« Wieder pochte er mit dem Finger auf der Zeichnung. »Und bin mir sicher, dass sie diese Nancy Coates war, denkt man sich zehn Jahre und zwölf Kilo weg. Das war Harrys Frau.«

»Ich fürchte, es kommt noch schlimmer«, warnte Catherine die anderen leise vor und fischte einen Brief aus ihrer Tasche. Schlagartig hatten sich drei Augenpaare auf sie gerichtet. »Dieser Brief ist kurz nach ihrer Vermählung mit Harry an sie geschrieben worden. Er trägt keine Unterschrift, aber dem Schriftbild nach zu urteilen, muss ein Mann ihn verfasst haben. Jemand, den sie aus ihrer Zeit in Boston kannte, nehme ich an. Er klingt ein wenig … ominös.«

»Vielleicht stammt er von diesem mysteriösen Tony Lumpkin?«, mutmaßte Kemble, schnappte sich den Brief und faltete das Papier auseinander. Die drei Männer lasen ihn gemeinsam.

»Keine Unterschrift«, wiederholte Max und strich sich die Haare aus dem Gesicht. Catherine wusste mittlerweile, dass er dies immer dann tat, wenn er nachdachte. »Wie es scheint, ist diese Miss Coates nach England gekommen und hat die Identität Julia Astwells, der verlorenen Enkelin von Lord Hoage, angenommen. Aber geschah das damals mit oder ohne Wissen der echten Miss Astwell?«

Kemble zuckte mit den Schultern. »Das werden wir nie erfahren, aber was wir anhand dieses Plakats wissen, ist, dass Miss Astwell ziemlich berühmt gewesen sein muss. Vielleicht hatte sie schlichtweg keine Lust, ihre Karriere aufzugeben, um einen alten Mann zu unterhalten, da sie ohnehin keine Aussichten auf eine Erbschaft hatte.«

Max nickte grimmig. »Ihr Großvater hat sie ja auch nur deshalb als Enkelin anerkannt, weil er ein verzweifelter alter Mann war und zunehmend gebrechlich wurde. Und auch erst, nachdem er ihre Mutter längst zu einem Leben in Armut verdammt hatte. Es liegt also nahe, dass Miss Astwell ziemlich verbittert gewesen sein muss.«

Sisk lachte schrill auf. »Vielleicht wars ja nur eine Art Witz? Man nehme eine amerikanische Schauspielerin aus ärmlichen Verhältnissen und tue so, als wäre sie die verlorene Enkelin eines reichen adeligen Opas.«

»Es war wohl eher Rache«, murmelte Max. »Aber der Scherz ging zu Lasten von Julia Astwell, nicht wahr? Nancy – wenn das der richtige Name von Lady Sands war – erbte letztlich doch einen großen Teil des Vermögens.«

Catherine holte sich den Brief zurück und las ihn zum ungefähr zehnten Mal. »Da gibt es noch etwas, das mich beunruhigt, Max«, ließ sie verlauten. »Diese abscheuliche Handschrift. Sie sieht so voller Zorn aus, und der Text birgt apokalyptische

Nuancen in sich. Hier, die Wortwahl – *deine Gelübde, in Reichtum, in Armut*. Denkst du nicht auch, dass …«

»Was könnte ich denken?« Er durchbohrte sie fast mit seinem Blick.

»Nun«, setzte sie leise an. »Wäre es nicht möglich, dass die beiden verheiratet waren?«

Max entriss ihr den Brief und flog hektisch ein weiteres Mal über die Zeilen. »Ja, das könnte durchaus sein.«

Kemble lugte ihm über die Schulter. »So, so«, brummte er. »Allem Anschein nach war unsere mysteriöse Nancy Coates eine Bigamistin. Mach diesen Schauspieler mit Namen Ventnor ausfindig, und ich würde sagen, du hast den mörderischen Mr. Lumpkin gefunden, Max.«

Max erhob sich. Er füllte mit seinem hoch gewachsenen Körper den kleinen Frühstücksraum fast komplett aus. »Sisk, Sie nehmen sowohl das Plakat als auch die Briefe an sich«, befahl er und zog seine silberne Taschenuhr hervor, die er mit seinem Daumen aufspringen ließ. »Wir haben einen langen Weg vor uns.«

Catherine war von ihrem Sessel aufgesprungen. »Max, wo …«

»Derbyshire«, kam seine missmutige Antwort, während er die Uhr wieder in die Westentasche gleiten ließ. »In weniger als einer Stunde geht eine Postkutsche ab Cross Keys. Ich muss wissen, ob Harry je die Namen Lumpkin oder Ventnor gehört hat.«

Catherine runzelte die Stirn. Zwar waren Postkutschen recht schnell, aber sie konnte sich nicht vorstellen, dass eine anstrengende Reise in einer schlecht gefederten Kutsche gut für Max' Rippen sein konnte. Würde er wohl bleiben, wenn sie ihn anflehte? Wahrscheinlich. Allmählich dämmerte ihr, dass sie durchaus lernen konnte, ihn um den kleinen Finger zu wickeln – aber das wäre zutiefst verwerflich! Sie hatte sich diese *affaire* mit vollem Bewusstsein ausgesucht, und liebte ihn so, wie er war. Und er war – wie er es ihr immer und immer wieder eingebläut hatte – ein Polizist.

Catherine begleitete ihre Gäste zur Tür und lächelte, obgleich es sie große Überwindung kostete. Sie reichte Mr. Kemble seinen teuren Zylinder und noch teureren Spazierstock. »Es tut mir außerordentlich Leid, dass ich Ihnen keine Kutsche offerieren kann«, sagte sie und wandte sich zu Mr. Sisk. »Ich selbst kam in der meines Bruders, die ich aber direkt nach meiner Ankunft wieder zurückgeschickt habe.«

»Geht schon in Ordnung, Ma'am.« Sisks Ohren waren leicht rot angelaufen, und im nächsten Augenblick waren er und Kemble die Treppe hinunter verschwunden.

Max ging ihnen nicht direkt nach, sondern hatte seinen Blick noch immer auf Catherine gerichtet. »Ich stehe tief in deiner Schuld«, ließ er sie mit gedämpfter Stimme wissen.

Sie schaute ihn verunsichert an. »Weshalb denn?«

Max zuckte verlegen mit seinen breiten Schultern, was den Eindruck erwecken konnte, sein Mantel säße zu eng. »Dafür, dass du all diese Briefe studiert hast, dass du zu meinen ... meinen Freunden so nett warst. Und dafür, dass du mich nicht zu sehr verhätschelt hast.« Er schenkte ihr ein zaghaftes Lächeln. »Ich wette, du hast dir dabei so fest auf die Zunge gebissen, dass sie nun blutet.« Er wirkte so unendlich traurig, so wehrlos.

Catherine folgte einem Impuls und schloss die Tür. Die beiden auf der Straße waren so gut wie vergessen. »Vielleicht«, setzte sie an und schlang ihre Arme um seinen Hals, »solltest du dich selbst davon überzeugen.«

Für einen kurzen Augenblick zögerte Max, doch er konnte nicht anders, musste sie in eine Umarmung ziehen. Er schloss die Augen, in denen Zurückhaltung und Ernsthaftigkeit gelegen hatten, und neigte den Kopf. In seinem Kuss lag unnachahmliche Zärtlichkeit, und seine großen Hände fühlten sich warm und zärtlich auf ihrem Rücken an. Er zog sie dicht zu sich heran. Einen langen und nicht enden wollenden Moment küsste er sie. Er öffnete ihre Lippen, tauchte in ihren Mund ein und schmiegte seine Zunge sinnlich um ihre. Sie konnte seinen langsamen und kräftigen Herzschlag an ihren Brüsten spüren. Mit einem Seufzer löste sich sein Mund von ihr, bevor er über ihr Kinn und ihren Hals hinunterglitt.

Sie erwartete, dass er sie nun freigeben und sich auf den Weg machen würde, aber stattdessen durchlief ein aus den Tiefen kommender Ruck seinen Körper. »O, Catherine«, flüsterte er und verbarg sein Gesicht in ihrem Hals. »Das alles gefällt mir ganz und gar nicht. Ich möchte dich jetzt nicht verlassen.«

Sie legte ihm eine Hand auf die Schultern und schob ihn ein Stück von sich weg, um ihm in die Augen zu schauen. »Prima!«, erwiderte sie. »Ich wünsche mir nämlich, dass es dir niemals leicht fallen möge.«

»Alles ist so kompliziert.« Seine Stimme war rauchiger als gewöhnlich. »Nichts ist einfach.«

»Oh, da muss ich dir widersprechen.« Catherine brachte ein schwaches und schiefes Lächeln zu Stande. »Mich in dich zu verlieben, war ziemlich einfach und ging recht zügig. Vielleicht wird der Rest mit der Zeit einfacher. Ich werde warten, Max. Ich bin eine äußerst geduldige Frau.«

Einen Moment lang war er sprachlos. Sein Mund öffnete sich, aber seine Stimme versagte. Plötzlich schüttelte er den Kopf, drehte sich um, öffnete die Tür und stieg die Stufen hinab in das helle Sonnenlicht.

Unten auf dem Bürgersteig standen noch immer Sisk und Kemble, die lautstark miteinander diskutierten. »Nein, nein und nochmals nein!«, ließ Letzterer vernehmen. »Da lass ich mir doch lieber einen gesunden Zahn ziehen. Ich muss bestimmt niesen! Und außerdem ist überall nur Matsch und Dreck. Auf dem Land gibt es ja kaum etwas anderes. Ich weigere mich mitzukommen, haben Sie verstanden?«

»Prima«, brummte Max und drückte Kemble Lucifers Lederleine in die Hand, als er an ihm vorüberging. »Du passt auf den Hund auf. Keine Sorge, er ist ein Allesfresser.«

»Ach du meine Güte!«, jammerte Kemble und schaute den beiden Gestalten verzweifelt hinterher. »Genau das habe ich befürchtet.«

Kapitel 19

»Das wahre Gesicht der Untugend schockiert uns – sie hätte uns aber sicherlich nicht ohne eine Maske der Tugend in ihren Bann ziehen können.«

Lord Chesterfield, 1776,
The Fine Gentleman's Etiquette

Einige Stunden nachdem Kemble mit seiner ihm aufgebürdeten Last die Uferpromenade entlanggetrottet war und sich mental auf eine Höllennacht vorbereitet hatte, erlebte der kleine Lord Branthwaite ein leibhaftiges Desaster. Er steckte in einem miefigen kleinen Gasthof irgendwo südlich von Leicester fest, nachdem er wie ein Sack Mehl in einer schwankenden und schaukelnden Kutsche durch halb Essex gekarrt worden war. Den Tag über war es heiß gewesen, und sein Kindermädchen hatte ihn in Kleider gesteckt, die viel zu eng saßen. Zu allem Übel wehte jetzt auch noch der Staub des Gasthofes »The Five Feathers« durch das Fenster des Salons und kitzelte ihm in der Nase.

Als kurz vor Sonnenuntergang die abendliche Postkutsche mit lautem Geklapper eintraf, das Horn geblasen wurde, die Passagiere polternd ausstiegen und die Stallburschen wie Ameisen umherschwirrten, verlor der junge Lord vollends die Nerven und schrie seiner Mutter nach Leibeskräften ins linke Ohr.

»Was für ein Anfall!«, jammerte Cecilia und hielt ihn ein Stück von ihrer Schulter entfernt, nur um festzustellen, dass Lord Branthwaite eine Haarsträhne samt ihres Ohrrings aus Onyx mit sich genommen hatte. »Du schlägst genau nach deinem Vater.«

Der Säugling strampelte wild mit Armen und Beinen, als die Tür aufflog und der Herr Papa eintrat. »Was ist denn los, meine

Liebste?«, flüsterte Lord Delacourt und strich sich eine verschwitzte Strähne aus der Stirn. »Oh, ist der kleine Simon schlecht gelaunt? Armer Junge! Komm her zu Papa, mein kleiner Schatz.«

Erleichtert übergab Cecilia ihm das Bündel. »Ja, bitte nimm ihn«, sagte sie gereizt und ließ sich in einen Stuhl sinken, um sich den Ohrring zu richten. »Er stammt ja schließlich zur Hälfte auch von dir. Vor allem seine schlechte Laune hat er von dir geerbt, da bin ich mir sicher. Also, gibts Neuigkeiten vom Wagenrad? Müssen wir bis Ende des Monats an diesem heruntergekommenen Ort bleiben, oder beschränkt sich der Aufenthalt vielleicht auf eine einzige Nacht?«

»Wir müssen nur diese Nacht bleiben«, gab Delacourt strahlend zur Antwort, als er den Kleinen auf seinen Schoß setzte und ihn schaukelte. »Während wir uns unterhalten, schaut dein Bruder dem Stellmacher über die Schulter. Morgen früh können wir unsere Reise fortsetzen.«

Wieder öffnete sich die Tür. Dieses Mal war es der schwer geplagte Wirt des Gasthofes. »Zufälle gibt es, Mylord«, setzte er sichtlich beängstigt an. »Ein ... ein Gentleman, der gerade mit der Postkutsche angekommen ist ... ein großer und düster aussehender Zeitgenosse ... hat nach Ihnen und Mylady gefragt. Und nach Ihrem Begleiter – vor allem nach ihm hat er sich erkundigt.«

»Nach meinem Bruder ...?«, fragte Cecilia erstaunt und erhob sich. »Wer in Gottes Namen könnte nach Harry fragen?«

Hinter dem Wirt erkannte sie die Silhouette einer schlanken und in Schwarz gekleideten Gestalt von stattlicher Größe, die im Schatten der Schankstube weilte.

Auch Delacourt sah den Mann. »Was um alles in der Welt?«, murmelte er. »De Rohan? Und Sie, Sisk? So kommen Sie doch bitte herein«, lud er die beiden ein, bevor er sich wieder dem Wirt zuwandte. »Zwei Krüge Bier, bitte, und eine weitere Platte mit Speisen.«

Max setzte seinen Zylinder ab und zog den Kopf ein, als er unter dem Türsturz hindurchging. »Mylord«, setzte er besorgt an. »Wenn ich richtig informiert bin, haben Sie eines Ihrer Kutschräder verloren, nicht wahr?«

»Max!«, rief Cecilia besorgt aus und lief ihm entgegen. »Was ist passiert? Warum sind Sie auf der Suche nach Harry?«

Max schaute zwischen den beiden hin und her und versuchte, seine Worte so höflich wie möglich klingen zu lassen. »Würden Sie Lord Sands bitte so schnell wie möglich rufen lassen?«, bat er sie. »Es gibt da etwas Wichtiges, das Sie sich gemeinsam anschauen müssen. Es geht um eine Zeichnung, genauer gesagt um eine Person, die Sie oder Ihr Bruder eventuell wiedererkennen.«

Delacourt ging zur Tür und läutete nach dem Wirt, dass er Harry holen möge. Sichtlich nervös deutete Cecilia in Richtung Fenster, unter dem ein Tisch stand.

Sisk faltete das Theaterplakat auseinander und schob es in einen Strahl der untergehenden Sonne. »Hierum gehts, Mylady, wenn Sie kurz einmal gucken wollen«, sprach er mit geschäftigem Unterton. »Schauen Sie sich das Plakat an und verraten Sie uns, ob Sie jemanden wiedererkennen.«

Fragend schaute Cecilia von Sisk zu Max und schließlich auf das Plakat. Im Nu schnellten ihre Augenbrauen in die Höhe. »Schau mal, David!«, rief sie ihrem Mann zu, der noch immer versuchte, den Säugling in den Schlaf zu wiegen. »Diese Bleistiftzeichnung hier! Das ist … die Frau sieht aus wie Julia in jungen Jahren. Ach du meine Güte, eine … Schauspielerin? Aber warum haben sie ihr denn einen falschen Name gegeben?«

Max' und ihr Blick trafen sich. »Cecilia«, meinte er leise, »ich denke nicht, dass sie das getan haben.« Delacourt legte seiner Frau die freie Hand auf die Schulter und schaute über ihren Kopf hinweg auf das Plakat. »Das ist ganz klar Julia!«, erklärte er beharrlich und hob den Kopf, um Max anzuschauen. »Diese Augenbrauen sind unverkennbar ihre. Wer zum Teufel ist diese Frau namens Coates?«

Max und Sisk tauschten unbehagliche Blicke aus. »Cecilia«, begann er mit gedämpfter Stimme. »Was genau wussten Sie über die Frau, die Ihren Bruder geheiratet hat?«

Cecilia zog die Schultern hoch. »Was ich Ihnen schon sagte. Ihr Großvater war unser Nachbar. Er schickte jemanden aus, um seine Enkelin in Amerika aufzuspüren, und wir lernten sie auf dem Ball kennen, den ihr Großvater kurz nach ihrer Ankunft für sie gab. Es dauerte nicht lange, da hatte sie ein Auge auf Harry geworfen. Sie schien ... nun.. sie schien recht nett zu sein.« Sie schaute Max flehend an. »Warum, Max? Was hat das alles zu bedeuten?«

Max schürzte die Lippen und dachte über Harry nach. Wie die meisten Betrüger hatte Nancy Coates ihre Hausaufgaben gut gemacht. Sie hatte einen alten einsamen Mann glauben gemacht, sie sei seine Enkelin, und hatte dann Harry geheiratet – und sich zweifelsohne der Bigamie schuldig gemacht –, um sich ein großes Erbe zu sichern. Und der arme Harry hatte nicht den blassesten Schimmer von all dem gehabt. »Wie hat sie sich Ihnen gegenüber vorgestellt? Ich meine, womit hat sie sich ausgewiesen?«

»Ausgewiesen?«, flüsterte Cecilia, die langsam ahnte, wo der Hase begraben lag. »Ihr ... ihr Großvater hatte ihr Briefe geschrieben, viele flehende und eindringliche Briefe. Ich kann mich noch gut daran erinnern, weil sie sie mir einmal zeigen wollte, aber ich habe dankend abgelehnt, weil ich es nicht für schicklich hielt.«

Plötzlich kam Harry in den Raum gestürzt. Er atmete schwer, und sein Gesicht war stärker gerötet als gewöhnlich. »Sie? De Rohan?«, rief er besorgt aus. »Dachte, Sie haben mir geraten, die Stadt zu verlassen.«

Max hob die Hand. »Mein Fehler, Mylord«, entschuldigte er sich. »Ich fürchte, ich muss Sie nun bitten, wieder zurückzukehren.«

Harry stimmte mit einem gleichmütigen Schulterzucken zu. »Aber ich hätte doch gern gewusst, ob Sie den langen Weg von London nur auf sich genommen haben, um mir das zu sagen?«

»Nein, Harry«, fiel seine Schwester ein und bedeutete ihm, er möge sich an den Tisch setzen. »Nimm Platz. Max hat noch ein paar Fragen über Julia.«

Harrys buschige rote Augenbrauen kräuselten sich. »Dachte, ich hätte Ihnen schon alles erzählt, was ich weiß.«

Sisk schob ihm die Zeichnung hin.

»Das ist die gute alte Julia«, erklärte er bereitwillig. »Sie war nur Haut und Knochen, als ich mit ihr vor den Altar getreten bin.«

Max musterte Harry eine Weile. »Lord Sands«, wählte er seine Worte, die ein wenig holprig klangen. »War Ihre Gattin ... als Sie sie geheiratet haben, war sie da ... Vielleicht sollte ich Sie einfach fragen, ob sie erwähnte, dass sie schon einmal zuvor verheiratet gewesen war?«

Harrys Gesicht nahm nun die Farbe einer überreifen Kirsche an. »Wie bitte?«, brach es aus ihm heraus. »Was ist das denn für eine Frage? Natürlich nicht! Ein Mann wüsste so etwas doch, oder ... oder nicht?«

Cecilia stützte ihre Hände auf dem verkratzten Holztisch ab. »Harry, stell dich bitte nicht so an«, ermahnte sie ihn. »Max würde gern wissen, *ob sie noch Jungfrau war.*«

Max wollte eingreifen. »Cecilia, das ist nicht nöt ... « »Ist es doch!«, unterbrach Cecilia ihn. »*Harry?*«

Harrys Gesichtsfarbe wurde noch dunkler und erinnerte nun an Auberginen. Max fürchtete, er könnte jeden Moment einen Herzinfarkt erleiden. »Nun, sie ... sie ... sagte mir ... sie sei noch ... unberührt.«

Daraufhin brach komplettes Chaos aus. »Und du hast ihr das auch noch geglaubt?«, rief Cecilia, die sich die Fingerspitzen gegen die Schläfe presste. »Ein wenig Alaunlösung und Hühnerblut, und du bist auch noch drauf reingefallen.«

»Cecilia«, schimpfte ihr Ehemann und beugte sich über den Tisch. »Was du machst, ist nicht gerade *hilfreich*!«

Keine Sekunde später hob der kleine Lord Branthwaite den Kopf und begann wieder lauthals zu brüllen. Zum Glück aller stürmte ein gehetztes Kindermädchen in den Raum und nahm sich des Kleinen an. Delacourt griff sich einen schweren Stuhl aus Eichenholz, beförderte ihn unsanft zum Tisch, setzte sich mit ernstem Gesichtsausdruck hin und schaute in die Gesichter der anderen, als wären sie unartige Kinder.

»Also gut«, brummte er. »Max, erklären Sie uns bitte, was zum Teufel eigentlich los ist.«

Da er es für das einzig Richtige hielt, erzählte Max mit unverblümten und knappen Worten, was sie herausgefunden hatten. Am Ende seiner Ausführungen machte Harry einen sichtlich erleichterten und Delacourt einen äußerst nachdenklichen Eindruck. »Julia ist also nicht Julia gewesen«, murmelte er. »Ich würde lügen, wenn ich sagte, dass mich das überrascht. Sie hat sich wie eine feine Lady benommen, ja, aber sie hatte immer etwas Derbes an sich.«

»Und sie war *verheiratet*«, fügte Cecilia leise hinzu. »Ich wette, mit diesem amerikanischen Bankier, der angeblich in Schottland war.«

»Vielleicht.« Max bezweifelte es, hielt sich jedoch bedeckt.

»Deshalb hat Julia auch ihren Schmuck versetzt, nicht wahr?«, fuhr Cecilia fort. »Sie hat ihren Ehemann verlassen und kam als Hochstaplerin nach England. Als ihr Ehemann sie ausfindig gemacht hatte, erpresste er sie.«

Max zögerte. »Das würde in etwa den Tatsachen entsprechen, ja.«

Harry schaute noch immer verwundert drein. »Also war ich gar nicht verheiratet, mit niemandem«, murmelte er vor sich hin, als eine Magd den Raum betrat und ein Tablett voller Speisen brachte. »Was für eine Erleichterung.«

Max wandte sich zu Sisk. »Was hatten Sie für einen Eindruck von besagtem Bankier?«

Sisk machte ein verlegenes Gesicht. »Nun, es war Eversole, der seine Aussage aufgenommen hat«, musste er zugeben.

»Sagte, der Kerl hätte eine Quittung vom Hotel in Edinburgh gehabt, wo er abgestiegen ist.«

Max dachte einen Augenblick lang nach. »Ist Eversole ein kompetenter Mann? Vertrauen Sie ihm?«

Sisk zögerte. »Nun … so, wie ich jedem der anderen auch vertraue.«

Eine ganze Weile herrschte Stille in dem kleinen Zimmer. Max beugte sich vor, woraufhin der Stuhl, auf dem er saß, unter seinem Gewicht ächzte. »Sisk«, brach er mit leisen Worten das Schweigen. »Wenn mich nicht alles täuscht, habe ich da eben einen zweifelnden Unterton vernommen.«

Der Wachtmeister wurde unruhig. »Also gut, de Rohan«, gab er zu. »Dieser Bestechungsskandal hat uns letzten Monat alle sehr erschüttert. Aber es gibt keinen Grund zu denken, dass Eversole seine Hände im Spiel hat, oder?«

»Das können Sie mir am besten beantworten, Sisk.« Max' Worte waren barsch, fast bedrohlich.

Sisk wurde blass. »Nun, er und die beiden, die letzte Woche auf der Flucht geschnappt worden sind, gingen regelmäßig im ›Fiddling Dog‹ einen trinken«, erklärte er mit belegter Stimme. »Ich selbst war aber auch schon das eine oder andere Mal mit dabei.«

Max stieß einen derben Fluch aus und schlug mit der Faust auf den Tisch, dass das Geschirr klapperte. »Eversole ist mit den Einzelheiten dieses Falls betraut!«, rief er aus, woraufhin die Magd, die gerade den Tisch deckte, fluchtartig das Weite suchte. »Erst heute hat er uns mit der Akte ausgeholfen! Und die verdammte Tür offen gelassen, während wir munter über den Fall plauderten. Außerdem weiß er …« Max hielt mit einem Mal inne, bevor er fast zu brüllen begann. »Mein Gott, Sisk – er *weiß* jetzt, wo die Briefe von Lady Sands sind!«

Sisk war wie von der Tarantel gestochen vom Stuhl aufgesprungen. »Ach so? Aber wem würden Sie denn vertrauen? Die ganze verdammte Bande hat doch Dreck am Stecken. Und es ist nicht meine Aufgabe, das Chaos zu ordnen. Dafür sind *Sie* zuständig! Ich muss nämlich mit den Deppen zusammenarbeiten.«

Mit einer schnellen Bewegung legte Delacourt seine Hand über Max' Faust. »So beruhigen Sie sich doch, meine Herren«, sprach er leise. »Sie stehen schließlich beide auf derselben Seite. Max, wo ist denn nun diese vermaledeite Briefschatulle?«

Max presste sich die Handballen gegen die Augen. »Bei Catherine«, antwortete er niedergeschlagen. »Ich verdammter Idiot! Ich habe sie bei Catherine gelassen.«

Cecilia wollte gerade Luft holen, als ihr Gatte ihr einen funkelnden Blick zuwarf. »Dieser Wachtmeister – Eversole –, weiß er, dass Sie beide hier sind?«, erkundigte sich Delacourt. »Weiß er, dass Sie die Briefe und das Theaterplakat gefunden haben?«

Max schüttelte den Kopf und ließ die Hände kraftlos auf den Tisch sinken. »Catherine hat sie erst heute Morgen entdeckt«, erklärte er. »Wir sind direkt von ihrem Haus aus nach Cross Keys gegangen, wo wir in die Postkutsche eingestiegen sind.«

Delacourt erhob sich mit ernster Miene. »Cecilia«, sagte er spitz, während er auf die Tür zuging. »Sorg dafür, dass diese Männer jetzt etwas essen.«

»Ja, in Ordnung«, antwortete sie. »Wo gehst du hin?«

Delacourt öffnete schwungvoll die Tür. »Nach dem Wagenrad schauen und neue Pferde vorspannen lassen«, lautete seine grimmige Antwort. »Und ich will sichergehen, dass die Pistolen in der Kutsche geladen sind. Wir werden uns morgen früh eine neue Kutsche bringen lassen und ihnen dann in die Stadt folgen.«

Am Abend nach Max' Abfahrt in Richtung Derbyshire ließ Catherine sich bei ihrer Tante Isabel entschuldigen. Sie fühlte sich unwohl; sie würde den Ball nicht überstehen, selbst wenn er von den Flemingtons ausgerichtet wurde, die sie in ihr Herz geschlossen hatte. Isabel hatte vollstes Verständnis, und Catherine nahm ihr Abendessen gemeinsam mit Bentley ein, mit dem sie aber nur wieder über Max stritt. Dieses Mal ging er sogar so weit zu drohen, ihr kleines Geheimnis Cam zu verraten. Allem Anschein nach würden sich Sofia Castellis unheimliche Prophezeiungen nicht bewahrheiten. Nachdem sie eine unruhige Nacht verbracht hatte – sie hatte sich aus Sorge um Max nur hin- und hergewälzt –, stand sie schließlich mit Kopfschmerzen auf, die ihre Magenbeschwerden bestens ergänzten.

Was um alles in der Welt stimmte bloß nicht mit ihr? Auf dem Land war sie doch immer kerngesund gewesen. Vielleicht setzte ihr die schlechte Luft Londons mehr zu, als sie sich vorstellen konnte? Mit dem eisernen Willen, ihre Schwäche zu besiegen, schickte sie nach ihrem Pferd und einem Stalljungen. Sie entschied, dass ein langer und anstrengender Ausritt ihr gut tun würde. Warum ritt sie nicht hinaus nach Hampstead? Und wenn sie schon einmal in der Gegend war, könnte sie Bentley auch direkt aus dem Bett scheuchen und ihm seine Flausen ein für alle Mal austreiben.

Der Teufel sollte Bentley holen, und, wenn es sein musste, Cam gleich dazu. Sie würde tun, was ihr Herz ihr befahl, entschied sie, als sie in ihre roten Lieblingsreitkleider schlüpfte. Sie würde Max heiraten, würde ihn, wenn nötig, darum anflehen. Allem Anschein nach bestand aber auch die Möglichkeit – so gering sie auch sein mochte –, dass sie beide gar keine andere Wahl hatten, dachte Catherine bei sich, als sie mit den Knöpfen ihres Rockes kämpfte. Sie schien mindestens zwei Kilo zugenommen zu haben.

Schließlich hatte sie die Knöpfe erfolgreich dahin verbannt, wo sie hingehörten. Alles war in Ordnung. Der Rock passte wie immer, oder? Sie hatte sich von Signora Castelli einen Bären aufbinden lassen. Zumindest hatte sich Max' Großmutter mit einer ihrer Prophezeiungen getäuscht. Catherine bedauerte es fast schon ein wenig. Das Einzige, was sie sich noch sehnlicher wünschte als ein Kind, war, mit Max zusammen zu sein. Aber sie wollte es nur, wenn es seinem Wunsch entsprach, und nicht weil ihm wegen eines Kindes keine andere Wahl blieb.

Sie ging zum Fenster und schaute hinunter auf die Straße, während sie sich die Jacke überzog. Catherine redete sich ein, sie müsste einfach nur lange genug auf die Straße hinunterstarren, um Max' Rückkehr voranzutreiben. Welch eine törichte Vorstellung! Just in dem Moment kam der Stallbursche um die Ecke und führte zwei Pferde mit sich. Orion verrenkte seinen glänzenden Hals, um die Stechpalmenbüsche, die rechts und links der Vordertür wuchsen, näher zu betrachten. Catherine wurde neugierig, schob das Fenster hoch und lehnte sich ein Stück hinaus. Gütiger Gott, das Tier wollte doch nicht etwa den Busch anknabbern, oder?

Und dann machte sie eine Entdeckung: Eine kleine und sehr schmächtige Silhouette hielt sich in einer Mauerspalte hinter dem Gebüsch versteckt. Catherine lehnte sich noch ein Stück weiter vor und schaute genauer hin. *Nate!* Der kleine Strolch! Was machte er da? Plötzlich musste sie lachen. Hatte Max ihn etwa zu ihr geschickt, um auf sie aufzupassen? Vielleicht hatte er Angst, sie könnte ohne seinen Schutz in Gefahr geraten. Nun gut. Sie würde Max einen kleinen Schrecken einjagen. Catherine würde Nates Geheimnis nicht enthüllen, noch nicht.

Mit einem Lied auf den Lippen sprang sie die Treppe hinunter und öffnete die Haustür, um ihren Stallburschen zu begrüßen.

Sie bekam allerdings einen gehörigen Schreck, als mit einem Mal eine riesige Kutsche vor ihrer Tür hielt und eine große Gestalt in einem schwarzen Umhang federnd heruntersprang.

Der Mann erkannte sie sofort an ihrer Kleidung. »Ah, Lady Catherine!«, begrüßte Rupert Vost sie, in dessen Stimme Enttäuschung mitschwang. »Wollten Sie gerade fortreiten? Tief in meinem Inneren hatte ich gehofft, ich könnte Sie zu einer Kutschfahrt einladen.«

Catherine schaute ihn erstaunt an. »Guten Tag, Mr. Vost.«

Er rang sich ein flehendes Lächeln ab. »Ich dachte, ich könnte mit Ihnen noch einmal über mein Hochzeitsgeschenk sprechen«, erinnerte er sie, während er sich seines Umhangs entledigte und ihn sich über den Arm warf. »Mir schwebte eine Spritztour durch den Park vor.«

»Durch den Park?«

In knabenhafter Manier zog er die Schultern hoch. »Ja, damit Sie mir unterwegs ein paar Anregungen geben können. Und wenn wir uns dann auf ein geeignetes Geschenk geeinigt haben, bummeln wir ein wenig durch die Stadt. Ich komme nicht umhin zuzugeben, dass ich mich wie ein Trottel fühle und benehme, wenn es um solch eine simple Sache geht. Aber ich bin so sehr darauf aus, Amelia zu beeindrucken, und unser großer Tag ist ja bereits in zwei Wochen.«

Catherine seufzte innerlich. Lieber Himmel! Würde dieser Mann niemals freiwillig die Waffen strecken? Vielleicht sollte sie es ein für alle Mal hinter sich bringen. Vost würde sie schnell langweilig finden und merken, dass sie weder auf seine Koketterie noch auf seine Schmeicheleien einging. Und im Handumdrehen würde er sich eine Ausrede einfallen lassen und sich aus dem Staub machen. »Nun, ich war gerade auf dem Weg nach Hampstead«, ließ sie ihn wissen.

»Ausgezeichnet!«, warf er ein und sprang die Stufen hoch. »Das gibt uns genügend Zeit, ausführlich miteinander zu plaudern.«

Catherine setzte ein gekünsteltes Lächeln auf und bedeutete ihrem Stallburschen, er möge sich zurückziehen. »Ich wollte meinem Bruder einen Besuch abstatten«, klärte sie ihn auf und öffnete noch einmal die Haustür. »Was auf eine erhitzte Diskussion zwischen Geschwistern hinauslaufen wird, bei der ich eigentlich keine Zeugen wünsche – es könnte nämlich durchaus sein, dass ich mich vergesse. Es wäre also in der Tat besser, diesen Besuch zu verschieben.«

Rupert Vost musste laut lachen, als sie ihn in den Morgensalon schob. »Verstehe«, sagte er herzlich. »Und ich kann mir auch schon vorstellen, worum es bei dieser Auseinandersetzung geht. Brüder verstehen sich ihren Schwestern gegenüber immer als Schutzbefohlene, nicht wahr?«

Catherines Lächeln versiegte. »Was genau wollen Sie damit zum Ausdruck bringen?«

Vost wirkte mit einem Male verlegen. »Ich bitte um Verzeihung«, murmelte er. »Ich meinte zu wissen, dass … aber vielleicht habe ich da etwas falsch verstanden.«

»Was meinen Sie mit *etwas*?«

Er bedachte sie mit einem bekümmerten Lächeln und zupfte seinen Umhang zurecht, den er noch immer über dem Arm trug. »Nun, dass Sie und der reizende Mr. de Rohan … dass sie beide Gefühle füreinander entwickelt haben.«

Catherine verspürte aufkeimende Anspannung. »Wer behauptet das?«

Vost hüstelte in seine Faust hinein. »Nun, also, ich hörte es von Lady Kirton«, gestand er ihr. »Gestern Abend auf dem Ball der Flemingtons.«

»*Isabel*!« Catherine spürte, wie sie die Augen zusammenkniff.

»Ach du liebe Zeit!«, entfuhr es ihm, und er beugte sich ein wenig vor, um sie leicht am Arm zu berühren. »Geben Sie bitte ja nicht Ihrer Tante die Schuld. Ich habe sie explizit nach Ihnen ausgefragt, wollte Sie grüßen lassen, und vielleicht hat sie das falsch verstanden. Sehr zu meiner Schande muss ich gestehen, dass es eine Zeit gab, in der man mich für einen Draufgänger hielt, und vielleicht wollte Ihre Tante mich nur auf Distanz halten. Was ein wenig töricht von ihr ist, denn schließlich bin ich meiner Amelia treu ergeben. Jetzt aber zurück zu Ihrer Perlenkette. Wo, sagten Sie, haben Sie sie erstanden?«

»Ich habe sie nicht gekauft«, erklärte sie ihm. »Sie stammt noch von meiner Mutter.« Plötzlich überkam Catherine der tiefe Wunsch, dem Salon zu entfliehen. »Wenn Sie mich für einen kurzen Augenblick entschuldigen würden. Ich gehe mich nur geschwind umziehen.«

»Aber natürlich doch«, kam Vosts anbiedernde Antwort.

Catherine brauchte nur kurz, um sich der Reitgarnitur zu entledigen und in ein Stadtkleid mit Pelzumhang zu schlüpfen. Sie konnte das Kind nicht beim Namen nennen, aber aus unerklärlichem Grund wollte sie diese Sache mit Vost so schnell wie möglich hinter sich bringen. Aber warum nur? Es war doch ein wunderschöner Tag, an dem sie nicht zu Hause bleiben sollte. Und Max war weit weg in Derbyshire. Er würde frühestens in zwei oder drei Tagen wiederkommen. Selbst wenn sie Vosts schamlose Koketterien durchschaut hatte, so war er doch eine recht angenehme Gesellschaft. Im Grunde kostete es sie nichts, ihm dabei zu helfen, seiner Auserwählten eine Überraschung zu bereiten. Vielleicht würde der Ausflug mit ihm sie sogar wieder auf andere Gedanken bringen.

Catherine zupfte sich noch einmal ihren mit Pelz besetzten Umhang zurecht und eilte die Treppe hinunter.

Auch Vost schien es eilig zu haben, denn er hatte die Tür zum Morgensalon bereits geschlossen und wartete am Fuß der Treppe auf sie. »Sie sehen blendend aus, Lady Catherine«, schmeichelte er ihr und offerierte ihr seinen Arm. »Sollen wir?«

Sie traten hinaus, als Catherine etwas auffiel. »Mr. Vost, Ihr Umhang.«

Vost hob die Hände in die Höhe, streckte seine Handflächen der Sonne entgegen und lächelte. »Den werde ich nachher abholen. Und jetzt geben Sie fein Acht, während ich Ihnen hinaufhelfe. Ein ziemliches Schlachtschiff, nicht wahr?«

Einige Momente später hatte Vost sich die Zügel genommen, und sie befanden sich im Trab auf dem Weg nach Süden in die Oxford Street. Auf der Fahrt unterhielten sie sich angeregt und passierten schon bald die Tore an der Hyde Park Corner. Für eine Ausflugsfahrt war es eigentlich noch ein wenig zu früh, weshalb Catherine auch keine anderen Kutschen im Park entdeckte. Auf dem Weg um den glitzernden See herum schoben unzählige Kindermädchen in gestärkten Schürzen die Kinderwagen ihrer Herrschaft vor sich her, und auf halber Höhe des Anstiegs kämpfte ein kleiner Junge mit den Schnüren seines Drachen. Ansonsten aber war der Park menschenleer.

»Warum fahren wir nicht noch ein wenig den Hügel hinauf?«, fragte Vost mit einem strahlenden Lächeln, mit dem Catherine bereits bestens vertraut war. »Kinder sind meines Erachtens ziemlich langweilig.«

Um zehn Uhr verschwand das kleine Nest Luton Hoo im Staub, den Lord Delacourts Reisekutsche hinter sich aufwirbelte. Max' Rippen schmerzten furchtbar, weshalb er wie angewachsen auf dem Kutschbock saß. Sisk und er hatten sich dabei abgewechselt, dem tapferen Kutscher Gesellschaft zu leisten, dem vor Müdigkeit schon die Augen zufielen. Es war ihm wirklich hoch anzurechnen, dass er viel Zeit wettgemacht hatte. Sie waren bei fast vollem Mond die Nacht hindurchgeritten und hatten nur gerastet, um die Pferde zu wechseln.

Von seinem Hochsitz aus sah Max ein saftiges grünes Panorama aus Hecken und Hügeln an sich vorbeiziehen. Am späten Vormittag erreichten sie die äußeren Viertel Nordlondons und würden bis Marylebone nicht mehr allzu lange brauchen. Er würde nicht eher ruhen, bis er Catherine gesehen hatte, bis er diese gottverdammte Briefschatulle wieder in Händen hielt. Er war unsäglich wütend über sich selbst, weil er die Gefahr nicht früher erkannt und sie die Beweisstücke hatte behalten lassen. Ferner war er wütend darüber, nicht eine Sekunde darüber nachgedacht zu haben, dass auch der Sands-Fall etwas mit dem Bestechungsskandal zu tun haben könnte. Außerdem fuchste es ihn, dass Sisk Recht hatte: Es war Max' Aufgabe, sich um derartige Angelegenheiten zu kümmern – ganz zu schweigen von seiner moralischen Verpflichtung gegenüber Catherine. Schließlich hatte er mit ihr das Bett geteilt, HimmelHerrgott noch mal, was Folgen nach sich zog. Sie stand nun unter seinem speziellen und persönlichen Schutz, ungeachtet dessen, wie sie die Sachlage sah.

Ja, er hatte in mancherlei Hinsicht grob fahrlässig gehandelt, hatte es zugelassen, dass seine Gefühle ihm den Verstand vernebelten – ein Dilemma, aus dem er keinen Ausweg wusste. Er fragte sich, ob er sie nicht einfach anflehen sollte, sie möge ihn heiraten. Der Gedanke an eine Ehe jagte ihm nun keinen Schauer mehr den Rücken hinunter. Er hielt eine Ehe mit ihr sogar für den einzigen und besten Weg, sie beschützen zu können – vorausgesetzt, sie willigte ein, und vorausgesetzt, er würde es übers Herz bringen, seinen Job an den Nagel zu hängen und ein weniger gefährliches und eher langweiliges Leben zu führen.

Catherine. *Catherine*. Er schloss die Augen und spürte, wie seine Besorgnis um sie wuchs. Diskretion hin, Diskretion her; er hätte ihr wenigstens die Liste der Verdächtigen zeigen sollen, hätte sie vor Eversole warnen sollen, wenngleich es faktisch gesehen noch keinen Anhaltspunkt für Eversoles Doppelspiel gab. Alles würde gut werden, sobald er bei Catherine war und sich davon überzeugt hatte, dass ihr nichts fehlte. Dann würde auch dieser Kloß in seinem Hals verschwinden, und er könnte wieder normal atmen. Jetzt dauerte es nicht mehr lange. Der Mittagsverkehr auf der Edgeware Road hatte sie verschluckt, sie waren Teil des allgemeinen Rumpelns und Klapperns. Delacourts Kutscher gähnte zum hundertsten Mal, bevor er Max nach einer genauen Wegbeschreibung fragte. Kurze Zeit später rumpelten sie die Mortimer Street hinunter.

Eigenartig, der Anblick dessen, was sich vor Catherines Haus abspielte, glich der gestrigen Szene, als er es verlassen hatte. Kemble stand wie angewurzelt auf dem Bürgersteig vor der Treppe, die zu ihrem Haus führte, und hielt Lucifers Leine fest umklammert in der Hand, gegen die der offensichtlich etwas verstörte Hund sich mit allen Kräften wehrte. Einen Augenblick später entdeckte Max den kleinen Kopf, der aus dem Strauchergewirr dicht bei der Haustür herausragte. Was zum Teufel? *Nate*?

Max hatte in seiner Verblüffung vergessen, dem Kutscher rechtzeitig zu signalisieren, er möge halten, und so kam die Kutsche erst in einiger Entfernung zum Stehen. Sofort war Max heruntergesprungen und rannte, so schnell er konnte, auf das Haus zu. Die beiden schienen ihn nicht zu bemerken.

Auf Kembles Gesicht lag ein gequälter Ausdruck, und er hielt die Hundeleine in Richtung Buschwerk. »Aber er mag dich doch«, sprach der adrett gekleidete Kemble. »Jetzt komm schon raus, Nate, bitte. Wenn Lady Catherine ihn nicht nehmen kann, dann musst du es tun. Ich bestehe darauf!«

»Nein, das kann ich nicht«, jammerte Nate, der blass um die Nase geworden war, als er sich durch das Gebüsch kämpfte. »Sehen Sie doch, Mr. Kemble, Ärger liegt inner Luft, und – dem Herrn sei's getrommelt und gepfiff'n, da is' de Rohan!«

Kemble fuhr herum. »Dem Himmel sei Dank!«

Lucifer wedelte vor Aufregung mit dem Schwanz, als Max neben Kemble zum Stehen kam. Sofort drückte er Max die Leine in die Hand.

»Warum um alles in der Welt versteckst du dich in Lady Catherines Gebüsch, Nate?«, wollte Max wissen, der momentan nichts für Lucifers freudiges Schnüffeln übrig hatte.

Kemble hatte den vorwurfsvollen Ton in Max' Stimme nicht überhört. »Ich habe nichts damit zu tun«, verteidigte er sich umgehend und wich mit erhobenen Händen einen Schritt nach hinten. Max' wütender Blick durchbohrte Nate, als dieser sich endlich aus dem Gebüsch befreit hatte, mit dem Ergebnis, dass sein Hemd zerrissen war.

»Das tu ich schon seit fast zwei Wochen«, gab der Junge niedergeschlagen zu. »Aber machen Sie sich wegen mir keine Gedank'n! Sie sollt'n sich lieb'r um Lady Catherine sorg'n.«

»Was?«, fragte Max ungeduldig. »Was ist denn mit ihr?«

Nate, der für gewöhnlich nicht so leicht aus der Ruhe zu bringen war, rang die Hände. »Sie is' mit diesem Adelheini wech«, platzte es aus ihm heraus, die Augen so groß wie Zwanzigschillingmünzen. »Vor nich' mal fünf Minuten. Ich konnte ihn riech'n, und ich schwör beim Allmächtigen, dass er es war, der Ihnen aus St. James gefolgt is'. Trug denselben piekfeinen Umhang.«

In genau diesem Moment trat Sisk schwerfällig neben Max. »Worüber jammert der Rotzbengel?«, fragte er gähnend.

Kemble war der Ernst in Person und legte Sisk seine Hand fest auf die Schulter. »Er glaubt, Catherine sei entführt worden. Stimmt das nicht, Nate?«

Nate schaute noch erschütterter drein. »Er hat sie reingelegt, wenn Sie mich frag'n. Sie hat ihn ins Haus gelass'n. Nur 'ne Minute danach hör ich, wie das Seitenfenster quietschen tut und aufgeht. Also kriech ich anner Wand entlang«, – Nate zeigte auf die Stelle – »lins umme Ecke und seh, wie er seinen schnieken Umhang aussem Fenster schmeißt! Er hatte ihn zu 'nem Knäuel gebunden, und innen drinne hat was geklappert. Das Bündel war so groß wie 'n Ferkel, und ein silbriger Kerzenständer is' rausgefallen, aber der andere hat ihn aufgehoben und …«

»Welcher andere?«, entfuhr es Max.

Nates Augen verjüngten sich. »Dieser Bulle, der wie'n Wiesel aussieht und am Queen Square arbeitet. Eversole heißt der, glaub ich.«

Panik legte sich um Max' Herz, während Nate weitererzählte. »Ich bin dem 'n gutes Stück gefolgt, habs mir dann aber anders überlegt. Aber als ich wieder zurück war, war die Kutsche schon umme Ecke inner Regent Street.«

Max ging in die Knie und schaute dem Jungen in die Augen. »Nate, der Mann mit dem Umhang«, holte er mit panischer Stimme aus. »Hast du seinen Namen aufgeschnappt? Oder wo sie hingefahren sind? Oder irgendetwas anderes?«

Nate hatte Tränen in den Augen, als er nickte. »Vost«, flüsterte er. »Sie hat ihn Mr. Vost genannt. Er fuhr 'ne riesige schwarze Kutsche. Sie wollt'n zum Hyde Park. Der führt was im Schilde, de Rohan. Das *spür* ich.«

Als Rupert Vosts Phaeton den oberen Kutschweg des Parks entlangglitt, studierte Catherine das Profil ihres Begleiters. Amelia mochte eine Frau einfachen und schüchternen Gemüts sein, aber Catherine konnte gut nachvollziehen, warum Lord Welbridges Tochter sich ausgerechnet in ihn verliebt hatte. Die Sonnenstrahlen, die sie umgaben, rahmten sein engelsgleiches Gesicht ein und glitzerten in seinem goldenen Haar.

Vost drosselte das Tempo und wandte sich lächelnd zu Catherine um. Urplötzlich schoss ihr Max' Warnung durch den Kopf, sie sollte sich nicht allein im Park aufhalten. Aber das war doch Blödsinn. Es war helllichter Tag, und sie befand sich schließlich in Begleitung eines Gentlemans.

Vost lenkte die Kutsche nach links in die Tiefen des Parks, bevor er die Pferde unweit eines großen Rhododendrongebüschs zum Stehen brachte. Catherine erkannte die Stelle sofort – dort hatte Max sie zum allerersten Mal geküsst.

»Wollen wir einen kleinen Spaziergang unternehmen?«, lud er sie ein und sprang anmutig vom Kutschbock. »Es gibt hier eine wunderschöne Sitzbank im Schatten, direkt hinter dem Dickicht dort.«

In unverfänglicher Manier hatte er seinen Arm um ihre Taille gelegt und sie von der Kutsche gehoben. Vost schien mächtig ins Schwitzen gekommen zu sein, denn Catherine konnte sein Cologne – schweres Sandelholz – riechen, von dem er definitiv zu viel aufgetragen hatte. Als sie wieder sicher auf eigenen Füßen stand, schritt sie schnell an ihm vorbei. Der Saum ihres Kleides fegte über den Kies. Als sie die Stelle erreichten, an der die Büsche dichter wurden, hüllte Vost sich in eigenartiges Schweigen.

Die Stille machte Catherine nervös. Sollte sie vielleicht etwas sagen? »Kommen wir noch einmal auf den Schmuck zu sprechen, Mr. Vost«, setzte sie an, als sie einen tief hängenden Ast beiseite schob und weiterging. »Haben Sie sich unweigerlich für Perlen entschieden? Für manche Menschen, müssen Sie wissen, zählen Perlen zum Schmuck für jüngere Mädchen. Könnte es nicht sein, dass Amelia sich viel mehr über Edelsteine freuen würde?«

»Saphire vielleicht«, stimmte er gelangweilt zu. »Ich persönlich habe schon immer eine Schwäche für Saphire gehabt.«

Sie hatten die Bank erreicht, als Vost sich plötzlich zu ihr umdrehte und ihr geradewegs in die Augen schaute. Sehr zu ihrer Überraschung war sein freundlicher Gesichtsausdruck verschwunden. Stattdessen trug sein Gesicht nun harte, fast unbarmherzige Züge. Catherine gelang es nicht, ihr Entsetzen zu verbergen. Sie wollte sich umdrehen und zurückgehen.

Vost jedoch reagierte mit atemberaubender Schnelligkeit, packte sie und presste sie mit dem Rücken an sich. Catherine wollte gerade Luft holen, um zu schreien, als sich eine Hand über ihren Mund legte. Ihr Mut sank. Vost schüttelte sie grobschlächtig, ihr Hut flog ins Gras. »Sei leise, du verdammtes Biest!«, zischte er. Panisch kämpfte sie gegen seinen eisernen Griff an, warf den Kopf hin und her und versuchte, ihm mit dem Ellbogen einen Hieb in die Rippen zu versetzen. Aber er war schneller. Und stärker. Der Geruch, den er verströmte, drohte sie zu ersticken. Sie biss ihm in die Hand, drehte schnell den Kopf und setzte zu einem Schrei an.

Das sanfte und unverkennbare Geräusch, das entstand, wenn Stahl aus einem Lederfutteral glitt, hielt sie jedoch davon ab. Etwas Kaltes und Hartes drückte sich gegen ihren Hals. *Ein Messer.* O Gott! Catherine begann, unter seinen Fingern zu weinen.

»Noch ein Ton«, zischte er, »und ich werde davon Gebrauch machen.«

Sie versuchte nachzudenken, wollte ihren Verstand benutzen, konnte aber keinen klaren Gedanken fassen. Jemand würde vorbeikommen. Bitte lieber Gott, lass jemanden vorbeikommen.

Vost drehte ihren Kopf unsanft zur Seite und brachte seine Lippen an ihr Ohr. »Ich werde jetzt meine Hand wegnehmen«, flüsterte er finster. »Ein Ton von dir und ich schlitze dir den Hals auf. Später werde ich behaupten, wir seien von Wegelagerern überfallen worden.«

Catherine verrenkte den Hals, wollte sein Gesicht sehen. Wieder riss er gewaltsam ihren Kopf zurück an seine Brust. »Wenn du mich verstanden hast, dann nicke jetzt«, raunte er.

Er schwitzte noch stärker als vorhin, der Gestank von Sandelholz löste Übelkeit in ihr aus. Catherine nickte unbeholfen und spürte, wie ihr Hinterkopf gegen seinen Kragen scheuerte.

»Gut«, meinte er leise, und seine Finger gaben schließlich ihren Mund frei. Sie atmete tief ein, schnappte nach Luft, versuchte, ihre Gedanken zu ordnen.

»Was wollen Sie?«, fragte sie keuchend, das Messer lag noch immer an ihrem Hals. Nun glitt seine freie Hand an ihr herunter und legte sich unter ihre Brust.

»Nein«, flehte sie und zuckte bei seiner Berührung zusammen. »Nicht das. Bitte, nicht das.«

Vost presste die Klinge noch ein wenig tiefer in ihr Fleisch, verstärkte den Druck seiner Hand auf der Brust und quetschte sie, bis es ihr wehtat. Catherine aber weigerte sich aufzuschreien.

»Bei Gott, ich liebe es, wie du schmeckst«, zischte er und berührte sie mit seiner Zunge leicht am Halsansatz.

Catherine spürte, wie ihr gesamter Körper vor Abscheu erzitterte. Er lachte leise. »O ja!«, flüsterte er. »Ich werde es genießen, ein vollbusiges Weib zu nehmen, statt diesen zerbrechlichen Knochen, den ich bald ehelichen werde. Jemand, der sich ein bisschen dagegen wehrt. Genau wie Julia es getan hat, falls es dich interessiert. Du wirst genauso sein. Ich mag deine Art. Aber du wirst dich mir beugen, bevor ich mit dir fertig bin. Genau wie sie es getan hat.«

Catherine schüttelte den Kopf, schloss die Augen. »Nein«, flehte sie mit dünner und trauriger Stimme. »Bitte nicht.« Vergewaltigung! Er würde sie vergewaltigen. Warum sie? Lieber Gott, so etwas Furchtbares passierte durchschnittlichen Menschen wie ihr nicht. Oder doch? Sie hätte zu Hause auf ihrer Farm bleiben und sich um den Garten kümmern sollen, hätte ausreiten und Haus und Hof in Ordnung halten sollen oder auch *stricken*, wenn es unbedingt sein musste.

Heiße Tränen schossen ihr in die Augen, und in ihrem Hals formte sich ein dicker Kloß.

Vosts Hand glitt ein Stück höher, machte sich durch den Stoff ihres Kleides hindurch an ihren Brustwarzen zu schaffen. Er kniff fest zu. »Ich will dich«, raunte er. »Und ich werde dir nicht wehtun, wenn du mir versprichst, nicht zu schreien.«

Catherine spürte, wie das Messer an ihrem Hals zitterte, während er mit der anderen Hand tiefer fuhr, ihr zwischen die Beine glitt und sie dort unsittlich berührte. Catherine schloss fest die Augen. Wenn sie schrie, wie schnell würde er sie verletzen können? Wie schnell? O Gott. Catherine rang nach Luft. »S-Sind Sie von allen guten Geistern ver-verlassen?«, flüsterte sie angestrengt. »Ich würde meines Lebens nie wieder froh werden.«

Sachte zupfte er mit der Messerklinge an ihrer Haut. Catherine zuckte unwillkürlich zusammen, woraufhin Vost leise und boshaft auflachte. »Meine Herzallerliebste, du wirst danach gar nicht mehr genug Zeit für Schmachgefühle haben«, flüsterte er mit aufgesetzt verführerischer Stimme. »Ich fürchte, du weißt bereits zu viel, und ich habe keine Ahnung, was meine kleine Julia in ihrer Schreibschatulle aufbewahrt haben mochte.«

Sie zitterte nun am ganzen Körper, hatte Angst, sich zu bewegen, und noch größere Angst zu schreien. Ein Geistesblitz durchzuckte sie jäh, und sie fand die Kraft zu sprechen wieder. »S-Sie sind J-Julias Ehemann«, flüsterte sie voller Entsetzen. »Ich habe Ihre Briefe gefunden. Lassen Sie mich gehen. Sie sind zu spät gekommen.«

»Das denke ich nicht«, hielt er mit leiser Stimme dagegen. »Während du dich vorhin nämlich umgezogen hast, ist ein schlimmer Raubüberfall in der Mortimer Street geschehen. Die Schreibschatulle ist zusammen mit drei Kerzenleuchtern verschwunden. London kann ein ziemlich gefährliches Pflaster sein, meine Liebe. Du solltest dir mehr Personal halten.«

Catherine wurde derart panisch, dass sie kaum sprechen konnte. »W-Wovon r-reden Sie d-d-denn da?«

Er presste sie noch ein wenig enger an sich, und Catherine konnte – sehr zu ihrem Entsetzen – seine Erektion in Hüfthöhe spüren.

»Du denkst doch nicht, dass ich Tor genug bin, allein zu agieren, oder?«, fragte er und blies ihr seinen heißen Atem in den Nacken. »Der Polizist, den ich bestochen habe, hielt sich in deinem Garten versteckt. Und bei Sonnenuntergang sitzt er wie immer sturzbetrunken im ›Fiddling Dog‹, dieser Dummbart.«

Catherine zitterte wie Espenlaub. Er würde sie vergewaltigen, sie töten – wie auch seinen Handlanger, daran hatte sie keinen Zweifel. Plötzlich, irgendwo aus den Tiefen ihrer Seele, schaffte sie es, ihre letzten Kraftreserven zu mobilisieren. *Zeit*. Sie musste Zeit gewinnen. Unterhalte dich mit ihm, lass ihn reden. Irgendwann würde jemand vorbeikommen.

»Ich hoffe, Ihr Komplize genießt seinen Reichtum, denn ich bin mir sicher, dass auch seine Stunden gezählt sind«, brachte sie mühselig hervor. »Genau wie meine es Ihrer Ansicht nach sind.«

Vosts Hand bahnte sich seinen Weg zurück zu ihrer Brust, die er wieder derb drückte, sodass sie fast aus dem Mieder sprang. »Aber erst, nachdem ich die hier gekostet habe«, grunzte er und fuhr mit der scharfen Klinge ihren Hals hinunter und strich über ihre Brustwarze.

»Sie sind also ein Dieb, ein Vergewaltiger und ein Mörder?«, sagte sie verächtlich und schob seine Hand von ihrer Brust.

Vost lachte ihr mit feuchten Lippen ins Ohr. »Fleh mich an, dir nicht wehzutun«, flüsterte er. »Julia musste mich immer erst anflehen. Mit der Zeit hat ihr das sogar gefallen. Aber dass sie Schweigegeld zahlen musste, das hat ihr ganz und gar nicht gepasst.« Er legte den Arm eng um ihre Taille und presste ihre Hüften gegen seine.

»Fahren Sie zur Hölle«, stieß sie mit schwacher Stimme hervor, während sie versuchte, sich ihm zu entreißen. »Ich habe die Briefe längst den Behörden übergeben!«

Vost lachte ein weiteres Mal. »Das glaube ich nicht, meine Liebste«, zischte er. »Dazu reagierst du zu verzweifelt. Aber ich mag das. Wenn du brav bist, sperre ich dich erst noch ein paar Tage weg, bevor ich mich deiner entledige und dich verschiffe … sagen wir, zu den Berbern.«

»Nein …«

Die Klinge des Messers glitt zu ihrem Rüschenansatz, und Vost machte eine Handbewegung, als wollte er ihr Kleid aufschlitzen. »Ja, eine helle Haut wie deine würde ein kleines Vermögen bei diesen dunkelhäutigen Höllenhunden einbringen. Und du hast ja ein ziemliches Faible für dunkle Typen, wenn mich nicht alles täuscht. Das wäre doch besser, als zu sterben, oder?«

»Nein, Sie mieses Schwein, bringen Sie mich einfach um«, beschimpfte sie ihn. »Dafür werden Sie nämlich hängen. Mein Stallbursche hat mitbekommen, wie Sie vorgefahren sind, und wird als Zeuge aussagen.« Plötzlich fiel ihr Nate wieder ein. Auch er hatte die Kutsche gesehen und würde Vost identifizieren können.

»Du langweilst mich.« Vost seufzte lustlos. »Dann wird es eben noch einen schlimmen Unfall mit der Kutsche geben, meine Verehrteste.«

»Damit werden Sie nie durchkommen!«

Vost sprach weiter. In seiner Stimme schwangen nun fast schon melancholische Untertöne mit. »Du hast mich um die Zügel gebeten, und ich war so töricht, sie dir zu überlassen, damit du die Kutsche in einen Graben fährst.« Fast zärtlich strich er mit der Klinge über ihren Hals. »Dein schöner Hals! Er wird sofort brechen! Fassungslos und voller Trauer werde ich nach Hilfe rufen. Aber es wird bereits zu spät sein.«

»Mein Diener hat Sie gesehen, Sie Narr. Niemand wird Ihnen Ihre Unschuld abkaufen.«

Vost warf den Kopf in den Nacken und lachte. »Amelia schon«, gab er zur Antwort. »Einfach gestrickte Frauen vergeben einem attraktiven Burschen so gut wie alles. Sie hat bereits eine Falschaussage bei der Polizei zu meinen Gunsten gemacht – und zwar freiwillig. Sie wollte einen Skandal verhindern, sagt sie. Amüsant, nicht wahr? Was die anderen betrifft, vor allem diesen bulligen Bastard de Rohan, ja, die werden mich verdächtigen, aber sie haben keinerlei Beweise gegen mich in der Hand.«

Catherine versuchte, sich aus seinem Griff zu winden. »Das wird Ihr Ruin sein!«

»Das glaube ich kaum, meine Liebe. Amelias Vater ist nämlich ein steinreicher alter Kerl.«

»Und genau deshalb haben Sie Ihre Frau umgebracht, nicht wahr?«, stellte Catherine ihn zur Rede, wobei sie gegen den Impuls ankämpfte, sich mit Hand und Fuß zu wehren und wegzulaufen. Es war noch zu früh. Nur noch wenige Augenblicke. Sie musste Zeit gewinnen, ihn weiter in das Gespräch verwickeln, das Spektrum vergrößern. *Und vor allem das Messer im Auge behalten.* »Ihre Frau, diese Schauspielerin, Nancy, sie war dabei, den Spieß umzudrehen, nicht wahr?«, flüsterte sie. »Sie waren nur ein kleiner Erpresser, bis Amelia Lane sich in sie verliebte. Und sie wussten, dass Nancy ihren Rachefeldzug starten würde, sobald Sie Amelia heiraten würden.«

Unbewusst ballte Vost eine Faust, und seine Finger gruben sich tief in ihr Fleisch. »Ja, diese verdammte Schlampe!«, knirschte er. »Sie war gerissen. Lächelte mich an und wünschte mir sogar alles Gute. Aber ich wusste, dass sie *mich* in dem Augenblick erpressen würde, in dem Harry sich von ihr scheiden ließ. Diese Hure hatte wahrscheinlich unsere Ehedokumente in dieser verdammten Schreibschatulle aufbewahrt. Das konnte ich einfach nicht riskieren. Nicht jetzt, da ich das kleine Saphir-Ei sicher in mein Nest gebracht habe. Alles andere hatte ich ihr bereits abgepresst. Sie hatte ihre Schuldigkeit getan, war wertlos für mich geworden.«

»Aber sie war doch ein Mensch«, begehrte Catherine auf. »Sie müssen sie doch einmal geliebt haben!«

Vost presste sie noch enger an sich. »Sie war eine selbstsüchtige Hure!«, knurrte er. »Sie hat mich ohne ein Wort verlassen, damals in Boston. Sie hat diesen Idioten Sands dazu gebracht, sie zu heiraten. Und sie hat das Kind, das in ihrem Leib heranwuchs und meinen Lenden entsprungen war, den Lenden ihres Ehemanns, einfach abgetrieben. Als wäre sie sich zu fein, mein Kind unter dem Herzen zu tragen.«

Catherine hatte einen Nerv getroffen. »S-Sie hat etwas als ... als Er-Erinnerungsstück zu-zurückbehalten, wissen Sie«, stotterte sie. »Das Plakat von dem Stück *Sie erniedrigt sich, um zu erobern*. Sie sind Richard. Richard Ventnor. Und es war Ihr letztes gemeinsames Stück auf der Bühne, nicht wahr? Nancy brachte es nicht übers Herz, dieses Andenken wegzuwerfen. Sie muss etwas für Sie empfunden haben.«

»Halt die Klappe, du Aristokratenschlampe«, stieß er hervor.

Im nächsten Moment hatte er wieder seine Hand über ihren Mund gelegt, und seine Finger schoben etwas zwischen ihren Kiefer. Sie schmeckte trockenes, bitteres Leinen. Ein Taschentuch! O Gott! Sie warf den Kopf hin und her, aber vergeblich. Es war zu spät. Ihr Schrei blieb stumm.

Kapitel 20

»Lassen Sie Ihre Feinde die Härte Ihres Grolls spüren, denn es gibt einen Unterschied zwischen mutwillig bösartigem Benehmen, welches nie angemessen ist, und resoluter Selbstverteidigung, welche immer vertretbar ist.«
Lord Chesterfield, 1776,
The Fine Gentleman's Etiquette

Vost schleifte Catherine tiefer in das Gebüsch hinein, wo er sie im Schatten zu Boden stieß, sodass sie bäuchlings auf dem kühlen Gras landete. Eine Sekunde später hatte er sich auf sie gesetzt, wodurch ihre Brüste und ihr Unterleib fest in den Boden gedrückt wurden. Catherine krallte sich in den Untergrund und versuchte, nach vorne zu robben. Vost aber zog sie zurück und versetzte ihr mit dem Ellbogen einen kräftigen Schlag gegen die Schläfe. »Schrei doch, du vornehmes Ding«, zischte er, als ihre Tränen zu kullern begannen. »Niemand wird dich hier hören. Du wirst mir nicht das Gefühl geben, ich sei an allem schuld. *Du* nicht!«

Er lag nun ganz auf ihr drauf und hatte das Messer dicht unterhalb ihres Ohres positioniert. Mit seiner freien Hand raffte er ihre Röcke und schob sie nach oben. Kalte Luft. Eiskalte Luft. Catherine erzitterte ein weiteres Mal. In ihrem Magen wütete Übelkeit. Sie spürte, wie er sein Gewicht verlagerte und sich an ihrem Schlüpfer zu schaffen machte. Sie wollte sich übergeben. Wollte seinen Trieb stoppen. Sie musste kämpfen. *Kämpfen*. Lieber tot als vergewaltigt. Sie wand sich aufs Neue, versuchte zu schreien, grub ihre Finger tiefer in den Boden, um den Oberkörper hochzustemmen. Im nächsten Moment spürte sie, wie die kalte Messerspitze sich leicht in ihre Haut bohrte. Er grunzte, richtete sich auf und gab ein leises Geräusch von sich. Fluchte er? Stöhnte er? Catherine konnte es nicht genau erkennen.

Sie würde es nie genau erfahren.

Plötzlich donnerte es in Catherines Ohren. Ihr Körper zuckte krampfartig zusammen, heißer sengender Schmerz breitete sich aus, verbrannte sie innerlich. Es war nicht ihr Hals, nicht das Messer. Es war etwas anderes. Es wurde schummerig um sie. Catherine versuchte zu denken, versuchte zu atmen, aber ohne Erfolg. Ein furchtbares Geräusch brandete auf, hüllte sie ein. Ein ohrenbetäubendes Knurren und Bellen, als hätte sich die Hölle unter ihr aufgetan. Irgendwo weit entfernt spürte sie jemanden oder etwas, und Vost wurde von ihr heruntergezogen. Im nächsten Moment umgab sie völlige Dunkelheit, die ihren Schmerz auslöschte. Sie wurde in die Tiefe gezogen, weiter und weiter, tiefer und tiefer. Bis sie nichts mehr spürte.

Vielleicht kommt es einem Segen gleich, wenn ein Mensch die furchtbarsten Momente seines Lebens nur verschwommen und nicht bei klarem Bewusstsein wahrnimmt und er sich im Nachhinein nur noch vage an die Geschehnisse erinnern kann. Max de Rohan gehörte zu den seltenen und selbstsicheren Menschen, die tagein, tagaus in die fauligen Abgründe der menschlichen Seele blickten und zuweilen auch hinabstiegen. Unbeschadet watete er durch sie hindurch, blieb aber niemals stehen, um sich mit dem tieferen Sinn der Taten auseinander zu setzen. Er hatte nie an dem Weg gezweifelt, denn er beschritten hatte, doch binnen einer winzigen Sekunde sollte sich das ein für alle Mal ändern. Max betätigte den Abzug, spürte den Rückstoß der Pistole und wie seine moralische Sicherheit und seine eigene Unfehlbarkeit zerbärsten. Und mit ihnen seine Träume.

Blut quoll aus Vosts Brust, als Lucifer ihn wegzerrte, aber Max verschwendete keinen einzigen Gedanken an ihn. Er warf die Pistole, die er aus Delacourts Kutsche mitgenommen hatte, ins Gras und fiel neben Catherine auf die Knie. Lucifers Furcht erregendes Fletschen dicht neben ihm nahm er kaum wahr. Er rollte Catherine vorsichtig auf den Rücken. Seine Wut verebbte und wurde durch Panik ersetzt, als er ihre Kleider untersuchte. »O Gott!«, betete er, als Kemble sich zu ihm gesellte. »Herr im Himmel, Kem, ich ... ich wollte ihm doch nur einen Schulterschuss verpassen.«

»Du hast ihn ja auch erwischt«, beruhigte er Max. »Wie schwer ist sie verletzt?« Mit einer flinken Bewegung schob Max den Saum von Catherines Umhang beiseite, um sich die Verletzung näher anzuschauen, und fand eine tiefe und klaffende Wunde in ihrer Taille, aus der Blut sprudelte. Catherine stöhnte leise auf, als er sie berührte.

Max stieß einen qualvollen Schrei aus und entledigte sich schnell seines Halstuches. »Kem, *dio mio*, was habe ich nur getan?«

»Du hattest keine andere Wahl, Max.« Kem warf einen kurzen Blick über seine Schulter auf Lucifer, der sich regelrecht über Rupert Vost hergemacht hatte, wobei er eine Blutspur im Gras hinterließ. Der Hund hatte Vost beim Kragen gepackt und riss seinen Kopf hin und her, als wäre er eine Stoffpuppe.

»Catherine ...«, sagte Max mit erstickter Stimme, wobei er sie vorsichtig mit zitternden Händen untersuchte. »Catherine, du darfst nicht ... o Gott! Bitte! Stirb nicht!«

Ihr Kleid sog sich immer mehr mit Blut voll. Ihrem Blut. »Scheinbar hat die Kugel erst Vost durchbohrt und ist in ihr stecken geblieben«, mutmaßte Kemble murmelnd, während er half, ein Loch in Catherines Kleid zu reißen. »Aber wo nur, verdammt noch mal?« Er schnappte sich das Jagdmesser, das glitzernd im Gras bei ihrem Hals lag, und schnitt ein Loch in den durchtränkten Musselin, bevor er den Stoff mit den Händen aufriss und das gesamte Ausmaß ihrer Verletzung freilegte. »Glücklicherweise hat ihr Herz nichts abbekommen«, flüsterte er, aber ihr Blut schien überall zu sein.

Während sie hektisch an Catherine arbeiteten, erschien Sisks rundliche Figur auf dem Hügel. Als er bei ihnen ankam, ließ er sich schwer atmend auf die Knie plumpsen und griff sich an die Brust. »O Gott, der Hund hat dem Bastard das Genick gebrochen«, keuchte er. Dann schaute er mit einfühlsamem Blick auf Catherine herab. »Die arme Kleine! Hat sie eine Chance?«

Kemble versuchte, die Blutung zu stoppen und einen provisorischen Verband anzulegen. »Geben Sie mir Ihr Halstuch, Sisk. Max, kannst du eine Schusswunde abbinden?«

»Ja!«

»Dann tue es«, ermahnte Kem ihn, dessen Finger so schnell arbeiteten, wie er konnte. »Du musst hier und dort drücken«, befahl er Max und schob dessen Finger auf die kritischen Stellen. »Du darfst bloß nicht loslassen. Sisk, holen Sie die Kutsche her. Und verlieren Sie keine Zeit. Ich werde Greaves verständigen. Trefft mich in der Mortimer Street.«

Irgendwie gelang es Max und dem Kutscher, Catherines schlaffen Körper in die Kutsche zu befördern. Und Max schaffte es sogar – auch wenn er sich später nicht mehr genau daran erinnern konnte –, sie während der Fahrt ruhig im Arm zu halten, bis sie das Haus erreicht hatten. Das Dienstmädchen, Delilah, hatte ihnen die Tür geöffnet und war bei Catherines Anblick fast zusammengebrochen. Greaves, der nicht weit entfernt in der Harley Street wohnte, war zum Glück bereits eingetroffen und hatte sie in Catherines Schlafgemach erwartet. Mit zugeschnürter Kehle – Max konnte kaum atmen – hatte er Catherine die Stufen zum Haus hinauf und dann ins Innere getragen. Auf der Treppe, die in die oberen Geschosse führte, hatte er zwei Stufen auf einmal genommen. Die Haushälterin, an der er sich auf dem Treppenabsatz hatte vorbeizwängen müssen, hatte ihm mit offenem Mund hinterhergestarrt. Max hörte noch das Rascheln ihrer steifen Röcke aus Bombasin, als sie sich umdrehte, um ihm zu folgen, aber er war nicht aufzuhalten.

Max wusste, dass Catherines Gemach am Ende der Treppe lag, und trug sie umgehend in das Zimmer, in dem bereits ein starker medizinischer Geruch in der Luft hing. Greaves Ledertasche stand weit geöffnet auf dem Waschtisch. Kemble half ihm, sie vorsichtig auf das Bett zu legen.

Sofort begann der Arzt mit der Untersuchung. »Ihr Puls schlägt schwach, aber regelmäßig«, verkündete er, seine Finger um Catherines lebloses Handgelenk gelegt. »Kemble, Sie haben doch eine medizinische Vorbildung, wenn mich nicht alles täuscht, oder? Ich habe die Verbände im Ankleideraum ausgelegt, würden Sie sie bitte anlegen? Ich mische derweil eine Opium-Tinktur.« Während er aus seiner Tasche eine braune Phiole hervorholte, hielt er seinen Blick auf Max gerichtet. »Max, bitte gehen Sie nach unten und schenken Sie sich einen großen Brandy ein. Ich muss die Dame jetzt untersuchen. Haben Sie mich verstanden?«

Die Haushälterin war bereits mit schnellen und hektischen Bewegungen darangegangen, Catherine die Seidenstrümpfe auszuziehen. Max beugte sich vor und berührte Catherine zärtlich an der Schläfe, woraufhin ihre Augenlider leicht flatterten. Er wollte bleiben, wollte auf seinem Recht pochen – eines, das ihm offiziell gar nicht zustand. »Ich werde im Salon warten«, brachte er schließlich hervor. »Und dort werde ich auch bleiben, Greaves. Verdammt, sehen Sie zu, dass Sie sie retten. Und rufen Sie mich sofort, wenn … wenn etwas ist …«

Greaves legte Max seine Hand auf den Arm. »Sie können mir vertrauen, mein Freund, ich werde alles für sie tun.«

Die nächste halbe Stunde verbrachte Max damit, durch die offen stehende Salontür den Dienstboten zuzuschauen, wie sie die Treppe auf und ab liefen, mit Schüsseln, Handtüchern und Lampen. Er fühlte sich unsäglich schuldig, unerwünscht und vollkommen fehl am Platz. Er hörte, wie einer der Diener den Befehl erhielt, nach Hampstead zu eilen, um Bentley Rutledge aufzuspüren. Allmählich breitete sich eine unheilvolle Stille im Haus aus. Max war allein. Er griff ein weiteres Mal zum Brandyschwenker, wenngleich ihm nicht nach Alkohol zu Mute war, und starrte auf das Porträt des Mannes, den er niemals kennen gelernt hatte.

Randolph Rutledge. Bentley hatte seine Gesichtszüge und Catherine seine Augen geerbt. Augen, die sie nun vielleicht niemals an ihre Kinder weitergeben würde. Max ließ den Kopf auf die Brust sinken und spürte, wie ein unterdrücktes Schluchzen seinen Körper durchlief. Sie war ein so reiner, guter und ehrenwerter Mensch, von denen es wahrlich nicht viele auf der Welt gab. Und sie war schöner, als Worte es auszudrücken vermochten. Hatte er sie das je wissen lassen? Vielleicht hatte er es ihr gesagt, in einem jener leidenschaftlichen Momente, in denen ein Mann Dinge aussprach, an die er sich später nicht mehr erinnern konnte. Aber das zählte nicht. Er liebte sie und hatte es ihr nicht einmal richtig gesagt. Warum nur hatte er sich der Wahrheit gegenüber verschlossen? Sie verdiente einen besseren Mann als ihn. Für einen flüchtigen Moment war sie sein gewesen. *Fast* zumindest. Und genau deshalb hatte er sie in den Schlamassel mit hineingezogen, was für sie nun mit dem Tod enden konnte.

O ja, er hatte schon oft Blut gesehen, war viele Male den verschiedenen und grausamen Gesichtern des Todes begegnet. Er hätte eigentlich abgehärtet sein müssen, aber immer und immer wieder tauchte vor seinem inneren Auge der Anblick von Catherines tiefer zerfetzter Wunde auf, die in ihrer elfenbeinfarbenen Haut klaffte. Er wünschte, er wäre an ihrer Stelle gewesen, der körperliche Schmerz wäre für ihn ein leichteres Schicksal gewesen als das, was ihn jetzt erwartete. Er hatte ihr doch versprochen, sie immer zu *beschützen*. Aber er hatte auf der ganzen Linie versagt. Max spürte, wie etwas Feuchtes seine Wangen benetzte, und bemerkte verwundert, dass er wieder fähig war zu weinen. Seit dem Tod seines Vaters waren seine Tränen versiegt gewesen.

Noch vor kurzem hatte er geglaubt, sein Leben wäre seit jenen

Tagen erloschen. In diesem Moment wünschte er sich zutiefst, dem wäre wirklich so.

Sein Leben schien ihm zu entgleiten, wie es auch seiner geliebten Catherine gerade erging. Ihm war die Besorgnis in Kembles Augen nicht verborgen geblieben, als er den Stoff ihres Kleides auseinander gerissen hatte. Sie hatte zu viel Blut verloren, und das Risiko einer Infektion war extrem hoch. Kemble, der sich auskannte, hatte gesagt, ihr Herz hätte nichts abbekommen, doch es gab ja noch eine Reihe anderer lebenswichtiger Organe.

Max schloss die Augen und durchlebte die blinde Wut ein weiteres Mal, die ihn beim Anblick Vosts gepackt hatte. Und *dio*, dieses Messer! Wie es funkelnd an ihrer Halsschlagader gelegen und sich nach oben bewegt hatte, als hätte er vorgehabt, es ihr in die Kehle zu stoßen. Catherine, dieses Teufelsweib, aber hatte gegen ihn angekämpft, hatte ihr Leben aufs Spiel gesetzt. Schnell und mit aller Vorsicht hatte Max gezielt, zumindest hatte er geglaubt, es sorgfältig angegangen zu sein. Konnte es sein, dass vielleicht seine Wut in letzter Sekunde die Oberhand gewonnen hatte? Oder hatte Vost sich gar bewegt? Er wusste es nicht und würde es auch nie erfahren. Ja, er hatte den Bastard getroffen, was er auch nicht im Geringsten bereute. Aber die Kugel war in Catherines Körper eingetreten, und deshalb sah er keinen Sinn mehr in seinem Leben.

Am späten Nachmittag wehte eine Brise durch das Fenster, und die Gardinen blähten sich wie kleine elfenbeinfarbene Wölkchen auf. Von der Straße her dröhnte das krächzende Rufen eines Zeitungsjungen an sein Ohr, der die abendlichen Schlagzeilen verkündete und alles daransetzte, die Ausgabe unter die Leute zu bringen. Irgendwo im Innern des Hauses tickte eine Uhr. *Tickte* und *tickte* und *tickte*. Max war kurz davor aufzuspringen, die Uhr zu suchen, ihr die mechanischen Eingeweide herauszureißen und sie auf den Boden zu schleudern. Jeder Moment war wichtig, war kritisch. Wie konnte sich die Welt weiterdrehen, als wäre nichts passiert? Wo war Greaves? Wo Kem?

Warum kamen sie nicht herunter, um … um ihn wissen zu lassen, wie es um sie stand? Seine Traurigkeit wich erneut Wut. Spielte er vielleicht doch nur eine untergeordnete Rolle in Catherines Leben? So unbedeutend, dass man ihn in einem düsteren Salon sitzen ließ, ihn ignorierte, ihn nicht einmal informierte?

Die erschreckende Antwort lautete *ja*. Er war schließlich nicht ihr Ehemann, nicht einmal ihr Verlobter. Für ihre Freunde und Dienstboten waren sie nur flüchtige Bekannte gewesen. Kurzum: Er hatte keinerlei Rechte, was er sich schließlich selbst zuzuschreiben hatte, nicht wahr? Hatte sie nicht alles versucht, ein enges Band zwischen ihnen zu knüpfen? Aber die gesamte Zeit über – zumindest bis gestern – hatte er sie willentlich auf Distanz gehalten, hatte Teile seines Selbst vor ihr verborgen gehalten. Aus Angst, die Tiefe und Komplexität seiner Gefühle ihr gegenüber zu offenbaren, nicht gut genug zu sein oder dass sie seine Träume nicht verstehen würde. Oder seine Ängste. Oder die Entscheidungen, die er hatte treffen müssen. Die größte Angst aber war jene, dass seine Liebe für sie sein gesamtes Leben verändern würde.

Und jetzt hatte sich scheinbar wirklich alles verändert, nicht wahr? Seine Verpflichtung gegenüber Peel hatte an Bedeutung verloren, sein Posten in Wapping war nicht mehr als eine blasse Erinnerung. Selbst der Mord an seinem Vater, die Trauer seiner Mutter und sogar sein Versuch, sich selbst etwas zu beweisen – er verstand nicht einmal mehr ansatzweise, was das genau war –, all diese Dinge, o gütiger Gott, erschienen ihm nun hochgradig nichtig. *Einen fanatischen Kämpfer für Gerechtigkeit,* so hatte Peel ihn genannt. Zur Hölle damit! Max' hochtrabende Ideale waren mit einem Schlag zerplatzt, hatten etwas sehr Einfachem und sehr Gewöhnlichem Platz gemacht. Etwas, das den meisten Menschen zufiel, die es aber nicht zu schätzen wussten. Max sehnte sich danach, ein ganz normales Leben zu führen. Er wollte sich ein Heim aufbauen, zusammen mit einer Frau an der Seite. Er wollte Kinder. Verglichen mit den Wünschen der meisten Menschen stellte er nur geringe Anforderungen.

Max hatte den Eindruck, als säße er bereits seit Stunden allein im Salon und wartete und wartete. Er wollte nichts sehnlicher, als zu ihr gehen und mit ihr den Moment, in dem er die Pistole abgefeuert hatte, noch einmal durchleben. Als könnte er das Geschehene wieder rückgängig machen, alles wieder hinbiegen.

Unaufhaltsam breitete sich die Dunkelheit aus, begleitet vom Rufen des Nachtwächters. Max wartete noch immer. Auf Greaves. Auf Rutledge. Auf das Ende seines eigenen Lebens. Irgendwo in den oberen Stockwerken fiel sachte eine Tür ins Schloss, und einen Moment später hörte er leise Schritte auf der Treppe. Max war sofort aufgesprungen.

Kemble trat aus dem Schatten des Flurs hinaus, den Kragen des Hemdes geöffnet, sein teurer Mantel über und über mit Blut befleckt. Im Halbdunkel wirkte er müde, fast zerbrechlich. »Sie erholt sich«, flüsterte er, als Max auf ihn zuging.

Max legte dem kleinen Mann eine Hand auf die Schulter. »Erholt sich?«

Kemble nickte und schaute ihn dabei mit unsäglicher Traurigkeit an. »Greaves hat die Wunde gesäubert und vernäht«, ließ er leise verlauten. »Er sagt, sie sei tief, aber nicht lebensbedrohlich gewesen. Die Kugel ist über dem Beckenknochen eingedrungen, hat aber keine inneren Organe beschädigt. Natürlich gibt es da noch das Risiko einer Infektion.«

Max nickte stumm. *Infektion*. Eine Infektion wäre schlimm.

Kemble lächelte schwach. »Sie hat nach dir gefragt«, teilte er ihm mit. »Greaves meint, du sollst sofort zu ihr gehen und bei ihr bleiben. Und dem Gezeter der Haushälterin bloß keine Beachtung schenken. Ich fürchte, ich für meinen Teil muss jetzt gehen, alter Freund. Die Geschäfte rufen, du weißt schon. Es ist ziemlich spät geworden.«

Eigentlich wollte Max ihn noch nicht ziehen lassen, stimmte aber widerwillig zu. »Natürlich musst du gehen. Ich danke dir für alles.«

Kemble lächelte ein weiteres Mal. »Sisk hat den Jungen und

den Hund zum Wellclose Square gebracht, und ich werde morgen zur Wache gehen und den Papierkram erledigen. Kommst du allein zurecht?«

Max rang sich ein Lächeln ab, was ihm aber nicht ganz gelang. »Ich denke schon, Kem. Habe ich eine andere Wahl?«

Die beiden gingen gemeinsam durch die dunkle Eingangshalle. An der Haustür angekommen, wollte Kemble sich gerade in Bewegung setzen, als er es sich noch einmal anders überlegte, sich umdrehte und Max fest am Arm packte. »Sieh mal, alter Junge«, setzte er etwas schroff an. »Ich weiß, was du denkst, aber so darfst du nicht denken. Er hatte den Verstand verloren, hatte vor, sie umzubringen. Du hattest gar keine andere Möglichkeit, als zu schießen.«

Max schüttelte den Kopf. »Ich habe den Kopf verloren, habe schlecht gezielt.«

Kemble verstärkte den Druck auf Max' Arm. »Das ist doch ausgemachter Schwachsinn, und das weißt du auch! Es war ein schwieriger Schuss. Durch die Bäume hindurch, auf zwei Menschen, die im Kampf aufeinander lagen. Es ist bewundernswert, dass du ihn überhaupt getroffen hast. Und was Catherine betrifft – sie wird es überleben. Hörst du?«

Max aber hatte sich bereits aus Kembles Griff gelöst und eilte die Treppe hinauf.

Catherine lag im Bett unter einer ordentlich zurückgeschlagenen Bettdecke. Ihre Hände lagen flach neben ihrem Körper, und sie trug etwas Weißes mit Rüschen. Außer ihr war niemand im Zimmer. Max durchquerte mit langsamen und leisen Schritten den Raum, beugte sich über ihr Bett und schaute hinunter auf ihr bleiches Gesicht, das wirkte, als wäre es aus Porzellan. Max musste schlucken. Catherine lag bewegungslos da, als wäre sie tot. Sie schien kaum zu atmen. Er schloss die Augen, kniete nieder und begann zu beten. Ihm selbst war nicht ganz klar, warum, aber mit einem Mal tauchte der Rosenkranz seiner Großmutter vor seinem geistigen Auge auf, gepaart mit dem Wunsch, ebenfalls einen zu besitzen.

Hinter sich hörte er, wie die Haushälterin das Schlafgemach betrat und verächtlich den Atem einsog. Eine Hand in die Bettdecke gekrallt, hob Max den Kopf und warf ihr über die Schulter hinweg einen funkelnden Blick zu, woraufhin sie mit einem empörten Gesichtsausdruck sofort stehen blieb. Ihr Mund öffnete und schloss sich lautlos.

Beim Herrn, er würde sich nicht abwimmeln lassen! Wenn sie seine Anwesenheit für unangebracht hielt, dann müsste sie schon mit der Infanterie auflaufen, um ihn zu verscheuchen. Es war an der Zeit, sich für die Rechte einzusetzen, von denen er meinte, dass sie ihm zustanden. Langsam erhob er sich und stellte sich neben das Bett.

»Sie sollten sich an meinen Anblick gewöhnen, Madam«, warnte er sie mit unerbittlicher Stimme. »Ich werde diesen Raum nämlich nicht eher verlassen, bis es ihr wieder besser geht.«

Just in diesem Moment schwang die Tür des Ankleidezimmers auf, und Greaves kam herein. Er trocknete sich gerade die Hände an einem dicken weißen Handtuch ab und warf der Haushälterin einen schnellen und viel sagenden Blick zu. »Ah, Maximilian!«, sprach er leise. »Ich bin so froh, dass Sie hier sind!«

Max drehte sich vom Bett weg. »Ist sie..?« Ihm blieben die Worte im Hals stecken.

»Es geht ihr den Umständen entsprechend«, beruhigte Greaves ihn und warf das Handtuch auf seine Tasche. Aus den Augenwinkeln heraus registrierte Max, wie die Haushälterin sich umdrehte und leise die Tür hinter sich zuzog.

Es kostete Max große Mühe, die Fassung zu wahren. »Sagen Sie mir bitte … die Wahrheit.«

Greaves, der nun auf der anderen Seite des Bettes stand, lächelte. »Es geht ihr gut, Max. Sie ist voll gepumpt mit Opiaten und wird die ganze Nacht hindurch schlafen, aber es wird ihr den Schmerz nehmen.«

»Hat sie eine Infektion?«, erkundigte sich Max.

Der Arzt hob die Schultern. »Max, es können Tage vergehen, bevor wir das sicher wissen«, erklärte er.

»Wann wird sie wieder aufwachen? Wann kann ich mit ihr sprechen?«

Greaves stützte sich auf den Ohrensessel, den er und Rutledge bei ihrer nicht gerade rühmlichen Handgreiflichkeit vor einer halben Ewigkeit umgestoßen hatten. »Nicht vor morgen früh, würde ich sagen«, gab er zurück. »Kommen Sie und leisten Sie mir hier am Kamin Gesellschaft. Ich würde gern mit Ihnen sprechen.«

Nur widerwillig entfernte Max sich vom Bett und gesellte sich zu Greaves. Er sehnte sich nach einem Gefühl der Erleichterung, wollte wieder normal atmen können, aber seine Angst war einfach noch zu groß. Greaves verhielt sich zutiefst beunruhigend. Der Arzt nahm Platz und bedeutete Max, er möge das Gleiche tun. Anschließend räusperte er sich. »Lady Catherine braucht absolute Bettruhe, Maximilian«, setzte er an. »Unter keinen Umständen darf sie sich aufregen oder gestört werden. Sie ... nun ... ihre Umstände verlangen es. Verstehen Sie, was ich Ihnen sage, Max?«

Max brachte ein zustimmendes Nicken zu Stande. »Eine Schusswunde sollte nicht auf die leichte Schulter genommen werden«, stimmte er ihm zu. »Das habe ich schon oft miterlebt.«

Greaves rutschte unruhig hin und her. »Ja, sicherlich«, murmelte er. »Aber ...«

Wieder hatte die Panik Max fest im Griff. »Was: *aber*, verdammt noch mal?«

Der Arzt blickte einen Augenblick auf seine Fingerknöchel. »Sie hat immer und immer wieder nach Ihnen gefragt, Max«, erwähnte er mit gedämpfter Stimme. »Ihr Kreislauf hat einen ziemlichen Schock erlitten, aber sie ist eine unglaublich starke Frau. Sie ... haben doch schon eine recht lange Beziehung mit ihr, wenn mich nicht alles täuscht, oder?«

Max wäre vor Wut fast von dem Stuhl aufgesprungen. »Wir sind …«

Er musste schlucken, dachte über eine Antwort nach, schlug dann aber alle Vorsicht in den Wind. »Wir sind so gut wie verheiratet«, erklärte er selbstsicher und lehnte sich etwas entspannter zurück. »Sobald sie wieder auf dem Dampfer ist.« *Sobald sie Ja gesagt hat*, fügte er im Stillen noch hinzu. Und das würde sie, gelobte er sich. Er würde tun, was immer auch vonnöten sein mochte. Er würde jede Seite in Kembles verdammtem Benimmbuch lesen, seinen Siegelring auf Hochglanz polieren und sich wie ein Dandy aus der Regent Street herausputzen, wenn es nötig war, um ihr zu beweisen, dass er sie verdiente. Er würde für sie sogar seinen lächerlichen Zungenbrechertitel ausgraben, den das Schicksal ihm beschert hatte, und sie zu einer Viscountess machen, wenn sie nur in die Ehe einwilligen würde.

Ja. Ja, Max, ich möchte deine Frau werden.

Wenn sie doch nur am Leben blieb, um diese Worte zu sagen, so käme sein Leben in Ordnung. Vielleicht zum allerersten Mal überhaupt.

Greaves atmete erleichtert aus und ließ die Hände in den Schoß fallen. »Je früher, desto besser«, riet er ihm sanft. »In ihrem Zustand.«

»Zustand?« Max würde gleich explodieren. »Lieber Gott im Himmel! Könnten Sie sich bitte klar und präzise ausdrücken?«

Belustigung huschte kurz über das Gesicht des Arztes. »Also gut. Präzise gesprochen: Wäre die Wunde ein paar Zentimeter tiefer gewesen, so fürchte ich, hätten wir es jetzt mit einer furchtbaren Tragödie zu tun. Sehen Sie, ich habe allen Grund anzunehmen, dass Lady Catherine in anderen Umständen ist.«

In der darauf folgenden Stille konnte Max sein eigenes Herz schlagen hören. Der medizinische Geruch in seiner Nase wurde stärker, der Raum diesiger. Das Geräusch einer unten auf der Straße vorbeifahrenden Kutsche hallte sanft in Catherines Schlafgemach wider und holte ihn vom Rande der Bewusstlosigkeit zurück. »In … in anderen Umständen?«, brachte er mühsam hervor. »Woher … ich meine … woher wissen ,, .

Greaves schüttelte den Kopf. »Hundertprozentig bin ich mir nicht sicher«, antwortete er. »Aber sie murmelte etwas Verdächtiges und wollte Sie unbedingt sprechen. Frauen wissen oft lange vor der endgültigen Bestätigung durch den Arzt, ob sie schwanger sind oder nicht.«

Jetzt schüttelte Max den Kopf. »Aber ich verstehe nicht … wie soll ich es sagen …«

Plötzlich wurde Greaves schrecklich bleich. »Gütiger Gott, ich hoffe doch, dass das Kind von Ihnen ist.«

Max machte sich nicht die Mühe, die Wochen und Tage zu zählen. Er kannte Catherine. Er kannte sich selbst, wusste, wer er war. »Ja«, antwortete er bestimmt. »Ja, natürlich ist es mein Kind. Und ich werde so schnell wie möglich mit ihrem Bruder sprechen, Lord Treyhern. Wir werden heiraten, so schnell es geht.«

Der Arzt lächelte und lehnte sich erleichtert zurück.

Nachdem Greaves seine Sachen zusammengesucht und das Haus verlassen hatte, zog Max sich einen Stuhl an das Bett heran. Eine Weile verging, bevor Delilah auf Zehenspitzen in den Raum gehuscht kam und ihm im Auftrag der Haushälterin auf einem Silbertablett eine Kanne dampfenden Kaffees und ein kaltes Abendessen servierte. Seine Anwesenheit wurde dem Anschein nach toleriert. Oder man wollte ihn zumindest nicht verhungern lassen. Er nahm das Tablett entgegen und dankte ihr vielmals. Aber so sehr er auch wollte, er brachte keinen Bissen herunter.

Den Kaffee jedoch schickte der Himmel. Max trank ihn schluckweise, während die Nacht Marylebone fest im Griff hatte. Er fühlte sich in seine Zeit bei der Flusspolizei zurückversetzt, konnte den vom Wasser heraufkommenden Wind spüren, der die Stadt unter ihm abkühlte und das Haus ächzen ließ.

Langsam wurde es still um ihn herum, die Schritte und das Türengeklapper ebbten ab, genau wie der Verkehr draußen auf der Straße. Niemand störte seine Nachtwache – wahrscheinlich traute sich niemand. Irgendwann rückte Max den Stuhl noch ein Stück näher an das Bett und verschränkte seine Arme, um seine Stirn darauf zu betten, während er Catherines flachem Atem lauschte.

Sie lebte. Und solange er bei ihr saß, solange er ihrem Atem zuhörte, würde sich daran auch nichts ändern, davon war er überzeugt. Dennoch vermochte er nicht das Bild ihres aschfahlen Gesichts wegzuwischen, als er neben ihr auf diesem gottverdammten Hügel gekauert hatte. Dort oben hatte er eine Eingebung gehabt. Wie ein gleißender Blitz der Selbsterkenntnis, die einen Mann nur ein- oder zweimal im Leben traf, hatte sein Verstand endlich anerkannt, was sein Herz schon im ersten Moment, in dem er Catherine gesehen hatte, empfunden hatte. Dass er sie liebte. Von ganzem Herzen und mit jeder Faser seines Körpers – egal, wie sehr er auch versuchen mochte, sich ihrem Bann zu entziehen. Dazu war es längst zu spät. Sie war bereits ein Teil von ihm, von seinem Herzen, seiner Seele. Ihn plagte der Verdacht, dass Catherine dies bereits lange vor ihm gewusst hatte und keine Chance ungenutzt hatte verstreichen lassen. Nun lag es an ihm, die Sache wieder zurechtzurücken.

Gegen zwei Uhr in der Früh bewegte Catherine sich kurz. Sofort sprang Max auf. Geschwächt hob sie ihre Hand ein wenig in die Höhe und drehte den Kopf einige Millimeter in seine Richtung. »Max«, flüsterte sie mit rauer Stimme, ohne die Augen zu öffnen.

Er ergriff ihre Hand, führte sie an seinen Mund und berührte sie leicht mit seinen Lippen. Sie fühlte sich warm und sehr lebendig an. »Catherine«, sprach er mit erstickter Stimme. »Ich bin hier, *cara mia*, ich bin hier.«

Vielleicht war es nur eine Ausgeburt seiner Fantasie, doch er glaubte ein hauchdünnes Lächeln in ihren Mundwinkeln zu entdecken. Im nächsten Moment jedoch lag sie wieder regungslos da. Behutsam setzte Max sich aufs Bett, wobei er ihre Hand noch immer fest umklammert hielt.

So fand Bentley ihn kurz vor Sonnenaufgang. Catherines Bruder schlich auf leisen Sohlen in den Raum, und nur das leise Quietschen der Türangel verriet seine Ankunft. Ohne Catherines Hand loszulassen, erhob Max sich und drehte sich in Richtung Tür. Rutledge sah aus, als wäre er direkt aus der Hölle aufgestiegen. Er trug einen mindestens zwei Tage alten Bart und hatte offensichtlich in seinem Mantel genächtigt. Er stank nach kaltem Rauch und Brandy, als er sich dem Krankenlager seiner Schwester näherte.

Mit verstohlenem Blick fuhr er sich durchs Haar und stemmte sich eine Hand in die Hüfte. »Wie geht es ihr?«, fragte er überraschend einfühlsam.

»Sie lebt«, antwortete Max, dessen Stimme sich überschlug.

Rutledge trat noch einen Schritt näher, beugte sich zu Catherine herunter und strich ihr sachte mit dem Handrücken über die Wange. Catherine bewegte sich nicht. Nach einer kleinen Weile deutete er mit dem Kopf auf das Tablett auf dem Nachttisch. »Kaffee?«

Max nickte. »Kalter Kaffee.«

»Auch egal«, murmelte Rutledge und klopfte Max fast freundschaftlich auf den Rücken, bevor er sich in dessen Stuhl setzte. Sichtlich unwohl stützte er sich mit den Ellbogen auf den Knien ab und lehnte sich nach vorne, um das Gesicht seiner Schwester ein wenig näher zu betrachten. »Gehen Sie nach Hause, de Rohan, und legen Sie sich ein wenig schlafen«, drängte er, ohne ihn dabei anzuschauen. »Mein Kutscher, der unten wartete, wird Sie nach Hause bringen.«

»Nein.«

Rutledge schaute leicht amüsiert hoch. »Ich denke schon, dass Ihnen das gut täte, alter Junge. Wenn mich nicht alles täuscht, haben Sie ein paar gebrochene Rippen und leiden unter Schlafentzug.«

»Was wollen Sie?«

Rutledge ließ seinen Blick erst über die Prellungen und Blutergüsse in Max' Gesicht schweifen und anschließend über seine staubige Kleidung. »Ich wollte Ihnen nur sagen, dass Sie schlimmer aussehen als ich, und das ist noch geschmeichelt«, klärte er Max auf. »Was Sie brauchen, ist ein Bad, ein Nickerchen und ein sauberes Hemd – und zwar in genau dieser Reihenfolge. Ich verspreche Ihnen, mich nicht vom Fleck zu rühren, bis Sie wieder zurück sind. Ehrenwort.«

Die Freundlichkeit in der Stimme des jungen Mannes überwältigte Max fast. »Ich kann sie unmöglich zurücklassen, dazu ist es noch zu früh«, hielt er mit erstickter Stimme dagegen.

Rutledge seufzte gekünstelt. »Ach du liebe Güte«, stieß er hervor. »Sie wollen also hier bleiben und den Helden spielen, oder wie? Aber, de Rohan, lassen Sie sich gesagt sein, dass Sie ein Bild des Schreckens bieten und Catherine mit Ablehnung auf Sie reagieren könnte. Schließlich waren Sie es, der sie niedergeschossen hat. Also, mein Freund, gehen Sie nach Hause, und wenn auch nur für ein Stündchen. Einverstanden?«

Kapitel 21

»Heiraten Sie nicht überstürzt, sondern schauen Sie sich erst in Ruhe um, da es sich schließlich um eine ausgesprochen wichtige Angelegenheit handelt.«
Lord Chesterfield, 1776,
The Fine Gentleman's Etiquette

Im Leben eines Menschen kann es passieren, dass sich Visionen materialisieren, die ohne Vorwarnung auf ihn einstürzen, die ihm unlogisch erscheinen, die sich dem Auge als Täuschung darstellen und die sein Verstand nicht aufzunehmen bereit ist. So erging es auch Max, als er in die Mortimer Street zurückkehrte und feststellen musste, dass die Welt Kopf stand. Überzeugt davon, dass Catherine noch immer in Lebensgefahr schwebte, war er an Delilah vorbeigestürmt und die Treppe bis zu Catherines Schlafgemach hinaufgerannt. Sein leises Klopfen an der Tür war jedoch ungehört geblieben, da just in dem Moment im Zimmer lautes Gelächter aufgebrandet war.

Von Neugier gepackt, öffnete er die Tür und sah Catherine, wie sie, durch große Kissen gestützt, fast aufrecht im Bett saß, obgleich sie noch von Schwäche gezeichnet war. Er stieß vor Erleichterung einen tiefen Seufzer aus. Ihr Gesicht war noch immer sehr blass, und sie wirkte mitgenommen, aber ihre Augen waren quicklebendig, und sie lächelte. Ihr Lächeln galt jedoch nicht ihm, denn im allgemeinen Tumult war sein Eintreten unbemerkt geblieben, sondern den drei Damen, die um einen eleganten Klapptisch saßen, der neben Catherines Bett gerollt worden war. Auch Bentley Rutledge grinste – von einem Ohr zum anderen. Er saß mit einer leeren Suppentasse im Schoß auf der Bettkante am Kopfende. Sein leicht irritierter Blick galt der alten Frau, die von Kopf bis Fuß in schwarze

Kleider gehüllt war und die am Kopfende des Tisches Platz genommen hatte.

Max fluchte leise.

Die alte Frau hatte ihn nicht bemerkt und beugte sich stattdessen nach vorne über die Karten, die mit dem Gesicht nach unten auf dem Tisch lagen. »Ah, *dio mio*, Signor Rutledge«, verkündete Nonna Sofia mit ernster Stimme. »Skandale! Untugenden! Und was ist das hier? Ich sehe, da ist noch mehr. Der Pfad der Liebe, den Sie beschreiten, ist steinig. Sehr steinig sogar.«

»Meine liebe Signora«, murmelte Rutledge mit trockener und träger Stimme. »Ich bin bekannt dafür, dass ich es ein wenig wilder bevorzuge.«

Die drei Damen tauschten entsetzte Blicke aus, brachen dann aber sogleich wieder in schallendes Gelächter aus. Catherine zog den Ellbogen zurück und knuffte ihren Bruder in die Rippen. Mit einem Schmerzensschrei glitt Rutledge vom Bett und landete auf den Füßen. Er stellte die Suppentasse ab und machte eine übertrieben tiefe Verbeugung.

»Meine verehrten Damen«, ließ er mit samtener Stimme verlauten. »Wie ich sehe, braucht die schwer Kranke meine liebevolle und rührende Fürsorge nicht länger, weshalb ich nun von dannen ziehen muss. Der steinige Weg meines Herzens führt mich zum Auktionshaus Tattersall's, wo ich ein Auge auf eine langbeinige Stute geworfen habe – das passende Gefühl lässt sich eher mit *amore* beschreiben.«

Nun war es Nonna Sofia, die ein wenig irritiert dreinblickte. »*Va bene*, mein Junge«, sprach sie leise. »Geh nur, geh. Und versteck dich hinter deinem Lachen, wenn es dir Spaß macht. Aber wenn du ausgelacht hast, besuch mich. Wir werden uns eine Flasche Burgunder teilen und das Durcheinander deines Lebens ein wenig ordnen. Maximilian wird dir meine Adresse geben.«

»So, werde ich das?«, meldete Max sich trocken zu Wort.

Fünf Augenpaare schossen in Richtung Tür. Cousine Maria war, nach Luft schnappend, vom Stuhl gesprungen, und Lady Kirton errötete wie ein Schulmädchen, das bei einem harmlosen

Streich ertappt worden war. Nur Max' Großmutter rührte sich nicht.

»*Buongiorno*, mein Enkel«, begrüßte sie ihn und warf ihm einen verschmitzten und viel sagenden Blick zu. »Du hast an einem solch wichtigen Tag wie heute anscheinend sehr lange im Bett gelegen.«

Max hatte die Hände hinter dem Rücken verschränkt, das Herz klopfte ihm bis zum Hals – ein Zustand, an den er sich wohl oder übel gewöhnen musste, denn in letzter Zeit zeigte er ausgesprochen oft eine derartige Reaktion.

»Raus«, bellte er und tat alles, um seine Erregung zu verbergen. »Raus! Mit euch allen! Sie ist krank. Sie braucht Ruhe.«

Auch die anderen beiden Damen erhoben sich und erinnerten an nervöse Hennen, als sie gackernd nach den Karten, ihren Handschuhen und Handtaschen griffen. Mit einem grollenden Lachen und einem Schlag auf Max' Rücken drängte Rutledge sich an ihm vorbei. Catherine hatte vor Verwunderung die Augen weit aufgerissen und das Treiben verfolgt, bis der Raum sich geleert hatte.

Max eilte ihr zur Seite, ohne sie jedoch zu berühren. »Du bist ja wach«, stieß er hervor.

Sie lächelte schwach. »Ja, aber noch nicht sehr lange«, erwiderte sie. »Ich fühle mich schwach wie ein junges Kätzchen und habe teuflische Schmerzen. Aber Max, o Max, ich bin ja so unendlich froh, dich zu sehen.«

Max rang die Hände hinter seinem Rücken, bis sie schmerzten. »Meine Großmutter hat nicht das Recht, dich zu stören«, setzte er steif an.

Catherine errötete. »Nate hat ihr wohl von meinem Unfall berichtet«, klärte sie ihn auf. »Wie er allerdings auf die Idee gekommen ist, sich in dem Stechpalmengebüsch vorm Haus zu verstecken, werde ich wohl nie erfahren. Aber Sofia schien ernsthaft besorgt zu sein. Maria hat eine vorzügliche Bouillon mitgebracht, und Isabel und Bentley haben sich die Karten legen lassen. Das war durchaus amüsant.«

»Darauf wette ich«, murmelte er. Max setzte sich ein wenig verunsichert auf die Bettkante und schaute hinunter auf ihre Hand, die auf der Bettdecke ruhte und die so blass war, dass er das Geflecht ihrer Adern erkennen konnte. Geistesabwesend strich er mit einem Finger über ihre Hand. »Catherine …«, setzte er an, verlor dann aber den Mut.

»Ja?«

Er ließ sie los. »Gott sei Dank, dass es dir besser geht«, flüsterte er. »Es tut mir so Leid. Es gibt keine Worte dafür, was … was für ein Idiot … Es ist alles … mein Fehler«, beendete er seine lahme Entschuldigung.

Catherine nahm seine starken und warmen Finger und legte sie in die ihren, bevor sie zu Max aufschaute. »Das ist es nicht«, protestierte sie, konnte aber die unzähligen Gedanken erkennen, die über sein Gesicht huschten, und ahnte, wie groß sein Gefühlschaos sein musste. Ihr ging es nicht anders. Gestern war sie nur knapp dem Tode entronnen und hätte fast noch etwas Schlimmeres als den Tod erlebt. Selbst Rutledge nahm das, was ihr zugestoßen war, nicht auf die leichte Schulter. Sie stand tief in Max' Schuld dafür, dass er ihr das Leben gerettet hatte.

O ja, sie wusste, was er jetzt dachte, und konnte deutlich die Schuldgefühle erkennen, die ihn quälten. Auch der Arzt, Dr. Greaves, hatte verstanden, worum es hier ging, und war kurz nach Tagesanbruch noch einmal bei ihr gewesen, um sie zu untersuchen und ihr Worte des Trostes zu spenden. Bei ihren Schmerzen und noch immer ein wenig orientierungslos, hatte es ihr gut getan, mit ihm zu sprechen. Sie war froh darüber, einen weiteren Vertrauten von Max kennen gelernt zu haben. Er suchte sich seine Freunde sorgfältig aus, sie alle waren äußerst loyal. Gab es einen besseren Maßstab, an dem ein Mensch gemessen werden konnte?

Ihrem Impuls folgend, verstärkte sie den Druck auf Max' Hand und zog ihn näher zu sich. »Max«, setzte sie mit leiser Stimme an. »Du brauchst dir keine Sorgen um mich zu machen. Es geht mir gut.«

»Und ich werde dafür sorgen, dass das auch so bleibt«, fuhr er unbeholfen dazwischen. »Catherine, es gibt keine andere Möglichkeit, wir müssen heiraten. Ich ... gütiger Gott, ich habe dich *angeschossen*. Ich bin für dich verantwortlich. Ich ... ich weiß nicht, wie ich es anders sagen soll, aber du gehörst jetzt unweigerlich zu mir.«

»Ach du meine Güte.« Catherine lächelte ein wenig verunsichert. »Das hört sich ja an, als wärst du auf einer Großwildjagd gewesen. Du hast mich angeschossen, und ich bin jetzt deine Trophäe, oder wie? Hast du vor, mir einen Platz über dem Kamin zu reservieren?«

Max schüttelte den Kopf und presste die Lippen fest aufeinander. »*Dio mio*«, murmelte er. »Ich höre mich ja wie ein Geisteskranker an.« Er atmete tief und unruhig ein. »Catherine, Greaves hat mit mir gesprochen. Über ... über das Baby. Ich fühle mich so ... so unendlich ...«

»Verantwortlich?«, beendete sie seinen Satz, und ihr Herz zog sich für einen Augenblick schmerzhaft zusammen. »Ist es das? Wenn ja, dann sollten wir warten. Vielleicht erledigt sich die Sache von selbst und wir wären letzten Endes froh darüber.«

Wieder schüttelte er den Kopf. »Nein, *cara*«, raunte er und drückte seine Lippen auf ihre Handknöchel. »Ich bin ja so glücklich. Und so verdammt verängstigt. O Gott, Catherine, kämpf bitte nicht gegen mich an. Das ertrage ich nicht auch noch. Ich weiß zwar nicht, ob du unser Kind unter dem Herzen trägst oder nicht, aber das spielt keine Rolle. Du musst mich heiraten. Am besten direkt morgen, wenn das irgend möglich ist.«

Catherine setzte sich ein wenig auf. »Warum, Max? Sag es mir. Gewähr mir Einlass in dein Herz. Bitte.«

Max schloss die Augen und ließ den Kopf nach vorne auf ihre ineinander verschränkten Hände fallen. »Weil ich dich liebe, Catherine«, flüsterte er. »Ich liebe dich über alle Maßen. Heirate mich, und Gott wird mein Zeuge sein, dass ich alles tun werde, was nötig ist, damit ich dich verdiene.«

Catherine schaute fassungslos auf seinen Hinterkopf. »Mich *verdienen*?«

Max sprach noch immer in die Bettdecke hinein. »Ich werde besser auf meine Kleidung achten und mein Temperament zügeln, das schwöre ich. Außerdem werde ich die Regeln der höflichen Konversation erlernen und uns ein Haus kaufen. Du kannst dir das größte Haus in ganz Mayfair aussuchen – ich bin mir sicher, dass ich mir das leisten kann –, und du kannst dich auch Lady de Vendenheim-Sélestat nennen, wenn du das wünschst. Ich werde ein leibhaftiger Gentleman sein, ein Gentleman wie er im Buche steht, das schwöre ich dir hoch und heilig.«

Catherine bewegte ihn dazu, seinen Kopf wieder hochzuheben. »Max, wovon zum Teufel sprichst du?«

Er schaute sie unbeirrt an. »Ich habe heute Morgen meine Kündigung nach Whitehall geschickt«, berichtete er gelassen. »Ein englischer Gentleman kann es sich nicht leisten, einer derartigen Karriere nachzugehen – das weiß ich. Außerdem muss ich mich von nun an um dein Wohlergehen und das unserer Kinder kümmern. Außerdem möchte ich deinen Brüdern keinen Anlass geben, auf mich herabzuschauen.«

Catherine beugte sich leicht vor, um seine schlanke und harte Wange zu streicheln. »O Max! Meine Brüder haben nicht den geringsten Grund, auf dich herabzuschauen!«, entgegnete sie mit gesenkter Stimme. »Vor allem nicht Bentley, dieser Schwerenöter. Aber jetzt verrate mir mal, wovon du eigentlich redest. Warum hast du deine Arbeit – diese so immens wichtige Arbeit – überhaupt an den Nagel gehängt?«

»Weil sie zu gefährlich ist«, sagte er ernst. »Und weil sie am besten von Männern ohne Familie erledigt werden sollte.«

Catherine strich ihm über das Haar und schüttelte den Kopf. »O Max, nichts im Leben ist wirklich sicher«, flüsterte sie und schaute dabei in seine sorgenvollen Augen. »Ich habe bereits einen Ehemann zu Grabe getragen, einen, der ein langweiliges, ruhiges Leben auf dem Lande führte und der nur dann in Gefahr war, wenn er auf Fasane schoss. Ich möchte nicht, dass mein zweiter Ehemann vor Langeweile stirbt, denn genau dieses Schicksal würde dich ereilen. Und außerdem, mein Liebster, bin ich unsäglich stolz auf deine Arbeit, wusstest du das nicht?«

Max hielt ihre Hände eisern fest. »Wirst du mich nun heiraten, Catherine, oder nicht?«, wollte er wissen. »Bitte gib mir eine Antwort. Der Rest kann warten.«

»Ja, ja, ich werde dich noch heute Nachmittag heiraten, du verzweifelter Bursche!«, rief sie aus. »Ein kleines Haus, ja, das wäre fein – vor allem, wenn es in Sofias Nähe stünde. Mit deinem Titel kannst du machen, was du willst. Aber was soll der ganze Unsinn über Kleidung und Konversation?«

Als Antwort beugte Max sich schlichtweg vor und küsste sie sanft auf die Lippen. »O Catherine, du wirst so stolz auf mich sein.«

Catherine schüttelte ein weiteres Mal den Kopf. »Moment mal, das viele Laudanum scheint mir den Verstand vernebelt zu haben«, stöhnte sie. »Habe ich nicht eben erst gesagt, wie stolz ich jetzt schon bin? Auf dich und auf deine Arbeit? Das musst du doch gewusst haben, oder?«

»Du wirst es also tun?« Er schaute sie mit einem verzweifelten und gequälten Blick an. »Du wirst mich zum Gatten nehmen?«

»Habe ich deinen Antrag nicht gerade angenommen?« Catherine hatte das Gefühl, im nächsten Augenblick in Freuden- und Wuttränen zugleich ausbrechen zu müssen – zweifelsohne ein Vorgeschmack auf das gemeinsame Leben mit Max. »Aber du musst jemanden nach Whitehall schicken und den Brief abfangen, Max«, seufzte sie. »Hol ihn zurück, hörst du mich? Und dann holst du einen Geistlichen und besorgst uns die Heiratserlaubnis. Ich sollte dich vom Fleck weg heiraten – am besten noch heute Nachmittag.«

Max schüttelte energisch den Kopf, als ein Klopfen ertönte und Greaves den Raum betrat. Hinter ihm fiel die Tür sachte ins Schloss.

»Guten Morgen, Maximilian!«, begrüßte er ihn und setzte voller Elan die Tasche ab, um sich über das Fußende des Bettes zu lehnen. »Und natürlich auch Ihnen, Lady Catherine! Sie haben sogar wieder ein wenig Farbe im Gesicht, ausgezeichnet.«

Max hatte Haltung angenommen. »Sie können mir gratulieren, Greaves«, ließ er mit ernster Stimme verlauten. »Ihre Patientin hat mich gerade zum glücklichsten Mann der Welt gemacht.«

Der Arzt lächelte und rieb sich die Hände. »Hervorragend! Wie wunderbar«, rief er aus und ging um das Bett herum. Er schlug gekonnt die Bettdecke zurück, sodass nur Catherines Wunde in der Taille zum Vorschein kam. »Dann können Sie sich direkt einmal nützlich machen, Max.«

»Nützlich machen?«

Greaves gab Catherine ein schnelles Handzeichen und rollte einen neuen Verband aus, den er seiner Tasche entnommen hatte. »Und wie! Ich habe nicht viel Zeit für den Verbandswechsel, denn der nächste Patient wartet schon. Noch ein Duell! Was für eine schreckliche Unsitte!« Behutsam löste er den Verband. »Wie dem auch sei, Sie sind den Anblick von Blut ja schließlich gewohnt, und da Sie beide bald verheiratet sein werden, besteht kein Grund, warum Sie mir nicht helfen könnten.«

Max räusperte sich. »Nun, ich … ich bin mir nicht ganz sicher, ob …«

Stück für Stück legte Dr. Greaves Catherines mit Prellungen und Schwellungen gezeichnete Hautpartie frei. »Wie dem auch sei«, fuhr Greaves dazwischen. »Lieber Sie als diese sauertöpfische Haushälterin – Sie mögen mir meine Ausdrucksweise verzeihen, Madam.«

Die nächste Schicht des Verbandes – sie war leicht bräunlich und durchnässt – löste sich, und der ehemalige Offiziersarzt warf sie gekonnt über seine Schulter. »Aha, da haben wir sie ja! Kein Eiter, keine Blasen, und die Naht hält auch vorbildlich. So, schauen Sie doch mal her, Max. Sie werden erleichtert sein. Ich habe herausgefunden, dass die Kugel nur ein winziges Stück des Beckenknochens mit sich gerissen hat – das ich übrigens für Sie aufbewahrt habe –, bevor das Geschoss sich durch die …«

Ein ohrenbetäubendes Geräusch schnitt ihm das Wort ab.

Catherine schrie auf, und Greaves wirbelte herum. Aber es war bereits zu spät. Max war rücklings umgefallen, wobei er den Klapptisch und zwei Stühle mit sich gerissen hatte. Die Suppentassen schlitterten über den Boden, und Max lag wie ein Adler mit ausgebreiteten Flügeln der gesamten Länge nach auf dem zerborstenen Rolltisch, dessen Räder sich noch schwungvoll drehten. Er war offenbar ohnmächtig geworden.

»Ach du meine Güte!«, murmelte der Arzt, als er sich bückte, um Max' bleiches Gesicht zu betrachten.

Catherine presste sich die Hand vor den Mund. »O Gott!«, flüsterte sie durch ihre Finger hindurch. »Ist er verletzt?«

Greaves schüttelte den Kopf. »Nichts, was ein paar Stiche nicht wieder in Ordnung bringen könnten«, meinte er und setzte sich auf den Boden neben Max. »Aber ich habe dennoch einen ärztlichen Rat für ihn, Mylady.«

»Ja, welchen denn? Was raten Sie ihm?«

Behutsam tastete er nach Max' Puls. »Wenn Ihre Wehen einsetzen, sorgen Sie dafür, dass der junge Mr. Rutledge den werdenden Vater mit zum Piccadilly Circus nimmt und ihn für die nächsten Tage gut abfüllt.«

Epilog

»Es ist nun an der Zeit, meinem ausholenden Gefasel ein Ende zu bereiten, in der Hoffnung, Ihnen möge zumindest eine einzige meiner Ausführungen von Nutzen gewesen sein – was mich für die Mühen, die es mich gekostet hat, dieses Werk zu Papier zu bringen, entschädigen würde.«
Lord Chesterfield, 1776,
The Fine Gentleman's Etiquette

Als Max erwachte, stand die Oktobersonne bereits tief am Himmel und hatte sich ihren Weg durch den Spalt der leicht geöffneten Verandatür gebahnt. Eine warme Herbstbrise wehte durch den Raum. Er legte eine Hand über die Augen, setzte sich aufrecht hin und schaute Catherine zu, die durch den Garten auf ihn zuschlenderte. Ihm bot sich ein betörender Anblick. Ihre Bewegungen waren so unglaublich geschmeidig, und wie sie sich vom Grün der Natur abhob! Max merkte es nicht einmal, als die Bettdecke auf den kühlen Marmorboden glitt. Er räkelte sich faul und gähnte herzhaft, jedoch ohne Catherine aus den Augen zu lassen. Es war ihm zur Angewohnheit geworden, am Nachmittag eine kleine Siesta einzulegen, was ebenso süchtig machte, wie einfach nur seine Angebetete anzuschauen.

Catherine. Catherine, die sich bewegte, als hätte die Zeit an Bedeutung verloren. In den hügeligen Weinbergen Spaniens, wo die Trauben und nicht der Kalender das Leben bestimmten, war dem tatsächlich so. Max schaute ihr zu, wie sie durch das hohe Gras entlang der Terrasse schlenderte. Unter ihrem gebleichten Leinenkleid schauten ihre nackten Füße hervor. Eine Hand hatte sie auf die Wölbung ihres Bauches gelegt, in der anderen hielt sie einen Brief. Sie trug das Haar offen, und ihre mahagonifarbene Pracht fing die Sonnenstrahlen ein, während sie sich Max lesend näherte.

Gaea. Seine Erdgöttin. Er hatte es von der ersten Sekunde an gewusst. Für seine Großmutter jedoch war sie die Königin der Pentakel gewesen, ein Symbol der Großzügigkeit und der Weisheit – alles produktive und gute Eigenschaften, aber vor allem ein Symbol großer Fruchtbarkeit. Bei diesem Gedanken musste Max auflachen.

Catherine schien ihn gehört zu haben, weshalb sie mit einem abwesenden Lächeln zu ihm aufschaute. In ihrem Blick lag tiefe Zufriedenheit, was ihn glücklich – nein, selig stimmte. Max suchte in den verschiedenen Sprachen, die er beherrschte, nach einem treffenderen Wort, wurde aber nicht fündig.

Catherine schritt unter den Schatten spendenden Weinreben hindurch, die die Terrassentür einrahmten. Bevor sie in das Innere des Hauses trat, musste sie eine recht tief hängende Ranke anheben. »Du hast gelacht«, bemerkte sie und kam mit leisen Schritten auf die Chaiselongue zu, auf der er lag. »Ein schläfriger und nackter Mann, der lacht. Woran du wohl gerade wieder gedacht haben magst?«

Max legte einen Arm um ihre ausladende Taille und zog sie zu sich herunter. Mit der anderen Hand schob er eine ihrer Haarsträhnen über die Schulter, bevor er ihr das Gesicht freistrich. »Es gibt nur eine Sache, an die ich unablässig denke«, murmelte er. »Daran, dass ich dich liebe und dass ich dich begehre …«

Catherine schaute mit einem flüchtigen Blick auf ihn herab. »O ja, das ist nicht zu übersehen.«

»Du freches Ding!« Max zog sie noch ein Stück weiter zu sich und küsste sie. »Außerdem denke ich darüber nach, dass du mich noch in den Wahnsinn treibst. Ich wünschte mir, wir könnten für immer an diesem Ort weilen.«

Beiläufig – ein wenig zu beiläufig gar – zuckte sie mit den Schultern. »Wenn du dir das wirklich wünschst, so bleiben wir halt«, sagte sie und strich mit ihrem Handrücken über seinen stoppeligen Bartwuchs. »Dieses Landhaus gehört doch schließlich dir, oder? Und jetzt, da das Dach nicht mehr undicht ist und sämtliche Spinnen vertrieben sind …«

»Catherine, ich bitte dich, so schlimm war es nun auch wieder nicht!«

Sie strich sich mit einer Hand über den Bauch. »Wir müssten nur das Kinderzimmer ein wenig herrichten, und *voilà*, dann könnten wir für immer hier wohnen. Bentley könnte sich für uns um Aldhampton kümmern. Er braucht dringend eine Aufgabe, damit er nicht ständig in neue Schwierigkeiten schlittert.«

Max lehnte sich zurück, zog sie jedoch vorher noch dicht an sich heran. »Dein Bruder ist kein Bauer«, ließ er leise verlauten. »Und ich kann auch nicht hier bleiben, das habe ich Peel versprochen. Aber ich gelobe dir, wir werden einmal im Jahr hierher kommen. Es war wunderbar, bei der Lese zuzuschauen, nicht wahr? Es kam mir wie ein Wunder vor. Ich verstehe nicht, warum ich so lange nicht mehr hier war.«

Aber er wusste nur zu gut, was ihn fern gehalten hatte. Katalonien lag zu dicht an Frankreich, dem Land, das ihm unglaublich schmerzhafte Erinnerungen beschert hatte. Zu Beginn hatte der Geruch reifer Trauben ihm sogar Übelkeit verursacht. Als kleiner Junge war er fast jedes Jahr hier hergekommen. Dieses war nur eines der vielen Anwesen, die seinem Vater gehört hatten. Er hatte all dies immer geliebt, die reichhaltige Erde, den unglaublichen Sonnenschein und diese lyrische Sprache. Wie viele Ernten hatte er verpasst? Oder besser gesagt *ignoriert*? Das Landhaus, die Nebengebäude, die vielen Morgen erstklassiger Weinreben, sie alle hatten darunter gelitten, dass sich ihr Besitzer nicht genug um sie gekümmert hatte. Catherines Kritik am Zustand des Daches war nicht unberechtigt gewesen.

Er hatte sie hierher gebracht, um mit ihr eine romantische Hochzeitsreise zu verbringen. Das zumindest hatte er sich selbst einreden wollen. Aber nun erkannte er, dass er mit ihr gekommen war, um viele seiner Geister zu vertreiben, was ihm auch erfolgreich gelungen war. Max strich sanft über die Rundung ihres Bauches, und ein Gefühl tiefer Dankbarkeit erfüllte ihn.

Catherine murmelte wohlig ein paar Worte und rollte sich neben ihm ein, wobei etwas in der Tasche ihres Kleides knisterte. »Oh«, entfuhr es ihr leise. »Der Brief.«

Er reckte den Hals, um sie anzuschauen. »Ich habe gesehen, dass du etwas gelesen hast. Wer hat dir geschrieben?«

»Mein Bruder«, antwortete sie ihm. »Cam. Er möchte wissen, wann wir wieder zurückkommen und was in Aldhampton alles erledigt werden soll, wenn die Ernte eingefahren ist. Außerdem hat er dir auch eine Nachricht zukommen lassen.«

»Eine Nachricht? Für mich?«

Max war erstaunt. Er hatte Lord Treyhern erst kurz vor der Trauung kennen gelernt, als sie in Catherines ehemaligen Heimatort gereist waren, um dort in der alten Kirche vor den Altar zu treten.

Seine Lordschaft hatte seinen zukünftigen Schwager genauestens unter die Lupe genommen. Max hatte angenommen, dass er und Catherine ohnehin hätten heiraten müssen, fand aber heraus, dass Treyhern weniger Probleme damit hätte, wenn seine Schwester ein uneheliches Kind zur Welt brachte, als wenn sie unglücklich verheiratet wäre. Catherine hingegen hatte ihren Bruder mühelos um den kleinen Finger gewickelt, und binnen zwei Wochen hatte die Trauung stattgefunden. Während ihres kurzen Besuches hatten Max und Treyhern sich zwar nicht wirklich angefreundet, weshalb Max nun fürchtete, dass er ihm eine versteckte Warnung zukommen ließ. Schließlich erwartete er von Max, dass er seine kleine Schwester zu einer sehr, sehr glücklichen Frau machte. Tat er das nicht, würde er dafür büßen müssen.

Plötzlich setzte Catherine sich auf. »Ich werde dir vorlesen, was Cam geschrieben hat«, schlug sie vor und zog den Brief aus der Tasche. »Deine Freunde haben sich bestimmt gegen dich verschworen.«

Max zog eine Augenbraue in die Höhe. »Wer? Kemble?«

Sie lachte auf. »Ja, er und das Wort *Verschwörung* könnten Zwillinge sein, nicht wahr?«, meinte sie kopfschüttelnd. »Aber dieses Mal sind es Walrafen und Peel. Wie es scheint, haben sie eine höhere und bessere Verwendung für – warte mal, wo steht es genau? – deinen *Sozialfanatismus*. Ach du meine Güte, was für feine Worte deine Freunde benutzen …«

Max packte sie am Handgelenk und küsste sie leidenschaftlich. »Jetzt darfst du weiterlesen, *cara mia*«, brummte er. »Es könnte nämlich sein, dass auch ich eine höhere und bessere Verwendung für dich habe. Ich habe nämlich keine Lust, während der Flitterwochen an meine Arbeit zu denken!«

Mit einem verschmitzten Lächeln warf sie den Brief beiseite, stand auf und raffte ihr Kleid. Den ganzen Sommer hatte sie bereits auf Unterwäsche verzichtet. Sie hatte sich darüber beschwert, dass ihre Narbe durch einen Schlüpfer ständig juckte, auch wenn von der Wunde nur noch ein kleiner leuchtender Punkt zu sehen war, den Max unwiderstehlich erotisch fand. Er lachte laut auf und streckte die Hände aus, um sie an ebendieser Stelle zu berühren. Um *Catherine* zu berühren. »*Bella*«, brummte er. »Was hast du mit mir vor?«

»Ich werde dich wegen deiner Unverschämtheit quälen«, ließ sie ihn wissen, während sie sich langsam mit gespreizten Beinen auf ihm niederließ. »Auch ich habe eine Berufung.«

Max sog scharf die Luft ein, als sie ihn berührte. »O mein Gott, Catherine!« Es bestand kein Zweifel, sie verfügte über ein ziemliches Talent.

Catherine glitt noch ein Stückchen tiefer und seufzte vor Zufriedenheit. »Ist es gut so?«

»Ah, *paradiso*!«, stöhnte er auf. »Das fühlt sich ganz und gar nicht wie eine Bestrafung an.«

Voller Anmut bog sie sich zurück und nahm ihn nun ganz in sich auf. »Hier«, stöhnte sie, als er sie voll und ganz ausfüllte. »Also, wie ich eben schon sagte …« Sie stemmte sich wieder ein Stück in die Höhe und hielt kurz inne, um sich die Lippen zu benetzen. »Peel möchte, dass du deine Stellung im Innenministerium nun doch aufgibst.«

»Wer?« Max konnte kaum mehr atmen. »Was aufgeben?«

Langsam setzte sie sich wieder, wobei sie ihre Muskeln um ihn herum anspannte, was zur Folge hatte, dass ihm sämtliches Blut aus dem Kopf wich.

»Die Regierung wird wohl bald Wahlen ausschreiben.«

Erst hatte sein Atemreflex ausgesetzt, und jetzt war auch noch sein Verstand betroffen. »Wa-Wahlen?«

Ein wohliger Schauer durchzuckte sie, als sie wieder ein wenig nach oben ging. »Wie es scheint, hat mein hochherrschaftlicher Bruder das Familienrecht über einen Wahlbezirk irgendwo in Devonshire.«

»Wahlbezirk?«

»Ein politisches Privileg«, stöhnte sie, und kleine Schweißtropfen bildeten sich auf ihren Lippen. »Er kontrolliert mehr oder weniger den Wahlausgang in diesem Gebiet.«

Max schaute auf ihre unglaublich wohl geformten Brüste, die sich nun vor ihm hoben und senkten. »Ich ... o Catherine ... ich weiß schon, was du meinst.« Er schnappte ein weiteres Mal nach Luft, ohne großen Erfolg. »Oh, *per amor del cielo*! Was machst du mit mir?«

»Dir den Inhalt des Briefes wiedergeben.«

»Vergiss den verdammten Brief!« In seinem Blick, den er zu ihr heraufschickte, lag eine Mischung aus Verlangen und vollkommener Verwirrung. »Catherine, wie kannst du nur über Politik reden, während wir dies hier tun?«

Sie schenkte ihm ein verführerisches Lächeln, wodurch sie ihrem jüngeren Bruder zum Verwechseln ähnlich sah. »Ich baue nur vor«, sagte sie mit einem lässigen Schulterzucken. »Wenn ich das nicht tue, kann es passieren, dass wir nach unserer Rückkehr nicht mehr dazu kommen.«

»Catherine, sei keine Närrin!«

»Sei du nicht so böse zu mir, Darling.« Sie hob sich ein weiteres Mal in die Höhe, hielt dabei wieder sämtliche Muskeln angespannt, wodurch sie sich selber pure und süßliche Qualen zufügte. »Du hast mir versprochen, du würdest dein Temperament ein wenig zügeln, wenn ich einwillige, deine Frau zu werden.«

»Ja. Das habe … das werde ich … o Himmel, Catherine, hör jetzt bitte nicht auf.«

Das hatte Catherine auch nicht vor. Sie rieb sich heftig stöhnend weiter an ihm. »Sie wollen … dass du … dich zur Wahl stellst … für das Parlament«, flüsterte sie und fand zu ihrem Rhythmus zurück. »Für das Unterhaus … weil Walrafens Tories … zu frustriert sind und … feststecken, in …«

»Die Tories!«, rief Max dazwischen. »Die begreifen doch gar nicht, was es bedeutet, *frustriert* zu sein oder *festzustecken*. Im Gegensatz zu mir …«

»… Schwierigkeiten stecken«, beendete sie ihren Satz. »Peel braucht … Unterstützung. Für seine … Reformpläne. Und anschließend … o … Max!«

Er hielt sich zurück. »Seine Reform?«, hakte er nach.

»Oh! Max!« Catherines Augenlider schlossen sich flatternd. »Gleich … gleich … fester!«

Max veränderte seine Haltung nur minimal, um diese lieblichen Qualen noch ein wenig in die Länge zu ziehen. Er streckte seine Arme aus und zog ihr das locker sitzende Leinenkleid über die Schultern bis unter die Brüste. »Auch schon frustriert, Catherine?«, neckte er sie und ließ seine Zunge um ihre linke Brustwarze kreisen, bevor er sie in seinen Mund sog.

Ihr Kopf sank nach hinten. Sie hielt die Augen fest geschlossen. »Ah … ja … Max. Gleich … ja …«

Ihre Brust fühlte sich in seinem Mund warm und weich an, ihre Haut verströmte zugleich einen weiblichen und herbstlichen Duft, beides empfand er als unglaublich betörend. Gleich würde Max sich nicht mehr unter Kontrolle haben, wie immer, wenn Catherine ihn derart verwöhnte. Herrliche und nicht enden wollende Sekunden ritt sie auf ihm, und die Sonne versank langsam im Westen, als er seine Hüften noch ein wenig mehr in die Höhe stemmte, um tiefer in sie einzudringen.

»Oh! O, Max!«

Im nächsten Augenblick erreichte Catherine den Gipfel der Lust und stöhnte laut auf.

»Du wirst es also tun?«, fragte sie ihn eine halbe Stunde später. Sie hatten in das große Bett in der Ecke des Raums gewechselt, und Catherine fuhr langsam mit einer Hand über seinen Rücken.

Max lag auf dem Bauch, wachte aus seinem Dämmerzustand auf und hob den Kopf, um sie durch das Dickicht seiner schwarzen Haare anzuschauen, die ihm ins Gesicht fielen. »Was tun, *cara mia*?«

Schwerfällig löste sie sich von ihm. »Dich in Cams Wahlbezirk in Devonshire zur Wahl stellen.«

Max gab ein missfälliges Grunzen von sich, wie es seine Art war. »Nein, Catherine«, sprach er mit fester Stimme. »So sehr ich Peel auch respektiere, ich kann mir einfach nicht vorstellen, in seiner Partei mitzumischen. Davon abgesehen ist das gesamte Konzept der Vormachtstellung über einen Wahlbezirk korrupt.«

Sie nickte heftig. »Das ist es in der Tat«, stimmte sie ihm zu. »Deshalb hat Cam sich bisher auch nie groß darum gekümmert.«

»Das gesamte verdammte englische Politsystem sollte reformiert werden«, murrte er, rollte sich auf den Rücken und nahm sie in den Arm.

»Da hast du vollkommen Recht.« Ihre Stimme klang fröhlich.

Ein eigenartiges Gefühl beschlich ihn. »Catherine, warum redest du mir so sehr nach dem Mund?«

Sie schwieg ein paar Sekunden. »Nur das Parlament kann die Regierung reformieren«, bemerkte sie leise, hielt mit ihren Streicheleinheiten inne und ließ die Hand über seinem Herzen ruhen. »Wenn das System, in dem wir leben, so schlecht ist und deine Ideen dagegen so gerecht und ehrwürdig sind, warum setzt du dann nicht alles daran, etwas zu verändern?«

Max schwieg eine Weile, und Catherine wäre in seiner Umarmung fast wieder eingenickt. Seit Monaten schliefen sie schon in diesem idyllischen und weit abgelegenen Landhaus, das nur sporadisch von Bediensteten aufgesucht wurde und keinerlei direkte Nachbarn hatte. Alles war perfekt gewesen. Berauschend. Aber es war auch eine Traumwelt. Das wussten sie beide.

»Vielleicht hast du Recht, Catherine«, ließ er schließlich verlauten. »Es ist so einfach, sich in Beschwerden zu ergehen und sich nur auf kleine Kämpfe einzulassen. Wenn wir nächsten Monat wieder in London sind, werde ich mich mal mit Walrafen und deinem Bruder unterhalten. Aber egal, was kommen mag, ich würde vorschlagen, wir sollten auf jeden Fall ein Haus in der Stadt kaufen ...«

»In Sofias Nähe«, warf Catherine ein.

Max beäugte sie misstrauisch. »Wie wärs mit Bloomsbury«, fragte er. »Das ist das östlichste Stadtgebiet, in dem meine Frau und Kinder leben werden.« Er drehte den Kopf und gab ihr einen Kuss aufs Haar.

Catherine schaute zu ihm auf. »Und Nate? Nate wird doch auch bei uns wohnen, nicht wahr?«

Max' schwarze Augen verengten sich zu Schlitzen. »Nimm mich beim Wort«, brummte er. »Ich werde dafür sorgen, dass ich jederzeit ein Auge auf ihn haben kann, damit er sich ja von meiner Großmutter fern hält. Die beiden bilden nämlich ein ausgesprochen gefährliches Gespann, das man unter keinen Umständen auf Unwissende loslassen darf.«

Catherine lachte. »Da stimme ich dir voll und ganz zu.«

Max runzelte die Stirn und gab ihr einen weiteren Kuss. »Und was meine Großmutter betrifft, *cara*, so kannst du dich schon einmal darauf vorbereiten, dass du sie nach der Geburt so gut wie nicht mehr loswirst. Und da sie demnächst ein Urenkelchen haben wird, das ihre Zeit in Anspruch nimmt, werde ich versuchen, sie dazu zu bringen, Trumbull die Geschäfte zu übertragen. Er ist ein kompetenter Bursche, und es ist längst an der Zeit, dass sie ein wenig kürzer tritt.«

Catherine spürte, wie ihr Herz vor Liebe überquoll. »Du wirst sie bestimmt dazu überreden können, Max. Du kannst so überzeugend sein, wenn du nur willst.«

Max schaute Catherine tief in die Augen. In seinem Blick lag die Hitze eines glühenden Feuers. Mit tiefer Freude im Herzen fuhr Catherine zärtlich über Max' stählerne Hüften. Er vereinte Attraktivität und Stärke, und seine langen Beine schienen nicht enden zu wollen. »Wusstest du eigentlich, Max, dass ich dich immerzu berühren könnte?«, flüsterte sie. »Dein Körper ist so stählern, so schlank und so wunderbar anzuschauen. Du bist durch und durch ein Mann. Ich bin so stolz, dich zu haben. Unsäglich stolz.«

»Ich bin nur ein ganz gewöhnlicher Mann«, hielt er zögerlich dagegen. »Du bist diejenige, die die Formvollendung in Person ist. Ich habe dich vom ersten Moment an begehrt, Catherine. Damals, als ich dich das allererste Mal auf dem braunen Wallach durch den Park reiten sah. Es zerriss mich fast, so sehr wollte ich dich haben. Ich wusste – tief in meinem Innern –, dass mein Leben sich bis in alle Ewigkeit verändern würde, wenn ich dich nur ein einziges Mal berühren könnte.«

Catherine lief wieder einmal rot an und wandte sich ab. »Sieh mal, Max!«, entfuhr es ihr atemlos. »Die Sonne – sie ist schon fast untergegangen.«

Wie eine formvollendete Venus mit den wunderbarsten Rundungen glitt sie vom Bett und wickelte sich in eine Decke ein, als sie zur geöffneten Tür schritt. »Komm her, mein Liebster«, forderte sie ihn auf und trat mit nach hinten ausgestreckter Hand auf die Veranda hinaus. »Komm nach draußen und spüre die Sonne.«

Das aber tat er bereits.

Es gab für ihn keinen Grund, ihr nach draußen zu folgen. Denn Maximilian de Rohan war allzeit von einer Sonne beschienen, die niemals unterging, und wandelte auf einem Stern, der immerzu in voller Pracht erstrahlte.

Geschichtlicher Hintergrund

Philip Dormer Stanhope, der vierte Earl of Chesterfield, war Georgianischer Staatsmann und Höfling, dessen Aufstieg als Erster Kammerdiener des zukünftigen Königs George II begann und unter dessen Herrschaft er zum Botschafter in Den Haag avancierte, wo seine Geliebte ihm einen unehelichen Sohn gebar, der ebenfalls den Namen Philip trug, den er aber nicht als Sohn anerkannte. Später heiratete der Earl aus machtpolitischen Motiven die uneheliche Schwester des Königs. Sein ganzen Leben war er fast zwanghaft von der Frage besessen, was einen wahren Gentleman ausmacht, und seine Ansichten darüber waren ausgesprochen engstirnig und von immenser Intoleranz geprägt.

Obgleich er sich nie offiziell zu seinem Sprössling bekannte, entwickelte sich ein fruchtbarer Briefwechsel zwischen Vater und Sohn. Die Korrespondenz mit dem jungen Mann bestand jedoch zum größten Teil aus Ratschlägen, Anweisungen und Belehrungen. Nach seinem Tod im Jahre 1773 wurden die Briefe zusammengetragen und unter einer Reihe von – für die damalige Zeit – reißerischen Titeln veröffentlicht. Die Publikationen erfreuten sich recht großer Beliebtheit, seine kühnen und oft selbstsüchtigen Äußerungen veranlassten so manche, sein verächtliches Verhalten nachzuahmen.

Den Höhepunkt seines Nachruhms erreichte seine Lordschaft, als Dr. Samuel Johnson sein bekanntes Urteil über Lord Chesterfields Briefe abgab, in dem er sagte, dass sie dem Leser »die Sitten einer Dirne und die Manieren eines Tanzlehrers« beibrächten. Es war tatsächlich so, dass seine Lordschaft Stil über alles Wesentliche, Eigennutz über gute Sitten und Stolz über Prinzipien stellte. Viele seiner Ratschläge klingen im Ohr des modernen Lesers furchtbar machiavellistisch, dennoch aber kann nicht bestritten werden, dass er über literarisches Talent verfügte und beißenden Spott an den Tag legte. Oder, wie Lady Catherine es formulieren würde: »Wenigstens war er nicht langweilig.«

Eine junge Lady lernt die Kunst der Verführung

Lady Caroline Linford ist entsetzt als sie ihren Verlobten in flagranti erwischt. Doch anstatt die Verlobung zu lösen – was eine Schande für die Familie wäre – möchte Caroline das Herz des untreuen Marquis' für sich erobern. Sie will ihm ganz und gar den Kopf verdrehen, ist aber auf dem Gebiet der Liebe noch völlig unerfahren. Was läge da näher, als Unterricht in der Liebeskunst zu nehmen? Caroline sucht sich Londons berüchtigtsten Lebemann aus, dem man nachsagt, einer der besten Liebhaber zu sein – und schon bald beginnen die Grenzen des Lehrer- Schülerverhältnisses zu verschwimmen ...

3-404-18655-9

BASTEI
LÜBBE

Cinderella in England: Ein bezauberndes Märchen voll prickelnder Gefühle

England, Anfang des 19. Jahrhunderts: Georgina Escott ist auf der Suche nach einem notorischen Herzensbrecher, der ihr die Unschuld rauben und sie dadurch vor einer unliebsamen Ehe bewahren soll. Also geht sie auf den berüchtigten Cyprian's Ball, wo Adelige und Kurtisanen sich ein Stelldichein geben. Doch leider erwischt Georgina scheinbar den einzigen ehrbaren Mann, den es dort gibt, Lord Colin Danvers. Der möchte die unschuldige junge Lady vor anderen Verführern bewahren – erliegt aber selber den Reizen der betörenden Georgina, und beide erleben eine prickelnde Nacht voller Leidenschaft ...

3-404-18680-X

BASTEI
LÜBBE